穿越千年的浪漫

风情宋词

杨柳岸　晓风残月

启　文——编著

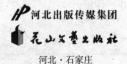

河北出版传媒集团

花山文艺出版社

河北·石家庄

图书在版编目（CIP）数据

穿越千年的浪漫.风情宋词　杨柳岸　晓风残月／
启文编著.－－石家庄：花山文艺出版社，2020.8
ISBN 978-7-5511-1356-4

Ⅰ.①穿… Ⅱ.①启… Ⅲ.①宋词—选集 Ⅳ.
①I222

中国版本图书馆 CIP 数据核字 (2020) 第 147947 号

书　　名：**穿越千年的浪漫**
　　　　　CHUANYUE QIANNIAN DE LANGMAN
分 册 名：风情宋词　杨柳岸　晓风残月
　　　　　FENGQING SONGCI　YANGLIU AN XIAOFENG CANYUE
编　　著：启 文
责任编辑：于怀新　卢水淹
责任校对：郝卫国　董 舸
封面设计：青蓝工作室
美术编辑：胡彤亮
出版发行：花山文艺出版社（邮政编码：050061）
　　　　　（河北省石家庄市友谊北大街 330 号）
销售热线：0311-88643221/29/31/32/26
传　　真：0311-88643225
印　　刷：三河市嵩川印刷有限公司
经　　销：新华书店
开　　本：870 毫米 × 1220 毫米　1/32
印　　张：24
字　　数：620 千字
版　　次：2020 年 8 月第 1 版
　　　　　2020 年 8 月第 1 次印刷
书　　号：ISBN 978-7-5511-1356-4
定　　价：119.00 元（全 4 册）

前言

　　宋词是中国古代文学皇冠上光辉夺目的一颗巨钻，在古代文学的阆苑里，她是一块芬芳绚丽的园圃。她以姹紫嫣红、千姿百态的风情，与唐诗争奇，与元曲斗妍，历来与唐诗并称双绝，都代表一代文学之胜。宋词远从《诗经》《楚辞》《汉魏六朝诗歌》里汲取营养，又为后来的明清小说输送了丰富的营养成分。直到今天，它仍然陶冶着人们的情操，给我们带来很高的艺术享受。

　　词是一种可以配乐唱歌的新体抒情诗。在文学史上，词以其特有的抑扬顿挫的音乐美、错综复杂的韵律、长短参差的句法及其所抒发的真情实感，成为一种深受人们喜爱的文学样式。

　　无论是才子佳人还是布衣百姓，无论是王侯将相还是江湖浪人，他们都在这字里行间释放内心丰富的情感。一首首宋词，写尽了世人的悲欢离合。一幕幕凄美动人的旷世之恋，纯真而唯美、清新而浪漫。

　　宋词的风情，在于那含蓄的婉约美。以柳永、晏殊、李清照为代表的词人，他们的词侧重儿女风情。"多情自古伤离别。更那堪、冷落清秋节。今宵酒醒何处，杨柳岸、晓风残月。""无可奈何花落去，似曾相识燕归来。小园香径独徘徊。"婉约词语言圆润，清新绮丽，抒发着细腻委婉的感情；宋词的风情，在于那一腔热血，立志保家卫国的血性。以苏轼、辛弃疾为首的这些词人，他们的词激情豪放。"乱石穿空，惊涛拍岸，卷起千堆雪。江山如画，一时多少豪杰。""想当年，金戈铁马，气吞万里如虎。"豪放词气势恢宏，慷慨激昂的呐喊着，充斥着澎湃的感情。

随手翻读一首宋词，那些跳动的文字，就会在我们眼前化作一道道灵动的风景，让我们或感动，或满怀豪情，或感伤，或喜上眉梢……透过至真至纯、如梦如幻的宋词，我们可以追随词人一起抚琴、品茶、观花、赏月、听风、交友、把酒问青天……在令人心旷神怡的阅读中，直抵生活美学的真正源头，遇见内心向往的生活。

目　录

目
录

7

赵佶

赵佶（1082—1135），即宋徽宗，神宗第十一子，北宋第八代皇帝，公元1100—1125年在位。传位给长子赵桓（宋钦宗）后，被尊为教主道君太上皇帝。靖康二年（1127），金兵攻陷汴京，他与赵桓（即钦宗）一起被俘，后囚死于五国城（今黑龙江省依兰县）。赵佶重用奸臣，政治上昏聩，导致亡国。但他精通诗词、书画、音乐、歌吹，多才多艺，现存词十七首，有词集《宋徽宗词》。早年词风秾艳，晚期情调凄凉。

燕山亭①北行见杏花

裁剪冰绡②，轻叠数重，淡着燕脂匀注③。新样靓妆④，艳溢香融，羞杀蕊珠宫女⑤。易得凋零，更多少、无情风雨。愁苦。闲院落凄凉，几番春暮。

凭寄离恨重重，这双燕，何曾会人言语⑥。天遥地远，万水千山，知他故宫何处⑦。怎不思量，除梦里、有时曾去。无据⑧。和梦也、新来不做⑨。

【注释】

①这首词上片描写杏花，运笔细腻，好似在作工笔画。下片抒写离恨哀情，层层深入，愈转愈深，愈深愈痛。整首词通过写杏花的凋零，借以自悼。

②冰绡（xiāo）：轻薄洁白的绢。这里指杏花花瓣像白色薄绢。

③燕脂：同"胭脂"。匀注：涂抹均匀。

④靓妆：艳丽的妆扮。

风情宋词·杨柳岸 晓风残月

⑤蕊珠宫：道教经典中所说的仙宫。赵佶信奉道教，自称"教主道君皇帝"。

⑥会：理解。

⑦故宫：指北宋都城汴京的皇宫。

⑧无据：无所凭据。

⑨和：连。

钱惟演

钱惟演（962—1034），字希圣，临安（今浙江省杭州市）人。五代十国时吴越王钱俶之子，入宋，历任知制诰、翰林学士、工部尚书、枢密使等职。晚年贬居随州，郁郁而终。他博学能文，曾参与修撰《册府元龟》，尤工诗，与杨亿、刘筠号"江东三虎"，领袖西昆诗派。今存词二首。

木兰花①

城上风光莺语乱②。城下烟波春拍岸。绿杨芳草几时休③，泪眼愁肠先已断④。

情怀渐觉成衰晚。鸾镜朱颜惊暗换⑤。昔年多病厌芳尊⑥，今日芳尊惟恐浅。

【注释】

①木兰花，为唐教坊曲名，宋人所填木兰花，皆命名为玉楼春。据《花间集》分析，《木兰花》与《玉楼春》原为两调，自《尊前集》误刻后，宋人相沿，率多混填。钱惟演晚年有汉东（今湖北钟祥）之谪，此调即当时所作，词极凄婉。

②莺语乱：莺的叫声此起彼伏。辛弃疾《锦帐春》（春色难留）有"燕飞忙，莺语乱"句，应为借用此语。

③绿杨芳草几时休：笔意追摹李后主《虞美人》"春花秋月何时了？往事知多少"句。

④泪眼愁肠先已断：范仲淹《御街行》"柔肠已断无由醉，酒未到先成泪"，与此句意思相似。

⑤鸾（luán）镜朱颜惊暗换：鸾镜，镜子的美称。朱颜惊暗换，笔意追摹李后主《虞美人》"雕栏玉砌应犹在，只是朱颜改"句意。

⑥芳尊：尊同"樽（zūn）"，酒杯。盛满芳香美酒的酒杯。

范仲淹

范仲淹（989—1052），字希文，苏州吴县（今江苏省苏州市）人。真宗大中祥符八年（1015）进士，官至枢密副使、参知政事。力主改革弊政，积极推行"庆历新政"，曾提出十项政治改革方案。其词清丽而豪健，气势恢宏。《彊村丛书》收《范文正公诗馀》一卷，《全宋词》据《中吴纪闻》卷五补辑一首。

渔家傲①

塞下秋来风景异。衡阳雁去无留意②。四面边声连角起③。千嶂里④，长烟落日孤城闭⑤。

浊酒一杯家万里。燕然未勒归无计⑥。羌管悠悠霜满地⑦。人不寐，将军白发征夫泪⑧。

【注释】

①这是一首边塞词，起片写边塞景物，寒风萧瑟，满目荒凉。下片词人自抒情怀，战争没有取得胜利，还乡之计是无从谈起的，然而要取得胜利，更为不易。继而由自己而及征夫，总收全词。爱国激情，浓重乡思，兼而有之，构成了将军与征夫复杂而又矛盾的情绪。这种情绪主要是通过全词景物的描写，气氛的渲染，婉转地传达出来，情调苍凉而悲壮。

②衡阳：位于今湖南省。其旧城南边有回雁峰，形状如雁之回旋。相传雁飞至此，不再南飞。

③边声：指边境上羌管、胡笳、画角等音乐声音。

④嶂：如屏障般耸立的山峰。

⑤孤城闭：杜甫《题忠州龙兴寺所居院壁》有"孤城早闭门"句。

⑥燕然：即杭爱山，位于今蒙古国境内。勒：刻石记功。

⑦羌管：即羌笛。出自西北羌族，因此称"羌管"。悠悠：绵长而又忧伤的样子。

⑧征夫：指士兵。

苏幕遮① 怀旧

碧云天，黄叶地。秋色连波，波上寒烟翠。山映斜阳天接水。芳草无情②，更在斜阳外。

黯乡魂③，追旅思④。夜夜除非，好梦留人睡。明月楼高休独倚。酒入愁肠，化作相思泪。

【注释】

①范仲淹的这首词上片写艳丽辽阔的秋景，暗透乡思；下片直抒思乡情怀。纵观全词，词人将阔远之境、浓丽之景与深挚之柔情完美地统一在一起，显得柔而有骨，深挚而不流于颓靡。

②芳草无情：据《穷幽记》记载，小儿坡上野草旺盛，裴晋公经常散放几只白羊于其中，并说："芳草无情，赖此装点。"

③黯（àn）：黯然失色。"黯乡魂"暗用江淹《别赋》"黯然销魂"语。

④追旅思：旅思追随不散。旅思，羁旅愁思。

御街行① 秋日怀旧

纷纷坠叶飘香砌②。夜寂静、寒声碎。真珠帘卷玉楼空③，天淡银河垂地。年年今夜，月华如练，长是人千里④。

愁肠已断无由醉。酒未到、先成泪。残灯明灭枕头敧⑤，谙尽孤眠滋味⑥。都来此事⑦，眉间心上，无计相回避⑧。

【注释】

①这是一首怀人之作，其间洋溢着一片柔情。上片描绘秋夜寒寂的景象，下片抒写孤眠愁思的情怀，由景入情，情景交融。

②香砌：铺有落花的台阶。

③真珠：即珍珠。

④长是人千里：笔意追摹谢庄《月赋》"隔千里兮共明月"句。

⑤敧（qī）：倾斜。

⑥谙（ān）尽：犹言尝尽。谙，熟悉。

⑦都来：算来。

⑧眉间心上，无计相回避：李清照《一剪梅》"此情无计可消除，才下眉头，却上心头"句当化用此句。

张 先

张先（990—1078），字子野，乌程（今浙江省湖州市）人。天圣八年（1030）进士，曾任嘉禾判官，知渝州、虢州，以尚书都官郎中致仕。为人风趣幽默，晚年常与蔡襄、苏轼等名士唱酬。他善写清新含蓄的小令，又创作了大量慢词长调，情真意切，细腻深婉。初以《行香子》词有"心中事，眼中泪，意中人"之句，人称为"张三中"。后又自举平生所得意的三首词："云破月来花弄影"（《天仙子》），"娇柔懒起，帘幕卷花影"（《归朝欢》），"柔柳摇，坠轻絮无影"（《剪牡丹》）。因三处善用"影"字，世称"张三影"。著有《张子野词》。

千秋岁①

数声鶗鴂②。又报芳菲歇。惜春更把残红折。雨轻风色暴③，梅子青时节。永丰柳④，无人尽日飞花雪⑤。

莫把幺弦拨⑥。怨极弦能说。天不老，情难绝⑦。心似双丝网⑧，中有千千结。夜过也，东窗未白凝残月。

【注释】

①张先这首词写悲欢离合之情，声调激越，极尽曲折幽怨之能事。上片完全运用描写景物来烘托、暗示美好爱情横遭阻抑的沉痛之情。下片主人公表示了反抗的决心，"心似双丝网，中有千千结"，在这个情网里，他们是通过千万个结，把彼此牢牢地系住，谁想破坏它都是徒劳的。

②数声鶗鴂（tíjué）：鶗鴂亦作"鹈鴂"，即杜鹃。

③风色：即风势。

④永丰柳：唐时洛阳永丰坊西南角荒园中有垂柳一株被冷落，白居易赋《杨柳枝词》，以喻家妓小蛮。后传入乐府，遍流京师。后以"永丰柳"泛指园柳，用来比喻孤寂无靠的女子。

⑤无人尽日飞花雪：白居易《杨柳枝词》有"永丰西角荒园里，尽日无人属阿谁"句。花雪，指柳絮。

⑥幺弦：琵琶的第四弦。借指琵琶。

⑦天不老，情难绝：李贺有《金铜仙人辞汉歌》"天若有情天亦老"句，言天无情。

⑧双丝：喻双方互相思念。丝，谐"思"音。

菩萨蛮①

哀筝一弄湘江曲。声声写尽湘波绿。纤指十三弦②。细将幽恨传。

当筵秋水慢③。玉柱斜飞雁④。弹到断肠时。春山眉黛低⑤。

【注释】

①张先这首词描写了一位弹筝歌妓的美貌和高超的技艺，并刻画了她内心深处的哀怨，表现了她丰富而美好的感情，并给我们塑造了一个内在和外貌一样美好的歌女形象。全词语言清新婉丽，情感真挚凄哀，风格含蓄深沉。

②十三弦：唐宋时教坊用筝皆为十三弦。十二拟十二月，其一拟闰。

③秋水：形容女子双目明澈如秋水。

④玉柱斜飞雁：系弦的筝柱，排列如斜飞的雁阵。又称"雁

柱"。

⑤春山：据《西京杂记》记载，卓文君眉如望远山。后以山喻眉。眉黛：古人以黛色画眉，故称。黛：青黑色。眉黛低：是指弹筝女子因乐曲曲调幽怨，而双眉紧蹙。

醉垂鞭①

双蝶绣罗裙②。东池宴。初相见。朱粉不深匀③。闲花淡淡春。

细看诸处好。人人道。柳腰身④。昨日乱山昏。来时衣上云⑤。

【注释】

①这首词为酒筵中赠妓之作，起片先写女子衣着，次及容貌，再及神态，逐次写来。下片继续渲染这位女子的身段、衣着，词人并不限于写她身段、衣着的别致，更主要的是制造了一种气氛，衬托眼中女子的神韵。末二句暗用巫山神女典故，有飘逸之意。一句"昨日乱山昏，来时衣上云"，亦虚亦实，更于此处戛然而止，并无多话，收得极其有力。

②罗裙：丝罗制的裙子。

③朱粉：胭脂和铅粉。

④柳腰：一般泛指女子婀娜的身姿。

⑤衣上云：衣染云霞，仙女的装束。喻所赠之妓。

一丛花①

伤高怀远几时穷。无物似情浓。离愁正引千丝乱，更东陌、飞絮濛濛。嘶骑渐遥②，征尘不断，何处认郎踪。

双鸳池沼水溶溶。南北小桡通③。梯横画阁黄昏后，又还是、斜月帘栊。沉恨细思，不如桃杏，犹解嫁东风④。

【注释】

①张先的这首《一丛花》是一首闺怨词，写一位女子独处深闺的相思与忧怨。上片用倒叙的手法着意渲染女主人公的愁绪。下片写相思无奈的"沉恨"和空虚。整首词紧扣"伤高怀远"，从登楼远望回忆，收归近处池沼、眼前楼阁，最后收拍到自身，由远而近，次第井然。

②骑（jì）：名词。乘坐的马。

③桡（ráo）：船桨。此指船。

④解：懂得，知道。嫁东风：《全唐诗》收庾传素《木兰花》："是何芍药争风彩，自共牡丹长作对。若教为女嫁东风，除却黄莺难匹配。"可见以花为女，嫁于东风，唐人已作此想。

天仙子① 时为嘉禾小倅②，以病眠不赴府会

水调数声持酒听③。午醉醒来愁未醒。送春春去几时回，临晚镜。伤流景④。往事后期空记省⑤。

沙上并禽池上暝⑥。云破月来花弄影。重重帘幕密遮灯，风不定。人初静。明日落红应满径。

【注释】

①这首词为临老伤春之作，起片写词人本想借听歌饮酒来解愁，谁曾想一觉醒来，醉意虽消，愁却未曾稍减。词人遂心生感慨，人生也像眼前的春光，易逝而难寻。上片直赋愁情，感慨不

尽；下片延续了上片的时间线索，在描写夜晚景色的同时，又见出作者惜春的一往情深。

②嘉禾：郡名，宋置。治所在今浙江省嘉兴市。小倅（cuì）：判官，地位略次于州府长官。

③水调：曲调名，相传为隋炀帝所制，声韵悲切。

④流景：如流水般的光阴。

⑤记省（xǐng）：思念和省悟。

⑥并禽：成对的鸟。暝（míng）：日落。

青门引①春思

乍暖还轻冷。风雨晚来方定。庭轩寂寞近清明②，残花中酒③，又是去年病。

楼头画角风吹醒④。入夜重门静。那堪更被明月，隔墙送过秋千影。

【注释】

①这首词为春日怀人之作。寒食佳节，清明方近，词人独处家中，感慨自己生活孤独寂寞，触景生情，忧苦不堪。此词用景表情，寓情于景，"怀则自触，触则愈怀，未有触之至此极者"（沈际飞《草堂诗馀正集》）。

②残花：凋残的春花。庭轩：庭院，走廊。

③中（zhòng）酒：喝酒过量。

④画角：绘彩的号角，一种古管乐器，古时军中用于警昏晓、振士气。

生查子^①

含羞整翠鬟，得意频频顾。雁柱十三弦^②，一一春莺语。

娇云容易飞^③，梦断知何处。深院锁黄昏，阵阵芭蕉雨^④。

【注释】

①这首词咏歌妓当筵弹筝。上阕将女子的情态与音乐声相映衬，人美、乐声美相映生辉。下阕写演奏的效果，同时也在写歌筵结束后的冷落，暗示着艳情相思。整首词语言简妙，情致凄婉。

②雁柱：乐器筝上整齐排列的弦柱。

③娇云：杜牧《茶山下作》有："娇云光占岫，健水鸣分溪。"

④芭蕉：多年生草本植物，叶长而阔大，花白色，果实似香蕉。

晏 殊

晏殊（991—1055），字同叔，抚州临川（今江西省抚州市）人。七岁能属文，以神童应召试，真宗时赐同进士出身，仁宗时官至宰相兼枢密使（最高军事长官）。晏殊"文章赡丽，应用不穷，尤工诗，闲雅有情思"（《宋史》本传）。其词擅长小令，是婉约派代表作家，其词风流旖旎，尤工诗词。有《珠玉词》三卷。《补辑》三首。

浣溪沙①

一曲新词酒一杯。去年天气旧亭台。夕阳西下几时回。

无可奈何花落去，似曾相识燕归来②。小园香径独徘徊③。

【注释】

①这首词上片通过叠印时空，交错换位，进行了变与不变的哲学思考；下片则巧借眼前景物，写眼前的感伤。全词语言流转，明白如话，清丽自然，意蕴深沉，启人神智，耐人寻味。

②无可奈何花落去，似曾相识燕归来：晏殊有诗《假中示判官张寺丞王校勘》："元巳清明假未开，小园幽径独徘徊。春寒不定斑斑雨，宿醉难禁滟滟杯。无可奈何花落去，似曾相识燕归来。游梁赋客多风味，莫惜青钱万选才。"由此可见是晏殊的得意之作，只是不知先有诗，还是先有词。

③香径：落花满径，留有芬芳，故云香径。唐戴叔伦《游少林寺》诗："石龛苔藓积，香径白云深。"徘徊（pái huái）：走来走

去，流连沉思。

浣溪沙①

一向年光有限身②。等闲离别易销魂③。酒筵歌席莫辞频。

满目山河空念远④，落花风雨更伤春。不如怜取眼前人⑤。

【注释】

①这是一首伤别感怀之词，所写的并非一时所感，亦非一人一事，而是反映了作者对人生的认识：年光有限，世事难料；空间和时间的距离即难以逾越，加之美好事物总难追寻，因此不如立足现实，牢牢地抓住眼前的一切。

②一向（shǎng）：片刻。向，同"晌"。

③等闲：平常，往常。销魂：谓心灵震荡，如魂飞魄散。形容极度哀愁感伤。

④满目山河空念远：由唐李峤《汾阴行》诗"山川满目泪沾衣"句化出。念远，思念远方友人。

⑤怜：爱怜。由唐《会真记》载崔莺莺诗："还将旧来意，怜取眼前人。"句化用。

清平乐①

红笺小字②。说尽平生意。鸿雁在云鱼在水③。惆怅此情难寄。

斜阳独倚西楼。遥山恰对帘钩。人面不知何处，绿波依旧东流④。

【注释】

①这首词为怀人之作。词中寓情于景，以淡景写浓愁，写青山常在，绿水长流，而自己爱恋着的人却不知去向；虽有天上的鸿雁和水中的游鱼，它们却不能为自己传递书信，因而惆怅不已。

②红笺（jiān）：红色笺纸。

③鸿雁在云鱼在水：暗含鱼雁传书的意思。

④人面不知何处：指所爱的女子。语本唐朝崔护《题都城南庄》诗"人面不知何处去，桃花依旧笑春风"。

清平乐①

金风细细②。叶叶梧桐坠。绿酒初尝人易醉③。一枕小窗浓睡。

紫薇朱槿花残④。斜阳却照阑干。双燕欲归时节，银屏昨夜微寒⑤。

【注释】

①词人以精细的笔触，描写柔和的秋风、衰残的紫薇、木槿、斜阳照耀下的庭院等意象，继而通过主人公目睹双燕归去、感到银屏微寒，营造了一种冷清索寞的意境，抒发了词人淡淡的忧伤。

②金风：指秋风。

③绿酒：美酒，醇香的酒。

④紫薇：落叶小乔木，叶卵形，花多紫红色，通称"满堂红"。朱槿：落叶灌木，叶阔卵形，花多为红色，又叫"扶桑"。

⑤银屏：装饰华贵的屏风。

木兰花①

燕鸿过后莺归去②。细算浮生千万绪。长于春梦几多时，散似秋云无觅处③。

闻琴解佩神仙侣④。挽断罗衣留不住⑤。劝君莫作独醒人⑥，烂醉花间应有数⑦。

【注释】

①这是一首优美动人、寓有深意的词作，词人借青春和爱情的消失，感慨美好生活的反复无常，细腻含蓄地表达了词人的复杂情感。

②燕（yān）鸿：燕地的鸿。这里指北雁。

③"长于"二句：白居易《花非花》诗"来如春梦不多时，去似朝云无觅处"化用此句。

④闻琴：据载，卓文君新寡，司马相如以求凰之曲挑之，文君闻琴心动，夜奔相如。解佩：传言江妃二女出游，遇郑文甫，文甫悦之，但不知其为神仙，女解下佩物送他，文甫怀之，向前十余步，视佩不见，回顾二女，亦不见。此处用"闻琴解佩"喻情投意合，两情相悦。

⑤挽断罗衣留不住：李之仪《偶书二首》一云："通中玉冷梦偏长，花影笼阶月浸凉。挽断罗巾留不住，觉来犹有去时香。"全用此句。

⑥独醒人：语见《楚辞·渔父》："屈原曰：'举世皆浊我独清，众人皆醉我独醒，是以见放。'"

⑦应有数：有定数，即指命运的安排。

木兰花①

池塘水绿风微暖。记得玉真初见面②。重头歌韵响铮琮③，入破舞腰红乱旋④。

玉钩阑下香阶畔⑤。醉后不知斜日晚。当时共我赏花人⑥，点检如今无一半⑦。

【注释】

①这首词上下两片对照来写，以上片场面之热烈反衬下片眼前的凄清与孤独，怀旧之情自然流露出来。抚今追昔，音情跌宕，极沉郁顿挫之致。结句由虚入实，感情沉着，情韵杳渺。

②玉真：玉人，美人。这里指歌女。

③重头：词的上下片声韵节拍完全相同的称重头。铮琮（zhēngcóng）：形容金属撞击时所发出的声音。

④入破：指乐声骤变为繁碎之音。乱旋（xuàn）：谓舞蹈节奏加快。

⑤玉钩：指新月。李白《挂席江上待月有怀》诗："倐忽城西郭，青天悬玉钩。"

⑥赏花人：指的是欣赏歌舞美色之人。

⑦点检：犹言算来。

木兰花①

绿杨芳草长亭路②。年少抛人容易去。楼头残梦五更钟③，花底离愁三月雨。

无情不似多情苦。一寸还成千万缕。天涯地角有穷时，只有相思无尽处④。

【注释】

①这首词写的是少年易别，相思苦长。在渲染相思之苦的同时，不乏幽怨之情，却又不失忠厚之态。

②长亭路：指的是送别的路。古代时于驿道每隔十里设长亭，故亦称"十里长亭"，供行旅休息。近城者遂成为送别场所。

③楼：指钟楼，击钟报时的处所。五更钟：指怀人之时。下句"三月雨"同。

④"天涯"二句：语本白居易的《长恨歌》"天长地久有时尽，此恨绵绵无绝期"。

踏莎行①

祖席离歌②，长亭别宴。香尘已隔犹回面③。居人匹马映林嘶，行人去棹依波转④。

画阁魂消，高楼目断⑤。斜阳只送平波远。无穷无尽是离愁，天涯地角寻思遍。

【注释】

①这首词为送行之作。上片写送别场面，别情依依，缱绻缠绵。下片写相思情苦，惆惆离怀，黯然消魂。唐圭璋先生谓这首小词"足抵一篇《别赋》"，可谓中的之评。

②祖席：饯行的酒席。梅尧臣《梦同诸公饯仲文梦中坐上作》诗："已许郊间陈祖席，少停车马莫催行。"

③香尘：落花很多，尘土也带香气，故云香尘。

④棹（zhào）：船桨，这里指的是船。

⑤画阁：雕饰华美的楼阁。目断：望断。

踏莎行①

小径红稀，芳郊绿遍。高台树色阴阴见②。春风不解禁杨花，濛濛乱扑行人面③。

翠叶藏莺，朱帘隔燕。炉香静逐游丝转④。一场愁梦酒醒时，斜阳却照深深院。

【注释】

①这首词写暮春景色，抒发词人感触时序变迁而又寂寞无聊的淡淡哀愁。上片写郊外景色，下片写院内景象，最后以"斜阳却照深深院"作结，闲愁淡淡，难以排解。

②阴阴见：树木葱郁茂密，现出幽暗之色。见，同"现"。李商隐《燕台诗》之《夏》："前阁雨帘愁不卷，后堂芳树阴阴见。"

③濛（méng）濛：纷繁复杂貌。

④游丝：飞扬在空中的蜘蛛等虫类的丝。

踏莎行①

碧海无波②，瑶台有路③。思量便合双飞去。当时轻别意中人，山长水远知何处。

绮席凝尘④，香闺掩雾。红笺小字凭谁附⑤。高楼目尽欲黄昏，梧桐叶上萧萧雨⑥。

【注释】

①这首词写别情。上片从悔别入笔，自从离别，芳踪难寻，悔

之晚矣。下片写离别后音讯难通，空自守望，夜深难寐。整首词含蓄婉转，蕴藉韵高，颇耐赏玩。

②碧海：月明星稀的夜空。

③瑶台：传说中神仙居住的地方。

④绮（qǐ）席：华丽的席具。

⑤红笺小字凭谁附：唐韩偓《偶见》诗："小叠红笺书恨字，与奴方便寄卿卿。"此化用之。附，带去，捎去。

⑥萧萧：雨声。

蝶恋花①

六曲阑干偎碧树②。杨柳风轻，展尽黄金缕③。谁把钿筝移玉柱④。穿帘海燕双飞去⑤。

满眼游丝兼落絮。红杏开时，一霎清明雨⑥。浓睡觉来莺乱语。惊残好梦无寻处⑦。

【注释】

①这首词抒写春日闲情。景中寄情，含蓄空灵。上片写春风、杨柳、飞燕，一派盎然春意。下片写风吹柳絮，雨打杏花，满眼暮春景象。结句莺语惊梦，好梦难寻，怅惘满怀。

②偎：依靠，倚靠。

③黄金缕：比喻柳条。

④钿（diàn）筝：用金银等宝物作装饰的筝。移玉柱：指弹筝。

⑤海燕：燕子的别称，古人认为燕子渡海而来，故称海燕。

⑥一霎（shà）：霎那，瞬间。

⑦"浓睡"二句：意同唐诗"打起黄莺儿，莫教枝上啼。啼时惊妾梦，不得到辽西"。

韩 缜

韩缜（1019—1097），字玉汝，开封府雍丘（今河南省杞县）人。仁宗庆历二年（1042）进士，官至尚书右仆射兼中书侍郎。今存《凤箫吟》词一首，咏芳草以留别，当时天下盛传。

凤箫吟①

锁离愁，连绵无际，来时陌上初熏②。绣帏人念远，暗垂珠泪，泣送征轮③。长亭长在眼，更重重、远水孤云。但望极楼高，尽日目断王孙④。

消魂。池塘别后，曾行处、绿妒轻裙。恁时携素手⑤，乱花飞絮里，缓步香茵。朱颜空自改，向年年、芳意长新。遍绿野，嬉游醉眠，莫负青春。

【注释】

①这是一首咏物词，借咏芳草以寄托夫妻离别之情。上片写游子即将远征，女子垂泪相送，想日后征人远去，只留下思妇，危楼远眺，目断平芜。下片写别后触目伤怀，意兴索然，深恐美人迟暮，芳意不成。整首词咏草，却不着一草字，化用典故，却全无雕琢痕迹。

②陌上：田间的小路上。熏：同"薰"，散发香气。

③征轮：远行人乘坐的车子。

④王孙：指王孙草。

⑤恁（rèn）时：那时。

宋 祁

宋祁（998—1061），字子京，祖居安陆（今属湖北省），徙居雍丘（今河南省杞县）。天圣二年（1024）与兄庠同登进士第，奏名第一。章献太后以为弟不可先兄，乃擢庠为第一，置祁第十，号称"大小宋"。累官至工部尚书、翰林学士承旨。曾参与修撰《新唐书》，著有《宋景文公集》。他以《木兰花》（又名《玉楼春》）词中"红杏枝头春意闹"句享誉词坛，人称"红杏尚书"。王国维称道其《木兰花》"'红杏枝头春意闹'，着一'闹'字而境界全出"（《人间词话》）。其词多写个人生活琐事，语言工丽。《全宋词》存其词6首。近人赵万里辑有《宋景文公长短句》一卷。

木兰花①春景

东城渐觉风光好。縠皱波纹迎客棹②。绿杨烟外晓寒轻，红杏枝头春意闹。

浮生长恨欢娱少。肯爱千金轻一笑③。为君持酒劝斜阳，且向花间留晚照④。

【注释】

①这是一首惜春词，赞美富有生机的大好春光，但却感叹人生短暂，欢少愁多。上片极力渲染盎然的春意，富有灵性的水波，如丝如烟的绿杨，"喧闹"于枝头的红杏，一派烂漫的春光。下片转而感叹春光易逝，良辰难驻，斜阳晚照，劝酒花间，情绪略显低沉。这与古人燃烛照花，秉烛夜游，取径相同，似不必以"及时行乐"责备古人。从写法上讲，于极盛处略抒愁思，全词意脉方显

波澜。

②縠（hú）皱：绉纱似的波纹。棹（zhào）：划船工具。这里指船。

③肯爱千金轻一笑：意思是怎么肯爱惜金银而轻视欢乐的生活呢。千金一笑，据《艺文类聚》载，盖宴席中侑酒美女难得笑颜，后遂用"一笑千金"形容歌姬舞女娇美的形象与动人的笑容。

④且向花间留晚照：李商隐《写意》诗"日向花间留返照"化用此句。

欧阳修

欧阳修（1007—1072），字永叔，号醉翁，晚号六一居士。吉州永丰县（今属江西省）人，天圣八年（1030）进士。历任枢密副使、参知政事等职。曾参与修撰《新唐书》《新五代史》。他是北宋诗文革新运动的领袖，"唐宋八大家"之一。他奖掖后进，王安石、曾巩及苏洵、苏轼、苏辙等都得其举荐与指导。擅长写词：或写恋情醉歌，缠绵婉曲；或绘自然美景，富于情韵。风格深婉而清丽。词与晏殊并称，为北宋大家，有词集《六一词》《近体乐府》《醉翁琴趣外编》等。

采桑子①

群芳过后西湖好，狼藉残红②。飞絮濛濛。垂柳阑干尽日风③。

笙歌散尽游人去④，始觉春空。垂下帘栊⑤。双燕归来细雨中。

【注释】

①这首词是欧阳修组词《采桑子》十首中的第四首，描写的是颍州西湖的暮春景象。上片以"残红""飞絮""垂柳"点出时令，末句着一"风"字，将这些片段景物连成一片。下片写人去春空，着一"空"字，便觉真味隽永，西湖之好，正在于此。西湖之美并未止于此，末句"双燕归来"，使西湖之美于空幽之外，更添几分灵动。

②狼藉：纵横杂乱貌。

③阑干：纵横散乱貌，交错杂乱貌。岑参《白雪歌送武判官归京》："瀚海阑干百丈冰，愁云惨淡万里凝。"

④笙（shēng）歌：奏乐唱歌。

⑤帘栊（lóng）：指窗帘。栊，窗格子。

诉衷情① 眉意

清晨帘幕卷轻霜。呵手试梅妆②。都缘自有离恨，故画作远山长③。

思往事，惜流芳④。易成伤。拟歌先敛，欲笑还颦⑤，最断人肠。

【注释】

①这首词抒写了一位歌女的离愁别恨。她因恋人远别而忧伤，不得已而强颜歌笑。上片勾勒出一娇怯歌女，临镜梳妆的景象。从其梳妆的式样可以看出其内心的愁苦。下片经一番追忆，中心成伤，万千隐情，显于眉端。词中一"敛"、一"颦"，都是写眉，强颜欢笑，最断人肠。

②梅妆：即梅花妆。南朝宋武帝女寿阳公主无意中额上作梅花妆，宫女争相仿效。

③远山：指眉。据《西京杂记》："文君姣好，眉色如望远山。"

④流芳：流光，美好时光。

⑤颦（pín）：皱眉。

踏莎行①

候馆梅残②，溪桥柳细。草薰风暖摇征辔③。离愁渐远渐无穷，迢迢不断如春水。

寸寸柔肠，盈盈粉泪。楼高莫近危阑倚。平芜尽处是春山④，行人更在春山外。

【注释】

①这首词写远行丈夫对家中妻子的深切思念。上片写游子征途所见所感，由春景及离愁，其中以春水喻离愁，可谓上承李后主，下启秦少游。下片推己及人，遥想家中思妇凭高望远而不见所思之人的情景。整首词由陌上游子而及楼头思妇，由实景而及想象，层层递进，而又运思婉转。

②候馆：原指可以登高观望的楼。这里指的是旅舍。

③草薰：青草散发出香气。征辔（pèi）：远行之马的缰绳。此处代马。柳永《满江红》："匹马驱驱，摇征辔，溪边谷旁。"

④平芜（wú）：草木丛生的宽阔原野。

蝶恋花①

庭院深深深几许。杨柳堆烟，帘幕无重数。玉勒雕鞍游冶处。楼高不见章台路②。

雨横风狂三月暮③。门掩黄昏，无计留春住。泪眼问花花不语④。乱红飞过秋千去⑤。

【注释】

①这是一首闺怨词，描写了一位独守深闺的少妇极其苦闷的心情，感伤自己被禁锢在深院高楼之中，青春白白地逝去。上片写女子生活的处境，整日禁锢于深宅大院之中，而负心的夫君，则终日

游荡于歌楼妓馆，这是一桩不幸的婚姻。下片抒写少妇的心情，风雨无情，留春不住，使少妇想到自己易逝的芳年，情思绵邈，意境深远。

②章台路：汉朝长安有章台街，歌妓居之。唐朝许尧佐有《章台柳传》，后人因此以章台代称为歌妓聚居之地。

③雨横（hèng）：雨下得猛。

④泪眼问花花不语：意同唐严恽《惜花》："春光冉冉归何处，更向花前把一杯。尽日问花花不语，为谁零落为谁开。"

⑤乱红：纷乱的落花。

蝶恋花①

谁道闲情抛弃久。每到春来，惆怅还依旧。日日花前常病酒②。不辞镜里朱颜瘦。

河畔青芜堤上柳③。为问新愁，何事年年有。独立小桥风满袖。平林新月人归后④。

【注释】

①这首词借言春愁抒写自己难以排解的孤寂与惆怅。上片以反问起句，极言自己为愁所困。下片又对愁发问，为何年年有愁，且挥之不去。结句看似写景，却寓情于景，使无边的孤寂笼罩全篇。

②病酒：即醉酒。

③青芜（wú）：茂盛的草地。

④新月：阴历每月初新出现的月牙儿。

木兰花①

别后不知君远近。触目凄凉多少闷。渐行渐远渐无书，水阔鱼沉何处问②。

夜深风竹敲秋韵③。万叶千声皆是恨。故敧单枕梦中寻，梦又不成灯又烬④。

【注释】

①这首词描写了闺中思妇深沉凄婉的离愁别恨。丈夫远去，又无音信，使她陷入深沉缠绵的思念和怨恨之中。上片写别后音讯渐无，心中顿生牵念，因而触目生愁。下片写夜不成寐，梦难成，而灯已烬，凄苦至极。

②鱼沉：意思是没有信使来。

③秋韵：即秋声。

④敧：斜靠，通"倚"。烬（jìn）：化为灰烬。

临江仙①

柳外轻雷池上雨②，雨声滴碎荷声③。小楼西角断虹明。阑干倚处，待得月华生④。

燕子飞来窥画栋，玉钩垂下帘旌⑤。凉波不动簟纹平。水精双枕，傍有堕钗横⑥。

【注释】

①这首词写夏日黄昏，阵雨过后，至月亮升起时分的景象。上片写楼外雨后初晴的景致。下片由燕子窥画栋，将人的视线引入室内，描写室内奢华的陈设及女主人的睡姿。整首词清丽温馨，含蓄有致。

②轻雷：隐隐的雷声。

③荷声：雨打荷叶的声响。

④月华：即月光。

⑤玉钩：精美的帘钩。帘旌（jīng）：帘幕。

⑥"凉波"三句：化用李商隐《偶题》诗"水文簟上琥珀枕，傍有堕钗双翠翘"句意。簟（diàn）纹，席纹。

浪淘沙①

把酒祝东风。且共从容②。垂杨紫陌洛城东③。总是当时携手处，游遍芳丛④。

聚散苦匆匆。此恨无穷。今年花胜去年红。可惜明年花更好，知与谁同。

【注释】

①这是一首伤时惜别之作。聚散匆匆，重游难再，使词人非常伤感。明道元年（1032）春，欧阳修与友人梅尧臣洛阳城东旧地重游，有感而作，感叹人生聚散无常。上片追忆昔时与友人欢聚的良辰美景，把酒赏花，意气轩昂。下片写与朋友别后的无限的离恨。其中末句"知与谁同"，以诘问作结，浓重的孤寂之感，使人不忍卒读。

②"把酒"二句：唐司空图《酒泉子》词"黄昏把酒祝东风，且从容"。此化用其句。从容，流连盘桓。

③紫陌：指京城郊外的道路。洛城：洛阳，北宋时的西京。

④芳丛：即花丛。

浣溪沙①

堤上游人逐画船。拍堤春水四垂天。绿杨楼外出秋千②。

白发戴花君莫笑，六幺催拍盏频传③。人生何处似尊前④。

【注释】

①黄氏《蓼园词评》："第一阕写世上儿女多少得意欢娱，第二阕写老成意趣自在众人喧嚣之外，末句写无限凄怆沉郁，妙在含蓄不尽。"

②绿杨楼外出秋千：吴曾《能改斋漫录》卷八载有"王摩诘《寒食城东即事》诗云：'蹴蹋屡过飞鸟上，秋千竟出垂杨里。'欧公用'出'字盖本此"。

③六幺：曲调名，即"绿腰"，节奏急促。催拍：节拍急促如催。盏：一种浅而小的杯子。

④尊：同"樽（zūn）"，酒杯。

青玉案①

一年春事都来几。早过了、三之二。绿暗红嫣浑可事②。绿杨庭院，暖风帘幕，有个人憔悴。

买花载酒长安市。又争似、家山见桃李③。不枉东风吹客泪④。相思难表，梦魂无据，惟有归来是。

【注释】

①这首词表现了词人暮春思归的满怀愁绪，以及身在京城的思念家乡之情。上片写词人面对大好春光，却斯人独憔悴。下片继而解释憔悴的原因：春已尽而家难回，托梦还乡，不如遽然归去。下片立意颇似韦庄《菩萨蛮》："琵琶金翠羽，弦上黄莺语，劝我早归家，绿窗人似花。"

②浑可事：宋人方言，意思是算不了啥事。

③争似：怎么能比得上。

④无据：不实在，无根据。

柳 永

柳永（约987—约1060），初名三变，改名永，字耆卿，因排行第七，人称"柳七"。崇安（今属福建省）人。景祐元年（1034）进士，历任睦州团练推官、余杭令、定海晓峰盐场监官、泗州判官、太常博士，终官屯田员外郎，世称"柳屯田"。他入仕较晚，政治上不得志，遂流连于歌楼妓馆，"忍把浮名换了浅斟低唱"。在词学史上柳永有两大贡献：其一是推广慢词长调，用来铺写城市风光、承平气象，或抒发离情别绪，题材广阔，音律谐婉，时出隽语，对后世影响深远。其二是独辟蹊径，旧调翻新；俗语入词，俗事入词。《宋史》无传，事迹散见笔记、方志。又精通音律，善为诗文，"皆不传于世，独以乐章脍炙人口"（《清波杂志》卷八）。所著《乐章集》凡一百五十余曲。其词自成一派，世称"屯田蹊径""柳氏家法"。《避暑录话》卷三记西夏归朝官语："凡有井水饮处，即能歌柳词"，可见柳词影响之大。

曲玉管①

陇首云飞②，江边日晚，烟波满目凭阑久。立望关河萧索，千里清秋。忍凝眸③。杳杳神京④，盈盈仙子⑤，别来锦字终难偶⑥。断雁无凭⑦，冉冉飞下汀洲⑧。思悠悠。

暗想当初，有多少、幽欢佳会，岂知聚散难期，翻成雨恨云愁⑨。阻追游。每登山临水，惹起平生心事，一场消黯⑩，永日无言⑪，却下层楼。

【注释】

①这首词为柳永离京后的怀人之作，词人登高怀远，触景伤情，不胜唏嘘。

②陇首云飞：《梁书·柳恽传》记载："少工篇什，始为诗曰：'亭皋木叶下，陇首秋云飞。'琅邪王元长见而嗟赏，因书斋壁。""陇首云飞"语本于此。

③忍：岂忍。反诘语气。凝眸：注视，眼珠不动。

④杳（yǎo）杳：远隔貌。神京：指都城汴京。意思是词人离京后，与自己思念的人天各一方。

⑤仙子：指容颜姣好的女子，唐宋间常以"仙子"代指娼妓或女道士。

⑥锦字：又称锦书，情书的美称。《晋书》卷九十六："窦滔妻苏氏，始平人也，名蕙，字若兰，善属文。滔符坚时为秦州刺史，被徙流沙。苏氏思之，织锦为回文旋图诗，以赠滔。宛转循环以读之，词甚凄惋。"因以"锦字"指情侣间往来的书信。

⑦断雁无凭：言孤鸿不足以传书。断雁，孤鸿。雁，传书之鸿雁。

⑧冉冉：慢慢地。汀洲：水中的小洲。

⑨雨恨云愁：言聚散如云似雨，难以预料。

⑩消黯（àn）：黯然销魂。

⑪永日：整天，从早到晚。

雨霖铃①

寒蝉凄切②。对长亭晚，骤雨初歇。都门帐饮无绪③，留恋处、兰舟催发④。执手相看泪眼，竟无语凝噎⑤。念去去、千里烟波，暮霭沉沉楚天阔⑥。

多情自古伤离别。更那堪、冷落清秋节。今宵酒醒何处⑦，杨柳岸、晓风残月。此去经年⑧，应是良辰、好景虚设⑨。便纵有、千种风情，更与何人说。

【注释】

①雨霖铃，又作雨淋铃，唐教坊曲名。安史之乱爆发后，唐玄宗避乱入蜀，初入斜谷，霖雨弥日，栈道中闻铃声。玄宗方悼念贵妃，采其声为雨淋铃曲以寄托哀思。后由伶人张微（野狐）演奏，流传于世。以雨霖铃事入诗的唐诗还有若干首，可见，玄宗翻制雨霖铃曲调事，广为唐人所知。雨霖铃又作雨霖铃慢，双调。王灼《碧鸡漫志》云："今双调雨霖铃慢，颇极哀怨，真本曲遗声。"柳永的这首词写与恋人离别时依恋难舍的悲伤情怀。上片写离别时，下片悬想别后。景物传神，情态逼真，直而能曲，疏密有致。

②寒蝉：指秋蝉。

③帐饮：于郊外搭起帐篷，摆宴送行。

④兰舟：在古诗词中，常用兰舟极言舟之华贵。

⑤执手相看泪眼，竟无语凝噎（yē）：江淹《别赋》："造携手而衔泪，各寂寞而伤神。"

⑥"念去去"至"楚天阔"句：参看唐代诗人黄滔《旅怀寄友人》"一船风雨分襟处，千里烟波回首时"。去去，不断远去，越走越远。楚天，江南楚地的天空。

⑦今宵酒醒何处：以酒去愁，酒醒更愁。与李璟《应天长》："昨夜更阑酒醒，春愁过却病。"周邦彦《关河令》："酒已都醒，如何消永夜。"句意相似。

⑧经年：年复一年。意思是时间很久。

⑨应是良辰、好景虚设：若无相爱的人陪伴，美好的光景等于虚设。类似的意思，柳永在其他词作中亦反复表现过多次。

蝶恋花①

伫倚危楼风细细。望极春愁，黯黯生天际②。草色烟光残照里。无言谁会凭阑意。

拟把疏狂图一醉③。对酒当歌④，强乐还无味⑤。衣带渐宽终不悔。为伊消得人憔悴⑥。

【注释】

①这首词写对恋人的执著思念之情。词人登高望远，独倚危栏，任思念在心头滋生，终无悔意。

②望极春愁，黯黯生天际：黯黯春愁，生于天际。黯黯，意为伤心忧愁的样子。

③疏狂：豪放而不受拘束。

④对酒当歌：语出曹操《短歌行》"对酒当歌，人生几何"。

⑤强乐：勉强行乐。

⑥"衣带渐宽"以下二句："衣带渐宽"化自《古诗十九首》中的"相去日已远，衣带日已缓"。柳词中的这两句言为思念而憔悴，虽憔悴而不悔，较《古诗十九首》又更进一层。柳永《尾犯》："一种劳心力，图利禄殆非长策。除是恁，点检笙歌，访寻罗绮消得。"

采莲令①

月华收②，云淡霜天曙③。西征客、此时情苦。翠娥执手送临歧④，轧轧开朱户⑤。千娇面、盈盈伫立⑥，无言有泪⑦，断肠争忍回顾。

一叶兰舟，便恁急桨凌波去⑧。贪行色、岂知离绪⑨。万般方寸，但饮恨，脉脉同谁语⑩。更回首、重城不见⑪，寒江天外，隐隐两三烟树。

【注释】

①这是一首别情词，词中描写了一对有情人惜别时的缠绵，及别后细密的情思。其间景语情语错落编织，不辨彼此，情韵悠远。

②月华收：言月已落，而天将明。

③云淡霜天曙：孟浩然有句"微云淡河汉，疏雨滴梧桐"，一时叹为清绝。张元幹《芦川词》："月淡霜天，今夜空清坐。"句意与此相类似。曙，天明，天亮。

④临歧：行至岔路口。古诗中常用"歧路"表现朋友分别的场景。

⑤轧（yà）轧：开门的声音，象声词。

⑥千娇面、盈盈伫立：柳永《玉女摇仙佩》"争如这多情，占得人间，千娇百媚"。盈盈，言女子体态轻盈。

⑦无言有泪：柳永《雨霖铃》中"执手相看泪眼，竟无语凝噎"，意同此。

⑧凌波：在水面上行走。汉庄忌《哀时命》："势不能凌波以径度兮，又无羽翼而高翔。"

⑨行色：行旅出发前后的情状、气派。

⑩脉脉同谁语：《古诗十九首》中有"盈盈一水间，脉脉不得语"句，此处仅用此句。

⑪重城：即"层城"，神话传说为天庭太帝所居，这里借指京城。

浪淘沙慢①

梦觉、透窗风一线，寒灯吹息。那堪酒醒，又闻空阶，夜雨频滴②。嗟因循、久作天涯客③。负佳人、几许盟言，便忍把、从前欢会，陡顿翻成忧戚④。

愁极。再三追思，洞房深处⑤，几度饮散歌阑，香暖鸳鸯被。岂暂时疏散，费伊心力。殢云尤雨⑥，有万般千种，相怜相惜。

恰到如今、天长漏永⑦，无端自家疏隔。知何时、却拥秦云态⑧，愿低帏昵枕⑨，轻轻细说与，江乡夜夜，数寒更思忆⑩。

【注释】

①这首词为三片构成的双拽头格式，首片写词人夜半酒醒，忧思难寐；次片追思过往之情事；第三片回到眼下，同时设想将来两人欢会的情景。笔触细腻，曲折缠绵，淋漓尽致。

②又闻空阶，夜雨频滴：龚颐正《芥隐笔记》中有"阴铿有'夜雨滴空阶'，柳耆卿用其语，人但知为柳词耳"。那堪：哪能忍受。那，同"哪"。

③因循：延宕不归、徘徊不去。

④陡顿：突然。

⑤洞房：这里并不是新婚夫妇的卧室，而是泛指幽深的内室。多指卧室、闺房。

⑥殢（tì）云尤雨：指男欢女爱，极尽缠绵。

⑦漏永：时间漫长。漏，古代的计时器，即漏壶。永，长，漫长。

⑧秦云：秦云楚雨。这里借指男女欢爱之事。

⑨低帏：放下床帐。低，用作动词。昵（nì）：亲昵，亲近。

⑩"知何时"以下五句：运意谋篇与李商隐《夜雨寄北》"何当共剪西窗烛，却话巴山夜雨时"相似，由眼前遥想未来，在未来的某

一个时段，再回首眼前的场景，到那时，而今的眼前场景已变成过往的回忆。时空回环交错，妙不可言。

定风波①

自春来、惨绿愁红②，芳心是事可可③。日上花梢④，莺穿柳带，犹压香衾卧。暖酥消⑤，腻云亸⑥。终日厌厌倦梳裹⑦。无那⑧。恨薄情一去，音书无个⑨。

早知恁么。悔当初、不把雕鞍锁。向鸡窗、只与蛮笺象管⑩，拘束教吟课。镇相随，莫抛躲。针线闲拈伴伊坐⑪。和我。免使年少，光阴虚过⑫。

【注释】

①这首词描写了一位少妇因丈夫客居在外，独自面对大好春光，空虚寂寞，百无聊赖，进而后悔当初让丈夫远去。这是柳永俚词的代表作，整首词语言浅白，读来如话家常。

②惨绿愁红：张孝祥《减字木兰花》中有"惨绿愁红，憔悴都因一夜风"。如果说张孝祥眼中的"惨绿愁红"是由风雨所致，那么柳永眼中的"惨绿愁红"，则更多的是因为心情使然。

③是事：所有的事。是，作所有解，是唐宋人的习语。可可：两可，无可无不可，即不在意、不经心的样子。

④日上花梢：太阳升起来了，天已大亮。

⑤暖酥：本意指乳酪因温度升高而融化，这里比喻女子松软的皮肤。酥，原本指乳酪，这里指的是女子白皙的皮肤。

⑥腻云亸（duǒ）：在古诗词中常用来比喻女子的头发，这里指头发蓬松，未经梳洗。

⑦终日厌厌倦梳裹：《诗经·伯兮》中有"自伯之东，首如飞

蓬，岂无膏沐，谁适为容"，两者取意相同。

⑧无那（nuò）：即无奈。

⑨恨薄情一去，音书无个：陈以庄《菩萨蛮》中有"叵耐薄情夫，一行书也无"，都是怨情。

⑩鸡窗：指书斋。蛮笺（jiān）：蜀笺。唐时高丽纸的别称，亦指蜀地所产名贵的彩色笺纸。象管：象牙制的笔管，亦指珍贵的毛笔。

⑪拈（niǎn）：用手指搓转。

⑫免使年少，光阴虚过：整首词在谋篇布局上，与王昌龄的《闺怨》类似。"闺中少妇不知愁，春日凝妆上翠楼。忽见陌头杨柳色，悔教夫婿觅封侯。"都突出一个"悔"字。

少年游①

长安古道马迟迟②。高柳乱蝉嘶③。夕阳岛外④，秋风原上，目断四天垂⑤。

归云一去无踪迹⑥。何处是前期。狎兴生疏⑦，酒徒萧索⑧，不似去年时。

【注释】

①这首词可能是柳永晚年之作，词以"少年游"为名，对少年快意的光阴却不着一字，只是从衰飒、颓唐的晚景写入，有追思，有悔恨，亦有迷惘。

②长安古道马迟迟：长安古道向来是追名逐利之途，自古而今，车轮辐辏，从不稍歇。马迟迟：言人心萧散失意之至。

③乱蝉嘶：即乱蝉噪。不用鸣、吟、唱来形容蝉的叫声，而着一个"嘶"字，说明词人此时心情烦躁。

④岛外：犹方外、世外，具体说可以是京城、闹市之外，抽象说可以是世俗礼法之外。

⑤秋风原上，目断四天垂：原，为长安南郊的乐游原。唐时为长安士女游玩的胜地。李白《登乐游原望》诗："独上乐游园，四望天日曛。"其后一句与"目断四天垂"摹画相似。

⑥归云一去无踪迹：参见晏几道《鹧鸪天》"凭谁问取归云信，今在巫山第几峰"。归云：喻逝去的美好事物。

⑦狎（xiá）兴：狎游的兴致。

⑧酒徒：酒友。萧索：冷落，稀少。

八声甘州①

对潇潇、暮雨洒江天，一番洗清秋。渐霜风凄紧②，关河冷落③，残照当楼。是处红衰翠减④，苒苒物华休⑤。惟有长江水，无语东流。

不忍登高临远，望故乡渺邈⑥，归思难收⑦。叹年来踪迹，何事苦淹留。想佳人、妆楼颙望⑧，误几回、天际识归舟⑨。争知我、倚阑干处，正恁凝愁⑩。

【注释】

①这首词通过描写羁旅行役之苦，表达了强烈的思归情绪，语浅而情深。开头两句写雨后江天，澄澈如洗。复由苍莽悲壮，而转入细致沉思。下片词人推己及人，本是自己登高远眺，却偏想故园之闺中人，应也是登楼望远，伫盼游子归来。整首词结构细密，写景抒情融为一体，以铺叙见长，情景相契，意境浑成，曲折缠绵，凄恻动人。

②霜风：刺骨的寒风。

③关河：泛指关塞河川。

④红衰翠减：指花凋叶落。

⑤苒（rǎn）苒：渐渐。物华休：景物凋残。

⑥渺邈（miǎo）：远，遥远。

⑦归思（sī）：归家的心情。

⑧颙（yóng）望：举首凝望。

⑨天际识归舟：参见谢朓《之宣城郡出新林浦向板桥》："江路西南永，归流东北鹜。天际识归舟，云中辨江树。"

⑩争：怎。恁（rèn）：如此。

迷神引①

一叶扁舟轻帆卷。暂泊楚江南岸。孤城暮角②，引胡笳怨③。水茫茫，平沙雁。旋惊散。烟敛寒林簇，画屏展。天际遥山小，黛眉浅④。

旧赏轻抛，到此成游宦。觉客程劳，年光晚。异乡风物，忍萧索，当愁眼。帝城赊⑤，秦楼阻⑥，旅魂乱。芳草连空阔⑦，残照满。佳人无消息，断云远⑧。

【注释】

①这是一首典型的羁旅行役之词，是柳永五十岁后宦游各地的心态写照。词起句写柳永宦游经过楚江，舟人将风帆收卷，靠近江岸，做好停泊准备。继而作者以铺叙的方法对楚江暮景作了富于特征的描写，衬托出游子愁怨和寂寞之感。下片抒发对宦游生涯的感慨，并对这种感慨作层层铺叙。可以看出作者对仕途的厌倦情绪和对早年生活的向往，内心十分矛盾痛苦。惆怅失落的感情，悠然不尽。

②角：即画角。古代一种乐器。

③胡笳（jiā）：古代北方民族使用的管乐器，声音悲凉。

④黛眉：形容远山。

⑤帝城：京城，指汴京。赊（shē）：距离远。

⑥秦楼：妓院。

⑦芳草：屈原《离骚》有："何所独无芳草兮，尔何怀乎故宇。"

⑧佳人：指恋人。断云：片云。

竹马子①

登孤垒荒凉，危亭旷望，静临烟渚。对雌霓挂雨②，雄风拂槛③，微收残暑。渐觉一叶惊秋④，残蝉噪晚，素商时序⑤。览景想前欢，指神京、非雾非烟深处。

向此成追感，新愁易积，故人难聚。凭高尽日凝仁。赢得消魂无语⑥。极目霁霭霏微⑦，暝鸦零乱，萧索江城暮⑧。南楼画角，又送残阳去。

【注释】

①这首词是词人漫游江南时抒写的离情别绪之作，起片写古垒残壁与酷暑新凉，抒写了壮士悲秋的感慨，景象雄浑苍凉。次片由写景转向抒情，表现了思念故人的痛苦情绪。全词意脉相承，严谨含蓄，清旷幽渺，余味无穷。

②雌霓（ní）：虹双出，雄曰虹，雌曰霓，色鲜艳者为雄，色暗淡者为雌。

③雄风：猛烈的风。

④一叶惊秋：《淮南子·说山》有"见一叶落而知岁之将暮"。

⑤素商：秋日。因为秋色尚白，音属商，故名。

⑥赢得：剩得。消魂：即销魂，消，同"销"。

⑦霁霭（jì'ǎi）：晴天的烟雾。霏微：迷蒙的样子。

⑧暝（míng）：日暮。萧索：萧条。

王安石

王安石（1021—1086），字介甫，号半山，抚州临川（今属江西省）人。"唐宋八大家"之一。庆历二年（1042）进士。神宗朝，召为翰林学士兼侍讲；熙宁二年（1069）提为参知政事，两度出任宰相，推行变法革新。在一片声讨中罢相、复相、再罢相。晚年退居江宁，潜心于学术。曾封荆国公，世称王荆公。他的"新学"在当时有很大影响。他的散文简洁明快，精于说理；诗则关注现实，好发议论，其"集句诗"别具一格。写词不多，却很精彩，洗尽五代以来绮靡词风。有词集《临川先生歌曲》。《全宋词》存其词二十九首。

桂枝香①

登临送目②。正故国晚秋③，天气初肃④。千里澄江似练⑤，翠峰如簇。归帆去棹残阳里⑥，背西风、酒旗斜矗。彩舟云淡，星河鹭起⑦，画图难足。

念往昔、繁华竞逐。叹门外楼头⑧，悲恨相续⑨。千古凭高，对此谩嗟荣辱。六朝旧事随流水⑩，但寒烟、衰草凝绿。至今商女，时时犹唱，《后庭》遗曲⑪。

【注释】

①这首词为王荆公晚年退居金陵，凭览怀古之作。上片描写江山壮丽景色，斜阳映照，帆风樯影，酒肆青旗，好一幅故国晚秋图。下片感叹六朝相继覆亡的史实，并讽喻当世。结语用商女犹唱《后庭花》一典，振起全篇，嗟叹之意，千古弥永。

②送目：注目，注视。南朝齐王融《和南海王殿下咏秋胡妻诗》之五："送目乱前华，驰心迷旧婉。"

③故国：金陵，即今江苏南京。

④肃：肃杀。形容秋高气爽。

⑤千里澄江似练：谢朓《晚登三山还望京邑》有"余霞散成绮，澄江静如练"句。练：洁白的丝绢。

⑥棹（zhào）：船桨。此以"归帆去棹"指代来往船只。

⑦星河：银河。比喻长江。

⑧门外楼头：语本杜牧《台城曲》诗"门外韩擒虎，楼头张丽华"，这里借隋将灭陈，泛指六朝的终结。

⑨悲恨相续：指南朝各朝代相继覆亡。

⑩六朝：六个朝代。合称中国历史上均以建康（南京）为都的吴、东晋、宋、齐、梁、陈。

⑪《后庭》遗曲：陈后主作《玉树后庭花》曲，其词靡丽哀怨，是历史上著名的"亡国之音"。杜牧《夜泊秦淮》诗有"商女不知亡国恨，隔江犹唱后庭花"句。

千秋岁引①

别馆寒砧②，孤城画角。一派秋声入寥廓③。东归燕从海上去，南来雁向沙头落。楚台风④，庾楼月⑤，宛如昨。

无奈被些名利缚。无奈被他情担阁⑥。可惜风流总闲却。当初谩留华表语⑦，而今误我秦楼约。梦阑时⑧，酒醒后，思量着。

【注释】

①这首词通过对秋景的赋写，抒发了厌倦政治，曾被名利耽搁

了的归隐之志。上片写秋景，下片言情。结句处又宕开一笔，说梦回酒醒的时候，每每思量此情此景。此可视为作者历尽沧桑后的幡然省悟。抚今追昔，思致深婉。

②别馆：客馆。寒砧（zhēn）：寒秋的捣衣声。砧，捣衣石。诗词中常用来描写秋景的冷落萧条。唐沈佺期《古意呈补阙乔知之》诗："九月寒砧催木叶，十年征戍忆辽阳。"

③寥廓（liáokuò）：旷远，广阔。

④楚台风：据宋玉《风赋》记载，楚王游于兰台，有风飒然而来，楚王披襟而当之。

⑤庾楼月：《世说新语·容止》记载，庾亮镇守武昌，曾与佐吏于秋夜登南楼吟咏。后以庾楼泛指楼阁。此云庾亮南楼之月。

⑥担阁：耽搁，耽误。

⑦谩（màn）：白白地。华表语：据《搜神后记》载，辽东人丁令威学仙得道，化鹤归来，落在城门华表柱上，有青年欲射之，鹤盘旋空中，唱道："有鸟有鸟丁令威，去家千年今日归。城郭如旧人民非，何不学仙冢累累。"这里指向皇上进谏的奏章。

⑧阑：残，尽。

晏几道

晏几道（1038—1110），字叔原，号小山，抚州临川（今属江西省）人。晏殊第七子。由恩荫入仕，曾任太常寺太祝。熙宁七年（1074）受郑侠案株连而入狱；获释后曾任颍昌府许田镇监官、开封府推官等。他出身名门贵族却仕途坎坷，性孤傲，晚年家境中落。他的词多写一见钟情的爱恋与一厢情愿的凄苦，缠绵悱恻又伤感无奈，使小令的艺术技巧臻于炉火纯青。其词与其父晏殊齐名，世称"二晏"。有词集《小山词》。

临江仙①

梦后楼台高锁，酒醒帘幕低垂。去年春恨却来时。落花人独立，微雨燕双飞②。

记得小蘋初见③，两重心字罗衣④。琵琶弦上说相思⑤。当时明月在，曾照彩云归⑥。

【注释】

①这是一首感旧怀人之作。词的上片写"春恨"，描绘梦后酒醒、落花微雨的情景。下片写相思，追忆"初见"及"当时"的情景，表现词人苦恋之情、孤寂之感。词人怀人的同时，也抒发了人世无常、欢娱难再的淡淡哀愁。

②"落花"二句：语本五代翁宏《春残》诗"又是春残也，如何出翠帏。落花人独立，微雨燕双飞"。

③小蘋：歌妓的名字。

④心字罗衣：用一种心字香熏过的罗衣。这里有深情蜜意的双

关含义。

⑤琵琶弦上说相思：与白居易《琵琶行》"低眉信手续续弹，说尽心中无限事"取意相同。

⑥彩云归：李白《宫中行乐词》有"只愁歌舞散，化作彩云飞"句。

蝶恋花①

梦入江南烟水路。行尽江南，不与离人遇。睡里消魂无说处。觉来惆怅消魂误。

欲尽此情书尺素②。浮雁沉鱼③，终了无凭据。却倚缓弦歌别绪④。断肠移破秦筝柱⑤。

【注释】

①上片写梦中无法寻觅到离人。"烟水路"三字写出江南景物特征，梦境尤为优美。下片写书信无从寄出，寄了也得不到回音。相思之情，无可弥补、无法表达，只好倚弦寄恨，无奈恨深弦急促，移遍筝柱不成调，婉转晓畅，跌宕生姿，缠绵极了。

②尺素：代指书信，因古人常将书信写在尺许长的绢帛上。

③浮雁沉鱼：古人认为鱼、雁能够传书，雁浮鱼沉，书信便无从传递。

④倚：依，伴着。缓弦：较松弛的弦子，发音低沉。

⑤移破：移遍。秦筝：古时秦地所用的一种弦乐器。

蝶恋花①

醉别西楼醒不记。春梦秋云，聚散真容易②。斜月半窗还少睡。画屏闲展吴山翠③。

衣上酒痕诗里字④。点点行行，总是凄凉意。红烛自怜无好计⑤。夜寒空替人垂泪⑥。

【注释】

①这首词为离别追忆之作。上片回忆醉别西楼，醒后却浑然不记。只有斜月半窗，映照画屏。词人不禁感叹，人生聚散如春梦秋云，顷刻间消逝，无影无踪。下片写词人酒醒后，思绪烦乱，检点故人旧物，徒增凄凉，唯有红烛垂泪相伴。

②春梦秋云，聚散真容易：化用乃父晏殊《木兰花》"长于春梦几多时，散似秋云无觅处"词意。而晏殊则化用白居易《花非花》诗："来如春梦不多时，去似秋云无觅处。"

③吴山翠：指画屏上描绘的江南美景。

④酒痕：酒滴的痕迹。岑参《奉送贾侍御史江外》诗："荆南渭北难相见，莫惜衫襟着酒痕。"

⑤怜：哀伤，哀怜。

⑥夜寒空替人垂泪：化用杜牧《赠别》"蜡烛有心还惜别，替人垂泪到天明"诗意。

鹧鸪天①

彩袖殷勤捧玉钟②。当年拼却醉颜红③。舞低杨柳楼心月，歌尽桃花扇底风。

从别后，忆相逢。几回魂梦与君同。今宵剩把银釭照④，犹恐相逢是梦中⑤。

【注释】

①这首词以回忆过去的欢聚情景和别后的思念为陪衬，写恋人久别重逢后的喜悦。上片追忆初次相见的情景。女子的殷勤劝酒，词人的拼却一醉，以及花前月下的歌舞，所有这一切驻留在记忆深处，历久弥新。下片写别后相思，以及意外的重逢。通篇词情婉丽，读来沁人心脾。

②彩袖：代指歌女。玉钟：玉制的酒杯。

③拼（pàn）却：情愿，不顾。

④剩把：尽把。银釭（gāng）：银白色的烛台。

⑤"今宵"二句：化用杜甫《羌村》诗"夜阑更秉烛，相对如梦寐"诗意。

鹧鸪天①

醉拍春衫惜旧香。天将离恨恼疏狂②。年年陌上生秋草③，日日楼中到夕阳。

云渺渺，水茫茫。征人归路许多长④。相思本是无凭语⑤，莫向花笺费泪行⑥。

【注释】

①这首词写欢聚的疏狂，以及别后的相思。上片并未正面描述欢会的疏狂，一个"恼"字，已写尽疏狂。春衫旧香，陌上秋草，楼中夕阳，俱是撩人情思之物。下片写云水渺茫，归路漫长，相思无凭，唯有泪洒香笺。整首词意境深阔，感人至深，具有较强的艺术魅力。

②疏狂：不受拘束。

③生秋草：李白《寄远》有"一为云雨别，此地生秋草"句。

④征人：游子。

⑤无凭语：无法凭借语言表达。

⑥花笺（jiān）：彩色信笺。末二句与晏几道的《采桑子》"长情短恨难凭寄，枉费红笺"情意相同。

生查子^①

金鞭美少年，去跃青骢马②。牵系玉楼人③，绣被春寒夜。

消息未归来，寒食梨花谢④。无处说相思，背面秋千下⑤。

【注释】

①这首词抒写了女主人公的相思怀人之情。词之上片写少年出游，下片写闺中相思，词中通过环境、景物描写来烘托人物的感情。语言明快，顿挫有情。

②青骢（cōng）马：毛色青白相杂的骏马。

③玉楼：华美的楼阁。这里指女子的闺楼。

④寒食：在清明节前一天，古时节令名。

⑤背面秋千下：化用李商隐诗《无题二首》其一"十五泣春风，背面秋千下"。

生查子^①

关山魂梦长，塞雁音书少。两鬓可怜青②，只为相思老。归傍碧纱窗，说与人人道③。真个别离难，不似相逢好。

①这首词刻画了一位痴心公子的痴情痴语。上片写这位痴公子离家远游的经历，满篇皆是怨情：埋怨关山归梦长，埋怨家中音书少，埋怨因为相思生白发。下片写这位痴公子期待爱人入梦，在梦中也还是埋怨：离别真的很难熬，相逢的日子真好。

②青：这里指白色。

③人人：宋时口语，指所爱的人。

木兰花①

东风又作无情计。艳粉娇红吹满地②。碧楼帘影不遮愁，还似去年今日意。

谁知错管春残事。到处登临曾费泪。此时金盏直须深③，看尽落花能几醉④。

【注释】

①这是一首惜春词，惋惜良辰美景的逝去，却无可奈何，只好借酒浇愁。上片怨东风无情，直吹得落红满地。楼台高远，帘影层深，年复一年，不忍见花飞零乱。下片写花落春去，无法挽留，惜春怜花，徒然多事而已。更何况，每当登临游春，为花泪，于今看来，都属庸人自扰，不如痛饮美酒，恣赏落花。语极旷达，却极为沉痛，较之惋惜更深一层。

②艳粉娇红：这里指落花。

③金盏：华美的酒杯。直须：尽管。

④末二句化用唐人崔敏童《宴城东庄》"能向花前几回醉，十千沽酒莫辞频"句意，另外与韩偓《惜花》"临轩一盏悲春酒，明日池塘是绿阴"立意亦同。

木兰花①

秋千院落重帘暮。彩笔闲来题绣户②。墙头丹杏雨余花，门外绿杨风后絮。

朝云信断知何处③。应作襄王春梦去④。紫骝认得旧游踪⑤，嘶过画桥东畔路。

【注释】

①这首词写词人旧地重游，见旧景而思故人。上片写旧地重游，看到似曾相识的情景。往昔佳人笑语的院落，于今已是空寂幽邃了，只见得一枝红杏出墙头，几树绿杨飘白絮。墙内之人如雨余之花，墙外之人，如风后之絮，行踪不定。下片词人不说这位佳人的住处他很熟悉，而偏偏以拟人化的手法，托诸骏马。这一比喻很符合词人作为贵族子弟的身份，由此可知词人曾身骑骏马，来到这秋千深院，与玉楼绣户中人相会。由于常来常往，连马儿也认得游踪了。

②彩笔：即五色笔。据《南史·江淹传》：相传南朝梁代江淹，才思横溢，名章隽语，层出不穷，后梦中为郭璞索还曾借与他的彩笔，从此作品绝无佳者。绣户：雕饰华美的门户。多指女子的住房。

③朝云：代指所思念的人。

④襄王：楚怀王之子。宋玉陪他游云梦之地，言及其父在高唐梦遇巫山神女之事。当夜，襄王亦梦遇神女。事见宋玉《神女赋》。此句意思：当年的恋人想必已嫁给他人或流落风尘。

⑤紫骝（liú）：黑鬃黑尾红身的马，泛指骏马。

清平乐①

留人不住。醉解兰舟去。一棹碧涛春水路。过尽晓莺啼处。

渡头杨柳青青。枝枝叶叶离情②。此后锦书休寄③，画楼云雨无凭④。

【注释】

①这是一首离情词。上片女子殷殷挽留，男子乘醉而别，都是为情。碧涛晓莺，应是女子意中之幻，而非男子眼前之景。过片两句方是女子眼前之景，杨柳青青，枝叶关情，景语情语，打成一片。末两句，陡然转折，以怨写爱，因多情而生绝望，绝望恰恰表明不忍割舍之情怀。

②"渡头杨柳青青"二句：化用刘禹锡《竹枝词》"杨柳青青江水平，闻郎江上唱歌声。东边日出西边雨，道是无情却有情"。

③锦书：即锦字书。据《晋书》载，前秦窦滔妻苏蕙寄给丈夫锦字回文诗。后多用以指情书。

④云雨无凭：用宋玉《高唐赋》写神女的典故，指行踪不定。无凭：无凭据，靠不住。

虞美人①

曲阑干外天如水②。昨夜还曾倚。初将明月比佳期。长向月圆时候、望人归。

罗衣着破前香在③。旧意谁教改④。一春离恨懒调弦。犹有两行闲泪、宝筝前⑤。

①这首词为怀人怨别之作。上片描述女主人公倚阑望月、盼人归来之情。下片抒写女子不幸被弃之恨，情苦怨深，意象鲜明。

②天如水：语本柳永《二郎神》词"乍露冷风清庭户，爽天如水，玉钩遥挂"。亦参见唐赵嘏《江楼旧感》："独上江楼思渺然，月光如水水如天。同来望月人何处，风景依稀似去年。"

③著："着"的本字。穿。

④旧意：往昔相爱的情意。

⑤闲泪：无人知晓、没有意义的眼泪。

留春令①

画屏天畔②，梦回依约③，十洲云水④。手捻红笺寄人书⑤，写无限、伤春事。

别浦高楼曾漫倚⑥。对江南千里。楼下分流水声中，有当日、凭高泪。

【注释】

①《词谱》以晏几道的这首词为正调。这是一首伤春怀人的词作。上片由梦回时分写起，眼前之景、梦中之境，交错弥漫，难分彼此。待把无限心事制成红笺，寄给远方之人。下片回忆往事，主人公独倚高楼，面对着辽阔的千里江南之地，人在何处，抛洒的泪水，和着江水，流向远方。

②天畔（pàn）：指画屏上部。

③依约：依稀，隐约。

④十洲云水：托名为汉东方朔撰的《十洲记》载，八方大海

中，有祖洲、瀛洲、玄洲、炎洲、长洲、元洲、流洲、生洲、凤麟洲、聚窟洲。

⑤捻（niē）：通"捏"，握着。笺（jiān）：信纸。人：指意中人。

⑥别浦：离别的地方。

思远人^①

红叶黄花秋意晚^②，千里念行客。飞云过尽，归鸿无信，何处寄书得。

泪弹不尽临窗滴。就砚旋研墨^③。渐写到别来，此情深处，红笺为无色。

【注释】

①这是一首念远怀人之作。上片写秋意渐浓，见飞鸿而念远，渺渺长空，盼远信而不得。下片出人意表，另开思路：悲感而弹泪，泪弹不尽，临窗滴下，有砚承泪，于是研墨作书。情至深处，泪如雨下，笺色之红，因泪而淡。

②红叶：枫叶。黄花：菊花。

③就砚旋研墨：此承上句，谓泪滴入砚，即以泪研墨。语本孟郊《归信吟》"泪墨洒为书"一句。

满庭芳^①

南苑吹花^②，西楼题叶^③，故园欢事重重。凭阑秋思，闲记旧相逢。几处歌云梦雨，可怜便流水西东。别来之，浅情未有、锦字系征鸿^④。

年光还少味，开残槛菊，落尽溪桐。谩留得，尊前淡月凄风。此恨谁堪共说⑤，清愁付、绿酒杯中。佳期在，归时待把、香袖看啼红⑥。

【注释】

①这首词为怀人之作。写对故乡恋人的思念。词中主人公自与情人分手后，回忆往日欢情，期待重约佳期。在萧瑟的秋天，怨恨交加，悲不自胜。全词婉约有致，清丽缠绵，情溢言外，余味无穷。

②吹花：古代重阳节的一种活动。

③题叶：指红叶题诗传情。唐玄宗时顾况于"苑中，坐流水上，得大梧叶"，上有题诗云："一入深宫里，年年不见春。聊题一片叶，寄与有情人。"况亦于叶上题诗与之，反复唱和。

④锦字系征鸿：指系于雁足的书信。锦字，即锦字书，指书信。

⑤堪：能够，可以。

⑥啼红：和着胭脂的红泪。

苏 轼

苏轼（1037—1101），字子瞻，号东坡居士，眉山（今四川省眉山市）人。与其父苏洵、其弟苏辙并称"三苏"，同属"唐宋八大家"。嘉祐二年（1057）进士，曾任凤翔府签判。早年主张改革弊政，但王安石变法时，在改革主张与策略上持不同政见，被视为旧党。自请离开朝廷，出任杭州通判，转知密州、徐州、湖州。政敌以东坡讥讽朝政的罪名发动"乌台诗案"，元丰二年（1079）苏轼经牢狱之灾后被贬为黄州团练副使。哲宗继位后被召回朝廷，任翰林学士、知制诰。元祐四年（1089）出知杭州，转知颍州、扬州；元祐七年（1092）再召回京，历任礼部尚书、兵部尚书。绍圣元年（1094）再受党争牵累，被贬往惠州、儋州。建中靖国元年（1101）遇赦北归途中病死在常州。苏轼一生坎坷，总成为党争的牺牲品。但他始终关心民生疾苦，关注朝政大局。苏轼才华横溢，在诗文词赋、书法绘画诸多方面都取得了辉煌成就，逐渐形成清新淡雅与雄浑奔放并存的风格，又奖掖后进，产生深远影响。苏轼词被认为是豪放派代表，实则风格多样，题材广泛，个性鲜明，超凡脱俗。他"以诗为词"，一洗绮罗香泽之态；声韵谐婉，但不拘泥于音律；语言清新，兼采史传、口语；调名之外，创立标题、小序。他把诗文革新的成果推广到词的领域，为宋词的发展开拓出一片新天地。苏词版本很多，重要的有宋绍兴间傅干《注坡词》、元延祐间《东坡乐府》，《彊村丛书》本始创编年，《全宋词》收苏轼词最为完备。

水调歌头①

丙辰中秋，欢饮达旦，大醉。作此篇，兼怀子由②。

明月几时有③，把酒问青天。不知天上宫阙，今夕是何年④。我欲乘风归去，又恐琼楼玉宇⑤，高处不胜寒。起舞弄清影，何似在人间。

转朱阁，低绮户⑥，照无眠。不应有恨，何事长向别时圆。人有悲欢离合，月有阴晴圆缺，此事古难全。但愿人长久，千里共婵娟⑦。

【注释】

①这是一首广为传颂的中秋词。上片表现词人由超尘出世到热爱人生的思想活动，侧重写天上。下片融实为写意，化景物为情思，表现词人对人世间悲欢离合的解释，侧重写人间。词人俯仰古今变迁，感慨宇宙流转，渗入了浓厚的哲学意味，揭示了睿智的人生理念。

②丙辰中秋：宋神宗熙宁九年（1076）八月十五日。子由：苏轼之弟苏辙，字子由。

③明月几时有：化用李白《把酒问月》"青天有月来几时？我今停杯一问之"诗意。

④不知天上宫阙（què），今夕是何年：《周秦行记》载牛僧孺诗"香风引到大罗天，月地云阶拜洞仙。共道人间惆怅事，不知今夕是何年"。天上宫阙，指月宫。

⑤琼楼玉宇：想象月宫中晶莹瑰丽的楼台殿阁。

⑥低绮（qǐ）户：月光移入彩绘雕花的门窗。

⑦婵娟：指代明月。末二句化用谢庄《月赋》"隔千里兮共明月"句。

水龙吟① 次韵章质夫杨花词②

似花还似非花，也无人惜从教坠。抛家傍路，思量却是，无情有思③。萦损柔肠，困酣娇眼，欲开还闭。梦随风万里，寻郎去处，又还被、莺呼起④。

不恨此花飞尽，恨西园、落红难缀。晓来雨过，遗踪何在，一池萍碎⑤。春色三分⑥，二分尘土，一分流水。细看来，不是杨花，点点是离人泪。

【注释】

①这是苏东坡少有的婉约风格的咏物词作。词人借暮春之际"抛家傍路"的杨花，化"无情"之花为"有思"之人，"直是言情，非复赋物"，幽怨缠绵而又空灵飞动地抒写了带有普遍性的离愁。

②章质夫：即章楶（jié），字质夫，浦城（今属福建省）人。曾作《水龙吟》咏杨花，苏轼依章词原韵唱和，故称"次韵"。

③无情有思：前代诗人，有的说杨花无情，如韩愈《晚春》诗"杨花榆荚无才思"。有的说杨花有情，如杜甫《白丝行》诗"落絮游丝亦有情"。

④"梦随"三句：唐金昌绪《春怨》"打起黄莺儿，莫教枝上啼。啼时惊妾梦，不得到辽西"句意相似。

⑤萍碎：苏轼自注："杨花落水为浮萍，验之信然。"此说并无科学根据，是词人的误解。

⑥春色：指柳絮（杨花）。

念奴娇① 赤壁怀古②

大江东去，浪淘尽、千古风流人物。故垒西边，人道是、三国周郎赤壁③。乱石穿空，惊涛拍岸，卷起千堆雪。江山如画，一时多少豪杰。

遥想公瑾当年，小乔初嫁了④，雄姿英发⑤。羽扇纶巾⑥，谈笑间、樯橹灰飞烟灭⑦。故国神游⑧，多情应笑我，早生华发。人生如梦，一樽还酹江月⑨。

【注释】

①这是一首怀古词作，也是宋代豪放词的代表之作。上片即景抒情，将读者带入历史的沉思之中，唤起人们对人生的思索，气势恢宏，笔大如椽。下片刻画周瑜的丰姿潇洒、韶华似锦、年轻有为，足以令人艳美。词中追怀东汉末建安十三年（208）赤壁之战时的英雄人物，特别是周瑜的英雄形象和业绩，感慨自己年已老大，事业无成，心中充满了失落感。

②赤壁怀古：宋神宗元丰五年（1082）七月作者在黄州（今湖北省黄冈市）游赤壁矶后作。

③周郎：三国时吴将周瑜，字公瑾。故吴主孙策授以"建威中郎将"时年仅二十四岁，故吴中呼为周郎。

④小乔：据《三国志》载，周瑜从孙策攻皖，得乔公二女，皆国色也。策自纳大乔，瑜纳小乔。

⑤英发：神采焕发。

⑥羽扇纶（guān）巾：此处指周瑜。据《演繁露》载，诸葛亮与司马懿将决战于渭水边，诸葛亮扎着葛布制作的头巾，摇着白色羽毛扇，指挥三军。后以此形容儒将的装束，表现其指挥若定，潇洒从容。

⑦樯橹：这里代指曹操的水军战船。樯，挂帆的桅杆。橹，一种摇船的桨。

⑧神游：心向往之，如亲游其境。

⑨酹（lèi）：以酒洒地，表示祭奠。

永遇乐①

彭城夜宿燕子楼②，梦盼盼，因作此词。

明月如霜，好风如水，清景无限。曲港跳鱼，圆荷泻露，寂寞无人见。统如三鼓③，铿然一叶④，黯黯梦云惊断⑤。夜茫茫，重寻无处，觉来小园行遍。

天涯倦客⑥，山中归路，望断故园心眼。燕子楼空，佳人何在，空锁楼中燕。古今如梦，何曾梦觉，但有旧欢新怨。异时对，黄楼夜景⑦，为余浩叹。

【注释】

①这首词即景抒情，情理交融，状燕子楼小园清幽夜景，抒燕子楼惊梦后萦绕于怀的惆怅之情，言词人由人去楼空而悟得的"古今如梦，何曾梦觉"之理。上片写夜宿燕子楼的四周景物和梦。下片直抒感慨，议论风生。整首词传达了一种禅意玄思的人生空幻，隐藏着某种要求彻底解脱的出世意念。

②燕子楼：唐代尚书张愔侍妾关盼盼居处，位于徐州（古彭城）。张愔死后，盼盼感念旧情，独居此楼十余年。

③统（dǎn）如：击鼓声。

④铿（kēng）然：金石声。此喻树叶落地声。

⑤黯黯：心神沮丧貌。梦云：指梦见盼盼。

⑥倦客：疲劳不堪的漂泊异乡的人。词人自指。

⑦黄楼：苏轼守徐州时，为治理黄河水患，在彭城东门堆黄土建成黄楼。

洞仙歌^①

仆七岁时，见眉州老尼，姓朱，忘其名，年九十余。自言尝随其师入蜀主孟昶宫中^②。一日大热，蜀主与花蕊夫人夜起避暑摩诃池上^③，作一词。朱具能记之。今四十年，朱已死久矣，人无知此词者。但记其首两句，暇日寻味，岂《洞仙歌令》乎，乃为足之。

冰肌玉骨，自清凉无汗。水殿风来暗香满。绣帘开、一点明月窥人，人未寝、敧枕钗横鬓乱^④。

起来携素手，庭户无声，时见疏星渡河汉^⑤。试问夜如何，夜已三更，金波淡、玉绳低转^⑥。但屈指、西风几时来，又不道、流年暗中偷换^⑦。

【注释】

①这首词表现了后蜀国君孟昶与花蕊夫人夏夜摩诃池上纳凉的情景。上片写花蕊夫人绰约风姿。下片写爱侣夏夜偕行，空灵曼妙，末句表达了词人对时光流逝的深深惋惜和感叹。整首词清灵隽永，语意高妙，读来令人心驰神往。

②孟昶（chǎng）：五代时后蜀国君。生活奢靡，喜好词曲。

③花蕊夫人：后蜀君主孟昶之妃。摩诃池：在蜀王宫宣华苑，相传故址在今成都昭觉寺。

④敧（qī）枕：即倚枕，靠着枕头。

⑤河汉：指天河。

⑥金波：指浮动的月光。玉绳：星名，此处泛指群星。

⑦不道：不料。

卜算子①黄州定惠院寓居作②

缺月挂疏桐，漏断人初静③。谁见幽人独往来④，飘渺孤鸿影。

惊起却回头，有恨无人省⑤。拣尽寒枝不肯栖，寂寞沙洲冷。

【注释】

①这首词借月夜孤鸿这一形象托物寓怀，表达了词人孤高自许、蔑视流俗的心境。

②黄州：今湖北省黄冈市。

③漏断：漏壶之水滴尽，表示夜已深。

④幽人：隐居之人。苏轼《定惠院寓居月夜偶出》诗："幽人无事不出门，偶逐东风转良夜。"

⑤省（xǐng）：知道，理解。

青玉案①和贺方回韵送伯固归吴中故居②

三年枕上吴中路。遣黄犬、随君去③。若到松江呼小渡。莫惊鸳鹭。四桥尽是，老子经行处④。

《辋川图》上看春暮⑤，常记高人右丞句⑥。作个归期天已许⑦。春衫犹是，小蛮针线⑧，曾湿西湖雨。

【注释】

①这是一首赠别词。上片写对苏坚思乡心情的理解，言外之意：人各有家，乡情却是一样的，我何尝没有归乡之心，思乡之情

风情宋词·杨柳岸 晓风残月

65

呢！词人接着回忆了吴中给自己留下的美好印象，表达了对吴中故交的思念之情。下片借对王维诗画的赞叹，表现自己欲归不能的无奈以及对苏坚回乡的羡慕，间接表达了词人对仕宦生涯的厌倦之情。

②贺方回：即词人贺铸。伯固：苏轼族人苏坚，字伯固。吴中：即苏州。

③黄犬：据《晋书》载，陆机有犬名黄耳，他在洛阳时，曾把书信系在它的脖子上，送至松江家中，并得回信。

④老子：作者自称。宋人习用语，犹老夫。辛弃疾《水调歌头·和王正之吴江观雪见寄》词："老子旧游处，回首梦耶非。"

⑤《辋（wǎng）川图》：王维隐居辋川别墅，曾在清凉寺绘《辋川图》。暗指作者有归隐之意。

⑥高人：指情趣高雅、不热衷于名利的人。右丞：王维官尚书右丞。杜甫《解闷》："不见高人王右丞，蓝田丘壑漫寒藤。"

⑦作：预定。归期：辞官归隐之期。

⑧小蛮：白居易侍妾名。此指苏轼侍妾朝云。

临江仙①

夜饮东坡醒复醉，归来仿佛三更。家童鼻息已雷鸣。敲门都不应，倚杖听江声。

长恨此身非我有②，何时忘却营营③。夜阑风静縠纹平④。小舟从此逝，江海寄余生。

【注释】

①苏东坡黄州之贬第三年，深秋之夜于雪堂畅饮，醉后返归临皋。这首词正是写当时的情景。上片以动衬静，以有声衬无声，家

家如雷的鼻息和远处的江声，衬托出夜静人寂的境界，从而烘托出词人心事之浩茫和心情之孤寂。下片以一种透彻了悟的哲理思辨，表达出一种对出处去留，无所适从的困惑和对人生的无限感伤，读来震撼人心。

②长恨此身非我有：此借指仕宦之人不自由。据《庄子》载，舜问于丞曰："道可得而有乎?,'丞曰："汝身非汝有也，汝何得有夫道。"

③营营：为功名利禄奔波。

④縠（hú）纹：指细微的水波。苏轼《和张昌言喜雨》："禁林夜直鸣江濑，清洛朝回起縠纹。"

定风波①

三月七日，沙湖道中遇雨②。雨具先去，同行皆狼狈，余独不觉。已而遂晴，故作此词。

莫听穿林打叶声。何妨吟啸且徐行③。竹杖芒鞋轻胜马④。谁怕。一蓑烟雨任平生⑤。

料峭春风吹酒醒⑥。微冷。山头斜照却相迎。回首向来萧瑟处。归去。也无风雨也无晴⑦。

【注释】

①这首诗写词人野外遇雨，却全无惧色，任天而行，超然物外。上片写雨中，下片写雨后。整首词于简朴中见深意，于寻常处生奇警，表现出旷达超脱的胸襟，寄寓着超凡脱俗的人生理想。

②沙湖：位于湖北黄冈东南三十里，又名螺师店。

③吟啸：边歌咏边长啸，形容意态潇洒。

④芒鞋：即草鞋。

⑤蓑（suō）：蓑衣，用草或棕毛编织的雨披。

⑥料峭（qiào）：形容春风略带寒意。

⑦末二句：苏轼《独觉》："翛然独觉午窗明，欲觉犹闻醉鼾声。回首向来萧瑟处，也无风雨也无晴。"后两句全同，可见这是苏轼非常欣赏的两句。

江城子① 乙卯正月二十日夜记梦②

十年生死两茫茫。不思量。自难忘。千里孤坟③，无处话凄凉。纵使相逢应不识，尘满面、鬓如霜④。

夜来幽梦忽还乡。小轩窗⑤。正梳妆。相顾无言，惟有泪千行。料得年年肠断处，明月夜、短松冈⑥。

【注释】

①夫妻生死永诀，转瞬十载，不需思量，只因时时忆念。最可悲的是，这对恩爱夫妻面对的不止是幽冥之隔，更有空间的阻隔。身处密州的苏轼，却不能到妻子的坟前祭奠、倾诉，一个"孤"字，多少凄凉。下片记梦，羁縻于宦海的词人，只能梦中还乡，见到久别的妻子，还是十年前的模样，久别重逢当有千言万语，而词人当此之时，只有泪流满面。整首词凄情满怀，表达词人对亡妻王弗的沉痛思念之情。

②乙卯正月：本篇为宋神宗熙宁八年（1075）正月，作者在密州悼念亡妻王弗而作。王弗，苏轼妻，眉州青神人。十六岁嫁与苏轼，二十七岁时病亡。从王弗逝世（1065）到作者作此词正好十年。

③千里孤坟：此时作者在密州（今山东省诸城县），王弗葬于眉山东北（今四川省彭山县）苏洵夫妇墓旁，两地相距何止千里。

④鬓如霜：即两鬓斑白。白居易《闻龟儿咏诗》："莫学二郎吟太苦，才年四十鬓如霜。"

⑤轩：有窗槛的小室。

⑥短松冈：这里指王弗的墓地。

木兰花①　次欧公西湖韵②

霜余已失长淮阔。空听潺潺清颍咽③。佳人犹唱醉翁词，四十三年如电抹④。

草头秋露流珠滑。三五盈盈还二八⑤。与余同是识翁人，惟有西湖波底月。

【注释】

①这首词是苏轼五十六岁时为怀念恩师欧阳修而作。上片写自己泛舟颍河时触景生情。下片写月出波心而生的感慨和思念之情。全词在一派淡泊、凄清的秋水月色中化出淡淡的思念和叹息，因景而生怀人之情，悲叹人生无常，令人感慨万千，怅然若失。

②欧公：指欧阳修。

③清颍：颍水。淮河支流，在今河南省。咽（yè）：声音低沉而不畅。

④四十三年：自欧阳修作《木兰花》词至苏轼作此词，已相距四十三年。电抹：形容光阴飞逝。范成大《泛湖诗》："一笑流光飞电抹，嫦娥相对两愁绝。"

⑤三五：指每月十五。二八：指每月十六。谢灵运《怨晓月赋》："昨三五兮既满，今二八兮将缺。"

风情宋词·杨柳岸 晓风残月

贺新郎①

乳燕飞华屋②。悄无人、桐阴转午③，晚凉新浴。手弄生绡白团扇，扇手一时似玉。渐困倚、孤眠清熟。帘外谁来推绣户，枉教人、梦断瑶台曲④。又却是、风敲竹。

石榴半吐红巾蹙⑤。待浮花、浪蕊都尽，伴君幽独。秾艳一枝细看取⑥，芳心千重似束。又恐被、西风惊绿。若待得君来向此，花前对酒不忍触⑦。共粉泪、两簌簌⑧。

【注释】

①这是一首抒写闺怨的双调词，上片写美人，下片掉转笔锋，专咏榴花，借花取喻，时而花人并列，时而花人合一。作者赋予词中的美人、榴花以孤芳高洁、自伤迟暮的品格和情感，这两个美好的意象中渗透进自己的人格和感情。词中写失时之佳人，托失意之情怀；以婉曲缠绵的儿女情肠，寄慷慨郁愤的身世之感。

②乳燕飞华屋：化用宋赵彦卫《云麓漫抄》卷四："东坡长短句《贺新郎》词云：'乳燕飞华屋'尝见其真迹，乃'栖华屋'。"

③转午：天已到午后。

④瑶台：传说中神仙居住的地方。

⑤蹙（cù）：褶皱。

⑥秾（nóng）艳：艳丽。

⑦触：触目，观看。

⑧粉泪：女子和着脂粉的泪水。簌（sù）簌：坠落貌。

黄庭坚

黄庭坚（1045—1105），字鲁直，号山谷，又号涪翁，洪州分宁（今江西省修水县）人。治平四年（1067）登进士第，历任秘书丞、国史；晚年一再遭贬，最后死于贬所。他是"苏门四学士"之一。诗与苏轼齐名，并称"苏黄"，被奉为"江西诗派"创始人。书法亦有盛名。黄庭坚的词，早期多写艳情，格调不高，晚年亦有疏宕豪健之词，然佳作不多，当时与秦观齐名，并称"秦黄"。本集附词一卷，另有《山谷琴趣外编》三卷单行，收入《彊村丛书》。

鹧鸪天①

坐中有眉山隐客史应之和前韵，即席答之。

黄菊枝头生晓寒。人生莫放酒杯干。风前横笛斜吹雨，醉里簪花倒着冠。

身健在，且加餐②。舞裙歌板尽清欢。黄花白发相牵挽③，付与时人冷眼看④。

【注释】

①这是一首宴席间互相酬唱之作。上片是劝酒之辞，劝别人，也劝自己到酒中去求安慰，到醉中去求欢乐。下片则是对世俗的侮慢与挑战。这首词作于词人被贬戎州时。词人采取自乐自娱和放浪形骸的方式来发泄心中郁结的愤懑与不平，对现实中的政治迫害进行调侃和抗争，体现了词人挣脱世俗约束的理想。

②加餐：李白《代佳人寄翁参枢先辈》："直是为君餐不得，

书来莫说更加餐。"

③黄花：同黄华，指未成年人。白发：指老年人。

④冷眼：轻蔑的眼光。

定风波^① 次高左藏使君韵

万里黔中一漏天^②。屋居终日似乘船。及至重阳天也霁。
催醉。鬼门关外蜀江前^③。

莫笑老翁犹气岸^④。君看。几人黄菊上华颠。戏马台南
追两谢^⑤。驰射。风流犹拍古人肩^⑥。

【注释】

①这首词为词人贬谪黔州期间的作品。上片首二句写黔中气
候，以明贬谪环境之恶劣。下三句一转，重阳放晴，登高痛饮。久
雨得晴，又适逢佳节，可谓喜上加喜，遂逼出"催醉"二字。过片
三句承上意写重阳簪菊的风俗，以老翁自居的词人也将黄花插上满
是白发的头上，这种不入俗眼的举止，现出一种不服老的气概。最
后三句是高潮，词人不但饮酒赏菊，还要骑马射箭。整首词写词人
贬谪黔州时过重阳节的情景，表现了词人在逆境中的乐观旷达的
情怀。

②黔中：指黔州，四川一带。漏天：天似泄漏一般，比喻雨
水多。

③鬼门关：古代关名，指石门关，在今重庆市奉节县东。蜀
江：指今重庆市境内的乌江，流经彭水县。

④气岸：气概。李白《流夜郎赠辛判官》诗："气岸遥凌豪士
前，风流肯落他人后。"

⑤戏马台：在今江苏省徐州，项羽所筑。两谢：指晋宋间文学

风情宋词·杨柳岸 晓风残月

72

家谢灵运和其族兄谢瞻，两人均有《九日从宋公戏马台集送孔令诗》。

⑥拍古人肩：拍肩为比肩，追踪的意思。意谓追及古人。郭璞《游仙诗》："右拍洪崖肩。"

秦 观

秦观（1049—1100），字少游，一字太虚，号淮海居士。高邮（今属江苏省）人。少有才名，研习经史，喜读兵书。熙宁十年（1077），往谒苏轼于徐州，次年作《黄楼赋》，苏轼以为"有屈、宋姿"。元丰八年（1085）进士，元祐初，任秘书省正字，兼国史院编修；晚年一再遭贬。他是"苏门四学士"之一，其诗清新婉丽；词多写恋情和身世之慨，语工而入律，情韵兼胜，哀艳动人，曾因《满庭芳》词赢得"山抹微云君"雅号。他毕生追随苏氏兄弟，而词风不学东坡，独创一格，以秀丽含蓄取胜，情调略嫌柔弱与凄凉。有单刻本《淮海居士长短句》三卷行世，后收入《彊村丛书》。

望海潮①

梅英疏淡，冰澌溶泄②，东风暗换年华。金谷俊游③，铜驼巷陌④，新晴细履平沙。长记误随车⑤。正絮翻蝶舞，芳思交加。柳下桃蹊，乱分春色到人家。

西园夜饮鸣笳⑥。有华灯碍月，飞盖妨花。兰苑未空，行人渐老，重来是事堪嗟⑦。烟暝酒旗斜⑧。但倚楼极目，时见栖鸦。无奈归心，暗随流水到天涯。

【注释】

①这是一首怀旧之作。起片写初春景色：梅花渐落，河冰溶解，春天悄悄来了。继而写旧时游踪：前年上巳，适值新晴，游赏幽美名园，漫步繁华街道，缓踏平沙，快意无似。下片从美景而及

饮宴，通宵达旦，尽情欢畅。"兰苑"二句，暗中转折，追忆前游，是事可念，而"重来"旧地，则"是事堪嗟"，感慨至深。而今酒楼独倚，只见烟暝旗斜，暮色苍茫，既无飞盖而来之俊侣，也无鸣筝夜饮之豪情，极目所至，所见唯有栖鸦。当此之时，归兮之心自然涌上心头。

②冰澌（sī）：冰块。

③金谷：金谷园。晋石崇所建别墅名园，常在此园中招待宾客，饮宴游玩。

④铜驼：汉代洛阳街名。街道两侧有铜驼相对立，故名。

⑤长记误随车：语出韩愈《游城南十六首》的《嘲少年》："直把春偿酒，都将命乞花。只知闲信马，不觉误随车。"以及张泌的《浣溪沙》："晚逐香车入凤城，东风斜揭绣帘轻，慢回娇眼笑盈盈。消息未通何计是？便须佯醉且随行，依稀闻道太狂生。"则都可作误随车的注释。

⑥西园夜饮鸣筝：暗指元祐三年苏轼、秦观等十七人在驸马都尉王诜家西园雅集之事。

⑦是事：即事事，每件事。

⑧烟暝（míng）：暮色笼罩的傍晚。酒旗：酒店前的标帜，又叫"酒帘""望子"。

八六子①

倚危亭。恨如芳草，萋萋刬尽还生②。念柳外青骢别后，水边红袂分时③，怆然暗惊④。

无端天与娉婷⑤。夜月一帘幽梦，春风十里柔情⑥。怎奈向、欢娱渐随流水，素弦声断⑦，翠绡香减⑧，那堪片片飞花弄晚⑨，濛濛残雨笼晴。正销凝⑩。黄鹂又啼数声。

75

①这首词抒写别后相思之苦。上片径由情入，一个"恨"字，如天风海雨，忽然而来。下片回溯别前之欢，追忆离后之苦，叹息现实之悲，委婉曲折，道尽心中一个"恨"字。

②萋萋：茂盛貌。刬（chǎn）：同"铲"，铲除。

③红袂（mèi）：红色衣袖。

④怆（chuàng）然：悲伤貌。

⑤娉婷（pīngtíng）：姿态美好貌。

⑥"夜月"二句：借用杜牧《赠别》诗句"娉娉袅袅十三余，豆蔻梢头二月初。春风十里扬州路，卷上珠帘总不如"。

⑦素弦声断：意思是分别后无心弹琴。

⑧翠绡（xiāo）香减：意思是分别后懒于修饰。

⑨那：同"哪"。

⑩销凝：因伤感而凝思出神。此二句化自杜牧《八六子》末句："正销魂，梧桐又移翠阴。"

满庭芳①

山抹微云②，天连衰草，画角声断谯门③。暂停征棹，聊共引离尊。多少蓬莱旧事，空回首、烟霭纷纷。斜阳外，寒鸦万点，流水绕孤村④。

消魂。当此际，香囊暗解⑤，罗带轻分⑥。谩赢得、青楼薄幸名存⑦。此去何时见也，襟袖上、空惹啼痕。伤情处，高城望断，灯火已黄昏。

【注释】

①这首词写离情别绪。上片从绘景入笔，描绘离别场景，远山

淡云，衰草接天，画角声声，此景已属凄清，当此离别之际，尤觉不忍。词人于"山""云"之间着一"抹"字，出语新奇，别有意趣。继而转入叙事，引出饯别场景，并以景衬意，斜阳寒鸦，流水孤村，喻别后前程之迷惘。下片"消魂"二字，当空而来，拎出伤别题旨。以下数句直赋情事，坦陈心迹，一气贯之，酣畅淋漓。结句以景语收煞，含蓄萦回，韵味深长。

②抹：涂抹。参见《泗州东城晚望》诗："林梢一抹青如画，应是淮流转处山。"

③谯（qiáo）门：建有瞭望楼的城门。

④寒鸦万点，流水绕孤村：直接用隋炀帝断句诗："寒鸦千万点，流水绕孤村。"

⑤香囊：盛有香草或香料的绣花小袋子。古代男子有佩香荷包风尚。

⑥罗带轻分：指分离。古人用罗带结成同心结象征相爱。

⑦"谩赢得"句：化用杜牧《遣怀》诗"十年一觉扬州梦，赢得青楼薄幸名"。

满庭芳①

晓色云开，春随人意，骤雨才过还晴。古台芳榭，飞燕蹴红英②。舞困榆钱自落③，秋千外、绿水桥平。东风里，朱门映柳，低按小秦筝。

多情。行乐处，珠钿翠盖，玉辔红缨。渐酒空金榼④，花困蓬瀛。豆蔻梢头旧恨⑤，十年梦、屈指堪惊。凭阑久，疏烟淡日，寂寞下芜城⑥。

【注释】

①此为春游感怀之作。上片写景，昨夜一阵急雨，至破晓时

分，雨霁云散，词人满怀欣喜，开始游赏园林。傍水古台，飞燕穿花，榆荚飞舞，绿水盈岸，到处洋溢着明媚的春光。下片抒情，追忆往日行乐生活，琼都春来，男女出游，尽情欢乐，渐至酒空人倦，方才作罢。十年如梦，屈指算来，使人心惊。结句词人凭栏久立，惟见雾霭斜阳，向城墙落下。对比前此欢娱游事，使人顿生一种人事全非的怅惘之感。整首词语言清丽，形象鲜明，感情丰富。

②榭（xiè）：建在高台上的敞亮屋宇。蹴（cù）：追逐。杜甫《城西陂泛舟》："鱼吹细浪摇歌扇，燕蹴飞花落舞筵。"

③榆钱：唐施肩吾《戏咏榆荚》："风吹榆钱落如雨，绕林绕屋来不住。"

④金榼（kē）：古时一种酒器。

⑤"豆蔻"二句：语本杜牧《赠别》诗"豆蔻梢头二月初"和《遣怀》诗"十年一觉扬州梦"。

⑥芜城：扬州的别名。南朝刘宋时，扬州连遭兵祸，城邑荒芜。诗人鲍照登城伤悼，作《芜城赋》。后称扬州为"芜城"。

减字木兰花①

天涯旧恨。独自凄凉人不问。欲见回肠②。断尽金炉小篆香③。

黛蛾长敛④。任是春风吹不展。困倚危楼。过尽飞鸿字字愁⑤。

【注释】

①这首词为念远怀人之作。上片写女子独自凄凉，愁肠欲绝；下片写女子百无聊赖，困倚危楼。全词先写内心，再写外形，触物兴感，借物喻情，词采清丽，笔法多变，细致入微地表现了女子深重的离愁，

抒写出一种深沉的怨愤激楚之情。

②回肠：曲折回环的愁肠。司马迁《报任安书》有"是以肠一日而九回"，南朝陈徐陵《在北齐与杨仆射书》："朝千悲而掩泣，夜万绪而回肠，不自知其为生，不自知其为死也。"

③金炉：香炉。篆（zhuàn）香：即盘香。此处喻"回肠"。李清照《满庭芳》："篆香烧尽，日影下帘钩。"

④黛蛾：指眉。温庭筠《晚归曲》："湖西山浅似相笑，菱刺惹衣攒黛蛾。"

⑤飞鸿：即雁。字字：雁飞时排成"一"字或"人"字，故云。

踏莎行①郴州旅舍

雾失楼台，月迷津渡②。桃源望断无寻处③。可堪孤馆闭春寒④，杜鹃声里斜阳暮。

驿寄梅花⑤，鱼传尺素⑥。砌成此恨无重数。郴江幸自绕郴山⑦，为谁流下潇湘去⑧。

【注释】

①这首词为词人贬谪郴州时所写。词中抒写了词人流徙僻远之地的凄苦失望之情和思念家乡的怅惘之情。上片以写景为主，描写了词人谪居郴州登高怅望时的所见和谪居的环境，寓情于景，表现了他苦闷迷惘、孤独寂寞的情怀。下片以抒情为主，写他谪居生活中的无限哀愁，偶尔也情中带景。

②津渡：渡口。

③桃源：即陶渊明《桃花源记》中所写的理想境界。杜甫《春日江村》："茅屋还堪赋，桃源自可寻。"

④可堪：哪堪。

⑤驿寄梅花：《太平广记》引《荆州记》曰："陆凯与范晔为友，在江南寄梅花一枝诣长安与晔，并赠诗云：'折梅逢驿使，寄与陇头人。江南无所有，聊赠一枝春。'"

⑥鱼传尺素：指亲朋书信。蔡邕（yōng）《饮马长城窟行》诗有"客从远方来，遗我双鲤鱼。呼儿烹鲤鱼，中有尺素书"。

⑦郴（chēn）江：源出郴州东面的黄岑山，北流入湘江支流耒水。幸自：本自。郴山：指黄岑山。

⑧潇湘：二水名，在湖南省永州市合流后称湘江。古诗词中常并称"潇湘"。

浣溪沙①

漠漠轻寒上小楼。晓阴无赖似穷秋②。淡烟流水画屏幽。
自在飞花轻似梦，无边丝雨细如愁。宝帘闲挂小银钩③。

【注释】

①这是一首抒写淡淡春愁的词作。上片写景，漠漠轻寒，似雾如烟，春阴寒薄，使人感到郁闷无聊。环顾室内，画屏闲展，烟霭淡淡，流水轻轻。词作至此，眼前之景，画中之境，意中之情，三者交汇，亦幻亦真，亦虚亦实。下片正面描写春愁，飞花袅袅，飘忽不定；细雨如丝，迷迷蒙蒙，一派愁绪无边的景象。结语处提振全篇，帘外愁境、帘内愁人，交相呼应，不言愁而愁自现。

②穷秋：深秋。

③宝帘：即珠帘。闲：随手，漫不经心地。

阮郎归^①

湘天风雨破寒初。深沉庭院虚。丽谯吹罢小单于^②。迢迢清夜徂^③。

乡梦断，旅魂孤。峥嵘岁又除^④。衡阳犹有雁传书^⑤。郴阳和雁无^⑥。

【注释】

①这首词为秦观郴州除夕之作，当岁暮天寒，孤馆羁旅，伶仃一人，独对清夜，不禁有家山之思。全词于浅词淡语中蕴有深远意味，抒写了无比哀伤的情感，寄托了沉重的身世感慨。

②丽谯（qiáo）：即谯楼。小单（chán）于：唐代大角曲名。

③徂（cú）：消逝，逝去。

④峥嵘：不寻常。

⑤衡阳：在今湖南省。雁传书：古代有鸿雁传递书信的说法。源于《汉书·苏武传》。

⑥郴（chēn）阳：即郴州。即今湖南省郴州市，在衡阳南两百多里。

鹧鸪天^①

枝上流莺和泪闻。新啼痕间旧啼痕。一春鱼雁无消息^②，千里关山劳梦魂^③。

无一语，对芳尊。安排肠断到黄昏^④。甫能炙得灯儿了^⑤，雨打梨花深闭门。

81

【注释】

①这首词的作者归属有争议，今暂归秦观名下。上片起句"枝上"，《草堂诗馀》《历代诗馀》《词律》俱作"枕上"。若以下文之"啼痕"、"梦魂"和观，当以"枕上"为佳。上片径直抒情，抒情主人公因游子不归，杳无音信，遂积思成梦，梦中片刻的相聚，换来的却是梦醒后的涕泪。拂晓时分，闻流莺鸣唱，感春日将尽，叹流年易逝，复又垂泪。下片写思妇终日面对相思的煎熬。把酒无语，独对黄昏，青灯枯坐，暗自垂泪。

②鱼雁：代指书信。

③千里关山劳梦魂：李白《长相思》有"天长路远魂飞苦，梦魂不到关山难"。

④安排：听任时间推移。肠断：指痛苦的思念。

⑤甫：刚刚。

张 耒

张耒（1054—1114），字文潜，号柯山，楚州淮阴（今属江苏省）人。熙宁六年（1073）举进士，官至起居舍人。曾出知颍、汝二州，贬黄州。他是"苏门四学士"之一，诗风平易淡然。词不多见，清新婉丽，与秦观相近。赵万里辑为《柯山诗馀》一卷。

风流子①

木叶亭皋下，重阳近、又是捣衣秋。奈愁入庾肠②，老侵潘鬓③，谩簪黄菊，花也应羞④。楚天晚、白蘋烟尽处，红蓼水边头⑤。芳草有情，夕阳无语，雁横南浦，人倚西楼。

玉容知安否，香笺共锦字⑥，两处悠悠。空恨碧云离合，青鸟沉浮⑦。向风前懊恼，芳心一点，寸眉两叶，禁甚闲愁⑧。情到不堪言处，分付东流。

【注释】

①这是一首羁旅怀人之作。上片落笔写景，首先点明季节，时近重阳，捣衣声声，催人思乡，愁绪萦绕心头，白发现于鬓角，遥望楚天日暮，白蘋尽头，红蓼深处，芳草有情，夕阳无语，雁阵横南浦而翱翔，远客倚西楼而怅惘。下片抒情，过片点明所思之人，揭示词旨所在。继而写游子对闺中人的念想。并推己及人，设想闺中人怀念游子时的痛苦情状。结句：相思至极，欲说还休；反不如将此情付于东逝之水。

②庾肠：北周庾信初仕梁，后出使西魏，被留，羁旅北方，思念故乡，作《愁赋》。后以此典为思乡之愁肠。

③潘鬓：西晋潘岳说自己三十二岁就有了白头发。后以此典为中年鬓发初白的代词。

④谩簪黄菊，花也应羞：苏轼《吉祥寺赏牡丹》："人老簪花不自羞，花应羞上老人头。"黄庭坚《南乡子》："花向老人头上笑，羞羞。白发簪花不解愁。"

⑤红蓼（liǎo）：古时称为辛菜。能使人想起离家之苦。

⑥香笺：书信。锦字：即锦字书。

⑦碧云离合：喻晴阴不定。青鸟：古代神话传说中西王母的使者。后来诗词中常借指信使。

⑧禁：当，受。

晁补之

晁补之（1053—1110），字无咎，号归来子，济州巨野（今属山东省）人。"苏门四学士"之一。元丰二年（1079）进士，历任校书郎、礼部郎中等职。早年受苏轼赞赏，故其词风亦接近苏轼，每有健句豪语，气象雄俊，但不如东坡词之旷达。有词集六卷，名《晁氏琴趣外篇》。

水龙吟① 次韵林圣予惜春

问春何苦匆匆，带风伴雨如驰骤②。幽葩细萼③，小园低槛，壅培未就④。吹尽繁红，占春长久。不如垂柳。算春常不老，人愁春老，愁只是、人间有。

春恨十常八九⑤。忍轻孤、芳醪经口⑥。那知自是，桃花结子⑦，不因春瘦。世上功名，老来风味⑧，春归时候。最多情犹有。尊前青眼，相逢依旧。

【注释】

①这首词抒写惜春的情怀。上片起首先表达一般惜春之意，春去匆匆，携风带雨，吹落香花嫩蕊、满枝繁红，委实可惜，却也有当初鹅黄嫩绿的垂柳，于今已长得密可藏鸦。四序代谢，春去春来，春常不老，所老者，只是愁春之人。下片写排解春愁的方法。春愁春恨不可免，不如借酒遣愁。排解春愁，还须从根本上下功夫，其实，春归原不必愁，春红谢了，是为了结实，人生一世，亦是如此，由壮年进入暮年，自有老来风味，不变的只有老友相逢，青眼依旧，举杯畅饮，莫负良辰。

②驰骤：疾速。

③葩（pā）：草木的花。幽葩细萼：优雅的花朵、细小的花萼。

④壅（yōng）培：培土。

⑤春恨十常八九：辛弃疾《贺新郎》："肘后俄生柳，叹人生、不如意事，十常八九。""人生不如意事十常八九"盖为习语，宋时已然。

⑥芳醪（láo）：醇香美酒。

⑦桃花结子：王建《宫词》："树头树底觅残红，一片西飞一片东。自是桃花贪结子，错教人恨五更风。"

⑧风味：心情，情趣。

盐角儿①毫社观梅②

开时似雪③。谢时似雪④。花中奇绝。香非在蕊，香非在萼，骨中香彻⑤。

占溪风，留溪月。堪羞损、山桃如血⑥。直饶更、疏疏淡淡，终有一般情别⑦。

【注释】

①这是一首咏梅词，赞美梅花的洁白、芳香和疏淡优雅的风姿。上片写梅形神兼到，"雪"写其形，"香"言其魂。下片梅桃对比，言梅之隐忍与疏淡。

②毫（bó）社：即殷社。古时建国必先立社，殷建都毫，故称毫社，位于今河南商丘。

③开时似雪：卢照邻《梅花落》："雪处疑花满，花边似雪回。"

④谢时似雪：杜审言《大酺》："梅花落处疑残雪，柳叶开时任好风。"

⑤彻：透。宋魏了翁《次韵苏和甫雨后观梅》："疏影照人骚梦冷，清香彻骨醉痕锁。"

⑥损：煞，很。

⑦直饶更：尽管，纵然。情别：特殊情味。

忆少年①别历下

无穷官柳，无情画舸②，无根行客。南山尚相送，只高城人隔。

罨画园林溪绀碧③。算重来、尽成陈迹。刘郎鬓如此④，况桃花颜色。

【注释】

①这是一首感叹宦海浮沉的词作。上片写送别的情景，首三句排句连蝉，气势非凡，写尽词人漂泊无依之窘况。下片悬想他年重来历下，词人已尘满鬓霜，往时罨画园林也已成陈迹。这其中有对自己宦海波劫的怨愤之情。

②画舸（gě）：彩船。

③罨（yǎn）画：画家谓杂彩色的画为罨画。绀（gàn）：一种深青带红的颜色。

④刘郎：唐代诗人刘禹锡诗有"玄都观里桃千树，尽是刘郎去后栽"。

洞仙歌①泗州中秋作

青烟幂处②，碧海飞金镜③。永夜闲阶卧桂影。露凉时，零乱多少寒螀④。神京远，惟有蓝桥路近⑤。

水晶帘不下⑥，云母屏开，冷浸佳人淡脂粉。待都将许多明，付与金尊，投晓共、流霞倾尽⑦。更携取、胡床上南楼⑧，看玉作人间，素秋千顷⑨。

【注释】

①这是一首赏月词。上片写中秋夜景，下片转写室内宴饮赏月。全词从天上到人间，又从人间到天上，天上人间浑然一体，境界阔大，想象丰富，词气雄放，与苏东坡词颇有相似之处。

②青烟：指夜幕。幂（mì）：遮掩，覆盖。

③碧海：指青天。金镜：指月亮。李贺《七夕》："天上分金镜，人间望玉钩。"

④寒螀（jiāng）：即寒蝉。

⑤蓝桥：桥名。传说这里有仙窟，窟中有玉兔持玉杵臼捣药，与传说的月中有玉兔捣药相似，因以蓝桥喻月宫。即唐朝裴航遇仙女云英处。

⑥水晶帘不下：李白《玉阶怨》："却下水晶帘，玲珑望秋月。"

⑦流霞：仙酒名。指传说中的一种仙酒。

⑧胡床：也称交椅，一种可以折叠的坐具。

⑨素秋：按古代"五行"的说法，秋季色尚白，因称秋天为素秋。素：白色。千顷：形容极其辽阔广远。

李之仪

李之仪（约1035—1117），字端叔，自号姑溪老农，沧州无棣（今属山东省）人。神宗熙宁三年进士。元祐末从苏轼于定州幕府，终官朝请大夫。他的词，长调近柳永，短调近秦观。多次韵，小令长于淡语、景语、情语，学习民歌乐府，深婉含蓄。词作有《姑溪词》，收入毛晋《宋六十名家词》。

谢池春①

残寒销尽，疏雨过、清明后。花径敛余红，风沼萦新皱②。乳燕穿庭户，飞絮沾襟袖。正佳时，仍晚昼。着人滋味③，真个浓如酒。

频移带眼④，空只恁、厌厌瘦⑤。不见又思量，见了还依旧。为问频相见，何似长相守。天不老，人未偶。且将此恨，分付庭前柳⑥。

【注释】

①这首词写离别相思之苦。上片写景，有声有色，有动有静，以酒喻春，有独到之妙，可谓色味俱佳。下片抒情，人渐消瘦，只为离愁，聚散无定，何如长相厮守。天不助我，孑然难偶，只有将相思别恨，交付庭前垂柳。

②风沼萦（yíng）新皱：语本冯延巳《谒金门》词"风乍起，吹皱一池春水"。沼，池塘。

③着人：迷人。

④移带眼：喻日渐消瘦。《梁书·沈约传》说，老病，腰带经

常移动眼孔。

⑤恁（rèn）：如此。厌厌：精神不振的样子。

⑥分付：托付。柳：与"留"谐音，有双关意。

卜算子①

我住长江头，君住长江尾。日日思君不见君，共饮长江水。

此水几时休，此恨何时已②。只愿君心似我心，定不负相思意③。

【注释】

①词以长江起兴。"我""君"对起，而一住江头，一住江尾，见双方空间距离之相隔，也暗寓相思之悠长。日日思君而不得见，却又共饮一江之水。深味之下，尽管思而不见，毕竟还能共饮长江之水。下片紧扣长江水，进一步抒写别恨。悠悠长江之水，不知何时罢休，绵绵相思之恨，也不知何时停歇。结句词人翻出新意：阻隔纵然不能飞越，两相挚爱的心灵却可一脉遥通。

②已：停止，消失。

③"只愿"二句：语本顾夐《诉忠情》"换我心，为你心，始知相忆深"。

周邦彦

周邦彦（1056—1121），字美成，号清真居士，钱塘（今浙江省杭州市）人。历任校书郎、秘书监、提举大晟府（朝廷主管音乐的机构）等职。卒年六十六。写词严分平仄四声、五音六律、清浊轻重，故音律谐婉，堪称格律词派之开山。词中多拗句；又善于熔铸前人诗句；用典自如，又善铺叙。词风富艳而高雅，沉着而拗怒。有词集《清真集》，又名《片玉集》。

瑞龙吟①

章台路②。还见褪粉梅梢，试花桃树。愔愔坊陌人家③，定巢燕子，归来旧处。

黯凝伫。因念个人痴小④，乍窥门户。侵晨浅约宫黄⑤，障风映袖，盈盈笑语。

前度刘郎重到⑥，访邻寻里，同时歌舞。惟有旧家秋娘⑦，声价如故。吟笺赋笔，犹记燕台句⑧。知谁伴，名园露饮，东城闲步。事与孤鸿去。探春尽是，伤离意绪。官柳低金缕。归骑晚、纤纤池塘飞雨⑨。断肠院落，一帘风絮。

【注释】

①整首词分三叠，首写旧地重游，所见所感：人如巢燕归来，寻常坊陌，宛如从前，梅花方才谢了，又见桃花着枝。次写当年旧人旧事：凝神伫立，仿佛看到伊人临风而立，听到伊人盈盈笑语。末写抚今追昔之情。前度刘郎，旧家秋娘，而今知与谁伴，往日欢娱，不知能否重续。到如今探春所获，尽是伤离意绪，归去吧！相

伴只有，纤纤飞雨，一帘风絮。全词婉转抑扬，含蓄蕴藉，令人揣摩把玩，读之不舍。

②章台：西汉京城长安街名，这里泛指妓院聚集之地。

③愔（yīn）愔：安静貌。坊陌人家：指歌楼妓院。

④个人：伊人。

⑤浅约宫黄：着浅淡的脂粉。

⑥前度刘郎重到：据《幽明录》载：东汉人刘晨、阮肇入天台山采药逢二仙女，结为姻缘，半年后思乡归来，而尘世已历七代。后又重入天台山，仙女已杳不可寻。

⑦秋娘：唐金陵歌妓杜秋娘。此处代指歌妓。

⑧犹记燕台句：语本李商隐《梓州罢吟寄同舍》"长吟远下燕台去，惟有衣香染未销"。

⑨骑（jì）：名词，一人骑一马的称谓。

风流子①

新绿小池塘。风帘动、碎影舞斜阳。羡金屋去来，旧时巢燕；土花缭绕②，前度莓墙。绣阁里、凤帏深几许，听得理丝簧。欲说又休，虑乖芳信③，未歌先噎，愁近清觞。

遥知新妆了，开朱户、应自待月西厢④。最苦梦魂，今宵不到伊行⑤。问甚时说与，佳音密耗⑥，寄将秦镜⑦，偷换韩香⑧。天便教人，霎时厮见何妨。

【注释】

①这是一首抒发相思之情的词作。上片写两情相隔，跨着池塘，隔着莓墙，罩着绣阁，绕着凤裳。词人不禁羡慕可以穿屋而飞的燕子，可以飞越这些阻隔，飞进金屋，一睹佳人芳容。如果音讯

全无，也就作罢了，偏偏能听到佳人理丝簧，曲调幽怨，愁近清筋。下片悬想佳人新妆后，待月西厢下，可惜这一令人心动的场景只是假想，白日既不能相会，那就到梦中去追寻吧。可是今晚竟然连梦魂都不能到她身边，有什么机缘能将定情的信物交付给她呢！上天啊！让我们短暂相会又有何妨！情急迂妄的情态，跃然纸上。

②土花：苔藓。李贺《金铜仙人辞汉歌》："画栏桂树悬秋香，三十六宫土花碧。"

③乖：违，误。芳信：指情人的消息。

④待月西厢：语本元稹《会真记》中诗："待月西厢下，迎风户半开。拂墙花影动，疑是玉人来。"

⑤伊行（hāng）：她身边。

⑥耗：音信，消息。

⑦秦镜：东汉人秦嘉赠予其妻徐淑的明镜。指男赠女的信物。

⑧韩香：晋贾充女贾午暗恋韩寿，窃香赠之。指女赠男的信物。

兰陵王①

柳阴直。烟里丝丝弄碧。隋堤上、曾见几番②，拂水飘绵送行色。登临望故国。谁识。京华倦客。长亭路，年去岁来，应折柔条过千尺③。

闲寻旧踪迹。又酒趁哀弦，灯照离席。梨花榆火催寒食④。愁一箭风快，半篙波暖，回头迢递便数驿。望人在天北。

凄恻。恨堆积。渐别浦萦回，津堠岑寂⑤。斜阳冉冉春无极。念月榭携手⑥，露桥闻笛。沉思前事，似梦里，泪暗滴。

风情宋词·杨柳岸　晓风残月

①这是一首咏物词,借咏柳以抒发伤别之情。起片写景,由隋堤柳色铺写离情别绪,引出客居他乡的漂泊之感,又折回到目前的离席;由离席再生发开去,设想远行者别后的愁思,继而回到现实中自己的别后之思;最后,又由现实引发出对昔日相聚时的回忆。全词由实入虚,实虚不断地转换。未别之时,回忆离别之苦;已别之后,则又回忆相聚时的欢乐,词人久客淹留之感,伤离恨别之情,在回旋往复的描叙中展示出来。

②隋堤:隋炀帝时开凿通济渠、邗沟,沿岸修堤植柳,称为隋堤。

③应折柔条过千尺:指古时折柳赠别的习俗。

④榆火:旧俗清明取榆柳之火赐百官,以顺阳气。

⑤津堠(hòu):渡口上供瞭望的土堡。岑(cén):寂静。

⑥榭(xiè):建在高台上的宽敞房屋。

琐窗寒①

暗柳啼鸦,单衣伫立,小帘朱户。桐花半亩。静锁一庭愁雨。洒空阶、夜阑未休,故人剪烛西窗语②。似楚江暝宿③,风灯零乱,少年羁旅。

迟暮。嬉游处。正店舍无烟④,禁城百五⑤。旗亭唤酒⑥,付与高阳俦侣⑦。想东园、桃李自春,小唇秀靥今在否⑧。到归时、定有残英,待客携尊俎⑨。

【注释】

①这是一首表现羁旅行役,游子思归的词作。上片情景两融:

庭院小帘朱户，柳暗桐阴鸦啼，词人单衣竚立，独对春雨，潇潇暮雨，客馆孤灯，更添愁思。思夜雨空阶，故人西窗，剪烛夜语。歇拍三句，从当前客窗孤独，想到年少时期楚江羁旅。过片六句，转写当前：而今已届暮年，犹做客京华，孤馆春寒，偏逢寒食，唤取高阳俦侣，饮酒遣愁。久客恋乡，暮年感怀：故乡东园之地，桃李之花开否？小唇秀靥在否？人已迟暮，春已阑珊，纵然回到故里，情怀仍似客中，还似这般花下酩酊，聊以解忧。

②剪烛西窗：语本李商隐《夜雨寄北》诗"何当共剪西窗烛，却话巴山夜雨时"。

③暝（míng）宿：夜宿。

④正店舍无烟：元稹《连昌宫词》："初过寒食一百六，店舍无烟宫树绿。"

⑤百五：即寒食节，禁火吃冷食。时间为冬至后一百零五日。

⑥旗亭唤酒：旗亭，酒楼。悬旗为酒招，故称。

⑦高阳俦（chóu）侣：指酒友。汉郦食（yì）其（jī）自称高阳酒徒，以谒刘邦，事见《史记》。俦侣：伴侣。

⑧靥（yè）：酒窝。小唇秀靥：指故乡旧时恋人。

⑨尊俎（zǔ）：指宴席。

解语花① 上元

风销焰蜡，露浥红莲②，花市光相射。桂华瓦。纤云散，耿耿素娥欲下③。衣裳淡雅，看楚女、纤腰一把④。箫鼓喧，人影参差，满路飘香麝。

因念都城放夜⑤。望千门如昼，嬉笑游冶。钿车罗帕。相逢处，自有暗尘随马。年光是也⑥。惟只见、旧情衰谢。清漏移，飞盖归来⑦，从舞休歌罢。

【注释】

①这首词先写地方上过元宵节的情景，又回顾了汴京上元节的盛况，继而抒发个人的身世之感。张炎《词源》卷下云："美成《解语花》赋元夕"，"不独措辞精粹，又且见时序风物之盛，人家晏（宴）乐之同"。

②浥（yì）：沾湿。红莲：指莲花形的灯。

③素娥：嫦娥。

④楚女、纤腰：《韩非子·二柄》："楚灵王好细腰，而国中多饿人。"杜牧《遣怀》："楚腰纤细掌中轻。"

⑤放夜：旧时都城有夜禁，街道断绝通行。唐代起正月十五夜前后各一日暂时弛禁，准许百姓夜行，称为"放夜"。宋沿唐制。

⑥年光：岁时光景。指元宵节的情景。

⑦清漏移：指漏壶中的清水水面下移，意谓过了些时辰。飞盖：疾驰的车辆。盖，车篷，此代车。

定风波①

莫倚能歌敛黛眉②。此歌能有几人知。他日相逢花月底。重理。好声须记得来时。

苦恨城头传漏水③。催起。无情岂解《惜分飞》④。休诉金尊推玉臂。从醉。明朝有酒倩谁持⑤。

【注释】

①这是一首伤别词。上片夸赞歌女歌唱技艺高妙，罕有人比，词人以调侃的语气发问：还有人能唱出这么美妙的歌声吗？语气轻松，但已让人感觉到惜别的意味。下片语气一转，惜别之情一泄而出，世事沧桑变幻，明天还能听到美妙的歌声，还能有美人伴酒

96

吗？不如今日拼却一醉，以慰愁怀。

②倚：凭借。

③漏水：漏壶滴水。指报更。

④《惜分飞》：词牌名。

⑤倩（qìng）：请，恳求。

蝶恋花①

月皎惊乌栖不定②。更漏将残，辘辘牵金井③。唤起两眸
清炯炯④。泪花落枕红绵冷。

执手霜风吹鬓影⑤。去意徊徨⑥，别语愁难听⑦。楼上阑
干横斗柄⑧。露寒人远鸡相应。

【注释】

①这是一首别情词。上片写离别前之情景：月光皎洁，惊起乌
鹊。更残漏尽，天色将明。辘轳声响，已有早行之人。将别之人，
一夜未眠，泪水已将枕芯湿透。下片写别时及别后之情景：执手惜
别，风吹鬓影，更觉暗淡凄凉，将行之人，几度要走，几度却又转
回，离别话语，纵有千言万语，亦难听进。人已走远，唯鸡声
相闻。

②月皎惊乌栖不定：辛弃疾《西江月》"明月别枝惊鹊"
本此。

③辘轳（lìlù）：指辘轳（lú）车所发出的声音。象声词。

④炯（jiǒng）炯：光亮貌。

⑤霜风吹鬓影：夫妻相怜之意。李贺《咏怀二首》（其一）：
"弹琴看文君，春风吹鬓影。"

⑥徊徨（huáihuáng）：徘徊，彷徨。

⑦难听：不忍听。

⑧阑干：横斜的样子。斗柄：北斗七星的排列，近似古代酌酒用的斗，柄部三星，称"斗柄"。这里指整个北斗星。

解连环①

怨怀无托。嗟情人断绝，信音辽邈。纵妙手、能解连环，似风散雨收，雾轻云薄。燕子楼空②，暗尘锁、一床弦索③。想移根换叶，尽是旧时，手种红药④。

汀洲渐生杜若⑤。料舟依岸曲，人在天角。谩记得、当日音书，把闲语闲言，待总烧却。水驿春回，望寄我、江南梅萼⑥。拼今生、对花对酒，为伊泪落。

【注释】

①这首词抒发了一种"怨怀无托"的复杂相思情感。上片写情人远去，音讯全无，虽然心生怨情，因不知远人心事，至于怨情无托，此正是可悲之处。环顾四周，陈迹宛然，睹物思人，远人如在面前。下片写春天来临，杜若渐萌，远人别去经年，行舟随水远去，料想已在天涯。忆当初，红笺密字，音书不断，而今读来，只是闲言淡语，真想付之一炬，以舒愤恨。现已春暖冰消，水驿通航，怎不能，把江南春梅，寄我一枝，聊解苦忆呢？无人陪伴，花下独斟，凄清已极，犹有不辞，拼却今生，为伊泪落。

②燕子楼：位于今江苏省徐州市。相传为唐贞元年间尚书张建封之爱妾关盼盼居所。张死后，盼盼念旧情不嫁，独居此楼十余年。白居易曾写《〈燕子楼〉诗序》。后以"燕子楼"泛指女子居所。

③弦索：指乐器。

④红药：红芍药。

⑤杜若：香草名。《楚辞·九歌·湘君》："采芳洲兮杜若，将以遗兮下女。"

⑥望寄我、江南梅萼：用南朝陆凯寄梅事。梅萼：指梅花。这里暗用陆凯寄梅花给范晔的典故，表示希望对方回心转意。

夜游宫①

叶下斜阳照水。卷轻浪、沉沉千里。桥上酸风射眸子②。立多时，看黄昏，灯火市③。

古屋寒窗底。听几片、井桐飞坠。不恋单衾再三起④。有谁知，为萧娘⑤，书一纸。

【注释】

①这是一首伤离怀旧的词作。词之上下两片描写由斜阳照水到万家灯火，由桥上酸风到古屋寒窗的情景，时空推移，景物变换，一路写来，层层深入，环环相扣，跌宕起伏，引人入胜。最后点出"为萧娘，书一纸"，戛然而止，余韵悠长，不绝如缕。

②桥上酸风射眸子：语本李贺《金铜仙人辞汉歌》诗"魏官牵车指千里，东关酸风射眸子"。酸风：刺眼的冷风。

③灯火市：犹言万家灯火。

④单衾（qīn）：薄被。

⑤萧娘：为女子的泛称。唐杨巨源《崔娘诗》："风流才子多春思，肠断萧娘一纸书。"

贺 铸

贺铸（1052—1125），字方回，自号庆湖遗老，卫州（今河南省汲县）人。重和元年（1118）以太祖贺皇后族孙恩，迁朝奉郎，赐五品服。他终生不得美官，仕途失意。家藏书万卷，亲自校雠。其词刚柔兼济，或盛丽妖冶，或幽洁悲壮，既有语精意新的婉约佳篇，又有直抒胸臆的慷慨悲歌。他诗文兼备，尤善于化用中晚唐诗句，题材意境均有所开拓，风格多样。曾自编词集为《东山乐府》，未言卷数，今存者名《东山词》，收入《彊村丛书》。

更漏子①

上东门②，门外柳。赠别每烦纤手。一叶落，几番秋③。江南独倚楼。

曲阑干，凝伫久④。薄暮更堪搔首⑤。无际恨，见闲愁。侵寻天尽头⑥。

【注释】

①这是一首别情词。上片写离别场景，东门作别，折柳相赠，此处一别，漂泊江南，独倚危楼。下片写别后愁绪，分别后，常小楼伫立，终日凝望。每当暮色渐浓，离恨别愁，弥漫天际。

②东门：指洛阳东门。

③一叶落，几番秋：意谓秋天到了。见柳永《竹马子》注。

④阑干：同"栏杆"。凝：凝目远望。伫（zhù）：久立。

⑤搔首：抓头。指有所思。

⑥侵寻：渐渐扩展到。

青玉案①

凌波不过横塘路②。但目送、芳尘去。锦瑟华年谁与度③。月桥花院，琐窗朱户。只有春知处。

飞云冉冉蘅皋暮④。彩笔新题断肠句⑤。试问闲情都几许。一川烟草，满城风絮。梅子黄时雨⑥。

【注释】

①这是一首表现相思之情的词作，写于作者晚年退隐苏州期间。上片是偶遇美人而不得见，下片承上片词意，遥想美人独处幽闺的怅惘情怀。结句连用三个比喻形容闲愁，最为后人称道。愁之称"闲"，正是因为愁来之时，往往漫无目的，漫无边际，缥缥缈缈，捉摸不定，却又无处不在，无时不有。

②凌波：见柳永《采莲令》注。横塘：在苏州盘门外，水上有桥。崔颢《长干曲》之一："君家住何处？妾住在横塘。"

③锦瑟华年：即青春时光。语本李商隐《锦瑟》诗："锦瑟无端五十弦，一弦一柱思华年。"

④蘅：香草名。皋（gāo）：水边的高地。

⑤彩笔：相传江淹年少时，梦中人授以五色笔，因而文采非凡。

⑥梅子黄时雨：语本唐人诗"楝花开后风光好，梅子黄时雨意浓"。

感皇恩①

兰芷满汀洲②，游丝横路③。罗袜尘生步。迎顾。整鬟颦黛，脉脉两情难语④。细风吹柳絮。人南渡。

回首旧游，山无重数。花底深朱户。何处。半黄梅子，向晚一帘疏雨。断魂分付与⑤。春将去。

【注释】

①这首词写相思之情。上片写在游丝飘曳、香草满地的小洲上，抒情主人公在等待着他的意中人。意中人飘然而至，迎顾之间，整发颦眉，秋波送情，虽然两情相悦，心心相印，但有诸多阻隔，使二人不得互表衷肠。默默无语中，有几多无奈与痛苦。在微风吹拂、满天飞絮之中，她又越水南渡，飘然而去了。下片抒情，以淡淡的语言抒写那种追觅无着的痛苦。

②兰芷（zhǐ）：指兰草与白芷。皆香草。《楚辞·离骚》："兰芷变而不芳兮，荃蕙化而为茅。"汀（tīng）洲：水中的小洲。

③游丝横路：李白《惜余春赋》："见游丝之横路，网春晖以留人。"

④脉脉两情难语：《古诗十九首》："盈盈一水间，脉脉不得语。"

⑤断魂分付与：语本毛滂《惜分飞》"断魂分付，潮回去"。分付：交付。

薄 幸①

淡妆多态。更的的、频回眄睐②。便认得、琴心先许，欲缩合欢双带③。记画堂、斜月朦胧，轻颦微笑娇无奈。便翡翠屏开，芙蓉帐掩，与把香罗偷解。

自过了收灯后④，都不见、踏青挑菜⑤。几回凭双燕，丁宁深意，往来翻恨重帘碍⑥。约何时再。正春浓酒暖，人闲昼永无聊赖。厌厌睡起⑦，犹有花梢日在。

【注释】

①薄幸作为词调名，始于贺铸这首词。《词谱》即以贺铸词为正调。上片写词人同一位女子相识、相爱和热恋的经过。下片写离别后男子的相思之苦。深于抒情，妙于叙事。虚实结合，疏密有致。

②的的（dì dì）：明亮。眄（miǎn）：顾盼。陈子昂《宿空舲峡青树村浦》诗："的的明月水，啾啾寒夜猿。"

③绾（wǎn）：系，结。合欢：合欢结。用绣带结成双结，表示男女结合。

④收灯：唐时习俗元宵节"烧灯"（点花灯）三日，而后"收灯"。

⑤踏青挑菜：古人以二月二日为挑菜节，妇女郊游，亦曰踏青。

⑥重帘碍：喻两人的来往收到人为的阻隔。

⑦厌厌：同"恹恹"。萎靡不振的样子。

浣溪沙①

不信芳春厌老人。老人几度送余春。惜春行乐莫辞频②。
巧笑艳歌皆我意③，恼花颠酒拼君嗔④。物情惟有醉中真⑤。

【注释】

①这是一首惜春行乐之词。上片写春不弃人，老人更应惜春。下片写词人惜春行乐之狂态。狂恣之中有沉痛，放旷之中有真情。

②莫辞频：晏殊《浣溪沙》："等闲离别更销魂，酒筵歌席莫辞频。"

③艳歌：情歌。巧笑：《诗经·硕人》："巧笑倩兮，美目盼兮。"

④颠酒：颠饮，即不拘礼节之狂饮。瞋（chēn）：怒目而视。此句化用杜甫《江畔独步寻花》诗"江上被花恼不散，无处告诉只颠狂"句意。

⑤物情：世情。醉中真：苏轼《山光寺回次芝上人韵》："闹里清游借隙光，醉时真境发天藏。"

望湘人①

厌莺声到枕，花气动帘，醉魂愁梦相半。被惜余熏，带惊剩眼②。几许伤春春晚。泪竹痕鲜③，佩兰香老，湘天浓暖。记小江、风月佳时，屡约非烟游伴④。

须信鸾弦易断⑤。奈云和再鼓⑥，曲中人远。认罗袜无踪⑦，旧处弄波清浅。青翰棹舣⑧，白蘋洲畔⑨。尽目临皋飞观。不解寄、一字相思，幸有归来双燕。

【注释】

①这是一首伤离怀人之作。上片由景生情，首三句写室外盎然春意，而冠一"厌"字，化欢乐之景而为悲哀之情，变柔媚之辞而为沉痛之语。哀愁无端，一字传神，为全词定调。以下写词人睹物思人、物是人非；朝思暮愁、形销骨立。楚地暮春天气，湘妃斑竹，旧痕犹新，屈子佩兰，其香已老。末三句，引出佳人。过片抒情，前两句承上启下，直抒胸臆。鸾弦易断，好事难终；云和再鼓，曲终人远。遍寻旧日曾到，不见佳人芳踪。佳人一去，相见无

风情宋词·杨柳岸 晓风残月

期，使人愁肠百结，肝胆俱裂。幸有归来双燕，以慰相思，强颜自慰，愈见辛酸。

②眼：指腰带上的孔眼。

③泪竹：尧有二女，为舜妃，舜死，二女洒泪于竹上，皆成斑点，是为斑竹，又名湘妃竹。

④非烟：步非烟，唐河南府功曹参军武公业的小妾，容貌纤丽，善音乐，通诗文。此指作者恋人。

⑤鸾弦：用鸾胶续弦。后谓男子再娶为续弦。

⑥云和：山名。以产琴瑟著称。唐钱起《省试湘灵鼓瑟》："善鼓云和瑟，常闻帝子灵。"

⑦罗袜：代指情侣。

⑧青翰：船名。舣（yǐ）：船靠岸。

⑨白蘋洲：周边长满白蘋的小洲。古诗词中常用以指送别之地。

绿头鸭①

玉人家，画楼珠箔临津。托微风、彩箫流怨断肠马上曾闻。宴堂开、艳妆丛里，调琴思、认歌颦。麝蜡烟浓，玉莲漏短②，更衣不待酒初醺③。绣屏掩，枕鸳相就，香气渐氤氲④。回廊影、疏钟淡月，几许消魂。

翠钗分。银笺封泪，舞鞋从此生尘。住兰舟、载将离恨，转南浦、背西曛⑤。记取明年，蔷薇谢后，佳期应未误行云⑥。凤城远、楚梅香嫩，先寄一枝春⑦。青门外，只凭芳草，寻访郎君。

【注释】

①这是一首春日怀人之作。上片写相识、相爱。下片写别后相

思。周济《宋四家词选目录序论》："耆卿熔情入景，故淡远；方回熔景入情，故秾丽。"

②麝：指麝香。玉莲漏：用玉制成的莲花形漏刻。"漏短"喻夜深。

③更衣不待酒初醺（xūn）：据《汉书》载，孝武卫皇后，字子夫，本为平阳公主之歌女。武帝过平阳公主，宴会之间独悦子夫。帝起更衣，子夫侍奉于尚衣轩中，遂得幸宠。

④暾（tūn）暾：和暖貌。

⑤"住兰舟"二句：语从郑文宝《柳枝词》"不管烟波与风雨，载将离恨过江南"化出。曛（xūn）：落日的余光。

⑥"蔷薇谢后"二句：杜牧《留赠》："舞靴应任闲人看，笑脸还须待我开。不用镜前空有泪，蔷薇花谢即归来。"

⑦先寄一枝春：用陆凯寄梅事。

张元斡

张元斡（1091—1160?），字仲宗，自号真隐山人，又号芦川居士、芦川老隐等，永福（今福建省永泰县）人。早有诗名。靖康元年（1126）应召为李纲行营属官，后"罪放"离京。绍兴间，不屑与奸佞秦桧同朝为官而辞归；又为上疏乞斩秦桧的胡铨赋《贺新郎》词送别，因而备遭投降派迫害。有《芦川词》二卷。周必大《跋张仲宗送胡邦衡词》："长乐张元斡，字仲宗，在政和、宣和间，已有能乐府声。今传于世，号《芦川集》，凡百六十篇，而以《贺新郎》二篇为首。"其词慷慨悲凉，壮志激昂，洋溢着爱国主义豪情，融入了时代与社会重大事件，对南宋爱国词人有重要影响。也有伤漂泊、叹人生，啸傲山林、抒情写景的词篇，清丽而明畅。

石州慢①

寒水依痕②，春意渐回，沙际烟阔。溪梅晴照生香，冷蕊数枝争发③。天涯旧恨，试看几许消魂，长亭门外山重叠。不尽眼中青，是愁来时节。

情切。画楼深闭。想见东风，暗消肌雪④。孤负枕前云雨，尊前花月⑤。心期切处⑥，更有多少凄凉，殷勤留与归时说。到得再相逢，恰经年离别。

【注释】

①这是一首羁宦思归之作。上片写春意萌发，临溪寒梅，晴照生香，冷蕊争发。末五句，点出正是"愁来时节"，逗出下片抒情。

风情宋词·杨柳岸　晓风残月

107

下片由景物描写转而回忆夫妻恩爱之情，词人推己及人，揣想闺中人经年离别后的绵绵情思、无限凄凉。

②寒水依痕：语本杜甫《冬深》诗"早霞随类影，寒水各依痕"。

③冷蕊数枝争发：杜甫《舍弟观赴蓝田取妻子到江陵喜寄三首》（其二）："巡檐索共梅花笑，冷蕊疏枝半不禁。"

④肌雪：肌肤白皙似雪。《庄子·逍遥游》："藐姑射之山有神人居焉，肌肤若冰雪，绰约若处子。"

⑤"孤负"二句：写恩爱缠绵。

⑥心期：心意，心愿。

兰陵王①

卷珠箔。朝雨轻阴乍阁②。阑干外、烟柳弄晴，芳草侵阶映红药。东风妒花恶。吹落。梢头嫩萼。屏山掩、沉水倦熏③，中酒心情怕杯勺④。

寻思旧京洛⑤。正年少疏狂，歌笑迷着。障泥油壁催梳掠。曾驰道同载，上林携手，灯夜初过早共约⑥。又争信飘泊？

寂寞。念行乐。甚粉淡衣襟，音断丝索。琼枝璧月春如昨⑦。怅别后华表，那回双鹤⑧。相思除是，向醉里，暂忘却。

【注释】

①这首词题为"春恨"，实际是借春恨来抒发自己的故国之思。词分三片，上片写春景：朝雨初歇，烟柳弄碧，绿草侵阶，红药相映，好一幅清新、艳丽的春景图。词人运笔至此，奋力宕开，笔下

顿起波澜：东风妒花，吹落嫩萼，使人凄然神伤，掩屏风，闭香炉，弃酒杯，心中愁绪，何以排解。中片转入忆旧，京洛旧游，年少轻狂，多少情事，如在目前，末句陡然收煞，回到目前。下片从回忆转写别后思念，怀念旧人，亦是怀念故都，结句"向醉里，暂忘却"，联系上片的"怕杯勺"，可谓痛彻心扉。

②乍阁：初停。

③沉水：沉香。

④中酒：醉酒。

⑤京洛：洛阳。此指都城汴京。

⑥灯夜：元宵夜。

⑦琼枝璧月：喻情人美丽的面容。《陈书·张贵妃传》："璧月夜夜满，琼树朝朝新。"

⑧"怅别后"二句：用丁令威学道事。华表：古代设在宫殿、城门等前面的华贵大柱，作为标志或装饰物。此指故都汴京的华表。

叶梦得

叶梦得（1077—1148），字少蕴，号石林学士，吴县（今江苏省苏州市）人。绍兴四年（1097）进士，累官翰林学士，南渡后任江东安抚大使，兼知建康府，抗金有功。卒赠检校少保。早期词风婉丽，后学苏轼之清旷，能于简淡中时出雄杰，不作柔语人。有《石林词》一卷。

贺新郎①

睡起啼莺语。掩苍苔、房栊向晚，乱红无数。吹尽残花无人见，惟有垂杨自舞。渐暖霭、初回轻暑。宝扇重寻明月影②，暗尘侵、尚有乘鸾女③。惊旧恨，遽如许④。

江南梦断横江渚。浪粘天、葡萄涨绿。半空烟雨。无限楼前沧波意，谁采蘋花寄取。但怅望、兰舟容与⑤。万里云帆何时到，送孤鸿、目断千山阻。谁为我，唱金缕⑥。

【注释】

①这是一首伤春怀旧的词作。上片写词人春睡乍醒，见暮春景色，心生感伤，睹明月团扇，思念旧人。下片词人临江眺望，寄情绵渺，迂徐委婉，笔意空灵。

②宝扇重寻明月影：语本班婕妤《怨歌行》诗"裁为合欢扇，团团似明月"。

③乘鸾女：传说秦穆公女弄玉乘鸾飞天而去，故名。

④遽（jù）：急，仓促。

⑤容与：徘徊不前貌。

⑥金缕：即《金缕曲》。传为唐杜秋娘所作，词云："劝君莫惜金缕衣，劝君惜取少年时。花开堪折直须折，莫待无花空折枝。"

虞美人①

雨后同干誉、才卿置酒来禽花下作。

落花已作风前舞。又送黄昏雨。晓来庭院半残红。惟有游丝千丈罥晴空。

殷勤花下同携手。更尽杯中酒。美人不用敛蛾眉②。我亦多情无奈酒阑时③。

【注释】

①这是一首伤春词。上片写景，景中寓情：昨天黄昏时分，一场风雨，吹打得落红无数。晓来天气放晴，庭院中半是残花。写景至此，读者不觉心生怅惘，上片结句，以"游丝千丈罥晴空"振起全篇，给人以高骞明朗之感。下片抒情，情真意切。本想饮酒遣愁，美人蹙眉，愈发为我添愁。

②敛蛾眉：皱眉。

③酒阑：酒尽席散之时。

周紫芝

周紫芝（1082—1155），字少隐，号竹坡居士，宣城（今属安徽省）人。家贫而苦学，绍兴中始登进士第，官至枢密院编修。其词清丽婉曲，造语自然，兼采晏几道、李之仪等数家之长，自成一格。有《竹坡词》三卷。

鹧鸪天①

一点残钉欲尽时②。乍凉秋气满屏帏。梧桐叶上三更雨，叶叶声声是别离。

调宝瑟，拨金猊③。那时同唱《鹧鸪词》。如今风雨西楼夜，不听清歌也泪垂④。

【注释】

①这是一首秋夜怀人之作。上片写景由室内写到室外：夜已深深，残钉欲尽，而人不成寐，唯觉秋凉逼人，弥漫屏帏，室外秋雨菲菲，雨打桐叶，惹人愁思。下片首三句回忆往日欢娱，调瑟同唱《鹧鸪词》；末二句写目前凄凉，当此风雨之夜，独对西窗，不用听清词丽句，已暗自泪垂。

②钉（gāng）：灯。

③金猊（ní）：香炉。

④清歌：凄凉的歌声。

踏莎行①

情似游丝，人如飞絮。泪珠阁定空相觑②。一溪烟柳万丝垂，无因系得兰舟住。

雁过斜阳，草迷烟渚③。如今已是愁无数。明朝且做莫思量，如何过得今宵去。

【注释】

①这是一首别情词。上片写离别的场景：情如游丝，缠绕牵惹，人若飞絮，漂浮无根，临别之时，唯有泪眼相看，怨杨柳千条万丝，系不住待发兰舟。下片写别后相思：斜阳外，鸿雁飞过；烟渚上，芳草萋萋，对愁景又添愁绪，明朝且不去思量，这次第，今宵如何能过去。整首词用语浅淡而情意深浓。

②阁：同"搁"。停住。觑（qù）：细看，注视。

③烟渚（zhǔ）：烟雾缭绕的水中小洲。

岳 飞

岳飞（1103—1141），字鹏举，相州汤阴（今属河南省）人。南宋抗金名将，受宗泽赏识，历任清远军节度使、开府仪同三司、少保、河南北诸路招讨使，进枢密副使。被奸臣秦桧以莫须有罪名杀害。追谥武穆，封鄂王，改谥忠武。有《岳忠武文集》十卷，存词三首，充满爱国豪情。

满江红①

怒发冲冠，凭阑处、潇潇雨歇。抬望眼、仰天长啸，壮怀激烈。三十功名尘与土，八千里路云和月。莫等闲、白了少年头，空悲切。

靖康耻②，犹未雪。臣子恨，何时灭。驾长车踏破、贺兰山缺③。壮志饥餐胡虏肉④，笑谈渴饮匈奴血。待从头、收拾旧山河，朝天阙⑤。

【注释】

①这是一首壮怀激烈，传颂千古的爱国主义名篇。上片写词人渴望杀敌报国的情怀、抱负。下片写词人雪耻复仇、重整乾坤的豪情壮志。整首词写来悲壮激昂，气势磅礴；读来振聋发聩，催人奋进。

②靖康耻：指靖康二年（1127）金兵攻陷都城汴京，掳徽、钦二帝北去，北宋亡。

③贺兰山：位于今宁夏境内。这里借指敌占区。

④胡虏：对金兵的蔑称。

⑤朝天阙：朝见皇帝。

陆 游

陆游（1125—1210），字务观，号放翁，山阴（今浙江省绍兴市）人。绍兴二十三年（1153）省试第一，后被秦桧除名。孝宗继位，赐进士出身，曾任隆兴、夔州通判，成都府安抚司参议官，先后提举福建及江南西路常平茶盐公事；光宗立，任礼部郎中、实录院同修撰兼修国史，以宝谟阁待制致仕。一生仕途坎坷，却始终为恢复中原奔走呼号。陆游诗多姿多彩。词则婉约而雅洁，飘逸而超俗；亦有饱含报国热忱、荡漾爱国激情的词章。自编词集成，作《长短句序》云："予少时汩于世俗，颇有所为，晚而悔之。然渔歌菱唱，犹不能止。"此后未尝绝笔。有《放翁长短句》附《渭南文集》后，后有双照楼影宋刻本和毛晋《宋六十名家词》刊本。

卜算子①咏梅

驿外断桥边，寂寞开无主。已是黄昏独自愁，更着风和雨。

无意苦争春②，一任群芳妒③。零落成泥碾作尘④，只有香如故。

【注释】

①这是一首咏梅词。上片写梅花的艰难处境：驿外断桥，寂寞无主，黄昏更兼风雨，天不眷顾，一何至此。下片托梅寄志，以梅花自喻，表现自己身处逆境，坚持抗金和收复中原的爱国立场，决不与投降派同流合污的坚贞节操。

②争春：唐戎昱《红槿花》："花是深红叶曲尘，不将桃李共

风情宋词·杨柳岸　晓风残月

争春。"

③群芳妒：《离骚》有"众女嫉余之蛾眉兮，谣诼谓余以善淫"句。

④碾（niǎn）：滚压，碾碎。王安石《咏杏》："纵被春风吹作雪，绝胜南陌碾作尘。"

渔家傲① 寄仲高②

东望山阴何处是③。往来一万三千里。写得家书空满纸。流清泪。书回已是明年事。

寄语红桥桥下水④。扁舟何日寻兄弟。行遍天涯真老矣。愁无寐。鬓丝几缕茶烟里⑤。

【注释】

①这是一首陆游寄给堂兄陆仲高的词作。上片写蜀中与故乡山阴距离之远，家书难寄，归期难卜，每一念及，徒流清泪。下片直接抒情，寄语家乡流水，何时载我归舟，与家兄相聚，而今，天涯行客，忧思不寐，唯有于茶烟袅袅中，坐遣年华流逝。

②仲高：陆游堂兄陆升之，字仲高。

③山阴：作者故里。即今浙江省绍兴市。

④红桥：桥名。在山阴县西七里处。

⑤鬓丝几缕茶烟里：杜牧《醉后题僧院二首》（之二）："今日鬓丝禅榻畔，茶烟轻扬落花风。"

定风波① 进贤道上见梅赠王伯寿

敧帽垂鞭送客回。小桥流水一枝梅。衰病逢春都不记。

谁谓，幽香却解逐人来②。

安得身闲频置酒。携手。与君看到十分开。少壮相从今雪鬓③。因甚。流年羁恨两相催④。

【注释】

①这是一首赠友之作。上片写送客归途，见桥边寒梅，词人不禁感叹：常年衰病，已不能感知季节的变化，若没有幽香暗送，词人完全忽略了梅花的存在。下片写与朋友情谊之深，两位朋友把酒赏花，感叹流年羁恨，催白了黑发，从前的一对发小，于今变成了两个花下的白发老翁。

②谓：以为，想到。幽香却解逐人来：化用杜甫诗《诸将五首》："锦江春色逐人来，巫峡清秋万壑哀。"

③雪鬓：双鬓白如雪。

④羁（jī）恨：旅途的愁苦。

范成大

范成大（1126—1193），字致能，号石湖居士，吴郡（今江苏省苏州市）人。绍兴二十四年（1154）中进士，曾任吏部员外郎、起居舍人。乾道六年（1170）作为宋廷特使出使金国，索取河南"陵寝"地，辞气慷慨，迫使金帝接受私疏，全节而归。除中书舍人，知成都府兼四川制置使。淳熙五年（1178）参知政事。其田园诗成就最高，清峻瑰丽，初步摆脱江西诗派影响。其词早期柔情幽冷，后期气韵沉雅，多写自然风光和农村景色，清疏有致。今存《石湖词》一卷，收入《疆村丛书》。

忆秦娥①

楼阴缺。阑干影卧东厢月。东厢月。一天风露，杏花如雪。

隔烟催漏金虬咽②。罗帏黯淡灯花结。灯花结③。片时春梦④，江南天阔。

【注释】

①这首词描写闺中少妇春夜怀人的情景。上片描绘园林景色，下片刻画人物心情。整首词不加雕饰，朴素清雅。

②金虬（qiú）：装置在漏上形状如虬的饰物，龙嘴吐水计时。虬：有角的龙。古代传说中的一种龙。

③灯花：灯芯余烬结成的花形。灯花结则灯光暗，但古人认为灯花是喜事的预兆。

④片时春梦：语本岑参《春梦》："枕上片时春梦中，行尽江

南数千里。"

眼儿媚①

萍乡道中，乍晴。卧舆中，困甚，小憩柳塘。

酣酣日脚紫烟浮②，妍暖破轻裘。困人天色，醉人花气，午梦扶头③。

春慵恰似春塘水，一片縠纹愁④。溶溶泄泄⑤，东风无力，欲皱还休。

【注释】

①这是一首即景之作。上片写词人春日旅途的春慵之感。下片写春水似人般慵懒无比。上片写人，下片写物，上下两片物我难分，妙合无垠。

②酣酣：盛大充沛貌。日脚：穿过云隙照在地面上的日光。

③扶头："扶头酒"的简称，指易醉之酒。李清照《今奴娇》："阴韵诗成，扶头酒醒，别是闲滋味。"

④縠纹：比喻水的波纹。縠，绉纱。苏轼《临江仙》词："夜阑风静縠纹平。"

⑤溶溶泄泄：晃动荡漾貌。亦作"溶溶洩洩"。

霜天晓角①

晚晴风歇。一夜春威折②。脉脉花疏天淡③，云来去，数枝雪。

胜绝。愁亦绝。此情谁共说。惟有两行低雁，知人倚、画楼月。

①这是一首咏梅词。上片写梅，脉脉写其神，花疏写其形，数枝雪写其色。下片抒情，用孤梅衬出词人孤独凄清的心情。

②春威：春寒的威力。温庭筠《阳春曲》："霏霏雾雨杏花天，帘外春威著罗幕。"

③脉（mò）脉：连绵不断貌。

蔡幼学

蔡幼学（1154—1217），字行之，瑞安（今属浙江省）人。乾道八年（1172）进士第一，历任宝谟阁直学士、提举万寿官、兵部尚书兼太子詹事。有《育德堂集》，存词一首。

好事近①

日日惜春残，春去更无明日。拟把醉同春住②，又醒来沉寂。

明年不怕不逢春，娇春怕无力。待向灯前休睡，与留连今夕。

【注释】

①这是一首惜春词。上片首句点名惜春题旨，摹写惜春的心理情态：每天都在煎熬，因为春色正一天天减少，唯恐春色老去，再无明日。拟劝春同醉，停下匆匆的脚步，而当酒醒时分，却发现一切如故。下片将惜春意绪引向深处：明年春天还会再来，但只怕惜春之人逐渐老去，而无力惜春，那么就高擎明烛吧，不再睡去，只待留住今夕。

②拟：打算。

辛弃疾

辛弃疾（1140—1207），字幼安，号稼轩居士，历城（今山东省济南市）人。二十二岁参加抗金义军；南归后任江阴签判、建康府通判，乾道八年（1172）知滁州；淳熙间历任荆湖南路、江南西路安抚使，罢任后闲居江西上饶的带湖；绍熙间一度出任福建提点刑狱和安抚使；嘉泰三年（1203）起知绍兴府，改知镇江府，开禧二年（1206）任兵部侍郎。曾上《美芹十论》《九议》等，为抗金献计献策，却始终不得重用。一腔忠愤泄于词中，抒发爱国豪情，感慨国事身世，歌唱抗金、恢复中原成为辛词主旋律，农村词和爱情词亦质朴清新、充满活力。他以诗体赋体入词，善于用典用事，熔铸经史而无斧凿痕，丰富了词的表现手法和语言技巧。辛词题材多样，桀骜雄奇，慷慨纵横，是豪放词派最高产的代表作家。有词集《稼轩长短句》。

贺新郎①别茂嘉十二弟

绿树听鹈鴂。更那堪、鹧鸪声住，杜鹃声切。啼到春归无啼处，苦恨芳菲都歇。算未抵、人间离别。马上琵琶关塞黑②，更长门、翠辇辞金阙③。看燕燕，送归妾④。

将军百战身名裂⑤。向河梁、回头万里，故人长绝。易水萧萧西风冷⑥，满座衣冠似雪。正壮士、悲歌未彻。啼鸟还知如许恨⑦，料不啼清泪长啼血。谁共我，醉明月。

【注释】

①这是一首送别词。词开片一气举出三种悲切的鸟鸣声，哀鸣

的鸟声，似乎在向人倾诉春归后百花凋零，芳草不觅的悲戚。至此，词人一笔宕开，由景入情：鸟鸣悲切，伤春虽甚，却不及人间离情。继而连用五事，写人间离别之悲，"啼鸟还知"二句，遥应开片：悲鸟若能理解人间的离别，也唯有啼血而已。末二句总绾，回到眼前的离别：族弟一去，谁能与我共醉明月？离别之词，能有如此境界，实属罕见。

②马上琵琶关塞黑：用汉代王昭君出塞远嫁匈奴事。

③长门：汉武帝时，陈皇后失宠，居长门宫。翠辇（niǎn）：饰有翠羽的帝王车驾。

④看燕燕，送归妾：《诗经·邶风》有《燕燕》一篇："燕燕，卫庄姜送归妾也。"

⑤将军：指汉将李陵。汉武帝时，李陵领兵出击匈奴，以少敌众，连战十余日，矢尽援绝，士卒死伤大半，最后被迫投降。

⑥易水萧萧西风冷：用荆轲辞燕入秦刺秦王事。

⑦还知：如果知道。

贺新郎① 赋琵琶

凤尾龙香拨。自开元、《霓裳曲》罢②，几番风月。最苦浔阳江头客③，画舸亭亭待发④。记出塞、黄云堆雪。马上离愁三万里，望昭阳、宫殿孤鸿没⑤。弦解语，恨难说⑥。

辽阳驿使音尘绝⑦。琐窗寒、轻拢慢捻⑧，泪珠盈睫。推手含情还却手，一抹《梁州》哀彻。千古事、云飞烟灭。贺老定场无消息⑨，想沉香亭北繁华歇⑩。弹到此，为呜咽。

【注释】

①这是一首著名的咏物抒怀词。借说琵琶故事，来抒发国家兴

123

亡和个人失意的感叹。上片用三个典故来议论和抒情。下片借思妇弹琵琶表达对辽阳征人的思念，抒发对北国的怀念。最后以回忆唐朝琵琶高手贺老和沉香亭中玄宗和贵妃玩赏的故事作结，供以呜咽宋朝的衰亡。

②自开元、《霓裳曲》罢：据白居易《新乐府》自注："《霓裳羽衣曲》，起于开元，盛于天宝。"

③最苦浔阳江头客：白居易贬官江州，秋夜江上送客而闻女子弹琵琶，遂作《琵琶行》，内有"浔阳江头夜送客"句。

④画舸（gě）亭亭：郑文宝《柳枝词》："亭亭画舸系寒潭。"

⑤昭阳：汉未央宫内殿名。

⑥弦解语，恨难说：陆游《鹧鸪天》："情知言语难传恨，不似琵琶道得真。"

⑦辽阳：位于今东北境内。为边塞之代称。

⑧轻拢慢捻（niǎn）：出自白居易《琵琶行》"轻拢慢捻抹复挑"句。拢、捻与下文的推手、却手、抹都是琵琶指法。

⑨贺老：指贺怀智。唐玄宗时期的琵琶高手。

⑩沉香亭：唐都长安宫内殿名。为唐玄宗和杨贵妃游玩取乐之所。

水龙吟① 登建康赏心亭②

楚天千里清秋，水随天去秋无际。遥岑远目，献愁供恨，玉簪螺髻③。落日楼头，断鸿声里，江南游子。把吴钩看了④，阑干拍遍⑤，无人会、登临意。

休说鲈鱼堪脍。尽西风、季鹰归未⑥。求田问舍，怕应羞见，刘郎才气。可惜流年，忧愁风雨，树犹如此⑦。倩何人，唤取红巾翠袖，揾英雄泪⑧。

①俞陛云《唐五代两宋词选释》："前四句写登临所见，起笔便有浩荡之气。'落日'句以下，由登楼说到旅怀，而仍说不尽，仅以吴钩独看，略露其不平之气。下阕写旅怀，即使归去奇狮卜筑，而生平未成一事，亦羞见刘郎。'流年'二句，以单句旋析，弥见激昂。结句言英雄之泪，未要人怜，倩韫以红巾，或可破颜一笑，极言其潦倒，仍不减其壮怀也。"

②建康：今南京。

③玉簪（zān）螺髻（jì）：喻山。皮日休《缥缈峰》诗："似将青螺髻，撒在明月中。"

④吴钩：刀名。杜甫《后出塞》："少年别有赠，含笑看吴钩。"

⑤阑干拍遍：宋王辟之《渑水燕谈录》记载，刘孟节"与世相龃龉"，常常凭栏静立，怀想世事，吁唏独语，或以手拍栏杆。曾经作诗说："读书误我四十年，几回醉把栏杆拍。"

⑥"休说"二句：据《世说新语·识鉴》载，张季鹰在洛阳为官，忽见秋风起，便想起家中的莼羹和鲈鱼，于是辞官归里。

⑦树犹如此：据《世说新语·言语》记载，桓温北征，经过金城，见自己过去种的柳树已长到几围粗，便感叹地说："木犹如此，人何以堪？"

⑧倩（qìng）：请，托。红巾翠袖：指佩红巾穿绿衣的歌女。古时上层社会饮宴，常有歌女陪侍助酒。揾（wèn）：擦拭。

摸鱼儿①

淳熙己亥，自湖北漕移湖南，同官王正之置酒小山亭，为赋。

更能消、几番风雨。匆匆春又归去。惜春长怕花开早，何况落红无数。春且住。见说道、天涯芳草迷归路。怨春不语。算只有殷勤，画檐蛛网，尽日惹飞絮。

长门事②，准拟佳期又误。蛾眉曾有人妒。千金纵买相如赋。脉脉此情谁诉。君莫舞。君不见、玉环飞燕皆尘土③。闲愁最苦。休去倚危阑④，斜阳正在，烟柳断肠处。

【注释】

①这是一首惜春词，实际上，词人利用惜春这一词体的经典形式，来表达对国事日非、壮志难酬的愤激与忧虑。

②长门事：据汉司马相如《长门赋序》："孝武皇帝陈皇后，时得幸，颇妒，别在长门宫，愁闷悲思，闻蜀郡成都司马相如，天下工为文，奉黄金百斤，为相如、文君取酒，因于解悲愁之辞，而相如为文以悟主上。陈皇后复得亲幸。"

③玉环：指唐玄宗宠幸的贵妃杨玉环。飞燕：指汉成帝宠爱的皇后赵飞燕。

④危阑：高楼的栏杆。

永遇乐① 京口北固亭怀古②

千古江山，英雄无觅、孙仲谋处③。舞榭歌台，风流总被，雨打风吹去。斜阳草树，寻常巷陌，人道寄奴曾住④。想当年，金戈铁马，气吞万里如虎。

元嘉草草，封狼居胥，赢得仓皇北顾⑤。四十三年⑥，望中犹记，烽火扬州路。可堪回首，佛狸祠下⑦，一片神鸦社鼓⑧。凭谁问，廉颇老矣，尚能饭否⑨。

【注释】

①这是一首怀古咏今词。上片起句雄浑，大气磅礴，接着追忆称雄江南，建功立业的历史人物。继而感叹斗转星移，沧桑屡变，歌台舞榭，遗迹沦湮。读之使人黯然神伤。下片今昔对照，用古事影射现实，古之北伐足以为今之北伐提供鉴照。末三句用廉颇典故表达词人虽年老仍壮心不已，渴望精忠报国的心情。整首词抚今追昔，感慨万端，沉郁顿挫，深宏博大。

②京口：今江苏省镇江市。

③孙仲谋：孙权，字仲谋。三国时吴国国君。

④寄奴：南朝宋武帝刘裕小名。

⑤"元嘉"三句：刘裕子宋文帝刘义隆于元嘉年间草率出兵北伐，结果惨败。狼居胥：山名，位于今内蒙古。据《汉书》载，汉武帝元狩四年，派大将卫青、霍去病率军打败匈奴，追击至狼居胥，封山而还。

⑥四十三年：作者于宋宁宗嘉泰四年（1204）知镇江府，距其在宋高宗绍兴三十二年（1162）奉表南归，路经扬州，正是四十三年。

⑦佛狸祠：北魏太武帝小字佛狸，率军追王玄谟至长江边，驻军江北瓜步山上，在山上建行宫，后人称为佛狸祠。

⑧一片神鸦社鼓：谓人们已淡忘往事，只知在佛狸祠击鼓社祭，引来乌鸦吃祭品。

⑨"廉颇"二句：据《史记》载："廉颇居梁久之，魏不能信用。赵以数困于秦兵，赵王思复得廉颇，廉颇亦思复用于赵。赵王使使者视廉颇尚可用否。廉颇之仇郭开多与使者金，令毁之。赵使者既见廉颇，廉颇为之一饭斗米，肉十斤，被甲上马，以示尚可用。赵使还报王曰：'廉将军虽老，尚善饭，然与臣坐，顷之三遗矢矣。'赵王以为老，遂不召。"

127

風情宋词·杨柳岸 晓风残月

木兰花慢① 滁州送范倅②

老来情味减，对别酒、怯流年③。况屈指中秋，十分好月，不照人圆。无情水、都不管，共西风、只管送归船。秋晚莼鲈江上④，夜深儿女灯前。

征衫。便好去朝天⑤。玉殿正思贤。想夜半承明⑥，留教视草⑦，却遣筹边。长安故人问我，道愁肠、泥酒只依然⑧。目断秋霄落雁，醉来时响空弦⑨。

【注释】

①这是一首别情词。上片自离别写起，一个"怯"字，隐含了对岁华逝去，壮志未酬的感慨。月近中秋，人思团圆，而今却目送朋友远去，怨秋水西风无情，使自己独对圆月；羡友人此番离去，得与家人团聚；叹自己江南飘零，不知家在何处。下片转而写对朋友的期望和自己报国之志未酬的苦闷。整首词曲情含苞，而又不失豪迈气势。

②滁（chú）州：在今安徽省滁县。倅（cuì）：地方佐贰副官。

③对别酒、怯流年：苏轼《江神子·冬景》有"对尊前，惜流年"的句子，辛词从此化出。

④莼（chún）鲈：莼菜和鲈鱼。代指思乡。

⑤朝天：朝见皇帝。

⑥承明：即承明庐，侍臣所住。

⑦视草：为皇帝草拟制诏之稿。

⑧泥酒：沉湎于酒中。

⑨空弦：引弓虚发。

祝英台近①

宝钗分②，桃叶渡③。烟柳暗南浦。怕上层楼，十日九风雨。断肠片片飞红，都无人管，倩谁唤、流莺声住。

鬓边觑④。试把花卜归期，才簪又重数。罗帐灯昏，呜咽梦中语。是他春带愁来，春归何处。却不解、带将愁去⑤。

【注释】

①这是一首伤春怀人的词作。从上片南浦赠别，怕上层楼，到下片"花卜归期"，"哽咽梦中语"。纡曲递转，新意迭出。上片"断肠"三句，一波三折。从"飞红"到"啼莺"，从惜春到怀人，层层推进。下片由"占卜"到"梦语"，动作跳跃，由实转虚，表现出痴情人为春愁所苦、无可奈何的心态。

②宝钗分：古时情人分别之际，用女方头上金钗擘为两股以赠别。

③桃叶渡：今南京秦淮河与青溪合流处。传说东晋王献之有妾名桃叶，曾在此渡水。

④觑（qù）：斜视。

⑤"是他春带愁来"以下数句：化用赵彦端《鹊桥仙》："春愁原自逐春来，却不肯、随春归去。"

青玉案①元夕

东风夜放花千树。更吹落、星如雨②。宝马雕车香满路。凤箫声动，玉壶光转③，一夜鱼龙舞④。

蛾儿雪柳黄金缕⑤。笑语盈盈暗香去。众里寻他千百度。

蓦然回首⑥，那人却在，灯火阑珊处⑦。

【注释】

①这是一首描写上元节盛况的词作。上片渲染上元节热闹的盛况，下片写人，先写盛装打扮、笑语盈盈的游女，然而这些都不是词人关注的对象，词人在寻找那一位幽居空谷，孤高不群的佳人。而她的踪迹总是飘忽不定，让人捉摸不透。就在词人近乎绝望的当口，猛回头，在那一角残灯旁边，分明看见了那位佳人，她原来在这冷落的地方，还未归去，似有所待！发现那人的一瞬间，是人生精神的凝结和升华，是悲喜莫名的感激铭篆，词人竟有如此本领，竟把它变成了笔痕墨影，永志弗灭！

②星如雨：指灯火。

③玉壶：指月亮。

④鱼龙舞：指鱼灯、龙灯之类。

⑤蛾儿、雪柳、黄金缕：都是妇女头上所戴之物。

⑥蓦（mò）然：突然。

⑦阑珊：零落。

鹧鸪天① 鹅湖归病起作

枕簟溪堂冷欲秋。断云依水晚来收。红莲相倚浑如醉，白鸟无言定自愁。

书咄咄，且休休②。一丘一壑也风流③。不知筋力衰多少，但觉新来懒上楼④。

【注释】

①这首词是作者罢官闲居上饶期间的作品。上片写景：枕簟初

凉，溪堂乍冷，红莲似醉，白鸟生愁。以上的景物描写，隐含着词人忧伤抑郁的意绪。下片抒情，变含蓄为明朗，化抑郁为旷达：虽遭谗毁摈斥，又何足惜，不如寄情山水，足夸风流。末二句，情感又生波澜：叹于今筋力已衰，懒上高楼。英雄迟暮之感，溢于言外。

②书咄（duō）咄，且休休：表示失意不平的感叹。典故出自《世说新语·黜免》，殷浩被废弃不用，遂终日用手指在空中画写"咄咄怪事"四字。休休：唐司空图为其所建的濯缨亭取的别名。

③一丘一壑：谓寄情山水。壑（hè）：山谷。

④"不知筋力衰多少"二句：刘禹锡《秋日书怀寄白宾客》有"筋力上楼知"之句。

菩萨蛮① 书江西造口壁

郁孤台下清江水②。中间多少行人泪。西北望长安③。可怜无数山。

青山遮不住。毕竟东流去。江晚正愁予④。山深闻鹧鸪⑤。

【注释】

①这是一首登台望远、抒愤排忧的词作。词人登临郁孤台，眺望故国家山，抒发了对家国兴亡的忧愤与感慨。俞陛云《唐五代两宋词选释》："词仅四十四字，举怀人恋阙，望远思归，悉纳其中，而以清空出之，复一气旋折，深得唐贤消息，集中之高格也。"

②清江：指赣江。

③长安：此处借指北宋都城汴京。

④愁予：使我发愁。

⑤鹧鸪（zhè gū）：鸟名，形似鸡，俗谓其鸣声似"行不得也哥哥"。又传说此鸟飞必向南，不向北。

姜　夔

　　姜夔（1155—1221），字尧章，号白石道人，饶州鄱阳（今属江西省）人。为人狷介清高，终老布衣。一生湖海飘零，寄人篱下。与杨万里、范成大交游并得其赏识，靠诗人萧德藻、贵胄张鉴资助，迹近清客。其词也有咏叹时事者，多数是写湖山之美和身世之慨，感念旧游，眷怀恋人，寄物托情，均精深华妙。词风潇洒而醇雅，笔力峭拔而隽健，讲究韵律，多自度腔，有十七首词自注工尺旁谱，其音节文采为一时之冠。有《白石道人歌曲》六卷行世。

点绛唇① 丁未冬，过吴松作

　　燕雁无心②，太湖西畔随云去。数峰清苦。商略黄昏雨③。

　　第四桥边④，拟共天随住⑤。今何许。凭阑怀古。残柳参差舞。

【注释】

　　①这是一首吊古怀人之作。上片写燕雁无心，随白云来去；数峰有情，向黄昏而落雨。上片写景，而情景两融，不分彼此。下片吊古伤情，"凭阑怀古"点出题旨，继而以"残柳参差舞"收缩，"无穷哀感，都在虚处；令读者吊古伤今，不能自止"（陈廷焯《白雨斋词话》）。

　　②燕（yān）雁：指北方的雁。

　　③商略：商量。

风情宋词·杨柳岸　晓风残月

④第四桥：即甘泉桥。

⑤天随：即唐陆龟蒙，号天随子。故居在吴松甘泉桥附近。他常乘船携带书、笔、钓具等，游于太湖，又自称江湖散人。

鹧鸪天① 元夕有所梦

　　肥水东流无尽期。当初不合种相思。梦中未比丹青见②，暗里忽惊山鸟啼。

　　春未绿，鬓先丝③。人间别久不成悲。谁教岁岁红莲夜④，两处沉吟各自知。

【注释】

　　①唐圭璋《唐宋词简释》："此首元夕感梦之作。起句沉痛，谓水无尽期，犹恨无尽期。'当初'一句，因恨而悔，悔当初错种相思，致今日有此恨也。'梦中'二句，写缠绵颠倒之情，既经相思遂能不忘，以致入梦，而梦中隐约模糊，又不如丹青所见之真。'暗里'一句，谓即此隐约模糊之梦，亦不能久做，偏被山鸟惊醒。换头，伤羁旅之久。'别久不成悲'一语，尤道出人在天涯况味。"

　　②丹青：丹砂与青雘，两种可做颜料的矿物，古时常借指图画，这里指画像。

　　③先丝：先白。

　　④红莲：灯名。

踏莎行①

自沔东来②。丁未元日，至金陵江上，感梦而作。

燕燕轻盈，莺莺娇软。分明又向华胥见③。夜长争得薄情知，春初早被相思染。

别后书辞，别时针线。离魂暗逐郎行远④。淮南皓月冷千山⑤，冥冥归去无人管⑥。

【注释】

①这首词写词人曾经的一段恋情。上片写梦境，"轻盈""娇软"写梦中所见恋人的举止与体态。"夜长"二句，写梦中恋人的嗔语：你（薄情郎）哪里能知漫漫长夜，相思情苦；每当冬去春来，总是春意未来而相思先至。下片写梦醒之后，睹物思人。词人梦醒后看到恋人寄来的书信、临别时缝补的衣裳，再回味梦中相会的情景，不禁悬想，是恋人离魂，不远千里来与自己相会吧，而离魂归去，却只有冷月相伴，是何等的伶仃无依，孤苦凄凉。读之，不禁使人心生一种怜惜之情。

②沔（miǎn）：汉阳。

③华胥：指梦中。典出《列子·黄帝》："黄帝昼寝而梦，游于华胥氏之国。"

④郎行（háng）：情郎那边。行，宋时口语，犹言"这边""那边"。

⑤淮南：即今安徽省合肥市。

⑥冥冥（míng míng）：昏暗状。这里指夜间。

扬州慢①

淳熙丙申至日，余过维扬②。夜雪初霁，荠麦弥望。入其城则四顾萧条，寒水自碧，暮色渐起，戍角悲吟；余怀怆然，感慨今昔，因自度此曲。千岩老人以为有黍离之悲也。

淮左名都，竹西佳处，解鞍少驻初程。过春风十里，尽荠麦青青。自胡马窥江去后③，废池乔木，犹厌言兵。渐黄昏、清角吹寒，都在空城。

杜郎俊赏④，算而今、重到须惊。纵豆蔻词工，青楼梦好⑤，难赋深情。二十四桥仍在⑥，波心荡、冷月无声。念桥边红药，年年知为谁生。

【注释】

①这是一首乱后感怀之作。上片写词人初到扬州的所见所感。有虚写，有实写。"淮左名都""竹西佳处"，主要出自词人之前对这座名城的耳闻，属虚写；"废池乔木""清角吹寒"，则是词人的亲见。正因有之前的耳闻，才有了当前的触目惊心。下片以昔日繁华，反衬今日之萧飒、冷落。明月应该是今昔荣枯的唯一见证者吧！而冷月无声，一个"冷"字，生出无边凄凉。逢时必发的桥边红药，是有情的吗？她年年花发，又是为谁而生呢？至此，一种旷古的幽怨，笼罩全篇。

②维扬：扬州的别称。

③胡马窥江：宋高宗建炎三年（1129）金人初犯扬州，而于绍兴三十一年（1161）再次侵犯扬州。

④杜郎：指杜牧。

⑤"豆蔻"二句：语本杜牧《赠别》诗"娉娉袅袅十三余，豆蔻梢头二月初"及《遣怀》诗"十年一觉扬州梦，赢得青楼薄幸名"。

⑥二十四桥：唐时扬州有二十四座桥。这里泛指当时扬州的桥。杜牧《寄扬州韩绰判官》："二十四桥明月夜，玉人何处教吹箫？"

长亭怨慢①

余颇喜自制曲。初率意为长短句，然后协以律，故前后阕多不同。桓大司马云："昔年种柳，依依汉南。今看摇落，凄怆江潭。树犹如此，人何以堪。"此语余深爱之。

渐吹尽，枝头香絮。是处人家，绿深门户。远浦萦回，暮帆零乱，向何许。阅人多矣，谁得似、长亭树。树若有情时，不会得、青青如此。

日暮。望高城不见，只见乱山无数。韦郎去也②，怎忘得、玉环分付。第一是、早早归来，怕红萼无人为主③。算空有并刀④，难剪离愁千缕。

【注释】

①这首词借咏柳回忆往日恋情。上片咏柳，春已深深，柳阴浓绿，香絮吹尽。南浦长亭，离人黯然销魂，而柳则依然故我，青青如此。下片写词人与情侣离别后的恋慕之情，词人惜别之情，情侣属望之意，一路写来，凄怆缠绵，哀怨无端。

②韦郎：据《云溪友议》载，韦皋少游江夏，住于姜使君之馆，遇玉箫，互生情意。后归，与玉箫约，少则五年，多则七年，便来迎娶。并留下玉指环为信物。到了第八年春天，玉箫叹曰：韦郎一别，已过七年，是不来了。于是绝食而亡。

③红萼：指红花，喻女子。

④并（bīng）刀：刀名。并州产，以锋利著名。

淡黄柳①

客居合肥南城赤栏桥之西，巷陌凄凉，与江左异②，惟柳色夹道，依依

137

可怜③。因度此曲，以纾客怀④。

空城晓角。吹入垂杨陌。马上单衣寒恻恻⑤。看尽鹅黄嫩绿。都是江南旧相识。

正岑寂⑥。明朝又寒食。强携酒、小桥宅。怕梨花、落尽成秋色。燕燕飞来，问春何在，惟有池塘自碧。

【注释】

①这是一首客居伤春之作。上片写清晓在垂杨巷陌的凄凉感受，主要是写景。"空城"表现萧条冷落；"晓角"渲染悲凉气氛。"马上单衣寒恻恻"，写词人在异乡边地的感受。"看尽"二句引出淡淡的思乡情绪。下片转写寒食时节，"强携酒"写出满怀愁绪，"怕"字一转，写作者对春天的留恋，担心"梨花落尽"，眼前会"尽成秋色"。结尾三句，承接上句，叙写"春"将逝去，当"燕燕飞来"之时，就只有一池绿水了。惋惜春光已逝，华年不再。

②江左：指江南。

③可怜：可爱。

④纾（shū）：抒发。

⑤恻（cè）恻：悲痛，凄凉。

⑥岑（cén）寂：寂寞。

暗香①

辛亥之冬，余载雪诣石湖。止既月，授简索句②，且征新声，作此两曲，石湖把玩不已，使二妓肄习之，音节谐婉，乃名之曰：《暗香》《疏影》。

旧时月色。算几番照我，梅边吹笛。唤起玉人，不管清寒与攀摘。何逊而今渐老^③，都忘却、春风词笔。但怪得、竹外疏花，香冷入瑶席。

江国^④。正寂寂，叹寄与路遥，夜雪初积。翠尊易泣，红萼无言耿相忆^⑤。长记曾携手处，千树压、西湖寒碧。又片片吹尽也，几时见得。

【注释】

①这是一首咏梅词。词作以梅花为线索，通过回忆对比，抒写今昔之变和盛衰之感。

②授简：给予纸笔。

③何逊：南朝梁诗人，在扬州有《咏早梅》诗。

④江国：江乡。

⑤红萼：指红梅。耿：形容心中不平静。

疏影^①

苔枝缀玉。有翠禽小小，枝上同宿。客里相逢，篱角黄昏，无言自倚修竹。昭君不惯胡沙远^②，但暗忆、江南江北。想佩环月夜归来，化作此花幽独。

犹记深宫旧事^③，那人正睡里，飞近蛾绿^④。莫似春风，不管盈盈，早与安排金屋。还教一片随波去，又却怨、玉龙哀曲^⑤。等恁时、重觅幽香，已入小窗横幅^⑥。

【注释】

①据姜夔小序，词人"作此两曲"，则《疏影》与《暗香》从音乐上讲是两支曲子，从词篇上讲却是一个题目。《疏影》与《暗香》两篇，在谋篇布局上有岭断云连之妙，《暗香》立意已如前

述，《疏影》则集中描绘梅花清幽孤傲的形象，寄托作者对青春、对美好事物的怜爱之情。

②昭君：即王昭君。远嫁匈奴，常思念中原。

③深宫旧事：据《太平御览》载，宋武帝女寿阳公主卧于含章殿下，有梅花落公主额上，成五出花，后即以此为梅花妆。

④蛾绿：指眉黛。

⑤玉龙哀曲：指笛曲《梅花落》。玉龙，指笛子。

⑥横幅：指横在窗上的梅影。

翠楼吟①

淳熙丙午冬，武昌安远楼成，与刘去非诸友落之，度曲见志。余去武昌十年，故人有泊舟鹦鹉洲者，闻小姬歌此词，问之，颇能道其事。还吴，为余言之，兴怀昔游，且伤今之离索也。

月冷龙沙②，尘清虎落③，今年汉酺初赐④。新翻胡部曲，听毡幕、元戎歌吹⑤。层楼高峙，看槛曲萦红，檐牙飞翠。人姝丽。粉香吹下，夜寒风细。

此地宜有词仙，拥素云黄鹤，与君游戏。玉梯凝望久，但芳草萋萋千里。天涯情味，仗酒祓清愁⑥，花消英气。西山外，晚来还卷，一帘秋霁⑦。

【注释】

①这是一首为安远楼的落成而写的词作。上片描写安远楼的气势与官家宴饮的奢华场面。下片描写词人的羁旅情愁。词作本为庆贺安远楼落成而作，按理应在"安远"二字上做一篇喜庆"文章"；但词人却情不自禁地打入自己身世飘零之感，流露出表面承平而实趋衰飒的时代气氛。词作也因此显得意味深长。

②龙沙：泛指塞外沙漠之地。

③虎落：遮护城堡或营塞之竹篱。

④汉酺（pú）：指皇帝特别的宴会。

⑤毡幕：指北方少数民族和军队用毡幕盖屋。

⑥祓（fú）：消除。

⑦秋霁（jì）：指秋雨后的景色。这里化用唐王勃《滕王阁诗》句意"珠帘暮卷西山雨。"霁，雨止天晴。

杏花天①

丙午之冬，发沔口②。丁未正月二日，道金陵，北望淮、楚，风日清淑，小舟挂席，容与波上。

绿丝低拂鸳鸯浦。想桃叶③，当时唤渡。又将愁眼与春风，待去。倚兰桡、更少驻。

金陵路。莺吟燕舞。算潮水、知人最苦。满汀芳草不成归④，日暮。更移舟、向甚处。

【注释】

①这是一首思念旧日恋人的情词。上片见渡口而思古，联想到献之送桃叶的场景。下片写金陵景色，叹难寻归路。整首词以健笔写柔情，托意隐微，情深调苦。

②沔（miǎn）口：汉水入江处。

③桃叶：即桃叶渡。

④汀（tīng）：水边的平地。不成归：归去的打算不能实现。

章良能

章良能（？—1214），字达之，丽水（今属浙江省丽水市）人。淳熙五年（1178）进士，嘉定二年（1209）同知枢密院事，六年参知政事。

小重山①

柳暗花明春事深。小阑红芍药，已抽簪②。雨余风软碎鸣禽③。迟迟日，犹带一分阴。

往事莫沉吟。身闲时序好④，且登临。旧游无处不堪寻。无寻处，惟有少年心。

【注释】

①这首词写词人故地重游，感叹年光流逝，不免惆怅万端。上片写春深雨后的环境气氛，下片写登临以后触景伤情，心情转向怅惘：眼前风景不殊，而往日登临的豪情壮怀，已不复寻觅了。

②抽簪：喻花开。

③雨余风软碎鸣禽：语本杜荀鹤《春宫怨》诗"风暖鸟声碎"。软：柔和。碎，指鸟声细碎。

④时序：指现时的季节风光。

刘 过

刘过（1154—1206），字改之，自号龙洲道人，吉州太和（今江西省泰和县）人。曾伏阙上书，请光宗过宫侍孝宗病；又曾上书献恢复之策，不报。屡试不第，放浪湖海间，与陆游、辛弃疾、陈亮等交游，终身未仕，死于昆山。诗多悲壮之调。词则感慨国事，痛斥奸佞，始终不忘恢复国土。词风粗豪激越，狂逸之中，自饶俊致。小词亦婉丽。有词集《龙洲词》行世。

唐多令①

安远楼小集②，侑觞歌板之姬③，黄其姓者，乞词于龙洲道人，为赋此。同刘阜之、刘去非、石民瞻、周嘉仲、陈孟参、孟容，时八月五日也。

芦叶满汀洲。寒沙带浅流。二十年、重过南楼。柳下系船犹未稳，能几日、又中秋。

黄鹤断矶头④。故人今在否。旧江山、浑是新愁。欲买桂花同载酒⑤，终不似、少年游。

【注释】

①这是一首登临名作。作者借重过武昌南楼之机，感慨时事，抒写昔是今非和怀才不遇的思想感情。整首词写得蕴藉含蓄，耐人咀嚼。

②安远楼：楼名。

③侑觞（yòushāng）：劝酒。觞：古代盛酒器。板：打拍子的工具。

④黄鹤矶：位于今湖北武昌近江处。相传仙人乘黄鹤曾到此

处，后有人建楼以记之。

⑤桂花：酒名。

史达祖

史达祖（生卒年不详），字邦卿，号梅溪，汴（今河南省开封市）人。曾为宰相韩侂胄属吏，代韩拟帖拟旨，颇受倚重；韩败被诛，史亦受黥刑。曾师从张镃学词。其词奇秀清逸，辞情俱佳；咏物词善用拟人手法，妥帖轻圆，描写细腻，唯稍嫌纤巧。有《梅溪词》一卷，清代词家推重之。

绮罗香^①咏春雨

做冷欺花，将烟困柳，千里偷催春暮。尽日冥迷^②，愁里欲飞还住。惊粉重、蝶宿西园，喜泥润、燕归南浦。最妨他、佳约风流，钿车不到杜陵路^③。

沉沉江上望极，还被春潮晚急，难寻官渡^④。隐约遥峰，和泪谢娘眉妩^⑤。临断岸、新绿生时，是落红、带愁流处。记当日、门掩梨花^⑥，剪灯深夜语^⑦。

【注释】

①这是一首歌咏春雨的词作。上片写作者在庭院中所见。下片转为写春雨中的郊野景色。《词洁辑评》对全词的评价是："无一字不与题相依，而结尾始出'雨'字，中边皆有，前后两段七字句，于正面尤看到，如意宝珠，玩弄难于释手。"

②冥迷：昏暗迷离。

③杜陵：即杜县，地名。后因汉宣帝葬此而更名杜陵。

④官渡：公家开设的渡口。

⑤谢娘：即谢秋娘，唐李德裕的歌妓。

风情宋词·杨柳岸 晓风残月

⑥门掩梨花：化用秦观《鹧鸪天》词句："雨打梨花深闭门。"

⑦剪灯深夜语：化用李商隐《夜雨寄北》诗句："何当共剪西窗烛，却话巴山夜雨时。"

双双燕①咏燕

过春社了，度帘幕中间，去年尘冷。差池欲住②，试入旧巢相并。还相雕梁藻井③，又软语、商量不定。飘然快拂花梢。翠尾分开红影。

芳径。芹泥雨润④。爱贴地争飞，竞夸轻俊。红楼归晚，看足柳昏花暝。应自栖香正稳⑤，便忘了、天涯芳信。愁损翠黛双蛾，日日画阑独凭。

【注释】

①这是一首歌咏燕子的咏物词。整首词通篇不出"燕"字，而句句写燕，极妍尽态，神形毕肖。而又不觉繁复。王士禛《花草蒙拾》云："咏物至此人，巧极天工矣！"

②差（cī）池：燕子飞时羽翼参差不齐貌。

③相：看。藻井：俗称天花板。

④芹泥：指燕子用来筑巢的泥土。杜甫《徐步》诗："芹泥随燕嘴。"

⑤栖香：指双燕温馨地栖宿在一起。

东风第一枝①春雪

巧沁兰心，偷粘草甲②，东风欲障新暖。谩疑碧瓦难留，信知暮寒犹浅。行天入镜，做弄出、轻松纤软。料故园、不卷重帘，误了乍来双燕。

青未了、柳回白眼。红欲断、杏开素面。旧游忆着山阴③，后盟遂妨上苑④。寒炉重熨，便放慢、春衫针线。怕凤靴、挑菜归来⑤，万一灞桥相见⑥。

【注释】

①这是一首歌咏春雪的咏物词。词人以细腻的笔触，描形绘神，写出春雪的特点，以及雪中草木万物的千姿百态。

②草甲：草萌芽时所带种皮。

③山阴：今绍兴。

④上苑：指梁苑，即兔园。

⑤挑菜：挖取野菜。唐宋风俗，阴历二月初二为挑菜节，其时城中仕女结伴到郊外挖野菜，以为游乐。

⑥灞（bà）桥：桥名。位于今陕西省西安市东。

喜迁莺①

月波疑滴。望玉壶天近②，了无尘隔。翠眼圈花，冰丝织练③，黄道宝光相值④。自怜诗酒瘦，难应接、许多春色。最无赖，是随香趁烛。曾伴狂客。

踪迹。谩记忆。老了杜郎⑤，忍听东风笛。柳院灯疏，梅厅雪在，谁与细倾春碧⑥。旧情拘未定，犹自学、当年游历。怕万一，误玉人、夜寒帘隙⑦。

【注释】

①这是一首元宵佳节，忆旧怀人之作。上片写灯月交辉的元夕盛况，并写词人的孤寂情怀。下片写对故交旧情的留恋，并写词人

对伊人的挂念与担忧。

②玉壶：这里指澄明的天空。

③冰丝织练：形容月光如丝如练。

④黄道：光道。

⑤杜郎：即杜牧。

⑥春碧：美酒名。

⑦帘隙：谓帘子卷着未放下。隙：空。

三姝媚①

烟光摇缥瓦②。望晴檐多风，柳花如洒。锦瑟横床，想泪痕尘影，凤弦常下。倦出犀帷，频梦见、王孙骄马③。讳道相思，偷理绡裙，自惊腰衩④。

惆怅南楼遥夜。记翠箔张灯，枕肩歌罢。又入铜驼⑤，遍旧家门巷，首询声价⑥。可惜东风，将恨与闲花俱谢。记取崔徽模样⑦，归来暗写。

【注释】

①这是一首恋情词。上片写词人最后访问时所见和联想中伊人对自己的不尽的相思，已经逆摄下片初次相见的倾心和对伊人突然离去的悼念。整首词只写初遇和最后访问，把两人往还中的缠绵深情略去；只写死别的痛苦，把生前分离时的难堪略去，给人以丰富的想象。

②缥（piǎo）瓦：淡青色琉璃瓦。

③王孙：富家子弟通称。

④腰衩（chǎ）：指腰带。

⑤铜驼：街名。

⑥声价：古指声誉和社会地位，这里泛指情人的情况。

⑦崔徽：唐歌女。据元稹《崔徽歌序》载："崔徽，河中府娼也。裴敬中以兴元幕使蒲州，与徽相从累月，敬中便还。崔以不得从为恨，因而成疾。有丘夏善写人形，徽托写真寄敬中曰：'崔徽一旦不及画中人，且为郎死。'发狂卒。"

秋霁①

江水苍苍，望倦柳愁荷，共感秋色。废阁先凉，古帘空暮，雁程最嫌风力。故园信息，爱渠入眼南山碧。念上国②，谁是脍鲈江汉未归客③。

还又岁晚，瘦骨临风，夜闻秋声，吹动岑寂。露蛩悲、青灯冷屋，翻书愁上鬓毛白。年少俊游浑断得。但可怜处，无奈苒苒魂惊，采香南浦④，剪梅烟驿⑤。

【注释】

①这是一首思乡怀归的词作。词人借悲秋这一传统题材，展示了自己贬谪时期的孤寂生活，抒发了落难志士仁人的痛苦心情。词人身遭不幸，家国之恨、身世之感郁积于心，不可不言而又不可明言，故形成了一种沉郁苍凉的风格和回环往复、虚实相间的抒情结构。

②上国：春秋时称中原诸国为上国。

③谁是脍鲈江汉未归客：用《世说新语·识鉴》张季鹰事。

④南浦：谓送别之地。

⑤剪梅烟驿：用陆凯寄梅事。见舒亶《虞美人》注④。

卢祖皋

卢祖皋（生卒年不详），字申之，又字次夔，号蒲江，永嘉（今浙江省温州市）人。庆元五年（1199）进士。嘉定十六年（1223）累官权直学士院。工小令，时有佳趣，纤雅婉秀。

江城子①

画楼帘暮卷新晴。掩银屏。晓寒轻。坠粉飘香，日日唤愁生。暗数十年湖上路，能几度、着娉婷②。

年华空自感飘零。拥春酲③。对谁醒。天阔云闲，无处觅箫声。载酒买花年少事，浑不似、旧心情。

【注释】

①这是一首伤春怨别词。上片首句描写一幅明朗的景色。"掩银屏，晓寒轻"二句，却暗含着一个情感的过渡。"坠粉飘香"，言花事阑珊，春色渐老。于是，"日日唤愁生"就很自然了，"暗数"句，饱含低徊自怜之情韵，"十年"表时间之长。末句以问句出，表达了心口自问，缠绵悱恻之意绪。下片开头"年华"一句，紧承上片的"愁"字。一个"空"字，有虚度之意。"拥春酲"言希望醉中忘却烦恼，"对谁醒"言酒醒后对谁倾诉呢？"天阔云闲"，既写实，又写虚，可谓情景交融，意境深远。结句言人已老，已无年少时的轻狂了！不尽惆怅之情低回萦绕，久久不去。

②娉婷：美女。东坡词："如有意，慕娉婷。"

③酲（chéng）：醉酒。

宴清都①

春讯飞琼管。风日薄，度墙啼鸟声乱。江城次第，笙歌翠合，绮罗香暖。溶溶涧渌冰泮②。醉梦里，年华暗换。料黛眉、重锁隋堤，芳心还动梁苑③。

新来雁阔云音，鸾分鉴影④，无计重见。啼春细雨，笼愁淡月，恁时庭院⑤。离肠未语先断。算犹有、凭高望眼。更那堪、芳草连天，飞梅弄晚。

【注释】

①这是一首春日怀人之作。上片词人见春景而思人，心生愁绪。下片词人伫立庭院，望飞燕，愁淡月，想象伊人也似自己，登高盼归，柔肠寸断。

②渌（lù）：清澈。泮（pàn）：溶化。

③梁苑：指花园。

④鸾分鉴影：诗词中多用鸾镜表现临镜而生悲。参见钱惟演《木兰花》注释⑤。

⑤恁（rèn）时：此时。

吴文英

吴文英（约1212—约1274），字君特，号梦窗，晚号觉翁，四明（今浙江省宁波市）人。未入仕途，以布衣出入侯门，结交权贵；流寓吴越，多居苏州；绍定间为仓台幕；淳祐间在吴潜幕府，景定后客荣王邸。其词绵丽，措意深雅，守律精严，炼字炼句，又多自度腔，独树一帜，对南宋后期词影响很大；缺点是雕琢过甚，题材狭窄。有《梦窗词甲乙丙丁稿》四卷附补遗，收入《宋六十名家词》及《彊村丛书》中。

霜叶飞①重九

断烟离绪。关心事，斜阳红隐霜树。半壶秋水荐黄花，香喋西风雨②。纵玉勒、轻飞迅羽③。凄凉谁吊荒台古。记醉踏南屏，彩扇咽、寒蝉倦梦，不知蛮素。

聊对旧节传杯，尘笺蠹管④，断阕经岁慵赋。小蟾斜影转东篱⑤，夜冷残蛩语⑥。早白发、缘愁万缕。惊飙纵卷乌纱去。漫细将、茱萸看，但约明年，翠微高处⑦。

【注释】

①这是吴文英节日追忆亡姬之作。陈洵《海绡说词》：起七字已将"纵玉勒"以下摄起在句前。"斜阳"六句，依稀风景。"半壶"至"风景"十二字，情随事迁。以下五句，上二句突出悲凉，下三句平放和婉。"彩扇"属"蛮素"，"倦梦"属"寒蝉"，徒闻寒蝉，不见蛮素，但仿佛其歌扇耳。今则更成倦梦，故曰"不知"，两句神理结成一书，所谓关心事者如此。换头于无聊中寻出消遣，

"断阕""慵赋"，则仍是消遣不得。"残毄"对上"寒蝉"，对换一境。盖蛮素即去，则事事都嫌矣。收句与"聊对旧节"一样意思，见在如此，未来可知，极感伤，却极闲冷，想见觉翁胸次。

②嘆（xùn）：喷。

③迅羽：指鹰。

④蠹（dù）：蛀虫。

⑤小蟾（chán）：指月亮。

⑥残蛩语：指蟋蟀发出的悲啼。

⑦翠微：山气青绿色，代指山。

浣溪沙①

门隔花深梦旧游。夕阳无语燕归愁。玉纤香动小帘钩②。
落絮无声春堕泪，行云有影月含羞。东风临夜冷于秋。

【注释】

①这是一首感梦怀人词。上片写梦中所见：门隔花深，魂牵梦萦之地，如今又入梦来，夕阳无语，归燕生愁，恍惚之间，玉人寨帘而入。下片写梦后所感：落絮无声，春堕泪为怀人；行云有影，月含羞因遮面。末句东风冷于秋，言心中之凄冷有甚于季节之变化。此词借梦写词，更见情痴。

②玉纤：代指美人手指。

点绛唇①试灯夜初晴②

卷尽愁云，素娥临夜新梳洗③。暗尘不起。酥润凌波地。
辇路重来④，仿佛灯前事。情如水。小楼熏被。春梦笙

153

歌里。

【注释】

①俞陛云《唐五代两宋词选释》："此词亦记灯市之游。雨后月出，以素娥梳洗状之，语殊妍妙。下阕回首前游，辇路笙歌，犹闻梦里，今昔繁华之境，皆在梨雪漠漠中，词境在空际描写。"

②试灯夜：元宵节前夜。

③素娥：指明月。

④辇路：指京城大道。辇：人推挽的车。秦汉以后，特指帝、后所乘。

祝英台近① 除夕立春

剪红情，裁绿意，花信上钗股②。残日东风，不放岁华去。有人添烛西窗，不眠侵晓③，笑声转、新年莺语。

旧尊俎。玉纤曾擘黄柑④，柔香系幽素⑤。归梦湖边，还迷镜中路。可怜千点吴霜⑥，寒消不尽，又相对、落梅如雨。

【注释】

①这是一首除夕感怀之作。上片极写人家守岁之乐，用以比照下片自己守岁之苦，结句处，有"归梦湖边"的幻觉含蓄空灵，用笔幽邃。

②花信：花期。

③侵晓：拂晓。

④擘：剖分，同"掰"。

⑤幽素：谓幽情素心。

⑥吴霜：喻白发。语出李贺《还自会稽歌》诗句："吴霜点归鬓。"

夜游宫①

人去西楼雁杳。叙别梦、扬州一觉。云淡星疏楚山晓。听啼乌，立河桥②，话未了。

雨外蛩声早。细织就、霜丝多少③。说与萧娘未知道④。向长安⑤，对秋灯，几人老。

【注释】

①这是一首怀念亡妻的词作。上片写人去楼空，音讯全无，说不清是梦是幻，弹指间，已是十年。恍然梦中相会：云淡星疏，楚山将晓，乌啼声里，小河桥上，相思情话未了，转眼音容又杳。下片写梦回惊秋，隔雨蛩鸣，不堪数，相思情愁，织就多少霜丝；向谁诉，萧娘不知，独自对灯伤老。

②河桥：指送别之地。

③霜丝：指白发。

④萧娘：泛称女子。

⑤向：向往，思慕。长安：汉唐故都，借指南宋首都临安，当时词人在临安。

青玉案①

新腔一唱双金斗②。正霜落、分柑手。已是红窗人倦绣。春词裁烛，夜香温被，怕减银壶漏。

吴天雁晓云飞后。百感情怀顿疏酒。彩扇何时翻翠袖。

歌边拼取，醉魂和梦，化作梅花瘦。

【注释】

①俞陛云《唐五代两宋词选释》："上阕回首当年之事。对酒闻歌以后，更红烛温香，何等风怀旖旎。乃雁断云飞以后，百感都来，既酒边人去，醉魂无着，只堪寄与梅花。与'约个梅魂，轻怜细语'句，皆写无聊之思，绮语而兼幽想也。"词中写闺中佳人能歌善舞，温柔体贴。只望在她的歌舞旁拼力争取把醉魂和梦化作梅边的瘦影。

②金斗：酒杯。

贺新郎①<small>陪履斋先生沧浪看梅②</small>

乔木生云气。访中兴、英雄陈迹，暗追前事。战舰东风悭借便③，梦断神州故里。旋小筑、吴宫闲地。华表月明归夜鹤④，叹当时、花竹今如此。枝上露，溅清泪。

遨头小簇行春队⑤。步苍苔、寻幽别墅，问梅开未。重唱梅边新度曲，催发寒梢冻蕊。此心与东君同意⑥。后不如今今非昔，两无言、相对沧浪水。怀此恨，寄残醉。

【注释】

①这首词借沧浪亭看梅怀念抗金名将韩世忠并感及时事。上片从韩世忠沧浪亭别墅写起，感叹主战遭谗，中兴遭挫，报国无门。下片从赏梅写起，以"问梅""催梅"隐喻词人对边事日亟、将无韩岳、国脉微弱的担忧。

②沧浪：亭名。位于今苏州。

③战舰东风：指韩世忠黄天荡之捷。

④华表月明归夜鹤：用丁令威事。

⑤遨头：指太守。

⑥东君：指春神，兼指吴潜。

唐多令①

何处合成愁。离人心上秋②。纵芭蕉、不雨也飕飕③。都道晚凉天气好，有明月、怕登楼。

年事梦中休。花空烟水流。燕辞归、客尚淹留。垂柳不萦裙带住，漫长是、系行舟④。

【注释】

①这首词抒写秋日游子的离愁别绪。上片写羁旅秋思。下片写年光已逝，往事如梦。羁身异乡，已是凄清。客中送客，人更孤零。整首词不事雕琢，自然浑成，在吴词中当属别格。

②心上秋：即"愁"字。

③飕（sōu）飕：象声词。

④漫：随意，无情。行舟：指自己漂泊中乘的船。

蒋 捷

蒋捷（生卒年不详），字胜欲，号竹山，学者称竹山先生，阳羡（今江苏省宜兴市）人。咸淳十年（1270）进士；宋亡，隐居不仕。其词多于落寞愁苦中寄寓亡国的感伤，时有清丽而不低沉的隽永之作。炼字精深，调音谐畅，语多创获，词法丰富。有《竹山词》行世。

贺新郎[①]

梦冷黄金屋[②]。叹秦筝、斜鸿阵里，素弦尘扑。化作娇莺飞归去，犹识纱窗旧绿。正过雨、荆桃如菽。此恨难平君知否。似琼台涌起弹棋局。消瘦影，嫌明烛。

鸳楼碎泻东西玉[③]。问芳踪、何时再展，翠钗难卜。待把宫眉横云样，描上生绡画幅。怕不是、新来装束。彩扇红牙今都在，恨无人、解听开元曲[④]。空掩袖，倚寒竹[⑤]。

【注释】

①这是一首怀念故国的词作。上片写梦回故国宫殿，秦筝犹在，却无人弹奏。梦魂似娇莺，还认得旧时纱窗，窗下蓬绿。斜风细雨，杂树亭台。不忍见烛前瘦影，却怨明烛。下片追思当年一别。玉杯碎泻，覆水难收，何时再见芳踪，佳期难卜。待图画倩影，怕不是眼前模样。抚弦寄恨，如今谁能听懂。算只有，空自掩袖，独倚寒竹。

②黄金屋：汉武帝年少时，长公主欲把阿娇许配给他，武帝曰："若得阿娇作妇，当作金屋贮之。"

③东西玉：指酒。

④空掩袖，倚寒竹：语本杜甫《佳人》诗"天寒翠袖薄，日暮倚修竹"。

⑤开元曲：借指南宋太平时的歌曲。开元，唐玄宗年号。开元年间，为唐代最兴盛的时期。

女冠子①元夕

蕙花香也。雪晴池馆如画。春风飞到，宝钗楼上，一片笙箫，琉璃光射②。而今灯漫挂。不是暗尘明月，那时元夜。况年来、心懒意怯，羞与蛾儿争耍③。

江城人悄初更打。问繁华谁解，再向天公借。剔残红炧④。但梦里隐隐，钿车罗帕⑤。吴笺银粉砑⑥。待把旧家风景，写成闲话⑦。笑绿鬟邻女，倚窗犹唱，夕阳西下。

【注释】

①这是一首元夕之作。词中抒写了词人的故国之思。唐圭璋《唐宋词简释》：此首元夕感赋，起六句，极力渲染昔时元夕之盛况。"蕙花"二句，写月光；"春风"四句，写灯光，中间人影、箫声，盛极一时。"而今"二字，陡转今情，哀痛无比。时既非当时之时，人亦非当时之人，故无心闲赏元夕。换头六句，皆今夕冷落景象，反应起六句盛时景象。人悄灯残，此情真不堪回首。"吴笺"以下六句，一气舒卷，言我自伤往，而人犹乐今，可笑亦可叹也。

②琉璃：指琉璃灯。

③蛾儿：妇女插戴发间的饰物。

④炧（xiè）：指灯烛。

⑤钿（diàn）车：嵌以珠玉的车子。

⑥砑（yà）：碾磨。

⑦闲话：指记录旧事的笔记、随笔。

风情宋词·杨柳岸 晓风残月

张 炎

张炎（1248—1320），字叔夏，号玉田，又号乐笑翁，临安（今浙江省杭州市）人。张镃的曾孙。曾北游大都（今北京），失意南归，漫游江浙，潦倒终生。撰有论词专著《词源》，重韵律，讲技巧，是有影响的词论专著。其词写景咏物，形神兼备，凄清婉转；写国破家亡，浪迹江湖的凄苦，亦苍凉蕴藉。然偏重声律和形式，与姜夔接武，为清初浙西词派所推崇。有《山中白云词》八卷，又名《玉田词》，收入《彊村丛书》。

高阳台① 西湖春感

接叶巢莺②，平波卷絮，断桥斜日归船③。能几番游，看花又是明年。东风且伴蔷薇住，到蔷薇、春已堪怜。更凄然。万绿西泠，一抹荒烟。

当年燕子知何处，但苔深韦曲④，草暗斜川。见说新愁，如今也到鸥边。无心再续笙歌梦⑤，掩重门、浅醉闲眠。莫开帘。怕见飞花，怕听啼鹃。

【注释】

①这首词写西湖春日之游，写词人身世之沉沦，抒发眷念故国之衰情。上片写西湖暮春景色，景象凄凉。下片借景抒情，寄托故国之思，有黍离之悲。

②接叶巢莺：语本杜甫诗"卑枝低结子，接叶暗巢莺"。

③断桥：桥名。在西湖。

④韦曲（wéiqū）：唐代长安城南郊是韦氏世居之地。这里指

⑤笙歌梦：指南宋亡前作者的富贵生活。

八声甘州①

辛卯岁，沈尧道同余北归，各处杭、越。逾岁，尧道来问寂寞，语笑数日，又复别去，赋此曲，并寄赵学舟。

记玉关、踏雪事清游②。寒气脆貂裘。傍枯林古道，长河饮马，此意悠悠。短梦依然江表，老泪洒西州③。一字无题处，落叶都愁。

载取白云归去，问谁留楚佩，弄影中洲。折芦花赠远，零落一身秋。向寻常、野桥流水，待招来、不是旧沙鸥④。空怀感，有斜阳处，却怕登楼⑤。

【注释】

①这首词是词人北游归来后，向友人诉说心中失意的词作。上片写身世之感，抒发心头凄苦之情。下片写怀友之情，表现词人对友情的珍重。整首词抒情婉转低徊，黯然神伤。

②玉关：关名。在甘肃境内。

③老泪洒西州：据《晋书》记载，羊昙为谢安所器重，谢安抱病还都时从西州城门而入，死后，羊昙即避而不走西州路。后酒后大醉，不知至西州门，恸哭而去。

④旧沙鸥：指志同道合的老朋友。

⑤登楼：东汉末王粲避乱荆州，作《登楼赋》以抒发怀念中原故土和渴望有所作为的思想感情。

解连环①孤雁

楚江空晚。恨离群万里，怳然惊散。自顾影、却下寒塘，正沙净草枯，水平天远。写不成书，只寄得相思一点。料因循误了②，残毡拥雪③。故人心眼。

谁怜旅愁荏苒④。谩长门夜悄，锦筝弹怨。想伴侣、犹宿芦花，也曾念春前，去程应转。暮雨相呼，怕蓦地、玉关重见。未羞他、双燕归来，画帘半卷。

【注释】

①这是一首歌咏孤雁的咏物词。上片词人首先描绘了一个空阔、黯淡的环境以衬托离群之雁的孤单。下片写孤雁的羁旅哀怨之情。词人借孤雁失群表现自己漂泊不定的身世，寄托国破家亡的沉痛与哀思。

②因循：拖延。

③残毡拥雪：据《汉书》记载，苏武出使匈奴，被匈奴所拘，不屈，则置苏武于大窖中，不给饮食。天下雪，苏武以雪拌毡毛，食之，幸存。后双方和亲，汉派使者到匈奴索苏武，匈奴假说苏武已死，汉使说汉天子射雁，在雁足上发现苏武的信。匈奴于是只得将苏武放回。

④荏苒（rěnrǎn）：形容时间渐渐逝去。

疏影①咏荷叶

碧圆自洁。向浅洲远浦，亭亭清绝。犹有遗簪，不展秋心，能卷几多炎热。鸳鸯密语同倾盖，且莫与、浣纱人说。

恐怨歌、忽断花风，碎却翠云千叠。

回首当年汉舞，怕飞去谩皱，留仙裙折②。恋恋青衫，犹染枯香，还叹鬓丝飘雪。盘心清露如铅水③，又一夜西风吹折。喜净看、匹练飞光④，倒泻半湖明月。

【注释】

①这是一首咏叹荷叶的词作。寄托词人归隐湖山的高逸情怀。上片写荷叶的高洁清绝，下片写荷叶即便凋零，犹有枯香。整首词写荷更写人，咏物言志，情物契合无垠。

②"回首"三句：据《赵飞燕外传》记载，飞燕善舞，裙随风起，像要成仙飞去似的，风停止后，裙就变得很皱。他日宫女们都将裙子做成皱形，号留仙裙。

③盘心清露如铅水：语本李贺《金铜仙人辞汉歌》诗"忆君清泪如铅水"。

④练：洁白的熟绢。喻湖水。

月下笛①

孤游万竹山中，闲门落叶，愁思黯然，因动黍离之感②。时寓甬东积翠山舍。

万里孤云，清游渐远，故人何处。寒窗梦里，犹记经行旧时路。连昌约略无多柳③，第一是、难听夜雨。谩惊回凄悄④，相看烛影，拥衾谁语。

张绪⑤。归何暮。半零落，依依断桥鸥鹭。天涯倦旅。此时心事良苦。只愁重洒西州泪，问杜曲、人家在否。恐翠袖，正天寒，犹倚梅花那树⑥。

【注释】

①这是一首记孤游的词作。词人通过对杭州的怀念，表现了深沉的故国之思。上片写客舍中寒夜听雨，夜深难眠，孤独无似。下片写倦旅思归，心念故人。

②黍离之感：即故国之思。

③连昌：即唐连昌宫，宫中多置柳树。

④谩（màn）：无端。

⑤张绪：南齐时吴郡人，官至国子祭酒，风姿清雅。据《艺文类聚》记载，刘悛之为益州刺史，献蜀柳数株，条甚长，状如丝缕，武帝将之置于云和殿前，常叹赏曰："杨柳风流可爱，似张绪当年时。"

⑥"恐翠袖"句借杜甫笔下幽居自守的落难"佳人"形象，喻坚守民族气节不事前朝的友人。杜甫《佳人》："天寒翠袖薄，日暮倚修竹。"西湖孤山梅花有名，因化"倚修竹"为"倚梅树"。

王沂孙

王沂孙（约 1240—1290），字圣与，号碧山，又号中仙，亦号玉笥山人，会稽（今浙江省绍兴市）人。曾与周密、张炎等赋词暗喻宋帝六陵被掘事，寄托亡国哀痛。至元中曾出任庆元路学正。亦为宋末格律派重要词人。词意高远，词法缜密，擅长咏物，字句工雅。然用典较多，反觉隐晦曲折。为清代常州派词家所推重。有《碧山乐府》，又名《花外集》《玉笥山人词》。

天香① 龙涎香②

孤峤蟠烟③，层涛蜕月，骊宫夜采铅水④。汛远槎风⑤，梦深薇露，化作断魂心字。红瓷候火，还乍识、冰环玉指。一缕萦帘翠影，依稀海天云气。

几回殢娇半醉⑥。剪春灯、夜寒花碎。更好故溪飞雪，小窗深闭。荀令如今顿老⑦，总忘却、樽前旧风味。漫惜余熏，空篝素被⑧。

【注释】

①这是一首咏物词，词人借咏龙涎香抒发故国之思，遗民之恨。俞陛云《唐五代两宋词选释》：此调前半体物浏亮，后半即物寓情，咏物之名作也。起笔切合而极凝练，"蟠"字、"蜕"字尤工。"萦帘"二句既状香痕荡漾，而以海山云气关合本题，在离合之间。后四字藉香以寓身世今昔之感，开合有致。

②龙涎香：香料的一种。

③蟠（pán）：缭绕。

④骊（lí）宫：骊龙居住的宫殿。

⑤槎（chá）：水中浮木。

⑥殢（tì）娇：撒娇。殢，困扰，纠缠。

⑦荀令：东汉末荀彧（yù），曾任汉献帝守尚书令，故人称荀令。

⑧篝（gōu）：熏笼。

眉妩^① 新月

渐新痕悬柳，淡彩穿花，依约破初暝。便有团圆意，深深拜，相逢谁在香径。画眉未稳，料素娥、犹带离恨^②。最堪爱、一曲银钩小，宝帘挂秋冷^③。

千古盈亏休问，叹谩磨玉斧^④，难补金镜^⑤。太液池犹在^⑥，凄凉处、何人重赋清景。故山夜永，试待他、窥户端正^⑦。看云外山河，还老尽、桂花影^⑧。

【注释】

①这是一首歌咏新月的咏物词，词人借咏新月寄寓亡国哀思。上片写新月之美，下片借咏新月流露出伤时悼国的感情，同时也蕴含了对重整河山的憧憬。整首词虚虚实实，令人捉摸不定，笔法含蓄，立意高迈。

②素娥：即嫦娥。

③宝帘：窗帘。

④磨玉斧：古代传说有玉斧修月之事。

⑤金镜：喻圆月。

⑥太液池：指宋朝宫中的池沼。

⑦端正：月圆。

⑧桂花影：古代传说：月中有桂树，高五百丈。桂花影，即所谓月中所映大地山河的影子。

齐天乐① 蝉

一襟余恨宫魂断②，年年翠阴庭树。乍咽凉柯，还移暗叶，重把离愁深诉。西窗过雨。怪瑶珮流空，玉筝调柱。镜暗妆残，为谁娇鬓尚如许。

铜仙铅泪似洗，叹携盘去远，难贮零露③。病翼惊秋，枯形阅世，消得斜阳几度。余音更苦。甚独抱清商④，顿成凄楚。谩想熏风⑤，柳丝千万缕。

【注释】

①张惠言《词选批注》：详味词意，殆亦碧山黍离之悲也。首句"宫魂"点清命意。"乍咽"、"还移"，概播迁也。"西窗"三句，伤敌骑暂退，宴安如故也。"镜暗妆残"，残破满眼。"为难"句，指当日修容饰貌，妩媚依然。衰世臣主全无心肺，真千古一辙也。"铜仙"三句，伤宗室重宝均被迁夺北去也。"病翼"三句，更是痛哭流涕，大声疾呼，言海侥栖流，断不能久也。"余音"三句，哀怨难论也。末二句，责诸人当此尚安危利灾，视若全盛也。语意明显，凄婉至不能卒读。

②宫魂断：据《古今注》记载，齐王后怨齐王而死，死后尸体化为蝉。

③"铜仙"三句：汉武帝时用铜铸造了以手托盘承露的仙人像，后魏明帝遣人拆走了此像，铜仙人潸然泪下。

④清商：即清商曲，是古乐府的一种曲子。

⑤熏风：指初夏的东南风，又叫清明风，即和风。

高阳台①和周草窗寄越中诸友韵

残雪庭阴，轻寒帘影，霏霏玉管春葭。小贴金泥，不知春在谁家。相思一夜窗前梦，奈个人水隔天遮②。但凄然、满树幽香，满地横斜。

江南自是离愁苦，况游骢古道③，归雁平沙。怎得银笺④，殷勤与说年华。如今处处生芳草，纵凭高、不见天涯。更消他⑤，几度东风，几度飞花。

【注释】

①这是一首春日怀友人之作。整首词以双关手法写春，既关时令，又涉时局；既写相思，又言离愁。收缩处"低徊掩抑，荡气回肠"（况周颐《蕙风词话》）。

②个人：伊人。

③游骢（cōng）：漫游的马。

④银笺：指书信。

⑤消：经得起，禁得住。东风：春风。

法曲献仙音①聚景亭梅次草窗韵

层绿峨峨②，纤琼皎皎③，倒压波痕清浅④。过眼年华，动人幽意，相逢几番春换。记唤酒寻芳处，盈盈褪妆晚。

已消黯。况凄凉、近来离思，应忘却、明月夜深归辇⑤。荏苒一枝春⑥，恨东风、人似天远。纵有残花，洒征衣，铅泪都满。但殷勤折取，自遣一襟幽怨。

【注释】

①俞陛云《唐五代两宋词选释》：亭在聚景园中，梅林极盛，碧山屡往观之，故上阕有几度寻芳之语……下阕云"明月夜深归辇"，想见当日宸游之乐。迨年久境迁，园亭芜圮，悠悠行客，孰动余悲。故"满"字韵云纵有残花，唯凄凉过客泪洒征衣耳。

②层绿：指绿梅。

③纤琼：指白梅。

④倒压波痕清浅：语本林逋《山园小梅》诗"疏影横斜水清浅"。

⑤辇（niǎn）：车。

⑥荏苒（rěn rǎn）：形容时间渐渐逝去。

彭元逊

彭元逊（生卒年不详），字巽吾，庐陵（今江西省吉安县）人。景定二年（1261）解试，曾与刘辰翁唱和。存词二十首。

疏影① 寻梅不见

江空不渡。恨蘼芜杜若②，零落无数。远道荒寒，婉娩流年，望望美人迟暮③。风烟雨雪阴晴晚，更何须，春风千树。尽孤城、落木萧萧，日夜江声流去。

日晏山深闻笛，恐他年流落，与子同赋。事阔心违，交淡媒劳，蔓草沾衣多露。汀洲窈窕余醒寐，遗佩浮沉澧浦④。有白鸥淡月，微波寄语，逍遥容与⑤。

【注释】

①这是一首寻梅词，词人感伤时事，寻梅怀旧。上片写寻梅，春天未至，百草不芳，词人寻梅，不辞远道荒寒，常恐年光流逝，梅容衰老，美人迟暮。若能寻到一枝梅花，便抵得上春风千树。下片怀旧，词人回忆与梅的相识、相知、相恋的过程，唯愿缔盟结心，永远相伴。

②蘼（mí）芜、杜若：皆香草名。

③美人迟暮：此喻梅花。语本《离骚》"草木之零落兮，恐美人之迟暮"。

④遗佩浮沉澧浦：澧（lǐ）：水名，在湖南省西北部。浦：水边。语本《离骚》"遗余佩兮澧浦"。

⑤容与：从容闲舒貌。

六丑①杨花

似东风老大，那复有、当时风气。有情不收，江山身是寄。浩荡何世。但忆临官道，暂来不住，便出门千里。痴心指望回风坠。扇底相逢，钗头微缀。他家万条千缕，解遮亭障驿，不隔江水。

瓜洲曾舣。等行人岁岁。日下长秋城、乌夜起。帐庐好在春睡。共飞归湖上，草青无地。愔愔雨、春心如腻②。欲待化、丰乐楼前，帐饮青门都废③。何人念、流落无几。点点抟作④，雪绵松润，为君浥泪⑤。

【注释】

①这是一首歌咏杨花的咏物词，抒发身世之感，家国之恨。上片写杨花漂泊不定的身世。时值暮春，杨花也像东风一样，老大迟暮，但因杨花有情，仍在漂泊，这样的漂泊，何年才是尽头。可悲的是，尽管能在扇底钗头稍做停留，但阻不断光阴似水，浩浩东流。下片由漂泊的杨花联想到漂泊的人。人花同命，人花同悲，人花同泣，人花同慰。

②愔愔（yīnyīn）：和悦安舒貌。

③青门：西汉首都长安城的东南门。门外出好瓜，广陵人邵平为秦东陵侯，秦亡后为布衣，种瓜青门外。

④抟（tuán）：以手捏之成团。

⑤浥（yì）：沾湿。

李清照

李清照（1084—约1155），号易安居士，济南章丘（今属山东省）人。宋代杰出女词人。良好的家庭教养和过人的才华，使她前期词清新婉约，语新意隽，多为情歌或写景。她因北宋党争而丧父，因战乱逃亡而丧夫，晚年颠沛流离，故后期词多怀乡念旧，孤苦凄凉，每有故国之思。在艺术上讲求格律，巧于构思，语言精巧，善用白描，刻画细腻，形象生动，比喻新颖，独出心裁。清照创词"别是一家"之说，其词创为"易安体"，为宋词一家。词集名《漱玉集》，今本皆为后人所辑。

如梦令①

昨夜雨疏风骤。浓睡不消残酒。试问卷帘人，却道海棠依旧。知否。知否。应是绿肥红瘦②。

【注释】

①这是一首伤春惜春词，并以花自喻，慨叹自己的青春易逝。黄氏《蓼园词选》云："一问极有情，答以'依旧'，答得极淡，跌出'知否'二句来，而'绿肥红瘦'无限凄婉，却又妙在含蓄。短幅中藏无数曲折，自是圣于词者。"

②绿肥红瘦：形容叶繁花少。

凤凰台上忆吹箫①

香冷金猊②，被翻红浪，起来慵自梳头。任宝奁尘满③，日上帘钩。生怕离怀别苦，多少事、欲说还休。新来瘦，非干病酒，不是悲秋。

休休。者回去也，千万遍《阳关》④，也则难留。念武陵人远⑤，烟锁秦楼。惟有楼前流水，应念我、终日凝眸。凝眸处，从今又添，一段新愁。

【注释】

①这首词抒发了词人与丈夫分别后的相思之情。上片写词人与丈夫临别时怅然若失、百无聊赖的心情。紧扣一个"慵"字，一路写来，"慵"态可掬。继而写心念离怀别苦，而神伤形瘦。下片先写丈夫的去而难留，进而设想自己别后的情形。整首词层层渲染离愁别苦，读来感人至深。

②金猊（ní）：狮形铜香炉。

③宝奁（lián）：梳妆镜匣。

④《阳关》：乐府曲名。是为送别之曲。

⑤武陵人远：用陶渊明《桃花源记》之武陵人入桃花源事，言所思之人已远去。

醉花阴①

薄雾浓云愁永昼。瑞脑消金兽②。佳节又重阳，玉枕纱厨③，半夜凉初透。

东篱把酒黄昏后④。有暗香盈袖。莫道不消魂，帘卷西风，人比黄花瘦⑤。

【注释】

①这首词写词人重阳佳节思念丈夫的心情。上片写重阳佳节之

时，词人只身一人，时光变得如此漫长，刚送走愁闷的白昼，又须面对凄凉的秋夜。下片写词人独自饮酒赏菊，愁绪满怀，末句"人比黄花瘦"，至今为人传颂不已。

②瑞脑：即龙脑，是一种名贵的香料。金兽：兽形铜香炉。

③玉枕：瓷枕的美称。纱厨：即纱帐。

④东篱把酒黄昏后：语本陶渊明《饮酒》诗"采菊东篱下，悠然见南山"。

⑤黄花：菊花。

声声慢①

寻寻觅觅，冷冷清清，凄凄惨惨戚戚。乍暖还寒时候②，最难将息③。三杯两盏淡酒，怎敌他、晚来风急。雁过也，正伤心，却是旧时相识。

满地黄花堆积。憔悴损、如今有谁堪摘。守着窗儿，独自怎生得黑④。梧桐更兼细雨，到黄昏、点点滴滴。这次第⑤，怎一个愁字了得⑥。

【注释】

①这是一首赋体慢词，表现悲秋主题，堪比一篇《悲秋赋》。上片起首连用十四个叠字，表现一个人苦寻无着、心神不宁、若有所失的神态。继而以酒浇愁，目送秋鸿，心中平添许多怅惘。下片词人环顾自家庭院，黄花堆积，伤心人却无心摘赏。终日枯坐无聊，独自一人，如何捱到天黑，即便黑夜到来，又将如何，黄昏时分，秋雨绵绵，雨打桐叶，愁煞闺中人，此情此景，一个"愁"字，怎能概括得了。

②乍暖还寒：初春忽冷忽热的天气。

③将息：休养。

④怎生：怎样。

⑤这次第：这种情状。

⑥了得：了结，概括尽。

念奴娇①

萧条庭院，又斜风细雨，重门须闭。宠柳娇花寒食近，种种恼人天气。险韵诗成，扶头酒醒，别是闲滋味②。征鸿过尽③，万千心事难寄。

楼上几日春寒，帘垂四面，玉阑干慵倚。被冷香消新梦觉，不许愁人不起。清露晨流，新桐初引④，多少游春意。日高烟敛，更看今日晴未。

【注释】

①这首词写寒食节将至，词人独守空闺，思念远方的丈夫。黄氏《蓼园词评》："只写心绪落寞，遇寒食更难遣耳。徒然而起，便而深邃。至前阕云'重门须闭'，次阕云'不许''不起'，一开一合，情各夏夏生新。起处雨，结句晴，句法浑成。"

②险韵：以生僻难押字押韵。扶头酒：容易喝醉的酒。

③征鸿：飞翔的鸿雁。

④"清露"二句：语出《世说新语·赏誉》。初引：刚刚发芽。

永遇乐①

落日镕金，暮云合璧，人在何处。染柳烟浓，吹梅笛

风情宋词·杨柳岸 晓风残月

176

怨^②，春意知几许。元宵佳节，融和天气，次第岂无风雨。来相召、香车宝马，谢他酒朋诗侣。

中州盛日^③，闺门多暇，记得偏重三五^④。铺翠冠儿，捻金雪柳，簇带争济楚^⑤。如今憔悴，风鬟霜鬓^⑥，怕见夜间出去^⑦。不如向、帘儿底下，听人笑语。

【注释】

①这首词写词人晚年流寓临安时的生活境况。上片首二句一抹亮色突然而降，使人顿觉炫目。继而引出"人在何处"的疑问，隐含了人在异乡的漂泊之感。接下来描写盎然春意，满目烟柳，远处笛声，一切那么美好，词人运笔至此，又添波澜，"次第岂无风雨"，一个反问蕴含了词人对世事沧桑，变幻莫测的顾虑。这也正是词人谢绝邀请，不愿出游的原因。下片首六句忆昔，后五句伤今，结句"不如向、帘底下，听人笑语"，读之尤觉酸楚。

②吹梅笛怨：笛曲《梅花落》凄婉哀怨。

③中州：河南一带古称中州。这里指汴京。

④三五：指元宵节。

⑤簇带：插戴满头。济楚：整洁貌。

⑥风鬟霜鬓：头发斑白零乱。

⑦怕见：害怕，不愿。见，语气助词。

浣溪沙^①

髻子伤春慵更梳。晚风庭院落梅初。淡云来往月疏疏。

玉鸭熏炉闲瑞脑，朱樱斗帐掩流苏^②。通犀还解辟寒无^③。

【注释】

①这是一首伤春词。上片写鬓发慵梳，晚风习习，庭院落梅，云淡月疏，一幅清丽之景。下片写室内之景。词人在庭院中伫立多时，春寒袭人，只得回到室内，室内香炉已停，斗帐已掩，人因春寒却不成寐。词人不禁疑问：传说中能够避寒的通犀，还能避寒吗？这里蕴含心境之凄冷无法消除之意。整首词以清丽的风格，寓伤春之情于景物描写之中，格高韵胜，富有诗的意境。

②朱樱斗帐：斗帐，覆斗形的帐子。

③通犀：犀角的一种。据《开元天宝遗事》载："开元二年冬至，交趾国进犀一株，色黄似金。使者请以金盘置于殿中，温温然有暖气袭人。上问其故，使者对曰：'此辟寒犀也。'"

穿越千年的浪漫

惊艳诗经

兼葭苍苍　白露为霜

启　文——编著

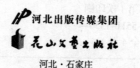

河北出版传媒集团
花山文艺出版社
河北·石家庄

图书在版编目（CIP）数据

穿越千年的浪漫 . 惊艳诗经　蒹葭苍苍　白露为霜 /
启文编著 . —— 石家庄 : 花山文艺出版社 , 2020.8
　ISBN 978-7-5511-1356-4

　Ⅰ . ①穿… Ⅱ . ①启… Ⅲ . ①古体诗－诗集－中国－
春秋时代 Ⅳ . ① I222

中国版本图书馆 CIP 数据核字 (2020) 第 147950 号

书　　　名: **穿越千年的浪漫**
　　　　　　CHUANYUE QIANNIAN DE LANGMAN
分 册 名: 惊艳诗经　蒹葭苍苍　白露为霜
　　　　　　JINGYAN SHIJING　JIANJIA CANGCANG BAILU WEI SHUANG
编　　著: 启　文

责任编辑: 于怀新　卢水淹
责任校对: 郝卫国　董　舸
封面设计: 青蓝工作室
美术编辑: 胡彤亮
出版发行: 花山文艺出版社（邮政编码: 050061）
　　　　　　（河北省石家庄市友谊北大街 330 号）
销售热线: 0311-88643221/29/31/32/26
传　　真: 0311-88643225
印　　刷: 三河市嵩川印刷有限公司
经　　销: 新华书店
开　　本: 870 毫米 ×1220 毫米　1/32
印　　张: 24
字　　数: 620 千字
版　　次: 2020 年 8 月第 1 版
　　　　　　2020 年 8 月第 1 次印刷
书　　号: ISBN 978-7-5511-1356-4
定　　价: 119.00 元（全 4 册）

前　言

　　《诗经》是中国最早的一部诗歌总集，又称《诗三百》或《三百篇》，大约编成于春秋中期，收集了自西周初年至春秋中叶大约五百多年的 305 首诗歌。这些远古时代流传下来的诗篇，千姿百态，唯美浪漫，惊艳了时光，温柔了岁月。它如同一幅幅生动的画卷，真实地描绘出两千五百多年前那漫长历史时期各个阶层的生活状态和社会面貌，向我们诉说着日常的欢喜和忧伤。

　　《诗经》分为"风、雅、颂"三部分。

　　"风"是指不同地区的地方音乐，包括周南、召南、邶、鄘、卫、王、郑、齐、魏等 15 国的诗歌。"风"多属民间歌谣，其中大部分作品是劳动人民的集体创作，反映了劳动人民真实的生活，是《诗经》中极富艺术价值和思想意义的篇章。

　　"雅"分为《小雅》和《大雅》，多数是朝廷官吏及公卿大夫的作品，有一小部分是民歌。其内容大多都是关于政治方面的，有赞颂好人好政的，有讽刺弊政的。

　　"颂"分为《周颂》《鲁颂》《商颂》，是朝廷和贵族宗庙祭祀的乐歌。不但配合乐器，采用皇家乐调，而且带有扮演、舞蹈的艺术样式，内容上多是对祖先神灵报告王侯功德的赞美之辞。

　　爱情是诗歌的永恒主题，《诗经》中对爱情和婚姻的描绘也较多。其中不乏许多脍炙人口的名篇，如《关雎》《蒹葭》等。它们就像春天明媚的阳光，美丽之至，穿越千年，仍令人心驰神往。《诗经》中还有一些政治讽喻诗是一些富有正义感，对国家命运比较关心，或不得志的文人、官吏的作品。另外还有一些反映周部族发展的史诗，如《大雅》中的《文王》《大明》等。《诗经》所涉及的地域十分广泛，主要集中在黄河流域，也远及长江、汉水、汝水一带，大致相当于今天的陕西、山西、河南、河北、山东、湖北等地区。

　　《诗经》选本众多，遴选的宗旨各自不同。本书的选诗宗旨在于对人性真情、诗性审美、历史性文明三者的追求。所选录的篇目都是历来公认的名篇，另外还有注释、译文和解析，助你品读原味诗经。

　　《诗经》的美好、浪漫、无邪，《诗经》的言外之意、意内之叹、叹中之思，《诗经》的口耳相传、千古不衰，都能在本书中找到答案。

目　录

惊艳诗经·蒹葭苍苍 白露为霜

国风·周南

关雎

（一）

关关雎鸠①，在河之洲②。

窈窕淑女③，君子好逑④。

（二）

参差荇菜⑤，左右流之⑥。

窈窕淑女，寤寐求之⑦。

（三）

求之不得，寤寐思服⑧。

悠哉悠哉⑨，辗转反侧。

（四）

参差荇菜，左右采之。

窈窕淑女，琴瑟友之⑩。

（五）

参差荇菜，左右芼之⑪。

窈窕淑女，钟鼓乐之⑫。

【注释】

①关关：和鸣声。雎（jū）鸠：鸠类水鸟，其性深于伉俪之情。一说即鱼鹰。

②河：指黄河。

③窈窕（yǎo tiǎo）：文静而美好貌。淑：善，好。

④君子：贵族男子的通称。这里指周王。逑（qiú）：配偶。

⑤参差（cēn cī）：长短不齐。荇（xìng）菜：水生植物，茎细叶圆，可食用。

⑥流：捞取。

⑦寤（wù）：睡醒。寐（mèi）：睡着。

⑧服：思念。

⑨悠：绵长。

⑩友：亲密，亲切。

⑪芼（mào）：择取。

⑫钟鼓：编钟和悬鼓，王公用于祭祀、宴宾等事。

【译文】

（一）

雎鸠情侣咕咕唱，栖息河内岛中央。

秀美纯洁贤淑女，恰与君主配成双。

（二）

荇菜长短绿油油，左捋右捋好温柔。

秀美纯洁贤淑女，日思梦想苦寻求。

（三）

苦苦寻求得不到，日思梦想好心焦。

情意绵绵长不断，翻来覆去难入眠。

（四）

荇菜长短水灵灵，左采右采好轻盈。

秀美纯洁贤淑女，弹琴鼓瑟表亲情。

（五）

荇菜长短香飘飘，左摘右摘好苗条。

秀美纯洁贤淑女，击钟鸣鼓乐陶陶。

【解析】

《周南》《召南》是《国风》中位居前列的部分。周、召是地名。文王建都于丰之后将原来岐山以南的周、召两地分别分封给武王的弟弟姬旦和姬奭，即周公、召公。卜商《诗序》认为，《周南》为王者之风，《召南》为诸侯之风。《关雎》是《诗经》的第一首，历来备受推崇。其内容所写为周王选偶之事。中间一章描写求之不得的状况，最为精彩。

葛覃

（一）

葛之覃兮①，施于中谷②，维叶萋萋③。

黄鸟于飞④，集于灌木，其鸣喈喈。

（二）

葛之覃兮，施于中谷，维叶莫莫⑤。

是刈是濩⑥，为絺为绤⑦，服之无斁⑧。

（三）

言告师氏⑨，言告言归。

薄污我私⑩，薄浣我衣⑪。

害浣害否⑫，归宁父母⑬。

【注释】

①葛：一种蔓生植物，纤维可织布。覃（tán）：藤。一解为长。

②施（yì）：蔓延。

③维：发语词，含"其"意。萋萋：茂盛貌。

④黄鸟：黄雀。一说为黄鹂。于：语助词，含"往"意。

3

⑤莫莫：茂密貌。

⑥刈（yì）：割。濩（huò）：煮。葛草煮后方可取丝织布。

⑦绨（chī）：细葛布。绤（xì）：粗葛布。

⑧斁（yì）：厌。

⑨言：语气助词。一解作我。师氏：领主家的女管家。

⑩薄：语助词，含勉力之意。污：洗。私：内衣。

⑪浣：洗。衣：罩衣。

⑫害：音义通"曷（hé）"，即何。

⑬归宁：古时女子回娘家探望父母称归宁。宁，慰问。

【译文】

（一）

葛草拖长藤，蔓延山谷中，枝叶好葱茏。

黄雀喜飞跃，聚集灌木丛，啾啾相和鸣。

（二）

葛草拖长藤，蔓延山谷中，枝叶郁葱葱。

割下煮成丝，粗细布织成，穿破也不扔。

（三）

告诉女管事，回家看爹妈。

洗净贴身衫，洗净外裤褂。

有些先不洗，回到父母家。

【解析】

《诗序》说："葛覃，后妃之本也。后妃在父母家，则志在于女功之事，躬俭节用，服浣濯之衣，尊敬师傅，则可以归安父母，化天下以妇道也。"然而，很难设想一个后妃会去采葛、织布、洗衣，因此认为这种说法牵强。今人多认为本诗是写一个出嫁的女子跟公婆请了假回家探望父母的事。诗中用葛藤蔓延、黄鸟飞跃作烘托，充满了欢乐的气氛。

惊艳诗经·蒹葭苍苍　白露为霜

卷耳

（一）

采采卷耳①，不盈顷筐②。

嗟我怀人，寘彼周行③。

（二）

陟彼崔嵬④，我马虺隤⑤。

我姑酌彼金罍⑥，维以不永怀⑦！

（三）

陟彼高冈，我马玄黄⑧。

我姑酌彼兕觥⑨，维以不永伤！

（四）

陟彼砠矣⑩，我马瘏矣⑪。

我仆痡矣⑫，云何吁矣⑬！

【注释】

①卷耳：今名苍耳，可入药，嫩苗可食。

②盈：满。顷筐：浅筐。

③寘：通"置"。周行（háng）：大道。

④陟（zhì）：登，攀登。崔嵬（wéi）：上面有石头的土山。

⑤虺隤（huī tuí）：腿软病。

⑥姑：且。金罍（léi）：铜制酒器。

⑦维：发语词。以：借此。永：长。

⑧玄黄：眼花病。玄，黑。

⑨兕觥（sì gōng）：兕角酒器。兕，犀牛。

⑩砠（jū）：上面有土的石山。

⑪瘏（tú）：病不能进。

⑫痡（pū）：过度疲劳。

⑬云：语助词。何：多么。吁（xū）：通"忓"，忧。

【译文】

（一）

采呀采卷耳，不满一浅筐。

想起我爱妻，筐放大路旁。

（二）

驱马上高山，我马腿酸软。

且把酒杯来斟满，莫要如此思恋！

（三）

驱马上高冈，我马眼迷茫。

且把酒杯来斟满，莫要如此心伤！

（四）

驱马上高山，我马病难行。

仆从疲倦走不动，令人忧思无穷！

【解析】

这是一首怀人之作。主人公是一位在外服役的官吏，他带着仆从，策着马，艰难地行进在崎岖山路上，同时又殷切思念家中的妻子。他感到这种忧思无法排解，便一边频频地喝酒，一边不断地发出深沉的叹息。许多解诗者多说此篇是写一位女子对征夫的怀念，如此则首章与后文中的"我"字便要互相龃龉，纵勉强解后文为悬想之状，终难脱扞格之嫌。

樛木

（一）

南有樛木①，葛藟累之②。

乐只君子③，福履绥之④。

（二）

南有樛木，葛藟荒之⑤。

乐只君子，福履将之⑥。

（三）

南有樛木，葛藟萦之⑦。

乐只君子，福履成之⑧。

【注释】

①樛（jiū）木：高树。一解"木下曲曰樛"。

②葛藟（lěi）：野葡萄。累：缠绕。

③只：语助词。

④福履：福禄，幸福。绥（suí）：安抚。

⑤荒：覆盖。

⑥将：扶助。

⑦萦：萦绕，旋绕。

⑧成：成就。

【译文】

（一）

南山弯弯的树呀，枝头爬满野葡萄。

祝贺先生新婚好，苍天搭起幸福桥。

（二）

南山弯弯的树呀，枝头盖满野葡萄。

祝贺先生新婚好，神灵栽下幸福苗。

（三）

南山弯弯的树呀，枝头缠满野葡萄。

祝贺先生新婚好，东风吹绽幸福苞。

【解析】

这是一首祝贺新郎的诗。晋人潘岳《寡妇赋》有云："伊女子之有行兮，爰奉嫔于高族。承庆云之光覆兮，荷君子之惠渥。顾葛藟之蔓延兮，托微茎于樛木。"对本诗喻义是一个很好的说明。诗中以葛藟缘附樛木来象征女子嫁给君子，婉曲生动。至今民歌当中仍有"山中只见藤缠树，世上哪见树缠藤"的唱词，流传颇广。

桃夭

（一）

桃之夭夭①，灼灼其华②。

之子于归③，宜其室家④。

（二）

桃之夭夭，有蕡其实⑤。

之子于归，宜其家室。

（三）

桃之夭夭，其叶蓁蓁⑥。

之子于归，宜其家人。

【注释】

①夭夭：茂盛貌。

②灼灼：鲜艳貌。华："花"的古字。

③之子：这姑娘。于归：出嫁。于，语助词。

④宜：适合。一解为善，和顺。家：指大夫封地。

⑤有：语助词。蕡（fén）：肥大。

⑥蓁蓁（zhēn）：繁茂貌。

【译文】

（一）

蓬勃桃树绿葱葱，鲜花茂盛红彤彤。

有位公主要出嫁，与她新郎两钟情。

（二）

蓬勃桃树绿油油，果实丰硕挂枝头。

有位公主要出嫁，与她新郎配鸾俦。

（三）

蓬勃桃树绿沉沉，浓叶茂美汇成荫。

有位公主要出嫁，与她夫家共欢欣。

【解析】

周王室的一位公主要下嫁到一个大夫的封地去，诗中对她进行了热情的歌咏，祝愿她婚后生活美满，家庭幸福。

芣苢

（一）

采采芣苢①，薄言采之②。

采采芣苢，薄言有之③。

（二）

采采芣苢，薄言掇之④。

采采芣苢，薄言捋之⑤。

（三）

采采苤苢，薄言袺之⑥。

采采苤苢，薄言襭之⑦。

【注释】

①采采：茂盛貌。苤苢（fú yǐ）：车前子，多年生草本植物，可供药用。

②薄、言：皆为语助词。

③有：取得。

④掇（duō）：拾取。

⑤捋（luō）：从枝茎上抹取。

⑥袺（jié）：拉起衣襟兜着。

⑦襭（xié）：通"撷"，把衣襟掖在腰带间来盛着。

【译文】

（一）

葱翠车前子，采呀采起来。

葱翠车前子，摘呀摘起来。

（二）

葱翠车前子，捡呀捡起来。

葱翠车前子，捋呀捋下来。

（三）

葱翠车前子，装呀装起来。

葱翠车前子，兜呀兜回来。

【解析】

诗中描写的是一群妇女采集车前子的情景。清人方玉润说："读者试平心静气，涵咏此诗，恍听田家妇女，三三五五，于平原绣野、风和日丽中群歌互答；余音袅袅，若远若近，忽断忽续，不

惊艳诗经·蒹葭苍苍 白露为霜

知其情之何以移，而神之何以旷。"

汉广

(一)

南有乔木①，不可休思②。

汉有游女③，不可求思。

汉之广矣，　不可泳思。

江之永矣④，不可方思⑤。

(二)

翘翘错薪⑥，言刈其楚⑦。

之子于归，言秣其马⑧。

汉之广矣，不可泳思。

江之永矣，不可方思。

(三)

翘翘错薪，言刈其蒌⑨。

之子于归，言秣其驹⑩。

汉之广矣，不可泳思。

江之永矣，不可方思。

【注释】

①乔：高大。

②思：语气词。下同。

③游女：出游之女。朱熹《诗集传》："江汉之俗，其女好游，汉魏以后犹然。如大堤之曲可见也。"

④江：长江。永：长。

国风·周南

11

⑤方：通"舫"，用竹、木编成的筏子。这里用作动词。

⑥翘翘：本指鸟尾上的长羽，这里意为高出。错薪：杂乱的草木。

⑦言：语助词，有关联作用。刈（yì）：割。楚：一种灌木，又名荆。魏源《诗古微》："三百篇言取妻者，皆以析薪取兴。益古者嫁娶必以燎炬为烛，故《南山》之析薪，《车舝》之析柞，《绸缪》之束薪，《豳风》之伐柯，皆与此错薪、刈楚同兴。"

⑧秣（mò）：喂牲口。

⑨蒌：蒌蒿，生水泽中。

⑩驹：少壮的骏马。

【译文】

（一）

南方有高树，遥远难乘凉。

汉江有游女，令人思断肠。

汉江宽又广，无法游对岸。

长江长又远，木筏难通航。

（二）

燎炬为喜烛，砍柴选荆条。

姑娘若嫁我，喂马迎娇娆。

汉水宽又广，无法游对岸。

长江长又远，木筏难通航。

（三）

燎炬为喜烛，砍柴选蒌蒿。

姑娘若嫁我，喂足骏马邀。

汉江宽又广，无法游对岸。

长江长又远，木筏难通航。

【解析】

诗为单恋之歌，描写的是一男子追求汉江漫游之女，却最终失望。诗的首章以"南有乔木，不可休思"起兴，随之坦言爱慕汉江游女而不可得；继而多方形容追求之难。"不可"二字八度出现，慨叹幽深。清人方玉润见有"刈楚""刈蒌"字面而猜想诗中男子当是"樵子"，乃出于对兴法的误会。今人高亨曾提出诗中的单恋是农奴或奴隶爱上了庄园主的女儿，颇觉新颖；然而也会遇到这样的问题：农奴或奴隶家中能够养得起"马""驹"吗？

国风·召南

鹊巢

（一）
维鹊有巢①，维鸠居之②。
之子于归，百两御之③。
（二）
维鹊有巢，维鸠方之④。
之子于归，百两将之⑤。
（三）
维鹊有巢，维鸠盈之⑥。
之子于归，百两成之⑦。

【注释】

①维：语助词。

②鸠：八哥。

③两：今作"辆"。御：通"迓（yà）"，迎接。

④方：占有。

⑤将：护卫，护送。

⑥盈：满。此句喻指陪嫁人多。

⑦成：指完成婚礼。

（一）

喜鹊筑巢绿树中，八哥进住细梳翎。

有位姑娘要出嫁，百辆轿车大欢迎。

（二）

喜鹊筑巢绿树中，八哥占据自长鸣。

有位姑娘要出嫁，百辆轿车管护行。

（三）

喜鹊筑巢绿树中，八哥聚住满腾腾。

有位姑娘要出嫁，百辆轿车助婚成。

【解析】

本诗以鸠占鹊巢起兴，描写新娘嫁入贵族丈夫之家。每章的后二句皆以形容嫁娶仪仗之堂皇盛大，有庆祝之意。今人解鸠占鹊巢，认为是讽刺国君废了原配夫人，另娶新夫人，似与原意不合。

草虫

（一）

喓喓草虫①，趯趯阜螽②。

未见君子，忧心忡忡③。

亦既见止④，亦既觏止⑤，我心则降⑥。

（二）

陟彼南山⑦，言采其蕨⑧。

未见君子，忧心惙惙⑨。

亦既见止，亦既觏止，我心则说⑩。

（三）

陟彼南山，言采其薇⑪。

未见君子，我心伤悲。

亦既见止，亦既觏止，我心则夷⑫。

【注释】

①喓喓（yāo）：虫鸣声。草虫：指蝈蝈。

②趯趯（tì）：跳跃貌。阜螽（fù zhōng）：蚱蜢。

③忡忡（chōng）：心神不安貌。

④止：语助词。

⑤觏（gòu）：通"媾"，阴阳和合，男女欢合。

⑥降：放下。

⑦陟（zhì）：登。

⑧蕨（jué）：野菜名。初生似蒜，老有叶，可食。

⑨惙惙（chuò）：心慌气短貌。

⑩说：通"悦"。

⑪薇（wēi）：野菜名。又名野豌豆，可食。

⑫夷：平。此指心安。

【译文】

（一）

蝈蝈吱吱叫，蚱蜢蹦蹦跳。

心上人不见，情绪真烦躁。

盼到情人来，欢爱多美妙，心安怨气消。

（二）

登上南山坡，一路采嫩蕨。

心上人不见，抑郁忧愁多。

盼得亲人到，欢爱难言说，心中多喜悦。

（三）

登上南山岭，采薇一路行。

心上人不见，悲伤又烦恼。

盼到爱人来，共度好光景，心安喜气盈。

【解析】

本诗描写的是一位女子由思念情人到会见情人、转忧为喜的情景。诗中采取了对比的手法，重点在于对先前"未见君子"时苦闷状况的多角度的、具体化的描写；而对"亦既见止，亦既觏止"时的情况则采取多轮次的、回还式的表现，给人以深刻的感受。

采蘋

（一）

于以采蘋①？南涧之滨。

于以采藻？于彼行潦②。

（二）

于以盛之？维筐及筥③。

于以湘之④？维锜及釜⑤。

（三）

于以奠之⑥？宗室牖下⑦。

谁其尸之⑧？有齐季女⑨。

【注释】

①于以：于何，在哪里。蘋（pín）：水草名，可食，叶如马蹄。

②行：借为"洐（xíng）"，沟水。潦（lǎo）：积水。

③筐、筥（jǔ）：皆为竹器，筐方筥圆。

④湘：烹煮。

⑤锜（qí）：有脚锅。釜（fǔ）：无脚锅。

⑥奠：放置祭品。

⑦牖（yǒu）：窗户。

⑧尸：主持祭祀。

⑨齐：借为"斋"，祭祀前的斋戒。季女：少女。

【译文】

（一）

哪里去采蘋菜？南山溪水旁边。

哪里去采水藻？流水积水中间。

（二）

蘋菜用啥来盛？方形圆形筐箩。

蘋菜用啥来煮？那锅儿和那釜。

（三）

祭品哪里安放？祠堂窗户下方。

祭典由谁主持？清斋待嫁女郎。

【解析】

此诗写的是一位周王室的女子为下嫁于大夫而在进行祭祀训练的情景。据《礼记·昏议》："古之妇人，先嫁三月，祖庙未毁，教于公宫；祖庙既毁，教于宗室。教以妇德、妇言、妇容、妇功。教成嫁之，牲用鱼，笔以菇藻，所以成妇顺也。"本诗反映了这种风俗。诗中行文一问一答，活泼轻快。

殷其雷

（一）

殷其雷①，在南山之阳②。

何斯违斯③，莫敢或遑④？

振振君子⑤，归哉归哉！

（二）

殷其雷，在南山之侧。

何斯违斯，莫敢遑息？

振振君子，归哉归哉！

（三）

殷其雷，在南山之下。

何斯违斯，莫或遑处⑥？

振振君子，归哉归哉！

【注释】

①殷：轰鸣声。

②阳：山的南面。

③斯：此。前一"斯"字意思是"这样"，后一"斯"字意思是"此地"。违：离开。

④或：有。遑（huáng）：闲暇。

⑤振振：忠厚貌。

⑥处：居。

【译文】

（一）

雷声震震，正在山南传开。

为何这样便离去，不敢稍在家待？

夫君太忠厚，快归来吧快归来！

（二）

雷声震震，响在南山旁边。

为何这样便离去，不敢略作迁延？

夫君太忠厚，快回还吧快回还！

（三）

雷声震震，响在南山下方。

为何这样便离去，不能暂住洞房？

夫君太忠厚，快回乡吧快回乡！

【解析】

妻子思念在外的丈夫，故作此诗。诗以隆隆的雷声起兴，很符合妇人的心理；中间写丈夫行役辛苦，不得休息；末二句盼望丈夫早早归来。全诗境界淳朴，情真意切，韵味悠长。

摽有梅

（一）

摽有梅^①，其实七兮^②。

求我庶士^③，迨其吉兮^④！

（二）

摽有梅，其实三兮。

求我庶士，迨其今兮！

（三）

摽有梅，顷筐塈之^⑤。

求我庶士，迨其谓之^⑥！

【注释】

①摽：古"抛"字。有：词头。梅：果名，又叫杨梅，隐含"媒"的意思。

②实：果实，指梅子。

③庶：众。士：指未婚男子。

④迨（dài）：及，趁。吉：吉日。

⑤墍（xì）：取。

⑥谓："会"的借字，这里指男女的自由结合。

【译文】

（一）

梅子挨个抛出去，筐中情果十余七。

追求我的小伙子，快择吉日做婚期！

（二）

梅子挨个抛得欢，筐中情果十余三。

追求我的小伙子，应在今天把亲完！

（三）

梅子挨个抛入迷，筐中情果已无余。

追求我的小伙子，趁早开口早订婚！

【解析】

这是一首女子的求偶诗。女子求偶，却不直言，而说追求我的小伙子要如何如何，深情而机巧。明人钟惺击节赞叹道："三个'求'字，急忙中甚有分寸。"据《周礼·媒氏》："仲春之日，令会男女。于是时也，（私）奔者不禁。司男女之无夫家者而会之。"此背景颇似西方的狂欢节。全诗写得热烈奔放，情深意浓。

小星

（一）

嘒彼小星①，三五在东。

肃肃宵征②，夙夜在公③。寔命不同④！

（二）

嘒彼小星，维参与昴⑤。

肃肃宵征，抱衾与裯⑥。寔命不犹⑦！

【注释】

①嘒（huì）：光芒微小貌。

②肃肃：疾速貌。宵征：夜行。

③夙：早晨。

④寔：通"实"。《韩诗》作"实"。

⑤参（shēn）、昴（mǎo）：都是星名。一说古人认为参三星、昴五星（实各七星），上文"三五"即指此。

⑥衾（qīn）：被子。裯（chóu）：被单。

⑦不犹：不同，不如。

【译文】

（一）

点点星星闪微光，三五点点在东方。

匆匆忙忙赶夜路，朝夕不停为公忙。是我命运太遭殃！

（二）

点点星星微光闪，参星昴星挂天边。

匆匆忙忙赶夜路，抱着被子和床裯。是我命运太可怜！

【解析】

这是一个勤苦小吏的叹息。时间正当黑夜，人们都在休息，可是诗中的这位小吏却在匆匆忙忙地为公事赶路。他感到无比疲惫，却又无可奈何，只能哀叹自己的命运不好。诗中将描写、叙事和议论、抒情结合起来，自然朴素而又感人至深。

国风·邶风

柏舟

（一）

泛彼柏舟①，亦泛其流②。

耿耿不寐③，如有隐忧④。

微我无酒⑤，以敖以游。

（二）

我心匪鉴⑥，不可以茹⑦。

亦有兄弟，不可以据⑧。

薄言往愬⑨，逢彼之怒。

（三）

我心匪石，不可转也。

我心匪席，不可卷也。

威仪棣棣⑩，不可选也⑪。

（四）

忧心悄悄⑫，愠于群小⑬。

觏闵既多⑭，受侮不少。

静言思之，寤辟有摽⑮。

（五）

日居月诸⑯，胡迭而微⑰？

心之忧矣，如匪浣衣⑱。

23

静言思之，不能奋飞！

【注释】

①泛：漂流。

②亦：语气词。

③耿耿：焦虑不安貌。

④如：通"而"。隐忧：深忧。

⑤微：非，不是。

⑥匪：通"非"。鉴：镜子。

⑦茹：容纳。

⑧据：依靠。

⑨愬：通"诉"，诉苦。

⑩威仪：威严、礼仪。棣棣：雍容娴雅貌。

⑪选：通"巽（xùn）"，屈挠退让。

⑫悄悄：忧愁貌。

⑬愠（yùn）：怒。群小，指众妾。

⑭觏（gòu）：通"遘"，遇到。闵（mǐn）：苦痛。

⑮寤（wù）：睡醒。辟：抚胸。摽（biào）：捶胸。

⑯日、月：喻指丈夫。居、诸：语气词。

⑰胡：何，为什么。迭：更迭，轮替。微：昏暗不明。

⑱匪浣（huàn）衣：没洗的脏衣服。浣，洗。

【译文】

（一）

漂漂荡荡柏木舟，浮在河中顺水流。

意乱心烦难入睡，心里积压无限愁。

不是要喝没有酒，却是无处可遨游。

（二）

我心不比青铜镜，岂能一切尽收容。

也有同胞亲兄弟，却无一人能倚凭。

本想回家去诉苦，却遇他们怒冲冲。

（三）

我心不是石一块，不能随意来转移。

我心不是席一领，不能随意卷和提。

仪态庄严行为正，哪能随便受人欺！

（四）

忧思重重如火燎，众妾怨怒胡缠搅。

遭受苦痛难数清，忍受欺侮真不少。

平心静想聚愁云，梦醒捶胸心烦恼。

（五）

天上日月本明媚，为何今日减光辉？

心头忧患难清洗，好似脏衣聚一堆。

平心静想实衰叹，不能展翅任我飞！

【解析】

　　对于本诗，历来有写政治与写家庭两种解说。有人由"亦有兄弟""如匪浣衣"等句分析，认为写家庭的可能性较大，作者为不遇于丈夫、见侮于众妾的女性；有人由"无酒""敖游""威仪""群小"等语揣摩，认为写政治的可能性较大，作者为遭受排挤、忧心国运的贤人。两者都有道理。但似乎也可以做出另一种揣测：借家庭言政治。

绿衣

（一）

绿兮衣兮，绿衣黄里。

心之忧矣，曷维其已①！

（二）

绿兮衣兮，绿衣黄裳^②。

心之忧矣，曷维其亡^③！

（三）

绿兮丝兮，女所治兮^④。

我思古人^⑤，俾无訧兮^⑥。

（四）

绨兮绤兮^⑦，凄其以风。

我思古人，实获我心。

【注释】

①曷：何。维：助词。已：止。

②裳：下衣。

③亡：无。王引之《经义述闻》："亡，犹已也。"

④女：汝，你。治：织作。

⑤古人：故人，指亡妻。

⑥俾（bǐ）：使。訧（yóu）：过失。

⑦绨（chī）：细葛布。绤（xì）：粗葛布。

【译文】

（一）

绿呀绿衣裳，绿面黄夹里。

见此心忧伤，何时是止期！

（二）

绿呀绿衣裳，绿衫黄下裙。

见此心忧伤，何时能消泯！

（三）

绿呀绿衣裳，是你亲手制。

想我故人好，使我免过失。

惊艳诗经·蒹葭苍苍 白露为霜

（四）

粗葛细葛布，凉爽又舒适。

想我故人好，事事称我意。

【解析】

前人说此诗，多从《诗序》和朱熹的说法，认为是卫庄姜自叹失位的感伤的作品。近人多认为是位男子怀念过去的妻子，甚至更直截了当地说是一首悼诗。

燕燕

（一）

燕燕于飞，差池其羽①。

之子于归②，远送于野。

瞻望弗及，泣涕如雨。

（二）

燕燕于飞，颉之颃之③。

之子于归，远于将之④。

瞻望弗及，伫立以泣。

（三）

燕燕于飞，下上其音。

之子于归，远送于南。

瞻望弗及，实劳我心。

（四）

仲氏任只⑤，其心塞渊⑥。

终温且惠⑦，淑慎其身。

先君之思，以勖寡人⑧。

27

【注释】

①差（cī）池：通"参差"，不齐貌。

②于归：出嫁。

③颉（xié）：上飞。颃（háng）：下飞。

④将：送。

⑤仲氏：老二，二妹。古人常以伯（或孟）、仲、叔、季为兄弟姐妹排行。任：信任。只：语气词。

⑥塞：诚实。渊：深。

⑦终：既。惠：和顺，温顺。

⑧勖（xù）：勉励，鼓励。寡人，君主自称。

【译文】

（一）

燕子在飞翔，羽毛有短长。

妹妹今出嫁，远送到郊野。

背影望不见，泪下如雨凉。

（二）

燕子在飞翔，上下屡盘旋。

妹妹今出嫁，远送荒野间。

背影望不见，久立泪涟涟。

（三）

燕子在飞翔，鸣声上下扬。

妹妹今出嫁，远送到南疆。

背影望不见，叫人好心伤。

（四）

二妹顶可信，虑事诚且深。

温柔又和顺，贤淑且修身。

追忆先君志，劝我莫消沉。

这是我国最早的一首送别诗。本诗形象生动、情态逼真。写的是卫国君主的二妹远嫁异国，卫君相送远郊、悲感伤怀、泣涕如雨的情景。末章又对其妹的品德加以称赞，诗意更深一层。

终风

（一）

终风且暴①，顾我则笑。

谑浪笑敖②，中心是悼③。

（二）

终风且霾④，惠然肯来⑤。

莫往莫来，悠悠我思。

（三）

终风且曀⑥，不日有曀⑦。

寤言不寐，愿言则嚏⑧。

（四）

曀曀其阴⑨，虺虺其雷⑩。

寤言不寐，愿言则怀⑪。

【注释】

①终：既。暴：疾风。

②谑浪：狂荡地调戏。笑敖：放纵地取笑。敖，放纵。

③悼：悲伤。

④霾（mái）：烟尘蔽天貌。

⑤惠然：柔顺貌。

⑥曀（yì）：天有风而阴暗。

⑦不日：不到一天。有：通"又"。

⑧愿言则嚏（tì）：严粲《诗辑》："愿其嚏而知己思之也。"谚
语："打喷嚏，有人想。"

⑨曀曀：天气阴暗貌。

⑩虺虺（huǐ）：象声词，近于"轰轰"。

⑪愿言则怀：《诗辑》："愿汝思怀我而悔悟也。"

【译文】

（一）

大风刮起疾又暴，见我就是哈哈笑。

放荡调戏纵轻狂，叫人心跳又害臊。

（二）

大风刮起尘遮天，有时柔顺近身前。

若是多日不来往，却又相思意绵绵。

（三）

大风刮起乌云密，暂晴又阴重遮蔽。

梦醒长思难入眠，愿他感应打喷嚏。

（四）

阴雾沉沉水汽生，远方隐隐有雷鸣。

梦醒长思难入眠，愿他悔悟怀念我。

【解析】

此诗写一女子对一放荡男子爱恨交织的矛盾心理。各章皆以自
然气象起兴，风雷、阴霾，形象鲜明，很好地烘托了人物的性格。
心理刻画细致生动。

式微

（一）

式微式微①，胡不归？

微君之故②，胡为乎中露③？

（二）

式微式微，胡不归？

微君之躬④，胡为乎泥中？

【注释】

①式：发语词，无义。微（mèi）：通"昧"，幽暗，指天黑。

②微：不，不是。故：事。

③中露：即露中。

④躬：身体。

【译文】

（一）

天已黑，天已黑，为何难以把家回？

不为主子服苦役，怎会头顶寒露恁伤悲？

（二）

天已黑，天已黑，为何难以把家回？

不为主子养贵体，怎会脚踩污泥恁倒霉？

【解析】

此诗表达的是劳役之人对残暴领主的强烈抗议。诗在结构上运用了《诗经》中常见的重章叠句，上下章只有两字之差，反复咏叹。诗在造句上的特点是多用反问，八句之中反问了四次，给人以强烈的不平之感。

国风·鄘风

柏舟

(一)

泛彼柏舟，在彼中河①。

髧彼两髦②，实维我仪③，之死矢靡它④。

母也天只⑤，不谅人只！

(二)

泛彼柏舟，在彼河侧。

髧彼两髦，实维我特⑥，之死矢靡慝⑦。

母也天只，不谅人只！

【注释】

①中河：即河中。

②髧（dàn）：头发下垂貌。两髦（máo）：古代男子二十岁加冠，未冠前披发，额前长至眉毛，额后扎成两绺，左右各一，叫两髦。

③维：是。仪：匹，配偶。

④之：到。矢：誓。靡它：没有二心。

⑤只：语气词。

⑥特：配偶。

⑦慝（tè）："忒"的借字，更改。

(一)

柏木船儿忆销魂，河中波粼粼。

分垂鬖发美少年，我已和他订终身，誓死不变心。

老天爷，老娘亲，为啥不能体谅人！

(二)

柏木船儿忆销魂，近岸草如茵。

分垂鬖发美少年，我已和他结同心，誓死不离分。

老天爷，老娘亲，为啥不能体谅人！

【解析】

一个姑娘与她中意的小伙深深相爱，私订终身，却受到母亲的干预。事情弄到了十分严重的地步，但她宁死不改其志。诗中以直接抒情的方式表达了她对婚姻自由的追求，读者能真切地感受到她的义无反顾。

墙有茨

(一)

墙有茨①，不可埽也②。

中冓之言③，不可道也。

所可道也④，言之丑也。

(二)

墙有茨，不可襄也⑤。

中冓之言，不可详也。

所可详也，言之长也。

（三）

墙有茨，不可束也⑥。

中冓之言，不可读也⑦。

所可读也，言之辱也。

【注释】

①茨（cí）：蒺藜。

②埽：通"扫"。不可埽：墙上蒺藜，可用以防闲内外，故云。

③中冓（gòu）：内室，此指宫闱内部。

④所：若。全句为假设语气。

⑤襄：通"攘"，除去。

⑥束：总聚，意思是收拾干净。

⑦读：诵书，引申为大声谈论。

【译文】

（一）

墙上蒺藜守，不可连根扭。

宫中隐秘话，不可说出口。

若要说出口，听来实在丑。

（二）

墙上蒺藜满，不可连根剪。

宫中隐秘话，不可详细谈。

若要详细谈，丑事实在多。

（三）

墙上蒺藜多，不可连根拖。

宫中隐秘话，不可公开说。

若要公开说，人脸没处搁。

【解析】

本诗以辛辣的口吻，尖锐讽刺了宫中贵族的淫乱无耻。卫宣公

34

因见到儿子要娶的新娘宣姜貌美，便在河上筑台劫为己有。宣公死后，其庶长子公子顽又与宣姜姘居，生了三男二女。对这些宫廷秽事，诗中并未一一罗列，而是托兴反讽，引而不发，十分含蓄。

桑中

（一）

爰采唐矣①？沬之乡矣②。

云谁之思③？美孟姜矣④。

期我乎桑中⑤，要我乎上宫⑥，送我乎淇之上矣⑦。

（二）

爰采麦矣？沬之北矣。

云谁之思？美孟弋矣。

期我乎桑中，要我乎上宫，送我乎淇之上矣。

（三）

爰采葑矣⑧？沬之东矣。

云谁之思？美孟庸矣。

期我乎桑中，要我乎上宫，送我乎淇之上矣。

【注释】

①爰：何处。唐：借为"棠"，梨的一种。

②沬（mèi）：卫国邑名，在今河南淇县南。

③云：语首助词。

④孟：排行居长。姜：姓。孟姜：姜家大姑娘。这里是以贵族姓氏泛称美人。下文孟弋（yì）、孟庸同此。

⑤期：约会。桑中：桑树林中。一说为小地名。

⑥要：通"邀"，邀请。上宫：楼。

国风·鄘风

⑦淇：水名，在今河南省北部。

⑧葑（fēng）：蔓菁。

【译文】

（一）

哪里采棠梨？沫邑一村庄。

把谁来思念？美人叫孟姜。

约我桑中藏，邀我上楼房，临行送我淇水旁。

（二）

哪里采麦子？沫邑北面地。

把谁来思念？美人叫孟弋。

约我桑中欢，邀我上楼房，临行送我淇水边。

（三）

哪里采蔓菁？沫邑向东行。

把谁来思念？美人叫孟庸。

约我桑中见，邀我上楼房，临行送我淇水岸。

【解析】

本诗是吟咏一位男子与情人密约幽会的情歌。过去长期被道学家视为"淫诗""淫奔之诗"，是《礼记·乐记》所谓"桑间濮上之音"的典型作品。《诗序》则解为"刺奔也"。诗中的孟姜、孟弋、孟庸三者实指一人，犹如今天称美人为西施、貂蝉一般。行文采用问答形式，轻松、明快、自然。

国风·卫风

淇奥

（一）

瞻彼淇奥①，绿竹猗猗②。

有匪君子③，如切如磋，

如琢如磨。

瑟兮僴兮④，赫兮咺兮⑤！

有匪君子，终不可谖兮⑥！

（二）

瞻彼淇奥，绿竹青青⑦。

有匪君子，充耳琇莹⑧，会弁如星⑨。

瑟兮僴兮，赫兮咺兮！

有匪君子，终不可谖兮！

（三）

瞻彼淇奥，绿竹如箦⑩。

有匪君子，如金如锡，如圭如璧⑪。

宽兮绰兮⑫，猗重较兮⑬！

善戏谑兮，不为虐兮⑭！

【注释】

①瞻：看。淇：水名。奥（yù）：通"澳""隩"，流水弯

曲处。

②猗猗：美盛貌。

③匪：通"斐"，有文采。

④瑟：庄重貌。僩（xiàn）：威武貌。

⑤赫：光明貌。咺（xuān）：借为"烜"，盛大貌。

⑥谖（xuān）："萱"的借字，忘忧之草，引申为忘记。

⑦青青：即"菁菁"，茂盛貌。

⑧充耳：装饰品，以丝系玉或象牙悬于冠冕两侧，下垂至耳，用以塞耳避听。琇（xiù）：宝石。莹：光润晶莹。

⑨会：借为"玲"（kuài），玉饰冠缝。此指皮帽合缝处。弁（biàn）：皮帽。如星：指玉石装饰像星星一样闪亮。

⑩箦：音义通"积"。

⑪圭、璧：皆为玉器。

⑫宽：宽宏。绰：和缓。

⑬猗：借作"倚"，依凭。重较：较是古代车厢两旁板上做扶手用的曲木或铜钩。汉人称为车耳。一车有双较，故曰重。

⑭虐：刻薄。

【译文】

（一）

河湾淇水流来，绿竹一片良材。

文采风流贤士，好似切磋精美，恰如琢磨细白。

何等威武庄重，如此光明坦率！

文采风流贤士，令人永难忘怀！

（二）

河湾淇水叮咚，绿竹一片葱葱。

文采风流贤士，充耳玉色晶莹，帽上缀玉如星。

何等庄重威武，那么正大光明！

文采风流贤士，令人永难忘情！

（三）

河湾淇水鸣琴，绿竹一片如林。

文采风流贤士，金锡一般精纯，圭璧一般温馨。

何等宽宏舒缓，凭车器宇凌云！

谈吐诙谐风趣，从不刻薄伤人！

【解析】

这首诗是对一位卫国贤士的赞美。全诗三章，分别称赞他的道德人品、仪容装饰和气宇风度。其中"如切如磋"等几则比喻美妙而清新。自《诗序》始，世人多认为此诗是赞美卫武公的，于史无证，只是猜测。

考槃

（一）

考槃在涧①，硕人之宽②。

独寐寤言③，永矢弗谖④。

（二）

考槃在阿⑤，硕人之薖⑥。

独寐寤歌，永矢弗过⑦。

（三）

考槃在陆⑧，硕人之轴⑨。

独寐寤宿，永矢弗告⑩。

【注释】

①考槃（pán）：盘桓之意。涧（jiàn）：山谷间的水流。

②硕人：美人，贤人。宽：宽敞之地。

③寐：睡。寤：醒。言：说。

④矢：通"誓"。弗谖：不忘。

⑤阿（ē）：山坡。

⑥薖："窠（kē）"的借字。

⑦过：过从，来往。

⑧陆：高平之地。

⑨轴：车轴。引申为盘桓之地。

⑩弗告：不告诉别人。

【译文】

（一）

自由盘桓溪涧旁，贤士隐居好地方。

独睡独醒独说话，难忘其中乐趣长。

（二）

自由盘桓在山中，贤士简朴住茅棚。

独睡独醒独歌唱，不用与人相来往。

（三）

自由盘桓在高原，贤士驾车自悠闲。

独睡独醒独自卧，此乐不对外人言。

【解析】

这是一首隐士诗，抒写隐者的山林之乐，独具特点。此诗在后世有较大影响，有人称之为隐逸诗之宗。

硕人

（一）

硕人其颀①，衣锦褧衣②。

齐侯之子③，卫侯之妻④，东宫之妹⑤，

邢侯之姨⑥，谭公维私⑦。

（二）

手如柔荑[8]，肤如凝脂[9]。

领如蝤蛴[10]，齿如瓠犀[11]，螓首蛾眉[12]。

巧笑倩兮[13]，美目盼兮[14]。

（三）

硕人敖敖[15]，说于农郊[16]。

四牡有骄[17]，朱幩镳镳[18]，翟茀以朝[19]。

大夫夙退[20]，无使君劳[21]。

（四）

河水洋洋[22]，北流活活[23]。

施罛濊濊[24]，鳣鲔发发[25]，葭菼揭揭[26]。

庶姜孽孽[27]，庶士有朅[28]。

【注释】

①硕人：大人，美人。指庄姜。时人以修长高大为美，"硕""美"二字为赞美男女之通词。颀（qí）：身长貌。

②前一"衣"字读 yì，做穿讲。褧（jiǒng）：亦作"絅"，罩衫，用枲麻之类材料织成，出嫁途中穿，以蔽尘土。此句说在锦衣上加有褧衣。

③齐侯：指齐庄公。子：指女儿。

④卫侯：指卫庄公。

⑤东宫：指齐国太子，名得臣。太子住东宫，故常以东宫代称太子。

⑥邢：邢国，在今河北省邢台县。姨：妻子的姐妹。

⑦谭：国名，亦称鄣、覃，在今山东省历城县东南。维：其。私：女子称姐妹的丈夫为私。

⑧荑（tí）：初生的茅草。此句以柔荑比喻手的洁白柔滑。

⑨凝脂：凝结的脂肪。比喻皮肤的白皙光洁。

⑩领：颈。蝤蛴（qiú qí）：天牛的幼虫，色白身长。

⑪瓠（hù）犀：葫芦的子，白而整齐。

⑫螓（qín）：虫名，似蝉而小。蛾：蚕蛾，其触角细长而弯。

⑬倩（qiàn）：笑时两颊酒窝好看的样子。

⑭盼：黑白分明的样子。

⑮敖敖：身材高高。

⑯说（shuì）：停止。农郊：近郊。

⑰四牡：驾车的四匹雄马。骄：健壮的样子。

⑱朱帻（fén）：马嚼两端用红绸缠绕而成的装饰。镳镳（biāo）：盛美的样子。

⑲翟（dí）：长尾野鸡。茀（fú）：用以障蔽女子车子的东西。朝：朝见，指庄姜会见庄公。

⑳大夫：这里指群臣。夙（sù）退：指早些退朝。

㉑劳：劳累。

㉒河：黄河。洋洋：水盛大的样子。

㉓活活（guō）：水流声。

㉔施：这里是张或撒的意思。罛（gū）：渔网。涉涉（huò）：撒网入水的声音。

㉕鳣（zhān）：黄鱼。鲔（wěi）：鳝鱼。发发（bō）：鱼尾摆动的声音。

㉖葭（jiā）：芦苇。菼（tǎn）：荻草。揭揭：高立的样子。

㉗庶姜：齐国陪同庄姜出嫁的众女。齐国姜姓，故云庶姜。孽孽（niè）：高长的样子。

㉘庶士：指随从庄姜到卫的诸臣，古时称为"媵臣"。朅（qiè）：英武高大的样子。

【译文】

(一)

高挑美人好美丽，锦缎衣裳罩纱衣。

齐侯呼爱女，卫侯称娇妻，太子喊胞妹，

邢侯叫小姨，谭公就是她妹婿。

(二)

手指纤纤如嫩荑，皮肤白皙似凝脂。

脖颈光润赛蝤蛴，牙齿整齐像瓠子，方额似蝉蛾眉细。

嫣然一笑酒窝动，两泓秋波娇欲滴。

(三)

出色美人个头高，停车休息在近郊。

四匹雄马气势骄，嚼子边上红绸飘，车插雉尾来上朝。

众位官员及早退，莫使卫君太辛劳。

(四)

放眼黄河水淼淼，洪流北下浪滔滔。

呼呼有声撒渔网，鳣鲔泼剌无可逃，芦苇荻草风萧萧。

陪嫁众女亭亭立，随从武臣意气豪。

【解析】

齐庄公的女儿嫁与卫庄公为妻，人称庄姜。庄姜初至卫，卫人作此诗，盛赞她的高贵出身、美丽容貌、豪华车仗和众多媵从。诗的第二章旧有"美人图"之誉，其中连用了六个比喻来详细摹状庄姜的形体之美，十分独特。"巧笑倩兮，美目盼兮"二句灵动活脱，历来极受推崇，魅力永存。

氓

(一)

氓之蚩蚩①，抱布贸丝②。

匪来贸丝，来即我谋③。

送子涉淇，至于顿丘④。

匪我愆期⑤，子无良媒。

将子无怒⑥，秋以为期。

(二)

乘彼垝垣⑦，以望复关⑧。

不见复关，泣涕涟涟。

既见复关，载笑载言⑨。

尔卜尔筮⑩，体无咎言⑪。

以尔车来，以我贿迁⑫。

(三)

桑之未落，其叶沃若⑬。

于嗟鸠兮⑭，无食桑葚⑮。

于嗟女兮，无与士耽⑯。

士之耽兮，犹可说也⑰。

女之耽兮，不可说也。

(四)

桑之落矣，其黄而陨⑱。

自我徂尔⑲，三岁食贫⑳。

淇水汤汤㉑，渐车帷裳㉒。

女也不爽㉓，士贰其行㉔。

士也罔极㉕，二三其德㉖。

（五）

三岁为妇，靡室劳矣^㉗。

夙兴夜寐^㉘，靡有朝矣^㉙。

言既遂矣^㉚，至于暴矣^㉛。

兄弟不知，咥其笑矣^㉜。

静言思之，躬自悼矣^㉝。

（六）

及尔偕老^㉞，老使我怨。

淇则有岸，隰则有泮^㉟。

总角之宴^㊱，言笑晏晏^㊲。

信誓旦旦^㊳，不思其反^㊴。

反是不思^㊵，亦已焉哉^㊶！

【注释】

①氓：农民。蚩蚩：嘻嘻，笑貌。

②贸：交换。

③即：靠近。谋：指商议婚事。

④顿丘：地名，在今河南省清丰县。

⑤愆（qiān）：错过，耽误。

⑥将（qiāng）：请。

⑦乘：登。垝（guǐ）：毁。垣（yuán）：墙。

⑧复关：地名，男子所经之处。

⑨载：则，就。

⑩尔：你。卜：占卜，火烧龟甲，以裂纹判吉凶。筮（shì）：以蓍（shī）草五十根排比成卦，以卦形断吉凶。

⑪体：卜筮所得的兆体与卦体。咎言：不吉利的话。

⑫贿：财物，指嫁妆。

45

⑬沃若：犹沃然，润泽貌。

⑭于嗟：悲叹声。于，通"吁"。鸠：斑鸠。

⑮桑葚（shèn）：桑树的果实。相传鸠食桑葚过多则醉。

⑯耽：沉溺于玩乐。这里意为迷恋。

⑰说：借为"脱"，摆脱。

⑱陨（yǔn）：落下。

⑲徂（cú）：往，到，指出嫁。

⑳食贫：吃苦受穷。

㉑汤汤（shāng）：水流貌。

㉒渐（jiān）：浸湿。帷裳：车旁的布幔。

㉓爽：差错。

㉔贰：二，此指前后不一。行（háng）：行为。

㉕罔：无。极：准则。

㉖二三其德：三心二意，指变心。

㉗靡：无。靡室劳：是说家务劳动承担无余。

㉘夙兴夜寐：早起晚睡。

㉙靡有朝：是说不是一天这样，而是天天如此。

㉚言：助词。遂：安，指生活安定。

㉛暴：暴虐。

㉜咥（xì）：大笑貌。

㉝躬自：自己。悼：悲伤。

㉞及：与。偕老：夫妻共同生活到老。

㉟隰（xí）：低湿之地。泮（pàn）：通"畔"，岸。

㊱总：扎。总角：古代儿童束发成两角的样子。宴：快乐。

㊲晏晏：和悦貌。

㊳信誓：真挚地发誓。旦旦：诚恳貌。

㊴不思：没想到。

㊵是：这，指誓言。

【译文】

（一）

农家青年笑嘻嘻，抱着布匹来换丝。
其实不是把丝换，跟我来把婚事提。
当时送你过淇水，直到顿丘才分离。
不是我要拖时日，没有良媒是难题。
请你莫要不高兴，约以秋天做婚期。

（二）

复关不见爱人影，焦急伤心泪涟涟。
见你又把复关过，连说带笑真欢喜。
你曾求神又占卦，卦无凶兆报平安。
拉着车子迎亲到，就此把我嫁妆搬。

（三）

桑叶未落声喧喧，葱绿满枝光色鲜。
小小斑鸠要留意，贪吃桑葚醉难堪。
哎哟姑娘要谨慎，别把男人太痴恋。
男人若把女人赚，轻易甩开无留恋。
女人若把男人爱，要想撒手实在难。

（四）

桑叶凋零西风紧，枯黄憔悴飘纷纷。
从我嫁到你家后，三年吃苦受寒贫。
淇水哗哗流不尽，溅湿车帘潮洇洇。
我做妻子无过错，你做丈夫太不仁。
一个男人无常性，三心二意没良心。

（五）

三年媳妇整日忙，全部家务一人当。
起早睡晚不停手，哪天不是这模样。

47

生活好转才安定，态度渐变好凶狂。

兄弟不知我难处，嘻嘻哈哈如平常。

静思默想向谁诉，只有自己暗心伤。

（六）

白头偕老忆誓言，老年只会怨前嫌。

淇水虽宽有堤岸，沼泽虽大也有边。

儿时情景真欢快，温馨和悦共笑谈。

山盟海誓多诚挚，不料翻脸结仇冤。

违背誓言你不顾，如此分开不相干！

【解析】

本诗写的是一位女子自述了她当初与一个男子自主恋爱、无媒结婚的情景以及婚后受虐待、终被遗弃的遭遇。原作的意向似是委婉地戒人私奔。我们从中可以看出一种带有普遍意义的社会现象：见异思迁，喜新厌旧，从而给这名女子造成极大的精神痛苦。诗中发出了"于嗟女兮，无与士耽"的警告，但这显然又不是真正可行的解决办法。

国风·王风

黍离

（一）

彼黍离离①，彼稷之苗②。

行迈靡靡③，中心摇摇④。

知我者，谓我心忧；

不知我者，谓我何求。

悠悠苍天⑤，此何人哉！

（二）

彼黍离离，彼稷之穗。

行迈靡靡，中心如醉。

知我者，谓我心忧；

不知我者，谓我何求。

悠悠苍天，此何人哉！

（三）

彼黍离离，彼稷之实。

行迈靡靡，中心如噎⑥。

知我者，谓我心忧；

不知我者，谓我何求。

悠悠苍天，此何人哉！

【注释】

①黍 (shǔ)：粮食作物名，粟类，果实去皮后称黄米，有黏性。离离：行列貌。

②稷 (jì)：粮食作物名，即粟，今北方通称谷子，果实去皮后称小米。

③行迈：远行。靡靡：迟迟。

④摇摇：通"愮愮"，忧闷无告。

⑤悠悠：遥远。

⑥噎：食物堵塞咽喉。

【译文】

(一)

看那黍子一行行，高粱苗儿油光光。

脚下步子迟缓，心中郁闷难当。

了解我的，说我忧思故乡；

不了解的，说我把啥寻访。

高高苍天，是谁弄得恁凄凉！

(二)

看那黍子头儿坠，高粱已经结新穗。

脚下行步迟疑，心中昏晕如醉。

了解我的，说我忧思故地；

不了解的，说我把啥寻觅。

高高苍天，是谁弄得恁凄厉！

(三)

看那黍子一簇簇，谷穗飘香尽成熟。

脚下行步缓慢，心中如同被堵。

了解我的，说我忧思故土；

不了解的，说我把啥寻卜。

高高苍天，是谁弄得恁凄楚！

【解析】

诗中出现的是一个行旅之人，全篇弥漫着一种凄凉悲怆的情绪。是写爱国志士的忧时怨战？是写流浪者的郁闷思乡？都有人主张过。但最为通行的却是《诗序》的诠解："《黍离》，闵（悯）宗周也。周大夫行役至于宗周，过故宗庙宫室，尽为禾黍。闵周室之颠覆，彷徨不忍去，而作是诗也。"此解虽然就字面看难以确指，但氛围上却颇能符合，故一向被作为权威的解说而为注家所崇尚。

君子于役

（一）

君子于役[①]，不知其期。

曷至哉[②]？

鸡栖于埘[③]，日之夕矣，羊牛下来。

君子于役，如之何勿思！

（二）

君子于役，不日不月[④]。

曷其有佸[⑤]？

鸡栖于桀[⑥]，日之夕矣，羊牛下括[⑦]。

君子于役，苟无饥渴[⑧]？

【注释】

①君子：贵族男子的通称，这里指其丈夫。于：往。

②曷：何，此指何时。至：此指至家。

③埘（shí）：在墙上挖的鸡窝。

④不日不月：指没有限期。

⑤佸（huó）：相会。

⑥桀：指鸡栖的栅栏。

⑦括：通"佸"。

⑧苟：或许。

【译文】

（一）

丈夫服役在远方，期限难估量。

何时才能回家乡？

鸡群宿窝去，夕阳映霞光，山坡赶下牛和羊。

丈夫服役地遥远，心里怎不把他想！

（二）

丈夫服役在远方，日月难计量。

何时重新聚一堂？

鸡群进栏去，晚霞余微黄，圈棚赶进牛和羊。

丈夫服役在远方，或许不会饿肚肠？

【解析】

这是一首闺怨诗。当作于周平王时代。其中表现了一位女子对其丈夫久戍不归的深切思念。"《小序》谓刺平王，《伪说》以为戍者之妻作，皆凿也。诗到真极，羌无故实，亦自可传。"（方玉润《诗经原始》）诗中抓住傍晚景况着力渲染，借以抒发伤离念远之情的写法，是一种重要的开创。清人许瑶光曾说："鸡栖于梁下牛羊，饥渴萦怀对夕阳。已启唐人闺怨句，最难消遣是昏黄。"（《再读诗经》之十四）评价甚高。

君子阳阳

（一）

君子阳阳①，左执簧②，右招我由房③。

其乐只且④！

(二)

君子陶陶⑤，左执翿⑥，右招我由敖⑦。

其乐只且！

【注释】

①君子：指舞人。阳阳：即洋洋，欢快貌。

②簧：指笙类乐器。

③我：乐工自称。由房：可能是"由庚""由仪"一类笙乐，房中之乐。房中对庙朝而言，是君主休息时所奏之乐。

④只且（jū）：犹"也，哉"，语助词。

⑤陶陶：和乐貌。

⑥翿（dào）：一种舞具，以鸟羽编成，形似扇子。

⑦由敖：舞曲名，类通"由房"。

【译文】

(一)

舞师喜洋洋，左手拿笙簧，右手招我奏"由房"。

大家喜欲狂！

(二)

舞师乐陶陶，左手摇羽毛，右手招我奏"由敖"。

大家兴高昂！

【解析】

这是一首乐舞诗。诗中描写舞人与乐工互通讯息，密切配合，气氛热烈，情绪欢快，读之如在目前。

国风·王风

中谷有蓷

（一）

中谷有蓷①，暵其干矣②。

有女仳离③，嘅其叹矣④。

嘅其叹矣，遇人之艰难矣⑤！

（二）

中谷有蓷，暵其脩矣⑥。

有女仳离，条其歗矣⑦。

条其歗矣，遇人之不淑矣⑧！

（三）

中谷有蓷，暵其湿矣⑨。

有女仳离，啜其泣矣⑩。

啜其泣矣，何嗟及矣⑪！

【注释】

①中谷：谷中。蓷（tuī）：益母草，常生于潮湿之处。

②暵（hàn）：干枯貌。其：语助词。

③仳（pǐ）离：分离。这里指被遗弃。

④嘅：同慨，感慨。

⑤艰难：指所嫁丈夫不好。

⑥脩：干肉。引申为干枯。

⑦条：长。歗：通"啸"，长啸出声，这里也指长叹。

⑧淑：善，良。

⑨湿：借为暵（qī），晒干。

⑩啜：哭泣时的抽噎。

⑪何嗟及矣：应作"嗟何及矣"，后人传写之误。

【译文】

（一）

益母草生在山谷，天旱暴晒变干枯。
有位女子遭抛弃，长吁短叹气难舒。
长吁短叹气难舒，不幸嫁个坏丈夫！

（二）

益母草在山谷长，天旱暴晒变枯黄。
有位女子遭抛弃，长吁短叹太心伤。
长吁短叹太心伤，不幸嫁个负心郎！

（三）

益母草长山谷底，天旱暴晒变干皮。
有位女子遭抛弃，呜咽悲泣泪淋漓。
呜咽悲泣泪淋漓，如今后悔已不及！

【解析】

荒年饥馑，一位妇女遭丈夫抛弃，悲伤无告，自哀自悼。诗中以生在山谷的益母草为兴体，对之进行了反复的吟咏。

国风·郑风

将仲子

（一）

将仲子兮①，无逾我里②，无折我树杞③！

岂敢爱之④？畏我父母。

仲可怀也⑤，父母之言，亦可畏也。

（二）

将仲子兮，无逾我墙，无折我树桑⑥！

岂敢爱之？畏我诸兄。

仲可怀也，诸兄之言，亦可畏也。

（三）

将仲子兮，无逾我园，无折我树檀⑦！

岂敢爱之？畏人之多言。

仲可怀也，人之多言，亦可畏也。

【注释】

①将（qiāng）：请。一说为发语词。仲：弟兄排行第二为仲。子：男子的美称。

②逾：越过。里：古时五家为邻，五邻为里，里有隔墙，此处即指里墙。

③折：攀折，踩断。杞（qǐ）：柳一类树名。

④爱：吝惜之意。之：指杞树。

⑤怀：思念。

⑥树桑：古代墙边种桑树，园中种檀树。

⑦檀：树名，木质坚硬，可造器具。

【译文】

(一)

还请二哥别莽撞，不要翻我邻家墙，别把杞树来损伤！

哪是我要吝惜树？都是害怕我爹娘。

思念二哥放不下，无奈父母要责骂，心中老害怕。

(二)

还请二哥别着忙，不要翻过我家墙，别把桑树来损伤！

哪是我要吝惜树？怕我兄长性子强。

思念二哥放不下，无奈兄长没好腔，心中很恐慌。

(三)

还请二哥别乱闯，不要翻过我园墙，别把檀树来损伤！

哪是我要吝惜树？怕人流言纷扬扬。

思念二哥放不下，无奈流言难提防，心中总惶惶。

【解析】

这是一首优美的情诗。诗中着力刻画了女子的内心矛盾：她很想和情人相会，又怕他爬过墙头会引起父兄的斥责和别人的议论。从中可以看出家长制的威严和旧礼教的强大，它们共同构成了压抑相爱青年的精神枷锁，而爱情却又常常由于压抑而激射出更强的光华。许多儒者则仍然依着自己的喜好，在诗章的政治寓意和是否"淫奔"上大做文章。

国风·郑风

大叔于田

（一）

叔于田①，乘乘马②。

执辔如组③，两骖如舞④。

叔在薮⑤，火烈具举⑥。

襢裼暴虎⑦，献于公所。

将叔无狃⑧，戒其伤女⑨！

（二）

叔于田，乘乘黄⑩。

两服上襄⑪，两骖雁行⑫。

叔在薮，火烈具扬⑬。

叔善射忌⑭，又良御忌。

抑磬控忌⑮，抑纵送忌⑯。

（三）

叔于田，乘乘鸨⑰。

两服齐首⑱，两骖如手⑲。

叔在薮，火烈具阜⑳。

叔马慢忌，叔发罕忌㉑。

抑释掤忌㉒，抑鬯弓忌㉓。

【注释】

①叔：男子表字，犹称"三郎""老三"。于：往。田：打猎。

②前一"乘"字：读 chéng，即驾。后一"乘"字：读 shèng，四马一车叫一乘。

③辔：马缰绳。组：丝带。

④骖（cān）：周代的车，当中的独辕叫辀，左右各套两马。里边的两匹称服，外边的两匹称骖。

⑤薮（sǒu）：沼泽地带，多草木，禽兽聚居之所。

⑥火烈具举：《郑笺》："列人持火具举，言众同心。"烈，通"列"，行列。

⑦襢裼（tǎn xī）：赤膊。暴虎：空手打虎。

⑧狃（niǔ）：习以为常。引申为掉以轻心之意。

⑨戒：警惕。女：通"汝"，指叔。

⑩乘黄：四匹黄马。

⑪襄：通"骧"，驾。上襄：在前驾车。

⑫两骖雁行：两骖稍后于服马，如飞雁行列。

⑬扬：起。

⑭忌：语气词。

⑮抑：发语词。磬（qìng）：乐器名。这里以其形状形容御者弯腰前屈，勒马止行。

⑯纵送：纵马奔驰。

⑰鸨（bǎo）：通"駂"，黑白杂色的马。

⑱齐首：整齐并进，像人的头。

⑲手：言两骖在旁而稍后，像人的双手。

⑳阜：旺盛。

㉑发：射箭。罕：少。

㉒掤（bīng）：箭筒盖子。释掤：打开箭筒盖。此句是说准备把箭收起。

㉓鬯（chàng）："韔"的借字，弓袋。鬯弓：指将弓放进弓袋。

国风·郑风

59

【译文】

（一）

三郎出猎好仪表，四马驾车跑。

手握马缰如丝制，两匹骖马如舞蹈。

三郎在林沼，众人举火火光燎。

空手打虎赤膊上，献与郑公声名好。

还请三郎别大意，警惕野兽把你咬！

（二）

三郎出猎意气扬，驾车四马黄。

两匹服马当前列，两匹骖马像雁行。

三郎在猎场，众人举火映红光。

三郎善射箭，驾马本领强。

忽而刹车急勒马，转眼纵马奔前方。

（三）

三郎出猎意气雄，四马黑又明。

两匹服马齐头进，两匹骖马如手形。

三郎在林中，众人举火照长空。

三郎马行逐渐慢，发箭稀少兽无踪。

打开箭筒收起箭，扎好弓袋命收兵。

【解析】

　　《诗经》中在本首之前，另有《叔于田》一首，与本首同一母题，都是对于贵族武士的赞美。"苏辙曰：二诗皆曰叔于田，故加大字以别之。"（朱熹《诗集传》）本诗是对一位贵族武士的赞美。诗中生动地描述了猎手在猎场上空手搏虎与驾马射箭的英姿，热烈奔放，如临其境。诗以一亲爱者随同观赏的口吻写出，更平添了一种逼真之感和动人力量。

清人

(一)

清人在彭①，驷介旁旁②。

二矛重英③，河上乎翱翔④。

(二)

清人在消⑤，驷介麃麃⑥。

二矛重乔⑦，河上乎逍遥。

(三)

清人在轴⑧，驷介陶陶⑨。

左旋右抽⑩，中军作好⑪。

【注释】

①清：郑国邑名，在今河南中牟县西，可能是高克的封地。清人：指高克所率领的清邑士兵。彭：郑国地名，在黄河岸边。

②驷：一车驾四马。介：甲。此指马的护甲。旁旁：强壮有力貌。

③二矛：战车上装两支矛，一支参战，另一支备用。英：毛制的缨络。重英：两层缨络。

④翱翔：指兵士们驾着战车遨游。

⑤消：郑国地名，在黄河岸边。

⑥麃麃（biāo）：威武貌。

⑦乔：借为"鷮"，长尾野鸡。这里指鷮羽做的矛缨。

⑧轴：郑国地名，在黄河岸边。

⑨陶陶：自由驱驰貌。

⑩左旋右抽：身体向左旋转，右手抽出刀剑。形容练习击刺

之狀。

⑪中军：即军中。作好：表演漂亮。

【译文】

（一）

清邑军队守在彭，驷马披甲矫健行。

两矛缨络迎风卷，河边驾车多欢畅。

（二）

清邑军队守在消，驷马披甲兴致高。

两矛雉羽迎风动，河边驾车真逍遥。

（三）

清邑军队守在轴，驷马披甲来遨游。

左转身体右抽剑，军士表演姿态好。

【解析】

这是一首讽刺性的军旅诗。郑文公讨厌贪财好利的大夫高克，便趁赤狄侵犯卫国的机会，把他派往黄河边上率兵戍守。后狄兵退去，文公仍不调他回来。日子一久，军纪涣散，终至瓦解。高克怕文公治罪，逃往陈国。

女曰鸡鸣

（一）

女曰："鸡鸣①！"士曰："昧旦②。"

"子兴视夜③，明星有烂④！"

"将翱将翔⑤，弋凫与雁⑥。"

（二）

"弋言加之⑦，与子宜之⑧。

宜言饮酒⑨，与子偕老。

琴瑟在御⑩，莫不静好⑪。"

（三）

"知子之来之⑫，杂佩以赠之⑬。

知子之顺之，杂佩以问之⑭。

知子之好之⑮，杂佩以报之。"

【注释】

①鸡鸣：鸡叫了。

②士：男子的美称。指那个女子的丈夫。昧：黑。旦：亮。昧旦：天色半明未明。

③子：你。兴：起。视夜：观察夜色。

④明星：启明星，即金星，早晨众星隐去时出现在东方。有烂：灿烂。"有"为语助词。

⑤翱、翔：鸟飞的样子。这里借以形容人的出游。

⑥弋（yì）：用生丝做绳，系在箭上来射鸟。凫（fú）：野鸭。

⑦言：语助词。下同。加之：射中它们。

⑧宜：烹调菜肴。

⑨宜言饮酒：意思是一面吃肴，一面饮酒。

⑩御：用，这里是弹奏的意思。琴瑟合奏，借喻夫妇和美。

⑪静好：安静和乐。

⑫子：指妻子。来：通"勑（lài）"，慰勉。

⑬杂佩：身上佩戴的珠玉等多类饰物。

⑭问：赠送。

⑮好：喜爱。

【译文】

（一）

妻子说："公鸡叫了！"丈夫说："天色还暗。"

"你快起来看一看，启明星儿亮晶晶！"

"我就出去转一遭，去射野鸭和大雁。"

63

（二）

"射点野鸟做美餐，我来烹饪味道鲜。

就肴共饮知心酒，和你白头到百年。

你弹琴来我鼓瑟，夫妻和好乐陶陶。"

（三）

"知你对我意缠绵，我赠佩玉结良缘。

知你对我很眷恋，佩玉表我心一片。

知你对我情义专，我献佩玉报天仙。"

【解析】

诗写天将破晓时一对新婚夫妇间的枕边对话，表现出他们的和乐美好与相爱之深。诗中所用的联句形式，在后世有很大影响。

国风·齐风

鸡鸣

（一）
"鸡既鸣矣，朝既盈矣①！"
"匪鸡则鸣②，苍蝇之声。"
（二）
"东方明矣，朝既昌矣③！"
"匪东方则明，月出之光。"
（三）
"虫飞薨薨④，甘与子同梦⑤！"
"会且归矣⑥，无庶予子憎⑦！"

【注释】

①朝：早晨。盈：满，指晨光。

②则：之，的。下章"匪东方则明"的"则"同此。

③昌：《说文》："昌，日光也。"

④薨薨（hōng）：犹轰轰，嗡嗡，虫子群飞声。这是天亮的景象。

⑤甘：乐，愿。同梦：同睡。

⑥会：适值，已该。且：将。

⑦无庶予子憎：希望你不要恨我。"无庶"当作"庶无"，传写之误。庶，希望。

【译文】

(一)

"你听公鸡在打鸣,晨光已经上天空!"

"不是公鸡在打鸣,是那苍蝇飞舞声。"

(二)

"你瞧东方已发亮,一会儿就要出太阳!"

"不是东方已发亮,是那残月放白光。"

(三)

"飞虫嗡嗡不要管,与你同睡最香甜!"

"现在已经该回去,请你对我别厌烦!"

【解析】

这是一首情人幽会的诗。而一般则解为劝促早朝之作,关键乃在对"朝""会"二字的误解。陆侃如、冯沅君《中国诗史》为做辨正,指明:"此诗所写,乃是幽会将终,男女二人临别时的对话。"

东方之日

(一)

东方之日兮,彼姝者子①,在我室兮。

在我室兮,履我即兮②。

(二)

东方之月兮,彼姝者子,在我闼兮③。

在我闼兮,履我发兮④。

【注释】

①姝(shū):貌美。子:指女子。

②履：踩。即："膝"的借字。

③阖（tà）：夹室，寝门左右的小屋。此句言女子已入密室。一说阖为门内。

④发：指脚。

【译文】

（一）

一轮红日出东方，美丽姑娘正妙龄，悄悄来到我房中。

悄悄来到我房中，踩我膝盖表亲情。

（二）

一轮明月出东方，美丽姑娘正妙龄，悄悄来我密室中。

悄悄来我密室中，踩我脚丫动娇容。

【解析】

这是一首情歌，其中写一对情人的私下幽会和深情亲昵之状。诗以"东方之日"比喻姑娘颜色的美盛，鲜活而有力。

东方未明

（一）

东方未明，颠倒衣裳①。

颠之倒之，自公召之②。

（二）

东方未晞③，颠倒裳衣。

倒之颠之，自公令之。

（三）

折柳樊圃④，狂夫瞿瞿⑤。

不能辰夜⑥，不夙则莫⑦。

【注释】

①衣：上衣。裳：下衣。

②自：从。公：王公贵族，官家。

③晞（xī）：破晓，太阳初升。

④樊：篱笆，这里用作动词，指编篱笆。圃：菜园。

⑤狂夫：指监工的人。瞿瞿：瞪眼怒视貌。

⑥不能辰夜：不能白天是白天、黑夜是黑夜地正常生活。辰，通"晨"，代指白天。

⑦夙（sù）：早。莫：古"暮"字。此句是说，不是早起就是晚睡。

【译文】

（一）

东方未明摸黑找，全把衣裳穿颠倒。

为何衣裳穿颠倒，只因官差催人早。

（二）

东方未明屋里暗，全把衣裳穿倒颠。

为何衣裳穿倒颠，只因官差命令严。

（三）

折柳编篱把活赶，狂暴监工怒瞪眼。

白天黑夜全打乱，不是早来就是晚。

【解析】

本诗是对官家强加的沉重徭役表示的怨愤。这些人每天起早摸黑地工作，十分劳累，同时还要忍受狂暴监工的蛮横责罚，简直无法忍受。

南山

（一）

南山崔崔①，雄狐绥绥②。

鲁道有荡③，齐子由归④。

既曰归止⑤，曷又怀止⑥？

（二）

葛屦五两⑦，冠緌双止⑧。

鲁道有荡，齐子庸止⑨。

既曰庸止。曷又从止⑩？

（三）

蓺麻如之何⑪？衡从其亩⑫。

取妻如之何⑬？必告父母。

既曰告止，曷又鞠止⑭？

（四）

析薪如之何⑮？匪斧不克⑯。

取妻如之何？匪媒不得。

既曰得止，曷又极止⑰？

【注释】

①南山：齐国山名。崔崔：高大貌。

②雄狐：李湘《诗经研究新编》："从《毛传》《诗集传》以来，皆训狐为邪媚之兽。按，狐在古代实际为瑞应之象。《瑞应图》：'九尾狐者，六合一同则见。'《吕氏春秋》：'禹年三十未娶，行涂山，恐时暮失嗣。辞曰："吾之娶，必有应也。"'乃有白狐九尾

而造于禹。禹曰："白者吾服也；九尾者，其证也。"于是涂山人歌曰："绥绥白狐，九尾庞庞。成于家室，我都攸昌。"于是娶涂山女。'从这都可看出狐乃娶妻之象征。显然《南山》中'雄狐'，应是这神话观念的延续。"

③鲁道：去鲁国的大道。有荡：荡荡，平坦。

④齐子：齐国的女子，指文姜。由归：从这条大道出嫁。

⑤止：语气词。

⑥曷：何。怀：想念。

⑦葛屦（jù）：葛草编的鞋。五：通"伍"。五两：并排成双。

⑧绥（ruí）：帽带的下垂部分。左右各一，以便系结，故曰"双"。诗以葛鞋、帽穗成双比喻夫妻成对，不可以乱。

⑨庸：用，由。

⑩从：跟从。

⑪蓺（yì）：种植。

⑫衡从：即"横纵"。东西为横，南北为纵。

⑬取：通"娶"。

⑭鞠（jū）：通"鞫"。穷欲纵容之意。

⑮析薪：劈柴。古多以薪喻婚姻。

⑯匪：通"非"。克：能，成功。

⑰极：到。

【译文】

（一）

举目巍巍见南山，雄狐缓步有姻缘。

鲁国大道平荡荡，文姜由此嫁鲁桓。

既然已经嫁鲁桓，为何仍把旧情连？

（二）

葛鞋总是成对跟，帽穗总是成双存。

鲁国大道平荡荡，文姜由此嫁鲁君。

既然已经嫁鲁君，为何又续旧情亲？

（三）

大麻应该怎样种？田垄横直有一定。

妻子应该怎样娶？要告父母听命令。

先告父母娶到家，为何让她又放纵？

（四）

应该怎样劈木柴？不用斧头破不开。

应该怎样娶妻子？没有媒人得不来。

既靠媒人娶妻至，为何又到齐国待？

【解析】

本诗讽刺齐襄公的淫乱无耻。据《左传·桓公十八年》记载，齐襄公与他的同父异母妹文姜通奸，文姜嫁与鲁桓公，而仍与齐襄公关系不断。后鲁桓公与文姜同去齐国，发现了他们兄妹的奸情，斥责文姜。文姜告诉了襄公，襄公恼羞成怒，派力士彭生驾车，趁机把鲁桓公杀死在回去的路上。齐人对襄公的兽行极为愤慨，作此诗以讽刺之。

国风·魏风

园有桃

（一）

园有桃，其实之殽①。

心之忧矣，我歌且谣②。

不知我者，谓我士也骄③。

彼人是哉④？子曰何其⑤？

心之忧矣，其谁知之？

其谁知之，盖亦勿思⑥！

（二）

园有棘⑦，其实之食。

心之忧矣，聊以行国⑧。

不知我者，谓我士也罔极⑨。

彼人是哉？子曰何其？

心之忧矣，其谁知之？

其谁知之，盖亦勿思！

【注释】

①之：犹"是"。殽：借为"肴"，烧好的菜，这里用作动词，吃的意思。

②歌、谣：有乐器伴奏的叫歌，无乐器伴奏的叫谣。这里泛指

歌唱。

③士：古代普通官僚和知识分子的通称。骄：骄傲。

④彼人：指当权贵族。是：对，正确。

⑤子曰何其：你看那人说得对吗？其，语气词。

⑥盖：通"盍"，"何不"的合音。亦：语气词。

⑦棘：枣树。

⑧行国：行游于国中。以此舒泄忧愁。

⑨罔极：无常。

【译文】

（一）

园中有桃，摘来可以当佳肴。

心中忧闷，短歌长咏仰天啸。

有人对我不了解，说我太过于骄傲。

难道他们说得对？你看如何才是好？

心中多烦恼，有谁能知道？

有谁能知道，何如不想全忘掉！

（二）

园中有枣，摘来将就能吃饱。

心中忧闷，周游园内暂逍遥。

有人对我不了解，说我先生违常道。

难道他们说得对？你看如何才是好？

心中多烦恼，有谁能知道？

有谁能知道，何如不想全忘掉！

【解析】

本诗写一个落泊寒士忧政伤时，并感慨缺乏知己。"园有桃""园有棘"两章开头，意思似是以桃子、枣子的可以供人食，反兴自己有德才而无所用。而前人对此曾有不同的理解，郑玄《诗笺》："魏君薄公税，省国用，不取于民，食园桃而已。"牟庭《诗切》：

国风·魏风

73

"园有桃，取其声也，喻国有逃亡之户也。"

陟岵

（一）

陟彼岵兮^①，瞻望父兮。

父曰：

"嗟，予子行役^②，夙夜无已^③。

上慎旃哉^④，犹来无止^⑤！"

（二）

陟彼屺兮^⑥，瞻望母兮。

母曰：

"嗟，予季行役^⑦，夙夜无寐^⑧。

上慎旃哉，犹来无弃^⑨！"

（三）

陟彼冈兮，瞻望兄兮。

兄曰：

"嗟，予弟行役，夙夜必偕^⑩。

上慎旃哉，犹来无死！"

【注释】

①陟（zhì）：登。岵（hù）：有草木的山。

②嗟：犹"唉"。

③夙：早晨。已：止。

④上：借为"尚"，表示希望。旃（zhān）：之、焉的合音，
语助词。

⑤犹来：还是回来吧。止：指留在外地。

74

⑥岵（qí）：无草木的山。

⑦季：兄弟中年龄最小的称季，这里指的是小儿子。

⑧寐：睡觉。

⑨弃：指弃家不归。

⑩偕：指与人偕同，无行动自由。

【译文】

（一）

登上青山放目望，遥遥望老父。

仿佛听到爹叮嘱：

"唉，我儿服役苦，日夜在忙碌。

谨慎行事早回转，别在他乡久耽误！"

（二）

登上高山念乡土，遥遥望老母。

仿佛听到娘嘱咐：

"唉，小儿差役苦，日夜睡不足。

谨慎行事早回转，别留他乡抛家属！"

（三）

登上山冈念家中，遥遥望长兄。

仿佛听到哥叮咛：

"唉，我弟在军营，日夜忙不停。

谨慎行事早回转，身体健壮要生还！"

【解析】

此为征人思家诗，而诗中却以想象展开，独出心裁。诗共三段，"三段中但念父、母、兄之思己，而不言己之思父、母与兄。盖一说出，情便浅也。情到极深，每说不出"（沈德潜《说诗晬语》）。此说对后世影响深远。如白居易《江楼月》云："谁料江边怀我夜，正当池畔望君时。"与此诗同一机杼。

十亩之间

（一）

十亩之间兮^①，桑者闲闲兮^②。

行与子还兮！

（二）

十亩之外兮，桑者泄泄兮^③。

行与子逝兮^④！

【注释】

①十亩：举成数，不是确指。

②桑者：采桑人，通常为女子。闲闲：从容不迫貌。

③泄泄（yì）：弛缓舒散貌。

④逝：往，回去。

【译文】

（一）

十亩桑林间，采桑姑娘已清闲。

走哇，咱们一块把家还！

（二）

十亩桑林外，采桑姑娘心轻快。

走哟，咱们一起朝家迈！

【解析】

此为采桑女子之歌。她们在田间辛勤地劳作，直到收工时才停下来，互相招呼，结伴回家。一种轻松愉快的气氛洋溢在诗行之间。

硕鼠

（一）

硕鼠硕鼠①，无食我黍！

三岁贯女②，莫我肯顾③。

逝将去女④，适彼乐土⑤。

乐土乐土，爰得我所⑥！

（二）

硕鼠硕鼠，无食我麦！

三岁贯女，莫我肯德⑦。

逝将去女，适彼乐国。

乐国乐国，爰得我直⑧！

（三）

硕鼠硕鼠，无食我苗！

三岁贯女，莫我肯劳⑨。

逝将去女，适彼乐郊。

乐郊乐郊，谁之永号⑩！

【注释】

①硕鼠：即鼫（shí）鼠，又名田鼠，吃庄稼。一解为大老鼠。

②三岁：意思是多年。贯：借为"宦"，侍奉。女：通"汝"。

③莫我肯顾："莫肯顾我"的倒文，下面二章的"莫我肯德"
"莫我肯劳"皆仿此例。

④逝：通"誓"。去：离开。

国风·魏风

⑤适：往。乐土：安居乐业之所，是诗人想象中的理想国。下面二章的"乐国""乐郊"同此。

⑥爰：乃，于是。所：处所，地方。

⑦德：感激恩德。

⑧直：通"值"，代价。

⑨劳：慰劳。

⑩之：语气词，犹"其"。永号：长声哀叫。

【译文】

（一）

老田鼠，老田鼠，别再偷吃我黄黍！

辛苦养你已多年，我的死活你不顾。

发誓从此离你去，到那远方寻乐土。

寻乐土，寻乐土，哪里才是我归属！

（二）

老田鼠，老田鼠，别再偷吃我麦棵！

多年辛苦将你养，对我一点不感恩。

发誓从此离你去，到那远方寻乐国。

寻乐国，寻乐国，我的价值才有托！

（三）

老田鼠，老田鼠，别再偷吃我青苗！

多年辛苦将你养，不肯将我来慰劳。

发誓从此离你去，到那远方寻乐郊。

寻乐郊，寻乐郊，谁在那里还长号！

【解析】

这是一首讽刺诗，历来比较一致地认为是"刺重敛"的。诗中把重敛者比作田鼠，恰切而辛辣。但矛头的具体所指，则所见不同：有的说是"魏君"，有的说是"有司"，有的说是"履亩税"，今人则多泛指为"统治者""剥削者"了，用新名词避开了原来的问题。诗中的"乐土""乐国""乐郊"，不免都是乌托邦，但却使诗的现实批判力量明显增强。

国风·唐风

蟋蟀

（一）

蟋蟀在堂①，岁聿其莫②。

今我不乐，日月其除③。

无已大康④，职思其居⑤。

好乐无荒⑥，良士瞿瞿⑦。

（二）

蟋蟀在堂，岁聿其逝⑧。

今我不乐，日月其迈⑨。

无已大康，职思其外⑩。

好乐无荒，良士蹶蹶⑪。

（三）

蟋蟀在堂，役车其休⑫。

今我不乐，日月其慆⑬。

无已大康，职思其忧⑭。

好乐无荒，良士休休⑮。

【注释】

①蟋蟀在堂：表明天寒岁暮。《豳风·七月》："七月在野，八月在宇，九月在户，十月蟋蟀，入我床下。"其中的"在户"，即

同本诗的"在堂"。周代建子，以十月为岁暮。

②聿：通"曰"，语助词。莫：古"暮"字。其莫：意即将尽。

③日月：指时光。除：去。

④已：过甚。大：通"太"，泰也。康：安乐。

⑤职：尚，还要。居：指所处的职位。

⑥好：爱好。荒：过度。

⑦瞿瞿：惊顾貌。这里表示警惕之意。

⑧逝：过去。

⑨迈：行，逝去。

⑩外：职务以外的事。

⑪蹶蹶：敏捷貌。引申为勤奋。

⑫役车：服役之车。其休：将要休息。

⑬慆（tāo）：逝去。

⑭忧：忧患。《郑笺》："忧者，谓邻国侵伐之忧。"

⑮休休：安闲自得、乐而有节貌。

【译文】

（一）

蟋蟀进房中，转眼一年空。

我今不享乐，光阴去匆匆。

也别太安逸，职守要忠诚。

好乐别过度，贤士多警悟。

（二）

蟋蟀进房墙，转眼一年光。

我今不享乐，光阴去茫茫。

也别太安逸，公事多承当。

好乐莫过度，贤士奋图强。

国风·唐风

蟋蟀进房间，归车便悠闲。

我今不享乐，光阴去不还。

也别太安逸，为国分艰难。

好乐别过度，贤士乐悠悠。

【解析】

　　这是一首岁暮伤怀之作，其中表现出及时行乐和谨其职守的双重思想。姚际恒《诗经通论》云："乃士大夫之诗也。"作者给自己树立了"良士"的标准，要做到"好乐无荒""职思其居"。实际上是想做一个安分守己的"好官"而已。当然，这比起许多弄权卖法、贪得无厌的赃官来，要好得太多了。

山有枢

（一）

山有枢①，隰有榆②。

子有衣裳，弗曳弗娄③。

子有车马，弗驰弗驱④。

宛其死矣⑤，他人是愉⑥。

（二）

山有栲⑦，隰有杻⑧。

子有廷内⑨，弗洒弗埽⑩。

子有钟鼓，弗鼓弗考⑪。

宛其死矣，他人是保⑫。

（三）

山有漆^⑬，隰有栗。

子有酒食，何不日鼓瑟？

且以喜乐，且以永日^⑭。

宛其死矣，他人入室。

【注释】

①枢：刺榆，榆树的一种。

②隰（xí）：低洼之地。

③弗：不。曳（yè）：拖。娄：借为"搂"，拢起。曳、搂皆为穿衣动作。

④驰、驱：皆为车马急走。

⑤宛：枯萎，死。

⑥愉：快乐，享受。

⑦栲（kǎo）：树名，臭椿。

⑧杻（niǔ）：树名，檍树。

⑨廷：通"庭"，院子。内：指堂室。

⑩埽：通"扫"。

⑪考：敲击。

⑫保：占有。

⑬漆：漆树。

⑭永日：延长时光。朱熹《诗集传》："人多忧，则觉日短，饮食作乐，可以永长此日也。"

【译文】

（一）

山上刺榆繁，洼地白杨联。

你有衣和裳，总也不去穿。

你有车和马，总也不去玩。

一旦眼一闭，别人笑开颜。

（二）

山上栲树老，洼地檍树小。

你有院和屋，不洒也不扫。

你有钟和鼓，不打也不敲。

一旦眼一闭，全被别人捞。

（三）

山上漆树鲜，洼地栗树弯。

你有酒和菜，何不奏乐餐？

姑且寻欢乐，益寿又延年。

一旦眼一闭，别人进房间。

【解析】

本诗是对守财奴的讽刺。从诗中看，这人衣裳、车马、庭院、钟鼓、酒食、琴瑟无所不有，颇为富足，只是一点也舍不得享用，因而大受嘲讽。一说本诗是一个富家妇女劝丈夫及时行乐。

扬之水

（一）

扬之水①，白石凿凿②。

素衣朱襮③，从子于沃④。

既见君子⑤，云何不乐！

（二）

扬之水，白石皓皓⑥。

素衣朱绣⑦，从子于鹄⑧。

既见君子，云何其忧！

（三）

扬之水，白石粼粼⑨。

我闻有命，不敢以告人⑩！

【注释】

①扬：激扬。

②凿凿：鲜明貌。

③素衣：白绸衣。朱襮（bó）：红色的绣花衣领。

④子：你，指桓叔。沃：曲沃，晋国大邑。

⑤君子：指桓叔。

⑥皓皓：洁白貌。

⑦绣：绣花的衣领。

⑧鹄（gǔ）：地名，隶属曲沃。

⑨粼粼：清激貌。

⑩不敢以告人：意思是为桓叔保密。朱熹《诗集传》："桓叔将以倾晋而民为之隐，益欲其成矣。"

【译文】

（一）

激扬河中水，白石露鲜明。

白衣红绣领，投您到沃城。

得把桓叔见；怎不心喜欢！

（二）

激扬河中水，白石露晶莹。

白衣红绣领，投您到鹄城。

得把桓叔见，愁云一风清！

（三）

激扬河中水，白石光粼粼。

听闻有密令，不敢告别人！

85

【解析】

　　这是一首表现晋国政治派系矛盾的诗。据《史记·晋世家》记载，晋昭侯元年（前745），昭侯封其叔父成师于曲沃，号为桓叔，势力渐渐强大，晋人多愿归附。昭侯七年，桓叔在晋廷的内应、大夫潘父杀昭侯，迎立桓叔。桓叔欲入晋，被晋人发兵击败，退回曲沃。看来作者是个脱离昭侯而投奔桓叔的人，诗中表现了他对桓叔的拥戴。一说作者为忠于昭侯的知情者，他巧妙地以诗告密，揭发政变阴谋。

国风·秦风

车邻

（一）
有车邻邻①，有马白颠②。
未见君子③，寺人之令④。

（二）
阪有漆⑤，隰有栗⑥。
既见君子，并坐鼓瑟⑦。
今者不乐，逝者其耋⑧！

（三）
阪有桑，隰有杨。
既见君子，并坐鼓簧⑨。
今者不乐，逝者其亡！

【注释】

①邻邻：车行声。

②白颠：白额，马额正中有块白毛。颠，顶。

③君子：指其丈夫。

④寺人：官名。寺，通"侍"，寺人即侍候王公贵人的人。寺人之令：命令寺人，意即命寺人去通禀其丈夫。之，是。

⑤阪（bǎn）：山坡。漆：树名。

⑥隰（xí）：低湿之地。以上二句是《诗经》中常见的表示情

爱的起兴用语。

⑦鼓：弹奏。

⑧逝者：将来。俞樾《群经平议》："逝者对今者言，今者谓此日，逝者谓他日也。逝，往也，谓过此以往也。"耋（dié）：八十岁曰耋，泛指老。

⑨簧：古乐器名。

【译文】

（一）

大车传来辚辚声，白额骏马响銮铃。

尚未见到夫君面，打发侍者去接迎。

（二）

山坡漆树生，洼地栗子红。

欣然又见夫君面，同坐弹瑟喜融融。

今不及时来行乐，将来很快变老翁！

（三）

山坡桑叶浓，洼地杨柳青。

欣然又见夫君面，并坐一起奏簧笙。

今不及时来行乐，转眼一死万事空！

【解析】

这是一位贵族妇女咏唱其夫妻生活的诗。及时行乐是其思想主旨。从《诗经》中看，这也是上层社会中相当流行的价值观念。一说此诗意是赞美在秦国历史上有开创之功的大夫秦仲。

驷驖

（一）

驷驖孔阜①，六辔在手②。

公之媚子③，从公子狩④。

（二）

奉时辰牡⑤，辰牡孔硕⑥。

公曰左之⑦，舍拔则获⑧。

（三）

游于北园，四马既闲⑨。

輶车鸾镳⑩，载猃歇骄⑪。

【注释】

①驷：《说文》引作"四"。骥（tiě）：赤黑如铁的马。孔：甚。阜：肥大。

②辔：马缰绳。六辔：周代车，中间的两匹服马各一辔，外面的两匹骖马各二辔，四马共六辔。

③公：指秦君。大概是秦襄公，他曾助周平王迁都洛阳，被封为诸侯，使秦国日渐强大。媚子：爱子，儿子。

④狩（shòu）：冬猎，泛指打猎。

⑤奉：借为"逢"，遇也。时：是，这个。辰：借为"麎（chén）"，大鹿。辰牡：大公鹿。

⑥硕：大。

⑦左之：向左去。命令车夫的话。

⑧舍：放。拔：箭的尾部。舍拔：即放箭。

⑨闲：熟练。

⑩輶（yóu）车：轻车。鸾：通"銮"，车铃。镳（biāo）：马衔，马嚼子。铃挂镳上，故曰鸾镳。

⑪猃（xiǎn）：长嘴的猎狗。歇骄：亦作"猲獢"，短嘴的猎狗。此句是说把猎狗载在车上，让它休息。

（一）

四匹黑马高又壮，六根缰绳手中抄。

公侯爱子随车上，一同打猎去荒郊。

（二）

恰逢公鹿出平沙，公鹿个头真可夸。

公侯喝令向左去，利箭一发便射杀。

（三）

猎罢闲游北园中，四马轻松缓缓行。

轻车扬镳銮铃响，猎狗登车放轻松。

【解析】

　　这是一首描写秦君狩猎盛况的诗。秦本为附庸，后幽王被犬戎所杀，秦君助平王迁都洛阳，被封为诸侯，即秦襄公，遂领有周西都畿内岐、丰八百里之地，从此有了田猎之事，并逐渐形成尚武之风。本诗对襄公的田猎表现大加颂扬。

蒹葭

（一）

蒹葭苍苍①，白露为霜。

所谓伊人②，在水一方③。

溯洄从之④，道阻且长⑤。

溯游从之⑥，宛在水中央⑦。

（二）

蒹葭凄凄⑧，白露未晞⑨。

所谓伊人，在水之湄⑩。

溯洄从之，道阻且跻⑪。

溯游从之，宛在水中坻⑫。

（三）

蒹葭采采^⑬，白露未已。

所谓伊人，在水之涘^⑭。

溯洄从之，道阻且右^⑮。

溯游从之，宛在水中沚^⑯。

【注释】

①蒹葭（jiān jiā）：芦苇。苍苍：青色。一说茂盛貌。

②伊人：犹"彼人"，指意中所念之人。

③一方：指另一边。

④溯洄：逆水而上。对照下文"道阻且长""道阻且跻"等，可知是在陆上傍水逆流而行。

⑤阻：险阻。

⑥溯游：逆水而上。但不是陆行，而是水行。

⑦宛：可见貌，犹言"仿佛是"。

⑧凄凄：借为"萋萋"，茂盛貌。

⑨晞（xī）：干。

⑩湄（méi）：水草交接处，即岸边。

⑪跻（jī）：升高。

⑫坻（chí）：水中高地。

⑬采采：众多貌。

⑭涘（sì）：水边。

⑮右：迂回弯曲。

⑯沚（zhǐ）：水中的沙滩，比坻略大。

【译文】

（一）

芦苇青苍苍，白露结成霜。

佳人所在远，河水那一方。

溯流陆路把她找，道路艰险好漫长。

溯流洄水把河渡，仿佛她在水中央。

（二）

芦苇绿油油，朝露尚残留。

佳人所在远，河水那一头。

溯流陆路把她找，艰险坎坷令人愁。

溯流洄水把河渡，仿佛她在水中洲。

（三）

芦苇碧连连，朝露尚未干。

佳人所在远，河水那一边。

溯流陆路把她找，艰险弯曲步行难。

溯流洄水把河渡，仿佛她在水中洲。

【解析】

此诗立意，古人多以为是求贤招隐，今人多以为是男女求爱。揣测"溯洄""溯游"等词，似觉后者更为圆通。起首二句，诗意沛然。清人牛运震说："只两句写得秋光满园，抵一篇悲秋赋。《国风》第一篇缥缈文字！极缠绵，极惝恍，纯是情，不是景，纯是窈远，不是悲壮。感慨情深，在悲秋怀人之外，可思不可言。萧疏旷远，情趣纯佳。《序》以为刺襄公不用周礼，失其义矣。"（《诗志》）

国风·陈风

宛丘

（一）
子之汤兮①，宛丘之上兮②。
洵有情兮③，而无望兮④。
（二）
坎其击鼓⑤，宛丘之下。
无冬无夏，值其鹭羽⑥。
（三）
坎其击缶⑦，宛丘之道。
无冬无夏，值其鹭翿⑧。

【注释】

①子：指巫女。汤（dàng）：通"荡"，摇摆，形容舞姿。

②宛丘：丘名，在陈国都城（今河南淮阳）东南，陈人游览之地。

③洵：真，确实。

④望：指结好的希望。

⑤坎其：即"坎坎"，象声词。

⑥值：持，或戴。鹭羽：用鹭鸶羽毛制成的舞具，扇形或伞状，可持手中或戴头上。

⑦缶（fǒu）：瓦盆，用为乐器。

⑧鹭翿（dào）：即鹭羽。

（一）

你的舞步荡如风，宛丘高地展姿容。

心中对她很爱慕，想要通好却不能。

（二）

敲起皮鼓咚咚响，表演宛丘高地旁。

不论严冬与炎夏，手挥鹭羽舞徜徉。

（三）

敲起瓦盆响叮咚，表演宛丘道路中。

不论严冬与盛夏，手挥鹭羽舞不停。

【解析】

本诗所写的是一个男子对一个巫女的爱慕。《汉书·地理志》中说："周武王封舜后妫满于陈，是为胡公，妻以元女大姬。妇人尊贵，好祭祀，用史巫，故其俗巫鬼。《陈诗》曰：坎其击鼓，云云。又曰：东门之枌，云云。此其风也。"本诗之"子""无冬无夏"，常年跳舞，说明她是一个以降神为业的专职舞女。诗中鲜明地表现出陈国的好巫遗风。

东门之枌

（一）

东门之枌①，宛丘之栩②。

子仲之子③，婆娑其下④。

（二）

穀旦于差⑤，南方之原⑥。

不绩其麻，市也婆娑。

（三）

穀旦于逝^⑦，越以鬷迈^⑧。

视尔如荍^⑨，贻我握椒^⑩。

【注释】

①枌（fēn）：白榆树。

②栩（xǔ）：柞树。

③子仲之子：子仲氏的女儿。

④婆娑（suō）：舞貌。

⑤穀旦：吉日，好日子。穀，善，吉。于：语助词。差（chāi）：选择。

⑥原：高平之地。

⑦逝：往。

⑧越以：发语词，犹"于以"。鬷（zōng）：多次，屡次。迈：行。

⑨荍（qiáo）：植物名，又名锦葵，花色淡紫。

⑩贻：送。握：一把。椒：花椒，果实芳香。"椒"谐"交"音，赠送花椒是结好的表示。

【译文】

（一）

东门白榆参天，宛丘柞树相连。

子仲家好女儿，树下舞姿翩翩。

（二）

选定吉日好天，同到南面平川。

撂下纺麻活计，热情歌舞一番。

（三）

良辰吉日轻风，屡次结伴同行。

你如锦葵俊美，花椒赠我手中。

95

【解析】

诗写青年男女欢会歌舞、互表情爱的情景。诗虽短，但却表现了丰富的内容。诗中三章，地点三换：一在东门，一在南原，一在途中。诗中写了宛丘的绿树，姑娘的舞姿，双方的约会，闹市的共舞，途中的同行，深情的夸赞，美好的赠礼，一一如在目前。同时，也反映出陈国的巫风之盛。

衡门

（一）

衡门之下①，可以栖迟②。

泌之洋洋③，可以乐饥④。

（二）

岂其食鱼，必河之鲂⑤？

岂其取妻⑥，必齐之姜⑦？

（三）

岂其食鱼，必河之鲤？

岂其取妻，必宋之子⑧？

【注释】

①衡：通"横"。衡门：横木为门，言房屋简陋。

②栖迟：栖息，盘桓。

③泌（bì）：指陈国泌丘的泉水。洋洋：水流盛大貌。

④乐：通"疗"，疗，治疗。乐饥：充饥。

⑤河：黄河。鲂：鱼名，即鳊鱼。黄河鲂鱼十分名贵。

⑥取：通"娶"。

⑦齐之姜：齐国的贵族女子。齐君姜姓，其族女子称齐姜，以

美著名。

⑧宋之子：宋国的贵族女子。宋君子姓，其族女子称宋子，亦著美名。

【译文】

(一)

横木为门低低，小屋也能安息。

泌丘泉流荡荡，清水也能充饥。

(二)

难道人们吃鱼，必是黄河肥鲂？

难道要娶妻子，必是美女齐姜？

(三)

难道人们吃鱼，必是黄河肥鲤？

难道男人娶妻，必是美女宋子？

【解析】

一个男子爱上了个"小家碧玉"，觉得她比"大家闺秀"更可心，遂作此诗自乐。"乐饥""食鱼"，是《诗经》中常用的得遂情欲的象征。

月出

(一)

月出皎兮①，佼人僚兮②。

舒窈纠兮③，劳心悄兮④。

(二)

月出皓兮⑤，佼人懰兮⑥。

舒懮受兮⑦，劳心慅兮⑧。

（三）

月出照兮，佼人燎兮⑨。

舒夭绍兮⑩，劳心惨兮⑪。

【注释】

①皎：洁白光明。

②佼：通“姣”，娇美。僚：通“燎”，美好。

③舒：轻缓。窈纠（yǎo jiǎo）：苗条柔美貌。

④劳心：忧心。悄：忧愁貌。

⑤皓：光明洁白。

⑥懰（liú）：妩媚。

⑦慢（yǒu）受：轻盈多姿貌。

⑧慅（cǎo）：忧虑不安貌。

⑨燎：明媚。

⑩夭绍：姿容柔婉貌。

⑪惨：通“懆”，烦躁不安貌。

【译文】

（一）

月儿出来亮皎皎，佳人姿容多美妙。

线条柔婉又轻盈，思慕使我心烦恼。

（二）

月儿出来亮晶晶，佳人如玉立亭亭。

体态轻柔身婀娜，思慕使我心不宁。

（三）

月儿出来光灿灿，佳人姿容真耐看。

身段苗条姿态美，思慕使我心不安。

【解析】

这是一首月下怀人诗。由此诗可知，人们在很早的时候，就已

惊艳诗经·蒹葭苍苍 白露为霜

发现了月光的魅力，它能将一个俏丽的美人映照得更加风姿绰约，形态缥缈。不过，这美人并不是主人公所亲见，而纯是由月出而引起的对美人的思慕和想象，因而更觉幽艳空灵。

泽陂

（一）

彼泽之陂①，有蒲与荷②。

有美一人，伤如之何③！

寤寐无为④，涕泗滂沱⑤。

（二）

彼泽之陂，有蒲与蕑⑥。

有美一人，硕大且卷⑦。

寤寐无为，中心悁悁⑧。

（三）

彼泽之陂，有蒲菡萏⑨。

有美一人，硕大且俨⑩。

寤寐无为，辗转伏枕。

【注释】

①泽：池塘。陂（bēi）：堤岸。

②蒲：蒲草。荷：荷花。

③伤：借为"阳"，《鲁诗》《韩诗》皆作"阳"。阳，我，女子第一人称代词，与"姎""卬"通用。由此可知，诗的主人公是一女子。

④寤寐：睡醒与睡着。无为：无法可想。

⑤涕：眼泪。泗：鼻涕。滂沱（páng tuó）：本以形容大雨，

这里夸张形容涕泗。

⑥蕑（jiān）：《郑笺》："蕑，当作莲。"

⑦卷（quán）：通"婘"，美好貌。

⑧悁悁（yuān）：忧闷貌。

⑨菡萏（hàn dàn）：荷花。

⑩俨（yǎn）：端庄貌。

【译文】

(一)

一片池塘堤岸长，蒲草茂盛荷花香。

岸边有位美男子，我心爱他无良方！

日思夜想没法办，不觉涕泪一行行。

(二)

一片池塘堤岸弯，蒲草茂盛荷花鲜。

岸边有位美男子，身材高大又壮观。

日思夜想没法办，只觉心中太忧烦。

(三)

一片池塘堤岸平，蒲草茂盛荷花红。

岸边有位美男子，身材高大好仪容。

日思夜想没法办，翻来覆去难成眠。

【解析】

诗写一位女子的怀人之情。她在一片荷花盛开的地方，见到一个帅小伙，遂生爱慕之心。她想他想得涕泪成行，想得心烦意乱，想得辗转难眠，让人读了也跟着大感不安。

国风·桧风

隰有苌楚

（一）
隰有苌楚①，猗傩其枝②。
夭之沃沃③，乐子之无知④！
（二）
隰有苌楚，猗傩其华⑤。
夭之沃沃，乐子之无家⑥！
（三）
隰有苌楚，猗傩其实。
夭之沃沃，乐子之无室！

【注释】

①苌（cháng）楚：植物名，又名羊桃，猕猴桃。蔓生，实如小桃，可食。

②猗傩（ē nuó）：通"婀娜"，柔美貌，美盛貌。

③夭：苗壮，嫩美貌。之：犹"兮"，语气词。沃沃：旺盛润泽貌。

④乐：喜欢。这里有羡慕之意。子：你，此指羊桃。此句自叹不如羊桃的没有感情和知觉。

⑤华：古"花"字。

⑥无家：指无妻、子等的牵累。下章"无室"义同。

（一）

低洼地里羊桃生，枝叶婀娜对春风。

茁壮嫩美光泽好，看你无知多轻松！

（二）

低洼地里羊桃荫，花朵娇妍占阳春。

茁壮嫩美光泽好，看你无家多省心！

（三）

低洼地里长羊桃，果实丰盛挂蔓条。

茁壮嫩美光泽好，看你无家多逍遥！

【解析】

这是一首乱世哀歌。方玉润《诗经原始》说："此必桧破民逃，自公族子姓以及小民之有家室者，莫不扶老携幼，挈妻抱子，相与号泣路歧，故有家不如无家之好，有知不如无知之安也。而公族子姓之为室家累者则尤甚。"

匪风

（一）

匪风发兮①，匪车偈兮②。

顾瞻周道③，中心怛兮④！

（二）

匪风飘兮⑤，匪车嘌兮⑥。

顾瞻周道，中心吊兮⑦！

（三）

谁能亨鱼⑧，溉之釜鬻⑨。

谁将西归，怀之好音⑩。

【注释】

①匪：通"彼"，那个。发：犹"发发"，风声。

②偈（jié）：犹"偈偈"，疾驰貌。

③顾：回头看，这里泛指看。周道：大道。

④怛（dá）：忧伤。

⑤飘：飘风，本指旋风，这里形容风的迅疾与旋转。

⑥嘌（piāo）：轻疾貌。

⑦吊：悲伤。

⑧谁：指主人公所怀念的人。亨："烹"的本字，即煮。

⑨溉：洗。釜（fǔ）：锅。鬵（xín）：大锅。

⑩好音：好音信，指征人将要归来的消息。

【译文】

（一）

风儿呼呼吹，车子快如飞。

放眼望大路，心中好伤悲！

（二）

风势旋又狂，车子奔驰忙。

放眼望大路，心中好悲凉！

（三）

他能把鱼烹，我来把锅清。

他将自西返，好信乐心中。

【解析】

这是一首征人之妇怀念征夫的诗。篇首以风起兴，含有怀人之意。诗的末章说，她的丈夫很会烹鱼，她则预先把锅洗好；丈夫即将自西方回返，她心里企盼着这一时刻及早到来。诗中充满深厚而急切的真情，让人不禁深受感动。

国风·曹风

下泉

（一）

冽彼下泉①，浸彼苞稂②。

忾我寤叹③，念彼周京④。

（二）

冽彼下泉，浸彼苞萧⑤。

忾我寤叹，念彼京周。

（三）

冽彼下泉，浸彼苞蓍⑥。

忾我寤叹，念彼京师。

（四）

芃芃黍苗⑦，阴雨膏之⑧。

四国有王⑨，郇伯劳之⑩。

【注释】

①冽（liè）：寒冷。下泉：下流的泉水。

②苞：丛生。稂（láng）：草名，又名狼尾草。

③忾（xì）：叹息声。寤：睡醒。

④周京：指西周国都镐（hào）京。下文"京周""京师"所指同此。

⑤萧：蒿草。

⑥蓍（shī）：草名。

⑦芃芃（péng）：茂盛貌。

⑧膏：滋润。

⑨四国：四方诸侯之国。王：指周王。

⑩郇（xún）伯：文王之子，为州伯，有治诸侯之功。劳：安抚、慰劳。

【译文】

（一）

寒冷山泉流不停，浸冻粮草难为生。

梦中醒来长感叹，追怀盛世思镐京。

（二）

寒冷山泉日夜流，浸冻艾萧凉飕飕。

梦中醒来长感叹，追怀盛世念西周。

（三）

寒冷山泉地下行，浸冻蓍草长不成。

梦中醒来长感叹，追怀盛世念西京。

（四）

黍苗茂美景色新，上天滋润细雨淋。

四方之国勤王事，郇伯理政建功勋。

【解析】

这是一首乱世思治之作。据《左传·僖公二十三年》载，晋国公子重耳因遭骊姬陷害而出逃曹国，因曹共公趁他沐浴偷看他的"骈肋"（肋骨并联为一体）而怀恨在心，当得势做了晋文公后，便报私仇而发兵攻入曹国。方玉润《诗经原始》云："此与《匪风》同被大国之伐，而伤周王之不能救己也。夫天下有道，则礼乐征伐自天子出；天下无道，则礼乐征伐自诸侯出。今晋文入曹，执其君，分其田，以释私憾，宁能使曹人帖然心服乎？此诗之作，所

国风·曹风

以念周衰伤晋霸也。使周而不衰，则'四国有王'，彼晋虽强，敢擅征伐？"

国风·豳风

七月

（一）

七月流火①，九月授衣②。

一之日觱发③，二之日栗烈④。

无衣无褐⑤，何以卒岁⑥？

三之日于耜⑦，四之日举趾⑧。

同我妇子⑨，馌彼南亩⑩。田畯至喜⑪。

（二）

七月流火，九月授衣。

春日载阳⑫，有鸣仓庚⑬。

女执懿筐⑭，遵彼微行⑮，爰求柔桑⑯。

春日迟迟⑰，采蘩祁祁⑱。

女心伤悲，殆及公子同归⑲。

（三）

七月流火，八月萑苇⑳。

蚕月条桑㉑，取彼斧斨㉒。

以伐远扬㉓，猗彼女桑㉔。

七月鸣鵙㉕，八月载绩㉖。

载玄载黄㉗，我朱孔阳㉘，为公子裳。

（四）

四月秀葽㉙，五月鸣蜩㉚。

八月其获㉛，十月陨萚㉜。

一之日于貉㉝，取彼狐狸，为公子裘。

二之日其同㉞，载缵武功㉟。

言私其豵㊱，献豣于公㊲。

（五）

五月斯螽动股㊳，六月莎鸡振羽㊴。

七月在野㊵，八月在宇㊶。

九月在户，十月蟋蟀入我床下。

穹窒熏鼠㊷，塞向墐户㊸。

嗟我妇子，曰为改岁㊹，入此室处㊺。

（六）

六月食郁及薁㊻，七月亨葵及菽㊼。

八月剥枣㊽，十月获稻。

为此春酒㊾，以介眉寿㊿。

七月食瓜，八月断壶(51)，九月叔苴(52)。

采荼薪樗(53)，食我农夫。

（七）

九月筑场圃(54)，十月纳禾稼(55)：

黍稷重穋(56)，禾麻菽麦(57)。

嗟我农夫，我稼既同(58)，上入执宫功(59)。

昼尔于茅(60)，宵尔索绹(61)。

亟其乘屋(62)，其始播百谷(63)。

（八）

二之日凿冰冲冲(64)，三之日纳于凌阴(65)。

四之日其蚤⑥⑥，献羔祭韭⑥⑦。

九月肃霜⑥⑧，十月涤场⑥⑨。

朋酒斯飨⑦⑩，曰杀羔羊⑦①。

跻彼公堂⑦②，称彼兕觥⑦③，万寿无疆！

【注释】

①七月：夏历七月。流：下行。火：星名，又名大火，即心宿。每年夏历五月的黄昏时候，此星出在正南方，且位置最高。六月以后便向西斜，七月更加下行，即所谓"流火"。

②授衣：把冬衣做好交给农人。

③一之日：周历一月的日子。周历一月即夏历十一月。下文"二之日""三之日""四之日"则分别为夏历十二月、一月、二月。夏历三月改称为春，而不称"五之日"。觱（bì）发：大风之声。

④栗烈：形容气寒。

⑤褐（hè）：粗毛布，这里指粗布衣。

⑥卒岁：过完一年。卒，终。

⑦于：为，指修理。耜（sì）：翻土农具。

⑧举趾：指下田耕作。趾，脚。

⑨同：会合，一道。

⑩馌（yè）：送饭。南亩：泛指田地。

⑪田畯（jùn）：负责监督农事的田官。

⑫春日：指夏历三月。载：开始。阳：暖和。

⑬有：语助词。仓庚：鸟名，即黄莺。

⑭懿（yì）筐：精致的小筐。

⑮遵：沿。微行（háng）：小路。

⑯爰（yuán）：乃，于是。柔桑：嫩桑叶。

⑰迟迟：犹"缓缓"，形容日长。

⑱蘩：草名，又名白蒿，祭祀用品。祁祁：众多貌。

⑲殆（dài）：始。公子：公侯之子，这里指鲁国国君的女儿。同归：指陪同国君的女儿出嫁。

⑳萑（huán）苇：荻草和芦苇。这里省略了收割之类的动词。

㉑蚕月：养蚕的月份，指三月。条桑：修剪桑枝。

㉒斧斨（qiāng）：斧类工具。古人称柄孔圆的叫斧，柄孔方的叫斨。

㉓远扬：指过长过高的桑枝。

㉔猗（yī）：借为"掎"，摘取。女桑：嫩桑叶。

㉕鵙（jú）：鸟名，又名伯劳、子规、杜鹃。

㉖载：开始。绩：纺。此句是说蚕丝之事完毕，而绩麻织布开始。

㉗载：又是。玄：黑色。此句指为丝麻染色。

㉘朱：红色。孔：甚。阳：鲜明。

㉙秀：长穗结籽。葽（yāo）：草名，今名远志，可做药用。

㉚蜩（tiáo）：蝉。

㉛其获：庄稼将要收获。

㉜陨（yǔn）：坠落。蘀（tuò）：落叶。

㉝于：取。貉（hè）：兽名，似狐而较胖，尾较短，亦称狗獾。

㉞同：会合，指聚众打猎。

㉟载：乃。缵（zuǎn）：继续。武功：指狩猎。

㊱言：语助词。私：私人占有。豵（zōng）：一岁的小猪，这里泛指小兽。

㊲豜（jiān）：三岁的大猪，这里泛指大兽。公：公府，贵族。

㊳斯螽（zhōng）：虫名，即蚱蜢。动股：指跳。股，腿。

㊴莎（suō）鸡：虫名，即纺织娘。振羽：展翅而飞。

㊵野：田野。此下四句皆写蟋蟀。

惊艳诗经·蒹葭苍苍 白露为霜

110

㊶宇：屋檐。

㊷穹窒（qióng zhì）：清除壅塞。熏鼠：以柴草烧烟熏鼠洞。

㊸塞：堵塞。向：朝北的窗子。墐（jìn）户：用泥涂抹门缝。古代贫民家编柴木为门，涂上泥可以防风御寒。以上二句写收拾破屋准备过冬。

㊹曰：发语词。改岁：更改年岁，指过年。

㊺处：住。

㊻郁：灌木名，果实名郁李。薁（yù）：野葡萄。

㊼亨："烹"的本字，煮。葵：菜名。菽：豆子。

㊽剥：通"扑"，打。

㊾春酒：冬季酿酒，春季始成，所以叫春酒。

㊿介：求。眉寿：人老时，眉上有长毛，称秀眉，故称长寿为眉寿。

(51)断：摘下。壶：葫芦。

(52)叔：拾取。苴（jū）：麻子。

(53)荼：苦菜。薪樗（chū）：伐樗当柴烧。樗，臭椿。

(54)圃：菜地。场圃：把打谷场改修为菜地。古代菜地平时种菜，收获季节轧实做场地，可以互改。

(55)纳：缴纳。

(56)重：通"穜"（tóng），早种晚熟的谷。穋：通"稑"（lù），晚种早熟的谷。

(57)禾：谷的一种。

(58)同：收齐，集中。

(59)上入：指结束田间劳动而回到城邑。宫功：指室内劳动。《说文》："宫，室也。"

(60)尔：你，你们，指农夫。于：取。茅：茅草。

(61)宵：夜里。索绹（táo）：搓绳子。

(62)亟：通"急"，赶快。乘屋：修理房屋。

(63)其始：将要开始。

(64)冲冲：凿冰的声音。

(65)凌阴：冰窖。

(66)蚤：古“早”字。早是一种祭祖仪式，每年二月初一举行。

(67)羔：羊羔。韭：韭菜。二者都是祭品。古代藏冰、取冰都要祭祀。

(68)肃霜：天高气爽。霜，通“爽”。

(69)涤场：清扫场地，是说农业结束。

(70)朋酒：两壶酒。斯：语助词。飨（xiǎng）：以酒食待客。

(71)曰：发语词。

(72)跻：登上。公堂：公众集会场所。

(73)称：举起。兕觥（sì gōng）：一种状似卧伏犀牛的酒器。

【译文】

（一）

七月火星向西沉，九月寒冷送衣裳。

十一月北风呼呼响，十二月寒气冷森森。

农夫若无粗布袄，如何支撑到年根？

一月动手修农具，二月下地去耕耘。

妻子孩儿随我后，田间送饭给农人。田官一见喜在心。

（二）

七月火星向西滑，九月寒冷送衣裳。

春日红艳艳，黄莺歌声发。

姑娘臂上细筐挎，沿着小路弯又斜，一路采摘嫩桑芽。

春季天长手勤快，采集白蒿多如花。

姑娘心中怀忧虑，陪嫁公主难回家。

（三）

七月火星偏西方，八月芦苇该收藏。

三月要把桑树剪，拿来斧头明光光。

砍掉长树杈，采摘青嫩桑。

七月伯劳叫，八月纺织忙。

染色黑黄不一样，我染红色最鲜亮，来为公子做衣裳。

（四）

四月远志结籽稠，五月鸣蝉声悠悠。

八月忙收获，十月落叶秋。

十一月把貉子打，捕捉狐狸毛皮收，来为公子做狐裘。

十二月里众人聚，继续打猎与郊游。

留下小兽自己用，选出大兽送公侯。

（五）

五月蚱蜢蹦，六月蝈蝈鸣。

七月蟋蟀在田野，八月檐下避秋风。

九月入门内，十月床下停。

清除垃圾熏老鼠，北窗房门用泥封。

呼我妻子和儿女，将来新年到门庭，正好住进此房来。

（六）

六月食郁李野葡萄，七月把葵菜豆子烧。

八月把枣打，十月把稻割。

酿造春酒芳香，换求人生不老。

七月摘下瓜来尝，八月摘下葫芦炒，九月麻子往回包。

苦菜挖来柴砍下，农夫生活要开销。

（七）

九月轧好打谷场，十月缴纳各种粮：

黍子谷子饱，米麻豆麦香。

呼我农夫听端详，庄稼活计刚刚完，室内工作要加强。

白天割茅草，夜里搓绳忙。

快把房屋来修缮，然后春播好开张。

腊月凿冰冲冲响，正月送进冰窖藏。

二月取冰行祭礼，羔羊韭菜献上苍。

九月秋气爽，十月扫净场。

两坛新酒捧上，宰好肥嫩羔羊。

参加集体酒宴会，高举兕杯响叮当，祝福万寿无疆！

【解析】

本诗是《国风》中的第一长篇。《诗序》说，诗的作者是周公，意在教导年幼的成王，使他懂得"稼穑之艰难"。清人姚际恒盛赞此诗说："鸟语虫鸣，草荣木实，似《月令》；妇子入室，茅绹升屋，似风俗书；流火，寒风，似《五行志》；养老慈幼，跻堂称觥，似庠序礼；田官，染织，狩猎，藏冰，祭献，执功，似国家典制书；其中又有《采桑图》《田家乐图》《食谱》《谷谱》《酒经》。一诗之中无不具备，洵天下之至文也。"（《诗经通论》）

东山

（一）

我徂东山①，慆慆不归②。

我来自东，零雨其濛③。

我东曰归，我心西悲④。

制彼裳衣，勿士行枚⑤。

蜎蜎者蠋⑥，烝在桑野⑦。

敦彼独宿⑧，亦在车下。

（二）

我徂东山，慆慆不归。

我来自东，零雨其濛。

果臝之实⑨，亦施于宇⑩。

伊威在室⑪，蟏蛸在户⑫。

町疃鹿场⑬，熠耀宵行⑭。

不可畏也，伊可怀也⑮！

（三）

我徂东山，慆慆不归。

我来自东，零雨其濛。

鹳鸣于垤⑯，妇叹于室⑰。

洒埽穹窒⑱，我征聿至⑲。

有敦瓜苦⑳，烝在栗薪㉑。

自我不见，于今三年！

（四）

我徂东山，慆慆不归。

我来自东，零雨其濛。

仓庚于飞㉒，熠耀其羽。

之子于归，皇驳其马㉓。

亲结其缡㉔，九十其仪㉕。

其新孔嘉㉖，其旧如之何㉗！

【注释】

①徂（cú）：往。东山：古奄国山名，位于今山东省曲阜市。

②慆慆（tāo）：长久。

③零雨：细雨。其濛：通"濛濛"，亦作"蒙蒙"。

④西悲：因想念西方的家乡而伤悲。

⑤士：通"事"。勿士：不用。行：通"横"。枚：筷子似的短棍。行枚：即衔枚。古代行军，为禁止出声而让口中含枚，叫

衔枚。

⑥蜎蜎（yuān）：蠕动貌。蠋（zhú）：山蚕，一种野蚕。

⑦烝（zhēng）：久。

⑧敦（duī）：团，指身体蜷成一团。

⑨果赢（luǒ）：葫芦科植物，一名瓜蒌。

⑩施（yì）：蔓延。宇：屋檐。

⑪伊威：虫名，扁圆多足，生潮湿处，今名地鳖虫，俗称地虱。

⑫蟏蛸（xiāo shāo）：虫名，长脚小蜘蛛，一名喜蛛。

⑬町畽（tǐng tuǎn）：田舍旁的空地，野兽践踏的地方。鹿场：放鹿的场所。

⑭熠耀（yì yào）：闪闪发光貌。宵行：萤火虫。

⑮伊：是。

⑯鹳（guàn）：水鸟名，形似鹭、鹤，食鱼。垤（dié）：小土堆。

⑰妇：指征人之妻。

⑱穹窒：清除脏物。

⑲聿：语助词。

⑳有敦：敦敦，团团。瓜苦：即苦瓜。

㉑栗薪：义同束薪，爱情的象征。

㉒仓庚：黄莺。

㉓皇：黄白色。驳：赤白色。

㉔亲：指妻子的母亲。缡（lí）：妇女的佩巾。女子出嫁时，由母亲把佩巾结在带上，叫结缡。

㉕九十：言其繁多。仪：仪式，礼节。

㉖新：指新婚。孔嘉：非常美满。

㉗旧：久，指久别。

【译文】

（一）

我到东山去远征，岁月长久难回程。

今天我自东方返，正逢小雨细蒙蒙。

身在东方说归去，心念西方悲痛生。

将改便服穿上身，不再衔枚战场行。

山蚕树上蠕蠕动，常在野外桑林中。

我缩一团独身宿，就在车下待天明。

（二）

我到东山去远征，岁月长久难回程。

今天我自东方返，正逢小雨细蒙蒙。

瓜蒌结果一个个，屋檐下面拖长藤。

地鳖虫儿爬屋内，蜘蛛结网在门庭。

田地变成野鹿场，夜空闪动萤火虫。

家园荒凉不可怕，心中怀念旧人情！

（三）

我到东山去远征，岁月长久难回程。

今天我自东方返，正逢小雨细蒙蒙。

鹳鸟长鸣土堆上，妻子长叹空房中。

赶快洒扫清杂物，我行将归要重逢。

苦瓜团圆结一串，挂在柴捆对清风。

自从我们不见面，至今三年已有零！

（四）

我到东山去远征，岁月长久难回程。

今天我自东方返，正逢小雨细蒙蒙。

黄莺飞舞展双翅，明丽羽毛亮晶晶。

想她当年才出嫁，红黄大马把她迎。

娘结佩巾给她戴，繁复礼节全履行。

117

国风·豳风

当时新婚甜如蜜，久别重逢是何情！

【解析】

本诗是《诗经》中的抒情名篇。《诗序》云："《东山》，周公东征也。周公东征，三年而归，劳军士。大夫美之，故作是诗也。"据《尚书大传》记载："周公摄政，一年救乱，二年东征，三年践奄。"诗中"东山"即在古奄国境内。诗中的主人公是一位东征归来的军人。首章实写归途景况，其余三章关于家园的情况、妻子的情况、当年新婚的情景，均为军人的途中想象，深切真挚，极为动人。

伐柯

（一）

伐柯如何①？匪斧不克②。

取妻如何③？匪媒不得。

（二）

伐柯伐柯，其则不远④。

我觏之子⑤，笾豆有践⑥。

【注释】

①伐：砍。柯：斧柄。

②克：能。

③取：通"娶"。

④则：准则，榜样。不远：手中的斧柄就是要砍的斧柄的样子，所以说不远。

⑤觏（gòu）：见。之子：指被追求的女子。

⑥笾（biān）：竹器，高足，用来盛果品食物。豆：食器，独

足，有盖，用来盛肉菜。践：陈列整齐貌。

【译文】

(一)

怎样去砍斧柄？没有斧头不成。

怎样来娶妻子？没有媒人不行。

(二)

砍斧柄呀砍斧柄，样品就在你手中。

我把那位姑娘见，礼仪完备喜融融。

【解析】

这是一首咏叹婚姻礼俗的诗。诗中以砍斧柄要用斧头来比娶妻要靠媒人，后世称作媒为"伐柯""作伐"，即由此而来。

小雅

鹿鸣

（一）

呦呦鹿鸣①，食野之苹②。

我有嘉宾，鼓瑟吹笙。

吹笙鼓簧③，承筐是将④。

人之好我⑤，示我周行⑥。

（二）

呦呦鹿鸣，食野之蒿⑦。

我有嘉宾，德音孔昭⑧。

视民不恌⑨，君子是则是效⑩。

我有旨酒⑪，嘉宾式燕以敖⑫。

（三）

呦呦鹿鸣，食野之芩⑬。

我有嘉宾，鼓瑟鼓琴。

鼓瑟鼓琴，和乐且湛⑭。

我有旨酒，以燕乐嘉宾之心。

【注释】

①呦呦（yōu）：鹿鸣声。

②苹：蟠蒿。

③簧：笙中的薄片，这里指笙。鼓簧亦即吹笙。

④承：捧。将：送。

⑤人：指客人。好我：爱我。

⑥示：指示，告诉。周行（háng）：大道，比喻大道理。

⑦蒿：植物名，又名青蒿、香蒿。

⑧德音：好品德，美名。孔：甚。昭：明。

⑨视：《郑笺》："古示字也。"恌（tiāo）：通"佻"，轻薄，刻薄。

⑩君子：指上层人物。则：准则。效：仿效。

⑪旨酒：美酒。

⑫式：语助词，无义。燕：通"宴"，宴会。以：而。敖：古"遨"字，即游。这里指行动自由舒畅。

⑬芩（qín）：蒿类植物。

⑭湛：借为"媅"，尽兴之意。朱熹《诗集传》："湛，乐之久也。"

【译文】

（一）

呦呦鹿儿鸣，野地吃青苹。

我请好嘉宾，鼓瑟又吹笙。

鼓簧奏清乐，捧筐把礼赠。

宾客喜爱我，指我大道行。

（二）

呦呦鹿儿叫，野地吃青蒿。

我有好嘉宾，德重声名高。

待人真宽厚，君子来仿效。

我处有美酒，嘉宾共逍遥。

（三）

呦呦鹿儿叫，野地吃青芩。

我请好嘉宾，鼓瑟又弹琴。

鼓瑟又弹琴，开怀乐沉沉。

我处有美酒，嘉宾共欢欣。

【解析】

这是一首周王宴会宾客的诗。全诗三章，皆以鹿鸣起兴，引发呼唤同伴的意象，从而使全诗洋溢着一种庄敬和乐的气氛。诗中先写宴会开始，奏乐赠礼，宾客论道；次写嘉宾德高望重，堪为楷模，并开始饮酒，渐入佳境；最后写在欢乐的乐声中众宾客开怀畅饮，宴会达到高潮。此诗在先秦时代即已被扩大用为贵族宴饮乐歌，三国时曹操曾将本诗前四句直接采入己作《短歌行》。后代乡试揭榜后，主考官及新举人一起宴饮，称为"鹿鸣宴"，即由此诗而来，可见其影响之大。

伐木

（一）

伐木丁丁①，鸟鸣嘤嘤②。

出自幽谷③，迁于乔木。

嘤其鸣矣，求其友声。

相彼鸟矣④，犹求友声；

矧伊人矣⑤，不求友生⑥？

神之听之⑦，终和且平⑧。

（二）

伐木许许⑨，酾酒有藇⑩。

既有肥羜⑪，以速诸父⑫。

宁适不来⑬，微我弗顾⑭。

於粲洒埽⑮，陈馈八簋⑯。

既有肥牡^⑰，以速诸舅^⑱。

宁适不来，微我有咎^⑲。

（三）

伐木于阪^⑳，酾酒有衍^㉑。

笾豆有践^㉒，兄弟无远^㉓！

民之失德^㉔，干餱以愆^㉕。

有酒湑我^㉖，无酒酤我^㉗。

坎坎鼓我^㉘，蹲蹲舞我^㉙。

迨我暇矣^㉚，饮此湑矣^㉛。

【注释】

①丁丁（zhēng）：伐木声。

②嘤嘤（yīng）：鸟鸣声。

③幽谷：深谷。

④相：视，看。

⑤矧（shěn）：何况。伊人：这人。

⑥友生：朋友。

⑦神：借为"慎"，谨慎。听：听从。

⑧终：既。

⑨许许（hǔ）：锯木声。

⑩酾（shī）酒：滤酒。有莤（xù）：通"莤莤"，甘美。

⑪羜（zhù）：五个月的小羊。

⑫速：召，邀请。诸父：同姓的长辈。

⑬宁：宁可。适：往。

⑭微：非。弗顾：意思是不去请他。

⑮於（wū）：发语词。粲：鲜明貌，这里指洁净。

⑯陈：陈列。馈（kuì）：食物。簋（guǐ）：一种食器。

小
雅

123

⑰牡：指雄性小羊。

⑱诸舅：异姓的长辈。

⑲咎：过错。

⑳阪（bǎn）：斜坡。

㉑有衍：通"衍衍"，满溢貌。

㉒笾豆：指盛好的菜肴果品。践：陈列貌。

㉓兄弟：指同辈亲友。无远：不要疏远、见外。

㉔民：人。失德：指缺乏情谊。

㉕干餱（hóu）：干粮，这里指粗薄食品。愆（qiān）：过失。
以上两句是说，如果人与人缺乏情谊，饮食小事也会视为过错。

㉖湑（xǔ）：通"醑"，过滤。我：语助词。以下三句"我"
字同此。

㉗酤（gū）：通"沽"，买酒。

㉘坎坎：击鼓声。

㉙蹲蹲（cún）：舞貌。

㉚迨：趁，及。暇：闲暇。

㉛湑：指清酒。

【译文】

（一）

伐木响咚咚，小鸟叫嘤嘤。

出自深谷内，飞上大树停。

嘤嘤叫不止，呼唤朋友声。

看它是禽鸟，尚且求友朋；

何况我人类，能不要友情？

谨慎互谦让，彼此自和融。

（二）

伐木锯声响，滤酒醇又香。

羊羔鲜又嫩，请我叔伯尝。

宁是他不到，非我礼不详。

洒扫房中美，八盘好菜强。

既有公羊好，也请长辈享。

宁是他不到，非我意不长。

（三）

伐木在坡阪，滤酒壶中满。

盘盏桌上端，兄弟别过谦！

人若无情义，菜少脸会翻。

有酒快斟满，无酒现掏钱。

打鼓咚咚响，起步舞翩翩。

趁我闲暇日，痛饮心欢畅。

【解析】

　　这是一首宴请亲友的乐歌。第一章以伐木、鸟鸣起兴，引出朋友之情的重要。但在后两章中着重描写的却是亲戚之情。第二章写的是"诸父""诸舅"；第三章写的是"兄弟"。两者延伸，也许还包括乡亲、长老和年龄相近的邻里、族人。

采薇

（一）

采薇采薇①，薇亦作止②。

曰归曰归，岁亦莫止③。

靡室靡家④，猃狁之故⑤。

不遑启居⑥，猃狁之故。

（二）

采薇采薇，薇亦柔止。

曰归曰归，心亦忧止。

忧心烈烈⑦，载饥载渴⑧。

我戍未定⑨，靡使归聘⑩。

（三）

采薇采薇，薇亦刚止⑪。

曰归曰归，岁亦阳止⑫。

王事靡盬⑬，不遑启处⑭。

忧心孔疚⑮，我行不来⑯。

（四）

彼尔维何⑰？维常之华⑱。

彼路斯何⑲？君子之车⑳。

戎车既驾㉑，四牡业业㉒。

岂敢定居？一月三捷。

（五）

驾彼四牡，四牡骙骙㉓。

君子所依㉔，小人所腓㉕。

四牡翼翼㉖，象弭鱼服㉗。

岂不日戒㉘？玁狁孔棘㉙。

（六）

昔我往矣，杨柳依依㉚；

今我来思㉛，雨雪霏霏㉜。

行道迟迟㉝，载渴载饥。

我心伤悲，莫知我哀！

【注释】

①薇（wēi）：即野豌豆，苗可食。

②作：生出。止：语气词。

③莫：古"暮"字。

④"靡室"句：此句是说长期离家，等于无家。靡，无。

⑤狎狁（xiǎn yǔn）：我国古代西北游牧民族名。春秋时代称戎、狄，秦汉时代称匈奴，隋唐时代称突厥。

⑥不遑：没有闲暇。启居：启是跪，居是坐，这里启居指停下休息。

⑦忧心烈烈：忧心如焚。烈烈，火势旺盛貌。

⑧载：又。

⑨戍：守卫。未定：指地点不固定。

⑩使：使者。聘：探问。

⑪刚：坚硬，指薇菜渐老，茎叶变硬。

⑫阳：农历四到十月，周代称为阳月。

⑬盬（gǔ）：休止。

⑭启处：同前"启居"。

⑮孔：很。疚：病痛。

⑯来：指归来。

⑰尔：借为"尔"，花盛开貌。

⑱常：借为"棠"，即棠梨树。华：古"花"字。

⑲路：借为"辂"（lù），一种高大的车。斯：犹"是"。

⑳君子：指周军的将帅。

㉑戎车：兵车，战车。

㉒业业：强壮高大貌。

㉓骙骙（kuí）：马强壮貌。

㉔依：倚靠在车厢上，指乘坐。

㉕小人：指士兵。腓（féi）：覆庇、隐蔽。指士兵借兵车以遮蔽箭和石块。

㉖翼翼：整齐貌。

㉗象弭（mǐ）：以象牙做装饰的弓。弭是弓两端的缚弦处，代

小雅

127

称弓。鱼服：即鱼箙，用鱼皮做的箭袋。

㉘戒：戒备。

㉙孔棘：很紧急，指军情。棘，借作"急"。

㉚依依：形容柳条随风飘拂之状。

㉛思：语气词。

㉜雨（yù）雪：下雪。霏霏：雪盛貌。

㉝迟迟：缓缓。

【译文】

（一）

采薇采薇装菜篮，薇苗新生嫩又鲜。

回家回家成天叫，眼看一年又过完。

长期奔波抛妻小，猃狁凶暴是根源。

没有空闲静静坐，猃狁猖獗国不安。

（二）

采薇采薇野地行，薇苗新长叶儿青。

回家回家成天念，经常心内忧忡忡。

忧心如焚难度日，忍渴挨饿把军行。

经常调防改驻地，无人把信捎回家。

（三）

采薇采薇在野田，薇菜已老梗儿坚。

回家回家成天盼，眼看又是十月天。

王家战事无穷尽，没有机会暂清闲。

满怀忧愁成病痛，怕我此行难回还。

（四）

什么花儿光彩生？棠棣新花照眼明。

什么车子高又大？将军战车好威风。

把车驾好重上阵，四匹雄马萧萧鸣。

边地哪能安然住？一月几仗要打赢。

（五）

驾上雄壮马四匹，四马高高共奋蹄。

将军凭倚车厢站，兵卒随车攻强敌。

四马排开好严整，鱼皮箭袋象牙弭。

哪有一天不戒备？猃狁屡犯军情急。

（六）

昔日我要上前方，杨柳依依表情长；

今天我又回家转，雪花飘飘北风凉。

迈步艰难走不动，又饥又渴实难当。

心中忧怨多悲痛，无人知我这哀伤！

【解析】

这是一首咏叹戍卒生活的诗。西周时期，猃狁为患，周王出兵讨伐，终于取胜。诗中即以一士卒口吻，追述征戍生活之艰苦，感慨幽深。此诗旧说为文王遣送守边士兵出征乐歌，如此，则许多战场、归途描写皆为悬拟，不免穿凿。

出车

（一）

我出我车，于彼牧矣①。

自天子所②，谓我来矣③。

召彼仆夫④，谓之载矣。

王事多难⑤，维其棘矣⑥。

（二）

我出我车，于彼郊矣。

设此旐矣⑦，建彼旄矣⑧。

彼旟旐斯⑨，胡不旆旆⑩？

忧心悄悄⑪，仆夫况瘁⑫。

（三）

王命南仲⑬，往城于方⑭。

出车彭彭⑮，旂旐央央⑯。

天子命我，城彼朔方。

赫赫南仲⑰，玁狁于襄⑱。

（四）

昔我往矣，黍稷方华⑲；

今我来思⑳，雨雪载涂㉑。

王事多难，不遑启居㉒。

岂不怀归？畏此简书㉓。

（五）

喓喓草虫㉔，趯趯阜螽㉕。

未见君子㉖，忧心忡忡㉗；

既见君子，我心则降㉘。

赫赫南仲，薄伐西戎㉙。

（六）

春日迟迟㉚，卉木萋萋㉛。

仓庚喈喈㉜，采蘩祁祁㉝。

执讯获丑㉞，薄言还归。

赫赫南仲，玁狁于夷㉟。

【注释】

①于：往。牧：远郊放牧之地。

②所：处所。

③谓：使，叫。来：指出征。

④仆夫：指车夫，御者。

⑤难：指外患。

⑥维：发语词。棘：通"急"，紧急。

⑦设：陈列。旐（zhào）：上面画有龟蛇的旗。

⑧建：立。旄：柄上饰有牦牛尾的旗。

⑨旟（yú）：上面画有鹰隼的旗。斯：语助词。

⑩旆旆（pèi）：迎风飞扬貌。

⑪悄悄：忧愁貌。

⑫况瘁：憔悴。况，借为"怳"。

⑬南仲：周宣王大臣，中兴名将。

⑭城：筑城。方：地名，北方，即下文"朔方"。

⑮彭彭：马强壮貌。

⑯旂：上面画有蛟龙的旗。央央：鲜明貌。

⑰赫赫：显耀盛大貌。

⑱于：犹"以"。襄：借为"攘"，排除。

⑲方华：正开花。

⑳来：指得胜回朝。思：语气词。

㉑雨雪：下雪。载：满。涂：通"途"。

㉒不遑：不暇。启居：指安居。

㉓简书：写在竹简上的文书，指周王的命令。

㉔喓喓（yāo）：虫鸣声。草虫：蝈蝈。

㉕趯趯（tì）：跳跃貌。

㉖君子：指南仲。

㉗忡忡：忧虑不安貌。

㉘降：放下。

㉙薄：语助词。西戎：西北民族名。一说为猃狁的一个部落。

㉚迟迟：日长貌。

㉛卉（huì）：草。

㉜仓庚：黄莺。

小雅

131

㉝蘩：植物名，又名白蒿。采蘩：这里指采蘩的女子。祁祁：众多貌。

㉞执：捉住。讯：间谍。获：俘获。丑：对敌人的蔑称，犹如今天之谓鬼子。

㉟夷：平定。

【译文】

（一）

开出我车头不回，直奔郊外快如飞。

我刚离开天子处，奉命出征到边陲。

唤来车夫把车驾，命他为我把马催。

如今国家多外患，军情紧急如燃眉。

（二）

开出我车离家园，直奔郊外意志坚。

龟蛇画旗插车上，牦尾画旗挂高杆。

旗画鹰隼多威猛，风来怎不舞翩翩？

心中忧愁又难安，马夫憔悴困不堪。

（三）

王命南仲去出征，前往北方筑边城。

兵车骏马多强健，龙蛇画旗舞迎风。

天子对我发命令，筑城朔方做军营。

赫赫南仲威名扬，横扫狁犹建奇功。

（四）

昔日我去上前线，谷黍花开香气传；

今天我又回家转，白雪满路正天寒。

国家眼下多边患，稍事休息无空闲。

难道没想回家去？违背王命不敢担。

蝈蝈吱吱草间鸣，蚱蜢得得跳不停。

当初未见南仲面，忧愁思虑意重重；

如今又把南仲见，如释重负喜心间。

赫赫南仲威名远，浩荡大军扫西戎。

（六）

春天到来日渐长，草木茂盛有华光。

黄莺喈喈啼不住，采蒿姑娘满路旁。

擒谍献俘多无数，大军凯旋到家乡。

赫赫南仲威名远，平定猃狁国威扬。

【解析】

周宣王时，派出大将南仲征讨北方为患的游牧民族猃狁，兼伐西戎，大胜而归，本诗咏其事。诗中的"我"显然是一位凯旋的军官。《小雅·六月》一诗曾写到猃狁"侵镐及（朔）方"，大将尹吉甫奉命征伐。本诗第三章则先写"王命南仲，往城于（朔）方"，然后又写"天子命我，城彼朔方"，南仲转至其他战场，最后皆获全胜。通观二者，可知本诗的"我"实即大将尹吉甫。全诗六章，分写大军出征、盛大军容、筑城朔方、横扫猃狁、平定西戎、凯旋，场面宏阔，结构严谨。

大雅

文王

（一）
文王在上①，於昭于天②。

周虽旧邦③，其命维新④。

有周不显⑤，帝命不时⑥。

文王陟降⑦，在帝左右。

（二）
亹亹文王⑧，令闻不已⑨。

陈锡哉周⑩，侯文王孙子⑪。

文王孙子，本支百世⑫。

凡周之士，不显亦世⑬。

（三）
世之不显，厥犹翼翼⑭。

思皇多士⑮，生此王国。

王国克生⑯，维周之桢⑰。

济济多士⑱，文王以宁。

（四）
穆穆文王⑲，於缉熙敬止⑳。

假哉天命㉑，有商孙子㉒。

商之孙子，其丽不亿㉓。

上帝既命，侯于周服㉔。

（五）

侯服于周，天命靡常㉕。

殷士肤敏㉖，裸将于京㉗。

厥作裸将，常服黼冔㉘。

王之荩臣㉙，无念尔祖㉚。

（六）

无念尔祖，聿修厥德㉛。

永言配命㉜，自求多福。

殷之未丧师㉝，克配上帝。

宜鉴于殷㉞，骏命不易㉟。

（七）

命之不易，无遏尔躬㊱。

宣昭义问㊲，有虞殷自天㊳。

上天之载㊴，无声无臭㊵。

仪刑文王㊶，万邦作孚㊷。

【注释】

①王：指周文王姬昌。文王在上：朱熹《诗集传》："言文王既没，而其神在上，昭明于天。"

②於（wū）：赞叹声。昭：光明。

③旧邦：周的始祖是后稷，原居邰（今陕西武功），至文王祖父古公亶父时迁居于周（今陕西岐山），始为国名。前后历经夏、商两朝，故称旧邦。

④命：指天命。维：是。此句言天帝初命文王建帝王之业，是新的开端。

⑤有周：周朝。"有"为词头，无义。不：通"丕"，大。显：光明。

⑥帝：上帝。帝命：指上帝命周统一天下。

⑦陟降：升降。

⑧亹亹（wēi）：勤勉貌。

⑨令闻：好声誉。

⑩陈：借为"申"，一再，重复。锡：通"赐"。哉：与"载"通用。载，造。哉周：建设周朝。

⑪侯：维，是。孙子：子孙。

⑫本支：树的根和枝叶，借指本宗和支系。

⑬亦世：通"奕世"，即累世。

⑭厥：其。犹：计谋。翼翼：恭谨勤勉貌。

⑮思：语助词。皇：美。

⑯克：能。

⑰维：是。桢：干，骨干。

⑱济济：众多貌。

⑲穆穆：仪表美好，容止端庄恭敬。

⑳於：赞叹词。缉熙：光明。敬：谨慎负责。止：语气词。

㉑假：大。

㉒商：商朝。

㉓丽：数目。不：语助词，无义。亿：周朝十万为亿。

㉔侯：唯。服：臣服。侯于周服：侯服于周，唯有臣服于周朝。

㉕靡常：无常。

㉖殷士：殷人。肤：壮美。

㉗祼（guàn）将：灌祭，古代的一种祭礼。将，举行。京：指镐京。

㉘黼（fǔ）：上有黑白相间花纹的礼服。哻（xǔ）：殷朝贵族

所戴的礼帽。

㉙王：指周王。荩（jìn）：进。荩臣：进用之臣。

㉚无：语助词，无义。

㉛聿：发语词。

㉜言：语助词。配命：合乎天命。

㉝师：民众。

㉞鉴：镜子。鉴于殷：以殷为镜子对照自己。

㉟骏：大。骏命：指天命。

㊱遏：停止，断绝。

㊲宣昭：宣扬昭明。义问：好声誉。问，通"闻"。

㊳有：通"又"。虞：度，鉴戒。

㊴载：事。

㊵臭（xiù）：气味。

㊶仪刑：效法。刑，法，模式。

㊷作：则，就。孚：信服。

【译文】

（一）

文王之灵在高天，光明显赫处处传。

周国名字虽久远，受命统一换新颜。

周朝气象多宏大，上帝之命壮河山。

文王之灵有升降，常在上帝身旁绕。

（二）

文王创业甚辛勤，美好声名四方传。

天赐周王把国建，文王基业传子孙。

文王基业传子孙，家族兴隆代代传。

凡是周朝众臣子，世代荣华福盈门。

大雅

世代显贵真荣光，谋事勤勉又恭谦。

贤士众多人才好，幸而生在周国中。

周国能出众贤士，都是王朝的精英。

人才济济多丰茂，文王由此享安宁。

（四）

文王端庄又恭谨，光明正大心意诚。

天命的确很伟大，殷商子孙要遵循。

殷商子孙繁衍多，多达十万数惊人。

天帝已经降旨意，商要向周来称臣。

（五）

商要向周来称臣，天命无常不由人。

殷商后代美又敏，进行灌祭到京门。

他们来行灌祭礼，礼服礼帽同上身。

君王任用诸臣子，先祖功业记在心。

（六）

先祖功业记心中，先祖品德要发扬。

永远坚持顺天命，福气还凭自己争。

殷商未丧民心日，能从天意来行事。

应当以殷为借鉴，执行天命实不易。

（七）

执行天命要恭谨，不可断送在你身。

美好声誉要传承，提供殷鉴是天心。

上天做事难揣测，没有气味没声音。

应以文王为典范，赢得信任万国尊。

【解析】

这是一首颂扬文王之歌。汉人翼奉解释说："周公作诗深戒成王，以恐失天下。"（《后汉书·翼奉传》）大概不错。本诗在修辞上的显著特点，是顶真格的运用。前章的末句是后章的首句，循环往复，造成一种特殊的衔接、特殊的韵律。

大明

（一）

明明在下①，赫赫在上②。

天难忱斯③，不易维王④。

天位殷適⑤，使不挟四方⑥。

（二）

挚仲氏任⑦，自彼殷商。

来嫁于周，曰嫔于京⑧。

乃及王季⑨，维德之行。

大任有身⑩，生此文王。

（三）

维此文王，小心翼翼。

昭事上帝⑪，聿怀多福⑫。

厥德不回⑬，以受方国⑭。

（四）

天监在下⑮，有命既集⑯。

文王初载⑰，天作之合。

在洽之阳⑱，在渭之涘⑲。

文王嘉止⑳，大邦有子㉑。

（五）

大邦有子，伣天之妹㉒。

文定厥祥㉓，亲迎于渭。

造舟为梁㉔，不显其光㉕。

（六）

有命自天，命此文王。

于周于京，缵女维莘㉖。

长子维行㉗，笃生武王㉘。

保右命尔㉙，燮伐大商㉚。

（七）

殷商之旅㉛，其会如林㉜。

矢于牧野㉝：

维予侯兴㉞，上帝临女㉟，无贰尔心！

（八）

牧野洋洋㊱，檀车煌煌㊲，驷骋彭彭㊳。

维师尚父㊴，时维鹰扬㊵。

凉彼武王㊶，肆伐大商㊷，会朝清明㊸。

【注释】

①明明：光明貌。《郑笺》："明明者，文王武王施明德于天下。"

②赫赫：显盛貌。

③忱（chén）：通"谌"，相信。斯：语气词。

④易：轻率怠慢。维：为。

⑤位：通"立"。适：通"敌（敌）"。

⑥挟：拥有。

⑦挚：殷畿内国名。仲氏：次女。任：姓。

⑧嫔（pín）：嫁。京：指周的京都。周太王自豳迁岐，其地名周，王季仍建都于周。

⑨王季：太王古公亶父之子，文王之父。

⑩大任：太任。即前文的挚仲氏任，太任是对她嫁后的尊称。有身：怀有身孕。

⑪昭：光明。事：侍奉。

⑫聿：语助词。怀：来，招来。

⑬厥：其，他的。回：邪僻。

⑭方国：四方归附之国。

⑮监：监视。

⑯有命：指天命。"有"为词头。集：就，临。

⑰初载：初年。

⑱洽（hé）：古水名，现称金水河，源出今陕西合阳县北，东南流入黄河。阳：水的北岸称阳。

⑲渭：渭水。涘（sì）：水边。

⑳嘉止：嘉礼，指婚礼。

㉑大邦：大国，指莘（shēn）国，在今陕西合阳县东南。子：指莘国君主的女儿。

㉒伣（qiàn）：好比。妹：少女。

㉓文：礼，指"纳币"之礼。文定：订婚。

㉔造舟为梁：把一些船衔接起来，搭上木板，做成浮桥。

㉕不：通"丕"，大也。

㉖缵（zuǎn）：借为"赞（zàn）"，美好。维：为。莘：莘国。

㉗长子：指长女。行：嫁。

㉘笃：发语词。

㉙保右：保佑。命：命令。尔：指武王。

㉚燮（xiè）：借为"袭"。燮伐：袭伐，征伐。

㉛旅：军队。

㉜会：马瑞辰《毛诗传笺通释》："会借为旝（kuài），《说文》引正作旝。旝，旌旗也。"

㉝矢：通"誓"，指誓师。牧野：地名，距商都朝歌七十里。在今河南淇县西南。

㉞维：发语词。侯：乃。兴：兴盛。

㉟临：监视。女：汝，指参加誓师的军队。

㊱洋洋：宽广貌。

㊲檀车：檀木制的战车。煌煌：鲜明貌。

㊳骙（yuán）：赤毛白腹的马。彭彭：健壮有力貌。

㊴师：太师，官名。尚父（fǔ）：对吕尚的尊称，俗称姜太公。本姓姜，其先人封于吕，改从封姓，字子牙。

㊵时：是，这。

㊶凉：辅佐。

㊷肆：疾。肆伐：猛攻。

㊸会：至。会朝：早晨，黎明。

【译文】

（一）

文王盛德放光芒，赫赫神灵在上苍。

天命玄奥难相信，不易做的是君王。

天将殷朝敌人树，让它不能保四方。

（二）

任家次女挚国生，归属殷商在远东。

西行出嫁到周地，已做新娘在周京。

她与王季成佳配，专行有德好事情。

太任不久有身孕，生子文王是精英。

（三）

这位文王是人才，言行谨慎且小心。

正大光明奉上帝，获取福事多如云。

他的德行很光明，四方归附共推尊。

(四)

上天明察人世间，天命归于文王身。

文王当年初即位，天帝为他配好婚。

洽水北面好姑娘，祖籍莘国渭水滨。

文王隆重办婚礼，娶来大国一美女。

(五)

娶来大国一美女，好似天仙下凡尘。

选择吉日聘礼定，渭水旁边去迎亲。

联结木船浮桥架，婚礼隆重动人心。

(六)

上天命令从天降，命令下达周文王。

周国京师福禄地，娶得莘国好姑娘。

她是长女嫁文王，婚后诞下周武王。

天命所归天保佑，武王发兵伐殷商。

(七)

殷商军队上战场，军旗如林随风扬。

武王誓师在牧野：

天兴大周不可挡，天帝在天来监视，不许二心有彷徨！

(八)

牧野平原宽又广，檀木战车闪明光，四马威武真强壮。

太师尚父传将令，如同雄鹰展翅翔。

辅佐武王有谋略，三军英勇战殷商，清晨四野凯歌扬。

【解析】

这是一篇歌颂武王功绩的史诗。据《逸周书·世俘解》载，该诗作于周武王克殷后不久。诗的核心是叙述武王伐纣，牧野决战。由周的胜利推本溯源，颂扬了其先祖王季和太任、文王和太姒的修积盛德，上应天命，从而说明了殷败周兴的必然。诗的最后两章对决战场面的描写十分精彩，笔酣墨饱，气势磅礴，使人如入千军万

大雅

马中，不禁惊心动魄。

绵

（一）

绵绵瓜瓞①，民之初生②。
自土沮漆③，古公亶父④。
陶复陶穴⑤，未有家室⑥。

（二）

古公亶父，来朝走马⑦。
率西水浒⑧，至于岐下⑨。
爰及姜女⑩，聿来胥宇⑪。

（三）

周原膴膴⑫，堇荼如饴⑬。
爰始爰谋⑭，爰契我龟⑮。
曰止曰时⑯，筑室于兹。

（四）

乃慰乃止⑰，乃左乃右⑱；
乃疆乃理⑲，乃宣乃亩⑳。
自西徂东，周爰执事㉑。

（五）

乃召司空㉒，乃召司徒㉓，
俾立室家㉔。其绳则直㉕，
缩版以载㉖，作庙翼翼㉗。

(六)

捄之陾陾㉘，度之薨薨㉙。

筑之登登㉚，削屢冯冯㉛。

百堵皆兴㉜，鼛鼓弗胜㉝。

(七)

乃立皋门㉞，皋门有伉㉟。

乃立应门㊱，应门将将㊲。

乃立冢土㊳，戎丑攸行㊴。

(八)

肆不殄厥愠㊵，亦不陨厥问㊶。

柞棫拔矣㊷，行道兑矣㊸。

混夷駾矣㊹，维其喙矣㊺。

(九)

虞芮质厥成㊻，文王蹶厥生㊼。

予曰有疏附㊽，予曰有先后㊾；

予曰有奔奏㊿，予曰有御侮[51]。

【注释】

①绵绵：连绵不断。瓞（dié）：小瓜。《孔疏》："大者曰瓜，小者曰瓞。"诗用瓜瓞的连绵比喻子孙的众多。

②民：指周的民众。初生：初兴。

③土：《齐诗》作"杜"，水名，在豳地。沮：借为"徂"，往也。漆：古水名，在岐山一带。自土徂漆，即由豳地迁往岐山。

④古公亶父（dǎn fǔ）：王季的父亲，文王的祖父。古公即"远祖先公"的简称，亶父是其名字。初居豳地，后为躲避戎狄入侵，迁居岐山之下，定国号为周。武王定天下，追尊为太王。

大雅

145

⑤陶：借为"掏"。复：三家诗作"窋（fù）"，从山侧挖的洞，如窑洞。穴：向下挖的洞，即地洞。

⑥家室：指房屋。

⑦来朝：第二天早晨。走马：驰马。

⑧率：循，沿着。西：岐山在豳西。水浒：水边，即渭水旁边。

⑨岐下：岐山之下。岐山在今陕西岐山县东北。

⑩爰：乃，于是。姜女：姜姓女子，古公亶父之妻，也称太姜。

⑪聿：发语词。胥：相，视察。宇：居处，指建筑房屋的地址。

⑫周：地名，在岐山南边。原：广平之地。膴膴（wǔ）：肥美。

⑬堇（jǐn）：菜名，野生，味苦。荼：菜名，一名苦菜。饴（yí）：饴糖。

⑭始：谋。

⑮契：刻。龟：龟甲。契龟指用龟甲占卜，先在龟甲上钻孔，然后用火灼烧，以龟甲的裂纹来断吉凶，并在上面刻上卜辞。

⑯曰：发语词。止：居住。时：借为"跱"，义通"止"，即居住。

⑰慰：安心居住。

⑱左、右：指划定左右区域。

⑲疆：划定疆界。理：整治田地。

⑳宣：通，指开导沟洫，以利排灌。亩：耕种。

㉑周：全部，指人。爰：语助词。执事：从事工作。

㉒司空：掌建筑工程的官，六卿之一。

㉓司徒：掌管土地和劳役的官，六卿之一。

㉔俾：使。立：建立，建筑。

㉕绳：指拉绳以取得直线。

㉖缩版：直板。载：通"栽"，筑墙用的长板，用作动词，为竖立之意。

㉗庙：宗庙。翼翼：严正貌。

㉘捄（jū）：把土装进筐里。陾陾（réng）：装土声。

㉙度（duó）：投，填，指填土在墙板内。薨薨（hōng）：填土声。

㉚筑：捣土。登登：捣土发出的声音。

㉛屡：古"娄"字，通"偻"，隆高。削屡：将土墙隆起的地方削平。冯冯（píng）：削土声。

㉜百堵：指很多墙。兴：动工。

㉝鼛（gāo）：一种大鼓，长一丈二尺。打鼓的目的是为了给劳役鼓劲助兴。弗胜：指鼓声不能越过劳动的声音。

㉞皋门：外城之门。

㉟有伉（kàng）：伉伉，高大貌。

㊱应门：王宫正门。

㊲将将（qiāng）：庄严堂皇貌。

㊳冢（zhǒng）：大。冢土：大社。社是祭土神的坛。

㊴戎：大。丑：众。攸：所。此句意为这是大众集体活动的地方。

㊵肆：故，所以。殄（tiǎn）：断绝，消除。厥：其。愠（yùn）：怒。

㊶陨（yǔn）：坠落，失去。问：聘问。

㊷柞：树名，丛生，有刺。棫（yù）：树名，亦丛生，有刺。

㊸兑：通畅。

㊹混（kūn）夷：昆夷，古种族名，西戎之一。駾（tuì）：受惊奔突。

㊺喙（huì）：通"瘣"，疲困，困乏。

㊻虞：古国名，地在今山西平陆县东北。芮（ruì）：古国名，地在今山西芮城县西。质：评断。成：平。相传虞、芮二国国君争田，去求周文王评断，被周国民众的礼让之风所感动，遂主动互让。

㊼蹶（guì）：感动。生：通“性”。

㊽曰：语助词。疏附：指率下亲上之臣。

㊾先后：指在国君前后参谋政事之臣。

㊿奔奏：指奔走宣德之臣。

(51)御侮：指抵御外侵之臣。

【译文】

（一）

大瓜小瓜似连珠，周人兴起念当初。
杜水迁到漆水下，古公亶父制宏图。
掏洞挖窑先住下，当年困苦没房屋。

（二）

古公亶父真英雄，清晨骑马奔路程。
沿着渭水向西去，岐山山脚扎盘营。
携同太姜贤妻子，同来居处勘地形。

（三）

周原平广又肥沃，堇菜苦菜甜如饴。
大家合力齐谋划，又刻龟甲占凶吉。
神灵示意此宜居，此地建房最适宜。

（四）

于是安心来居住，前后左右来分开；
划定疆界整田忙，疏渠培垄秧苗栽。
从西到东安排好，共同劳动喜洋洋。

（五）

安排司空管工程，司徒管地与劳力，

分头负责快施工。拉开绳子量直线，

竖起夹板夯土层，庄严宗庙要修成。

（六）

铲土装筐声嘭嘭，填土板上响轰轰。

噔噔之声在捣土，砰砰作响墙削平。

百堵高墙全筑起，杂声压过大鼓声。

（七）

筑起京都外城门，城门高大又壮美。

王宫正门也建好，宫门庄严气象新。

又为土神立祭坛，众人祈祷聚如云。

（八）

对敌怒气虽未消，彼此聘问不绝交。

柞棫刺枝全拔尽，道路通畅远迢迢。

昆夷狼狈奔逃忙，疲困不堪似病痨。

（九）

虞芮两国解纷争，追慕文王本性更。

我有贤臣统百姓，我有谋士辅朝廷；

我有良才宣德教，我有猛将抵外侵。

【解析】

　　这也是一首史诗，颂扬了周族太王古公亶父迁都于岐，奠基兴国的重大业绩。诗由古公亶父迁往岐山写起，然后写他勘察地形、定居周原、划分田亩、建立宗庙、修筑城门、驱逐戎狄、开国奠基，最后又写到文王继承遗业，开创新篇。诗中突出了古公亶父在周朝历史上的不朽地位。

大雅

149

旱麓

（一）

瞻彼旱麓①，榛楛济济②。

岂弟君子③，干禄岂弟④。

（二）

瑟彼玉瓒⑤，黄流在中⑥。

岂弟君子，福禄攸降⑦。

（三）

鸢飞戾天⑧，鱼跃于渊。

岂弟君子，遐不作人⑨。

（四）

清酒既载⑩，骍牡既备⑪。

以享以祀，以介景福⑫。

（五）

瑟彼柞棫⑬，民所燎矣⑭。

岂弟君子，神所劳矣⑮。

（六）

莫莫葛藟⑯，施于条枚⑰。

岂弟君子，求福不回⑱。

【注释】

①旱：山名，在今陕西南郑县境。麓：山脚。

②榛（zhēn）、楛（hù）：皆丛生小灌木。榛结实似栗而小，楛枝叶似荆而赤。

③岂弟：恺悌（kǎi tì），平易近人。君子：指文王。

④干：求。禄：福禄。

⑤瑟：鲜洁貌。玉瓒：圭瓒，天子祭神所用的酒器，玉圭为柄，一端有勺。

⑥黄流：《毛诗正义》："秬，黑黍，一稃二米者也。秬鬯者，酿秬为酒，以郁金之草和之，草名郁金，则黄如金色；酒在器流动，故谓之黄流。"

⑦攸：所。

⑧鸢（yuān）：一种猛禽，俗称老鹰。戾：至。

⑨遐：通"何"。作人：成就人才。

⑩载：陈列，陈设。

⑪骍（xīng）：赤色微黄的马牛。牡：雄兽。周人尚赤，故以赤牲祭祀。

⑫介：求。景福：洪福。

⑬瑟：众多貌。柞、棫：皆为树名。

⑭燎：指烧柴祭神。

⑮劳（lào）：抚慰，保佑。

⑯莫莫：茂密貌。葛藟（lěi）：葛藤。

⑰施（yì）：蔓延。条：树枝。枚：树干。

⑱不回：不违。

【译文】

（一）

望向旱山山麓，遍布榛树楛树。

君子和乐平易，和乐以求福禄。

（二）

洁净鲜亮玉樽，金黄美酒香醇。

君子和乐平易，神赐福禄降临。

（三）

雄鹰飞上高天，游鱼跃于深渊。

君子和乐平易，成就人才万千。

（四）

斟满清醇美酒，供上红色公牛。

来将祖先祭祀，愿把洪福祈求。

（五）

柞树棫树丛生，砍柴烧祭神灵。

君子和乐平易，神灵佑你成功。

（六）

茂盛葛藤蜿蜒，缠绕枝干蔓延。

君子和乐平易，求福不违上天。

【解析】

这是一首颂扬文王祭祀获福的诗。诗共六章，除第四章首二句为赋体外，其余各章首二句皆为兴体，分别以旱麓、榛楛、玉瓒、黄流、鸢飞、鱼跃、柞棫、葛藟起兴，形象鲜明，其风格颇似《风》诗。

颂·周颂

清庙

於穆清庙①，肃雝显相②。
济济多士③，秉文之德④。
对越在天⑤，骏奔走在庙⑥。
不显不承⑦，无射于人斯⑧。

【注释】

①於（wū）：赞叹声。穆：美。清庙：《郑笺》："清庙者，祭有清明之德者之宫也，谓祭文王也。"一说清为清静。

②肃雝（yōng）：肃敬和顺。显：高贵显赫。相：助祭的公侯。

③济济：众多貌。多士：朱熹《诗集传》："与祭执事之人也。"

④秉：怀着。文：周文王。

⑤越：于。

⑥骏：迅速。

⑦不：通"丕"，大也。显：光明。承：美，善。

⑧射：借为"致（yì）"，厌弃，厌足。斯，语气词。

【译文】

啊！清庙华美绝伦，助祭严肃深沉。

大典众士济济，文王之德记心。

遥奉在天神位，庙中服务急奔。

盛德光明美善，后人世世仰尊。

这是一首祭祀文王的乐歌，主祭者大概是武王。本诗在《周颂》中序居第一，位置重要。孔颖达《毛诗正义》说："《礼记》每云升歌《清庙》，然则祭宗庙之盛，歌文王之德，莫重于《清庙》，故为《周颂》之首。"

维清

维清缉熙①，文王之典②。
肇禋③，迄用有成④，维周之祯⑤。

【注释】

①维：发语词。维清缉熙：严粲《诗辑》："清则纯一而不杂，缉则悠久而不已，熙则广大而无外。三者各举文王之圣德，而以典言之者，谓其德寓于法也。"

②典：法。主要指用兵之法。

③肇：开始。禋：祀。

④迄：终。用：以。

⑤维：是。祯：吉祥。

【译文】

清纯长久宽广，文王宝贵典章。

始做作出征祭天礼，终至武王定四方，乃是大周吉祥。

【解析】

这也是一首在宗庙中祭祀文王的诗。祭祀时一边唱诗，一边跳舞，做击刺之状，谓之象舞。故《诗序》说："《维清》，奏《象舞》也。"

天作

天作高山①，大王荒之②。

彼作矣，文王康之③。

彼徂矣④，岐有夷之行⑤，子孙保之！

【注释】

①作：生。高山：指岐山，在今陕西岐山县东北。

②大王：太王，即古公亶父。他避戎狄之侵，由豳地迁于岐山之下，豳人皆从之，定国号为周。荒：治。

③"彼作"二句：《郑笺》："彼，彼万民也。……彼万民居岐邦者，皆筑作宫室以为常居，文王则能安之。"康：安乐。

④徂：往，到。指万民归周。

⑤夷：平坦。行（háng）：道路。

【译文】

天生高峻岐山，太王开辟艰难。

民众辛勤建设，文王抚定平安。

万民纷纷归往，岐山大道宽宽，子孙永保万年！

【解析】

这是周王祭祀岐山的乐歌。岐山，在今陕西省岐山县境内。文王的祖父太王，因狄人入侵而由豳地始迁于岐山，周族重新复兴、迅速发展，中经王季，传至文王。文王扩张势力，灭掉商之重要属国崇，自岐迁都至丰，国势日益强大，奠定了统一天下的基础。所以岐山乃是周族的重要发祥地，它受到后代周王的郑重祭祀是合乎情理的。

颂·周颂

我将

我将我享^①，维羊维牛，维天其右之^②。

仪式刑文王之典^③，日靖四方^④。

伊嘏文王^⑤，既右飨之^⑥。

我其夙夜，畏天之威，于时保之^⑦。

【注释】

①将（jiāng）：奉。享：祭献。

②右：通"佑"，保佑。

③仪式：法度。刑：通"型"，效法。典：典章，法则。

④靖：安定，治理。

⑤伊：发语词。嘏：大，伟大。

⑥飨：享受祭祀。

⑦时：是。

【译文】

我来献祭在明堂，奉上牛和羊，请天保佑国运昌。

效法文王旧典制，日日操劳定四方。

神圣文王多伟大，祭品请他一道尝。

我须日夜勤谨，唯恐天威损伤，保此天命继周邦。

【解析】

此为祭祀上帝于明堂而以文王配享之诗。周代有明堂制度。《史记·封禅书》云："天子曰明堂、辟雍，诸侯曰泮宫。周公既相成王，郊祀后稷以配天，宗祀文王于明堂以配上帝。"

惊艳诗经·蒹葭苍苍　白露为霜

颂·鲁颂

駉

（一）

駉駉牡马①，在坰之野②。
薄言駉者③，有骄有皇④；
有骊有黄⑤，以车彭彭⑥。
思无疆⑦，思马斯臧⑧。

（二）

駉駉牡马，在坰之野。
薄言駉者，有骓有駓⑨；
有骍有骐⑩，以车伾伾⑪。
思无期，思马斯才⑫。

（三）

駉駉牡马，在坰之野。
薄言駉者，有驒有骆⑬；
有骝有雒⑭，以车绎绎⑮。
思无斁⑯，思马斯作⑰。

（四）

駉駉牡马，在坰之野。
薄言駉者，有骃有騢⑱；
有驔有鱼⑲，以车祛祛⑳。

思无邪，思马斯徂㉑。

【注释】

①駉駉（jiōng）：马肥壮貌。牡：《释文》："牡，本作牧。"《颜氏家训·书证》："江南书皆为牝牡之牡，河北本悉为放牧之牧。"按当作牧。牡马：放牧的马。

②坰（jiōng）：远。《尔雅·释地》："邑外谓之郊，郊外谓之牧，牧外谓之野，野外谓之林，林外谓之坰。"

③薄言：语助词。

④骄（yù）：黑马白胯。皇：《说文》引作騜，黄白之马。

⑤骊（lí）：纯黑之马。黄：黄赤色之马。

⑥以车：用以驾车。彭彭：马强壮有力貌。

⑦思：谋虑，下文"思无期""思无斁""思无邪"之"思"同此。无疆：深远无边。

⑧思：语首助词。斯：语气词。臧：善。

⑨骓（zhuī）：苍白杂色之马。駓（pī）：黄白杂色之马。

⑩骍（xīng）：赤黄色马。骐（qí）：有青黑花纹之马。

⑪伾伾（pī）：有力貌。

⑫才：才能，才力。

⑬驒（tuó）：青黑色而有白鳞花纹之马。骆：白毛黑鬣之马。

⑭骝（liú）：赤身黑鬣之马。雒（luò）：黑身白鬣之马。

⑮绎绎：善跑。

⑯斁（yì）：厌倦。

⑰作：奋起。

⑱骃（yīn）：浅黄间白之杂色马。騢（xiá）：赤中间白之杂色马。

⑲驔（diàn）：脚胫有白色长毛之马。鱼：两眼白毛围绕之马。

⑳祛祛（qū）：强健。

158

㉑徂：行，指善跑。

【译文】

（一）

群马肥壮大又高，牧场遥远在荒郊。
大群肥马什么样，骊马皇马带白毛；
骊马黄马色气亮，用来驾车任游遨。
鲁公思虑远，骏马好身膘。

（二）

群马雄健气昂昂，牧场迢迢在远方。
大群肥马什么样，骓马驱马油光光；
驿马騏马毛杂配，用来驾车有力量。
鲁侯远谋虑，骏马才力强。

（三）

群马肥美又雄健，牧场迢迢在荒原。
大群肥马什么样，驒马骆马体毛斑；
骝马雒马有美鬃，用来驾车跑得欢。
鲁公思不倦，骏马永向前。

（四）

群马肥大健又雄，牧场迢迢荒原中。
大群肥马什么样，骃马瑕马毛色明；
骊马鱼马有特点，用来驾车善奔腾。
鲁公思虑正，骏马快如风。

【解析】

这是一首颂美鲁僖公养马之盛的诗。周成王因周公之功德而赐予其子所在的鲁国以天子礼乐，可用颂诗为祭。僖公以后，自觉去周公已远，欲自作颂，以避僭越之嫌。僖公能遵伯禽之法，有美政，鲁人尊之，欲借颂之嘉称予以颂扬，季孙行父以此向周室请示，得到特许，于是太史克作鲁颂四篇，《駉》为其一。古代国家的军事力量，要素之一是兵车、战马，牧马之盛最能表现出鲁僖公谋政深远，故本篇中予以颂扬。

泮水

（一）

思乐泮水①，薄采其芹。

鲁侯戾止②，言观其旂③。

其旂茷茷④，鸾声哕哕⑤。

无小无大⑥，从公于迈⑦。

（二）

思乐泮水，薄采其藻。

鲁侯戾止，其马蹻蹻⑧。

其马蹻蹻，其音昭昭⑨。

载色载笑⑩，匪怒伊教⑪。

（三）

思乐泮水，薄采其茆⑫。

鲁侯戾止，在泮饮酒。

既饮旨酒，永锡难老⑬。

顺彼长道⑭，屈此群丑⑮。

（四）

穆穆鲁侯⑯，敬明其德。

敬慎威仪，维民之则⑰。

允文允武⑱，昭假烈祖⑲。

靡有不孝⑳，自求伊祜㉑。

（五）

明明鲁侯②，克明其德。

既作泮宫㉓，淮夷攸服㉔。

矫矫虎臣㉕，在泮献馘㉖。

淑问如皋陶㉗，在泮献囚。

（六）

济济多士㉘，克广德心㉙。

桓桓于征㉚，狄彼东南㉛。

烝烝皇皇㉜，不吴不扬㉝。

不告于讻㉞，在泮献功。

（七）

角弓其觩㉟，束矢其搜㊱。

戎车孔博㊲，徒御无斁㊳。

既克淮夷，孔淑不逆㊴。

式固尔犹㊵，淮夷卒获。

（八）

翩彼飞鸮㊶，集于泮林。

食我桑黮㊷，怀我好音㊸。

憬彼淮夷㊹，来献其琛㊺。

元龟象齿㊻，大赂南金㊼。

【注释】

①思：发语词。泮（pàn）水：水名。《通典》："鲁郡泗水县。泮水出焉。"

②戾：到。止：语气词。

③言：语助词。旂：画有蛟龙的旗。

颂·鲁颂

161

④茷茷（pèi）：通"旆旆"，旌旗飘扬貌。

⑤鸾：车铃。哕哕（huì）：有节奏的铃声。

⑥无小无大：指不论小官大官。

⑦于：而。迈：行。

⑧蹻蹻（jué）：强壮勇武貌。

⑨昭昭：响亮。

⑩载：又。色：和颜悦色。

⑪匪：非。伊：是。

⑫茆（mǎo）：水草名，即莼菜。

⑬锡：赐。难老：长寿之意。

⑭长道：远路。

⑮屈：征服。群丑：蔑称淮夷。

⑯穆穆：端庄恭敬，容仪美好。

⑰维：为，是。则：准则，模范。

⑱允：确实。

⑲昭：明。假：格，至。昭假：明诚敬之心于神灵。烈祖：列祖。烈，通"列"。

⑳靡：无。孝：通"效"，效法。

㉑伊：此。祜：福。

㉒明明：勉勉。

㉓作：建筑。泮宫：宫名，以傍泮水而称。

㉔攸：语助词。

㉕矫矫：勇武貌。

㉖馘（guó）：割下敌尸的左耳以计战功称馘。这里指割下的左耳。

㉗淑问：善于审问。皋陶（yáo）：传说为虞舜之臣，造狱立律。

㉘济济：众多貌。

㉙广：推广。德心：善意。

㉚桓桓：威武貌。

㉛狄（tì）：治理，平定。东南：指淮夷。

㉜烝烝皇皇：美盛貌，形容多士。

㉝吴：喧哗。扬：轻浮。

㉞不告于讻（xiōng）：朱熹《诗集传》："师克而和，不争功也。"讻，争辩。

㉟角弓：以兽角嵌饰的弓。觩（qiú）：弯曲貌。

㊱束矢：成捆的箭。或云一束五十矢，或云一束百矢。马瑞辰《毛诗传笺通释》："束矢无定数，皆取敛聚之义。"其搜：即"嗖嗖"，箭发之声。

㊲戎车：兵车。孔博：很多。

㊳徒：步兵。御：驾车的甲士。致（yì）：厌倦。

㊴孔淑：甚善。不逆：指顺利。

㊵式：语助词。固：坚定。犹：通"猷"，计谋。

㊶鸮（xiāo）：猫头鹰。

㊷葚（shèn）：亦作"椹"，桑树的果实。

㊸怀：借为"馈"，给予。

㊹憬（jǐng）：觉悟。

㊺琛（chēn）：珍宝。

㊻元龟：大龟。

㊼赂（lù）：俞樾《群经平议》："赂，借为璐，玉也。"郭沫若以为是贝名。南金：南方所产黄金。郭沫若释"金"为铜。

【译文】

（一）

泮水之滨喜气扬，采摘水芹味芳香。

鲁侯车驾已来到，看取龙旗闪光芒。

龙纹画旗迎风摆，车铃串串响叮当。

百官不论小和大，紧随鲁侯车后方。

163

(二)

泮水之滨喜气盈，采摘水藻色青青。
鲁侯车驾已来到，马儿强健四蹄轻。
马儿强健蹄轻快，车上响铃甚好听。
鲁侯和气微微笑，循循善诱无怒容。

(三)

泮水之滨喜气高，采摘莼菜要嫩苗。
鲁侯车驾已来到，泮水岸边摆酒肴。
同在席间饮美酒，永赐不老寿迢迢。
沿着遥远长征路，制伏贼寇祸根消。

(四)

鲁侯庄重又谦和，恭谨昭明树美德。
敬慎仪容端举止，堪为众民做准则。
的确能文又能武，告明神祖到天国。
事事效法祖宗制，自求神灵降福多。

(五)

勤勉不倦贤鲁侯，能修美德四方流。
泮宫建好求神佑，征服淮夷大功收。
英勇将官如猛虎，献敌左耳似山丘。
官如皋陶明审讯，泮宫献上众敌囚。

(六)

济济一堂多贤人，广扬德行善意存。
威风凛凛出征去，平定东南除祸根。
浩荡大军多美盛，无人喧哗叫纷纭。
不自争功强申辩，泮宫之内献高勋。

(七)

牛角雕弓强又硬，众箭齐发嗖嗖行。
战车隆隆数不尽，步兵车士向前冲。

淮夷终于被战胜，俯首听命不敢争。

坚定执行谋略妙，终将淮夷全扫平。

（八）

翩然飞下猫头鹰，泮水岸边林内停。

吃过我家甜桑葚，对我鸣音变好听。

淮夷受挫已觉悟，来献珍宝到宫中。

大龟象牙实贵重，南金巨玉价连城。

【解析】

这是一首颂美鲁僖公修建泮宫、平服淮夷的诗。旧时认为，"泮宫，学名"（孔颖达《毛诗正义》），是讲经论道之所，故后称考中秀才的人入学为"采芹"或"入泮"。其实，"宫"即庙，"泮"为鲁国水名。"鲁侯新作宫于其上，其水有芹藻之属，故诗人作颂，因以采芹藻为兴，谓既作泮宫而淮夷攸服，言其成宫之发祥而获吉也。故饮酒于是，献馘于是，献囚于是，献功于是。末章乃盼泮水之前有林，而林上有飞鸮集之，因托以比淮夷之献琛。通篇意旨如此。"（姚际恒《诗经通论》）

閟宫

（一）

閟宫有侐①，实实枚枚②。

赫赫姜嫄③，其德不回④。

上帝是依⑤，无灾无害。

弥月不迟⑥，是生后稷，降之百福。

黍稷重穋⑦，植稚菽麦⑧。

奄有下国⑨，俾民稼穑⑩。

有稷有黍，有稻有秬⑪。

奄有下土，缵禹之绪⑫。

165

后稷之孙，实维大王[13]。

居岐之阳[14]，实始翦商[15]。

至于文武，缵大王之绪，致天之届[16]，于牧之野[17]。

无贰无虞[18]，上帝临女[19]！

敦商之旅[20]，克咸厥功[21]。

王曰叔父[22]，建尔元子[23]，俾侯于鲁。

大启尔宇[24]，为周室辅。

（三）

乃命鲁公，俾侯于东。

锡之山川，土田附庸[25]。

周公之孙[26]，庄公之子。

龙旂承祀[27]，六辔耳耳[28]。

春秋匪解[29]，享祀不忒[30]。

皇皇后帝[31]，皇祖后稷[32]。

享以骍牺[33]，是飨是宜[34]，降福既多。

周公皇祖，亦其福女。

（四）

秋而载尝[35]，夏而楅衡[36]，

白牡骍刚[37]。牺尊将将[38]，

毛炰胾羹[39]，笾豆大房[40]。

万舞洋洋[41]，孝孙有庆[42]。

俾尔炽而昌[43]，俾尔寿而臧[44]。

保彼东方，鲁邦是常[45]。

不亏不崩，不震不腾[46]。

三寿作朋[47]，如冈如陵。

（五）

公车千乘⁴⁸，朱英绿縢⁴⁹，

二矛重弓⁵⁰，公徒三万⁵¹，

贝胄朱綅⁵²，烝徒增增⁵³。

戎狄是膺⁵⁴，荆舒是惩⁵⁵，则莫我敢承⁵⁶。

俾尔昌而炽，俾尔寿而富，

黄发台背⁵⁷，寿胥与试⁵⁸。

俾尔昌而大，俾尔耆而艾⁵⁹。

万有千岁⁶⁰，眉寿无有害。

（六）

泰山岩岩⁶¹，鲁邦所詹⁶²。

奄有龟蒙⁶³，遂荒大东⁶⁴。

至于海邦⁶⁵，淮夷来同⁶⁶。

莫不率从，鲁侯之功。

（七）

保有凫绎⁶⁷，遂荒徐宅⁶⁸。

至于海邦，淮夷蛮貊⁶⁹。

及彼南夷⁷⁰，莫不率从。

莫敢不诺⁷¹，鲁侯是若⁷²。

（八）

天锡公纯嘏⁷³，眉寿保鲁。

居常与许⁷⁴，复周公之宇⁷⁵。

鲁侯燕喜⁷⁶，令妻寿母⁷⁷。

宜大夫庶士⁷⁸，邦国是有。

既多受祉⁷⁹，黄发儿齿⁸⁰。

（九）

徂来之松⑧，新甫之柏⑧。

是断是度⑧，是寻是尺⑧。

松桷有舄⑧，路寝孔硕⑧。

新庙奕奕⑧，奚斯所作⑧。

孔曼且硕，万民是若⑧。

【注释】

①閟（bì）：通"秘"，即神。閟宫：神庙，指后稷母亲姜嫄的庙。有侐（xù）：侐侐，清静貌。

②实实：广大貌。枚枚：致密貌。

③赫赫：显耀貌。姜嫄：后稷之母，僖公远祖。姜嫄生后稷，后稷十二代孙为太王，太王之孙文王，文王之子武王，武王之子成王。周公为成王叔父，曾东征平叛，胜利后成王封周公长子伯禽于鲁，成为鲁国始祖。僖公即为伯禽之后。诗自此句开始推本众先祖之德，历加颂祷。

④回：邪僻。

⑤依：依凭。

⑥弥月：满月。

⑦重：通"穜（tóng）"，先种后熟的农作物。穋（lù）：后种先熟的农作物。

⑧稙（zhí）：旱种的谷物。稚：晚种的谷物。

⑨奄有：尽有。下国：意指天下。

⑩俾：使。稼穑：指耕种。

⑪秬（jù）：黑黍。

⑫缵（zuān）：继续。绪：事业。

⑬大（tài）王：古公亶父，后稷十二代孙，文王的祖父。

"大"通"太"。

⑭岐：岐山。阳：山的南面。太王由豳迁于岐山。

⑮翦：消灭。

⑯致：达到，完成。届：通"殛"，诛罚。

⑰牧之野：牧野。古地名，距殷都朝歌约七十里，为商周决战之地。在今河南淇县西南。

⑱贰：有二心。虞：惊，畏惧。

⑲临：临视，监察。女：汝。

⑳敦：攻击。旅：军队。

㉑咸：完成。

㉒王：指周成王。叔父：成王以称周公。

㉓建：立。元子：长子，指周公长子伯禽。

㉔启：开辟。宇：居，引申为疆土。

㉕附庸：附属于诸侯的小国。朱熹《诗集传》："附庸，犹属城也。小国不能自达于天子，而附于大国也。"

㉖周公之孙：指鲁僖公。周公传至庄公共十七君，孙为统称。庄公有二子，一是闵公，在位二年，早死；一是僖公。

㉗承祀：继承祭祀之礼。

㉘耳耳：华美貌。

㉙春秋：代指四季。解：通"懈"。

㉚享祀：祭祀。忒（tè）：差错。

㉛皇皇：光明。后帝：指上帝。

㉜皇祖后稷：《郑笺》："成王以周公功大，命鲁郊祭天，亦配之以君祖后稷。"

㉝骍（xīng）：赤色。牺：祭神的牲口，周人尚赤，故以赤牺祭神。

㉞飨：以饮食献神。宜：肴，引申为以肉献神。

㉟载：始。尝：秋祭曰尝。

169

㊱楅（bì）衡：此指牛栅栏。

㊲白牡：指白色公猪。刚：借为"犅（gāng）"，赤色公牛。

㊳牺尊：一种卧牛形的铜质酒器。将将（qiāng）：器物触撞声。

㊴毛炰（páo）：指带毛烧熟的猪。炰，烧。胾（zì）羹：肉汤。胾，切成块的肉。

㊵笾、豆：皆食器名。大房：一种盛大块肉的木质食器。

㊶万舞：舞蹈名。陈奂《诗毛氏传疏》："凡宗庙舞，诸侯以羽，唯天子兼以干。万舞，有干有羽也。……诗为祀周公，故万舞矣。"洋洋：盛大貌。

㊷孝孙：指鲁公。

㊸炽：盛。

㊹臧：善。

㊺常：守。

㊻震：动荡。腾：沸腾，翻腾。

㊼三寿：三等长寿者。《文选》李善注引《养生经》："上寿百二十，中寿百年，下寿八十。"朋：比，侣。

㊽车：兵车。千乘：千辆。鲁国军制，兵车一辆，配甲士十人，步卒二十人。

㊾朱英：古代兵器上的红色羽饰。绿滕（téng）：指缠在弓上的绿色丝绳。

㊿二矛：指每辆战车上竖的两支矛，一为酋矛，一为夷矛。重弓：指每个士兵带两张弓，其中一张为备用。

51徒：步兵。

52贝胄（zhòu）：饰有贝壳的头盔。朱綅（qīn）：红线。用来把贝连在盔上。

53烝：众。增增：犹"层层"。

54戎狄：我国古代北方的两个民族。膺：击。

(55)荆：楚国别名。舒：楚国属国，地在今安徽庐江县。

(56)承：抵挡。

(57)黄发台背：指年老。台，通“鲐”，即鲍鱼，背有黑纹。老年人头发由白变黄，背生黑纹如鲐鱼。

(58)胥：相。试：比。

(59)耆：老。艾：久。

(60)有：通“又”。

(61)岩岩：高峻貌。

(62)詹：借为“瞻”，仰望。

(63)奄有：尽有。龟：龟山，在今山东新泰市西南。蒙：蒙山，亦名东山，在今山东蒙阴县南。

(64)荒：有。大东：远东，指鲁国东面之境。

(65)海邦：海滨之国。

(66)来同：犹来朝。

(67)凫：凫山，在今山东邹县西南。绎：绎山，亦作峄山、邹山，在今山东邹县东南。

(68)徐：徐戎，在今江苏徐州地方。徐宅：徐戎所居之地，即徐国。

(69)蛮貊（mò）：古称南方部族为蛮，北方部族为貊。蛮貊又通称远方部族。

(70)南夷：指荆楚。据《春秋》，僖公四年，僖公伐楚。

(71)诺：答应，顺从。

(72)若：顺。

(73)纯：大。嘏：借为“祜”，福也。

(74)常：地名，在鲁国南境，曾被齐国侵占，鲁庄公时复归于鲁。许：许田，地名，在鲁国西境，曾为郑国所占，也在僖公时重归于鲁。

(75)宇：犹“域”，疆域。

⑦⑥燕：通"宴"。

⑦⑦令：善。

⑦⑧宜：和顺。庶士：众士，众臣。

⑦⑨祉：福。

⑧⓪儿齿：朱熹《诗集传》："齿落更生细者，亦寿征也。"

⑧①徂来：山名，亦作徂徕，在山东泰安县东南。

⑧②新甫：山名，亦名梁父，在泰山旁边。

⑧③度：借为"剫"，砍开，伐木。

⑧④寻：八尺。

⑧⑤桷（jué）：方形椽子。舄（xì）：大。

⑧⑥路寝：正寝，帝王宗庙后殿藏衣冠处。

⑧⑦新庙：閟宫。奕奕：高大美盛貌。

⑧⑧奚斯：鲁国大夫，为公子，亦名公子鱼。作：建造。

⑧⑨若：善。

【译文】

（一）

姜嫄之庙甚幽清，宏伟壮丽密层层。

姜嫄明亮光辉照，品德纯正无邪行。

神秘妊娠凭上帝，无灾无害仗神灵。

怀胎足月不迟缓，后稷安然来降生，天赐百福好丰盈。

黍谷成熟有早晚，豆麦种植时不同。

后稷拥有广阔地，教会黎民事农耕。

谷子黍子样样有，稻米黑黍年年成。

统有四海肥沃地，继承大禹创新功。

（二）

后稷子孙人才强，古公亶父是太王。

居住岐山南面地，开始筹划灭殷商。

传至文王武王日，太王事业更弘扬，

惊艳诗经·蒹葭苍苍 白露为霜

秉承天意伐殷纣，牧野决战士气昂。

莫怀二心别恐惧，上帝明察莫彷徨！

猛烈攻击商军阵，完成大业载史章。

成王欢欣叫叔父，封您长子做侯王，使居鲁国幸福长。

奋发努力开疆土，屏卫周室在东方。

（三）

遂向鲁公传命令，让他为侯去远东。

赐他山川和土地，周围小国做附庸。

僖公本是周公后，庄公之子把位承。

龙旗飘扬行郊祭，六条马缰光彩生。

四时致祭不松懈，礼仪完备内心诚。

光辉普照仰上帝，远祖后稷显神灵。

纯色赤牛请神用，献食献肉祭品丰，天降洪福多无穷。

先祖周公同保佑，赏赐福禄一重重。

（四）

举行秋祭庆丰年，自夏养牲在牛栏。

白猪赤牛全献上，碰杯敬酒声喧喧。

烤猪肉汤香味远，广设碗盏与杯盘。

万舞跳来场面大，孝孙鲁公尽情欢。

使你兴旺而昌盛，使你长寿又平安。

保卫东土永康定，固守鲁邦代代传。

坚如青山不崩溃，平如绿水无狂澜。

人与三寿同长久，岁比峻岭与高山。

（五）

千辆战车国力雄，弓缠绿线矛红缨。

二矛高树双弓备，三万步卒效鲁公。

头盔贝饰红丝绕，大军列阵密层层！

戎狄为患齐扫荡，荆舒不轨要严惩，无人胆敢抗雄兵。

使你繁荣而兴旺，使你长寿又丰盈。
黄发满头黑纹背，举世罕见老寿星。
使你兴隆又盛大，使你长命寿无穷。
千秋万岁人不老，长寿福康灾不生。

（六）

泰山高峻耸云中，鲁人仰望寄豪情。
并有龟山蒙山在，边境延伸向远东。
直达滨海天涯地，包括淮夷尽归从。
无人胆敢不归顺，这些全是鲁侯功。

（七）

保有凫峄两山青，又把徐国控手中。
沿海之地全归附，淮夷蛮貊尽属从。
势力南扩达荆楚，莫不相从来效忠。
无人胆敢不听话，恭颂鲁侯最贤明。

（八）

天赐吉祥鲁公府，高龄百岁永保鲁。
常邑许田齐回收，恢复周公旧疆土。
鲁侯庆贺设筵席，贤惠良妻长寿母。
大夫众士性温和，国家兴隆承先祖。
幸蒙天帝降福多，白发变黄新齿补。

（九）

徂徕山上满苍松，新甫岭头柏树青。
大树砍倒粗锯破，长短木材细加工。
松木方椽真坚固，正寝一改旧颜容。
姜嫄新庙气势壮，奚斯主持建成功。
辉煌殿宇多雄伟，激荡万民仰慕情。

【解析】

这是一首颂美鲁僖公修建寝庙的诗。诗由修庙祀祖又广及列祖功绩、祖神降福、僖公勋业，反复错综，铺张扬厉。全诗共九章，一百二十句，成为《诗经》中的第一长篇。鲁僖公是鲁国的中兴之主，他上遵鲁国的始封贤君伯禽之法，俭以足用，宽以爱民，务农重谷，使鲁国在经历了十几代的贫弱之后逐渐改观，日渐强盛。诗中由重修祖庙生发，将鲁国中兴的景象做了带有夸张色彩的描述。

颂·商颂

那

猗与那与^①，置我鞉鼓^②。

奏鼓简简^③，衎我烈祖^④。

汤孙奏假^⑤，绥我思成^⑥。

鞉鼓渊渊^⑦，嘒嘒管声^⑧。

既和且平，依我磬声^⑨。

於赫汤孙^⑩，穆穆厥声^⑪。

庸鼓有斁^⑫，万舞有奕^⑬。

我有嘉客^⑭，亦不夷怿^⑮。

自古在昔，先民有作^⑯。

温恭朝夕，执事有恪^⑰。

顾予烝尝^⑱，汤孙之将^⑲。

【注释】

①猗（ē）、那（nuó）：马瑞辰《毛诗传笺通释》："猗、那二字叠韵，皆美盛之貌。通作猗傩、阿难。草木之美盛曰猗傩，乐之美盛曰猗那，其义一也。"与：通"欤"，叹词。

②置：陈放。鞉（táo）鼓：一种摇鼓。严粲《诗辑》："鞉虽小鼓，所以节乐，故首言之。"

③简简：形容和谐洪大之声。

④衎（kàn）：欢乐。烈祖：功业卓著的先祖，指成汤。

⑤汤孙：成汤的子孙，指主祭的君王，此为宋君。奏：进。假：格，致，指祭者上致于神。

⑥绥：赠予。思：语助词。成：备，即福。

⑦渊渊：鼓声。

⑧嘒嘒（huì）：吹管之声。

⑨磬：玉质打击乐器。

⑩於（wū）：叹美声。赫：显盛貌。

⑪穆穆：美好貌。声：指音乐。

⑫庸：通"镛"，大钟。有斁（yì）：斁斁，音乐盛大貌。

⑬万舞：舞名。有奕：奕奕，舞蹈盛大貌。

⑭嘉客：指宋的同姓附庸小国前来助祭者。

⑮不：语助词。夷、怿：皆为喜悦之意。

⑯有作：有所作为。

⑰有恪（kè）：恪恪，恭谨貌。

⑱顾：光顾。烝尝：祭名。冬祭曰烝，秋祭曰尝。

⑲将：奉献。

【译文】

多盛大哟多隆重，敲好摇鼓祭神灵。

鼓声起奏咚咚响，烈祖在上喜欢听。

汤孙陈言奉神祖，赐我大福事业兴。

摇鼓频击音洪亮，箫管抑扬有清声。

声调和谐又平静，随我玉磬节奏明。

哎呀汤孙真显赫，乐队庄严声隆隆。

钟鼓铿锵气势大，洋洋万舞场面宏。

我有嘉宾来助祭，人人欢乐喜盈盈。

追思昔日在远古，先祖有为建奇功。

温良终日勤发奋，平时谨言又慎行。

秋冬致祭请光顾，汤孙供奉献忠诚。

这是一首祭祀商朝始祖成汤的乐歌。《国语·鲁语》云："昔正考父校商之名颂十二篇于周太师,以《那》为首。"据此可知,《那》为商代诗歌而由春秋时宋大夫正考父校改,而校改的具体情况则难以考知。

玄鸟

天命玄鸟①,降而生商②,宅殷土芒芒③。

古帝命武汤④,正域彼四方⑤。

方命厥后⑥,奄有九有⑦。

商之先后⑧,受命不殆⑨,在武丁孙子⑩。

武丁孙子,武王靡不胜⑪。

龙旂十乘,大糦是承⑫。

邦畿千里⑬,维民所止⑭。

肇域彼四海⑮,四海来假⑯。

来假祁祁⑰,景员维河⑱。

殷受命咸宜,百禄是何⑲。

【注释】

①玄鸟:燕子。玄,黑。燕黑色,故名玄鸟。一说玄鸟为凤凰。

②商:指商朝的始祖契。《列女传》载:"契母简狄者,有娀氏之长女也。当尧之时,与其姐妹浴于玄邱之水。有玄鸟衔卵过而坠之,五色甚好。简狄得而含之,误而吞之,遂生契焉。"契建国于商(今河南商丘)。

③宅:居住。殷土:指商地。殷在盘庚迁殷(今河南安阳小

屯）前称商，迁殷后称殷。后人也称商地为殷土。芒芒：茫茫，广大貌。

④古：从前。帝：上帝。武汤：成汤，自号武王。

⑤正：借为"征"。域：有。

⑥方：通"旁"，普遍。厥：那些。后：君，指诸侯，各部落首领。

⑦奄有：尽有。九有：借为"九域"，即九州。

⑧先后：先王。

⑨殆：危险。

⑩武丁：殷高宗。武丁孙子：孙子武丁。

⑪胜：胜任。

⑫糦（xī）：通"饎"，酒食。承：供奉。

⑬邦：借为"封"，疆界。畿：边境。

⑭维：为。止：居。

⑮肇域彼四海：陈奂《诗毛氏传疏》："肇，始。域，有也。王肃云：'殷道衰，四夷来侵，至高宗，然后始复以四海为境域也。'"

⑯假（gé）：通"格"，至。来假：指来朝。

⑰祁祁：众多貌。

⑱景：通"京"，大。员：周围。景员：犹云幅员，指广大领土。河：黄河，指殷都之地。此句指天下诸侯会聚于京师。

⑲何：通"荷（hè）"，蒙受。

【译文】

天命玄鸟神卵降，母食生契契封商，居住殷土广茫茫。

古时成汤奉帝旨，征服各部统四方。

广对诸侯发号令，尽揽九州入封疆。

商代先君承天命，化险为夷国运长，武丁中兴路康庄。

孙子武丁是贤主，胜任祖业继成汤。

土境广远方千里，人民居此度安康。

重收四海天下治，四海诸侯来朝堂。

络绎不绝人繁盛，聚会京师喜气扬。

殷受天命皆合义，承受百福业永昌。

【解析】

　　这是一首祭祀殷高宗武丁的乐歌。武丁是殷商王朝继盘庚之后的又一代中兴名主，曾任用傅说为相，国家大治。外伐鬼方、大彭、豕韦，武功大著，氐、羌来朝。本诗为颂武丁的中兴功业，又追溯到殷商的始祖契与武王成汤，具有浓厚的神话色彩，可视为一首简要的殷商史诗。诗篇写得庄严肃穆，壮浪雄奇，后世赞为"黄钟大吕之音"，具有极高的艺术价值。

殷武

(一)

挞彼殷武①，奋伐荆楚②。

罙入其阻③，裒荆之旅④。

有截其所⑤，汤孙之绪⑥。

(二)

维女荆楚⑦，居国南乡⑧。

昔有成汤，自彼氐羌⑨，

莫敢不来享⑩，莫敢不来王⑪，曰商是常⑫。

(三)

天命多辟⑬，设都于禹之绩⑭。

岁事来辟⑮，勿予祸適⑯，稼穑匪解⑰。

（四）

天命降监^⑱，下民有严^⑲。

不僭不滥^⑳，不敢怠遑^㉑。

命于下国，封建厥福^㉒。

（五）

商邑翼翼^㉓，四方之极^㉔。

赫赫厥声^㉕，濯濯厥灵^㉖。

寿考且宁，以保我后生^㉗。

（六）

陟彼景山^㉘，松柏丸丸^㉙。

是断是迁，方斲是虔^㉚。

松桷有梴^㉛，旅楹有闲^㉜。

寝成孔安^㉝。

【注释】

①挞（tà）：壮武貌。殷武：殷王武丁，即高宗。

②荆楚：荆州之楚国。

③罙："深"的本字。阻：险阻。

④裒（póu）：借为"俘"，俘虏。旅：众。

⑤截：整齐貌。其所：指楚地。

⑥汤孙：成汤的子孙，指武丁。绪：功业。

⑦女：汝。

⑧国：指殷商。

⑨氐（dī）、羌：古代两民族名，原居今陕西、甘肃、青海、四川等省。

⑩享：奉献。

⑪来王：来朝，朝拜。

181

⑫常：俞樾《群经平议》："常读为尚，主也。"

⑬多辟（bì）：众诸侯。辟，君。

⑭都：国都。绩：借为"迹"。禹之绩：马瑞辰《毛诗传笺通释》："九州皆经禹治，因称禹迹。"

⑮事：从事，实行。来辟：来朝。

⑯祸：同过，罪过。通：借为"谪"，谴责，惩罚。

⑰稼穑：指农耕。解：通"懈"。

⑱监：监察。

⑲有严：严严，肃敬貌。

⑳僭（jiàn）：越礼。滥：妄为。

㉑怠：懒惰。遑：闲暇。

㉒封：大。厥：其。

㉓翼翼：繁盛貌。

㉔极：准则，榜样。

㉕赫赫：显著貌。声：名声。

㉖濯濯：光明貌。灵：神灵。

㉗后：后代子孙。生：语助词。

㉘陟：登。景山：大山。

㉙九九：高大挺直的样子。

㉚方：是。斲（zhuó）：砍，斩。虔：伐，削。

㉛桷（jué）：方形的椽子。有梴（chān）：梴梴，木材长大貌。

㉜旅：众多。楹（yíng）：堂前之柱。有闲：闲闲，大貌。

㉝寝：寝庙，此指祭高宗之庙。孔安：甚安，大安。

【译文】

（一）

殷武大军气势雄，奋然前进伐楚荆。

深入敌境攻险阻，抓获俘虏结队行。

横扫楚国成一统，汤王后代树奇功。

(二)

你们荆楚在远方，殷商之南地蛮荒。

古有成汤兴大业，遥控远国制氐羌。

无人敢不献方物，无人敢不拜朝堂，共尊殷主是明王。

(三)

天命诸侯制宏图，大禹旧迹建国都。

每年定期来朝见，不加责罚罪名除，抓好农业莫疏忽。

(四)

上天降命视人间，万民庄敬又谨严。

不敢违礼不妄动，不敢怠惰不偷闲。

天对下国施恩惠，大降福禄到身边。

(五)

商都兴盛又繁荣，辉耀四方是准绳。

声誉赫然传播远，光明正大显神通。

长命百岁享安乐，保我子孙永兴隆。

(六)

登上大山在云中，松柏劲挺傲苍穹。

砍伐大树齐搬运，锯破斧削土木兴。

松木方椽质量好，堂前大柱对长风。

寝庙建起慰神灵。

【解析】

这是一首立庙祭祀高宗的颂歌。高宗即武丁，是殷朝中兴的一代名主据《史记》记载，他曾经依照梦境所见，于四方求贤，终于得到傅说，举以为相。在傅说的辅助下，"武丁修政行德，天下咸欢，殷道复兴"。全诗六章。前五章历叙高宗中兴之功，末章写立庙安神，点明诗之主旨。诗章语言浅近，层次井然。

穿越千年的浪漫

率真元曲

爱他时似爱初生月

启 文——编著

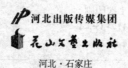

河北出版传媒集团

花山文艺出版社

河北·石家庄

图书在版编目（CIP）数据

穿越千年的浪漫.率真元曲　爱他时似爱初生月 /
启文编著. -- 石家庄 : 花山文艺出版社 , 2020.8
ISBN 978-7-5511-1356-4

Ⅰ.①穿… Ⅱ.①启… Ⅲ.①元曲－选集 Ⅳ.
①I222

中国版本图书馆 CIP 数据核字 (2020) 第 147946 号

书　　名：穿越千年的浪漫
　　　　　CHUANYUE QIANNIAN DE LANGMAN
分 册 名：率真元曲　爱他时似爱初生月
　　　　　SHUAIZHEN YUANQU　AITA SHI SIAI CHUSHENG YUE
编　　著：启　文
责任编辑：于怀新　　卢水淹
责任校对：郝卫国　董　舸
封面设计：青蓝工作室
美术编辑：胡彤亮
出版发行：花山文艺出版社（邮政编码：050061）
　　　　　（河北省石家庄市友谊北大街 330 号）
销售热线：0311-88643221/29/31/32/26
传　　真：0311-88643225
印　　刷：三河市嵩川印刷有限公司
经　　销：新华书店
开　　本：870 毫米 ×1220 毫米　1/32
印　　张：24
字　　数：620 千字
版　　次：2020 年 8 月第 1 版
　　　　　2020 年 8 月第 1 次印刷
书　　号：ISBN 978-7-5511-1356-4
定　　价：119.00 元（全 4 册）

前 言

　　元曲是继唐诗、宋词之后，我国文学史上取得的又一突出成就，是我国文苑里的一朵奇葩。近代国学大师王国维提出："楚之骚、汉之赋、六代之骈语、唐之诗、宋之词、元之曲，皆所谓一代之文学，而后世莫能继焉也。"这一观点首次承认了元曲的历史地位和文学成就，使之与唐诗、宋词比肩而立，在当时可谓振聋发聩。

　　直至今日，唐诗、宋词、元曲仍被公认为中国韵文的三个高峰。元曲盛于元代，拥有唐诗宋词无法取代的本色魅力。元曲有唐诗宋词的雅致和意蕴，却比唐诗宋词的形式更为灵活多变，元曲更加率真、直白、自由和活泼，深得历代文人的青睐。

　　"元曲"被称为元"曲"，主要缘于元曲在当时并非只是一种案头赏读的文字，而是"曲"，是登诸歌场的"曲"，在当时作为一种歌唱风靡一时。今人所谓的"元曲"主要包括杂剧、散曲两大类。杂剧用于戏剧中，为叙述故事或抒发人物情感服务，散曲则如诗、词一样，可独立成篇。其中，散曲又可分为小令、带过曲、套数三类。元曲以其题材的广泛、语言的通俗、形式的活泼、风格的清新、描绘的生动、手法的多变，在中国古代文学艺苑中放射着夺目的异彩。

元曲里把爱情描写得惟妙惟肖，清丽婉转，从而彰显了其独特的艺术魅力。如无名氏所作："爱他时似爱初生月，喜他时似喜梅梢月，想他时道几首西江月，盼他时似盼辰钩月。当初意儿别，今日相抛撇，要相逢似水底捞明月。"全曲处处写月，事事用月，巧妙地表达了相思之情，使人深感新奇别致。如关汉卿所所作："俏冤家，在天涯，偏那里绿杨堪系马。困坐南窗下，数对清风想念他。蛾眉淡了教谁画，瘦岩岩羞带石榴花。"为我们展现了一位苦苦等待着夫君归来而望穿秋水的闺中女子形象。

元曲里也有作者对历史兴亡的反思，如张养浩所作："伤心秦汉经行处，宫阙万间都做了土。兴，百姓苦；亡，百姓苦。"一针见血地揭示出兴亡背后的历史真谛，道出了对广大百姓的同情，闪烁着耀眼的思想光辉。

因为经典文学的加入，我们的寻常生活也可以变得如诗如歌。元曲让我们明白，世事无常是人生的常态，坎坷和困顿都会过去，唯有深刻的人生智慧会留下，温暖的阳光会再次降临。

元曲率真豁达，畅快淋漓，可以解除束缚，这是元曲的独特之处。元曲有一种可以抚慰人心的力量。细读元曲，生命中的苦痛和不安都会有所释然；细读元曲，更能逍遥自在，让身心都得安顿。

目　录

3

目录

目录

率真元曲·爱他时似爱初生月

目
录

率真元曲·爱他时似爱初生月

元好问

元好问（1190—1257），字裕之，号遗山，太原秀容（今山西忻州）人，金代著名诗人、史学家。七岁能诗，有神童之名。年十四，从郝天挺问学，六年业成。蒙古南下，避乱河南，诗名震京师，称为元才子。金宣宗兴定五年（1221）进士。哀宗正大元年（1224）中博学鸿词科，授儒材郎，充国史院编修。后又历官尚书省掾、左司都事等。金亡后不仕元，二十余年间潜心编纂著述，致力于保存金代文化，编成《中州集》。元好问为一代文宗，文章独步天下三十年，诗文多为后世称道。著有《元遗山集》，词集为《遗山乐府》。其散曲今存小令九首。元好问散曲的最大特点在于把民间俚俗的旧调变为适合文人雅士口味的新词。

【双调·小圣乐】骤雨打新荷①

绿叶阴浓，遍池亭水阁，偏趁凉多。海榴初绽②，妖艳喷红罗。乳燕雏莺弄语，有高柳鸣蝉相和。骤雨过，珍珠乱撒，打遍新荷。

又

人生有几，念良辰美景，一梦初过。穷通前定③，何用苦张罗。命友邀宾玩赏④，对芳尊浅酌低歌⑤。且酩酊⑥，任他两轮日月，来往如梭。

率真元曲·爱他时似爱初生月

【注释】

①双调：宫调名。小圣乐：曲牌名。骤雨打新荷，题目名。以下凡宫调名、曲牌名不另标注。又，元散曲之"题目"多系元明曲选编者所加，不一定出自元曲家本人。此曲当时流传甚广，主要表现的人生如寄、散淡逍遥的情绪亦为元人散曲常见之主题。

②海榴：即石榴，因从海外移植，故名。

③穷通前定：穷通，失意与得意。此乃一种唯心的迷信说法，言个人命运之好坏系前世注定。

④命友：邀请朋友。

⑤芳尊：美酒。尊，酒杯。酌：斟酒，饮酒。

⑥酩酊（mǐng dǐng）：酒醉状。

商 挺

商挺（1209—1288），字孟卿，一作梦卿，晚年自号左山老人。曹州济阴（今山东曹县）人。年二十四，金人攻破汴京，北走依赵天锡，与元好问、杨奂交游。元初为行台幕僚，深为元世祖赏识，历任宣抚司郎中、宣抚副使、参知政事、同金枢密院事、枢密副使等职。卒赠鲁国公，谥文定。《元史》有传。商挺工诗善书，尤长隶书，善画山水，墨竹自成一家。尝著诗千余篇，惜多散佚。散曲今存小令【双调·潘妃曲】十九首，多写闺情。

【双调·潘妃曲】①

小小鞋儿白脚带，缠得堪人爱②。疾快来，瞒着爹娘做些儿怪。你骂吃敲才③，百忙里解花裙儿带。

又

目断妆楼夕阳外，鬼病恹恹害。恨不该，止不过泪满旱莲腮。骂你个不良才，莫不少下你相思债？

又

闷酒将来刚刚咽，欲饮先浇奠。频祝愿④：普天下心厮爱早团圆⑤！谢神天，教俺也频频的勤相见。

又

只恐怕窗间人瞧见，短命休寒贱。直恁地肐膝软⑥，禁不过敲才厮熬煎。你且觑门前，等的无人呵旋转⑦。

【注释】

①【双调·潘妃曲】此处所选的四首皆写男女之情，或私会、或相思、或闺怨，都写得急切透辟、传神如睹。

②"小小鞋儿"两句：反映了宋元以来流行的女子缠足的风习。

③吃敲才：犹言该打的人。

④频：频繁。

⑤厮爱：相爱。

⑥直恁：竟如此。肐（gē）：即胳膊，同"胳"。

⑦旋转：回转。

刘秉忠

刘秉忠（1216—1274），字仲晦，初名侃，邢台县人。元初著名政治家、学者、书法家。年十七，为邢台节度史府令史，不久弃去，隐居武安山中为僧。后游云中，后因海云禅师，入见元世祖忽必烈，应对称旨，遂留侍左右。元初，任光禄大夫，位太保，参与中书省事，为开国重臣。卒赠太傅，封赵国公，谥文贞。刘秉忠自幼好学，至老不衰，斋居蔬食，悠闲淡然，自号藏春散人，每以吟咏自适。擅长诗词书法，有《藏春散人集》。现存小令十二首。

【南吕·干荷叶】

南高峰，北高峰，惨淡烟霞洞①。宋高宗②，一场空，吴山依旧酒旗风③。两度江南梦④。

又

脚儿尖，手儿纤，云鬟梳儿露半边。脸儿甜，话儿粘，更宜烦恼更宜忺⑤。直恁风流倩⑥。

【注释】

①"南高峰"三句：杭州西湖有南北高峰，遥遥相对。烟霞洞在南高峰下，为西湖最古的石洞之一，有五代、北宋造像。

②宋高宗：即赵构，宋徽宗第九子。初封康王，公元1127年，金人攻下汴京，俘走徽宗、钦宗二帝。赵构南逃至南京（今河南商丘），即位称帝；后又于杭州建都，史称南宋。他在位三十六年，对金屈辱称臣，以求和平。

率真元曲·爱他时似爱初生月

③吴山：位于西湖东南，春秋时为吴国的南界，故名，俗称城隍山，宋元时此地酒肆林立，十分繁华。酒旗：也叫"酒帘"，旧时店家标志。杜牧《江南春绝句》："水村山郭酒旗风。"

④两度江南梦：五代吴越和南宋两个先后建都杭州的王朝都相继灭亡。

⑤忺（xiān）：高兴，适意。

⑥直恁：只这般。倩：美好。

王和卿

王和卿,大都(今北京市)人。生卒年不详。滑稽佻达,尝与关汉卿相讥谑。元钟嗣成《录鬼簿》列为前辈名公。现存散曲小令二十一首,多滑稽游戏之作,尖新俏皮,或流于油滑恶趣,如其《嘲胖妓》《嘲王大姐浴房吃打》等。

【仙吕·醉中天】咏大蝴蝶①

弹破庄周梦②,两翅驾东风,三百座名园一采一个空。难道风流种③,吓杀寻芳的蜜蜂。轻轻飞动,把卖花人扇过桥东④。

【注释】

①曲尚谐趣,此曲夸张动人。元陶宗仪《辍耕录》说:"大名王和卿,滑稽佻达,传播四方。中统初,燕市有一蝴蝶,其大异常,王赋【醉中天】小令云云,由是其名益著。"此曲或为讥讽风流好色的"花花太岁"而作。

②弹破庄周梦:弹,一作"挣"。《庄子·齐物论》云庄周梦中化为蝴蝶,翩然起舞,觉得很适意。后醒来,分辨不清是庄周在梦里化成了蝴蝶,还是蝴蝶在梦里化成庄周。庄子以梦蝶故事喻人生如梦。这里只借庄周梦的被弹破来形容蝴蝶之大,无其他寄意。

③风流种:本指才华出众、举止潇洒的人物,此指贪恋女色的采花贼。

④扇(shān):本指摇动物体、振动空气而生风,这里引申为吹。

率真元曲·爱他时似爱初生月

白 朴

　　白朴（1226—1306），初名恒，字仁甫，一字太素，号兰谷。祖籍陕州（今山西河曲），后流寓真定（今河北正定）。父白华，为金枢密院判官，与元好问有通家之谊。白朴七岁（1232）遭蒙古侵金之难，赖父执元好问携带避难山东，寓居聊城，学问教养皆蒙元好问指点。元好问尝有赠诗云："元白通家旧，诸郎独汝贤。"仁甫学问博览，然自幼经丧乱，仓皇失母，便有满目山川之叹。金亡后，不愿出仕，放浪形骸，期于适意。后徙家金陵，与诸遗老往还，寄情山水、诗酒。有词集《天籁集》传世。尤工于曲，与关汉卿、马致远、郑光祖并称"元曲四大家"。作杂剧十六种，今存《梧桐雨》等三种。另有小令三十七首，套数四篇。杂剧散曲以绮丽婉约见长，王国维《宋元戏曲史》谓："白仁甫、马东篱，高华雄伟，情深文明……均不失为第一流。"

【仙吕·寄生草】饮[①]

　　长醉后方何碍[②]，不醒时有甚思。糟腌两个功名字，醅渰千古兴亡事，曲埋万丈虹霓志[③]。不达时皆笑屈原非[④]，但知音尽说陶潜是[⑤]。

【注释】

　　①饮：本曲一说系范康（字子安）所作，曲题《酒》。此曲实多愤激之语。

　　②方何碍：却何碍。

　　③"糟腌"三句：对仗工整，为鼎足对。糟腌，用酒糟浸渍。

醅（pēi）渰（yān），用劣酒掩盖。渰，通"淹"，浸泡。曲，酒糟。虹霓志，气贯长虹的豪情壮志。

④不达时：不识时务。屈原（前330—前278），战国时楚国大夫。曾推行举贤授能、修明法度的"美政"，后遭驱逐，"美政"理想破灭，乃投汨罗江而死。自东汉班固以来，秉持儒家传统的士人对其行为多有指责，言其"露才扬己""不识时务"。此乃用反语。

⑤但：只要。知音：知己。是：正确。陶潜（365—327），字渊明，东晋著名诗人，曾任彭泽县令，因不愿"为五斗米折腰"，辞官归隐。陶潜淡泊名利，且喜好饮酒，故本句紧扣题旨。

【中吕·阳春曲】知几①

知荣知辱牢缄口②，谁是谁非暗点头，诗书丛里且淹留③。闲袖手，贫煞也风流④。

又

不因酒困因诗困⑤，常被吟魂恼醉魂⑥，四时风月一闲身⑦。无用人，诗酒乐天真⑧。

【注释】

①白朴【中吕·阳春曲】以"知几"为题者四首，今选其中两首，皆避世之词，也皆为作者寄情诗酒之写照。知几（jī）：了解事物发生变化的关键和先兆。《易·系辞下》："知几，其神乎……几者动之微，吉之先见者也。"几：同"机"，隐微预兆。

②知荣：就是懂得"持盈保泰"的道理。知辱：就是要懂得"知足不辱"的道理。《老子》二十八章："知其荣，守其辱，为天

下谷。"这是老子明哲保身的哲学。缄（jiān）口：闭口不言。

③淹留：停留。

④贫煞：极其贫穷。

⑤酒困：谓饮酒过多，为酒所困。诗困：谓搜索枯肠，终日苦吟。

⑥吟魂：指作诗的兴致和动机。也叫"诗魂"。醉魂：谓饮酒过多，以致神志不清的精神状态。

⑦四时：一指春、夏、秋、冬四季；一指朝、暮、昼、夜。风月：指清风明月等自然景物。

⑧天真：指没有做作和虚伪、不受礼俗影响的天性。

【越调·天净沙】

春①

春山暖日和风，阑干楼阁帘栊②，杨柳秋千院中。啼莺舞燕，小桥流水飞红③。

秋

孤村落日残霞，轻烟老树寒鸦，一点飞鸿影下④，青山绿水，白草红叶黄花。

【注释】

①白朴以【越调·天净沙】春、夏、秋、冬为题者凡八首，皆明丽可喜，今选其中两首。词、曲之间本不存在严格分界，"曲"若能严守格律、写得老实即是"词"。今所谓"元曲"者实宜称"元词"者亦复不少，【天净沙】即最早律化为词者。

②帘栊：窗户上的帘子。李煜【捣练子】："无奈夜长人不寐，数声和月到帘栊。"

③飞红：落花。

④一点飞鸿影下：秋雁从天空飞过，影子投在水面上。

【双调·沉醉东风】 渔父①

黄芦岸白苹渡口，绿杨堤红蓼滩头②。虽无刎颈交③，却有忘机友④，点秋江白鹭沙鸥。傲煞人间万户侯⑤，不识字烟波钓叟。

【注释】

①元曲中多以渔夫、樵夫为题者，大多暗寓归隐之志，此即其中之一。

②红蓼（liǎo）：开着红花的水蓼。蓼，生长在水边的叫作水蓼。蓼科植物，秋日开花，呈淡红色。

③刎颈交：生死之交，愿以性命相许的朋友。

④忘机友：泯除机诈之心的朋友。李白《下终南山过斛斯山人宿置酒》："我醉君复乐，陶然共忘机。"

⑤万户侯：古时贵族的封邑以户口计算，汉时分封诸侯，大者食邑万户，后以万户侯指代高官显贵。

王 恽

王恽（1227—1304），字仲谋，别号秋涧，卫州汲县（今属河南省）人。为元代著名学者、文学家、书法家。中统元年，因姚枢荐，由东平详议官擢为中书省详定官，二年转任翰林修撰、通知制诰、兼国史院编修。后历任御史台、监察御使、翰林待制，拜朝列大夫、嘉议大夫等职。卒赠翰林学士承旨、资善大夫，追封太原郡公，谥文定。王恽在省院有经纶之才，任监察官有弹击平反之誉，作为文章，不蹈袭前人。绾持文柄，独步一时。精于书画，为世称誉。《元史》有传。著有《秋涧先生大全集》一百卷。今存小令四十一首。

【正宫·黑漆弩】游金山寺并序①

邻曲子严伯昌尝以【黑漆弩】侑酒。省郎仲先谓余曰："词虽佳，曲名似未雅。若就以【江南烟雨】目之，何如？"予曰："昔东坡作【念奴曲】，后人爱之，易其名曰【酹江月】，其谁曰不然？"仲先因请余效颦，遂追赋《游金山寺》一阕，倚其声而歌之。昔汉儒家畜声妓，唐人例有音学。而今之乐府，用力多而难为工，纵使有成，未免笔墨劝淫为侠耳。渠辈年少气锐，渊源正学，不致费日力于此也。其词曰：

苍波万顷孤岑矗，是一片水面上天竺②。金鳌头满咽三杯③，吸尽江山浓绿。蛟龙虑恐下燃犀④，风起浪翻如屋。任夕阳归棹纵横，待偿我平生不足。

【注释】

　①王恽为其【黑漆弩】曲所作之《序》，对于我们了解词曲创作的背景，理解词曲一调多名的现象都有很大的帮助。【黑漆弩】因名王恽学士这首曲而称【学士吟】，又因白无咎所作【黑漆弩】中有"鹦鹉洲边住"而称【鹦鹉曲】。

　②天竺：此指佛寺。

　③金鳌：金山的最高峰，称金鳌峰。

　④"蛟龙"句：《晋书·温峤传》："至牛渚矶，水深不可测。世云其下多怪物。峤遂燃犀角而照之。须臾，见水族覆火，奇形异状，或乘马车著赤衣者。峤其夜梦人谓己曰：'与君幽明道别，何意相照也？'意甚恶之。"古人以为水深有怪，宝物照之，可使其现出原形。此处用此典以描绘水急浪高的样子。

胡祗遹

胡祗遹（zhī yù）（1227—1293），字绍开，号紫山，磁州武安（今河北磁县）人。元代著名学者、文学家。元世祖中统初，为大名宣抚员外郎，至元元年（1264）任应奉翰林文字，兼太常博士，转任左右司员外郎。后出为河东山西道提刑按察副使。元灭宋统一全国后，历任宣慰副使、提刑按察使等职。为官刚正，因触犯权奸，被贬外任，所到之处抑豪强、扶寡弱、敦教化，颇有政声。晚年诏拜翰林学士，托病不就。卒谥文靖，赠礼部尚书。著有《紫山大全集》二十六卷传世。现存小令十一首。

【双调·沉醉东风】①

渔得鱼心满意足，樵得樵眼笑眉舒②。一个罢了钓竿，一个收了斤斧③，林泉下相遇。是两个不识字渔樵士大夫④，他两个笑加加的谈今论古⑤。

【注释】

①胡祗遹【双调·沉醉东风】现存两首，今选其一。曲中的渔夫、樵民显为隐者之写照。诗中亦有隐逸一类，但一般都静穆悠远，不似曲中这般通脱自然。

②"渔得"两句：意为只要能捕到鱼、砍到柴就心满意足，别无奢望。

③斤斧：斧头。

④不识字渔樵士大夫：渔夫、樵民虽然不识字，却有士大夫难得的淡泊胸襟。

⑤笑加加：笑哈哈。

卢 挚

卢挚（1235—1314），字处道，一字莘老。号疏斋，又号嵩翁。涿郡（今河北涿州市）人。至元五年（1268）仕元，累迁少中大夫、河南路总管。大德初，授集贤学士、大中大夫，大德四年（1300）迁江东道联防使，复入为翰林学士，迁承旨。其诗文均著名于时，文章与姚燧齐名，世称"姚卢"。论诗则与刘因并称，世称"刘卢"。著有《疏斋集》《疏斋后集》（皆佚），今人李修生编有《卢疏斋集辑存》。今存散曲一百二十首。

【双调·寿阳曲】

别珠帘秀①

才欢悦，早间别②，痛煞煞好难割舍。画船儿载将春去也③，空留下半江明月。

夜忆

灯将灭，人睡些，照离愁半窗残月。多情直恁的心似铁④，辜负了好天良夜⑤。

【注释】

①卢挚【双调·寿阳曲】共九首，皆尖新俏丽，此选其中两首。珠帘秀，元代著名歌妓，与卢挚、关汉卿等曲家都有往来，与卢挚也有酬答。

②早：就，已经。间别：离别。

③将：语气助词。春：本指春色，这里用以指代色美如春的珠帘秀。"画船"句直接运用俞国宝【风入松】"画船载取春归去，余情付湖水湖烟"句意。

④直恁的：真这样，果如此。

⑤好天良夜：大好时光、好日子。

【双调·殿前欢】①

酒杯浓，一葫芦春色醉山翁②，一葫芦酒压花梢重。随我奚童③，葫芦乾兴不穷。谁与共，一带青山送。乘风列子④，列子乘风。

又

酒新篘⑤，一葫芦春醉海棠洲，一葫芦未饮香先透。俯仰糟丘⑥，傲人间万户侯⑦。重酺后，梦景皆虚谬。庄周化蝶，蝶化庄周。

【注释】

①卢挚【双调·殿前欢】共十首，表现的都是避世退隐的情怀，这是其中两首。【殿前欢】末两句一般对仗或回文，为本曲特有的标志。

②葫芦：形似葫芦的酒器。春色：洞庭春色的缩语，酒名。苏轼《洞庭春色赋序》："安定郡王以黄柑酿酒，名之曰洞庭春色。"山翁：指晋代的山简，他镇守襄阳时经常在外饮酒，且常酩酊大醉。这里作者以山简自比。

③奚（xī）童：小仆人。按"奚"为古代奴隶的一种称呼。

④列子：名御寇，战国时人，好道术，据说能乘风而行。《庄

子·逍遥游》："夫列子御风而行，泠然善也。"此处用列子乘风的典故说自己怡然自得，飘然若仙。

⑤笏（chōu）：一种用篾编成的滤酒器具。"酒新笏"指酒刚刚酿成。

⑥糟丘：酒糟堆成的小丘。

⑦"傲人间"句：傲视人间的权贵。万户侯，本指食邑万户人家的侯爵，后指代富家贵族。

【双调·蟾宫曲】①

想人生七十犹稀②，百岁光阴，先过了三十③。七十年间，十岁顽童，十载尪羸④。五十岁除分昼黑，刚分得一半儿白日。风雨相催，兔走乌飞⑤。仔细沉吟，都不如快活了便宜。

【注释】

①此曲表现的恬淡自适思想在元曲中很常见，唯以加减法计算日月易逝、华年不再，在元曲中可谓独见，亦可见曲家造意之工巧，颇富谐趣。

②"想人生"句：化用杜甫《曲江》诗"酒债寻常行处有，人生七十古来稀"的句意。

③过了：去了，除了。此句是说人生百年光阴，实际上活到七十岁的已很少，所以说是一百岁先去了三十岁。

④尪（wāng）：跛。羸（léi）：瘦弱。

⑤兔走乌飞：古代神话传说月中有兔，日中有三足乌，因此用"兔走乌飞"来比喻日月的运行。

【双调·蟾宫曲】丽华[①]

叹南朝六代倾危[②]，结绮临春[③]，今已成灰。唯有台城[④]，挂残阳水绕山围[⑤]。胭脂井金陵草萋[⑥]，后庭空玉树花飞[⑦]。燕舞莺啼，王谢堂前[⑧]，待得春归。

【注释】

①曲中亦有咏史一类，卢挚这首咏史之曲，其境界可与咏史之诗词比肩。丽华：张丽华，南朝陈后主的宠妃。后主建筑临春、结绮、望仙三阁，自居临春，使她住在结绮，游宴无度。后隋军破建康，她跟随后主逃匿井中，被杀。

②南朝六代：指三国时的吴、东晋及南朝的宋、齐、梁、陈，它们都以建康（今江苏南京）为都城，历史上合称为六朝。

③结绮临春：指陈后主和张丽华所居住的宫名。

④台城：六朝君主居住的地方，故址在今南京市鸡鸣山北。

⑤水绕山围：这里暗用刘禹锡《石头城》的诗句"山围故国周遭在，潮打空城寂寞回"。

⑥胭脂井：又名辱井，即陈朝景阳宫内的景阳井。陈后主和张丽华曾躲入井内，后人因称它为胭脂井。金陵：南京市的别称。

⑦后庭：指陈后主所作《玉树后庭花》曲，其词哀怨靡丽，被称为亡国之音。杜牧《夜泊秦淮》："商女不知亡国恨，隔江犹唱后庭花。"

⑧"燕舞"二句：暗用刘禹锡《乌衣巷》诗句"旧时王谢堂前燕，飞入寻常百姓家"。王、谢，是东晋时居住南京城中的最大的两家豪门世族。

【双调·殿前欢】①

沙三伴哥来嗏②，两腿青泥，只为捞虾。太公庄上，杨柳阴中，磕破西瓜③。小二哥昔涎刺塔④，碌轴上淹着个琵琶⑤。看荞麦开花，绿豆生芽。无是无非，快活煞庄稼。

【注释】

①卢挚这首【殿前欢】从题材来说，可归为田园一类，与一般田园诗相较，或有雅、俗之别，然而又非一味的"俗"，盖元曲中常见的所谓"化俗为雅"者。

②沙三伴哥：元曲中常用的村农名字。嗏：语尾助词，同"者"字用法相近。

③磕破：撞破，砸开。本曲上三句与下三句倒装。应是杨柳阴中砸开西瓜，沙三伴哥听到叫唤，匆忙赶来。

④昔涎刺塔：形容垂涎的样子。此句是说小二哥因吃不到西瓜，故而垂涎三尺。刺塔，肮脏。

⑤碌轴：又作"碌碡"，石滚碾。农家使用的用来滚碾用的农具。此句是说小二哥斜躺在碌轴上，样如琵琶。

珠帘秀

珠帘秀，姓朱，排行第四，人称朱四姐，元代著名歌妓。珠帘秀主要活动在至元、大德年间（1264—1307）。早年在大都，后下江淮间。与当时著名曲家胡祇遹、卢挚、冯子振、关汉卿等都有往来。

【双调·寿阳曲】答卢疏斋①

山无数，烟万缕，憔悴煞玉堂人物②。倚篷窗一身儿活受苦③，恨不得随大江东去④。

【注释】

①卢挚有【双调·寿阳曲】别珠帘秀（见前），此为珠帘秀的酬答之曲。本属当场游戏，但亦颇切情动人。

②玉堂人物：指卢疏斋。宋以后翰林院称为玉堂。这时卢挚任翰林学士，故称"玉堂人物"。

③倚篷窗：指依着船窗（想念情人）。

④大江东去：随东流的江水一块逝去。借用苏轼《念奴娇·赤壁怀古》成句，从字面意是说自己痛苦不堪，欲纵身东流之水以求解脱，实则颇富戏谑。

姚 燧

姚燧（1238—1313），字端甫，号牧斋，河南（今河南洛阳）人。三岁丧父，为伯父姚枢所抚养。及长，为国子祭酒许衡赏识。三十八岁时为秦王府文学，旋授奉议大夫，兼提举陕西、四川、中兴等路学校，陕西汉中道提刑按察副使。入为翰林直学士。大德五年（1301），出为江苏廉访使，后拜江西行省参知政事。至大元年（1308），征为太子宾客，进承旨学士，寻拜太子少傅。次年，授荣禄大夫、翰林学士承旨知制诰兼修国史。姚燧出身名门，师从硕儒，这种环境再加上天性和才气，使得他恃才放旷，颇为自傲，养成了豪迈耿直的个性。曾主持修撰《世祖实录》，有《牧斋文集》五十卷。现存小令二十九首，套数一篇。

【中吕·满庭芳】①

天风海涛，昔人曾此，酒圣诗豪②。我到此闲登眺，日远天高③。山接水茫茫渺渺④，水连天隐隐迢迢⑤。供吟笑。功名事了，不待老僧招⑥。

【注释】

①此曲为登高眺远之作，其中所表现的隐逸情怀亦为元曲中所常见，唯其刚劲宏肆、境界不凡，为元曲中所鲜见。曲至于此，其境界已迫近于诗。

②酒圣：酒中的圣贤。此指刘伶之属，伶字伯伦，"竹林七贤"之一。性嗜酒，曾作《酒德颂》，蔑视礼教。诗豪：诗中的英豪。辛弃疾【念奴娇】（双陆和陈和仁韵）："少年横槊，酒圣诗豪

余事。"

③日远天高：双关语，既是写登临所见，又是写仕途难通。

④茫茫渺渺：形容山水相连，辽阔无边的样子。

⑤隐隐迢迢：形容水天相接，看不清晰、望不到边的样子。杜牧《寄扬州韩绰判官》："青山隐隐水迢迢，秋尽江南草未凋。"

⑥不待：不用。

【中吕·阳春曲】①

笔头风月时时过②，眼底儿曹渐渐多③。有人问我事如何。人海阔④，无日不风波⑤。

【注释】

①姚燧【中吕·阳春曲】凡四首，此选其中之一。这支小令从感叹时光流逝开始，表达了作者对世事的忧虑和对现实的不满。苏轼、辛弃疾等人的词作中有许多人生感喟类，其风味亦与此曲相近，可见词曲之间本无判然可分的疆界。

②笔头风月：文学中描绘的风花雪月，暗指人间风流之事。

③儿曹：儿女们，这里指晚辈。

④人海：比喻人世间。

⑤风波：这里用来比喻人事的复杂纠纷和仕途的艰险。

【中吕·醉高歌】感怀①

十年燕月歌声②，几点吴霜鬓影③。西风吹起鲈鱼兴④，已在桑榆暮景⑤。

又

十年书剑长吁⑥，一曲琵琶暗许⑦。月明江上别湓浦⑧，
愁听兰舟夜雨。

【注释】

①姚燧【中吕·醉高歌】凡八首，这里选其中两首，表现的都
是其人生感喟。

②"十年燕月"句：这是作者对自己大半生官场生涯的概括。
"燕月歌声"指在大都（今北京）任翰林学士期间一段清闲高雅的
生活（北京为古燕国地）。

③吴霜鬓影：指出任江东（今江苏一带，为古吴国地）廉访使
的一段生活。此时作者已渐近晚年，所以他说自己的双鬓已渐渐被
吴霜染白了。

④"西风"句：意谓自己已有弃官还乡的想法。晋代吴地人张
翰到洛阳做官，有一天刮起了秋风，他忽然怀念莼菜、莼羹、鲈鱼
脍等家乡风味，于是立即备车回家（见《晋书·张翰传》）。

⑤桑榆暮景：落日余晖返照在桑榆树梢上，比喻人生晚年。

⑥"十年书剑"句：想起十年来的宦游生活，不禁感慨万端。
书剑，携书带剑，指在外宦游。长吁，长叹。

⑦一曲琵琶暗许：白居易夜闻琵琶女演奏后，写《琵琶行》相
赠，末有"同是天涯沦落人，相逢何必曾相识"之句。许，称许，
称赞。

⑧湓（pén）浦：在今江西九江市西湓水入长江处，白居易
《琵琶行》诗序中称为"湓浦口"。

陈草庵

陈草庵（1245—1320），字彦卿，号草庵，大都人。生平事迹不详。钟嗣成《录鬼簿》列为"前辈已死名公，有乐府行于世者"，说其曾为中丞。孙楷第《元曲家考略》谓其名英，大德七年（1303）三月曾奉使宣抚江西、福建，延祐占初以左丞往河南经理钱粮，寻拜为河南行省左丞。今存其小令二十六首。

【中吕·山坡羊】叹世①

晨鸡初叫，昏鸦争噪，那个不去红尘闹②。路遥遥，水迢迢，功名尽在长安道，今日少年明日老。山，依旧好；人，憔悴了！

又

江山如画，茅檐低凹。妻蚕女织儿耕稼。务桑麻，捕鱼虾，渔樵见了无别话。三国鼎分牛继马③。兴，也任他；亡，也任他。

【注释】

①陈草庵所作【中吕·山坡羊】以"叹世"为题，凡二十六首，皆愤世嫉俗之作，今选其中两首。

②此句以昏鸦争噪喻人世间的名利纷争。

③三国鼎分牛继马：三国鼎分，指东汉王朝覆灭后出现魏、蜀、吴三国分立的局面。牛继马，指司马氏建立的西晋王朝覆灭后，在南方建立东晋王朝的元帝是他母亲私通牛姓小吏而生，故云。（见《晋书·元帝纪》）。

奥敦周卿

奥敦周卿，生卒年不详。姓奥敦，女真人。名希鲁，字周卿，号竹庵。元初人。至元六年（1269）曾为怀孟路（今河南境内）总管府判官，后历官河北、河南道提刑按察司事，江西、江东宪使、澧州路总管，至侍御史。今存小令两首，套数一篇。

【双调·蟾宫曲】①

西湖烟水茫茫，百顷风潭，十里荷香②。宜雨宜晴，宜西施淡抹浓妆③。尾尾相衔画舫④，尽欢声无日不笙簧⑤。春暖花香，岁稔时康⑥。真乃上有天堂，下有苏杭。

【注释】

①蒙元灭南宋后，杭州成为许多蒙古贵族的天堂，他们日日在西湖嬉戏游玩，俨然以主人自居。奥敦周卿的这首【蟾宫曲】即反映了这一历史事实。

②"十里荷香"句：化用宋柳永【望海潮】词，柳词有："重湖叠𪩘清嘉，有三秋桂子，十里荷花，羌管弄晴，菱歌泛夜，嬉嬉钓叟莲娃。"

③"宜雨宜晴"两句：化用宋苏轼《饮湖上初晴后雨》诗："水光潋滟晴方好，山色空蒙雨亦奇。欲把西湖比西子，淡妆浓抹总相宜。"

④"尾尾"句：意谓画船很多，连绵不断。画舫：装饰华美的游船。

⑤笙簧：指笙。簧，笙中之簧片。这里指代各种歌吹之声。

⑥岁稔（rěn）时康：年成丰收，天下太平。稔，庄稼成熟。

关汉卿

关汉卿，晚号己斋叟，大都（今北京市）人，一说祁州（今河北安国）人。生卒年不详，约生于元太宗（窝阔台）在位时代（1229—1241），卒于元成宗（铁穆耳）大德年间（1297—1307）。钟嗣成《录鬼簿》说他曾做过"太医院尹"。《析津志》说其"生而倜傥，博学能文，滑稽多智，蕴藉风流，为一时之冠"。懋循《元曲选序》说其"躬践排场，面覆粉墨，以为我家生活，偶倡优而不辞"。关汉卿与马致远、白朴、郑光祖并称"元曲四大家"。他精通声律与戏曲艺术，作杂剧六十余种，现存十六种，著名如《单刀会》《窦娥冤》等。现存小令五十八首，套数十一篇。

【双调·大德歌】夏①

俏冤家②，在天涯，偏那里绿杨堪系马③。困坐南窗下，数对清风想念他④。蛾眉淡了教谁画⑤，瘦岩岩羞带石榴花⑥。

秋

风飘飘，雨潇潇，便做陈抟睡不着⑦。懊恼伤怀抱，扑簌簌泪点抛⑧。秋蝉儿噪罢寒蛩儿叫⑨，淅零零细雨打芭蕉⑩。

【注释】

①关汉卿尝以【双调·大德歌】分咏春、夏、秋、冬四季，皆以男女情事为题，尖新俏丽，此选咏夏、秋两篇。

②俏冤家：对所爱之人的亲昵称呼。

③"偏那"句：偏偏只有那里留得住。

④数对：屡次对着，频频地对着。

⑤蛾眉：指女子弯弯的长眉毛。此处暗用汉张敞画眉典故。

⑥瘦岩岩：瘦削的样子。石榴花：泛指红色的花。

⑦陈抟（tuán）：陈抟，五代末、北宋初的著名道士。字图南，自号扶摇子，曾修道于华山，赵匡胤征辟不就，据说常酣睡百日不醒。此处乃借陈抟之能睡反衬女子之难以入眠。

⑧扑簌簌：眼泪直流的样子。抛：这里指洒泪不止。

⑨秋蝉、寒蛩（qióng）：秋天里容易唤起人们愁思的两种昆虫，诗人们往往用它们来形容和点染离人的秋思。蝉，又名知了。寒蛩，即蟋蟀。

⑩"渐零零"句：形容细雨蒙蒙。细雨打芭蕉，出自李煜【长相思】："秋风多，雨相和，帘外芭蕉三两窠。夜长人奈何。"

【双调·大德歌】双渐苏卿①

绿杨堤，画船儿，正撞着一帆风赶上来。冯魁吃的醺醺醉，怎想着金山寺壁上诗？醒来不见多姝丽②，冷清清空载明月归。

又

郑元和，受寂寞，道是你无钱怎奈何。哥哥家缘破，谁着你摇铜钱唱挽歌③。因打亚仙门前过④，恰便是司马泪痕多。

【注释】

①双渐、苏卿故事宋元间流传甚广，略云：庐州妓女苏小卿与书生双渐情好甚笃。双渐出外，久之不归，其母暗与茶商冯魁定

计，将苏小卿卖与冯魁。小卿趁茶船过金山寺时，题诗于壁以示双渐。双渐追赶至豫章城（今江西南昌），四处寻访，后来船至金山寺，见苏卿在寺壁留下的诗句，赶到临安，终于团聚。此曲即以此佳话为题，颇富谐趣。

②多姝丽：美女，此处指苏小卿。

③唱挽歌：是说郑元和钱物嫖尽后，以唱挽歌为生。

④"亚仙"句：是说李亚仙发现在风雪中遭饥寒的郑元和事。

【中吕·普天乐】咏崔张十六事其一

张生赴选①

碧云天，黄花地，西风紧，北雁南飞②。恨相见难，又早别离易，久已后虽然成佳配，奈时间怎不悲啼③。我则厮守得一时半刻，早松了金钏，减了香肌。

封书退贼

不念法华经④，不理梁皇忏⑤，贼人来至，情理何堪。法聪待向前，遍把贼来探。险些把佳人遭坑陷。消不得小书生一纸书缄，杜将军风威勇敢⑥，张秀才能书妙染，孙飞虎好是羞惭。

【注释】

①《西厢记》作者旧有王作、关续说（王实甫首创、关汉卿续作）。对照关汉卿【中吕·普天乐】咏崔张十六事可知，关词与《西厢记》词确有关系。如"张生赴选"与王实甫《西厢记》"长亭送别"相近。《西厢记》【端正好】曲："碧云天，黄花地，西风

紧。北雁南飞。晓来谁染霜林醉？总是离人泪。"【滚绣球】曲：
"恨相见得迟，怨归去得疾……听得道一声去也，松了金钏；遥望
见十里长亭，减了玉肌！"

②黄花：菊花。西风：秋风。此句以深秋景致衬托别离情绪，
有声有色。

③奈：犹言怎耐。

④法华经：著名的佛经之一。

⑤梁皇：南朝梁武帝信佛，故云。

⑥杜将军：指破贼解围的白马将军杜确。

【双调·沉醉东风】①

咫尺的天南地北②，霎时间月缺花飞③。手执着饯行杯，
眼阁着别离泪④。刚道得声保重将息⑤，痛煞煞教人舍不得⑥。
好去者前程万里⑦。

又

忧则忧鸾孤凤单，愁则愁月缺花残，为则为俏冤家，害
则害谁曾惯⑧，瘦则瘦不似今番，恨则恨孤帏绣衾寒⑨，怕则
怕黄昏到晚⑩。

【注释】

①【双调·沉醉东风】原四曲，今选其中两曲。别离、相思皆
词、曲共有题材，词多情深而婉转，曲则率直而淋漓，此二曲亦可
见元曲风味。

②咫尺：周制八寸，此言距离之近。

③霎时间：一会儿，此言时间迅即。古人常以"花好月圆"喻

29

男女美满相聚，此则以"月缺花飞"喻别离之痛。

④阁着：噙着，含着。

⑤将息：调养，休息。李清照【声声慢】："乍暖还寒时候，最难将息。"

⑥痛煞煞：痛苦状。亦作"痛设设"。煞，程度副词，很、甚的意思。

⑦好去者：安慰行者的套语，犹言"走好着"。

⑧害则害：害了相思病。

⑨孤帏绣衾：孤单的罗帐，绣花的被子。

⑩怕则怕黄昏到晚：此句从李清照词化出。李清照【声声慢】云："守着窗儿，独自怎生得黑。梧桐更兼细雨，到黄昏点点滴滴。这次第，怎一个愁字了得。"

【南吕·四块玉】闲适①

旧酒投，新醅泼②，老瓦盆边笑呵呵③。共山僧野叟闲吟和。他出一个鸡，我出一个鹅，闲快活。

又

南亩耕④，东山卧⑤，世态人情经历多。闲将往事思量过。贤的是他，愚的是我，争甚么⑥！

【注释】

①关汉卿【南吕·四块玉】以"闲适"为题者凡四首，今选其中两首，皆以鄙弃功名、隐居乐道为主骨，此亦为元散曲常见之主题，唯颇动人。

②新醅（pēi）：新酒。醅，未经过滤的酒。泼：倾倒，此言

斟酒。

③老瓦盆：粗陋的盛酒器。

④南亩耕：此用汉末诸葛亮躬耕南阳的典故。

⑤东山卧：此用东晋谢安隐居东山（今浙江上虞西南）的典故。

⑥此句正言反说，实颇多愤慨。

【双调·碧玉箫】①

怕见春归，枝上柳绵飞②。静掩香闺，帘外晓莺啼③。恨天涯锦字稀④，梦才郎翠被知。宽尽衣⑤，一搦腰肢细⑥；痴，暗暗的添憔悴。

又

秋景堪题⑦，红叶满山溪。松径偏宜⑧，黄菊绕东篱。正清樽斟泼醅⑨，有白衣劝酒杯。官品极⑩，到底成何济⑪？归，学取他渊明醉。

【注释】

①关汉卿【碧玉箫】十首，或写闺怨，或写闲情，都俏丽可喜，今选其中两首。

②柳绵：柳絮，柳花。苏轼【蝶恋花】词："枝上柳绵吹又少，天涯何处无芳草！"

③帘外晓莺啼：金昌绪《春怨》："打起黄莺儿，莫教枝上啼。啼时惊妾梦，不得到辽西。"

④锦字：用锦织成的字。窦滔的妻子苏蕙曾织锦为回文寄给他，后因以指情书。

31

⑤宽尽衣：柳永【蝶恋花】："衣带渐宽终不悔，为伊消得人憔悴。"这是说因相思而消瘦。

⑥一搦（nuò）：一握，极言其腰肢之细小。

⑦堪题：值得写，值得描画。

⑧松径：指隐居的园圃。

⑨泼醅：李白《襄阳歌》："遥看汉水鸭头绿，恰似葡萄初泼醅。"

⑩官品极：最高的官阶。

⑪成何济：有何益处。济，益处。

【仙吕·一半儿】①

碧纱窗外静无人②，跪在床前心忙要亲③。骂了个负心回转身。虽是我话儿嗔④，一半儿推辞一半儿肯。

又

多情多绪小冤家，迄逗得人来憔悴煞⑤。说来的话先瞒过咱。怎知他，一半儿真实一半儿假。

【注释】

①【一半儿】曲最末一句需重复用"一半儿"三字，文辞上又恰成对照，故大都油然可喜，关汉卿这两首【一半儿】亦然。

②碧纱窗：用绿纱做的窗帘。

③亲：亲吻。

④嗔（chēn）：生气。

⑤迄逗：引逗，撩拨。

庾天锡

庾天锡，生卒年不详。字吉甫，大都（今北京）人。曾任中书省掾，除员外郎、中山（今河北定州一带）府判。钟嗣成《录鬼簿》将其列于"前辈已死名公才人，有所编传奇行于世者"之列。作杂剧《骂上元》《霓裳怨》《半昌宫》等十五种，今皆不存。贯云石在《阳春白雪序》中把他和关汉卿并论，品评两人"造语妖娇，却如小女临怀，使人不忍对殢"。杨维桢在《周月湖今乐府序》中称："士大夫以今乐府鸣者，奇巧莫如关汉卿、庾吉甫、杨淡斋、卢疏斋。"可见天锡名重一时。其散曲今存小令七首，套数四篇。

【双调·蟾宫曲】①

环滁秀列诸峰②。山有名泉，泻出其中③，泉上危亭，僧仙好事，缔构成功④。四景朝暮不同，宴酣之乐无穷，酒饮千钟⑤。能醉能文，太守欧翁⑥。

又

滕王高阁江干。珮玉鸣鸾，歌舞阑。画栋朱帘，朝云暮雨，南浦西山⑦。物换星移几番珊⑧，阁中帝子应笑，独倚危栏⑨。槛外长江，东注无还⑩。

【注释】

①庾天锡这首【蟾宫曲】乃隐括欧阳修《醉翁亭记》一文而成。

②"环滁"句：此句概括了《醉翁亭记》"环滁皆山也，其西

南诸峰，林壑尤美，望之蔚然而深秀者，琅琊也"五句。滁，今安徽滁县。

③ "山有"二句：这是"山行六七里，渐闻水声潺潺，而泻出于两峰之间者，酿泉也"四句的概括。

④ "泉上"三句：这是"峰回路转，有亭翼然，临于泉上者，醉翁亭也。作亭者谁，山之僧曰智仙也；名之者谁，太守自谓也"的概括。

⑤ "四景"三句：这是"若夫日出而林霏开，云归而岩穴暝，晦明变化者，山间之朝暮也。野芳发而幽香，佳木秀而繁阴，风霜高洁，水落而石出者，山间之四时也。朝而往，暮而归，四时之景不同，而乐亦无穷也"一段的概括。

⑥ "能醉"二句：这是"醉能同其乐，醒能述以文者，太守也。太守谓谁，庐陵欧阳修也"的语意。

⑦ "画栋"三句：这是"画栋朝飞南浦云，朱帘暮卷西山雨"一联的概括。画栋，涂有彩画的梁栋。此写滕王去后滕王阁的冷落情况。

⑧ "物换"句：这是"物换星移几度秋"的改写。物换，言景物在变化；星移，言星辰在运行。

⑨ "阁中"二句：这是"阁中帝子今何在"句的点换。帝子，指滕王。危栏，高高的栏杆。

⑩ "槛外"二句：这是"槛外长江空自流"一句的改写。槛，栏杆。长江，这里指赣江。东注，向东奔流。

【双调·雁儿落过得胜令】①

【雁儿落】春风桃李繁，夏浦荷莲间，秋霜黄菊残，冬雪白梅绽②。【得胜令】四季手轻翻，百岁指空弹。谩说周秦汉，徒夸孔孟颜。人间，几度黄粱饭。狼山③，金杯休放闲。

【注释】

①此为带过曲，所谓带过曲即某支曲另连带一两支曲，如【脱布衫】带【小梁州】、【醉高歌】带【红绣鞋】、【骂玉郎】带【感皇恩】、【采茶歌】等，"代"，即"过"。宋人词多包括上下两片（段），元曲小令多为单片（段），故带过曲略相当于两片（段）或三（段）的词。

②"春风桃李繁"以下四句为连璧对，连璧对亦为元曲巧体之一，这种对仗法诗词中皆少见。

③狼山：又称紫狼山或紫琅山，在江苏南通市东南，滨长江北岸，风光绮丽，名胜古迹甚多。

王德信

王德信，字实甫。大都（今北京）人。生卒年不详，约与关汉卿同时，钟嗣成《录鬼簿》将其列于"前辈已死名公才人，有所编传奇行于世者"之列，称"西厢记，天下夺魁"。主要创作活动大约在元成宗元贞、大德年间（1295—1307）。王实甫早年曾经为官，晚年弃官归隐，吟风弄月，优游诗酒。贾仲明吊词称其"作词章，风韵美，士林中，等辈伏低"。著有杂剧十四种，今存《西厢记》《丽春园》和《破窑记》等三种，其中《西厢记》最为著名。今存小令一首。

【中吕·十二月过尧民歌】别情①

【十二月】自别后遥山隐隐，更那堪远水粼粼②。见杨柳飞绵滚滚，对桃花醉脸醺醺③。透内阁香风阵阵④，掩重门暮雨纷纷⑤。【尧民歌】怕黄昏忽地又黄昏⑥，不销魂怎地不销魂⑦。新啼痕压旧啼痕，断肠人忆断肠人。今春，香肌瘦几分，缕带宽三寸⑧。

【注释】

①此曲所用连环体，为元曲巧体之一，如"怕黄昏忽地又黄昏"、"断肠人忆断肠人"等，故能将别离之情尽情宣泄，与诗词写别情趣味迥别。

②粼粼（lín）：形容水波清澈流动。

③醺醺（xūn）：形容醉态。此句暗用崔护诗"去年今日此门中，人面桃花相映红"的语意。

④内阁：深闺，内室。

⑤重门：一重又一重的门，言富贵之家庭院之深。纷纷：形容雨之多。

⑥怕黄昏：因黄昏容易引起人们寂寞孤独之感。李清照《声声慢》："梧桐更兼细雨，到黄昏点点滴滴，这次第，怎一个愁字了得。"

⑦销魂：因过度刺激而神思茫然，仿佛魂将离体。多用以形容悲伤愁苦时的情状。也可形容因过度用情而呈现出来的痴呆之状。江淹《别赋》："黯然销魂者，唯别而已矣。"

⑧"香肌"二句：形容为离愁而憔悴、消瘦。柳永【蝶恋花】："衣带渐宽终不悔，为伊消得人憔悴。"

马致远

马致远（1250—1324），号东篱，大都人。他的年辈晚于关汉卿、白朴等人，与关汉卿、郑光祖、白朴并称"元曲四大家"，是元代时著名大戏剧家、散曲家。他少年时追求功名，未能得志。后曾出任浙江行省务提举官。晚年退出官场，隐居杭州郊外。他曾参加元贞（1295—1296）书会，与李时中、红字李二、花李郎等合写《黄粱梦》杂剧。明初贾仲明为他写的《凌波仙》吊词，说他是"曲状元"、"万花丛里马神仙"。元人称道士作神仙，他实际是当时在北方流行的全真教的信徒。《太和正音谱》将其列为元曲众家之首。作杂剧十五种，今存《汉宫秋》《青衫泪》《荐福碑》等七种，以《汉宫秋》最为著名。散曲小令一百一十五首，套数十七篇。

【南吕·金字经】①

夜来西风里，九天雕鹗飞②，困煞中原一布衣③。悲，故人知未知，登楼意④，恨无上天梯⑤。

【注释】

①马致远【南吕·金字经】凡三首，今选其中之一，主要表现作者不得志的情怀。此曲可能为马致远早期作品。

②九天：九重天，极言天高。李白《望庐山瀑布》："飞流直下三千尺，疑是银河落九天。"鹗（è）：一种猛禽，通称鱼鹰。孔融《荐祢衡表》："鸷鸟累百，不如一鹗。"后世因以推贤荐能为"鹗荐"，这里作者乃以雕鹗自喻。

③中原：泛指黄河中、下游地区。布衣：指没有做官的读书人。诸葛亮《出师表》："臣本布衣，躬耕南阳。"

④登楼意：汉末王粲以西京丧乱，避难荆州，未能得到刘表的赏识，于是作《登楼赋》，以抒发其慷慨之情。

⑤天梯：登天的梯子，暗指为朝廷任用。

【越调·天净沙】秋思①

枯藤老树昏鸦，小桥流水人家，古道西风瘦马②。夕阳西下，断肠人在天涯③。

【注释】

①马致远【越调·天净沙】秋思被推为名曲，其写景状物、抒怀言志皆极高妙，文字简约而含蕴丰厚，信非虚誉。整首曲子描绘了一幅凄凉动人的秋郊夕照图，并且准确地传达出旅人凄苦的心境。

②古道：古老的驿路。

③断肠人：指漂泊天涯、百无聊赖的旅客。

【南吕·四块玉】叹世①

两鬓皤②，中年过，图甚区区苦张罗③。人间宠辱都参破④。种春风二顷田，远红尘千丈波，倒大来闲快活⑤。

又

带月行，披星走，孤馆寒食故乡秋⑥。妻儿胖了咱消瘦。枕上忧⑦，马上愁⑧，死后休。

【注释】

①马致远【南吕·四块玉】以"叹世"为题者九首，皆表现避世全身的思想，但落笔各不相同，各具风致。

②两鬓皤（pó）：两边的鬓发已经白了。皤，形容白色。

③"图甚"句：贪图什么小小的功名富贵，要去苦苦地筹划呢！区区，极言其微小。

④参破：看破，参悟破。

⑤倒大：犹云绝大。来：语气词。

⑥孤馆寒食：孤独寂寞地在旅馆里度过寒食节。寒食，节令的名称，在清明的前一天。寒食节亦称"禁烟节"、"冷节"、"百五节"，在夏历冬至后一百零五日，清明节前一二日。

⑦枕上忧：梦中的忧虑。徐再思【满江红】："枕上十年事，江南二老忧，都到心头。"

⑧马上愁：在路途奔波中所引起的愁思。

【双调·蟾宫曲】叹世

咸阳百二山河①。两字功名，几阵干戈。项废东吴②，刘兴西蜀③，梦说南柯④。韩信功兀的般证果⑤，蒯通言那里是风魔⑥。成也萧何⑦。败也萧何，醉了由他⑧。

【注释】

①咸阳：秦国的都城，在今陕西省咸阳市东北二十里。百二山河：形容地势险要。

②项废东吴：项，项羽，名籍。秦末兴兵，为领袖。灭秦后，自立为西楚霸王，王九郡，都彭城（今江苏徐州，为古东吴之地）。

后为刘邦击败，被困垓下，自刎乌江。故曰"项废东吴"。

③刘兴西蜀：刘，指刘邦，西汉王朝的创建者，曾经率领军队攻占咸阳，推翻秦的统治。秦亡后，项羽分封诸侯，不愿刘邦在关中立足，乃立他为汉王，"王巴蜀、汉中，都南郑"，终于战胜项羽，统一天下。故云"刘兴西蜀"。

④梦说南柯：唐李公佐《南柯记》传奇说书生淳于棼梦至槐安国，国王妻以公主，任命他做南柯太守，享尽了荣华富贵，醒来才知道是一场大梦。这是感叹刘、项的兴废也不过一场幻梦罢了。

⑤韩信：汉初大将。在帮助刘邦建立汉政权的过程中，立下了汗马功劳，但却被吕后杀害。兀（wù）的：这。也作"兀底"、"兀得"。证果：果报，结果。

⑥蒯（kuǎi）通：即蒯彻，汉初谋士，因避汉武帝刘彻名讳而改名。曾劝韩信背汉，"三分天下，鼎足而居"。韩信不听，乃佯狂为巫。元无名氏据此写了《隋何赚风魔蒯通》的杂剧，说隋何识破蒯通诈装风魔，赚来京城准备杀害，那蒯通历数韩信十大功劳，不当得此恶报，自己甘愿油烹火葬，和他生死相伴，终于得到刘邦的赦免。风魔：疯癫。

⑦萧何：汉初大臣。韩信微贱时，萧何向刘邦推荐韩信为大将，说韩信是"国士无双"。汉政权建立以后，又觉得韩信功业显赫，"军权太重"，他又向吕后献计除掉韩信。

⑧醉了由他：大醉不醒，哪管他成败是非。这是一种悲凉的嘲世和自嘲。他，元代读音与今有异，与河、戈等字同属歌戈韵。

【南吕·四块玉】

临邛市①

美貌娘，名家子②，自驾着个私奔车儿。汉相如便做文

率真元曲·爱他时似爱初生月

章士，爱他那一操儿琴，共他那两句儿诗③。也有改嫁时。

马嵬坡④

睡海棠⑤，春将晚，恨不得明皇掌中看。霓裳便是中原患⑥，不因这玉环，引起那禄山，怎知蜀道难。

【注释】

①这首【四块玉】以人们熟知的司马相如与卓文君的爱情故事为题。临邛（qióng）：今四川邛崃市。西汉临邛富商卓王孙，有女文君，美貌多才，寡居在家。司马相如深深慕悦，趁在卓家宴饮，以琴心挑之，文君心动，夜奔相如。相如家贫，无以为生，乃于临邛开设酒肆，文君当垆卖酒，相如则同用人一起劳作。按，西汉时人们在爱情婚姻方面的观念相较于宋元时更为开明，在"私奔""改嫁"一类事的看待上也与后世很不同。马致远此曲拿后世的标准取笑前代，故颇有滑稽趣味。

②名家子：名门之女，指卓文君。

③便做：仅仅是，不过。一操儿：犹言一曲。琴曲名操。两句儿诗：指司马相如弹琴时曾吟诵《凤求凰》诗："凤兮凤兮归故乡，遨游四海求其凰。"

④安史之乱时，唐明皇前往西蜀避难，行至马嵬坡时，发生兵变，唐明皇万般无奈之下赐死杨贵妃。此曲即以此为题，与前曲相似，也有几分诙谐的色彩。

⑤睡海棠：此以睡海棠比拟杨贵妃。

⑥霓裳：指《霓裳羽衣舞》，据说杨贵妃擅舞此曲。

【仙吕·青哥儿】①

正月

春城春宵无价，照星桥火树银花②。妙舞清歌最是他③，翡翠坡前那人家，鳌山下④。

五月

榴花葵花争笑，先生醉读《离骚》⑤。卧看风檐燕垒巢⑥，忽听得江津戏兰桡⑦。船儿闹。

九月

前年维舟寒濑，对篷窗丛菊花开。陈迹犹存戏马台，说道丹阳寄奴来⑧。愁无奈。

十二月

隆冬严寒时节，岁功来待将迁谢⑨。爱惜梅花积下雪⑩。分付与东君略添些⑪。丰年也。

【注释】

①马致远曾用【青哥儿】分咏十二月，即十二首，此选其中四首，表现的都是闲适之情。

②"照星桥"句：地上元宵佳节的灯火与天上的银河交相辉映。星桥，实即星河，也就是银河。火树银花，形容式样繁多、光华灿烂的灯火。

43

③最是他：以他为最，数他最好。

④鳌山：装饰成海龟负山形状的巨型灯火。

⑤《离骚》：战国末期伟大诗人屈原的长篇抒情诗，也是他的主要代表作。

⑥风檐：屋檐。

⑦江津戏兰桡（ráo）：指江边渡口人们正在赛龙船。兰桡，本指兰木制成的船桨，此指华贵的船。桡，桨。前面冠以"兰"字是形容桨的质地好。

⑧"说道"二句：公元404年桓玄篡晋，刘裕由京口起兵讨伐。京口（今江苏镇江）与丹阳（今江苏南京）紧邻，寄奴是刘裕的小名。

⑨岁功：指一年的时序，即四季的轮换。来：语助词。迁谢：到了尽头。

⑩"爱惜"句：古人认为用梅花上的积雪烹茶，茶味最美，常常把它扫下贮存起来。

⑪"分付"句：祈求春神再多下点瑞雪。

【双调·寿阳曲】

远浦归帆①

夕阳下，酒旆闲②，两三航未曾着岸③。落花水香茅舍晚，断桥头卖鱼人散。

潇湘雨夜

渔灯暗④，客梦回⑤，一声声滴人心碎⑥。孤舟五更家万里，是离人几行清泪。

江天暮雪

天将暮，雪乱舞，半梅花半飘柳絮⑦。江上晚来堪画处，钓鱼人一蓑归去⑧。

【注释】

①【寿阳曲】又名【落梅风】，总题为"潇湘八景"，原八首，今选其中三首。

②酒旆（pèi）：即酒旗，旧时酒店中挂起来用以招客的旗子。旆：古代旌旗末端形如燕尾的垂旒飘带。

③航：渡船。

④渔灯：渔船上的灯火。诗词中往往用"渔火"，张继《枫桥夜泊》诗有"月落乌啼霜满天，江枫渔火对愁眠"。

⑤客梦回：游子的梦醒了。

⑥"一声声"句：这是说雨声唤起离人的无穷烦恼。

⑦"半梅花"句：这是以梅花和柳絮来形容白雪。东晋女诗人谢道韫与其季父谢安在家赏雪。谢安问："大雪纷纷何所似?"其兄谢朗说："撒盐空中差可拟。"道韫说："未若柳絮因风起。"故以柳絮喻雪。

⑧"钓鱼人"句：柳宗元《江雪》诗："孤舟蓑笠翁，独钓寒江雪。"张志和《渔父》："青箬笠，绿蓑衣，斜风细雨不须归。"本句合上述二句诗意而成。

率真元曲·爱他时似爱初生月

白贲

白贲，生卒年不详。字无咎，号素轩，钱塘人。父白挺，长于诗文。早年随父居杭州、常州，后出仕，曾任忻县知州，至正间（1321—1323）曾任温州路平阳州教授，后为南安路总管府经历。善绘画。散曲存者甚少，仅小令二首，套数三篇。

【正宫·鹦鹉曲】①

侬家鹦鹉洲边住②，是个不识字渔父。浪花舟中一叶扁舟，睡煞江南烟雨。【幺】③觉来时满眼青山④，抖擞绿蓑归去。算从前错怨天公，甚也有安排我处⑤。

【注释】

①白贲此曲当时甚有名，和者甚多，故《阳春白雪》《太平乐府》《雍熙乐府》等曲选皆有收录。【鹦鹉曲】又名【黑漆弩】、【学士吟】，自白贲此曲一出，后人遂多称为【鹦鹉曲】。

②侬家：自称，我。鹦鹉洲：地名，位于湖北汉阳西南长江中。

③幺：【幺篇】之省。北曲一般只有一段，若后段即前段的重复（或略有变化），后篇即称【幺篇】（南曲一般称【前腔】）。

④觉来时：醒来时。

⑤甚：真。

【双调·百字折桂令】①

弊裘尘土压征鞍②，鞭倦袅芦花。弓箭萧萧，一迳入烟霞③。动羁怀④：西风禾黍，秋水蒹葭⑤。千点万点，老树寒鸦。三行两行，写长空哑哑⑥，雁落平沙。曲岸西边，近水涡⑦，鱼网纶竿钓艖⑧。断桥东边，傍西山，竹篱茅舍人家。见满山满谷，红叶黄花。正是伤感凄凉时候，离人又在天涯。

【注释】

①羁旅愁怀为诗词家之熟题，而此篇借曲之铺排笔法，于诗词之外另造一种风致。用笔清丽，音调协婉，句法多变，抒情淋漓尽致。

②弊裘尘土压征鞍：写马上游子穿着破裘，满身尘土，连马鞭都懒得举动了。

③一迳：一直。

④羁怀：游子的情怀。

⑤蒹葭（jiānjiā）：是一种植物，指芦荻、芦苇。

⑥写长空：指雁飞空中，像在写字，故说"写长空"。

⑦水涡：水流旋转处。

⑧纶竿：钓鱼竿。钓艖（chā）：钓鱼的小船。

鲜于必仁

鲜于必仁，字去矜，号苦斋。生卒年不详。渔阳郡（今属北京市）人，太常寺典簿鲜于枢之子，以乐府擅长。与著名曲家"海盐腔"创作者杨梓之二子国材、少中交善。现存小令二十九首。

【双调·折桂令】

卢沟晓月[①]

出都门鞭影摇红，山色空蒙，林景玲珑。桥俯危波，车通运塞，栏倚长空。起宿霭千寻卧龙，掣流云万丈垂虹[②]，路杳疏钟，似蚁行人，如步蟾宫[③]。

西山晴雪[④]

玉嵯峨高耸神京[⑤]。峭壁排银，叠石飞琼，地展雄藩[⑥]，天开图画，户判围屏。分曙色流云有影，冻晴光老树无声。醉眼空惊，樵子归来，蓑笠青青。

【注释】

①鲜于必仁曾写【双调·折桂令】八首，总题为《燕山八景》。这些写景曲大都写得大气磅礴，为曲中所鲜见，今选共二。

②霭（ǎi）：云气。寻：古代的长度单位，八尺为寻。"起宿霭千寻卧龙"两句形容卢沟桥姿态的雄伟美丽。

③蟾宫：月宫，俗传月中有蟾蜍，故称月为蟾宫。"如步蟾宫"是说人在桥上走，如在月宫行。

④西山晴雪：元代燕山八景之一。西山，位于今北京市西北。

⑤嵯（cuó）峨：形容山势高峻。

⑥地展雄藩：意指西山为北京屏障。雄藩，雄伟的屏藩。

张养浩

张养浩（1270—1329），字希孟，号云庄，山东济南人。自幼聪慧，博通经史，被荐为东平学正。后游京师，不忽木荐为御史台掾，复授堂邑县尹。在官十年，颇有政绩。武宗朝，入拜监察御史，奏时政万言，得罪权贵。延祐初，以礼部侍郎知贡举，升礼部尚书。英宗至治初，参议中枢省事，以直谏触怒英宗，弃官归家。文宗天历二年（1329），因关中大旱，复出治旱救灾，特拜陕西行台中丞，到官四月，劳瘁而死。追封滨国公，谥文思。诗集有《归田类稿》，散曲集有《云庄休居自适小乐府》，多为归隐后寄傲林泉时所作。艾俊《云庄乐府引》云其词"情由外感，乐自中出。言真理到，和而不流，依腔按歌，使人名利之心都尽"。间亦有关怀民瘼之作。诗、文兼擅，而以散曲著称。代表作有《山坡羊·潼关怀古》等。今存小令一百六十一首，套数二篇。

【中吕·山坡羊】

潼关怀古①

峰峦如聚②，波涛如怒，山河表里潼关路③。望西都④，意踟蹰⑤。伤心秦汉经行处⑥，宫阙万间都做了土⑦。兴，百姓苦；亡，百姓苦。

骊山怀古

骊山四顾⑧，阿房一炬，当时奢侈今何处。只见草萧疏，水萦纡⑨。至今遗恨迷烟树，列国周齐秦汉楚⑩。嬴，都变做了土；输，都变做了土。

【注释】

①张养浩以【中吕·山坡羊】写了一组怀古之作，气势雄浑，感慨深切，此处选其中两首。

②峰峦如聚：言重岩叠嶂，群山攒立。

③潼关：位于今陕西省潼关县北，历代皆为军事要地。潼关外有黄河，内有华山，形势十分险要，故云"山河表里"。

④西都：指长安（今陕西西安）。

⑤意踟蹰（chíchú）：原指犹豫不决，徘徊不前，这里指思潮不断，感慨万千。

⑥"伤心"句：言经过秦、汉的故地，引起无穷的伤感。经行处，经过的地方。指秦汉故都遗址。

⑦"宫阙"句：言在无数的战乱中，宫殿都已经化成焦土。宫，宫殿。阙（què），王宫前的望楼。

⑧骊山：位于今陕西临潼东南，是秦国经营宫殿的重点。顾：看。

⑨萦纡（yū）：形容水盘旋迂回地流淌。

⑩列国：各国，即周、齐、秦、汉、楚等国。周都镐京，故址在今陕西西安市西北。齐、秦争霸，楚、汉相争，均发生在这个地区。

【正宫·塞鸿秋】①

春来时香雪梨花会，夏来时云锦荷花会，秋来时霜露黄花会②，冬来时风月梅花会。春夏与秋冬，四季皆佳会。主人此意谁能会。

51

率真元曲·爱他时似爱初生月

①此曲所用独木桥体（句末皆用相同的"会"字），为元曲巧体之一。通篇押一"会"字，描绘了迷人的四季风光：春天里雪白的梨花无边无际，夏天里鲜艳的荷花风姿绰约，秋天里灿烂的黄花令人沉醉，冬月中高雅的梅花令人出神，而盘旋其中的主人，一年四季都生活在花的海洋里，充满了生活的乐趣。这种描绘充满了趣味，充满生活情趣，而运用韵字"会"，则强化了这种趣味。

②黄花：菊花。

【双调·沉醉东风】①

班定远飘零玉关②，楚灵均憔悴江干③。李斯有黄犬悲④，陆机有华亭叹⑤。张柬之老来遭难⑥。把个苏子瞻长流了四五番⑦，因此上功名意懒。

又

昨日颜如渥丹⑧，今朝鬓发斑斑。恰才桃李春，又早桑榆晚⑨。断送了古人何限，只为天地无情乐事悭⑩，因此上功名意懒。

【注释】

①张养浩【双调·沉醉东风】原有七曲，皆借古讽今，显露作者对追求功名心灰意冷的种种原因，寄寓深长，此选其中之二。

②"班定远"句：班定远，即班超。班超以战功封定远侯，年老思乡，因上疏请求调回关内说："臣不敢望到酒泉郡，但愿生入玉门关。"（事见《后汉书》）

③"楚灵均"句：屈原，楚国人，字灵均，故称"楚灵均"。

《楚辞·渔父》云："屈原既放，游于江潭，行吟泽畔，颜色憔悴，形容枯槁。"

④"李斯"句：李斯，秦国的丞相，他在秦嬴政统一六国过程中起过重要作用，后与其子一起被秦二世腰斩于咸阳市。临刑时，他回头对其子说："吾欲与若复牵黄犬，俱出上蔡东门逐狡兔，岂可得乎？"（见《史记·李斯列传》）

⑤"陆机"句：陆机，字士衡，西晋著名文学家，有《文赋》等传世。后遭谗，为司马颖所杀。临刑，叹曰："华亭鹤唳，岂可复闻乎？"（见《晋书·陆机传》）

⑥"张柬之"句：张柬之（625—706），字孟将，襄阳（今属湖北）人。中进士后，累迁至监察御史，武周后期，曾任宰相。后为武三思所排挤，贬为新州司马，愤恨而死。

⑦"把个"句：苏子瞻，即苏轼，北宋大文学家、大书画家。

⑧渥（wò）丹：涂上红的颜色，形容红润而有光泽。《诗·秦风·终南》："颜如渥丹。"

⑨又早桑榆晚：又已到了晚年。《后汉书·冯异传》："失之东隅，收之桑榆。"东隅，本指日出的地方；桑榆，本指日落的地方，后因以"桑榆"喻人的晚年。

⑩悭（qiān）：小气，吝啬，悭吝。

【双调·折桂令】

过金山寺①

长江浩浩西来，水面云山，山上楼台。山水相连，楼台相对，天与安排②。诗句成风烟动色，酒杯倾天地忘怀。醉眼睁开，遥望蓬莱，一半儿云遮，一半儿烟霾。

中秋

一轮飞镜谁磨，照彻乾坤，印透山河。玉露泠泠③，洗秋空银汉无波④，比常夜清光更多⑤，尽无碍桂影婆娑⑥。老子高歌，为问嫦娥⑦，良夜恹恹⑧，不醉如何。

【注释】

①张养浩【双调·折桂令】八首皆为退隐后所作，虽话题不一，而旨趣略同，此选其中之二。

②天与安排：上天给予安排。与，给，替。

③玉露泠泠（líng）：洁白的露珠显得格外清凉。玉露，形容露珠之澄澈透明。泠泠，形容清凉。

④银汉：即银河。

⑤"比常夜"句：言中秋之月比平常更明亮。此处化用辛弃疾【太常引】词"斫去月婆娑，人道是清光更多"的语意。

⑥桂：指传说中月中的桂树。婆娑：枝叶盘旋貌。

⑦嫦娥：传说中月宫中的仙女。《淮南子》载，后羿从西王母那里得到不死之药，嫦娥偷吃以后，飞升至月宫。

⑧恹恹（yān）：精神不振的样子。

郑光祖

郑光祖，生卒年不详。字德辉，平阳襄陵（山西临汾附近）人。是元杂剧中后期的重要作家，元曲四大家之一。曾任杭州路吏，卒葬西湖灵芝寺。《录鬼簿》说他曾"以儒补杭州路吏，为人方直，不妄与人交。名闻天下，声彻闺阁，伶伦辈称郑老先生者，皆知为德辉也"。与关汉卿、马致远、白朴齐名，后人合称为"元曲四大家"。他写过杂剧十八种，今存《迷青琐倩女离魂》《㑇梅香翰林风月》《醉思乡王粲登楼》等八种。小令六首，套数两篇。

【双调·蟾宫曲】梦中作①

半窗幽梦微茫，歌罢钱塘②，赋罢高唐③。风入罗帏，爽入疏棂④，月照纱窗。缥缈见梨花淡妆⑤，依稀闻兰麝鱼香⑥。唤起思量。待不思量，怎不思量。

【注释】

①郑光祖这首【蟾宫曲】，一写梦中幽会，极恍惚迷离、缠绵悱恻之致。

②歌罢钱塘：宋何薳《春渚纪闻》"司马才仲遇苏小"条载："宋代司马才仲初在洛阳，昼寝，梦一美人牵帷而歌曰：'妾本钱塘江上住，花落花开，不管流年度。燕子衔将春色去，纱窗几阵黄梅雨。'"后司马才仲以东坡先生荐应制举中等，遂为钱塘幕官，其厩舍后即唐苏小小墓。

③赋罢高唐：宋玉有《高唐赋》写楚襄王梦游高唐，与神女欢会事。

④棂：即窗格。

⑤"缥缈（piāomiǎo）"句：化用白居易《长恨歌》诗，白诗云："玉容寂寞泪阑干，梨花一枝春带雨。"这里以梨花形容妇女的淡妆。缥缈，隐约、仿佛。梨花淡妆，形容女子装束素雅，像梨花一样清淡。

⑥"依稀"句：化用五代后蜀阎选《贺新郎》词，阎词有："兰麝细香闻喘息，绮罗纤缕见肌肤。"

【正宫·塞鸿秋】①

门前五柳侵江路②，庄儿紧依白苹渡③。除彭泽县令无心做④，渊明老子达时务。频将浊酒沽，识破兴亡数⑤，醉时节笑捻着黄花去⑥。

又

金谷园那得三生富⑦，铁门限枉作千年妒⑧，汨罗江空把三闾污，北邙山谁是千钟禄。想应陶令杯⑨，不到刘伶墓⑩。怎相逢不饮空归去。

【注释】

①郑光祖这两首【塞鸿秋】表现的也是元曲中常见的全身远祸的思想，唯其造语、意象都别具匠心。

②五柳：陶渊明曾著《五柳先生传》以自况，后因以"门前五柳"喻隐逸之士的住所。

③白苹渡：长满白苹的渡口，往往也是写高人逸士的去所。

④"彭泽县令"句：陶渊明曾做了八十多天的彭泽县令，因不为五斗米折腰，挂冠回乡。除，任命。

⑤识破兴亡数：看透了兴亡的命运。数，命运。

⑥"醉时"句：陶渊明生性嗜好酒，又爱菊。

⑦金谷园：晋石崇所建，在洛阳城西。石崇以富著称，常在金谷园中宴宾取乐。此句谓富贵不能长久。

⑧铁门限：铁门槛，喻过不去的关口。范成大《重九日行营寿藏之地》诗有："纵有千年铁门限，终须一个土馒头。"

⑨陶令杯：陶渊明曾做彭泽令，又性嗜酒，故云"陶令杯"。

⑩刘伶：西晋沛国（今安徽宿县）人，字伯伦。"竹林七贤"之一。性嗜酒，作《酒德颂》，对封建礼教表示蔑视，对醉乡生活表示赞扬。

曾 瑞

曾瑞，字瑞卿，号褐夫，平州（今河北卢龙）人，一说大兴（今北京大兴）人。因喜江浙人才风物而移家南方杭州。《录鬼簿》说他"神采卓异，衣冠整肃，优游于市井，洒然如神仙中人"。志不屈物，不愿出仕，因号"褐夫"。至顺初，已逾七旬。江淮之显达者，岁时馈送不绝，遂得以徜徉卒岁。临终之日，诣门吊者以千数。善丹青，工画山水，学范宽。能隐语、小曲。著杂剧《才子佳人误元宵》，惜已失传。有散曲集《诗酒馀音》，已佚。今存小令九十五首，套数十七篇。

【南吕·四块玉】酷吏①

官况甜，公途险，虎豹重关整威严②。仇多恩少人皆厌。业贯盈③，横祸添，无处闪。

【注释】

①元朝实行种族歧视制度，重用蒙古人、色目人，吏治腐败，为官者贪赃受贿、搜刮百姓，这支【四块玉】对当时的历史现实有所反映。

②虎豹重关：虎豹守着重叠的门，形容门禁森严。屈原《招魂》："虎豹九关，啄害下人些。"

③业贯盈：谓罪恶满盈。业，梵语"羯磨"的义译，有造作之义。佛教称人的行为、言语、思念为业。业有善恶之分，但一般指恶业。

【中吕·山坡羊】讥时

繁花春尽，穷途人困，太平分的清闲运①。整乾坤，会经纶②，奈何不遂风雷信③？朝市得安为大隐④。咱，装做蠢；民，何受窘！

【注释】

①分（fèn）：有"理该摊得""命中注定"的意思。清闲运：不做官而享清闲的命运，这是愤激之辞。

②整乾坤，会经纶：比喻自己有治国平天下的才干。

③风雷：比喻巨大的力量。此句谓有才能却得不到施展的机会。

④大隐：按古人有所谓大隐、中隐、小隐之说，谓小隐隐于山林，大隐隐于市朝。

【南吕·骂玉郎过感皇恩采茶歌】

闺情①

【骂玉郎】才郎远送秋江岸，斟别酒唱阳关②，临岐无语空长叹③。酒已阑④，曲未残，人初散。【感皇恩】月缺化残，枕剩衾寒。脸消香，眉蹙黛，髻鬆鬟。心长怀去后，信不寄平安。拆鸾凤，分莺燕⑤，杳鱼雁。【采茶歌】对遥山，倚阑干，当时无计锁雕鞍⑥。去后思量悔应晚，别时容易见时难⑦。

闺中闻杜鹃

【骂玉郎】无情杜宇闲淘气⑧，头直上耳根底⑨，声声聒得人心碎。你怎知，我就里⑩，愁无际？【感皇恩】帘幕低垂，重门深闭。曲栏边，雕檐外，画楼西。把春醒唤起⑪，将晓梦惊回。无明夜，闲聒噪，厮禁持⑫。【采茶歌】我几曾离，这绣罗帏？没来由劝道我不如归。狂客江南正着迷，这声儿好去对俺那人啼。

【注释】

①闺情为曲家之常题，不易出新，曾瑞这两支在众多写闺怨的曲子中能别具一格，尤为难得。

②阳关：故址在今甘肃敦煌西南。《元和郡县志》载，因它在玉门关之南，所以叫"阳关"。

③临岐：临近分别。岐，同"歧"，岔路。

④酒已阑：酒已喝尽。

⑤鸾凤、莺燕：喻夫妻或情侣。

⑥"当时"句：化用柳永【定风波】词，柳词云："早知恁般么，悔当初不把雕鞍锁。"

⑦"别时"句：化用李煜【浪淘沙】词："无限江山，别时容易见时难。"

⑧杜宇：即杜鹃，又名子规。俗谓它的叫声像"不如归去"。其声哀怨，人不忍闻。故诗人多用它的啼声来寄托离愁别恨。

⑨头直上：北方口语，即头顶上。

⑩就里：内心，内幕。

⑪醒（chéng）：本指因喝醉了酒而神志不清。此处是因春睡而神志不清。

⑫厮禁持：相纠缠。

【中吕·喜春来】

相思①

你残花态那衣叩，咱减腰围攒带钩②，这般情绪几时休。思配偶，争奈不自由。

又

鸳鸯作对关前世，翡翠成双约后期，无缘难得做夫妻。除梦里，惊觉各东西。

妓家

无钱难解双生闷③，有钞能驱倩女魂④，粉营花寨紧关门⑤。咱受窘，披撇见钱亲。

【注释】

①曾瑞尝作【喜春来】二十二首，大都尖新俏丽，此选其中三首。

②"咱减腰围"句：意谓因相思病而消瘦。叩（kòu）：敲打。

③双生：指双渐。宋元时，双渐、苏卿的爱情故事流传甚广，故事中的苏卿本来是个重情不重财的歌妓，但这里用来比拟苏卿的"妓家"却恰恰相反，嫌贫爱富，故颇为诙谐。

④倩女魂：张倩女离魂故事在宋元时流传甚广，郑光祖《倩女离魂》杂剧即述此，云张倩女因爱恋情人王文举，其魂魄追随王文举进京赴试，其真身卧病在床。后王文举返回，张倩女魂魄附体而

率真元曲·爱他时似爱初生月

病好事。

⑤粉营花寨：指代妓院。

刘时中

刘时中，或以为即刘致。生卒年不详。号逋斋，石州宁乡（今山西离石）人。因石州归太原管辖，故有"太原寓士"之称。其父名彦文，字子章，生前任广州怀集令，卒于长沙。大德二年，翰林学士姚燧游长沙，致往见，为其赏识，被荐用为湖南廉访使司幕僚。至大三年，燧又荐之为河南行省掾。至治二年刘致任太常博士，至顺三年在翰林待制任内，最后调任江浙行省都事。死后无以为葬，杭州道士王眉叟葬之。今存小令七十四首，套数四篇。

【南吕·四块玉】①

泛彩舟，携红袖②，一曲新声按伊州③。樽前更有忘机友④：波上鸥，花底鸠，湖畔柳。

又

看野花，携村酒，烦恼如何到心头。红缨白马难消受⑤。二顷田，两只牛，饱时候。

又

佐国心⑥，拿云手⑦，命里无时莫强求。随缘过得休生受⑧。几叶锦，几匹绸，暖时候。

又

禄万钟⑨，家千口，父子为官弟封侯。画堂不管铜壶

63

漏⑩。休费心，休过求，攧破头⑪。

【注释】

①刘时中所作【四块玉】凡十首，皆以隐逸之情为主骨，今选其中四首。

②红袖：指代身着艳装的美女。

③按：按板（歌唱）。伊州：唐宋大曲名。

④忘机友：没有机心的朋友。即下文的鸥、鸠、柳。

⑤红缨白马：指代官宦生涯。

⑥佐国心：辅佐君主治国安邦之心。

⑦拿云手：喻志向远大，本领高强。

⑧休生受：不要作难，不要吃苦。

⑨禄万钟：优厚的俸禄。禄，俸钱，薪金。钟，古代以六斛四斗为一钟。

⑩画堂：华丽的房子。铜壶漏：古代的计时器。此句言时光过得快，岁月不饶人。

⑪攧（diān）破头：碰破头。攧：跌，摔。

【双调·折桂令】

农①

想田家作苦区区②，有斗酒豚蹄③，畅饮歌呼。瓦钵瓷瓯，村箫社鼓，落得装愚④。吾将种牵衣自舞，妇秦人击缶相娱。儿女供厨，仆妾扶舆⑤。无是无非，不乐何如？

渔

鳜鱼肥流水桃花，山雨溪风，漠漠平沙。箬笠蓑衣⑥，笔床茶灶，小作生涯。樵青采芳洲蓼牙，渔童薪别浦蒹葭。小小渔舟差，泛宅浮家⑦，一舸鸱夷，万顷烟霞。

樵

正山寒黄独无苗，听斤斧丁丁，空谷潇潇。有涧底荆薪，淮南丛桂，吾意堪樵。赤脚婢香粳旋捣，长须奴野菜时挑。云暗山腰，水冱溪桥⑧，日暮归来，酒满山瓢。

牧

被野猿山鸟相留，药解延年，草解忘忧。土木形骸，烟霞活计，麋鹿交游⑨。闷来访箕山许由⑩，闲时寻崧顶丹丘⑪。莫莫休休，荡荡悠悠，带子携妻，老隐南州。

【注释】

①在元曲家的笔下，农人、渔民、樵夫、牧者们恬静安宁、与世无争的生活，成为他们一心向往的理想生活，虽然他们所描绘的农人或渔民、樵夫的生活与社会现实往往有很大出入。

②区区：极言少。

③豚（tún）：小猪，也泛指猪。

④落得：弄到这般地步，亦作"落的"或"落来"。这里则是自甘痴呆。

⑤仆妾扶舆：有仆、妾扶舆的生活自然不是一般的农家生活，而应是乡间的士绅们才能拥有的。

⑥箬（ruò）笠：用嫩蒲草编成的斗笠。

⑦泛宅浮家：渔人长期生活于水上，与船相伴，故称"泛宅浮家"。

⑧冱（hù）：因寒冷而凝结。

⑨"土木形骸"三句：身形化为土木，工作的对象为烟霞，交往的朋友为麋鹿。此三句谓人与自然和谐相处、身与物化，已难分彼此。

⑩许由：据说为商代的隐士，曾隐居箕山。

⑪崧（sōng）：同"嵩"，即嵩山。

【双调·殿前欢】①

醉翁酡②，醒来徐步杖藜拖③。家童伴我池塘坐，鸥鹭清波。映水红莲五六科④，秋光过，两句新题破。秋霜残菊，夜雨枯荷。

又

醉颜酡，太翁庄上走如梭。门前几个官人坐，有虎皮驮驮⑤。呼王留唤伴哥⑥，无一个，空叫得喉咙破。人踏了瓜果，马践了田禾。

【注释】

①刘时中的这两首【殿前欢】表现的都是隐居乐道的生活，写得别有情趣。

②酡（tuó）：因喝了酒，脸上发红。

③徐步：慢慢走。藜：用藜木做的拐杖。

④科：同"颗"。

⑤驮驮：厚实貌。元旅歌《普天乐·题昭君出塞图》曲："羽巅峨峨，虎皮驮驮。"

⑥王留、伴哥：元曲中常见的农人通用的名字。

阿鲁威

阿鲁威,字叔重,号东泉,人或以鲁东泉称之,蒙古人。生卒年不详。至治间官南剑太守,泰定间为经筵官、参知政事。今存小令十九首。

【双调·蟾宫曲】怀古[①]

鸱夷后那个清闲[②]?谁爱雨笠烟蓑,七里严湍[③]。除却巢由[④],更无人到,颍水箕山。叹落日孤鸿往还[⑤],笑桃源洞口谁关[⑥]?试问刘郎,几度花开,几度花残?

又

问人间谁是英雄?有酾酒临江,横槊曹公。紫盖黄旗[⑦],多应借得,赤壁东风[⑧]。更惊起南阳卧龙[⑨],便成名八阵图中[⑩]。鼎足三分,一分西蜀,一分江东。

【注释】

①阿鲁威,蒙古族,与一般汉族知识分子比较,其际遇似较顺达。而这两首【蟾宫曲】表现的也是鄙弃功名、全身远祸的思想,可见此种情绪为当时知识阶层所共有。

②鸱(chī)夷:指范蠡。据《史记·越王勾践世家》载,范蠡辅佐越王勾践复国后,知勾践可以共患难而不可以共安乐,乃泛舟游于五湖之上,变名易姓至齐,自号"鸱夷子皮",致产数千万,齐人闻其贤,推其为相。范蠡以久受尊名不祥,乃归相印,尽散其财,潜行至陶国,自号"陶朱公",不久,累财巨万。

67

③七里严湍（tuān）：指东汉严子陵隐居不仕，在七里滩隐居事。湍（tuān）：急流，急流的水。

④巢由：巢，巢父。尧时隐士，以树为巢而寝其上，故时人号曰巢父。由，许由。尧想把天下让给他，他认为玷污了他的耳朵，于是到颍水之滨去洗耳，隐居箕山终身。事见晋皇甫谧《高士传》上。

⑤孤鸠：这里喻隐居的高士。

⑥桃源洞口：陶渊明作《桃花源记》，后因以指避世隐居的地方。此句谓桃源洞口即使敞开着，也没有人愿意进去隐居。

⑦紫盖黄旗：古人认为天空出现黄旗紫盖的云气，是出帝王的兆头。这里指曹操终于统一天下。

⑧赤壁东风：赤壁大战时，周瑜用部将黄盖计，用火攻，恰巧东南风大起，向西北延烧，曹兵大败。

⑨南阳卧龙：指诸葛亮。徐庶向刘备推荐时，称其为"卧龙"。诸葛亮出山前，曾隐居南阳。诸葛亮《出师表》："臣本布衣，躬耕南阳。"

⑩八阵图：据说诸葛亮能摆八卦阵。杜甫《八阵图》诗概括诸葛亮一生功业，云："功盖三分国，名成八阵图。"

王元鼎

王元鼎，生卒年不详。金陵人（今南京市），约与阿鲁威同时，曾为翰林学士。夏庭芝《青楼集》"顺时秀"条载，其与歌妓顺时秀关系甚密，顺时秀有病，王杀其坐骑为之啖。顺时秀称其善"嘲风弄月，惜玉怜香"。天一阁本《录鬼簿》在"前辈名公"中列有其名，称"王元鼎学士"。至大皇庆间国子学生员。其所作散曲，今存小令七首，套数二篇。

【越调·凭栏人】闺怨①

垂柳依依惹暮烟，素魄娟娟当绣轩②。妾身独自眠，月圆人未圆。

又

啼得花残声更悲③，叫得春归郎未知。杜鹃奴倩伊④，问郎何日归？

【注释】

①王元鼎的这两首【凭栏人】皆吟咏闺情，用韵响亮，明丽委婉，字斟句酌，含蓄蕴藉。

②素魄：指月亮。因月白如素，故称素魄。娟娟：美好的样子。当：正当，迎着。

③"啼得花残"句：此化用辛弃疾【贺新郎】词："更那堪鹧鸪声住，杜鹃声切。"

④奴：女子自称。倩：请。伊：彼，他。

69

薛昂夫

薛昂夫，本名薛超兀儿，一作超吾，回鹘（今新疆）人，维吾尔族人。生卒年不详。汉姓马，故亦称马昂夫，字九皋。其祖官御史大夫，始居龙兴（今江西南昌）。父官御史中丞。昂夫早年曾问学于宋末诗人刘辰翁，初为江西行中书省令史，后入京，由秘书监郎官累官金典瑞院事，泰定、天历间为太平路总管，元统间移衢州路总管。晚年隐居杭州皋亭山一带。薛昂夫善篆书，有诗名，诗集已佚。有诗名，与虞集、萨都剌相唱和。现存小令六十五首，套数三篇。

【正宫·塞鸿秋】①

功名万里忙如燕②，斯文一脉微如线③，光阴寸隙流如电④，风雪两鬓白如练。尽道便休官⑤，林下何曾见⑥，至今寂寞彭泽县⑦。

【注释】

①本曲首四句为联璧对，且对仗工稳，极富表现力。

②功名万里：指东汉班超希望立功边疆封侯事。《后汉书·班超传》载班超尝对人说："大丈夫无他志略，犹当效傅介子、张骞立功异域，以取封侯，安能久事笔砚间乎?"

③斯文：指儒者追求的文化品格、修养等。

④光阴寸隙：形容时光像白驹过隙，又如电光石火，转瞬即逝。

⑤尽道：都说。休官：辞官。

⑥灵彻《东林寺酬韦丹刺史》诗有"相逢尽道休官好，林下何曾见一人"，此用其意。林下，指山林隐逸的地方。

⑦彭泽县：晋陶渊明曾为彭泽县令，后归隐。此句言隐居的人很少。

【双调·蟾宫曲】雪①

天仙碧玉琼瑶②，点点扬花③，片片鹅毛④。访戴归来，寻梅懒去⑤，独钓无聊⑥。一个饮羊羔红炉暖阁⑦，一个冻骑驴野店溪桥⑧。你自评跋，那个清高，那个粗豪。

【注释】

①元曲中尽多隐逸之趣者，此曲以雪为题，借雪见意，颇具匠心。

②碧玉琼瑶：形容雪晶莹洁白。琼瑶：美玉。

③点点杨花：以杨花喻雪。

④片片鹅毛：形容雪片大如鹅毛。

⑤寻梅懒去：这是孟浩然踏雪寻梅的故事。

⑥独钓无聊：此句化用柳宗元《江雪》"孤舟蓑笠翁，独钓寒江雪"的句意。

⑦羊羔：美酒名。

⑧"冻骑驴"句：指孟浩然一类骚人雅士的孤高洒脱行径。

贯云石

贯云石，维吾尔族人。原名小云石海涯，元功臣阿里海涯之孙，因父名贯只歌，遂以贯为姓。号酸斋，又号芦花道人。年轻时武力超人，善骑射，袭职为两淮万户府达鲁花赤，镇守永州（今湖南零陵）。后弃武学文，从姚燧学，接受汉族文化。元仁宗时任翰林院侍读学士、中奉大夫、知制诰同修国史等官。后称疾隐居杭州一带，变名易姓，在杭州过诗酒优游的生活。卒赠集贤学士中奉大夫护军，追封京兆郡公，谥文靖。贯云石能诗文、善草、隶书，俱能变化古今，自成一家。有《贯酸斋集》二卷。现存散曲有小令七十九首，套数八首。同时的曲家徐再思，号甜斋，近人任讷把他和徐再思的散曲合编为《酸甜乐府》。

【双调·水仙子】田家①

绿阴茅屋两三间，院后溪流门外山。山桃野杏开无限，怕春光虚过眼，得浮生半日清闲②。邀邻翁为伴，使家僮过盏③，直吃的老瓦盆干。

又

满林红叶乱翩翩，醉尽秋霜锦树残④，苍苔静拂题诗看。酒微温石鼎寒⑤，瓦杯深洗尽愁烦，衣宽解，事不关⑥，直吃的老瓦盆干。

【注释】

①贯云石【双调·水仙子】以"田家"为题者凡四首，皆借

田家生活的描绘，歌咏自家归隐田园的情趣，今选其中之二。

②浮生：虚浮不定之生活。李白《春夜宴桃李园序》："浮生若梦，为欢几何。"

③过盏：传递酒杯（给邻翁）。

④"醉尽秋霜"句：红叶满林，已经凋残了。翩翩，飘动貌。

⑤"酒微温"句：酒微温石炉还没有热。因石鼎（石炉）壁厚热得慢。

⑥事不关：世间的事不再关心。

【正宫·塞鸿秋】代人作①

战西风几点宾鸿至②，感起我南朝千古伤心事③。展花笺欲写几句知心事，空教我停霜毫半晌无才思⑤。往常得兴时，一扫无瑕疵⑥。今日个病恹恹刚写写下两个相思字⑦。

【注释】

①贯云石【正宫·塞鸿秋】"代人作"凡两首，皆尖新俏丽，今选其中之一。

②宾鸿：鸿，候鸟，每秋到南方来越冬。《礼记·月令》："（季秋之月）鸿雁来宾。"故称"宾鸿"。

③南朝：指三国时的吴、东晋以及南朝的宋、齐、梁、陈，都以南方的建康（今南京市）为都城。

④花笺：精致华美的信笺。徐陵《玉台新咏序》："五色花笺，河北胶东之纸。高楼红粉，仍定鲁鱼之文。"

⑤霜毫：白兔毛做的毛笔。

⑥一扫无瑕疵：一挥而就，没有毛病。瑕疵（cī），本指玉器上的斑点，这里指诗文中的小毛病。

⑦病恹恹（yān）：因相思病而精神萎靡不振。

【中吕·红绣鞋】①

挨着靠着云窗同坐，看着笑着月枕双歌②，听着数着愁着怕着早四更过③。四更过，情未足，情未足，夜如梭。天那！更闰一更妨甚么④。

【注释】

①贯云石作为贵家公子，经常出入酒楼歌馆，其词也不免逢场作戏，但这首【中吕·红绣鞋】写男女之情，大胆率真，为一般诗词所未见。曲中又借用重叠、顶真等民歌惯用的手法。

②月枕：形如月牙的枕头。双歌：一同歌唱。

③听着数着愁着怕着：听着谯鼓敲打，数着打更声，忧愁天明，害怕分离。

④闰：农历有闰月之说，但无闰更，此处突发此想，主要表现女子痴情，希望能延长与情人同处的时间。

周文质

周文质（？—1334），字仲彬，建德（今属浙江）人，后移居杭州。学问渊博，资性工巧。明曲调，谐音律，文笔新奇，家世业儒，俯就小吏。与钟嗣成交二十余年。元统二年病卒。作杂剧《苏武还朝》《春风杜韦娘》《孙武子教兵》《戏谏唐庄宗》四种，今仅《苏武还朝》残存两折。今存散曲小令四十三首，套数五篇，多男女相思之作。

【正宫·叨叨令】自叹①

筑墙的曾入高宗梦②，钓鱼的也应飞熊梦③，受贫的是个凄凉梦，做官的是个荣华梦。笑煞人也么哥④，笑煞人也么哥，梦中又说人间梦⑤。

【注释】

①【叨叨令】曲在文体写作方面的主要特征是重复两遍使用"也么哥"。元灭南宋，文人以及文人安身立命的文化传统都遭遇边缘化，许多士人产生了人生如梦的幻灭感。周文质的这首【叨叨令】"自叹"最典型地反映了元代部分文人的心态。

②"筑墙"句：传说傅说本为筑墙之人，后被商王武丁（高宗）起用为相。据《史记·殷本纪》载，武丁"夜梦得圣人，名曰说。以梦所见视群臣百吏，皆非也。于是乃使百工营求之野，得说于傅险（岩）中……举以为相，殷国大治"。

③"钓鱼"句：这里用的是姜太公吕尚尝垂钓渭水，后遇文王的典故。

④也么哥：也作"也末哥"。语尾助词，无义。此句在这里重复两遍，是《叨叨令》的定格。

⑤"梦中"句：是说自己现在也在梦中，在梦中评说各种人间梦。

【正宫·叨叨令】悲秋①

叮叮当当铁马儿乞留定琅闹②，啾啾唧唧促织儿依柔依然叫③，滴滴点点细雨儿淅零淅留哨，潇潇洒洒梧叶儿失留疏剌落。睡不着也么哥，睡不着也么哥。孤孤零零单枕上迷飚模登靠④。

【注释】

①此曲以赋的笔法，从不同方面渲染愁情，尤着意于声音的描摹，词、曲之别于此可窥一斑。首四句为鼎足对。

②铁马儿：风铃。"叮叮当当""乞留定琅"及后文的"啾啾唧唧""依柔依然""淅零淅留""失留疏剌"等皆为拟声词。

③促织儿：蟋蟀。

④迷飚（diū）模登：指迷迷糊糊。飚：古通"丢"，抛掷。

【双调·落梅风】①

楼台小，风味佳。动新愁雨初风乍②。知不知对春思念他，倚阑干海棠花下。

又

新秋夜，微醉时，月明中倚栏独自③。吟成几联断肠诗④，说不尽满怀心事。

又

鸾凤配，莺燕约⑤，感萧娘肯怜才貌⑥。除琴剑又别无珍共宝⑦，则一片至诚心要也不要⑧。

【注释】

①周文质的这三首【落梅风】都是言情之曲，读来都流丽可爱。

②雨初风乍：谓风雨初起。乍：刚刚，起初。

③"倚栏独自"：是"独自倚栏"的倒文，这里因押韵而倒装。

④断肠诗：极度悲伤的诗歌。宋代女词人朱淑真有词集曰《断肠词》。

⑤鸾凤配、莺燕约：喻男女的匹配，爱情盟约。

⑥萧娘：汉唐以后对女子的泛称。五代后蜀尹鹗【临江仙】词："一番荷芰生，池沼槛前风送馨香。昔年于此伴萧娘，相偎伫立，牵惹叙衷肠。"

⑦琴剑：古琴、宝剑及书箱，是古代知识分子常伴的行装。

⑧"则一片"句：只有一片赤诚的心。至诚心，非常诚恳的心意。《汉书·楚元王传》："其言多痛切，发于至诚。"

【越调·寨儿令】

弹玉指，颤腰枝，想前生欠他憔悴死①。锦帐琴瑟，罗帕胭脂，则落的害相思。曾约在桃李开时，到今日杨柳垂丝。假题情绝句诗，虚写恨断肠词②。嗤！都扯做纸条儿。

又

踏草茵③，步苔痕，忆宫妆懒观蝶翅粉④。桃脸香新，柳黛愁颦，谁道不消魂！海棠台榭清晨，梨花院落黄昏。卷帘邀皓月，把酒问东君⑤。春，偏恼少年人。

又

清景幽，水痕收，潇潇几株霜后柳。往日追游，此际还羞，新恨上眉头。丹枫不返金沟，碧云深锁朱楼。风凉梧翠减，露冷菊香浮。秋，妆点许多愁。

【注释】

①"弹玉指"三句：意谓自己打量一回自己的手指、腰肢，看看因为憔悴究竟消瘦了多少。

②"假题"两句：意谓情人未如期赴约，仅仅寄来谈情说爱的诗、词。

③草茵：（春）草如平铺的席子。

④宫妆：宫廷中流行的妆扮式样。

⑤东君：古以东、南、西、北四个方向分别对应春、夏、秋、冬四季，因此东君即指代春。

乔 吉

乔吉（？—1345），一作乔吉甫，字梦符（或作孟符）。号鹤笙翁，又号惺惺道人。山西太原人，后流寓杭州。钟嗣成在《录鬼簿》中说他"美姿容，善词章，以威严自饬，人敬畏之"。一生落拓，浪迹江湖，寄情诗酒。以《西湖梧叶儿》一百篇，蜚声词坛，所著杂剧十一种，今存《扬州梦》《两世姻缘》《金钱记》三种。其散曲后人辑有《惺惺道人乐府》《文湖州集词》，今存小令二百零九首，套数十一篇，其散曲作品数量之多仅次于张可久，当时与张可久齐名。乔吉、张小山作为关汉卿、马致远之后的一代曲家，其所作散曲显著词化，风格亦趋于雅丽，这标志着元散曲在元中叶时已发生重要变化。

【正宫·绿幺遍】自述①

不占龙头选②，不入名贤传③。时时酒圣，处处诗禅。烟霞状元，江湖醉仙，笑谈便是编修院④。留连⑤，批风抹月四十年⑥。

【注释】

①乔吉的这首【绿幺遍】"自述"对于我们理解其四十年流浪江湖的形迹和心态都极有帮助。

②龙头：头名状元。此句指未有功名。

③名贤传：登录名人贤者的传记，为历代官修史书的重要组成部分。

④编修院：即翰林院，编修国史的机关，唐宋以来的中国文人

多以参与国史编纂为荣。

⑤留连：留恋，不愿离开或不忍隔舍。高适《行路难》诗："五侯相逢大道边，美人弦管争留连。"

⑥批风抹月：犹言吟风弄月。

【中吕·满庭芳】渔父词①

吴头楚尾②，江山入梦，海鸟忘机。闲来得觉胡伦睡③，枕著蓑衣。钓台下风云庆会，纶竿上日月交蚀④。知滋味，桃花浪里，春水鳜鱼肥。

又

携鱼换酒，鱼鲜可口，酒热扶头⑤。盘中不是鲸鲵肉⑥，鲟鲊初熟⑦。太湖水光摇酒瓯⑧，洞庭山影落鱼舟。归来后，一竿钓钩，不挂古今愁。

【注释】

①乔吉【中吕·满庭芳】以"渔父词"为题者凡二十首，这些作品并非一时一地之作，都表露的是作者隐逸情怀，此选其中之二。

②吴头楚尾：指今江西省北部，春秋时为吴、楚两国接界之地，因称"吴头楚尾"。

③胡伦：同"囫囵"。指浑然一体，此处用以形容睡得香甜。

④纶竿：钓竿。纶，钓丝。

⑤扶头：有两解，一为酒名，是一种烈性酒；一为振奋头脑之意。此处应为后者。

⑥鲸鲵（ní）：即鲸鱼，雄为鲸，雌为鲵。典出《左传·宣公

十二年》。传说鲸鲵出入穴即为潮水，故后世多以鲸鲵比喻叛逆之人。

⑦鲟鲊（zhǎ）：鲟，一种产于近海或江河的鱼，味极鲜美。鲊，经过腌制加工的鱼。

⑧瓯（ōu）：盆、盂一类的瓦器。

【双调·水仙子】

为友人作①

搅柔肠离恨病相兼②，重聚首佳期卦怎占？豫章城开了座相思店③。闷勾肆儿逐日添④，愁行货顿塌在眉尖⑤。税钱比茶船上欠，斤两去等秤上掂，吃紧的历册般拘钤。

怨风情

眼前花怎得接连枝⑥，眉上锁新教配钥匙⑦，描笔儿勾销了伤春事。闷葫芦铰断线儿⑧，锦鸳鸯别对了个雄雌⑨。野峰儿难寻觅，蝎虎儿干害死，蚕蛹儿毕罢了相思⑩。

【注释】

①元曲尚尖新、谐趣，张小山的这两首【双调·水仙子】写男女之情，都别出心裁，颇富曲味。

②恨病相兼：指怨恨更兼相思病。

③豫章城：故址在今江西南昌。在宋元时流行的双渐、苏卿故事中（见前关汉卿【双调·大德歌】双渐苏卿注释①），双渐曾赶至豫章城寻找苏卿。

④勾肆：勾栏瓦肆，宋元时伎艺人卖艺的场所。此句是说心中

81

的愁闷如同勾栏瓦肆一样逐日增添。

⑤"愁行货"句：谓愁苦如因滞销而高高堆积至眉的货物一样。顿塌，堆积。

⑥连枝：连理枝。

⑦眉上锁：喻双眉紧皱如锁难开。

⑧闷葫芦铰断线儿：谓心里苦闷，像闷葫芦一样不知为何被铰断了线。

⑨锦：鲜明美丽。锦鸳鸯：喻佳偶。鸳鸯蝎虎：即壁虎，又名守宫。传说用朱砂喂养壁虎。

⑩"野峰儿"三句：谓（思念中的人）像野蜂一般难以寻觅，（我却）像蝎儿一般活活被坑害死，像蚕蛹般断了相思。

【双调·折桂令】七夕赠歌者①

崔徽休写丹青②，雨弱云娇，水秀山明。箸点歌唇③，葱枝纤手，好个卿卿④。水洒不着春妆整整⑤，风吹的倒玉立亭亭，浅醉微醒，谁伴云屏？今夜新凉，卧看双星⑥。

又

黄四娘沽酒当垆⑦，一片青旗⑧，一曲骊珠⑨。滴露和云，添花补柳，梳洗工夫。无半点闲愁去处，问三生醉梦何如。笑倩谁扶⑩，又被春纤，搅住吟须。

【注释】

①歌妓是宋元词曲演唱的主要承担者，有许多词曲则是词曲家专为她们写作的，张小山的这两首【双调·折桂令】"七夕赠歌者"都反映了元曲家与当时歌妓们的特殊关系。

②崔徽：唐代歌妓，貌美，善画自己的肖像送给恋人。休：不用画。丹青：绘画，描摹。

③箸点：形容女子小嘴如筷子头。

④卿卿：对情人的昵称。

⑤春妆：此指春日盛妆。

⑥双星：指牛郎星、织女星。

⑦黄四娘：美女的泛称。当垆：古时酒店垒土为台，安放酒瓮，卖酒人在土台旁，叫当垆。卓文君私奔司马相如后，无以为生，也曾当垆卖酒。此用其典。

⑧青旗：指酒招子、酒幌子。

⑨骊珠：传说中的珍珠，出自骊龙颔下。此处用以形容歌声动人，如珠圆玉润。

⑩倩：请，央求。

【双调·清江引】笑靥儿①

凤酥不将腮斗儿匀②，巧倩含娇俊③。红镂玉有痕，暖嵌花生晕。旋窝儿粉香都是春④。

又

一团可人衒是娇⑤，妆点如花貌。抬叠起脸上愁，出落腮边俏。千金这窝儿里消费了⑥。

【注释】

①笑靥（yè）儿：笑时嘴边露的小圆窝。此曲竟以笑靥儿为题，亦为诗词所未见。乔吉原作四首，这是其中两首。

②凤酥：即凤膏。油脂类化妆品。

③"巧倩"句：是说笑起来特别娇美。巧倩，美丽动人的笑容。《诗经·卫风·硕人》："巧笑倩兮，美目盼兮。"

④旋窝：即酒窝。此句谓满面含笑。

⑤衠（zhūn）：直，纯粹。

⑥"千金"句：隐指歌妓们迎欢卖笑的生涯。

【中吕·卖花声】悟世①

肝肠百炼炉间铁，富贵三更枕上蝶②，功名两字酒中蛇③。尖风薄雪④，残杯冷炙⑤，掩清灯竹篱茅舍。

【注释】

①元散曲中以"悟世"为题者甚多，大都为看破红尘之意，此曲亦以此为题旨，唯别有一般风味，起首连用的三句鼎足对甚为工稳、有力。

②"富贵"句：谓富贵如梦一般虚幻。枕上蝶，即用庄周梦中化蝶的典故。

③"功名"句：谓功名如酒中之蛇影一样不可捉摸。酒中蛇，借用"杯弓蛇影"的典故。

④尖风：刺骨的寒风。

⑤残杯冷炙：剩酒和冷菜。借指生活清贫。

【中吕·山坡羊】

寄兴①

鹏抟九万②，腰缠十万，扬州鹤背骑来惯③。事间关，景阑珊，黄金不富英雄汉④。一片世情天地间⑤。白，也是眼；青，也是眼。

冬日写怀

朝三暮四，昨非今是，痴儿不解荣枯事⑥。攒家私，宠花枝⑦。黄金壮起荒淫志，千百锭买张招状纸⑧。身，已至此；心，犹未死。

【注释】

①元曲中的【山坡羊】有许多都用来写世态人情，隐含讽喻之旨，此选乔吉所作【山坡羊】亦然。

②鹏抟（tuán）九万：抟，盘旋。形容大鹏起飞时卷起一阵旋风。这里是比喻仕途发迹，扶摇直上。

③"腰缠"两句：南朝梁殷芸《殷芸小说》："有客相从，各言所志：或愿为扬州刺史，或愿多资财，或愿骑鹤上升。有一人曰：'腰缠十万贯，骑鹤上扬州。'欲兼三者。"这里指富贵功名都称心如意。

④"事间关"三句：是说世事曲折多变，转眼间由盛转衰。一旦黄金散尽，英雄也难免穷途之叹。情有曲折，不顺利。

⑤世情：指世态炎凉，这里化用杜甫诗句"世情恶衰歇，万事随转烛"。

⑥"痴儿"句：指迷恋名利的人不明白世间盛衰荣枯事。

⑦宠花枝：指好女色。

⑧招状纸：指犯人招供认罪的供状文书。这里指买官罪状最终败露。

【越调·天净沙】即事①

莺莺燕燕春春②，花花柳柳真真③，事事风风韵韵④，娇娇嫩嫩，停停当当人人⑤。

【注释】

①"即事"即就眼前事物为题写作，乔吉的这首即事全以叠词组织，颇为工巧，甚是有趣。

②莺莺燕燕：此以莺燕喻天真活泼的少女。姜夔【踏莎行】："燕燕轻盈，莺莺娇软，分明又向华胥见。"

③花花柳柳：旧指冶艳女郎或妓女。

④风风韵韵：本指一个人的风度和韵致。后多以形容妇女的风流神态。

⑤停停当当：形容体态、动作的优美。

张可久

张可久（一作久可），号小山，约生于至元初（1270年前），卒于至正初（1340年后），庆元（今浙江鄞县）人。曾任路吏转首领官，又曾为桐庐典史等小吏，还做过昆山县幕僚。元至正初七十余岁时，仍任昆山幕僚，至正八年（1348）尚在世。一生陈抑下僚，仕途上不很得意。平生好遨游，足迹遍江南各地，晚年居杭州。张小山与乔吉并称"双璧"，与张养浩合为"二张"。与卢挚、贯云石等人唱和颇多。有《苏堤渔唱》《小山北曲联乐府》等散曲集。今存小令八百五十五首，套数九篇，为元人中存散曲最多者。内容以表现闲逸情怀为主。

【双调·折桂令】湖上即事叠韵①

锦江头一掬清愁②，回首盟鸥。杨柳汀洲，俊友吴钩。晴秋楚岫③，退叟齐丘。赋远游黄州竹楼，泛中流翠袖兰舟。檀口歌讴④，玉手藏阄，诗酒觥筹⑤，邂逅绸缪⑥，醉后相留。

【注释】

①叠韵体为元曲巧体之一，叠韵体都是一句中重叠用韵（如本曲首句中的头、愁，次句中的首、鸥），可重叠两次或三次，不似短柱体那样须步步重韵。

②掬：用两手捧（东西）。

③岫：小山。

④檀口歌讴（ōu）：用檀板击节歌唱。

⑤觥（gōng）：盛酒用的器皿。筹：古代投壶所用的矢。

⑥邂逅绸缪：是说偶然相识即彼此有情，相处欢洽。

【中吕·朝天子】

山中杂书

醉余，草书，李愿盘谷序①。青山一片范宽图②，怪我来
何暮。鹤骨清癯③，蜗壳蘧庐④，得安闲心自足。蹇驴⑤，和
酒壶，风雪梅花路。

春思

见他，问咱⑥，怎忘了当初话。东风残梦小窗纱，月冷
秋千架。自把琵琶，灯前弹罢。春深不到家。五花，骏马⑦，
何处垂杨下⑧。

【注释】

①李愿盘谷序：韩愈有《郑李愿归盘谷序》一文，言盘谷
"泉甘而土肥"，是"隐者之所盘旋"的地方。此处用以指代自己
欣赏的休闲舒适的隐居生活。

②范宽：字中立，北宋著名的山水画家。陆游《初冬杂题》
诗："身在范宽图画里，小楼西角剩凭阑。"

③鹤骨清癯（qú）：言清瘦如鹤骨之嶙峋。清癯，清瘦。

④蜗壳：喻狭小如蜗牛壳的圆形屋子。三国时焦先和杨沛作圆
舍，形如蜗牛壳，称为蜗牛庐。蘧（qú）庐：用竹子或苇子搭成
的简陋房屋。

⑤蹇（jiǎn）驴：劣驴。唐孟浩然、贾岛、李贺等著名诗人，
都有策蹇驴、踏风雪的典故。

⑥咱：元代口语中的助词，相当于现代汉语中的"着"。

⑦五花：唐人把马鬃剪成三簇的叫三花，剪成五簇的叫五花。李白《将进酒》："五花马，千金裘，呼儿将去换美酒，与尔同销万古愁。"

⑧何处垂杨下：王维《少年行》："相逢意气为君饮，系马高楼垂杨边。"这里化用其意。

【双调·庆东原】次马致远先辈韵①

门长闭，客任敲，山童不唤陈抟觉②。袖中六韬③，鬓边二毛④，家里箪瓢⑤。他得志笑闲人，他失脚闲人笑。

又

难开眼，懒折腰⑥，白云不应蒲轮召⑦。解组汉朝⑧，寻诗灞桥，策杖临皋⑨。他得志笑闲人，他失脚闲人笑。

【注释】

①马致远：为元曲四大家之一，其介绍见前。张可久【双调·庆东原】次马致远韵凡九首，今选其中之二。

②陈抟（tuán）：北宋初著名的道士，以好睡闻名，后人称其为陈抟老祖、睡仙、希夷祖师等。马致远曾经写过杂剧《陈抟高卧》。

③六韬：古代兵书，相传为吕尚（姜子牙）所作。

④鬓边二毛：两鬓的花白头发。

⑤家里箪（dān）瓢：喻清贫的生活。

⑥折腰：喻卑躬屈节。李白《梦游天姥吟留别》："安能摧眉折腰事权贵，使我不得开心颜。"

89

⑦"白云"句：不接受隆重的征召。蒲轮，用蒲草裹着车轮，以免颠簸。

⑧解组：解下印绶，辞去官职。汉朝：不敢明指当代，乃以"汉"代当代。

⑨策杖临皋：陶渊明在《归去来辞》中，有"策扶老以流憩，时矫首而遐观"，"登东皋以舒啸，临清流而赋诗"的语句，此用其句意，以抒发其闲适生活的情趣。

【黄钟·人月圆】春日次韵①

罗衣还怯东风瘦，不似少年游。匆匆尘世，看看镜里，白了人头。片时春梦，十年往事②，一点诗愁。海棠开后，梨花暮雨，燕子空楼③。

【注释】

①元曲小令在许多曲家那里已显著词化，张小山所作的这首【人月圆】可见一斑。

②"片时春梦"两句：杜牧《遣怀》诗云："落魄江湖载酒行，楚腰纤细掌中轻。十年一觉扬州梦，赢得青楼薄幸名。"此借用其意。

③"燕子"句：唐张建封曾纳盼盼为妾，后张建封死，盼盼空守于燕子楼不他适。此亦借用其典。

【中吕·朝天子】

和贯酸斋①

小诗，半纸，几个相思字，两行清泪破胭脂。镜里人独自。燕子莺儿，蜂媒蝶使，正春光明媚时。柳枝，翠丝，萦系煞心间事②。

席上有赠③

　　教坊④，色长⑤，曾侍宴丹墀上⑥，可怜新燕妒新妆。高髻堆宫样⑦。芍药多情，海棠无香⑧。花不如窈窕娘。锦囊⑨，乐章⑩，分付向樽前唱。

【注释】

　　①张小山在杭州时，常为贯云石、卢挚等人宴席上的清客，故与贯云石等唱和颇多，此即其中之一。不过此曲代闺阁女子言相思，颇为传神。

　　②煞：甚，非常。

　　③此曲是宋元时代教坊歌妓的生活情形的生动反映，尤为可贵。

　　④教坊：古代国家和地方专管音乐、歌舞类的机构。

　　⑤色长：教坊中各类艺人的头目。

　　⑥丹墀（chí）：古代宫殿前的台阶都以红色涂饰，故名。又称丹陛。

　　⑦宫样：宫廷中流行的式样。

　　⑧"芍药多情"两句：秦观《春日》诗云："一夕轻雷落万丝，霁光浮瓦碧差差。有情芍药含春泪，无力蔷薇卧晓枝。"

　　⑨锦囊：用锦做成的袋子，古代多用来盛诗稿或机密文字。

　　⑩乐章：词章。

【中吕·满庭芳】山中杂兴①

　　人生可怜，流光一瞬②，华表千年③。江山好处追游遍，古意翛然④。琵琶恨青衫乐天，洞箫寒赤壁坡仙。村酒好溪鱼贱，芙蓉岸边。醉上钓鱼船。

又

风波几场⑤，急疏利锁，顿解名缰。故园老树应无恙，梦绕沧浪⑥。伴赤松归软子房⑦，赋寒梅瘦却何郎⑧。溪桥上，东风暗香，浮动月昏黄⑨。

【注释】

①张小山所作【满庭芳】多寓归隐之趣，此选其中之二。

②流光一瞬：言光阴如流水般转瞬逝去。

③华表千年：《搜神后记》载，传说丁令威在灵虚山学道成仙后，化鹤归来，落于城门华表柱上。有少年欲射之，鹤乃飞鸣作人言："有鸟有鸟丁令威，去家千年今始归。城郭如故人民非，何不学仙冢累累。"华表，古代竖立在宫殿、城垣或陵墓前的石柱。

④翛（xiāo）然：无拘无束、自由自在的样子。

⑤风波：指人世间的是非沉浮。

⑥沧浪：这里指避世隐居。

⑦"伴赤松"句：赤松，指赤松子，传说中的仙人。《史记·留侯世家》："（张良）愿弃人间事，欲从赤松子游耳。"子房，即张良。

⑧"赋寒梅"句：何郎，指何逊，南朝梁著名的文学家，有《咏早梅》。瘦却，因日夕吟咏而瘦。

⑨"东风暗香"二句：林逋《山园小梅》诗有"疏影横斜水清浅，暗香浮动月黄昏"。此借用林诗诗意。

徐再思

徐再思，生卒年不详。字德可，嘉兴（今属浙江）人。曾任嘉兴路吏。滑稽多智，与贯云石、张可久等约同时。平生好吃甜食，故自号"甜斋"。贯云石号酸斋，与徐再思并擅乐府。后人把他的作品与贯云石合辑，称《酸甜乐府》。现存散曲有小令一百零三首，内容多是江南风物和闺情。

【双调·沉醉东风】春情①

一自多才间阔②，几时盼得成合。今日个猛见他，门前过，待唤着怕人瞧科③。我这里高唱当时水调歌，要识得声音是我。

【注释】

①徐再思以"春情"为题的曲有很多，这一首于人物性情、心理的描写都极其生动。

②多才：多才郎君。间阔：久别。

③瞧科：瞧见，发现。

【双调·蟾宫曲】春情

平生不会相思，才会相思，便害相思。身似浮云，心如飞絮，气若游丝①。空一缕余香在此，盼千金游子何之②。症候来时③，正是何时。灯半昏时，月半明时。

【注释】

①游丝：空中飘浮的蛛丝。这里比喻气息微弱。

②何之：到哪里去。之，往。

③症候：疾病，这里指相思的痛苦。

【仙吕·一半儿】

病酒

昨霄中酒懒扶头①，今日看花惟袖手②，害酒愁花人问羞。病根由，一半儿因花一半儿酒③。

落花

河阳香散唤提壶④，金谷魂消啼鹧鸪⑤，隋苑春归闻杜宇⑥。片红无，一半儿狂风一半儿雨。

春情

眉传雨恨母先疑，眼送云情人早知，口散风声谁唤起。这别离，一半儿因咱一半儿你。

【注释】

①扶头：古人于卯时饮酒称为"扶头酒"。贺铸【南乡子】："易醉扶头酒，难逢敌手棋。"

②花：喻美人。

③"一半儿"句：这里是以调侃的语气说因酒色伤身。

④"河阳"句：晋潘岳为河阳县令，于县境内遍植桃李，时人称为"花县"。庾信《春赋》："河阳一县并是花。"提壶，鸟名。

94

它的鸣声像"提壶"，因以为名。

⑤"金谷"句：《晋书·石崇传》载，石崇有妓名绿珠，美而艳，孙秀使人求之，拒不许。秀乃矫诏收崇，绿珠亦自投楼而死。唐代著名诗人杜牧在《金谷园》诗中说："繁华事散逐香尘，流水无情草自春。日暮东风怨啼鸟，落花犹似坠楼人！"这里是化用其意。

⑥隋苑：园名。故址在今江苏扬州市西北，系隋炀帝所建。杜宇：即杜鹃鸟。

【双调·水仙子】夜雨①

一声梧叶一声秋②，一点芭蕉一点愁③，三更归梦三更后。落灯花，棋未收，叹新丰孤馆人留。枕上十年事④，江南二老忧⑤，都到心头。

【注释】

①徐再思的这首【水仙子】有意组织数字成篇，工巧有趣味。

②"一声"句：温庭筠【更漏子】："梧桐树，三更雨，不道离情正苦。一叶叶，一声声，空阶滴到明。"这里是概括其词意。

③"一点芭蕉"句：杜牧《芭蕉》诗："芭蕉为雨移，故向窗前种。怜渠点滴声，留得归乡梦。梦远莫归乡，觉来一翻动。"此取其意境。

④枕上十年事：此化用黄庭坚【虞美人】（宜州见梅作）"平生个里愿深怀，去国十年老尽少年心"的词意。

⑤江南：因作者家在江南，故云。二老：双亲。

【双调·卖花声】

雪儿娇小歌金缕①，老子婆娑倒玉壶②，满身花影倩人

95

扶③。昨宵不记，雕鞍归去，问今朝酒醒何处④。

又

云深不见南来羽⑤，水远难寻北去鱼⑥，两年不寄半行书。危楼目断⑦，云山无数，望天涯故人何处。

【注释】

①雪儿：唐代有名的艺妓，后成为李密的爱姬。金缕：曲名。

②婆娑：盘旋舞蹈的样子。玉壶：珍贵的壶。

③"满身"句：陆龟蒙《和袭美春夕酒醒》："觉后不知新月上，满身花影倩人扶。"此用其句意。

④"问今朝"句：柳永【雨霖铃】："今宵酒醒何处，杨柳岸晓风残月。"此用其句意。

⑤南来羽：南来雁。古有"鱼雁传书"的故事，故云。

⑥北去鱼：指送信的使者。汉乐府《饮马长城窟行》："呼儿烹鲤鱼，中有尺素书。长跪读素书，书中竟何如。"后因以书传信或书人为"鱼书"或"鱼雁"。

⑦危楼：高楼。目断：目力所及。

【黄钟·人月圆】甘露怀古①

江皋楼观前朝寺②，秋色入秦淮③。败垣芳草，空廊落叶，深砌苍苔④。远人南去，夕阳西下，江水东来。木兰花在，山僧试问⑤：知为谁开？

【注释】

①甘露：指甘露寺，在今江苏镇江市北固山北峰，相传为三国

孙吴时所建。这首怀古之曲，风味与一般诗词略同。

②江皋（gāo）：水边的高地。观（guàn）：寺庙建筑。

③秦淮：即秦淮河，经南京流入长江。这里借指江南地区。

④垣（yuán）：矮墙，墙。深砌苍苔：高高的台阶下长满青苔。

⑤山僧试问：意即"试问山僧"。

【双调·清江引】①

相思有如少债的，每日相催逼。常挑着一担愁，准不了三分利，这本钱见他时才算得。

【注释】

①徐再思的这首【清江引】借用讨债人的心态比拟男女相思之苦，构思巧妙，颇见谐趣。

孙周卿

孙周卿（？—约 1330），古邠（今陕西彬县）人，一说汴京（今河南开封）人。曾做官，后归隐湘中。今存散曲小令二十三首，多隐居、游宴及闺情之作。

【双调·水仙子】①

舟中

孤舟夜泊洞庭边，灯火青荧对客船②，朔风吹老梅花片③。推开蓬雪满天，诗豪与风雪争先④。雪片与风鏖战，诗和雪缴缠。一笑琅然。

山居自乐

朝吟暮醉两相宜，花落花开总不知。虚名嚼破无滋味⑤，比闲人惹是非。淡家私付山妻⑥，水碓里春来米⑦，山庄上线了鸡⑧，事事休提。

【注释】

①孙周卿【水仙子】原作六首，皆以隐居生活为题，今选其中之二。

②青荧：青色而微弱的灯光。

③朔风：北风。

④诗豪：写诗的豪兴。

⑤"虚名"句：是说看破红尘，了无趣味。

⑥淡家私：指家产少，很清贫。

⑦水碓（duì）：利用水力舂米的器具。来：语气助词。

⑧线了鸡：阄了鸡。线，通"骟"，阉割。

【双调·蟾宫曲】自乐①

草团标正对山凹②，山竹炊粳，山水煎茶。山芋山薯，山葱山韭，山果山花。山溜响冰敲月牙③，扫山云惊散林鸦。山色元佳④，山景堪夸。山外晴霞，山下人家。

【注释】

①此曲为嵌字体（元曲巧体之一），每句皆嵌一"山"字。

②草团标：圆形茅屋。

③山溜：山中溪涧。

④元：善。山色元佳，就是山色好。

曹 德

曹德，生卒年不详。字明善，衢州（今浙江衢县）人。曾任衢州路吏、山东宪吏等职。性情耿直，曾在都下作曲讥讽权贵伯颜擅自专权，滥杀无辜。因伯颜缉捕，乃南逃吴中僧舍避祸。居数年，伯颜事败，方再入京。他与任则明、马昂夫等相交。钟嗣成《录鬼簿》称其"华丽自然，不在（张）小山之下"。现存小令十八首。

【双调·沉醉东风】隐居①

鸱夷革屈沉了伍胥②，江鱼腹葬送了三闾③。数间谏时，独醒处，岂是遭诛被放招伏？一舸秋风去五湖④，也博个名传万古。

【注释】

①曹德这首【沉醉东风】借用伍子胥、屈原、范蠡等历史人物不同命运的对比，表明自家的人生选择和志趣。

②鸱（chī）夷革：皮制的袋子。据《史记·伍子胥列传》记载，战国时吴国功臣伍子胥因吴王夫差听信谗言，愤而自杀，夫差乃将其尸体盛于鸱夷革，浮于江中。

③"江鱼腹"句：指屈原自沉汨罗江事。

④"一舸秋风去五湖"句：指范蠡助越王勾践复国后，急流勇退，隐姓埋名，浮海经商事（事见《史记·越王勾践世家》）。

【中吕·喜春来】和则明韵①

春云巧似山翁帽②，古柳横为独木桥。风微尘软落红飘，沙岸好，草色上罗袍③。

又

春来南国花如绣④，雨过西湖水似油⑤。小瀛洲外小红楼，人病酒，料自下帘钩⑥。

【注释】

①则明：曲家任昱，字则明。这两首【喜春来】都是以赞美的笔调来写春天的，抒写的都是闲情逸趣，含蓄隽永，与诗中的绝句、词中的令词略同。

②春云巧似山翁帽：晋山翁喜饮酒，醉后骑马，倒戴着白帽归来。这里借喻春日云彩变化多端，形状奇巧。

③草色上罗袍：指游人的罗袍与青草颜色相近，难分彼此。

④南国：南方。

⑤水似油：形容湖水平滑而有光泽。

⑥病酒：因沉湎于酒而害病。料：料想。下帘钩：指放下窗帘，无心观赏春景。

【双调·折桂令】自述①

淡生涯却不多争，卖药修琴，负笈担簦②。雪岭樵柯③，烟村牧笛，月渡渔罾④。究生死干忙煞老僧，学飞升空老了先生⑤。我腹膨脝⑥，我貌狰狞，我发鬅鬙⑦。除了衔杯，百拙无能⑧。

【注释】

①曹德的这首【折桂令】可能较多地反映了他躲避伯颜缉捕时

的一段生活。

②笈（jí）：书箱。簦（dēng）：古代有长柄的笠，类似后世的雨伞。

③柯（kē）：斧子的柄。此处代指樵夫用的斧子。

④罾（zēng）：一种用竹竿或木棍做支架的方形渔网。

⑤先生：道士。这两句是嘲讽那些身为僧道而不能安贫乐道、体悟自然的人。

⑥膨脝（hēng）：腹膨大貌。又作膨亨。韩愈《石鼎联句》诗："龙头缩菌蠢，豕腹涨膨亨。"

⑦鬅（péng）鬙（sēng）：头发散乱貌。曾巩《看花》诗："但知抖擞红尘去，莫问鬅鬙白发催。"

⑧衔杯：饮酒。百拙无能：意谓极其笨拙，百无一能。

王 晔

王晔，生卒年不详。字日华，号南斋，杭州人。约生活于元代中后期。《录鬼簿》称他"体丰肥而善滑稽，能词章乐府，临风对月之际，所制工巧"。至正六年（1346），他曾汇辑历代优语，自楚之优孟，至金人玳瑁头，集为一编，名曰《优戏录》。惜原书久佚。其剧作有《桃花女》《卧龙岗》《双卖华》三种，《桃花女》今存，其他亡逸。今存小令十六首。王晔曾与朱凯合题双渐小卿问答，颇有滑稽趣味，故选录如下。

【双调·折桂令】

问苏卿

俏排场贯战曾经，自古惺惺①，爱惜惺。燕友莺朋，花阴柳影，海誓山盟。哪一个坚心志诚？哪一个薄幸杂情？则问苏卿，是爱冯魁，是爱双生？

答

平生恨落风尘，虚度年华，减尽精神。月枕云窗，锦衾绣褥，柳户花门②。一个将百十引江茶问肯③，一个将数十联诗句求亲。心事纷纭④：待嫁了茶商，怕误了诗人。

【双调·殿前欢】再问

小苏卿：言词道得不实诚。江茶诗句相兼并，那件著情，休胡芦提二四应⑤，相偯幸⑥。端的接谁红定⑦？休教勘问⑧，便索招承。

答

满怀冤，被冯魁掩扑了丽春园⑨，江茶万引谁情愿？听妾明言。多情小解元，休埋怨。俺违不过亲娘面。一时间不是，误走上茶船。

【注释】

①惺惺：指聪慧的人。

②柳户花门：指苏卿的妓女出身。

③引：指商人运销货物的凭证，亦指所规定的重量单位，元代有茶引、盐引等。

④心事纷纭：指犹豫不定。

⑤胡芦提：指糊里糊涂。二四应：指模棱两可。

⑥偯（xī）幸：戏弄（人）。

⑦端的：究竟，真实。

⑧勘问：审问。

⑨掩扑：乘人不备而袭击。

王仲元

王仲元，杭州人。与钟嗣成交厚。作有杂剧三种，均佚。散曲存小令二十一首，套数四篇，以情景相融为胜。

【中吕·普天乐】春日多雨①

无一日惠风和②，常四野彤云布③。那里肯妆金点翠④，只待要迸玉筛珠⑤。这其间湖景阴，恰便似江天暮。冷清清孤山路，六桥迷雪压模糊⑥。瞥见游春杜甫，只疑是寻梅浩然⑦，莫不是相访林逋⑧。

【注释】

①王仲元这首【普天乐】以其熟悉的杭州风物为题，诗词中亦有歌咏自然景物者，唯风味有别。

②惠风和：春风和畅。惠风：和风。

③彤云：阴云。

④妆金点翠：形容晴日云貌。

⑤迸玉筛珠：形容雨很大。

⑥"冷清清"两句：提到的孤山、六桥都是西湖边上的景观。六桥：指西湖上映波、锁澜、望山、压堤、东浦、跨虹等六桥。

⑦浩然：唐代诗人孟浩然，曾踏雪寻梅。

⑧林逋：宋代诗人，曾隐居西湖孤山，以种梅养鹤自娱，有"梅妻鹤子"之称。

吕止庵

吕止庵，生平不详。别有吕止轩，疑即一人。散曲作品内容感时悲秋，自伤落拓不遇，间有兴亡之感。今存散曲小令三十三首，套数四篇。

【仙吕·后庭花】①

风满紫貂裘，霜合白玉楼。锦帐羊羔酒②，山阴雪夜舟③。党家侯，一般乘兴，亏他王子猷④。

【注释】

①党进为宋初名将，风流一时，吕止庵这首【后庭花】即以其人行事为题。

②"锦帐"句：这里用党进雪夜饮羊羔酒的典故。羊羔酒，酒名。明陈继儒《辟寒部》载：宋陶穀妾，本富人党进家姬，一日下雪，陶穀命取雪水煎茶，问之曰："党家有此景？"对曰："彼粗人，安识此景？但能知销金帐下，浅斟低唱，饮羊羔美酒耳。"后因以"党家"比喻粗俗的富豪人家。

③"山阴"句：这里用晋王徽之雪夜访戴逵的典故。据《晋书·王徽之传》载：（王徽之）尝居山阴，夜雪初霁，月色清朗，四望皓然……忽忆戴逵，逵时在剡，便夜乘小船诣之，经宿方至，造门不前而返。人问其故，徽之曰："本乘兴而来，兴尽而返，何必见安道耶？"

④王子猷（yóu）：王徽之。

率真元曲·爱他时似爱初生月

【仙吕·醉扶归】①

瘦后因他瘦，愁后为他愁。早知伊家不应口②，谁肯先成就。营勾了人也罢手③，吃得我些酩子里骂低低的呪④。

又

频去教人讲，不去自家忙⑤。若得相思海上方⑥，不道得害这些闲魔障⑦。你笑我眠思梦想，只不打到你头直上⑧。

【注释】

①吕止庵【醉扶归】凡三首，皆以闺中女子口吻写离愁别恨，都写得伶俐可喜，此选其中两首。

②"早知"句：可能指男方家长不同意他们的婚事。

③营勾：谎骗，勾引。

④酩（mǐng）子里：暗地里。

⑤"频去"两句是说经常到男方家里去，害怕别人说闲话；但不去心中又不踏实。频去，频繁去。

⑥相思海上方：意味医得相思的灵丹妙药。据传秦始皇曾派方士海上求长生不死之药，故云海上方。

⑦闲魔障：指相思病。魔障，佛家语，魔王所设的障碍。借指波折、病痛、灾难等。

⑧打到：宋元俗语，碰到之意。头直上：头上。直上，上面。

真　真

真真，建宁（今属福建）人，生平不详。宋儒真德秀后裔，沦为歌妓，姚燧为之脱籍。散曲今存小令一首。

【仙吕·解三酲】①

奴本是明珠擎掌，怎生的流落平康②？对人前乔做娇模样③，背地里泪千行。三春南国怜飘荡，一事东风没主张④。添悲怆。那里有珍珠十斛，来赎云娘⑤。

【注释】

①曲多是代言，歌妓真真的这首【解三酲】完全是代自家言。这支曲有助于我们了解当时歌妓们的生活和情感。

②平康：唐代长安平康坊，为妓女聚居之地。后泛指妓院。

③乔：假装。

④主张：主宰。

⑤斛（hú）：中国旧量器名，亦是容量单位，一斛本为十斗，后来改为五斗。云娘：唐有歌妓名崔云娘。这里乃自指。

查德卿

查德卿，生平、里籍均不详。大约元仁宗（1311—1320）前后在世。散曲今存小令二十二首。明李开先评元人散曲，首推张可久、乔吉，次则举及查德卿（见《闲居集》卷五《碎乡小稿序》），可见其曲名较高。

【仙吕·寄生草】感叹①

姜太公贱卖了磻溪岸②，韩元帅命博得拜将坛③。羡傅说守定岩前版④，叹灵辄吃了桑间饭⑤，劝豫让吐出喉中炭⑥。如今凌烟阁一层一个鬼门关⑦，长安道一步一个连云栈⑧。

【注释】

①查德卿这首咏史曲借古讽今，多愤激之言。

②姜太公：吕尚。磻溪：一名璜河，在陕西宝鸡县东南。相传溪上有兹泉，为姜太公垂钓遇文王处。

③韩元帅：韩信。汉高祖刘邦拜为大将，后被吕后杀害。命博得：用生命换得。

④傅说：傅说隐居傅岩（今山西平陆）时，曾为人版筑。版：筑墙用的夹板。

⑤灵辄：春秋时晋人。据《左传·宣公二年》载：晋灵公的大夫赵宣子曾于首阳山打猎，在桑阴中休息，看到饿人灵辄，便拿饭给他吃，并给了他母亲饭和肉。后晋灵公想刺杀宣子，派灵辄作伏兵，他却倒戈相救，以报一饭之恩。

⑥豫让：战国晋人。据《史记·刺客列传》载：豫让为晋国大

夫智伯家臣，备受尊宠。后智伯为赵襄子所灭，他便"漆身为癞，吞炭为哑"，企图行刺赵襄子，为智伯报仇。后事败为襄子所杀。

⑦凌烟阁：唐太宗图画功臣的殿阁。此借指高官显位。

⑧长安道：指仕途。连云栈：本指高入云霄的栈道。此喻仕途的凶险。

【越调·柳营曲】金陵故址①

临故国，认残碑。伤心六朝如逝水②。物换星移③，城是人非④，今古一枰棋⑤。南柯梦一觉初回，北邙坟三尺荒堆⑥。四围山护绕，几处树高低。谁曾赋黍离离⑦。

【注释】

①金陵为六朝古都，兴废陈迹甚多。此曲作为怀古名作，激昂慷慨，格调不凡。

②六朝：指三国的吴、东晋和南朝的宋、齐、梁、陈。它们都建都在金陵（今南京）。

③物换星移：万物变化，星辰运行，比喻光阴飞逝。

④城是人非：言城郭犹是，人民已非。

⑤今古一枰棋：古今成败，不过像一局棋罢了。枰，棋盘。

⑥北邙（máng）坟：泛指墓地。因为东汉及魏的王侯公卿多葬于洛阳市北的邙山。

⑦黍离离：怀恋故国之悲。《诗经·王风》有《黍离》篇，云："彼黍离离，彼稷之穗。行迈靡靡，中心如醉。"据说这是东周的大夫看到故国宗庙，尽为禾黍，徘徊感叹，而作是诗。

【仙吕·一半儿】拟美人八咏^①

春妆

自将杨柳品题人^②，笑撚花枝比较春^③。输与海棠三四分。再偷匀，一半儿胭脂一半儿粉。

春醉

海棠红晕润初妍，杨柳纤腰舞自偏。笑倚玉奴娇欲眠^④。粉郎前，一半儿支吾一半儿软^⑤。

【注释】

①这首小令是查德卿【一半儿】以"拟美人八咏"为总题者凡八首，此选其中之二，虽不过风花雪月，亦可见文人妙思巧构。

②品题：评论人物，定其高下。

③撚：同"拈"。比较春：与春比较。

④玉奴：此指侍女。

⑤支吾：勉强支持。

吴西逸

吴西逸，生平、居里不详。约延祐末前后在世。与阿里西瑛、贯云石等皆有和作，故其年辈或与贯云石等相近。今存小令四十七首，风格清丽疏淡。

【双调·蟾宫曲】怀古①

问从来谁是英雄，一个农夫②，一个渔翁③。晦迹南阳④，栖身东海⑤，一举成功。八阵图名成卧龙⑥，六韬书功在飞熊⑦。霸业成空，遗恨无穷。蜀道寒云⑧，渭水秋风⑨。

【注释】

①姜太公和诸葛亮都是辅助名君成就霸业的贤相，吴西逸这首怀古之作，即以他们两人成败事迹，抒发其兴亡之感。

②一个农夫：指诸葛亮。因为他曾经"躬耕南阳"。

③一个渔翁：指姜太公，因为他曾经钓于渭水。

④晦迹：使自己的踪迹隐晦，即隐居。南阳：今属河南，是诸葛亮曾隐居的地方。

⑤栖身东海：居住在东海。

⑥八阵图：传说诸葛亮善摆八卦阵。《三国志·诸葛亮传》说诸葛亮"长于巧思，损益连弩，木牛流马，皆出其意，推演兵法，作八阵图，咸得其要"。

⑦六韬书：相传为姜太公所著的一部兵书。飞熊：周文王得姜太公的梦兆。

⑧蜀道寒云：极言蜀道之险峻。

⑨渭水秋风：此化用贾岛《忆江上吴处士》诗，贾诗云："秋
风生渭水，落叶满长安。"

【双调·清江引】秋居①

白雁乱飞秋似雪②，清露生凉夜。扫却石边云，醉踏松
根月③，星斗满天人睡也。

【注释】

①吴西逸这首【清江引】写隐者的生活，清淡雅洁，气味略同
于王维山水诗。

②白雁：白色的雁。雁多为黑色，白色的雁较为稀少。

③松根月：照在松根的月光。

【双调·殿前欢】①

懒云窝，懒云堆里即无何②。半间茅屋容高卧，往事南
柯。红尘自网罗③，白日闲酬和④，青眼偏空阔。风波远我⑤，
我远风波。

又

懒云巢，碧天无际雁行高。玉箫鹤背青松道，乐笑游遨。
溪翁解冷淡嘲，山鬼放揶揄笑⑥，村妇唱糊涂调。风涛险我，
我险风涛。

【注释】

①吴西逸【殿前欢】凡六首，皆歌咏其隐居乐道的生活，此处

选其中之二。

②无何：平安无事。

③"红尘"句：意为红尘如网罗，但已不能网罗到我。

④酬和：唱酬，酬对。

⑤风波：喻官场及人世隐藏的凶险。后一支【殿前欢】的"风涛"亦然。

⑥揶揄（yé yú）：戏弄，侮辱。

李伯瑜

李伯瑜，生平不详。元初王鹗序姬志真《云山集》有云："庚戌（1250）夏五月，与友人李伯瑜相会。话旧之余，李出知常先生文集一编，将以版行垂世。"可知李伯瑜为金末元初人。工作曲，有小桃红等小令，见太平乐府等曲选中。今存小令一首。

【越调·小桃红】 磕瓜[1]

木胎毡观要柔和，用最软的皮儿裹。手内无他煞难过[2]，得来呵，普天下好净也应难躲[3]。兀的般砌末[4]，守着个粉脸儿色末[5]，诨广笑声多。

【注释】

①宋金杂剧表演的角色主要为副净、副末，副净插科，副末打诨。副末常持的道具即为磕瓜。李伯瑜这首【小桃红】曲以磕瓜为题，对我们理解磕瓜的构造及功用极有助益。

②煞：忒，特别。

③"普天下"句：因副净插科时，副末每以磕瓜轻击副净，故云"难躲"。

④兀的：这，如此。砌末：略相当于今人所谓的道具。

⑤"守着个粉脸儿色末"：意谓副末始终操持着磕瓜。

李德载

李德载，生平不详。工曲，存《赠茶肆》小令十首，均咏茶事。

【中吕·阳春曲】赠茶肆①

茶烟一缕轻轻飏，搅动兰膏四座香②。烹煎妙手赛维扬③。非是谎④，下马试来尝！

又

金芽嫩采枝头露，雪乳香浮塞上酥。我家奇品世间无。君听取，声价彻皇都⑤。

【注释】

①李德载的这十首【阳春曲】都以卖茶人的口吻写成，均写得贴切生动，此选其中之二。

②兰膏：含有兰香的油脂。

③维扬：即扬州。扬州烹调非常有名，故有"赛维扬"句。

④谎：此指瞎说。

⑤彻：满，遍。

程景初

程景初，生平不详。散曲今存小令、套数各一首，风格绵丽深婉。

【正宫·醉太平】①

恨绵绵深宫怨女②，情默默梦断羊车③，冷清清长门寂寞长青芜④，日迟迟春风院宇⑤。泪漫漫介破琅玕玉⑥，闷淹淹散心出户闲凝伫⑦，昏惨惨晚烟妆点雪模糊，淅零零洒梨花暮雨。

【注释】

①程景初这首【醉太平】以宫怨为题，主要用排比手法，景物各不相同，但都紧紧围绕一个"怨"字。

②绵绵：悠长貌。

③羊车：羊拉之车。相传晋武帝好色，常随羊车所止定临幸之所。

④长门：汉代宫名。汉武帝时陈皇后失宠后居此。芜：杂草。

⑤迟迟：缓慢悠长貌。

⑥介破：隔开。琅玕（gān）玉：竹的美称。

⑦凝伫（zhù）：伫立凝望。

杜遵礼

杜遵礼，生平不详。今存小令一首。

【仙吕·醉中天】佳人脸上黑痣①

好似杨妃在，逃脱马嵬灾②。曾向宫中捧砚台，堪伴诗书客。叵耐无情的李白③，醉拈斑管④，洒松烟点破桃腮⑤。

【注释】

①曲尚尖新，杜遵礼的这首【醉中天】既大胆以"佳人脸上黑痣"为题，又构思精巧，诚当得起"尖新"二字。

②"好似"两句：因杨贵妃安史之乱中被赐死于马嵬驿，故此云好似"逃脱马嵬灾"。

③"叵耐"以下三句：唐明皇时，李白曾奉召侍宴，立就《清平词》三章。故此处假想李白书写时将墨汁洒落于佳人脸上。叵耐，怎奈。

④斑管：指毛笔。

⑤松烟：墨多由松烟制成，故此以松烟指代墨。

张鸣善

张鸣善，生卒年不详，名择，号顽老子，平阳（今山西临汾）人。后迁居湖南，流寓扬州。官宣慰司令史。元灭后称病辞官，隐居吴江。有《英华集》，苏昌龄、杨廉夫拱手服其才。《太和正音谱》称其曲"藻思富赡，烂芳春葩，诚一代之作手"。现存小令十三首，套数两篇。

【中吕·普天乐】嘲西席①

讲诗书，习功课。爷娘行②孝顺，兄弟行谦和。为臣要尽忠，与朋友休言过③。养性终朝端然坐，免教人笑俺风魔④。先生道"学生琢磨"，学生道"先生絮聒"⑤，馆东道"不识字由他"⑥。

【注释】

①读书人在蒙元时代身份、地位最为尴尬不堪，许多读书人只好以设帐授徒为生，张鸣善的这首【普天乐】对当时教书先生落魄形象的形容极其生动。

②行：宋元俗语，这里、这边之意。

③过：指过失。

④风魔：谓举止轻浮。

⑤絮聒（xùguō）：唠叨，吵闹。

⑥馆东：指主人、东家。"不识字由他"谓不必严加管教。

【中吕·普天乐】 咏世①

洛阳花②，梁园月③。好花须买，皓月须赊。花倚阑干看烂漫开，月曾把酒问团圆夜④。月有盈亏，花有开谢，想人生最苦离别。花谢了三春近也⑤，月缺了中秋到也，人去了何日来也？

又

雨才收，花初谢。茶温凤髓，香冷鸡舌。半帘杨柳风，一枕梨花月，几度凝眸登台榭。望长安不见些些⑥，知他是醒也醉也，贫也富也，有也无也。

又

雨儿飘，风儿飏⑦。风吹回好梦⑧，雨滴损柔肠。风萧萧梧叶中，雨点点芭蕉上。风雨相留添悲怆，风和雨卷起凄凉。风雨儿怎当⑨？风雨儿定当，风雨儿难当。

【注释】

①张鸣善的这三首【普天乐】，或写离情，或写别怨，都写得生动诙谐，别有趣味。

②洛阳花：指牡丹花。古人谓洛阳牡丹甲天下，宋欧阳修曾作《洛阳牡丹记》，以志其盛。

③梁园：汉时梁孝王尝于大梁（今河南开封市）筑兔园以馈宾客，相与游乐其中，世称梁园。

④苏轼【水调歌头】："人有悲欢离合，月有阴晴圆缺，此事古难全。"此取其意而略有变化。

⑤三春：此指季春，春季最末一月。

⑥些些：一点儿。

⑦飏：同"扬"，吹动。

⑧"风吹"句：意谓风声打断了好梦。

⑨怎当：怎么禁受得住。当，抵挡。

【双调·水仙子】讥时①

铺眉苫眼早三公②，裸袖揎拳享万钟③。胡言乱语成时用，大纲来都是烘④。说英雄谁是英雄？五眼鸡岐山鸣凤⑤，两头蛇南阳卧龙⑥，三脚猫渭水飞熊⑦。

【注释】

①蒙元一代显要职位尽为蒙古人、色目人把持，贤愚不分，是非颠倒，汉族文人多沉居下僚。张鸣善这首【水仙子】对世事之讥讽可谓入木三分。

②铺眉苫（shàn）眼：即舒眉展眼，此处是装模作样的意思。三公：大司马、大司徒与大司空，这里泛指高官。

③裸（luǒ）袖揎（xuān）拳：捋起袖子露出拳头，这里指善于打闹之人。万钟：很高的俸禄。

④大纲来：总而言之。烘：指胡闹。

⑤五眼鸡：即乌眼鸡，好斗成性。岐（qí）山：周朝发祥地，在今陕西岐山县。鸣凤：凤凰。

⑥两头蛇：传说为不祥之物。南阳卧龙：诸葛亮。这里是指奸邪之人冒充的忠臣贤相。

⑦三脚猫：指代没有本事的人。渭水飞熊：用周文王"飞熊入梦"而遇吕尚事，飞熊即指太公吕尚。

杨朝英

杨朝英，字英甫，号澹斋，青城（今山东高青）人，后居龙兴（今江西南昌）。曾官郡守、郎中，后归隐，与贯云石等唱和。他编有《阳春白雪》与《太平乐府》两部散曲集，元散曲多赖以传世。其散曲今存小令二十八首。杨维桢《周月湖今乐府序》称"士大夫以今乐府鸣者，奇巧莫如关汉卿、庚吉甫、杨淡斋、卢疏斋"，可见其在当时曲界颇有名。

【双调·水仙子】①

雪晴天地一冰壶②，竟往西湖探老逋③。骑驴踏雪溪桥路④，笑王维作画图⑤，拣梅花多处提壶⑥。对酒看花笑，无钱当剑沽⑦，醉倒在西湖。

又

灯花占信又无功⑧，鹊报佳音耳过风⑨。绣衾温暖和谁共，隔云山千万重，因此上惨绿愁红。不付能博得团圆梦⑩，觉来时又扑个空，杜鹃声又过墙东。

自足

杏花村里旧生涯，瘦竹疏梅处士家。深耕浅种收成罢。酒新笃鱼旋打，有鸡豚竹笋藤花。客到家常饭，僧来谷雨茶，闲时节自炼丹砂。

【注释】

①杨朝英所写【水仙子】曲凡九首，或写隐逸，或写闺情，都别有情致，此选其中三首。

②"雪晴"句：言积雪初晴，到处都是冰冻，冷如冰壶。

③老逋：指宋代诗人林逋，曾隐居西湖边。

④"骑驴"句：这里暗用孟浩然骑驴踏雪、寻梅吟诗的典故。

⑤笑王维作画图：王维，唐代著名诗人、画家，曾绘《雪溪图》和《雪里芭蕉图》。这里是说他画的雪景，远不如眼底西湖的自然景色。

⑥提壶：提起酒壶。

⑦当剑：把佩剑典当掉。沽：通"酤"，买酒。

⑧灯花占信：古人迷信，认为灯芯结成花瓣，便是远信至、行人归的预兆。

⑨鹊报佳音：古人相信喜鹊传报喜讯。耳过风：比喻漠不关心。典出《吴越春秋·吴王寿梦传》："富贵之于我，如秋风之过耳。"

⑩不付能：等于说"方才""刚才"。

【商调·梧叶儿】客中闻雨①

檐头溜②，窗外声，直响到天明。滴得人心碎，刮得人梦怎成。夜雨好无情，不道我愁人怕听③。

【注释】

①晚唐温庭筠有【更漏子】词，云："梧桐树，三更雨，不道离情正苦。一叶叶，一声声，空阶滴到明。"此曲主要是化雅为俗。

②檐头溜：檐下滴水的地方。

③不道：不管，不顾。

王举之

王举之，生平不详。居杭州，与钱惟善友善。散曲今存小令十三首，套数五篇。

【双调·折桂令】

赠胡存善①

问蛤蜊风致何如②，秀出乾坤，功在诗书。云叶轻灵，灵华纤腻，人物清癯。采燕赵天然丽语③，拾姚卢肘后明珠④。绝妙功夫，家住西湖⑤，名播东都⑥。

七夕

鹊桥横低蘸银河⑦，鸾帐飞香⑧，凤辇凌波⑨。两意绸缪⑩，一宵恩爱，万古蹉跎。剖犬牙瓜分玉果，吐蛛丝巧在银盒。良夜无多，今夜欢娱，明夜如何？

【注释】

①胡存善：胡正臣之子。钟嗣成《录鬼簿》载，正臣善唱词曲，"其子存善能继其志"。从本曲看，王举之与之友善。

②蛤（gé）蜊：本为生于近海的一种肉可食用的软体动物。元曲家因曲之风味有别于正统的诗、词，乃以蛤蜊比拟之。

③"采燕赵"二句：指广泛吸取各家之长。因早期元曲家多为河北、山西、陕西、山东一带的人，故乃以"燕赵"称之。

④姚、卢：指姚燧、卢挚，两人都是当时影响较大的散曲

率真元曲·爱他时似爱初生月

作家。

⑤家住西湖：据《录鬼簿》载，胡存善系杭州人。

⑥东都：本指洛阳，这里借指开封。

⑦"鹊桥"句：传说七夕日，所有的喜鹊群集，在银河搭成一鹊桥，使牛郎、织女相会。

⑧鸾帐：夫妇同寝时的床帐。

⑨凤辇：凤凰所拉或有凤饰之车，此指织女乘坐的车。

⑩绸缪（chóumóu）：情意缠绵。

贾 固

贾固，字伯坚，沂州（今山东临沂）人。曾官扬州路总管、中书左参政。善乐府，谐音律，而散曲仅存小令一支。

【中吕·醉高歌过红绣鞋】寄金莺儿①

【醉高歌】乐心儿比目连枝②，肯意儿新婚燕尔③。画船开抛闪的人独自④，遥望关西店儿⑤。【红绣鞋】黄河水流不尽心事，中条山隔不断相思⑥，当记得夜深沉、人情悄、自来时。来时节三两句话，去时节一篇诗，记在人心窝儿里直到死。

【注释】

①据《青楼集》载，贾固任山东金宪时，属意歌伎金莺儿，与之甚昵。后除西台御史，不能忘情，作【醉高歌过红绣鞋】以寄之，因被劾罢官。这支别离曲既是发自肺腑，自与一般逢场作戏者不同。

②比目连枝：指比目鱼、连理枝。

③肯意儿：情投意合。新婚燕尔：语本《诗经》。燕尔，和悦相得。

④抛闪：抛弃。

⑤关西：指潼关以西。

⑥中条山：在山西西南部，黄河、涑水河和沁河间。

周德清

周德清（1277—1365），字日湛，号挺斋，高安（今属江西）人。工乐府，精音律。著《中原音韵》，为北曲立法。贾仲明《录鬼簿续编》评论说："长篇短章，悉可为人作词之定格。故人皆谓：德清之韵，不但中原，乃天下之正音也，德清之词，不惟江南，实天下之独步也。"此虽或推崇过甚，但其曲确自有其特色。今存小令三十一首，套数三篇。

【中吕·满庭芳】

看岳王传①

披文握武②，建中兴宙宇③，载青史图书④。功成却被权臣妒⑤，正落奸谋。闪杀人望旌节中原士夫⑥，误杀人弃丘陵南渡銮舆⑦。钱塘路，愁风怨雨，长是洒西湖⑧。

误国贼秦桧

官居极品⑨，欺天误主，贱土轻民。把一场和议为公论，妨害功臣。通贼虏怀奸诳君，那些儿立朝堂仗义依仁⑩！英雄恨，使飞云幸存⑪，那里有南北二朝分。

【注释】

①周德清曾作【满庭芳】四首，分别以人物岳飞、韩世忠、秦桧、张俊等历史人物为题，以议论为曲，为曲中所少见。

②披文握武：岳飞为南宋初期抗金的名将，但也喜好文学。

率真元曲·爱他时似爱初生月

《宋史》本传说他"好贤礼士，览经史，雅歌投壶，恂恂如书生"。

③建中兴庙宇：建立了中兴的事业。庙宇，指宗庙社稷。岳飞于绍兴十年与金兀术对垒，连战皆捷，中原大震，进军朱仙镇，直逼开封，两河豪杰皆愿归其统制，金军内部也多瓦解动摇。

④青史：史书。古人用竹简记事，在刻写之前，先须用火加以处理，叫作"杀青"，所以叫作青史。

⑤"功成"句：权臣，指秦桧。桧于绍兴十一年，以"莫须有"的罪名，杀害岳飞于风波亭上，时岳飞年三十九岁。

⑥闪杀：抛弃，抛撇。士夫：泛指人民。此句言中原沦陷区的人民日夜盼望宋师北伐，恢复中原。

⑦弃丘陵：抛弃祖宗的坟墓。銮舆（luányú）：皇帝的车驾，因以代指皇帝。此句言宋高宗赵构逃到杭州，偏安江左，不思恢复。

⑧钱塘路：钱塘一带。岳飞含冤死后葬今杭州西（原为钱塘县）栖霞岭下、西子湖旁。来往凭吊的，无不义愤填膺。故云"愁风怨雨，长是洒西湖"。

⑨极品：最高品级的官，指宰相。宋高宗绍兴元年（1131），拜秦桧为相。

⑩那些儿：哪有一点儿，激愤语。

⑪使飞云幸存：假使岳飞、岳云还侥幸存在的话。岳云，岳飞养子，英勇善战，一同被秦桧杀害。

【中吕·红绣鞋】郊行①

茅店小斜挑草稕②，竹篱疏半掩柴门。一犬汪汪吠行人。题诗桃叶渡③，问酒杏花村④，醉归来驴背稳⑤。

又

雪意商量酒价^⑥，风光投奔诗家，准备骑驴探梅花^⑦。几声沙嘴雁^⑧，数点树头鸦，说江山憔悴煞。

【注释】

①周德清这两首【红绣鞋】皆以"郊行"为题，暗寓隐逸之志。

②草稕（zhùn）：捆束的草杆，旧时常用为酒家的标志。用草或布缀于竿头，悬在店门前，招引游客。俗称"望子"。

③题诗桃叶渡：《古乐府注》有："王献之爱妾名桃叶，尝渡此。献之作歌送之曰：'桃叶复桃叶，渡江不用楫。但渡无所苦，我正迎接汝。'"

④问酒杏花村：杜牧《清明》诗有"借问酒家何处有，牧童遥指杏花村"。后因以"杏花村"指酒家。

⑤"醉归来"句：这里暗用孟浩然、李贺等人骑驴寻诗的故事。

⑥"雪意"句：言有了下雪的象征，估计酒价要提高一些。

⑦"准备"句：这里用孟浩然骑驴踏雪、寻梅咏诗的故事。

⑧沙嘴：沙洲突出于水中的地方。

【双调·蟾宫曲】别友^①

倚篷窗无语嗟呀^②，七件儿全无^③，做甚么人家。柴似灵芝，油如甘露，米若丹砂^④。酱瓮儿恰才梦撒^⑤，盐瓶儿又告消乏。茶也无多，醋也无多。七件事尚且艰难，怎生教我折柳攀花^⑥。

129

①周德清这首【蟾宫曲】似为自家贫困生活的写照，用极其夸张的笔法，读来诙谐有趣。

②蓬窗：用篾席遮拦起来的窗户。嗟呀：叹息。

③七件儿：即七件事，指日常生活中的七种必需品。武汉臣《玉壶春》杂剧有："早晨起来七件事，油盐柴米酱醋茶。"

④灵芝：仙草，古人认为服之可以长寿。甘露：甜美的露水。古人认为天下太平，上天才降甘露。丹砂：即朱砂，古人认为服食它可以延年益寿。"柴似"三句极言柴、油、米之缺乏。

⑤梦撒：本意为散失，此与下句"消乏"互文，皆用完之意。

⑥折柳攀花：指出入青楼歌馆，追欢买笑。

【正宫·塞鸿秋】浔阳即景①

长江万里白如练②，淮山数点青如淀③，江帆几片疾如箭，山泉千尺飞如电。晚云都变露，新月初学扇④，塞鸿一字来如线⑤。

又

灞桥雪拥驴难跨⑥，剡溪冰冻船难驾⑦，秦楼美酝添高价⑧，陶家风味都闲话⑨。羊羔饮兴佳，金帐歌声罢⑩，醉魂不到蓝关下。

【注释】

①这两首【正宫·塞鸿秋】首四句都用连璧对，且对仗极为工稳。

②练：熟绢。

③淮山：指淮水两岸的山。淀：同"靛"，青蓝色的染料。

④新月初学扇：言新出之月，欲圆未圆。扇，团扇。

⑤塞鸿：自边地飞来的鸿雁。

⑥灞桥：在长安东，为送别之处。

⑦剡（shàn）溪：水名，在浙江嵊县南。这里用晋王徽之雪夜访戴逵的典故。

⑧秦楼：歌馆妓院。美酝：美酒。

⑨陶家风味：指宋学士陶谷同小妾取雪水烹茶事，文坛传为佳话。

⑩"羊羔"两句：用北宋富绅党进每逢雪天，多在销金帐内饮羊羔酒取乐事。

【中吕·朝天子】秋夜客怀①

月光，桂香，趁着风飘荡。砧声催动一天霜②，过雁声嘹亮。叫起离情，敲残愁况。梦家山③，身异乡。夜凉，枕凉，不许愁人强④。

【注释】

①周德清这首【朝天子】写秋夜愁怀，音节响亮，有声有色，诚属曲中上品。

②砧（zhēn）声：捣衣声。

③家山：即故乡。

④强（jiàng）：犟，执拗，不顺从之意。

钟嗣成

钟嗣成，元代散曲家，字继先，号丑斋，大梁（今河南开封）人，寓居杭州。他所编撰的《录鬼簿》，记载了元代杂剧作家及一些散曲作家的小传和剧目，是研究元曲最重要的文献。所作杂剧今知有《章台柳》《钱神论》《蟠桃会》等七种，皆不传。所作散曲今存小令五十九首，套数一套。

【正宫·醉太平】①

风流贫最好，村沙富难交②。拾灰泥补砌了旧砖窑，开一个教乞儿市学③。裹一顶半新不旧乌纱帽④，穿一领半长不短黄麻罩，系一条半联不断皂环绦，做一个穷风月训导⑤。

又

绕前街后街，进大院深宅，怕有那慈悲好善小裙钗⑥，请乞儿一顿饱斋。与乞儿绣副合欢带⑦，与乞儿换副新铺盖，将乞儿携手上阳台⑧，设贫咱波奶奶⑨！

【注释】

①钟嗣成这两首【醉太平】，一写求乞的乞丐，一写以教授乞儿为生的私塾先生，都写得滑稽有趣。

②村沙：土气，粗俗，丑陋。此句谓粗俗的人一旦变富，便很难交往了。

③市学：收取学费的私人学校。

④乌纱帽：隋唐贵者多服乌纱帽，其后上下通用，又渐废为折

上巾，乌纱帽成为闲居的常服。

⑤风月：本指清风明月等美好的景色，后喻男女情爱。此句是说教授乞儿如何谈情说爱。

⑥怕有：或许有。裙钗：女子的代称。

⑦合欢带：表示男女同欢结盟的带子。

⑧将：与，和。阳台：传说中台名。宋玉《高唐赋》述及楚王与仙女欢会事："妾在巫山之阳，高丘之岨，旦为朝云，暮为行雨，朝朝暮暮，阳台之下。"后亦称男女合欢之所为阳台。

⑨赒贫：救济穷人。咱：语气助字。

【双调·清江引】①

到头那知谁是谁，倏忽人间世②。百年有限身③，三寸元阳气④，早寻个稳便处闲坐地。

又

秀才饱学一肚皮，要占登科记⑤。假饶七步才⑥，未到三公位⑦，早寻个稳便处闲坐地。

又

凤凰燕雀一处飞⑧，玉石俱同类。分甚高共低，辨甚真和伪？早寻个稳便处闲坐地。

【注释】

①钟嗣成有十首【清江引】，表现的都是人生如梦、全身远祸的思想，这可能反映了元代士人中一种极普遍的情绪。此选其中三首。

②倏（shū）忽人间世：言人的生命很短促。倏忽，很快，一下子。

③百年有限身：人生是有限的，即使活到一百年，也只是短暂的一瞬。

④元阳气：指生命的本原，即所谓"元气"。元时俗语有"三分气在千般用，一旦无常万事休"。

⑤登科记：科举时代把考中进士的人按名次登记在册上，叫"登科记"。

⑥假饶：即使。七步才：形容才思十分敏捷。《世说新语·文学》云："文帝（曹丕）尝令东阿王（曹植）七步中作诗，不成者行大法。应声便为诗曰：'煮豆持作羹，漉枝以作汁，其在釜下燃，豆在釜中泣。本自同根生，相煎何太急。'帝深有惭色。"

⑦三公位：辅助国君掌握军政大权的最高官员。西汉以大司马、大司徒、大司空为三公。

⑧凤凰燕雀一处飞：喻良才、庸才一起被录用，不分良莠。

【双调·凌波仙】吊周仲彬①

丹墀未知玉楼宣②，黄土应埋白骨冤。羊肠曲折云更变③。料人生亦惘然，叹孤坟落日寒烟。竹下泉声细，梅边月影回，因思君歌舞十全。

【注释】

①钟嗣成曾以【凌波仙】分别凭吊宫大用、郑德辉等十七位元曲家，具有十分重要的史料价值，此选其凭吊周仲彬的一首。

②丹墀（chí）：古代宫殿前的台阶都以红色涂饰，故名。后多用以指代宫殿。玉楼宣：李贺临终时，忽昼见一红衣使者，云天帝

白玉楼成，召其为记事。后指文人夭逝。

③羊肠：喻人生道路。云更变：喻命运变化。

周 浩

周浩，或作周诰，与钟嗣成同时代人。生平不详。其散曲仅存小令一首，为赞钟氏《录鬼簿》所作。

【双调·蟾宫曲】题《录鬼簿》

想贞元朝士无多①，满目江山，日月如梭。上苑繁华②，西湖富贵，总付高歌。麒麟冢衣冠坎坷③，凤凰城人物蹉跎④。生待如何？死待如何？纸上清名，万古难磨⑤。

【注释】

①贞元：唐德宗年号，时用二王革新，后刘禹锡归朝，因兴物是人非之叹。其《听旧宫中乐人穆氏唱歌》诗有："曾随织女渡天河，记得云间第一歌。休唱贞元供奉曲，当时朝士已无多。"此处是用"贞元朝士"比拟元曲名家。

②上苑：帝王玩乐、游猎的地方。

③麒麟冢：名人贵宦的坟墓。衣冠：指代名门望族。

④凤凰城：接近皇帝居住的地方，指高官集中居住的地方。

⑤"纸上清名"两句：是赞扬钟嗣成著成《录鬼簿》，可以万古留名。

汪元亨

汪元亨，生卒年不详。字协贞，号云林，又号临川佚老。饶州（今江西鄱阳）人。元至正间出仕浙江省掾，后徙居常熟。贾伸明《录鬼簿续编》有"至正间，与余交于吴门"之语，知其和贾仲明同时代，为元代后期曲家。所作杂剧有《斑竹记》《仁宗认母》《桃源洞》三种及南戏《父子梦栾城驿》，均失传。散曲今存《小隐余音》，小令百首、套数一篇。

【正宫·醉太平】警世[①]

辞龙楼凤阙，纳象简乌靴[②]。栋梁材取次尽摧折[③]，况竹头木屑。结知心朋友着疼热，遇忘怀诗酒追欢说[④]，见伤情光景放痴呆[⑤]。老先生醉也。

又

憎苍蝇竞血[⑥]，恶黑蚁争穴。急流中勇退是豪杰，不因循苟且。叹乌衣一旦非王谢[⑦]，怕青山两岸分吴越[⑧]，厌红尘万丈混龙蛇[⑨]。老先生去也。

又

结诗仙酒豪[⑩]，伴柳怪花妖。白云边盖座草团瓢，是平生事了。曾闭门不受征贤诏，自休官懒上长安道，但探梅常过灞陵桥。老先生俊倒。

率真元曲·爱他时似爱初生月

【注释】

①汪元亨曾作【醉太平】二十首，总题为"警世"，皆为警世叹时之作，此选其中三首。唐、宋以来，称呼达官显宦为"老先生"，元代称京官为"老先生"。此乃自称。

②"辞龙楼"两句：都是辞官之意。龙楼凤阙，指代帝王宫殿。象简乌靴，指代官宦生活。象简，象笏。乌靴，官靴。

③取次：任意，随便。

④忘怀：可以相互忘情的朋友。此句与上句"结知心朋友"互文。

⑤放痴呆：装痴呆。

⑥苍蝇竞血：像苍蝇争舐血腥一样。喻争权夺利为极可鄙的事。

⑦乌衣：乌衣巷，在今南京市东南。东晋时王、谢诸望族曾居于此。

⑧吴、越是战国时两个互为仇敌的国家。因以喻敌对的势力。

⑨混龙蛇：喻好坏不分，贤愚莫辨。

⑩结诗仙酒豪：言结交一些诗朋酒友。诗仙，李白之伦。酒豪，刘伶之属。

【双调·雁儿落过得胜令】归隐①

【雁儿落】闲来无妄想，静里多情况。物情螳捕蝉②，世态蛇吞象③。【得胜令】直志定行藏④，屈指数兴亡。湖海襟怀阔，山林兴味长。壶觞，夜月松花酿⑤；轩窗，秋风桂子香。

又

山翁醉似泥⑥，村酒甜如蜜。追思莼与鲈⑦，拨置名和

138

利。鸡鹜乱争食⑧，鹬蚌任相持⑨。风雪双蓬鬓，乾坤一布衣。驱驰，尘事多兴废；依栖，云林少是非。

①汪元亨作【雁儿落过得胜令】二十首，总题为"归隐"，皆表现其隐逸之志，此处选其中二首。

②物情螳捕蝉：世情是强者欺侮弱者。

③世态蛇吞象：喻人心不足、贪得无厌。

④行藏：出仕和退隐。

⑤松花酿：一种淡黄色的酒，又叫"松醪"。

⑥山翁醉似泥：李白《襄阳歌》诗："傍人借问笑何事，笑杀山翁醉似泥。"本句中"山翁"乃自指。

⑦追思莼（chún）与鲈：此用晋张翰因秋风起而想起家乡的莼羹和鲈鱼脍，于是挂冠归田的典故。见姚燧【中吕·醉高歌】感怀注。莼，多年生水草，嫩叶可烧汤。

⑧鸡鹜（wù）乱争食：喻平庸的人为一饮一啄而斗争。鹜，鸭子。

⑨鹬（yù）蚌任相持：喻双方为争夺利益，相持不下。

【双调·沉醉东风】归田①

远城市人稠物穰②，近村居水色山光。熏陶成野叟情③，铲削去时官样④，演习会牧歌樵唱。老瓦盆边醉几场⑤，不撞入天罗地网⑥。

又

达时务呼为俊杰，弃功名岂是痴呆。脚不登王粲楼⑦，手莫弹冯驩铗⑧，赋归来竹篱茅舍。古今陶潜是一绝，为五斗腰肢偻折。

【注释】

①汪元亨作【双调·沉醉东风】二十首，总题为"归田"，皆表现其归隐田园之乐，今选其中二首。

②人稠物穰（ráng）：人口稠密，物品丰富。穰：稻、麦等的秆。

③"熏陶"句：因受老农的感染和陶冶成为老农似的情性。野叟：野老、老农。

④时官样：官场时行的模样。

⑤老瓦盆：粗陋的陶制酒器。

⑥天罗地网：喻无所不在、危机四伏的名利场。

⑦王粲：汉末文学家。西京丧乱，他避难荆州，投靠刘表，未被重用，于是作《登楼赋》抒发落寞情怀，因其主旨仍是对功名的热衷，故此云"脚不登王粲楼"。

⑧手莫弹冯驩铗：冯驩在孟尝君家里做客，曾弹铗长歌，希望得到孟尝君的重视。冯驩也是追求事功的，故此云"莫弹"。

【中吕·朝天子】归隐

长歌咏楚辞，细赓和杜诗①，闲临写羲之字②。乱云堆里结茅茨③，无意居朝市。珠履三千，金钗十二④，朝承恩暮赐死。采商山紫芝⑤，理桐江钓丝⑥，毕罢了功名事。

【注释】

①赓（gēng）和：续和。杜诗：唐代大诗人杜甫之诗。

②羲之：东晋大书法家王羲之。

③茅茨：茅草搭成的房子。

④"珠履"两句：《史记·春申君列传》说楚春申君有客三千余人，"上客皆蹑珠履"。《山唐肆考》载，唐牛僧孺家有金钗十二行。此处借用这两个典故以说明豪族之富奢、姬妾之盛。

⑤"采商山"句：指西汉隐士商山四皓。

⑥"理桐江"句：用东汉严子陵垂钓桐江的典故。

倪 瓒

倪瓒（1301—1374），字元镇，自号风月主人，又号云林子、沧浪漫士、净名庵主等，无锡（今属江苏）人。生平未曾出仕。自幼读书，过目不忘。家有清閟阁，多藏法书、名画、秘籍。元代大书画家，善诗，自然天成，又善琴操，精音律。至正初散财与亲友，弃家隐居五湖三泖间，与杨维桢、顾仲瑛、张雨等相唱和。自称懒瓒，亦称倪迂。明太祖平吴，瓒已年老，黄冠野服，混迹编氓以终。有《清閟阁集》，今存小令十二首。

【黄钟·人月圆】①

伤心莫问前朝事，重上越王台②，鹧鸪啼处，东风草绿，残照花开。怅然孤啸，青山故国，乔木苍苔。当时月明，依依素影③，何处飞来?

又

惊回一枕当年梦，渔唱起南津。画屏云嶂④，池塘春草，无限消魂。旧家应在，梧桐覆井，杨柳藏门。闲身空老，孤篷听雨，灯火江村。

【注释】

①倪瓒这两首【人月圆】抒发的都是故国之思，高古苍凉，风味与咏史诗词略同。

②越王台：当是越王勾践所筑的台榭。

③依依：隐约貌。

④嶂：屏障似的山峰。

【越调·小桃红】秋江①

一江秋水澹寒烟，水影明如练，眼底离愁数行雁。雪晴天，绿苹红蓼参差见②。吴歌荡桨，一声哀怨，惊起白鸥眠。

又

五湖烟水未归身③，天地双蓬鬓。白酒新篘会邻近④。主酬宾，百年世事兴亡运。青山数家，渔舟一叶，聊且避风尘。

【注释】

①倪瓒这两首【小桃红】描摹的都是秋日江色，清丽淡雅，宛如一幅着色之山水图。

②绿苹：蕨类植物，生浅水中，叶柄长，顶端生四片小叶，又称田字草。红蓼：草本植物，生水边，花白色或浅红色。参（cēn）差（cī）：长短不齐貌。

③"五湖烟水未归身"句：暗用范蠡功成身退、浮游五湖的典故。

④白酒新篘：新过滤的白酒。

夏庭芝

夏庭芝，生卒年不详。字伯和，一作百和，号雪蓑，别署雪蓑钓隐，一作雪蓑渔隐。松江（今属上海）巨族。文章妍丽，乐府隐语极多。曾追忆旧游，著《青楼集》，为研究元曲演唱的极重要资料。与当时曲家张鸣善、朱凯、郝经、钟嗣成等交善。散曲今存小令二首。

【双调·水仙子】赠李奴婢①

丽春园先使棘针屯②，烟月牌荒将烈焰焚③，实心儿辞却莺花阵④。谁想香车不甚稳，柳花亭进退无门。夫人是夫人分，奴婢是奴婢身，怎做夫人？

【注释】

①据《青楼集》载，李奴婢色艺绝伦，嫁与一蒙古官员，但终被休还。当时名公士大夫多为此赠予乐府、词章。夏庭芝这首【水仙子】即以此事为题。

②丽春园：即丽春院，名妓苏卿住处，后泛指妓院。屯：满布。

③烟月牌：妓女花牌。

④莺花阵：妓院的代称。

刘庭信

刘庭信，生卒年不详。先名廷玉，排行第五，身长而黑，人称黑刘五，益都（今属山东）人。钟嗣成《录鬼簿》说他"风流蕴藉，超出伦辈。风晨月夕，唯以填词为事，信口成句，能道人所不能道者"。存世小令三十九首，套数七篇。

【双调·水仙子】相思①

秋风飒飒撼苍梧，秋雨潇潇响翠竹，秋云黯黯迷烟树。三般儿一样苦。苦的人魂魄全无。云结就心间愁闷，雨少似眼中泪珠②，风做了口内长吁。

又

恨重叠、重叠恨、恨绵绵、恨满晚妆楼，愁积聚、积聚愁、愁切切、愁斟碧玉瓯③，懒梳妆、梳妆懒、懒设设、懒熱黄金兽④。泪珠弹、弹珠泪、泪汪汪、汪汪不住流，病身躯、身躯病、病恹恹⑤，病在我心头。花见我、我见花、花应憔瘦，月对咱、咱对月、月更害羞，与天说、说与天、天也还愁。

【注释】

①从体式来看，刘庭信的这两首【水仙子】差别较大。可见与诗词相比，曲作为文体还是很不规范、稳定的。这两首同样写相思，其风味与诗词风味迥然有别。一以奇思妙想取胜，一以反复体（元曲巧体之一）为特色，都将相思渲染得淋漓尽致。

②少似：恰似。

③碧玉瓯：碧玉制成的酒杯。

④爇（ruò）：点燃，燃烧。黄金兽：饰以黄金色的兽形香炉，此指香。

⑤恹恹（yān）：有病的样子。

【双调·折桂令】忆别①

想人生最苦离别，唱到阳关②，休唱三叠。急煎煎抹泪揉眵③，意迟迟揉腮捱耳④，呆答孩闭口藏舌⑤。情儿分儿你心里记者，病儿痛儿我身上添些，家儿活儿既是抛撇，书儿信儿是必休绝。花儿草儿打听的风声⑥，车儿马儿我亲自来也！

又

想人生最苦离别，经过别离，才识别离。早晨间少婢无奴，晌午后寻朋觅友，到黄昏忆子思妻。咚咚咚鼓声动心忙意急，支支支角声哀魂散魄飞。钟声儿紧紧的相随，漏声儿点点的临逼。想平生受过的凄凉，呆答孩软了身己⑦。

又

想人生最苦离别，雁杳鱼沉⑧，信断音绝。娇模样甚实曾丢抹⑨，好时光谁曾受用，穷家活逐日绷拽⑩。才过了一百五日上坟的日月，早来到二十四夜祭灶的时节。笃笃寞寞终岁巴结，孤孤另另彻夜咨嗟。欢欢喜喜盼的他回来，凄凄凉凉老了人也。

【注释】

①刘庭信这三首【折桂令】写别离之情，都极尽夸张、诙谐之能事，别有趣味。若以此别离之曲，与秦、周之别离词相较，可谓迥然有别。

②阳关：阳关曲。唐宋时送别曲，词乃王维《送元二使安西》绝句，因多重唱三遍，故称三叠。

③眵（chī）：眼屎。

④揉腮搊（jué）耳：犹言抓耳挠腮。

⑤呆答孩：发痴、发呆状。闭口藏舌：说不出话来。

⑥花儿草儿：喻男女私情事。风声：消息。

⑦身己：身体。

⑧雁杳鱼沉：古有鱼雁传书故事，此比喻没有音信。

⑨甚实：何时。丢抹：同"丢丢抹抹"，打扮之意。

⑩穷家活：穷困的生活。逐日绷（bēng）拽（zhuài）：每日勉强支撑。

高　明

　　高明，字则诚，号菜根道人。永嘉平阳（今属温州）人。约生于元成宗大德年间，至正五年进士，授处州录事，辟丞相掾。后旅寓鄞之栎社沈氏楼居，因作戏文《琵琶记》。卒于明初，年七十余。《琵琶记》外，又有诗文集《柔可斋集》。今存散曲小令两支，套数一篇。

【商调·金络索挂梧桐】 咏别①

　　羞看镜里花②，憔悴难禁架③，耽阁眉儿淡了叫谁画④。最苦魂梦飞绕天涯，须信流年鬓有华⑤。红颜自古多薄命，莫怨东风当自嗟⑥。无人处，盈盈珠泪偷弹洒琵琶。恨那时错认冤家⑦，说尽了痴心话。

又

　　一杯别酒阑⑧，三唱阳关罢，万里云山两下相牵挂。念奴半点情与伊家⑨，分付些儿莫记差。不如收拾闲风月⑩，再休惹朱雀桥边野草花⑪。无人把，萋萋芳草随君到天涯⑫。准备着夜雨梧桐，和泪点常飘洒。

【注释】

　　①元人散曲多为北曲，亦有少量南曲，高则诚这两首【金络索挂梧桐】都是南曲。大概而言，南曲更近于词，比北曲更老实、规矩，于此可见一斑。

　　②镜里花：喻自家的容颜。

③难禁架：难当，难耐。

④"眉儿淡了"句：此暗用汉张敞为妻画眉的故事。

⑤流年：年华，谓其如流水之易逝。鬓有华：两鬓斑白。

⑥"红颜"二句：欧阳修《再和明妃曲》诗有："红颜胜人多薄命，莫怨春风当自嗟。"此用其语，而稍有变易。

⑦冤家：情人的爱称。

⑧阑：尽。与后文"三唱阳关罢"的"罢"字同义。

⑨伊：你。家：语气助词。

⑩收拾：意谓摆脱、结束。闲风月：喻非正式的男女情爱。

⑪"再休惹"句：言不要招蜂惹蝶，寻花问柳。刘禹锡《乌衣巷》诗有："朱雀桥边野草花，乌衣巷口夕阳斜。"此借用其诗句而不用其意，恰成谐趣。

⑫萋萋芳草：汉刘安《招隐士》赋有："王孙游兮不归，春草生兮萋萋。"萋萋：草木茂盛貌。

汤 式

汤式,字舜民,号菊庄,宁波(今属浙江)人。生卒年不详。初为本县吏,后落魄江湖间。曾长期居住在南京。明成祖在燕邸时,遇之甚厚,永乐间仍有赏赐。性滑稽,工散曲,有《笔花集》,江湖盛传。著杂剧《瑞仙亭》《娇红记》两种,皆俱失传。现存小令一百七十首,套数六十八篇。

【正宫·小梁州】

扬子江阻风①

蓬窗风鸡雨丝丝,闷捻吟髭②。维扬西望渺何之③,无一个鳞鸿至④,把酒问篙师⑤。【幺】他迎头儿便说干戈事,待风流再莫追思。塌了酒楼,焚了茶肆。柳营花市⑥,更说甚呼燕子唤莺儿。

九日渡江

秋风江上棹孤舟,烟水悠悠,伤心无句赋登楼⑦。山容瘦,老树替人愁。【幺】樽前醉把茱萸嗅⑧,问相知几个白头。乐可酬,人非旧。黄花时候⑨,难比旧风流。

又

秋风江上棹孤航,烟水茫茫,白云西去雁南翔。推蓬望,清思满沧浪。【幺】东篱载酒陶元亮⑩,等闲间过了重阳。自感伤，何情况。黄花惆怅，空作去年香。

【注释】

①汤式这三首【小梁州】或抒发江山易代之感，或抒发羁旅行役之愁，都用笔老道，不失为第一流作手。

②髭（zī）：嘴上边的胡子。

③维扬：指扬州。

④鳞鸿：代指书信。

⑤篙师：船夫。

⑥柳营花市：妓院一类的场所。

⑦"伤心"句：汉末王粲去荆州投奔刘表，未被礼遇，偶登当阳城楼，作《登楼赋》抒发其怀才不遇之感。此则反其意而用之。

⑧茱萸：一种有香气的植物。古代风俗，重阳日佩茱萸登高，饮菊花酒，可以避灾。

⑨黄花时候：意谓又是菊花开放的时节。

⑩"东篱"句：晋陶渊明，又名潜，字元亮，号五柳先生。陶渊明《饮酒》诗有"采菊东篱下，悠然见南山"。故此处"东篱"、"元亮"皆指陶渊明。

【中吕·谒金门】落花二令①

落花，落花，红雨似纷纷下。东风吹傍小窗纱，撒满秋千架。忙唤梅香，休教践踏。步苍苔选瓣儿拿。爱他，爱他，擎托在鲛绡帕②。

又

落红，落红，点点胭脂重。不因啼鸟不因风，自是春搬

151

弄。乱撒楼台，低扑帘栊。一片西一片东。雨雨，风风，怎发付孤栖凤③。

【注释】

①这两首【谒金门】题咏的都是"落花"，而所指皆在情事，写得婉丽动人。

②鲛绡（xiāo）帕：即指手帕。鲛绡，传说由鲛人所织的绡。

③"怎发付"句：犹言孤单栖身的我怎生对付。

【双调·蟾宫曲】①

冷清清人在西厢，叫一声张郎，骂一声张郎②。乱纷纷花落东墙，问一会红娘，絮一会红娘③。枕儿余，衾儿剩，温一半绣床，间一半绣床。风儿斜，月儿细，开一扇纱窗，掩一扇纱窗。荡悠悠梦绕高唐④，萦一寸柔肠，断一寸柔肠。

【注释】

①这首【蟾宫曲】所用的重句体，为元曲巧体之一。同样是代言，本曲中反映的率真热情的莺莺与《西厢记》中腼腆含蓄的莺莺大有不同。

②张郎：《西厢记》的男主角张生。

③"絮一会红娘"句：意谓絮絮叨叨地问红娘有没有张生来到的消息。

④梦绕高唐：指代男女欢爱之事。

杨 讷

杨讷，生卒年不详。字景贤，或作景言。蒙古族，居钱塘。因从姐夫杨镇抚，人以杨姓称之。善琵琶，好戏谑，乐府出人头地。永乐初，与汤氏并遇恩宠。后卒于金陵。著杂剧《风月海棠争》《生死夫妻》《刘行首》《西游记》四种，前两种今佚，后两种存。现存小令两首，套数一篇。

【中吕·红绣鞋】咏纥蚤①

小则小偏能走跳，咬一口一似针挑②。领儿上走到裤儿腰，眼睁睁拿不住，身材儿怎生捞。翻个筋斗不见了。

【注释】

①元曲不避俚俗，一是不避俚言俗语，一是不避俗题，这两个方面杨讷的这首【红绣鞋】"咏纥蚤"都能占全。纥（gè）蚤，跳蚤。

②一似：好似。

邵亨贞

邵亨贞（1309—1401），字复孺，号清溪，云间（今上海松江县）人。由元入明。通博敏瞻，虽阴阳医卜之书，靡不精核。元时为松江训导，为子所累罢官，远戍颍上，后赦还。诗文外还长于书法，著《野处集》《议术诗选》《议术词选》。今存小令两首。

【越调·凭阑人】题曹云西翁赠妓小画①

谁写江南一段秋，妆点钱塘苏小楼②？楼中多少愁，楚山无断头。

【注释】

①此为题画之作，境界、韵味略同于绝句、小词。

②苏小：苏小小，南朝齐时钱塘名妓，葬于西湖边。据传苏小小尝作古词云："妾乘油壁车，郎跨青骢马。何处结同心，西陵松柏下。"唐代著名诗人白居易、刘禹锡皆有诗称之，故唐宋以来苏小小甚为有名。

刘燕哥

刘燕哥，生卒年不详。元代歌伎。今存散曲小令一首。张思岩《词林纪事》引《青泥莲花记》云："刘燕哥善歌舞。齐参议还山东，刘赋《太常引》以饯，至今脍炙人口。"

【仙吕·太常引】饯齐参议归山东

故人送我出阳关①，无计锁雕鞍②。今古别离难，兀谁画娥眉远山③。一樽别酒，一声杜宇，寂寞又春残。明月小楼间，第一夜相思泪弹④。

【注释】
①阳关：关名，在甘肃敦煌西南，泛指送别之地。
②锁雕鞍：意谓将人留住。雕鞍，有雕饰的马鞍。
③兀谁：谁。兀，代词前缀，无实在意义。远山：汉张敞为其妻画眉，据传形如远山，故称远山眉。
④第一夜相思：离别的第一夜，倍感痛苦。

无名氏

【正宫·醉太平】讥贪小利者①

夺泥燕口②，削铁针头③，刮金佛面细搜求④，无中觅有。鹌鹑膝里寻豌豆⑤，鹭鸶腿上劈精肉⑥，蚊子腹内刳脂油⑦。亏老先生下手！

【注释】

①曲尚谐趣，这首【正宫·醉太平】讥讽吝啬人，极尽夸张之能事，令人解颐。

②夺泥燕口：从燕子口里夺泥。泥，指燕子筑巢所用的泥土。

③削铁针头：从针头上削铁。

④刮金佛面：从佛像面上刮金。

⑤鹌鹑：鸟名，头尾短，状如小鸡。膝（sù）：鸟类食囊。

⑥鹭鸶（lù sī）：水鸟名，腿长而细瘦，栖沼泽中，捕食鱼类。劈：用刀刮。精肉：瘦肉。

⑦刳（kū）：剖、挖。

【正宫·醉太平】①

堂堂大元②，奸佞专权③。开河变钞祸根源④，惹红巾万千⑤。官法滥⑥，刑法重，黎民怨。人吃人，钞买钞⑦，何曾见。贼做官，官做贼，混愚贤。哀哉可怜！

①这首曲可能在元末流传甚广，本见元末明初人陶宗仪《辍耕录》卷二十二。

②堂堂大元：堂堂，气象宏大庄严。

③奸佞（nìng）：巧言谄媚的坏人。指元末丞相脱脱、参议贾鲁等人。

④开河：指开掘黄河故道。据史书载，元至正十一年（1351），右丞相脱脱、参议贾鲁等曾以修复河道为名，扰民敛财。变钞：据史书载，元至元二十四年（1287），始行钞法（纸币），称至元钞；至正十年（1350），更定钞法，是为至正钞，纸质低劣，不久即腐烂，不堪转换，弄得物价腾贵，民怨沸腾。

⑤红巾：元末以韩山童、刘福通为首的农民起义军，义军都用红巾裹头，故名红巾军。

⑥官法滥：指官吏贪污成风和拿钱买官。

⑦钞买钞：指更定钞法后，旧钞与新钞的倒换买卖。

【正宫·塞鸿秋】

山行警①

东边路西边路南边路，五里铺七里铺十里铺②，行一步盼一步懒一步。霎时间天也暮日也暮云也暮，斜阳满地铺，回首生烟雾。兀的不山无数水无数情无数③。

宴毕警

灯也照星也照月也照，东边笑西边笑南边笑，忽听得钧天乐箫韶乐云和乐④，合着这大石调小石调黄钟调⑤。银花遍地飘，火树连天照⑥。喜的是君有道臣有道国有道。

村夫饮

宾也醉主也醉仆也醉，唱一会舞一会笑一会，管甚么三十岁五十岁八十岁，你也跪他也跪恁也跪⑦。无甚繁弦急管催⑧，吃到红轮日西坠，打的那盘也碎碟也碎碗也碎。

又

爱他时似爱初生月⑨，喜他时似喜梅梢月，想他时道几首西江月，盼他时似盼辰钩月。当初意儿别，今日相抛撇，要相逢似水底捞月。

【注释】

①从风格来看，这四首【塞鸿秋】都工于文字，颇有曲味，写得饶有趣味。前三首似应出自同一人手笔。

②铺：古代的驿站或兵站，可为旅客提供食宿。

③兀的不：如何不，怎不。

④钧天乐、箫韶乐、云和乐：三种曲调名，唐宋以来宫廷及上流社会经常演奏。

⑤大石调、小石调、黄钟调：都是宫调名。

⑥银花、火树：形容灯光、烟火绚丽灿烂。苏味道《正月十五》诗："火树银花合，星桥铁锁开。"

⑦跪：指跪坐。

⑧繁弦急管：繁多热闹的音乐伴奏。

⑨这支【塞鸿秋】为嵌字体，每句嵌一"月"字。

【仙吕·寄生草】

人百岁，七十稀①。想着他罗裙窣地宫腰细②，花钿渍粉秋波媚③，金钗欹枕乌云坠④。暮年翻忆少年游⑤，不如今朝醉了明朝醉。

又

有几句知心话，本待要诉与他。对神前剪下青丝发，背爷娘暗约在湖山下，冷清清湿透凌波袜⑥。恰相逢和我意儿差，不剌你不来时还我香罗帕⑦。

又

猛见他朱帘下过，引的人没乱煞，少一枝杨柳瓶中插，少一串数珠胸前挂，少一个化生儿立在傍壁下⑧。人道是章台路柳出墙花⑨，我猜做灵山会上活菩萨⑩。

【注释】

①七十稀：杜甫《曲江》诗："酒债寻常行处有，人生七十古来稀。"

②窣（sū）地：拂地。宫腰：瘦腰。

③花钿：花形头饰。秋波：指眼睛明亮如水。

④欹（qī）：古同"敧"，斜，侧。乌云：指秀发。

⑤翻忆：回忆。

⑥凌波袜：即秀袜，出典自曹植《洛神赋》"凌波微步"。

⑦不剌：系衬字，为话语搭头性质，犹之云兀良或兀剌，常用来转接语气。关汉卿《拜月亭》杂剧："我怨感我合哽咽，不剌你

啼哭你为甚迭?"

⑧化生儿：本指蜡制的婴孩画像。古时风俗，于七夕弄化生，祝人生子。薛能《吴姬》诗："芙蓉殿上中元日，水拍银盘弄化生。"此形容女子玲珑可爱。

⑨章台路柳出墙花：指妓女。章台路，为汉代长安城歌妓集中居住的一条街道。

⑩灵山会：佛教盛会。灵山，佛家称灵鹫山为灵山。《五灯会元》："世尊在灵山会上，拈花示众。"

【中吕·喜春来】①

天孙一夜停机暇②，人世千家乞巧忙③，想双星心事密话儿长④。七月七，回首笑三郎⑤。

又

伤心白发三千丈⑥，过眼金钗十二行⑦。老来休说少年狂。都是谎，樽有酒且徜徉⑧。

又

窄裁衫褚安排瘦⑨，淡扫蛾眉准备愁。思君一度一登楼⑩。凝望久，雁过楚天秋。

【注释】

①这三首【喜春来】虽题材不一，但都写得干净清丽。

②天孙：织女。暇：空闲。

③乞巧：农历七月七日，民间称乞巧节，七夕夜妇女向月穿针的风俗。

④双星：牵牛星与织女星。密话儿：悄悄话，此指情话。

⑤三郎：唐玄宗李隆基的小名。

⑥"伤心白发"句：化用李白《秋浦歌》诗，李诗有："白发三千丈，缘愁似个长。"

⑦金钗十二行：此喻歌舞之盛，据说唐牛僧孺家有金钗十二行，此用其典。

⑧徜（cháng）徉：自由自在地来回走。

⑨裆（kèn）：衣服腋下前后相连的部分。

⑩一度：一回，一次。

【中吕·红绣鞋】①

一两句别人闲话，三四日不把门蹅②，五六日不来呵在谁家？七八遍买龟儿卦③，久已后见他么，十分的憔悴煞。

又

我为你吃娘打骂，你为我弃业抛家。我为你胭脂不曾搽，你为我休了媳妇，我为你剪了头发。咱两个一般的憔悴煞④。

又

裁剪下才郎名讳⑤，端详了展转伤悲。把两个字灯焰上燎成灰⑥，或擦在双鬓角，或画作远山眉。则要我眼跟前常见你。

【注释】

①此曲为嵌字体（元曲巧体之一），每句嵌一数字，自一至十。

②蹅（chǎ）：宋元俗语，踏。

③买龟儿卦：出钱算卦。

④一般：一样。

⑤名讳：名字。古时对尊者忌讳直呼其名，故云。

⑥燎：燃烧。

【黄钟·红锦袍】①

那老子彭泽县懒坐衙，倦将文案押②，数十日不上马。柴门掩上咱，篱下看黄花。爱的是绿水青山。见一个白衣人来报③，来报五柳庄幽静煞。

【注释】

①这支曲以叙事笔法写陶渊明归隐事，颇富趣味。

②押：在文书、字画、契据上署名或书记号。

③白衣人：指使者。

【大石调·阳关三叠】①

渭城朝雨浥轻尘②，更洒遍客舍青青。弄柔凝千缕，更洒遍客舍青青。弄柔凝翠色，更洒遍客舍青青，弄柔凝柳色新。休烦恼，劝君更尽一杯酒，人生会少。自古富贵功名有定分。休烦恼，劝君更尽一杯酒，旧游如梦，只恐怕西出阳关，眼前无故人！休烦恼，劝君更尽一杯酒，只恐怕西出阳关，眼前无故人！

【注释】

①王维《送元二使安西》原诗为："渭城朝雨浥轻尘，客舍青

青柳色新。劝君更尽一杯酒，西出阳关无故人。"此诗自唐代以来即传唱甚广，此曲则反映了其作为声诗时所发生的变化。

②浥：沾湿。

【商调·梧叶儿】

嘲女人身长①

身材大膊项长，难匹配怎成双。只道是巨无霸的女②，原来是显神道的娘③。我这里细端详，还只怕你明年又长。

嘲谎人

东村里鸡生凤，南庄上马变牛，六月里裹皮裘。瓦垄上宜栽树④，阳沟里好驾舟⑤，瓮来大肉馒头⑥。俺家的茄子大如斗。

【注释】

①这两首【梧叶儿】题材、造语都不避俚俗，显得滑稽老辣。

②巨无霸：亦作巨毋霸，西汉末巨人。据说为蓬莱人，长丈大十围，轺车不能载，三马不能胜。王莽留之于新丰，改姓为句无氏。后任其为尉，驱兽出阵，以助威。

③神道：神祇，尤指天地之神。

④瓦垄：屋顶上的瓦行。

⑤阳沟：屋宅边排水的浅沟。

⑥瓮来大：如瓮缸那么大。来，语助词。

【商调·梧叶儿】

正月[①]

年时节，元夜时，云鬟插小桃枝。今年早，不见你，泪珠儿，滴满了春衫袖儿。

三月

春三月，花满枝，秋千惹绿杨丝。才蹴罢[②]，舒玉指，摸腰儿：谁拾得鲛绡帕儿[③]？

四月

清和节，近洛时，寻思了又寻思。新荷叶，浑厮似[④]。花面儿[⑤]，贴在我芙蓉额儿。

【注释】

①无名氏所作【梧叶儿】分咏十二月，都纤巧可喜，今选其中三首。

②蹴（cù）：即蹴鞠。鞠：古代的一种皮球。罢：完了，结束。

③鲛绡帕：即手帕。

④浑厮似：还相似。

⑤花面儿：古代妇女常在额上贴各种形状、颜色的花子，以为装饰。花子又称花面，此风至明初犹然。

【双调·水仙子】张果老[①]

驼腰曲脊六旬高，皓首苍髯年纪老，云游走遍红尘道，驾白云驴驮高②，向赵州城压倒石桥。挂一条斑竹杖，穿一领粗布袍，也曾赴蟠桃。

李岳

笔尖吏业不侵夺③，跳入长生安乐窝。绸衫身上都穿破，铁拐向内拖。乱哄哄发似鬆科。岂想重裀卧④，不恋皓齿歌⑤，每日价散诞蹉跎⑥。

【注释】

①今存元散曲有无名氏作【水仙子】八首，分别以八仙为题，保存了宋元时代相关八仙身份、穿扮、性情等方面的史料，极为可贵，即作为人物描摹的散曲看，也颇为难得。

②"驾白云"句：后世八仙传说中，张果老的主要特点就是驾云骑驴。

③"笔尖吏业"句：铁拐李岳被吕洞宾度脱前曾为刀笔吏，故云"笔尖吏业不侵夺"。

④重裀（yīn）：喻富贵人家极其舒适的床被。裀，垫子，褥子。

⑤皓齿歌：喻声色享受。皓齿，洁白的牙齿。

⑥散诞：逍遥自在。蹉跎：本指虚度光阴，此与散诞同义。

【双调·水仙子】

临行愁见整行李，几日无心扫黛眉①。不如饮的奴先醉②，他行时我不记的，不强似眼睁睁两下分离③？但去着三年五岁，更隔着千山万水，知他甚日来的④？

喻纸鸢⑤

丝纶长线寄天涯⑥，纵放由咱手内把。纸糊披就里没牵挂，被狂风一任刮，线断在海角天涯。收又收不下，见又不见他，知他流落在谁家？

【注释】

①扫黛眉：描眉。

②奴：女子的自称。

③不强似：胜过。

④来的：来得，得以回来。

⑤纸鸢（yuān）：鸟形的风筝。此曲模拟闺中思妇的口吻，将远游在外的夫婿喻为风筝，颇具诙谐趣味。

⑥纶：数股合成的线绳。

附 录

马致远

　　马致远，生平介绍见前。其所作套数【双调·夜行船】秋思，为马致远代表作，历来颇受推崇。元人周德清《中元音韵》谓其"万中无一"。明人王世贞《艺苑卮言》品评曰："马致远'百岁光阴'，放逸宏丽而不离本色，押韵尤妙。长句如'红尘不向门前惹，绿树偏宜屋角遮，青山正补墙头缺'，又如'和露摘黄花，带霜烹紫蟹，煮酒烧红叶'，俱入妙境。小语如'上床与鞋履相别'，大是名言。结尤疏浚可咏。元人称为第一，真不虚也。"

【双调·夜行船】秋思

　　【夜行船】百岁光阴一梦蝶，重回首往事堪嗟。今日春来，明朝花谢，急罚盏夜阑灯灭^①。

　　【乔木查】想秦宫汉阙，都做了衰草牛羊野，不恁么渔樵没话说^②。纵荒坟，横断碑，不辨龙蛇^③。

　　【庆宣和】投至狐踪与兔穴，多少豪杰^④！鼎足虽坚半腰里折，魏耶，晋耶？

　　【落梅风】天教你富，莫太奢，没多时好天良夜。富家儿更做道你心似铁，争辜负了锦堂风月^⑤？

　　【风入松】眼前红日又西斜，疾似下破车。不争镜里添白雪^⑥，上床与鞋履相别^⑦。休笑巢鸠计拙^⑧，葫芦提一向装呆^⑨。

率真元曲·爱他时似爱初生月

【拨不断】利名竭，是非绝，红尘不向门前惹，绿树偏宜屋角遮，青山正补墙头缺。竹篱茅舍。

【离亭宴煞】蛩吟罢一觉才宁贴⑩，鸡鸣时万事无休歇⑪，争名利何年是彻⑫！看密匝匝蚁排兵，乱纷纷蜂酿蜜，急攘攘蝇争血。裴公绿野堂，陶令白莲社。爱秋来时那些：和露摘黄花，带霜烹紫蟹，煮酒烧红叶。想人生有限杯，浑几个重阳节？嘱咐你个顽童记者：便北海探吾来，道东篱醉了也。

【注释】

①急罚盏夜阑灯灭：意谓赶紧喝酒，不然就来不及了。罚盏，指喝酒。古人喝酒，没有喝完的要罚饮。阑，尽，完。

②不恁（nèn）么：不这样，不如此。

③不辨龙蛇：意谓看不清字迹了。龙蛇，秦汉时的篆书、隶书盘旋曲折，故比为龙蛇。

④投至：等到。此句谓等到坟墓成为狐兔出没之所时，不知已消磨了多少豪杰。

⑤"富家儿"两句：奉劝富人们莫悭吝，辜负了大好时光。更做道，纵然是，即使是，争，怎。锦堂风月，喻富贵人家的各种生活享受。

⑥不争：无所谓，不要紧。添白雪：喻添白发。

⑦上床与鞋履相别：佛家说大修行人上床与鞋履相别，此指人的生死距离很近，不可预料。

⑧巢鸠计拙：据说斑鸠性拙，不会做巢，常占喜鹊的巢居住。此句意谓不必做长远打算，得过且过。

⑨葫芦提：糊糊涂涂。

⑩蛩：蟋蟀。宁贴，安稳。

⑪鸡鸣时：古人划定的时辰之一。中国古人根据天色的变化将

一昼夜划分为十二个时辰，它们分别是：夜半、鸡鸣、平旦、日出、食时、隅中、日中、日昳、晡时、日入、黄昏、人定。鸡鸣时相当于凌晨一点至三点。

⑫彻：完，尽。

白 朴

　　白朴,生平介绍见前。《梧桐雨》为其代表作,叙述的是唐明皇与杨贵妃的爱情故事。唐明皇宠幸杨贵妃,奸臣杨国忠当朝,招致安禄山叛乱。唐明皇仓皇逃亡蜀地避难,行至马嵬驿,发生兵变。护驾兵士杀死杨国忠后,又迫使唐明皇赐杨贵妃自尽。"安史之乱"后,唐明皇回到长安,成为太上皇。使人描摹杨贵妃真容,朝夕哭奠。在雨打秋桐的秋夜,则倍加思念。此处节选的第四折即表现唐明皇在秋夜梧桐雨中对杨贵妃的思念之情。

《梧桐雨》第四折

　　(高力士上,云)自家高力士是也。自幼供奉内宫,蒙主上抬举,加为六宫提督太监。往年主上悦杨氏容貌,命某取入宫中,宠爱无比,封为贵妃,赐号太真。后来逆胡称兵,伪诛杨国忠为名,逼的主上幸蜀。行至中途,六军不进。右龙武将军陈玄礼奏过,杀了国忠,祸连贵妃。主上无可奈何,只得从之,缢死马嵬驿中。今日贼平无事,主上还国,太子做了皇帝。主上养老,退居西宫,昼夜只是想贵妃娘娘。今日教某挂起真容,朝夕哭奠。不免收拾停当,在此伺候咱。(正末上,云)寡人自幸蜀还京,太子破了逆贼,即了帝位。寡人退居西宫养老,每日只是思量妃子。教画工画了一轴真容供养着,每日相对,越增烦恼也呵!(做哭科,唱)

　　【正宫·端正好】自从幸西川还京兆,甚的是月夜花朝!这半年来白发添多少,怎打叠愁容貌!

　　【幺篇】瘦岩岩不避群臣笑,玉仪儿将画轴高挑。荔枝花果香檀卓①,目觑了伤怀抱。(做看真容科,唱)

【滚绣球】险些把我气冲倒，身谩靠，把太真妃放声高叫。叫不应，雨泪濠咷。这待诏手段高②，画的来没半星儿差错。虽然是快染能描，画不出沉香亭畔回鸾舞，花萼楼前上马娇，一段儿妖娆。

【倘秀才】妃子呵，常记得千秋节华清宫宴乐，七夕会长生殿乞巧。誓愿学连理枝比翼鸟，谁想你乘彩凤返丹霄，命夭！（带云）寡人越看越添伤感，怎生是好！（唱）

【呆骨朵】寡人有心待盖一座杨妃庙，争奈无权柄谢位辞朝。则俺这孤辰限难熬③，更打着离恨天最高④。在生时同衾枕，不能勾死后也同棺椁。谁承望马嵬坡尘土中，可惜把一朵海棠花零落了。（带云）一会儿身子困乏，且下这亭子去闲行一会咱。（唱）

【白鹤子】那身离殿宇⑤，信步下亭皋。见杨柳袅翠蓝丝，芙蓉拆胭脂萼。

【幺】见芙蓉怀媚脸，遇杨柳忆纤腰。依旧的两般儿点缀上阳宫，他管一灵儿潇洒长安道。【幺】常记得碧梧桐阴下立，红牙箸手中敲⑥。他笑整缕金衣，舞按霓裳乐。

【幺】到如今翠盘中荒草满，芳树下暗香消。空对井梧阴，不见倾城貌。（做叹科，云）寡人也怕闲行，不如回去来。（唱）

【倘秀才】本待闲散心追欢取乐，倒惹的感旧恨天荒地老。快快归来凤帏悄，甚法儿挨今宵？懊恼！（带云）回到这寝殿中，一弄儿助人愁也。（唱）

【芙蓉花】淡氤氲篆烟袅⑦，昏惨剌银灯照⑧。玉漏迢迢，才是初更报。暗觑清霄，盼梦里他来到。却不道口是心苗⑨，不住的频频叫。（带云）不觉一阵昏迷上来，寡人试睡些儿。

（唱）

【伴读书】一会家心焦燥，四壁厢秋虫闹。忽见掀帘西风恶，遥观满地阴云罩。俺这里披衣闷把帏屏靠，业眼难交。

【笑和尚】原来是滴溜溜绕闲阶败叶飘，疏剌剌刷落叶被西风扫，忽鲁鲁风闪得银灯爆。厮琅琅鸣殿铎[10]，扑簌簌动朱箔[11]，吉丁当玉马儿向檐间闹。（做睡科，唱）

【倘秀才】闷打颏和衣卧倒[12]，软兀剌方才睡着[13]。（旦上，云）妾身贵妃是也。今日殿中设宴，宫娥，请主上赴席咱。（正末唱）忽见青衣走来报，道太真妃将寡人邀宴乐。

（正末见旦科，云）妃子，你在那里来？（旦云）今日长生殿排宴，请主上赴席。（正末云）分付梨园子弟齐备着。（旦下）（正末做惊醒科，云）呀！元来是一梦。分明梦见妃子，却又不见了。（唱）

【双鸳鸯】斜亸翠鸾翘[14]，浑一似出浴的旧风标[15]，映着云屏一半儿娇。好梦将成还惊觉，半襟情湿鲛绡。

【蛮姑儿】懊恼，窨约[16]。惊我来的又不是楼头过雁，砌下寒蛩，檐前玉马，架上金鸡。是兀那窗儿外梧桐上雨潇潇。一声声洒残叶，一点点滴寒梢，会把愁人定虐。

【滚绣球】这雨呵，又不是救旱苗，润枯草，洒开花萼，谁望道秋雨如膏。向青翠条，碧玉梢，碎声儿𠜱剥，增百十倍歇和芭蕉。子管里珠连玉散飘千颗，平白地瀽瓮番盆下一宵，惹的人心焦。

【叨叨令】一会价紧呵，似玉盘中万颗珍珠落；一会价响呵，似玳筵前几簇笙歌闹；一会价清呵，似翠岩头一派寒泉瀑；一会价猛呵，似绣旗下数面征鼙操。兀的不恼杀人也么哥！兀的不恼杀人也么哥！则被他诸般儿雨声相聒噪。

【倘秀才】这雨一阵阵打梧桐叶凋，一点点滴人心碎了。

枉着金井银床紧围绕，只好把泼枝叶做柴烧，锯倒。（带云）当初妃子舞翠盘时，在此树下，寡人与妃子盟誓时，亦对此树。今日梦境相寻，又被他惊觉了。（唱）

【滚绣球】长生殿那一宵，转回廊、说誓约，不合对梧桐并肩斜靠，尽言词絮絮叨叨。沉香亭那一朝，按《霓裳》、舞《六幺》，红牙箸击成腔调，乱宫商闹闹炒炒。是兀那当时欢会栽排下今日凄凉厮辏着，暗地量度。（高力士云）主上，这诸样草木，皆有雨声，岂独梧桐？（正末云）你那里知道，我说与你听者。（唱）

【三煞】润蒙蒙杨柳雨，凄凄院宇侵帘幕。细丝丝梅子雨，装点江干满楼阁。杏花雨红湿阑干，梨花雨玉容寂寞。荷花雨翠盖翩翩，豆花雨绿叶潇条。都不似你惊魂破梦，助恨添愁，彻夜连宵。莫不是水仙弄娇，蘸杨柳洒风飘？

【二煞】唻唻似喷泉瑞兽临双沼，刷刷似食叶春蚕散满箔。乱洒琼阶，水传宫漏，飞上雕檐，洒滴新槽。直下的更残漏断，枕冷衾寒，烛灭香消。可知道夏天不觉，把高凤麦来漂。

【黄钟煞】顺西风低把纱窗哨，送寒气频将绣户敲。莫不是天故将人愁闷搅？前度铃声响栈道。似花奴羯鼓调，如伯牙《水仙操》，洗黄花润篱落，渍苍苔倒墙角。渲湖山漱石窍，浸枯荷溢池沼，沾残蝶粉渐消，洒流萤焰不着。绿窗前促织叫，声相近雁影高。催邻砧处处捣，助新凉分外早。斟量来这一宵，雨和人紧厮熬。伴铜壶点点敲，雨更多泪不少。雨湿寒梢，泪染龙袍。不肯相饶，共隔着一树梧桐直滴到晓。

173

【注释】

①荔枝花果：据《新唐书》载："（杨贵）妃嗜荔枝，必欲生致之。乃置骑传送，走数千里味未变。"

②待诏：唐代设翰林院，凡擅长文辞、经术、医卜等人士都收容在里面，随时等待皇帝招宣，称为待诏。此指宫廷画师。

③孤辰限：孤寡不吉的日子。过去星命家用十天干和十二地支计算时辰，每旬多出的地支，称为孤辰。

④离恨天：按佛教之说，天有三十三层，其中"离恨天"为最高的天。

⑤那：同"挪"。

⑥红牙筯（zhù）：红色象牙筯，为打节拍的乐器。筯，同"箸"。

⑦氤氲（yīnyūn）：阴云弥漫。篆烟：烟气盘旋屈曲，像篆书一样，故云。

⑧昏惨剌：昏暗、凄惨的样子。剌，语助词。

⑨口是心苗：意谓说藏在心中的思想情感，必然在语言中流露。

⑩殿铎：殿铃。

⑪朱箔（bó）：红色的帘子。

⑫闷打颏：呆闷的样子。

⑬软兀剌：软摊摊的样子。兀剌，语助词，无实在意义。

⑭軃（duǒ）：下垂。翠鸾翘：一种首饰。

⑮出浴的旧风标：白居易《长恨歌》有："春寒赐浴华清池，温泉水滑洗凝脂。侍儿扶起娇无力，始是新承恩泽时。"此句即指此。风标，风韵。

⑯窨（yìn）约：思量，忖度。

穿越千年的浪漫

醉美唐诗

桃花依旧笑春风

启 文——编著

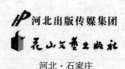

河北出版传媒集团

花山文艺出版社

河北·石家庄

图书在版编目（CIP）数据

穿越千年的浪漫.醉美唐诗　桃花依旧笑春风/启
文编著.-- 石家庄：花山文艺出版社，2020.8
ISBN 978-7-5511-1356-4

Ⅰ.①穿… Ⅱ.①启… Ⅲ.①唐诗－诗集 Ⅳ.
①I222

中国版本图书馆 CIP 数据核字 (2020) 第 147949 号

书　　名：**穿越千年的浪漫**
　　　　　CHUANYUE QIANNIAN DE LANGMAN
分 册 名：醉美唐诗　桃花依旧笑春风
　　　　　ZUIMEI TANGSHI　TAOHUA YIJIU XIAO CHUNFENG
编　　著：启　文

责任编辑：于怀新　　卢水淹
责任校对：郝卫国　　董　舸
封面设计：青蓝工作室
美术编辑：胡彤亮
出版发行：花山文艺出版社（邮政编码：050061）
　　　　　（河北省石家庄市友谊北大街 330 号）
销售热线：0311-88643221/29/31/32/26
传　　真：0311-88643225
印　　刷：三河市嵩川印刷有限公司
经　　销：新华书店
开　　本：870 毫米 ×1220 毫米　1/32
印　　张：24
字　　数：620 千字
版　　次：2020 年 8 月第 1 版
　　　　　2020 年 8 月第 1 次印刷
书　　号：ISBN 978-7-5511-1356-4
定　　价：119.00 元（全 4 册）

前言

　　当我们爬上顶峰，总想吟一句"会当凌绝顶，一览众山小"；当我们游览公园，沉醉于春兰秋桂的芬芳，会忍不住发出"兰叶春葳蕤，桂华秋皎洁"的感叹；当我们与三五好友把酒言欢之时，内心充满"人生得意须尽欢，莫使金樽空对月"的豪情。可你有没有想过，为什么我们会与诗如此亲近？

　　因为中国是一个诗的国度，诗意的种子已经深深扎根在一代又一代中华儿女的心里。从"诗无邪"到"诗言志"，从浪漫的男情女爱，到铿锵的金戈铁马，从王侯将相至市井百姓、山间隐者，从金殿宫阙至田园农舍，纵观上下数千年历史，无一事不可入诗。诗，是中华文明中不可缺少的重要元素，也是祖先留给我们的瑰宝。

　　唐代是我国古典诗歌发展的全盛时期，名家辈出，灿若繁星，众多脍炙人口的经典篇章历经千年而传唱不衰。在这个时期更是涌现了大批出色的诗人，如李白、杜甫、王维、白居易等。

　　通过阅读他们的诗歌，我们可以体会唐代诗人心中流露出来的正义精神和对梦想的坚持，他们崇尚自由、寻求解放，文风自由奔放，充满想象力，充满了对个人价值的坚守和对梦想的追求。

本书在作品的选择上，以经典性为原则，兼顾大家和小家。李白、杜甫、王维等名家入选作品甚多，且多为其擅长的体裁，如王维、杜甫的五律，李白的古诗等。小家则上至皇帝、宰执，下到僧人、歌女，都有作品入选。如贾岛的《寻隐者不遇》、杜秋娘的《金缕衣》等。在诗作题材上，无论山水田园、咏史怀古、登山临水，还是赠别怀远、边塞出征、思妇宫怨等，凡经典诗歌便予以录入。如王维的《山居秋暝》、张九龄的《望月怀远》、王昌龄的《塞下曲》等。

唐诗，美得令人窒息，美得令人陶醉。唐诗，美丽不变，永远值得我们眷恋。读诗书不仅能使我们变得灵秀，更重要的是使我们脱离日常生活的平庸，志趣更加文明高雅。此外，诗歌还能够使我们带着一颗"诗心"去生活，去发现身边的美好与感动，激发我们的爱自然、爱国、爱人之心。翻开唐诗，我们就进入了另一个世界。世间的荣辱辛甘、悲欢离合都在唐诗中一一展现，在那里，有我们最真的心，最纯的情，最想体会的故事。

目　录

五言古诗

七言古诗

目
录

七言律诗

五言绝句

七言绝句

附录

五言古诗

　　五言古诗，又称"五言古风"，简称"五古"，古
体诗的一种，形成于汉魏时期，在唐代诗坛较为流行。
每句为五个字，每篇句数不太限制，不求对仗，用韵
不如后来的绝句和律诗严格。唐人"五古"笔力豪纵，
气象万千，直接用于叙事、抒情、议论、写景，使其
功能得到了空前的发挥，其代表作家有李白、杜甫、
王维、孟浩然、韦应物等。

感遇①二首

张九龄

其一

兰叶春葳蕤②，桂华秋皎洁③。

欣欣此生意④，自尔为佳节⑤。

谁知林栖者⑥，闻风坐相悦⑦。

草木有本心⑧，何求美人折⑨。

【注释】

①此题下有诗十二首，此选其中两首。②兰：即兰草，古人视之为香草。葳蕤（wēi ruí）：形容草木枝叶茂盛的样子。③桂华：即桂花，也是香草，古代常用"兰桂"连称。④欣欣：充满生机的样子。生意：即生机。⑤自尔：从此。⑥林栖者：指栖居山林的人，即隐士。⑦闻风：指沐浴在兰桂的芳香里。⑧本心：本质，天性。⑨美人：指品德高洁的人。

其二

江南有丹橘，经冬犹绿林。

岂伊地气暖①，自有岁寒心②。

可以荐嘉客③，奈何阻重深④。

运命唯所遇⑤，循环不可寻⑥。

徒言树桃李⑦，此木岂无阴⑧。

【注释】

①伊：那里，指江南。②岁寒心：《论语·子罕》："岁寒，然后知松柏之后凋也。"比喻节操坚贞。这里喻橘不畏寒冷的本性。③荐：赠给。④重深：指重山深水，比喻奸臣的谗毁。⑤运：指世道的盛衰。命：指个人的穷达。⑥循环：指循环往复，没有头绪。⑦树：种植。古人有这样的说法，春天种桃李树，夏天可以在树荫下乘凉，秋天可以吃它的果实。⑧阴：同"荫"，指树荫。

下终南山过斛斯山人宿置酒①

李白

暮从碧山下，山月随人归。

却顾所来径②，苍苍横翠微③。

相携及田家④，童稚开荆扉⑤。

绿竹入幽径，青萝拂行衣⑥。

欢言得所憩⑦，美酒聊共挥⑧。

长歌吟松风⑨，曲尽河星稀⑩。

我醉君复乐，陶然共忘机⑪。

【注释】

①终南山：秦岭的一个主峰，在今陕西省西安市南，唐代名士多隐居于此山中。过：指拜访。斛斯：复姓。②却顾：指回头看。③翠微：青翠的山色。④田家：农家，即斛斯山人的家。⑤荆扉：指用荆条、树枝编织成的简陋的院门。⑥青萝：即松萝，又称女萝，一种垂悬的绿色植物。⑦憩：即休息。⑧挥：指举杯酣饮。⑨松风：指古琴曲《风入松》。⑩河：指银河。⑪陶然：欢乐的样子。忘机：指忘却世俗机巧之心。

五言古诗

月下独酌①

李白

花间一壶酒，独酌无相亲。

举杯邀明月，对影成三人。

月既不解饮②，影徒随我身。

暂伴月将影③，行乐须及春④。

我歌月徘徊，我舞影零乱。

醒时同交欢，醉后各分散。

永结无情游，相期邈云汉⑤。

【注释】

①酌：执壶注酒而饮。②解：知晓，懂得。③将：和，与。④及：这里指趁着。⑤相期：指相会。邈（miǎo）：形容遥远。云汉：指银河。

春思①

李白

燕草如碧丝②，秦桑低绿枝③。

当君怀归日④，是妾断肠时⑤。

春风不相识，何事入罗帏⑥？

【注释】

①春思：春天的情思。古代"怀春""春情""春心"之"春"，多是这个意思。②燕：西周初年分封的诸侯国之一，在今河北省北部，唐时属边境。③秦：东周时分封的诸侯国之一，在今陕西省，唐时为京城长安所在地。④怀：思念。⑤妾：旧时女子自称的谦

辞。⑥罗帏：丝织的帷帐，代指女子闺房。

望岳①

杜甫

岱宗夫如何②，齐鲁青未了③。

造化钟神秀④，阴阳割昏晓⑤。

荡胸生曾云⑥，决眦入归鸟⑦。

会当凌绝顶⑧，一览众山小。

【注释】

①岳：这里指泰山，在今山东省泰安市。②岱（dài）宗：对泰山的尊称。夫：语中助词，无实际意义。③齐鲁：即齐国、鲁国，是西周初年分封的两个诸侯国，都在今山东省。未了：不尽，不断之意。④造化：指大自然。钟：聚集。⑤阴：山北。阳：山南。割：分割。昏晓：山北背日故曰昏，山南向日故曰晓。⑥荡：激荡。曾，通"层"。⑦决眦（zì）：指极目远望。⑧会当：定要。凌：指凌驾，登上。绝顶：指山顶最高处。

佳人①

杜甫

绝代有佳人②，幽居在空谷③。

自云良家子④，零落依草木⑤。

关中昔丧乱⑥，兄弟遭杀戮⑦。

官高何足论，不得收骨肉⑧。

世情恶衰歇⑨，万事随转烛⑩。

夫婿轻薄儿⑪，新人美如玉⑫。

合昏尚知时⑬，鸳鸯不独宿⑭。

但见新人笑，那闻旧人哭。

在山泉水清，出山泉水浊。⑮

侍婢卖珠回，牵萝补茅屋⑯。

摘花不插发，采柏动盈掬⑰。

天寒翠袖薄，日暮倚修竹⑱。

【注释】

①佳人：指德才、容貌出众的女子。②绝代：指冠绝当代，举世无双。③幽居：指隐居。④良家子：指好人家的子女。⑤零落：这里指家庭衰败破落。依草木：指住在林中。⑥关中：函谷关以西即为古代的关中。⑦戮：杀之意。⑧骨肉：比喻遭难的兄弟。⑨恶：指看不起。衰歇：家势门第衰落。⑩转烛：指随风而转的烛焰。⑪夫婿：旧时妻子对丈夫的称呼。⑫新人：指其丈夫新娶的女子。⑬合昏：一种植物，又叫合欢。常用来比喻夫妻恩爱。⑭鸳鸯：一种水鸟，雌雄成对，形影不离。也常常比喻夫妻恩爱。⑮在山：指未被丈夫抛弃时。出山：指被丈夫遗弃后。当时一般人认为，一个妇女被丈夫抛弃，总是因为她不好，不守妇道。⑯萝：即松萝，一种藤蔓植物。⑰柏：柏树长青，常比喻坚贞。动：动辄，很快地。掬：双手合承，即一捧。⑱修：长。

梦李白二首

杜甫

其一

死别已吞声①，生别常恻恻②。

江南瘴疠地③，逐客无消息④。

故人入我梦⑤，明我长相忆⑥。

恐非平生魂⑦，路远不可测。

魂来枫林青⑧，魂返关塞黑⑨。

君今在罗网⑩，何以有羽翼？

落月满屋梁，犹疑照颜色⑪。

水深波浪阔，无使蛟龙得⑫。

【注释】

①吞声：犹饮泣，形容极其悲痛，泣不成声。②恻（cè）恻：形容悲痛的样子。③江南：泛指长江以南，这里指李白所在地。瘴疠：指湿热之气引起的瘟疫。④逐客：指被贬逐的李白。⑤故人：老朋友。⑥明：明白，知晓。⑦平生魂：往常的生魂。⑧枫林青：指李白所在江南之景。⑨关塞黑：指杜甫所在秦州之景。⑩罗网：原为捕鸟的工具，这里指法网。⑪颜色：指李白的容颜。⑫蛟龙：传说中水里的凶猛动物，会伤人。

其二

浮云终日行，游子久不至①。

三夜频梦君②，情亲见君意③。

告归常局促④，苦道来不易⑤。

江湖多风波，舟楫恐失坠⑥。

出门搔白首⑦，若负平生志⑧。

冠盖满京华⑨，斯人独憔悴⑩。

孰云网恢恢，将老身反累。

千秋万岁名，寂寞身后事。

【注释】

①游子：这里指李白。②三夜："三"是虚数，指连着几夜。频：屡次。③情亲：即情深意厚。④局促：形容不安的样子。⑤苦道：反复再三地诉说。⑥楫：指划船用的短桨。⑦搔：用手指抓挠。⑧负：即辜负。⑨冠盖：冠冕和车盖，这里借指达官贵人。⑩斯人：此人，指李白。

送别

王维

下马饮君酒①，问君何所之②？

君言不得意③，归卧南山陲④。

但去莫复问⑤，白云无尽时。

【注释】

①饮（yìn）君酒：请你饮酒。②之：去，往。③不得意：指仕途不顺，不能实现自己的抱负。④南山：即终南山。陲：边。⑤但：只，只管。

青溪①

王维

言入黄花川②，每逐青溪水③。

随山将万转④，趣途无百里⑤。

声喧乱石中，色静深松里。

漾漾泛菱荇⑥，澄澄映葭苇⑦。

我心素已闲⑧，清川澹如此⑨。

请留盘石上⑩，垂钓将已矣⑪。

【注释】

①青溪：地名，在今陕西省勉县东。②言：语首发语助词，没有实际意义。黄花川：在今陕西省凤县东北。③逐：沿着。④将：近。⑤趣途：行走的路程。趣，通"趋"，奔走之意。⑥漾漾：水波流动的样子。泛：漂浮。菱荇：两种水草名。⑦澄澄：水清澈静止的状态。葭：指初生时的芦苇。⑧素：平素，平常。⑨澹：恬静、安静。⑩盘石：指平稳的大石头。⑪将已矣：将以此终其身。

渭川田家①

王维

斜阳照墟落②，穷巷牛羊归③。

野老念牧童④，倚杖候荆扉⑤。

雉雊麦苗秀⑥，蚕眠桑叶稀⑦。

田夫荷锄至⑧，相见语依依⑨。

即此羡闲逸，怅然吟《式微》⑩。

【注释】

①渭川：即渭水，发源于甘肃省渭源县，流经陕西省入黄河。田家：农家。②墟落：指村庄。③穷巷：指深巷。④野老：年老的农民。⑤荆扉：用荆条、树枝编成的院门。⑥雉雊（zhì gòu）：指野鸡鸣叫。秀：开花。⑦蚕眠：指蚕蜕皮之时。⑧荷：在肩上扛着。⑨依依：形容亲切交谈的样子。⑩《式微》：《诗经·邶风》中一个篇名，有"式微式微，胡不归"的句子，这里表示自己有归隐之意。

五言古诗

夏日南亭怀辛大①

孟浩然

山光忽西落②，池月渐东上③。

散发乘夕凉④，开轩卧闲敞⑤。

荷风送香气，竹露滴清响。

欲取鸣琴弹，恨无知音赏⑥。

感此怀故人⑦，终宵劳梦想⑧。

【注释】

①怀：怀念。辛大：其人不详，是诗人好友。②山光：傍山的夕阳。③池月：映在池水中的月亮。④散发：即披散开头发，表示随便，不受拘束。乘：指享受。⑤轩：指窗户。闲敞：宽敞而幽静的地方。⑥知音：古代常以此比喻知心朋友。⑦故人：老朋友，此指辛大。⑧终宵：半夜。梦想：梦中思念。

宿业师山房待丁大不至①

孟浩然

夕阳度西岭②，群壑倏已暝③。

松月生夜凉，风泉满清听。

樵人归欲尽，烟鸟栖初定④。

之子期宿来⑤，孤琴候萝径⑥。

【注释】

①业师：尊称一个叫业的僧人。山房：指僧人住的房子。丁大：即丁凤，生平不详，为诗人好友。②度：越过。③壑：指山谷。暝：昏暗。④烟鸟：指暮霭中的飞鸟。⑤之子：指丁大。期：约定。宿：

过夜。⑥萝径：两边长满藤萝的小路。

同从弟南斋玩月忆山阴崔少府①

王昌龄

高卧南斋时，开帷月初吐②。

清辉澹水木③，演漾在窗户④。

荏苒几盈虚⑤，澄澄变今古⑥。

美人清江畔⑦，是夜越吟苦⑧。

千里共如何⑨，微风吹兰杜⑩。

【注释】

①从弟：指诗人堂弟王销，其人生平不详。斋：泛指房舍。山阴：古代地名，在今浙江省绍兴市，属古越国。少府：唐时对县尉的尊称。②帷：帐幔之类，这里指窗帘。③澹：微波起伏的样子。水木：水中树的倒影。④演漾：形容月色如水波流动荡漾。⑤荏苒：渐渐地。盈虚：指月亮的圆缺。⑥澄澄：形容月亮清澈透明。⑦美人：指思念的人，这里指崔少府。⑧越吟：在越地吟咏作诗。越，指山阴。⑨千里：暗用南朝宋谢庄《月赋》句："美人迈兮音尘绝，隔千里兮共明月。"指自己与杜少府相隔千里，无法相见。⑩兰杜：即兰花、杜若，都是香草，用来比喻高尚的情怀。

寻西山隐者不遇

丘为

绝顶一茅茨①，直上三十里。

扣关无僮仆②，窥室惟案几③。

五言古诗

11

若非巾柴车④，应是钓秋水⑤。

差池不相见⑥，黾勉空仰止⑦。

草色新雨中，松声晚窗里。

及兹契幽绝⑧，自足荡心耳⑨。

虽无宾主意，颇得清净理。

兴尽方下山，何必待之子⑩。

【注释】

①绝顶：山顶最高处。茅茨（cí）：用茅草盖的房子。②扣关：指敲门。③案：狭长的桌子。几：矮小的桌子。④巾柴车：盖着帷幔、结构粗简的车子，多为贫者或隐者所乘。⑤秋水：泛指河水，用《庄子·秋水》的典故。⑥差（cī）池：这里指此来彼往，交叉而过之意。⑦黾（mǐn）勉：殷勤的意思。⑧兹：此。契：投合。⑨荡心耳：指山中美景使感官与心胸涤荡清静。⑩之子：此人，指西山隐者。

宿王昌龄隐居①

常建

清溪深不测，隐处惟孤云。

松际露微月，清光犹为君。

茅亭宿花影②，药院滋苔纹③。

余亦谢时去④，西山鸾鹤群⑤。

【注释】

①王昌龄：著名盛唐诗人，与常建是同榜进士。②宿：留住。③药院：指种着芍药的庭院。苔纹：青苔的铜钱状花纹。④谢：指辞

醉美唐诗·桃花依旧笑春风

12

别。时：时世。⑤鸾鹤：是古人心目中高贵的鸟类，常用来比喻高人逸士。群：在一起做伴的意思。

与高适薛据登慈恩寺浮图①

岑参

塔势如涌出，孤高耸天宫②。

登临出世界③，蹬道盘虚空④。

突兀压神州⑤，峥嵘如鬼工⑥。

四角碍白日，七层摩苍穹⑦。

下窥指高鸟，俯听闻惊风⑧。

连山若波涛，奔走似朝东。

青槐夹驰道⑨，宫观何玲珑⑩。

秋色从西来，苍然满关中⑪。

五陵北原上⑫，万古青濛濛⑬。

净理了可悟⑭，胜因夙所宗⑮。

誓将挂冠去⑯，觉道资无穷⑰。

【注释】

①高适：唐代著名诗人。薛据：河东宝鼎人，官至水部郎中，终老于终南别业。慈恩寺：在今陕西省西安市。慈恩寺浮图：即大雁塔，唐高宗时名僧玄奘所建，用来储存佛经。②耸：指直立高挺。天宫：天帝居住的宫殿。③世界：佛教用语，世指时间，界指空间，连在一起就表示宇宙。④蹬道：指上塔的楼梯。⑤突兀：形容独立高耸的样子。神州：指中国。⑥峥嵘：高峻的样子。如鬼工：意谓人力难成。⑦苍穹：指天空。⑧惊风：指疾风。⑨驰道：指供车马奔驰的大道。⑩观：指皇帝的宫殿。玲珑：形容灵巧精致。⑪关中：函谷关以

西地区，在今陕西省中部地区。⑫五陵：指位于长安城北的汉代五个皇帝的陵墓，包括高祖长陵、惠帝安陵、景帝阳陵、武帝茂陵、昭帝平陵。⑬濛濛：苍润、茂盛的样子。⑭净理：佛家清净的佛理。了：明白。⑮胜因：佛家语，指善因善缘。夙：向来，平素。宗：信奉。⑯挂冠：指辞官。⑰觉道：指佛道。

贼退示官吏①并序

元结

癸卯岁②，西原贼入道州③，焚烧杀掠，几尽而去。明年，贼又攻永破邵④，不犯此州边鄙而退⑤。岂力能制敌欤？盖蒙其伤怜而已。诸使何为忍苦征敛⑥，故作诗一篇以示官吏。

昔年逢太平，山林二十年。

泉源在庭户，洞壑当门前⑦。

井税有常期⑧，日晏犹得眠⑨。

忽然遭世变⑩，数岁亲戎旃⑪。

今来典斯郡⑫，山夷又纷然⑬。

城小贼不屠，人贫伤可怜⑭。

是以陷邻境，此州独见全。

使臣将王命⑮，岂不如贼焉。

今彼征敛者，迫之如火煎。

谁能绝人命⑯，以作时世贤⑰。

思欲委符节⑱，引竿自刺船⑲。

将家就鱼麦⑳，归老江湖边。

①贼：指反抗官府的人。示官吏：给官吏们看。②癸卯岁：农历癸卯年，指唐代宗广德元年（763年）。③西原贼：指今广西西原地区的少数民族，因不满压迫，多次起义，与朝廷对抗。道州：今湖南省道县。④永：指永州，在今湖南省零陵县。邵：指邵州，治所在今湖南省邵阳市。⑤边鄙：边境。⑥诸使：指租庸使等负责征收各种租税的官吏。⑦门：指户。⑧井税：指田赋，后泛指赋税。常期：固定的日期。⑨晏：晚，迟。⑩世变：指"安史之乱"爆发。⑪戎旃（zhān）：指军帐。⑫典：掌管，治理。⑬山夷：对山居的少数民族的称呼。纷然：扰乱，骚扰。⑭伤：指同情。⑮使臣：即序中所说"诸使"。将：奉。⑯绝：指断绝。⑰时世：当世，当代。⑱委：指丢弃。符节：指古代使臣或地方长官身份、职权的凭证。⑲刺船：撑船。⑳将：携带，带领。

初发扬子寄元大校书①

韦应物

凄凄去亲爱②，泛泛入烟雾③。
归棹洛阳人④，残钟广陵树⑤。
今朝此为别，何处还相遇。
世事波上舟，沿洄安得住⑥？

【注释】

①初发：指起程。扬子：渡口名，在今江苏省扬州市江都区南。元大：其人不详。校书：即校书郎，一官职名，负责校勘书籍。②去：离别。亲爱：指好朋友元大。③泛泛：指船在水上漂浮徐行的样子。④棹：船桨，这里借指船。⑤残钟：残留的钟声。广陵：在今江苏省扬州市。⑥沿：指顺流。洄：指逆流。

五言古诗

寄全椒山中道士①

韦应物

今朝郡斋冷②，忽念山中客③。

涧底束荆薪④，归来煮白石⑤。

欲持一瓢酒⑥，远慰风雨夕。

落叶满空山，何处寻行迹。

【注释】

①全椒：今属安徽省全椒县，唐时属滁州。山：指全椒县西的神山。②郡斋：官署中办公之余供休息的房舍。③山中客：借指全椒山中道士。④涧：山谷。束：捆。薪：柴。⑤煮白石：古代有神仙煮白石为食物的传说，此指山中道士的清贫生活。⑥瓢：从中间剖开葫芦做成的舀水、饮酒器具，多为贫者所用。

长安遇冯著①

韦应物

客从东方来②，衣上灞陵雨③。

问客何为来，采山因买斧④。

冥冥花正开⑤，飓飓燕新乳⑥。

昨别今已春⑦，鬓丝生几缕⑧？

【注释】

①冯著：唐代河间人，诗人的朋友。②客：指冯著。③灞陵：即霸陵，在今西安市东。④采山：指采伐山中的树木。⑤冥冥：形容寂静的样子。⑥飓飓：通"扬扬"，形容鸟轻快飞翔的样子。燕新乳：指小燕初生。⑦昨别：指去年春天的分别。⑧丝：喻白发。

夕次盱眙县①

韦应物

落帆逗淮镇②，停舫临孤驿③。

浩浩风起波④，冥冥日沉夕⑤。

人归山郭暗⑥，雁下芦洲白⑦。

独夜忆秦关⑧，听钟未眠客⑨。

【注释】

①次：指停泊。盱眙（xū yí）县：即今江苏省盱眙县，位于淮河南岸。②逗：即逗留。淮镇：指位于淮河岸边的盱眙县。③舫：指船。驿：驿站。④浩浩：形容水势盛大。⑤冥冥：昏暗的样子。⑥郭：这里泛指城。⑦洲：指水中的小块陆地。⑧秦关：指唐都长安一带。春秋战国时，这里属秦国，四周多关山而得名"秦关"。⑨钟：寺庙里传来的钟声。

东郊

韦应物

吏舍跼终年①，出郊旷清曙②。

杨柳散和风，青山澹吾虑③。

依丛适自憩④，缘涧还复去⑤。

微雨霭芳原⑥，春鸠鸣何处⑦。

乐幽心屡止⑧，遵事迹犹遽⑨。

终罢斯结庐⑩，慕陶直可庶⑪。

【注释】

①踽（jú）：拘束，不舒展。②旷清曙：在清幽的曙色中得以精神舒畅。③澹：指清静，冲淡。虑：指心绪。④丛：即树林。憩：指休息。⑤缘：沿着。涧：山沟。⑥霭：形容迷蒙暗淡的样子。⑦鸠：一种鸟名。⑧幽：幽隐，隐居。⑨遵：指遵从，服从。遽：指匆忙。⑩罢：指罢官。斯结庐：在这里营建居室。⑪陶：即陶潜，字渊明，中国古代著名隐逸诗人。庶：庶几，差不多。

送杨氏女①

韦应物

永日方戚戚②，出行复悠悠③。

女子今有行④，大江溯轻舟⑤。

尔辈苦无恃⑥，抚念益慈柔⑦。

幼为长所育⑧，两别泣不休。

对此结中肠⑨，义往难复留⑩。

自小阙内训⑪，事姑贻我忧⑫。

赖兹托令门⑬，仁恤庶无尤⑭。

贫俭诚所尚⑮，资从岂待周⑯。

孝恭遵妇道，容止顺其猷⑰。

别离在今晨，见尔当何秋⑱？

居闲始自遣⑲，临感忽难收⑳。

归来视幼女，零泪缘缨流㉑。

【注释】

①杨氏女：指嫁入杨家的女儿，为诗人的长女。②永日：整天。

戚戚：悲伤的样子。③悠悠：指路途遥远。④行：指出嫁。⑤溯：指逆水行船。⑥尔辈：你们。指诗人的孩子们。无恃（shì）：指母逝失去依靠。⑦抚念：抚心思念。⑧幼：指诗人的幼女。长：指诗人的长女，即杨氏女。⑨结中肠：肠子都郁结了，形容悲伤到极点。⑩义往：指长女到了出嫁的年龄，应该出嫁。⑪阙内训：指自幼丧母，缺少闺中妇德教育。⑫姑：指婆婆，丈夫的母亲。⑬令门：指有名望的美好人家。⑭仁：仁爱。庶：庶几，接近。无尤：没有过失。⑮尚：指推崇。⑯资从：指嫁妆。周：齐全。⑰容止：指仪容举止。猷（yóu）：规矩。⑱何秋：指何年。⑲居闲：指平素。自遣：指自我排解。⑳临感：临别时生出的悲感。㉑零：流下。缨：指系在下巴下的帽带。

晨诣超师院读禅经①

柳宗元

汲井漱寒齿②，清心拂尘服。

闲持贝叶书③，步出东斋读。

真源了无取④，妄迹世所逐⑤。

遗言冀可冥⑥，缮性何由熟⑦。

道人庭宇静⑧，苔色连深竹。

日出雾露余⑨，青松如膏沐⑩。

澹然离言说⑪，悟悦心自足⑫。

【注释】

①诣：到。超师：法名为超的僧人。禅经：佛经。②汲井：指从井中打水。③贝叶书：是佛经的别称。④真源：是指佛经中真正最根本的道理。⑤妄迹：指佛经中讲的一些虚妄之事。⑥遗言：指佛家所传的"真源"之言。冥：即冥合，指心悟。⑦缮性：指修养本性。

熟：精熟。⑧道人：指有道之人，指超师。⑨余：指雾露留在树木上的余润。⑩膏沐：本指妇女润发用的油脂。这里做动词用。⑪澹然：形容恬淡娴静的样子。言说：指佛经中的言辞。⑫悟：指妙悟佛理。

溪居①

柳宗元

久为簪组束②，幸此南夷谪③。

闲依农圃邻④，偶似山林客⑤。

晓耕翻露草，夜榜响溪石⑥。

来往不逢人，长歌楚天碧⑦。

【注释】

①溪：指柳宗元隐居永州（在今湖南省永州市）时住所附近的冉溪。②簪组：指官吏的冠饰，代指为官生活。③南夷：指南方少数民族聚居地区，这里指永州。④闲：安静闲适。农圃：即农田。⑤偶似：有时候好像。山林客：指山林中的隐士。⑥榜：此处读古音"péng"，意为"停船靠岸"。⑦楚天：指楚地的天空。永州地区古属楚国。碧：指浅蓝色，表示晴朗。

塞上曲①

王昌龄

蝉鸣空桑林②，八月萧关道③。

出塞入塞寒，处处黄芦草。

从来幽并客④，皆共尘沙老。

莫学游侠儿⑤，矜夸紫骝好⑥。

①塞上曲：唐代新乐府辞，出自汉乐府《出塞》《入塞》。②空桑：指桑林在秋天落叶后变得稀疏。③萧关：古代关塞名，在今宁夏回族自治区原州区东南。④幽：幽州，在今北京市一带。并（pīng）：并州，在今山西省太原市一带。⑤游侠儿：古称有勇力武功、轻生重义、为弱者排难解困的人。⑥矜：骄傲，自命不凡。紫骝：古代骏马名，这里代指骏马。

塞下曲①

王昌龄

饮马度秋水②，水寒风似刀。

平沙日未没③，黯黯见临洮④。

昔日长城战⑤，咸言意气高⑥。

黄尘足今古⑦，白骨乱蓬蒿⑧。

【注释】

①塞下曲：唐代新乐府辞。②饮马：给马喂水。③平沙：地势平缓的沙场。④黯黯：比喻昏暗不明的样子。临洮（táo）：古代县名，在今甘肃省岷县，是长城的起点。⑤长城战：指开元二年（714年），唐军与吐蕃在临洮展开的战争，唐军虽取胜，但也伤亡惨重。⑥咸：都。⑦足：指充塞，遍及。⑧蓬蒿：泛指野草。

关山月①

李白

明月出天山②，苍茫云海间③。

长风几万里，吹度玉门关④。

五言古诗

汉下白登道⑤，胡窥青海湾⑥。

由来征战地，不见有人还。

戍客望边邑⑦，思归多苦颜。

高楼当此夜⑧，叹息未应闲⑨。

【注释】

①关山月：古乐府诗旧题。②天山：此指甘肃省境内的祁连山。③云海：如大海波涛般的云层。④玉门关：在今甘肃省敦煌市西。⑤下：指出兵。白登：即白登山，在今山西省大同市东。据《汉书》记载，汉高祖亲征匈奴，就曾被困于此山。⑥胡：古代对北方少数民族的泛称，这里指吐蕃。窥：这里是伺机侵扰的意思。青海：即青海湖，在今青海省西宁市西。⑦戍客：戍边将士。⑧高楼：指戍客家乡妻子居住的闺房。⑨闲：形容安静、宁静。

子夜吴歌①

李白

长安一片月②，万户捣衣声③。

秋风吹不尽，总是玉关情④。

何日平胡虏⑤，良人罢远征⑥。

【注释】

①子夜吴歌：古乐府名，又称《子夜四时歌》。②长安：唐都，在今陕西省西安市。③捣衣：深秋时，为准备冬衣，家家少妇都要浆洗衣服或衣料，都要用木棒在砧石上捶打它们。④玉关：即玉门关，泛指丈夫的戍守之地。⑤胡虏：指当时异族入侵者。⑥良人：对丈夫的尊称。

长干行①

李白

妾发初覆额②，折花门前剧③。

郎骑竹马来④，绕床弄青梅⑤。

同居长干里，两小无嫌猜⑥。

十四为君妇，羞颜未尝开。

低头向暗壁，千唤不一回。

十五始展眉，愿同尘与灰。

常存抱柱信⑦，岂上望夫台⑧。

十六君远行，瞿塘滟滪堆⑨。

五月不可触⑩，猿声天上哀⑪。

门前迟行迹⑫，一一生绿苔。

苔深不能扫，落叶秋风早。

八月蝴蝶黄⑬，双飞西园草。

感此伤妾心，坐愁红颜老⑭。

早晚下三巴⑮，预将书报家。

相迎不道远⑯，直至长风沙⑰。

【注释】

　　①长干行：乐府旧题诗。长干，在今江苏省南京市南。②妾：古代妇女自称的谦辞。初覆额：指头发尚短。③剧：指游戏。④郎：古代妻子对丈夫的称呼。竹马：儿童当马骑的竹竿。⑤床：坐榻。弄：玩。⑥嫌猜：疑忌。⑦抱柱信：典出《庄子·盗跖》，传说古代有一位叫尾生的人，和一女子相约会于桥下，女子没有按时到来，忽然涨

五言古诗

了大水，他为了恪守信约，抱住桥柱不走，结果被水淹死。比喻坚守诺言，坚贞不二。⑧望夫台：传说丈夫久出不归，妻子登临眺望的高台，日久变成一块石头。⑨瞿塘：即瞿塘峡，长江三峡之一，在今重庆市奉节县东。滟滪（yàn yù）堆：指瞿塘峡口的大礁石。⑩五月不可触：阴历五月，江水上涨，滟滪堆被淹没或露出面积减少，经过的船只容易触没。⑪天上：指三峡两岸的高山上。⑫迟行迹：指丈夫临别时走得慢而留下的足迹。⑬八月蝴蝶黄：据说，阴历八月前后黄蝶最多。⑭红颜：年轻时的美丽容貌。⑮早晚：无论什么时候。三巴：巴郡、巴东、巴西，在今四川省东部。⑯不道远：意思是不嫌远。⑰长风沙：地名，在今安徽省安庆市东长江边上，地险风大。

列女操①

孟郊

梧桐相待老②，鸳鸯会双死③。

贞妇贵殉夫④，舍生亦如此。

波澜誓不起⑤，妾心古井水⑥。

【注释】

①列女操：古乐府诗旧题。烈女：贞洁女子。操：古代琴曲中的一种。②梧桐：古代传说，梧桐树分雌雄，梧为雄树，桐为雌树，并立而生，相伴终老。③鸳鸯：一种水鸟名，常雌雄成对，生活在水边。据说一只死了，另一只不会独活。④殉夫：指丈夫死后，妻子以死相从。⑤波澜：比喻变节的念头。⑥妾：古代妇女自称的谦辞。

游子吟①

孟郊

慈母手中线，游子身上衣。

临行密密缝，意恐迟迟归。

谁言寸草心②，报得三春晖③？

【注释】

①吟：古诗一种体制名称。②寸草心：小草的嫩心，比喻游子对母亲的孝心。③三春晖：比喻慈母对儿女的恩情。三春，孟春、仲春、季春合称"三春"，指整个春天。

七言古诗

　　七言古诗，又称"七言古风"，简称"七古"，起源于战国时期，甚至更早。每句字数一般为七个字，但并不绝对，只要诗中多数句子是七个字就可以，每篇句数不太限制。七言古诗在中国古代诗歌中形式最活泼，体裁最多样，极富抒情叙事的表现力。特别是较长篇幅的诗作，容量大，用韵也非常灵活。现在公认的最早、最完整的七言古诗是东汉时期曹丕的《燕歌行》。七言古诗到唐代才兴盛起来，代表诗人有李白、杜甫、韩愈等。

登幽州台歌①

陈子昂

前不见古人，后不见来者。

念天地之悠悠②，独怆然而涕下③。

【注释】

①幽州台：又称燕台，即蓟北楼，相传是战国时燕昭王为招揽天下贤士而筑，故址在今北京市。②悠悠：无穷无尽的样子。③怆然：伤悲的样子。涕：眼泪。

古意①

李颀

男儿事长征②，少小幽燕客③。

赌胜马蹄下④，由来轻七尺⑤。

杀人莫敢前，须如猬毛磔⑥。

黄云陇底白云飞⑦，未得报恩不得归。

辽东小妇年十五⑧，惯弹琵琶解歌舞⑨。

今为羌笛出塞声⑩，使我三军泪如雨。

【注释】

①此为一首拟古诗。②事长征：从军远征。③幽燕：泛指今辽宁、北京、天津、河北一带，在唐代属边境地区。④赌胜：争胜。⑤七尺：即七尺之躯。这里指生命。⑥猬：刺猬，毛硬如刺，遇敌则张开防御。磔（zhé）：张开。⑦黄云：喻大风扬起的黄色沙尘。陇底：岭下。陇，这里指山岭。⑧小妇：少妇。⑨解：懂得，擅长。

七言古诗

⑩羌笛：据说笛出于羌中，故称。

送陈章甫①

李颀

四月南风大麦黄，枣花未落桐叶长。

青山朝别暮还见，嘶马出门思旧乡②。

陈侯立身何坦荡③，虬须虎眉仍大颡④。

腹中贮书一万卷，不肯低头在草莽⑤。

东门酤酒饮我曹⑥，心轻万事如鸿毛⑦。

醉卧不知白日暮，有时空望孤云高⑧。

长河浪头连天黑，津吏停舟渡不得⑨。

郑国游人未及家⑩，洛阳行子空叹息⑪。

闻道故林相识多⑫，罢官昨日今如何？

【注释】

①陈章甫：江陵人，楚人，开元年间进士。②嘶马：嘶叫的马。指陈章甫归去所乘的马。③陈侯：对陈章甫的尊称。立身：处世做人。坦荡：指胸怀光明磊落。④虬须：指蜷曲的胡须。大颡（sǎng）：指宽额。⑤草莽：指民间。⑥酤：买。我曹：我等之意。⑦万事：指人间的各种琐事。⑧空望：指清高地遥望。⑨津吏：指管理渡口的小官吏。⑩郑国游人：指陈章甫。河南在春秋时期属于郑国，陈章甫曾在河南嵩山隐居了很久。⑪洛阳行子：诗人自指。⑫故林：指故乡。

琴歌

李颀

主人有酒欢今夕，请奏鸣琴广陵客①。

月照城头乌半飞②，霜凄万木风入衣③。

铜炉华烛烛增辉④，初弹《渌水》后《楚妃》⑤。

一声已动物皆静，四座无言星欲稀。

清淮奉使千余里⑥，敢告云山从此始⑦！

【注释】

①广陵客：本指嵇康，因为他曾作《广陵曲》而得名。这里泛指善弹琴者。②乌：即乌鸦。半飞：分飞。③凄：寒冷。用作使动词，凋谢之意。④华烛：外饰华美的蜡烛。⑤渌水：歌曲名。乐府《琴曲歌辞》有《渌水曲》，古辞多写男女相思之情。楚妃：歌曲名。乐府《相和歌辞》有《楚妃叹》，古辞多写宫妃怨情。⑥淮：淮河。奉使：奉命出使，即出公差。⑦云山：即归隐云山。

听董大弹胡笳声兼语弄寄房给事①

李颀

蔡女昔造胡笳声②，一弹一十有八拍。

胡人落泪沾边草，汉使断肠对归客③。

古戍苍苍烽火寒，大荒阴沉飞雪白。

先拂商弦后角羽④，四郊秋叶惊摵摵⑤。

董夫子，通神明⑥，深松窃听来妖精。

言迟更速皆应手，将往复旋如有情。

空山百鸟散还合，万里浮云阴且晴。

七言古诗

嘶酸雏雁失群夜⑦，断绝胡儿恋母声⑧。

川为静其波，鸟亦罢其鸣。

乌珠部落家乡远⑨，逻娑沙尘哀怨生⑩。

幽音变调忽飘洒，长风吹林雨堕瓦。

迸泉飒飒飞木末⑪，野鹿呦呦走堂下⑫。

长安城连东掖垣⑬，凤凰池对青琐门⑭。

高才脱略名与利⑮，日夕望君抱琴至。

【注释】

①董大：即董庭兰，唐朝宰相房琯的门客，因善于弹琴深得房琯的宠信。胡笳弄：用琴声来模仿胡笳乐声的琴曲。胡笳，是一种用芦叶卷成的吹奏乐器。声兼语弄：指董庭兰弹奏的《胡笳十八拍》，兼有胡笳和琴的声音。语，唐代人将西域来的音乐或歌曲称为胡语。弄，琴曲名，如《梅花三弄》，至今仍有曲谱流传。房给事：即房琯，因他曾官任"给事中"，故称。②蔡女：蔡琰，即蔡文姬。蔡文姬为东汉文学家蔡邕的女儿，她博学多才，通音律。汉末大乱，流落匈奴左贤王部伍中，曾作琴曲《胡笳十八拍》。③归客：指蔡琰。建安十二年（207年），曹操派使节把她从匈奴赎回。④商弦、角羽：古时以宫、商、角、徵、羽为五声音阶之名。古琴七弦，配宫、商、角、变徵、徵、羽、变宫为七音。⑤摵摵（shè）：象声词，形容落叶的声音。此处形容琴声。⑥董夫子：对董庭兰的尊称。⑦嘶酸：令人悲戚心酸的嘶鸣声。⑧胡儿恋母：指蔡文姬归汉时，和与匈奴人生的孩子诀别。⑨乌珠：当为"乌孙"，汉时西域国名。西汉江都王刘建之女刘细君，汉武帝封她为公主，嫁与乌孙国王为右夫人。⑩逻娑：唐时吐蕃的首府，即今西藏自治区拉萨市。⑪飒飒（sà）：水喷射的声音。木末：树梢。⑫呦呦（yōu）：鹿鸣声。走：奔跑。⑬东掖垣：指朝廷中枢机构之一的门下省，因在皇宫东面，故称东掖，又称左掖、左省。房琯当时任给事中，属门下省。⑭凤凰池：指中书省，因在皇宫西面，又称右掖、右省。青琐门：宫

门，因刻有连环图案，涂青色而名。⑮高才：指房琯。脱略：不受拘束。

听安万善吹觱篥歌①

李颀

南山截竹为觱篥②，此乐本自龟兹出③。

流传汉地曲转奇，凉州胡人为我吹④。

傍邻闻者多叹息，远客思乡皆泪垂。

世人解听不解赏，长飙风中自来往⑤。

枯桑老柏寒飕飀⑥，九雏鸣凤乱啾啾⑦。

龙吟虎啸一时发⑧，万籁百泉相与秋⑨。

忽然更作《渔阳掺》⑩，黄云萧条白日暗。

变调如闻《杨柳》春⑪，上林繁花照眼新⑫。

岁夜高堂列明烛⑬，美酒一杯声一曲。

【注释】

①安万善：唐凉州（在今甘肃省中部）人，属少数民族，善吹觱篥。觱篥（bì lì）：簧管乐器，又名笳管，今称管子。②南山：终南山，在今陕西省西安市南。旧称南山多竹，此为假托，非实指。③龟兹（qiū cí）：古西域国名，在今新疆库车县一带。④凉州胡人：指安万善。胡，古代对北方、西北方少数民族的泛称。⑤飙（biāo）：疾风，暴风。⑥飕飀（sōu liú）：象声词，大风吹枯树声。⑦九雏鸣凤：语本古乐府《陇西行》："凤凰鸣啾啾，一母将九雏。"九，表多数，非实数。雏，幼禽，指小凤凰。啾啾（jiū）：虫、鸟的细碎叫声。⑧吟：低鸣。啸：长声吼叫。⑨万籁：各种孔窍发出的声响。⑩渔阳掺（càn）：鼓曲名，曲调悲壮。⑪杨柳：暗指吹奏乐府《杨柳枝》曲。⑫上林：上林苑，秦汉宫苑名。⑬岁夜：除夕。

31

夜归鹿门歌①

孟浩然

山寺钟鸣昼已昏，渔梁渡头争渡喧②。

人随沙岸向江村，余亦乘舟归鹿门。

鹿门月照开烟树，忽到庞公栖隐处③。

岩扉松径长寂寥④，唯有幽人自来去⑤。

【注释】

①鹿门：即鹿门山，在今湖北省襄阳市。②渔梁：指鱼梁洲，在襄阳东汉水中。渡头：指渡口上。③庞公：指庞德公，东汉末襄阳（今属湖北省襄樊市）人，拒荆州刺史刘表礼请，而隐于鹿门山。栖隐：即隐居。④岩扉：指岩穴的洞门。扉，门扇。⑤幽人：指隐士，这里是诗人自指。

庐山谣寄卢侍御虚舟①

李白

我本楚狂人，凤歌笑孔丘。②

手持绿玉杖③，朝别黄鹤楼④。

五岳寻仙不辞远⑤，一生好入名山游。

庐山秀出南斗傍⑥，屏风九叠云锦张⑦。

影落明湖青黛光⑧。

金阙前开二峰长⑨，银河倒挂三石梁⑩。

香炉瀑布遥相望⑪，迥崖沓嶂凌苍苍⑫。

翠影红霞映朝日，鸟飞不到吴天长⑬。

醉美唐诗·桃花依旧笑春风

登高壮观天地间，大江茫茫去不还。

黄云万里动风色，白波九道流雪山⑭。

好为庐山谣，兴因庐山发。

闲窥石镜清我心⑮，谢公行处苍苔没⑯。

早服还丹无世情⑰，琴心三叠道初成⑱。

遥见仙人彩云里，手把芙蓉朝玉京⑲。

先期汗漫九垓上，愿接卢敖游太清⑳。

【注释】

①庐山：在今江西省九江市南。谣：指不入乐的歌曲。卢侍御虚舟：姓卢，名虚舟，字幼真，范阳（今北京大兴）人，宫殿中侍御史。曾与李白同游庐山。②楚狂人：指春秋时楚国隐士接舆。③凤歌笑孔丘：据《论语·微子》记载：孔子游历到楚国，楚国狂人接舆经过孔子身边时唱道："凤兮凤兮，何德之衰？"劝孔子绝仕免祸害。凤歌，即其所歌"凤兮凤兮"句。④黄鹤楼：在今湖北省武汉市。⑤五岳：指东岳泰山、南岳衡山、西岳华山、北岳恒山、中岳嵩山。⑥南斗：星宿名，因在南方，故名南斗。⑦屏风九叠：庐山胜景之一。在庐山五姥峰东北，因山似屏风重叠，又称九叠云屏或屏风叠。⑧明湖：指鄱阳湖。青黛：青黑色。⑨金阙：金阙岩，在香炉峰西南。二峰：指香炉峰和双剑峰。⑩银河倒挂：指瀑布，即三叠泉，在九叠云屏之左，水势经三道石梁三折而下。⑪香炉瀑布：香炉峰有瀑布倾泻而下。⑫迴崖：高高的山崖。沓嶂：重叠的险峰。凌：直达。苍苍：天空。⑬吴天：庐山古属吴国，故称此地的天空为吴天。⑭九道：九条江水。古地理书上说，长江流至浔阳（今九江），分为九条支流。雪山：指江水白浪翻滚。⑮石镜：庐山东石镜峰上有圆石悬挂，光洁如镜。⑯谢公：指南朝诗人谢灵运。他曾游过庐山，他的《入彭蠡湖口》诗中有"攀崖照石镜"的句子。⑰还丹：道家炼丹时，先将丹砂烧成水银，放置一定时间后又还原成丹砂，这个过程叫还丹。⑱琴心三叠：道家修炼术语。指修炼内功，达到心和神悦，从

而使上中下三丹田合一。琴，和的意思。叠，积的意思。⑲玉京：道家所说的天神元始天尊居住的地方。⑳汗漫：古传说中神仙名。九垓（gāi）：九重天，天的最高层。太清：道家有玉清、上清、太清三清之说，太清为天空最高层。

梦游天姥吟留别①

李白

海客谈瀛洲②，烟涛微茫信难求③。

越人语天姥④，云霞明灭或可睹。

天姥连天向天横，势拔五岳掩赤城⑤。

天台四万八千丈⑥，对此欲倒东南倾。

我欲因之梦吴越，一夜飞度镜湖月⑦。

湖月照我影，送我至剡溪⑧。

谢公宿处今尚在⑨，渌水荡漾清猿啼。

脚着谢公屐⑩，身登青云梯⑪。

半壁见海日⑫，空中闻天鸡。

千岩万转路不定，迷花倚石忽已暝⑬。

熊咆龙吟殷岩泉⑭，栗深林兮惊层巅㉑。

云青青兮欲雨㉒，水澹澹兮生烟㉓。

列缺霹雳⑮，丘峦崩摧。

洞天石扉⑯，訇然中开⑰。

青冥浩荡不见底⑱，日月照耀金银台⑲。

霓为衣兮风为马，云之君兮纷纷而来下⑳。

虎鼓瑟兮鸾回车㉑，仙之人兮列如麻。

忽魂悸以魄动，恍惊起而长嗟。

惟觉时之枕席㉒，失向来之烟霞㉓。

世间行乐亦如此，古来万事东流水。

别君去兮何时还？

且放白鹿青崖间㉔，须行即骑访名山。

安能摧眉折腰事权贵㉕，使我不得开心颜。

【注释】

①天姥（mǔ）：即天姥山，在今浙江省天台县、嵊州市和新昌县之间，为道教七十二福地之一。吟：诗体名，是歌行体中的一种。②海客：来自海上的人。瀛（yíng）洲：古代传说东海中以蓬莱、方丈、瀛洲为海上三仙山，山中多居仙人。③微茫：隐微迷茫，形容海上烟雾缥缈的样子。④越人：指当地人。天姥山古属越地。⑤拔：超越。掩：盖过，压倒。赤城：山名。赤城山为仙霞岭支脉，与天姥山相对。⑥天台：天台山，在今浙江省天台县。四万八千丈：极言山之高。⑦镜湖：即鉴湖，在今浙江省绍兴市。⑧剡（shàn）溪：水名。在今浙江省嵊州市，即曹娥江的上游。⑨谢公：指南朝诗人谢灵运。他曾游天姥山，在剡溪投宿。⑩谢公屐（jī）：据说谢灵运为登山专门制作了一种木屐，屐齿是活动的，上山时去掉前齿，下山时去掉后齿。⑪青云梯：指陡峭的上山石阶。⑫半壁：半山腰。⑬暝（míng）：昏黑。⑭殷（yǐn）：震动。⑮列缺：闪电。霹雳：雷鸣。⑯洞天：道家称神仙居处。⑰訇（hōng）然：形容声音巨大。⑱青冥（míng）：天空。⑲金银台：指神仙居住的宫阙。⑳云之君：指云神。㉑鸾：仙鸟。㉒觉时：睡醒时。㉓向来：刚才，不久前。㉔白鹿：传说为神仙的坐骑。㉕摧眉折腰：低头哈腰。

宣州谢朓楼饯别校书叔云①

李白

弃我去者，昨日之日不可留。乱我心者，今日之日多烦忧。

长风万里送秋雁，对此可以酣高楼②。

蓬莱文章建安骨③，中间小谢又清发④。

俱怀逸兴壮思飞，欲上青天览明月⑤。

抽刀断水水更流，举杯销愁愁更愁。

人生在世不称意，明朝散发弄扁舟⑥。

【注释】

①宣州：在今安徽宣城市。谢朓（tiǎo）楼：南朝齐诗人谢朓任宣州太守时所建，又称北楼。校书叔云：指李白族叔，名李云，曾任秘书省校书郎。②酣（hān）：畅饮。③蓬莱文章：指李云的文章。蓬莱，为神话中海上的仙山，传说仙府图书集中藏在这里。李云供职的秘书省，也是朝廷藏书之处，所以用"蓬莱文章"指李云的文章。建安骨：即建安风骨。汉末建安年间，曹操父子和建安七子所作诗文苍劲刚健，史称"建安风骨"。这句是赞扬李云的文章。④小谢：指南朝齐诗人谢朓。后世称南朝宋诗人谢灵运为"大谢"，谢朓为"小谢"。清发：清新秀发。这句是李白自比谢朓。⑤览：同"揽"，摘取。⑥散发：披散头发，不束发戴冠，表示放荡不羁。扁（piān）舟：小船。

走马川行奉送封大夫出师西征①

岑参

君不见走马川行雪海边，平沙莽莽黄入天。

轮台九月风夜吼②，一川碎石大如斗，随风满地石乱走。

匈奴草黄马正肥，金山西见烟尘飞③，汉家大将西出师④。

将军金甲夜不脱，半夜军行戈相拨，风头如刀面如割。

马毛带雪汗气蒸，五花连钱旋作冰⑤，幕中草檄砚水凝⑥。

虏骑闻之应胆慑，料知短兵不敢接，军师西门伫献捷⑦。

【注释】

①走马川：地名。行：诗歌的一种体裁。封大夫：封常清受封为御史大夫，故称封大夫。②轮台：地名，在今新疆米泉境内。封常清军府驻在这里。③金山：指天山主峰。④汉家大将：指封常清。汉家，唐代诗人多以汉代指唐。⑤五花连钱：五花、连钱，指马斑驳的毛色。⑥草檄：起草声讨敌人的檄文。⑦军师西门伫献捷：在车师西门外伫立等待大军报捷。军师，应作"车师"，古西域国名，唐时为西域都护府治所北庭城。

白雪歌送武判官归京①

岑参

北风卷地白草折②，胡天八月即飞雪③。

忽如一夜春风来，千树万树梨花开。

散入珠帘湿罗幕④，狐裘不暖锦衾薄⑤。

将军角弓不得控⑥，都护铁衣冷犹着⑦。

瀚海阑干百丈冰⑧，愁云惨淡万里凝⑨。

中军置酒饮归客⑩，胡琴琵琶与羌笛⑪。

纷纷暮雪下辕门⑫，风掣红旗冻不翻⑬。

轮台东门送君去⑭，去时雪满天山路⑮。

山回路转不见君，雪上空留马行处。

七言古诗

①白雪歌：乐府琴曲有《白雪歌》。判官：官职名，唐代节度使、观察使等地方大员自选的书记官等。武判官：其人不详。②白草：指西北地区一种牧草，因干枯时会变为白色而得名。③胡天：指西域的天气。④罗幕：用丝罗做的帐幕。⑤衾（qīn）：指被子。⑥角弓：上面有兽角装饰的硬弓。控：指拉开。⑦都护：官职名，唐时在边关重镇设有都护府，长官为大都护、副大都护，负责边防的军政事务。⑧瀚海：即沙漠。阑干：指纵横交错的样子。⑨愁云：指阴沉沉的乌云。惨淡：暗淡无光。⑩中军：古时军队常分中、左、右三军，中军为主帅亲自率领，这里指主帅的营帐。⑪胡琴、琵琶、羌笛：均为当时西北边地常用乐器，这里指宴会上用来助酒的音乐。⑫辕门：即军营大门。⑬掣（chè）：牵引，撕扯。⑭轮台：在今新疆轮台县。⑮天山：唐代称伊州、西州以北一带的山脉为天山。

韦讽录事宅观曹将军画马图①

杜甫

国初已来画鞍马，神妙独数江都王②。

将军得名三十载，人间又见真乘黄③。

曾貌先帝照夜白，龙池十日飞霹雳。

内府殷红马脑盘④，婕妤传诏才人索。

盘赐将军拜舞归，轻纨细绮相追飞。

贵戚权门得笔迹，始觉屏障生光辉。

昔日太宗拳毛𬴊⑤，近时郭家狮子花⑥。

今之新图有二马，复令识者久叹嗟。

此皆骑战一敌万，缟素漠漠开风沙。

其余七匹亦殊绝，迥若寒空动烟雪。

霜蹄蹴踏长楸间⑦，马官厮养森成列。

可怜九马争神骏，顾视清高气深稳。

借问苦心爱者谁，后有韦讽前支遁⑧。

忆昔巡幸新丰宫⑨，翠华拂天来向东⑩。

腾骧磊落三万匹⑪，皆与此图筋骨同。

自从献宝朝河宗⑫，无复射蛟江水中。⑬

君不见金粟堆前松柏里⑭，龙媒去尽鸟呼风⑮。

【注释】

①韦讽：杜甫的朋友，曾任阆州（今四川省阆中市）录事参军。曹将军：即曹霸，开元、天宝年间名画家，玄宗常诏他为功臣和御马画像，官至左武卫将军。"安史之乱"后，流落到蜀中。②江都王：唐太宗李世民的侄儿李绪，封江都王。③乘黄：古代传说中的神马。④内府：皇宫中的库房。马脑盘：用玛瑙制的盘子。⑤拳毛騧（guā）：马名，唐太宗"六骏"之一。⑥郭家：指唐大将郭子仪。狮子花：马名，即九花虬（qiú），唐代宗赐给郭子仪的御马。⑦长楸间：指大道上。古人于大道两旁种楸树。⑧支遁：东晋高僧，字道林。他常养马数匹，有人对他说："僧人养马欠风雅。"他说："我看重的是它的神骏。"⑨新丰宫：指临潼骊山华清宫。⑩翠华：皇帝出行时的一种仪仗。⑪腾骧（xiāng）：跳跃奔驰。⑫献宝朝河宗：据《穆天子传》载：周穆王西行，到河伯的居处，沉璧玉于河中，表示礼敬。后河伯又向天子献图献宝，导天子西游。穆王回来后不久就去世了。这里喻唐玄宗之死。⑬射蛟江水：指皇帝出外巡游。《汉书·武帝本纪》载：元封五年，汉武帝亲自在浔阳江射蛟于江中。⑭金粟堆：玄宗墓葬泰陵，在今陕西省蒲城县金粟山。⑮龙媒：《汉书·礼乐志》有"天马来，龙之媒"句，后称良马为龙媒。

七言古诗

丹青引 赠曹将军霸①

杜甫

将军魏武之子孙②，于今为庶为清门③。

英雄割据虽已矣④，文采风流今尚存⑤。

学书初学卫夫人⑥，但恨无过王右军⑦。

丹青不知老将至，富贵于我如浮云。⑧

开元之中常引见⑨，承恩数上南熏殿⑩。

凌烟功臣少颜色⑪，将军下笔开生面⑫。

良相头上进贤冠⑬，猛将腰间大羽箭⑭。

褒公鄂公毛发动⑮，英姿飒爽来酣战⑯。

先帝天马玉花骢⑰，画工如山貌不同⑱。

是日牵来赤墀下⑲，迥立阊阖生长风⑳。

诏谓将军拂绢素㉑，意匠惨澹经营中㉒。

斯须九重真龙出㉓，一洗万古凡马空㉔。

玉花却在御榻上㉕，榻上庭前屹相向㉖。

至尊含笑催赐金㉗，圉人太仆皆惆怅㉘。

弟子韩干早入室㉙，亦能画马穷殊相㉚。

干惟画肉不画骨，忍使骅骝气凋丧㉛。

将军画善盖有神，必逢佳士亦写真㉜。

即今漂泊干戈际㉝，屡貌寻常行路人㉞。

途穷反遭俗眼白㉟，世上未有如公贫。

但看古来盛名下，终日坎壈缠其身㊱。

【注释】

①丹青：本指绘画中的两种常用颜色朱红色、青色，后成为绘画的代称。引：古代一种诗歌体制名称。曹将军霸：即曹霸，开元、天宝年间的著名画家，官至左武卫将军。⑦将军：指曹霸。魏武：指魏武帝曹操。③庶：即平民。曹霸于玄宗末年因罪被贬为庶人。④英雄割据：指曹操在东汉末年与群雄争霸，创建魏国，鼎立一方。⑤文采：指文学才华。⑥书：指书法。卫夫人：东晋著名的女书法家，名铄，字茂漪，擅长隶书。⑦王右军：指东晋大书法家王羲之，因曾官至右军将军，故称王右军。⑧"丹青"二句：意谓曹霸专心绘画，没注意岁月的流逝，也不慕功名富贵。⑨开元之中：指唐玄宗开元年间。⑩南熏殿：唐代兴庆宫内的一个大殿。⑪凌烟：指凌烟阁，在太极宫。贞观十七年，唐太宗命画家阎立本画二十四功臣像置于凌烟阁。少颜色：指图画颜色暗淡。⑫生面：新的面貌。⑬进贤冠：指唐代文官戴的黑布礼帽。⑭大羽箭：箭杆尾部镶嵌大羽毛的长箭，为唐太宗所创制。⑮褒公鄂公：指褒国公段志玄和鄂国公尉迟敬德。⑯飒爽：神采飞扬的样子。⑰先帝：指唐玄宗。玉花骢（cōng）：一种名马。⑱如山：形容众多。貌：描绘的形貌。不同：与真马不同。⑲赤墀（chí）：指宫殿前的红色台阶。⑳迥立：昂首挺立。阊阖（chāng hé）：传说中的天门，这里指宫门。㉑绢素：指白绢。㉒意匠：指构思。惨澹经营：形容煞费苦心。㉓斯须：不一会儿，顷刻间。真龙：指真正的骏马，古代常以龙喻骏马。㉔一洗：全部清除的意思。凡马：普通的马。㉕玉花：指画中的玉花骢。御榻：指皇帝的坐榻。㉖榻上庭前：指榻上的画中之马与庭前的实马。㉗至尊：指皇上。㉘圉（yǔ）人：皇宫里养马的人。太仆：掌管皇帝车马的官员。㉙韩干：唐代著名画家，善画马，曾师曹霸，后自成一派。入室：指学习深得老师真传。㉚穷：尽。殊相：不同形态。㉛骅骝：古骏马名，这里泛指骏马。气：神气，精神。㉜必：假若。佳士：指贤俊之士。写真：即画肖像。㉝干戈：指战争。㉞貌：用作动词，即写真。行路人：指陌生人。㉟途穷：喻极其穷困。㊱坎壈（lǎn）：指穷困潦倒，事事不顺。

寄韩谏议注①

杜甫

今我不乐思岳阳②，身欲奋飞病在床。

美人娟娟隔秋水③，濯足洞庭望八荒④。

鸿飞冥冥日月白⑤，青枫叶赤天雨霜⑥。

玉京群帝集北斗⑦，或骑麒麟翳凤凰⑧。

芙蓉旌旗烟雾落⑨，影动倒景摇潇湘⑩。

星宫之君醉琼浆⑪，羽人稀少不在旁⑫。

似闻昨者赤松子⑬，恐是汉代韩张良⑭。

昔随刘氏定长安⑮，帷幄未改神惨伤⑯。

国家成败吾岂敢⑰，色难腥腐餐枫香⑱。

周南留滞古所惜⑲，南极老人应寿昌⑳。

美人胡为隔秋水㉑，焉得置之贡玉堂㉒？

【注释】

①韩谏议注：韩注，其人生平不详。谏议：即谏议大夫，为门下省掌侍从规谏的官员。②岳阳：地名，在今湖南省岳阳市。③美人：古诗中多比喻敬慕和理想的人。这里指韩注。娟娟：形容美好的样子。④濯：指洗。洞庭：即洞庭湖，在岳阳市西。八荒：指八方荒远之地。⑤鸿飞冥冥：指鸿雁远扬。⑥雨：降落、降下之意。⑦玉京：指玉京山。道家称天帝所居之处。群帝：指众神仙，喻王公重臣。北斗：指北斗星，喻君主。⑧麒麟：传说中一种神兽名。翳（yì）：遮蔽，引申为骑乘之意。凤凰：传说中一种神鸟名。⑨芙蓉旌旗：指仙人的仪仗。⑩景：同"影"。潇湘：指潇水和湘水，在今湖南省。⑪星宫：指天宫。琼浆：指仙人所饮仙酒。⑫羽人：指穿羽衣的仙人。喻贤能而不受重用的朝臣。⑬赤松子：古代传说中的仙人，神

农氏时为雨师。⑭韩张良：张良，字子房，战国时韩国人，秦末辅佐刘邦平定天下，立汉朝。⑮刘氏：指刘邦。⑯帷幄：本指帐幕，后特指主帅的军帐，谋划决策之所。《汉书·张良传》称："运筹帷幄中，决胜千里外，子房功也。"神惨伤：指韩注不满朝政而被排斥去官。⑰岂敢：岂敢忘怀。⑱色难：指面有为难之色。腥腐：指腐臭的肉，喻朝政腐败。餐枫香：喻隐士生活。⑲周南留滞：喻贤才不能为国出力。司马迁在《史记·太史公自序》中说："是岁，天子始建汉家之封，而太史公留滞周南，不得与从事。"周南：洛阳城的古称。⑳南极老人：一星宿名，即老人星。旧说老人星出现，天下太平，否则就发生战乱。这里指韩注。寿昌：寿命昌盛。㉑胡为：即为什么。㉒置：安放。玉堂：即汉代未央宫，这里指朝廷殿堂。

古柏行①

杜甫

孔明庙前有老柏②，柯如青铜根如石③。

霜皮溜雨四十围④，黛色参天二千尺⑤。

君臣已与时际会⑥，树木犹为人爱惜。

云来气接巫峡长⑦，月出寒通雪山白⑧。

忆昨路绕锦亭东⑨，先主武侯同閟宫⑩。

崔嵬枝干郊原古⑪，窈窕丹青户牖空⑫。

落落盘踞虽得地⑬，冥冥孤高多烈风⑭。

扶持自是神明力⑮，正直原因造化功⑯。

大厦如倾要梁栋，万牛回首丘山重。

不露文章世已惊⑰，未辞剪伐谁能送⑱。

苦心岂免容蝼蚁⑲，香叶曾经宿鸾凤⑳。

志士仁人莫怨嗟㉑，古来材大难为用。

【注释】

①古柏：指成都武侯祠前的古柏。②孔明：指诸葛亮，三国时期蜀汉丞相，辅佐刘备建立蜀汉。③柯：指树的枝干。④霜皮溜雨：指树皮白而光滑。围：古代计量圆周的粗略单位，即双手合拱。⑤黛色：即青黑色，形容树冠。参天：即高入天空。⑥君臣：指刘备和诸葛亮。与时际会：与时代遇合，即生逢其时。⑦巫峡：长江三峡之一，指夔之东。⑧雪山：指岷山，在夔之西边。⑨锦亭：指杜甫成都草堂之野亭，因地近锦江而得名。⑩同閟（bì）宫：成都武侯祠附于先主庙，连为一体。閟宫：指祠庙。⑪崔嵬：形容高大的样子。⑫窈窕（yǎo tiǎo）：幽深的样子。丹青：代指壁画。⑬落落：形容树木独立挺拔的样子。盘踞：牢牢占据，根深蒂固，形容古柏雄伟。得地：得其所在。⑭冥冥：指高空深远的样子。烈风：猛烈的大风。⑮神明：指神灵，指一种超自然的力量。⑯造化：指上天，也指超自然的力量。⑰文章：指古柏华美的花纹。⑱未辞剪伐：谓古柏愿被砍伐充做栋梁。送：送往朝堂，喻举荐贤才。⑲苦心：柏树心味苦。蝼蚁：蝼蛄和蚂蚁，喻奸邪小人。⑳鸾凤：喻道德高尚的人。㉑仁人：指胸怀国家的仁者。

观公孙大娘弟子舞剑器行①并序

杜甫

大历二年十月十九日②，夔府别驾元持宅，见临颍李十二娘舞剑器③，壮其蔚跂④，问其所师，曰："余公孙大娘弟子也。"开元三载⑤，余尚童稚，记于郾城观公孙氏舞剑器浑脱⑥，浏漓顿挫⑦，独出冠时，自高头宜春梨园二伎坊内人⑧洎外供奉⑨，晓是舞者，圣文神武皇帝初⑩，公孙一人而已。玉貌锦衣，况余白首⑪，今兹弟子，亦非盛颜⑫。既辨其由来，知波澜莫二⑬，抚事慷慨⑭，聊为《剑器行》⑮。往者吴人张旭⑯，善草书书帖，数常于邺县见公孙大娘舞西河剑器⑰，自此草书长进，豪荡感激⑱，即公孙可知矣⑲。

昔有佳人公孙氏，一舞《剑器》动四方。

观者如山色沮丧⑳，天地为之久低昂㉑。

爧如羿射九日落㉒，矫如群帝骖龙翔㉓。

来如雷霆收震怒㉔，罢如江海凝清光㉕。

绛唇珠袖两寂寞㉖，晚有弟子传芬芳㉗。

临颍美人在白帝㉘，妙舞此曲神扬扬。

与余问答既有以㉙，感时抚事增惋伤㉚。

先帝侍女八千人㉛，公孙剑器初第一㉜。

五十年间似反掌㉝，风尘溲洞昏王室㉞。

梨园子弟散如烟，女乐余姿映寒日㉟。

金粟堆前木已拱㊱，瞿塘石城草萧瑟㊲。

玳弦急管曲复终㊳，乐极哀来月东出。

老夫不知其所往㊴，足茧荒山转愁疾㊵。

【注释】

①公孙大娘：唐代开元年间著名女舞蹈家，复姓公孙。大，排行第一。娘，古时对年轻女子的称呼。弟子：指徒弟。剑器：唐代健舞（武舞）的一种，舞者身穿戎装，执剑。②大历二年：指公元767年。③夔府：即夔州。别驾：唐代一种官名，为刺史的主要助手。元持：其人不详。临颍：在今河南省。④蔚跂（qǐ）：形容舞姿飘逸矫健。⑤开元三载："三"一作"五"，开元三载时杜甫四岁，开元五载时杜甫六岁。⑥郾城：在今河南省。浑脱（tuó）：原指一种帽子，

后演变为一种"武舞"。⑦浏漓：形容敏捷流畅。顿挫：指回旋转折，富于变化。⑧高头：前头，指常在皇上面前表演。宜春：即宜春院，唐玄宗时宫内教习歌舞的教坊之一。伎坊：即教坊。内人：指宫中教坊的歌舞伎。⑨洎（jì）：及，到。外供奉：指设于宫外的教坊。⑩圣文神武皇帝：唐玄宗的尊号。⑪玉貌锦衣：指公孙大娘年轻时的美丽容貌和华丽衣着。⑫盛颜：指容颜美丽。⑬波澜：指李十二娘从公孙大娘那里继承来的舞技。莫二：指一脉相承，与其师傅没有两样。⑭抚事：指回忆往事。⑮聊：姑且。⑯张旭：唐代著名书法家，草书尤为一绝，被称为"草圣"。⑰数：屡次。邺县：在今河南省。西河剑器：一种剑器舞曲。⑱豪荡：指豪放不羁。感激：指慷慨激昂。⑲即：就此。公孙可知：公孙大娘的舞技就可以想见了。⑳色沮（jǔ）丧：惊叹失色。㉑"天地"句：意谓随着宝剑长久地上下翻飞，观者感觉似乎天地也不断地忽高忽低。㉒爥（huò）：光芒闪烁。羿（yì）：人名，又称后羿、夷羿，古代传说中善射的英雄，有射九日的故事流传。㉓矫：向上腾跃的样子。群帝：指天上众仙。骖（cān）龙：指驾着龙飞翔。㉔来：指公孙大娘上场。雷霆：喻锣鼓声如雷。㉕罢：指舞毕下场。㉖绛唇：红唇，此指公孙大娘。珠袖：饰有珍珠的衣袖，此指舞蹈。两寂寞：指公孙大娘年纪大了，不再歌舞。㉗芬芳：指精妙的舞技。㉘白帝：白帝城，此指夔州。㉙以：缘由，根据。㉚怅伤：怅惜哀伤。㉛先帝：此指唐玄宗。㉜初：原本。㉝五十年间：从开元三年（717年）到大历二年（767年），其间有五十年。似反掌：形容时光迅速流逝。㉞风尘：指"安史之乱"。泂（hòng）洞：形容弥漫无际。昏王室：使朝廷衰落。㉕女乐余姿：指李十二娘的舞姿有开元神韵。㊱金粟堆：即金粟山，指唐玄宗泰陵所在之处，在今陕西省。㊲瞿塘石城：指夔州城，近瞿塘峡。萧瑟：衰败荒凉。㊳玳弦：玳瑁制成的弦乐器。㊴老夫：诗人自称。㊵茧：指手足掌因摩擦生的硬皮。疾：速。

石鱼湖上醉歌 并序

元结

漫叟以公田米酿酒①，因休暇则载酒于湖上，时取一醉。欢醉中，据湖岸引臂向鱼取酒，使舫载之，遍饮坐者②。意疑倚巴丘酌于君山之上③，诸子环洞庭而坐，酒舫泛泛然触波涛而往来者，乃作歌以长之④。

石鱼湖，似洞庭，夏水欲满君山青。

山为樽，水为沼⑤，酒徒历历坐洲岛。

长风连日作大浪，不能废人运酒舫⑥。

我持长瓢坐巴丘，酌饮四座以散愁。

【注释】

①漫叟：元结的别号。②偏：旁边。③疑：就好像。④长：助兴的意思。⑤沼池：酒池。⑥废：阻止。

山石①

韩愈

山石荦确行径微②，黄昏到寺蝙蝠飞③。

升堂坐阶新雨足，芭蕉叶大支子肥④。

僧言古壁佛画好，以火来照所见稀⑤。

铺床拂席置羹饭⑥，疏粝亦足饱我饥⑦。

夜深静卧百虫绝，清月出岭光入扉⑧。

天明独去无道路⑨，出入高下穷烟霏⑩。

山红涧碧纷烂漫⑪，时见松枥皆十围⑫。

当流赤足踏涧石，水声激激风生衣⑬。

人生如此自可乐，岂必局促为人靰⑭。

嗟哉吾党二三子⑮，安得至老不更归⑯。

【注释】

①山石：取首句前二字为题，为古代诗歌标题的一种方式。②荦（luò）确：形容险峻不平的样子。微：形容狭窄。③蝙蝠：一种能飞的哺乳动物，夜间飞出吃蚊、蛾等害虫。④芭蕉：一种多年生草本植物。支子：即栀子，常绿灌木，夏天开白花。⑤稀：指模糊、少见。⑥置：置备。⑦疏粝（lì）：指糙米饭。⑧扉：院门。⑨无道路：指随意乱走，不择道路。⑩霏（fēi）：指云气。⑪山红：指山花。烂漫：形容色彩纷繁鲜丽。⑫枥：即栎树，一种落叶乔木。⑬风生衣：指风吹动衣服。⑭局促：指拘束，拘谨。靰（jī）：马缰绳。这里用作动词，束缚的意思。⑮吾党：语出《论语》："吾党之小子狂简。"二三子：语出《论语》："二三子以我为乎？"⑯安得：怎能。更：再。

八月十五夜赠张功曹①

韩愈

纤云四卷天无河②，清风吹空月舒波③。

沙平水息声影绝④，一杯相属君当歌⑤。

君歌声酸辞正苦，不能听终泪如雨。

洞庭连天九疑高⑥，蛟龙出没猩鼯号⑦。

十生九死到官所⑧，幽居默默如藏逃。

下床畏蛇食畏药⑨，海气湿蛰熏腥臊⑩。

昨者州前捶大鼓⑪，嗣皇继圣登夔皋⑫。

赦书一日行千里，罪从大辟皆除死⑬。

迁者追回流者还⑭，涤瑕荡垢清朝班⑮。

州家申名使家抑⑯，坎轲只得移荆蛮⑰。

判司卑官不堪说⑱，未免捶楚尘埃间⑲。

同时流辈多上道⑳，天路幽险难追攀㉑。

君歌且休听我歌，我歌今与君殊科㉒。

一年明月今宵多㉓，人生由命非由他㉔，

有酒不饮奈明何㉕。

【注释】

①张功曹：即张署，河间（今属河北省）人。功曹：官名，即功曹参军，为府、州属官，掌考课、礼乐、学校等事。②河：指银河。③月舒波：月光向四面舒展。④声影：指人活动的声音和身影。⑤属（zhǔ）：劝酒。⑥洞庭：即洞庭湖。九疑：即苍梧山，在今湖南省宁远县南。⑦猩：指猩猩。鼯（wú）：指鼯鼠。⑧官所：贬官之所，这里指张署被贬之地临武。⑨药：此指蛊毒。⑩海气：指从海风吹来的潮气。湿蛰（zhé）：指潮湿。⑪州前：指州衙前。捶大鼓：唐代颁布大赦令时，都要击鼓千声，以集众。⑫嗣皇：指唐宪宗。继圣：指继承帝位。登：提拔重用。夔皋：指夔和皋陶（yáo），传说中虞舜时的贤臣。⑬大辟：指死刑。除死：免死。⑭迁者：指降职贬谪的人。流者：指被流放边远地区的人。⑮涤（dí）：洗涤。荡：冲洗。瑕、垢：指朝中弊政。⑯州家：指刺史。申名：指向上申报韩愈和张署的姓名，以便按赦令召回京城。使家：指观察使。抑：压制。⑰坎轲（kē）：喻仕途艰难困顿。荆蛮：指江陵（今属湖北省）。⑱判司：指唐时的州府诸曹参军。不堪：不值得。⑲捶楚：指鞭打。⑳同时流辈：指同时被贬谪的官员。上道：指上路回京。㉑天路：指进身朝廷之路。㉒殊科：指不同类。㉓多：指月亮最圆最亮。㉔他：别的，其他。㉕奈明何：怎么对得起明月。

49

七言古诗

谒衡岳庙遂宿岳寺题门楼①

韩愈

五岳祭秩皆三公②，四方环镇嵩当中③。

火维地荒足妖怪④，天假神柄专其雄⑤。

喷云泄雾藏半腹⑥，虽有绝顶谁能穷？

我来正逢秋雨节，阴气晦昧无清风④。

潜心默祷若有应⑧，岂非正直能感通？

须臾静扫众峰出，仰见突兀撑青空⑨。

紫盖连延接天柱，石廪腾掷堆祝融。⑩

森然魄动下马拜⑪，松柏一径趋灵宫⑫。

粉墙丹柱动光彩，鬼物图画填青红⑬。

升阶伛偻荐脯酒⑭，欲以菲薄明其衷⑮。

庙令老人识神意⑯，睢盱侦伺能鞠躬⑰。

手持杯珓导我掷⑱，云此最吉余难同⑲。

窜逐蛮荒幸不死⑳，衣食才足甘长终㉑。

侯王将相望久绝，神纵欲福难为功。

夜投佛寺上高阁，星月掩映云曈曚㉓。

猿鸣钟动不知曙，杲杲寒日生于东㉔。

【注释】

①谒：拜见。衡岳：指五岳中的南岳衡山。在今湖南省中部。
②五岳：指中岳嵩山、东岳泰山、南岳衡山、西岳华山、北岳恒山。
祭秩：祭祀的等级。三公：周代以太师、太傅、太保为三公，后代指
最尊贵的官位。③四方环镇：指东南西北四岳环镇四方。嵩当中：嵩

山居中。④火维：指南方，古代以五行中的火配南方，故名。足：指多，充满。⑤假：授予。柄：指权力。⑥半腹：指半山腰。⑦晦昧：指昏暗。⑧祷：指祈祷。⑨突兀：形容高耸突起的样子。⑩紫盖、天柱、石廪（lǐn）、祝融：均为衡山中高峰的名称。⑪森然：形容群峰威严可怕。⑫灵宫：这里指衡岳庙。⑬鬼物图画：指以神鬼故事为内容的壁画。⑭伛偻：指曲身，表示恭敬。荐：进献。脯：指肉干。⑮菲薄：指薄礼。衷：内心的真诚。⑯庙令：官职名，为唐时五岳庙中掌管祭祀之事的小官。⑰睢盱（suī xū）：仰头凝视的样子。⑱杯珓（jiào）：指古代一种占卜吉凶的工具，多用蚌壳或形似蚌壳的两片竹、木制成，掷地观其俯仰以定吉凶。⑲云：说，这里指庙令据卦象下判词。此：指诗人所掷卦象。余：指其他卦象。⑳窜逐蛮荒：指诗人被贬为阳山令。㉑甘：甘心。㉒福：指赐福。㉓瞳朦：形容隐微不明的样子。㉔杲（gǎo）杲：形容日色明亮。

石鼓歌①

韩愈

张生手持石鼓文②，劝我试作石鼓歌。

少陵无人谪仙死③，才薄将奈石鼓何。

周纲陵迟四海沸④，宣王愤起挥天戈⑤。

大开明堂受朝贺⑥，诸侯剑佩鸣相磨⑦。

蒐于岐阳骋雄俊⑧，万里禽兽皆遮罗⑨。

镌功勒成告万世⑩，凿石作鼓隳嵯峨⑪。

从臣才艺咸第一，拣选撰刻留山阿⑫。

雨淋日炙野火燎⑬，鬼物守护烦㧖呵⑭。

公从何处得纸本⑮，毫发尽备无差讹⑯。

辞严义密读难晓，字体不类隶与蝌⑰。

年深岂免有缺画，快剑斫断生蛟鼍⑱。

鸾翔凤翥众仙下⑲，珊瑚碧树交枝柯⑳。

金绳铁索锁钮壮㉑，古鼎跃水龙腾梭㉒。

陋儒编《诗》不收入㉓，二《雅》褊迫无委蛇㉔。

孔子西行不到秦㉕，掎摭星宿遗羲娥㉖。

嗟余好古生苦晚，对此涕泪双滂沱㉗。

忆昔初蒙博士征㉘，其年始改称元和㉙。

故人从军在右辅㉚，为我度量掘臼科㉛。

濯冠沐浴告祭酒㉜，如此至宝存岂多？

毡包席裹可立致㉝，十鼓只载数骆驼。

荐诸太庙比郜鼎㉞，光价岂止百倍过㉟？

圣恩若许留太学㊱，诸生讲解得切磋㊲。

观经鸿都尚填咽㊳，坐见举国来奔波。

剜苔剔藓露节角㊴，安置妥帖平不颇㊵。

大厦深檐与盖覆，经历久远期无佗㊶。

中朝大官老于事㊷，讵肯感激徒媕婀㊸。

牧童敲火牛砺角㊹，谁复着手为摩挲㊺。

日销月铄就埋没㊻，六年西顾空吟哦㊼。

羲之俗书趁姿媚㊽，数纸尚可博白鹅㊾。

继周八代争战罢㊿，无人收拾理则那(51)？

方今太平日无事，柄任儒术崇丘轲(52)。

安能以此上论列，愿借辩口如悬河。

石鼓之歌止于此，呜呼吾意其蹉跎(53)。

【注释】

①石鼓：我国古代的重要文物，共十个，每个上面用大篆刻着一首诗。②张生：指张彻。石鼓文：指石鼓所刻文字的拓本。③少陵：长安城中地名，杜甫曾住在这里，并以此为号。这里指杜甫。谪仙：李白曾被贺知章称为谪仙人，故此指李白。④周纲：指周朝的纲纪。陵迟：喻衰败不振。沸（fèi）：本指水涌起的样子，比喻社会动荡混乱。⑤宣王：即周宣王，西周国王，姓姬，名靖，周厉王之子。挥天戈：指调动朝廷军队进行征讨。⑥明堂：指古代天子处理朝政之所。⑦诸侯：指天子分封的列国国君。⑧蒐（sōu）：指打猎。岐阳：指岐山南坡。岐山在今陕西省岐山县北。⑨遮罗：即张网捕捉的意思。⑩镌（juān）功勒成：指在石上刻记功业成就。⑪隳（huī）：毁坏。嵯（cuó）峨：形容山高峻，这里指高山。⑫撰（zhuàn）：撰写。山阿（ē）：山凹处。⑬炙（zhì）：烤。⑭挥（huī）呵：维护呵叱之意。⑮公：指张生。纸本：指石鼓文拓本。⑯讹（é）：指错误。⑰隶：隶书。蝌：蝌蚪文，又叫蝌蚪篆，书法体的一种，头粗尾细，形似蝌蚪。⑱斫：即砍。蛟鼍（tuó）：指蛟龙。⑲翥（zhù）：飞。鸾翔凤翥：形容龙飞凤舞。⑳珊瑚：即珊瑚树。碧树：碧玉之树。柯：树枝。㉑金绳铁索：喻笔画道劲有力。㉒腾梭：如梭飞腾。㉓陋儒：指浅陋寡闻的儒生。诗：即《诗经》。㉔二雅：《诗经》中的大雅和小雅。褊（biǎn）迫：形容狭窄。委蛇（tuó）：形容庄严而从容的样子。㉕秦：古秦国所在地，指今陕西省。石鼓文出自此地。㉖掎摭（jǐ zhí）：指采取。羲娥：指太阳和月亮。在神话传说中，羲和是为太阳驾车的神，嫦娥是月中仙女。㉗双：即双眼。滂沱：下大雨的样子，这里指流泪。㉘博士：指国子监博士，为当时最高学府的教授。㉙元和：唐宪宗的年号（806～820年）。㉚故人：即朋友。右辅：汉代以京兆尹、左冯翊、右扶风为京城三辅。唐承汉制，唐时指凤翔府。㉛度量：谋划。白科：指石鼓埋藏的坑穴。㉜濯（zhuó）：洗。沐：洗头。浴：洗澡。祭酒：唐最高学府国子监的主管官。㉝立致：指马上办到。㉞荐：进献。太庙：帝王的祖庙。郜鼎：春秋时郜国（在今山东省成武县）制的大鼎。这里以郜鼎喻石鼓。㉟光价：文物价值。㊱圣恩：皇帝恩德。太学：古代的大学，唐代属国子监。㊲

诸生：指国子监的学生。㊳经：指汉灵帝时刻的熹平石经。鸿都：东汉时汉灵帝设立的皇家藏书馆。填咽：指拥堵。㊴节角：指文字的棱角。㊵颇：偏斜。㊶佗（tuō）：义同"他"，指意外的损坏。㊷老：老练、圆滑。㊸讵（jù）：岂。感激：感动奋发。徒：仅是。媕婀（ān ē）：模棱两可，无主见。㊹砺：磨。㊺着手：用手。摩挲（suō）：抚弄玩赏。㊻销、铄（shuò）：熔化。引申为毁坏。㊼六年：指诗人在元和元年就提出将石鼓运到太学的建议，如今已有六年。吟哦：吟咏诗歌，这里是叨念之意。㊽羲之：东晋大书法家王羲之。趁：追逐。㊾博：指换取。㊿八代：指周亡后到唐以前的各个朝代，八是约数。51则那（nuó）：又奈何。52柄任儒术：重用儒士。丘：指孔子。轲：指孟子。53蹉跎（cuō tuó）：落空，实现不了。

渔翁①

柳宗元

渔翁夜傍西岩宿②，晓汲清湘燃楚竹③。

烟销日出不见人④，欸乃一声山水绿⑤。

回看天际下中流⑥，岩上无心云相逐⑦。

【注释】

①渔翁：即捕鱼老人。②傍（bàng）：依傍，靠着。③汲：从低处提取水。湘：指湘江水。楚竹：楚地之竹。④销：通"消"，消散。⑤欸（ǎi）乃：指摇桨声，也指当时民间渔歌《欸乃曲》。⑥下中流：从中流漂下。⑦岩：指西岩。无心云相逐：指任意飘荡的云。

长恨歌

白居易

汉皇重色思倾国①，御宇多年求不得②。

杨家有女初长成③，养在深闺人未识④。

天生丽质难自弃，一朝选在君王侧。

回眸一笑百媚生⑤，六宫粉黛无颜色⑥。

春寒赐浴华清池⑦，温泉水滑洗凝脂⑧。

侍儿扶起娇无力，始是新承恩泽时。

云鬓花颜金步摇⑨，芙蓉帐暖度春宵⑩。

春宵苦短日高起，从此君王不早朝。

承欢侍宴无闲暇，春从春游夜专夜⑪。

后宫佳丽三千人，三千宠爱在一身。

金屋妆成娇侍夜⑫，玉楼宴罢醉和春⑬。

姊妹弟兄皆列土⑭，可怜光彩生门户⑮。

遂令天下父母心，不重生男重生女。

骊宫高处入青云⑯，仙乐风飘处处闻。

缓歌慢舞凝丝竹⑰，尽日君王看不足。

渔阳鼙鼓动地来⑱，惊破《霓裳羽衣曲》⑲。

九重城阙烟尘生⑳，千乘万骑西南行㉑。

翠华摇摇行复止㉒，西出都门百余里。

六军不发无奈何㉓，宛转蛾眉马前死㉔。

花钿委地无人收，翠翘金雀玉搔头㉕。

君王掩面救不得，回看血泪相和流。

七言古诗

黄埃散漫风萧索，云栈萦纡登剑阁㉖。
峨嵋山下少人行㉗，旌旗无光日色薄㉘。
蜀江水碧蜀山青，圣主朝朝暮暮情。
行宫见月伤心色㉙，夜雨闻铃肠断声㉚。
天旋地转回龙驭㉛，到此踌躇不能去㉜。
马嵬坡下泥土中㉝，不见玉颜空死处。
君臣相顾尽沾衣，东望都门信马归㉞。
归来池苑皆依旧㉟，太液芙蓉未央柳㊱。
芙蓉如面柳如眉，对此如何不泪垂？
春风桃李花开日，秋雨梧桐叶落时。
西宫南内多秋草㊲，落叶满阶红不扫。
梨园弟子白发新㊳，椒房阿监青娥老㊴。
夕殿萤飞思悄然㊵，孤灯挑尽未成眠。
迟迟钟鼓初长夜㊶，耿耿星河欲曙天㊷。
鸳鸯瓦冷霜华重㊸，翡翠衾寒谁与共㊹。
悠悠生死别经年，魂魄不曾来入梦。
临邛道士鸿都客㊺，能以精诚致魂魄㊻。
为感君王辗转思㊼，遂教方士殷勤觅㊽。
排云驭气奔如电㊾，升天入地求之遍。
上穷碧落下黄泉㊿，两处茫茫皆不见。
忽闻海上有仙山，山在虚无缥缈间(51)。
楼阁玲珑五云起(52)，其中绰约多仙子(53)。
中有一人字太真(54)，雪肤花貌参差是(55)。

金阙西厢叩玉扃⑤⑥，转教小玉报双成⑤⑦。

闻道汉家天子使，九华帐里梦魂惊⑤⑧。

揽衣推枕起徘徊，珠箔银屏迤逦开⑤⑨。

云鬓半偏新睡觉⑥⓪，花冠不整下堂来。

风吹仙袂飘飘举⑥①，犹似《霓裳羽衣舞》。

玉容寂寞泪阑干⑥②，梨花一枝春带雨。

含情凝睇谢君王⑥③，一别音容两渺茫。

昭阳殿里恩爱绝⑥④，蓬莱宫中日月长⑥⑤。

回头下望人寰处⑥⑥，不见长安见尘雾。

惟将旧物表深情，钿合金钗寄将去⑥⑦。

钗留一股合一扇，钗擘黄金合分钿⑥⑧。

但教心似金钿坚，天上人间会相见。

临别殷勤重寄词，词中有誓两心知。

七月七日长生殿⑥⑨，夜半无人私语时。

在天愿作比翼鸟⑦⓪，在地愿为连理枝⑦①。

天长地久有时尽，此恨绵绵无绝期⑦②。

【注释】

①汉皇：指唐玄宗。色：女色。倾国：本意为美人美色倾动全国，此做美女的代称。②御宇：治理天下。③杨家有女：即杨玉环。④闺：女子的卧室。⑤眸：眼珠。媚：美好。⑥六宫粉黛：指宫中所有嫔妃。无颜色：相形失色。⑦华清池：在今陕西省西安市临潼区南的骊山之上。⑧凝脂：比喻白嫩细腻的皮肤。⑨云鬓：乌云般的鬓发。金步摇：一种缀有垂珠的金钗，行走时摇摆。⑩芙蓉帐：指绣有并蒂荷花的帷帐。⑪专夜（yà）：指独得夜宠。⑫金屋：指为宠妃专

修的豪华宫室。⑬玉楼：指精美的楼阁。⑭列土：即分封，天子把部分土地连同爵位分封给贵族或功臣。⑮可怜：形容可喜可美。⑯骊宫：即骊山上的华清宫。⑰凝：指乐音徐缓，好像凝滞似的。⑱渔阳鼙（pí）鼓：指天宝十四年（755年），安禄山在范阳起兵反唐之事。⑲霓裳羽衣曲》：唐代舞曲名，传自西域，李隆基曾亲自润色并制作歌词。⑳九重城阙：指京城长安。㉑乘（shèng）：指车辆。骑（jì）：马匹。㉒翠华：指皇帝出行时的仪仗。㉓六军：这里指皇帝的卫军。不发：不肯前进。㉔宛转：形容美人临死前哀怨缠绵的样子。蛾眉：美女细长的眉毛，借指杨贵妃。㉕花钿（diàn）：镶嵌金花的一种头饰。委地：丢弃在地上。翠翘、金雀：两种样子不同的首饰名。玉搔头：即玉簪。这句写杨贵妃死后，首饰委弃满地。㉖云栈（zhàn）：指高入云中的栈道。萦纡：指迂回曲折。剑阁：即剑门关，在今四川省剑阁县东北。㉗峨嵋山：在今四川省峨眉县。㉘薄：暗淡。㉙行宫：皇帝出行在外临时所住宫殿。㉚铃：指栈道铁索上系的铃铛。㉛天旋地转：喻局势大变。指唐肃宗至德二载（757年）唐官军收复长安。龙驭：指皇帝车驾。㉜踌躇（chóu chú）：徘徊不前。㉝马嵬（wéi）坡：在今陕西省兴平市西。㉞信：听任。㉟苑（yuàn）：帝王游乐的园林。㊱太液：即太液池，唐时在大明宫北。芙蓉：荷花。未央：汉宫名，此借指唐宫。㊲西宫：太极宫。南内：即南宫，指兴庆宫。皇宫统称"大内"。㊳梨园：唐玄宗时宫内教习歌舞的地方。学习者称梨园弟子。㊴椒房：后妃住的房子。用椒和泥涂墙壁，香而且暖。阿监：宫中女官。青蛾：青春美貌。㊵悄然：兴味索然。㊶钟鼓：指晚上报时的钟鼓声。初长夜：开始转长的黑夜。指秋夜。㊷耿耿：微明的样子。河：银河。曙：破晓。㊸鸳鸯瓦：俯仰相合的瓦。霜华：霜的美称。㊹翡翠：鸟名，羽毛很美丽。衾（qīn）：被子。㊺临邛（qióng）：今四川省邛崃市。鸿都客：指唐翰林院供奉，即以各种文艺、技艺供奉内廷的人。鸿都，东汉京城宫门名，为皇家藏书之处。㊻致：招致，引来。㊼辗转：翻来覆去不能入睡。㊽方士：方术之士，即迷信所谓有法术的人。㊾排空：以手掌推击空中。驭气：驾驭长风。㊿碧落：指所谓天界。黄泉：地下见泉水处。指所谓阴间。(51)缥缈：隐隐约约若有若无的样子。(52)玲珑：奇巧精美。五云：五彩祥云。㊼绰（chuò）约：姿态柔美貌。仙子：仙女。㊼太真：杨玉环初入宫为女道士时，法号太真。㊼参差（cēn cī）：仿佛，近似。㊼厢：正堂两边的房子。扃（jiōng）：门。㊼小玉、双成：都是杨玉环在仙府的侍女。小玉，传说原为吴王夫差女；双成，董双成，传说原为西王母侍女。㊼九华帐：极华丽的床帐。㊼箔（bó）：帘子。迤逦（yǐ lǐ）：连续不断的样子。⑥睡觉：睡醒。⑥袂（mèi）：衣袖。⑥寂寞：黯淡忧伤的样子。阑干：纵横布满的样子。⑥凝睇（dì）：凝视。⑥昭阳殿：本指汉代宫殿，这里借指杨玉环生前住的宫殿。⑥蓬莱宫：指东海蓬莱山的仙宫。蓬莱山是传说东海三神山之一。⑥人寰：人间。⑥钿合：镶嵌金玉的盒子。合，通"盒"。钗（chāi）：妇女首饰，两股合成。⑥擘（bò）：分。⑥长生殿：在华清宫，为祭神殿堂。⑦比翼鸟：又名鹣鹣，据说这种鸟飞行起来一定雌雄并排，不单独飞，也不分前后。比，并。⑦连理：两树枝干连接在一起。枝：指树。⑦恨：指荒淫误国导致爱情悲剧的憾恨。绵绵：连绵不断的样子。

琵琶行①并序

白居易

元和十年②，余左迁九江郡司马③。明年秋，送客湓浦口④，闻舟中夜弹琵琶者。听其音，铮铮然有京都声⑤。问其人，本长安倡女⑥，尝学琵琶于穆、曹二善才⑦，年长色衰，委身为贾人妇⑧。遂命酒使快弹数曲。曲罢悯然⑨，自叙少小时欢乐事，今漂沦憔悴，转徙于江湖间。余出官二年，恬然自安⑩，感斯人言⑪，是夕始觉有迁谪意⑫。因为长歌以赠之⑬，凡六百一十二言⑭。命曰《琵琶行》。

浔阳江头夜送客⑮，枫叶荻花秋瑟瑟⑯。
主人下马客在船，举酒欲饮无管弦⑰。

七言古诗

醉不成欢惨将别，别时茫茫江浸月。

忽闻水上琵琶声，主人忘归客不发。

寻声暗问弹者谁，琵琶声停欲语迟⑱。

移船相近邀相见，添酒回灯重开宴⑲。

千呼万唤始出来，犹抱琵琶半遮面。

转轴拨弦三两声⑳，未成曲调先有情。

弦弦掩抑声声思㉑，似诉生平不得志㉒。

低眉信手续续弹㉓，说尽心中无限事。

轻拢慢捻抹复挑㉔，初为《霓裳》后《六幺》㉕。

大弦嘈嘈如急雨，小弦切切如私语。㉖

嘈嘈切切错杂弹，大珠小珠落玉盘。

间关莺语花底滑㉗，幽咽流泉冰下难㉘。

水泉冷涩弦凝绝㉙，凝绝不通声渐歇。

别有幽愁暗恨生㉚，此时无声胜有声。

银瓶乍破水浆迸㉛，铁骑突出刀枪鸣㉜。

曲终收拨当心画㉝，四弦一声如裂帛㉞。

东船西舫悄无言㉟，唯见江心秋月白。

沉吟放拨插弦中㊱，整顿衣裳起敛容㊲。

自言本是京城女，家在虾蟆陵下住㊳。

十三学得琵琶成，名属教坊第一部㊴。

曲罢常教善才服，妆成每被秋娘妒㊵。

五陵年少争缠头㊶，一曲红绡不知数㊷。

钿头银篦击节碎㊸，血色罗裙翻酒污。

今年欢笑复明年，秋月春风等闲度㊹。
弟走从军阿姨死㊺，暮去朝来颜色故㊻。
门前冷落车马稀，老大嫁作商人妇。
商人重利轻别离，前月浮梁买茶去㊼。
去来江口守空船，绕船明月江水寒。
夜深忽梦少年事，梦啼妆泪红阑干㊽。
我闻琵琶已叹息，又闻此语重唧唧㊾。
同是天涯沦落人㊿，相逢何必曾相识。
我从去年辞帝京，谪居卧病浔阳城。
浔阳地僻无音乐，终岁不闻丝竹声(51)。
住近湓江地低湿(52)，黄芦苦竹绕宅生(53)。
其间旦暮闻何物，杜鹃啼血猿哀鸣(54)。
春江花朝秋月夜，往往取酒还独倾(55)。
岂无山歌与村笛，呕哑嘲哳难为听(56)。
今夜闻君琵琶语，如听仙乐耳暂明。
莫辞更坐弹一曲，为君翻作《琵琶行》(57)。
感我此言良久立(58)，却坐促弦弦转急(59)。
凄凄不似向前声(60)，满座重闻皆掩泣(61)。
座中泣下谁最多，江州司马青衫湿(62)。

【注释】

①此诗又题作《琵琶引》。引：也是古代诗体名称。以“引”命题的诗，具有叙述事情本末原委的特点。②元和十年：即公元815年。③左迁：即贬官。九江郡：指诗中所指的江州、浔阳，治所在今

江西省九江市。司马：古代官名，州刺史的副职，后成为安置被贬官员的常用职位。④湓浦口：湓水入长江处。⑤铮铮然：形容乐声铿锵洪亮。⑥倡女：以音乐歌舞为业的乐伎。⑦善才：唐人对琵琶师的称呼。⑧委身：托付自身。贾（gǔ）人：商人。⑨悯（mǐn）然：形容忧郁伤感。⑩恬然：平静悠闲的样子。⑪斯人：此人。⑫迁谪（zhé）意：被贬官的心情。⑬为：写作。⑭六百一十二言：实际上有六百一十六个字。⑮浔阳江：指长江流经当时浔阳县的一段。江头：江边。⑯荻（dí）花：一种水边生草本植物，形状像芦苇。瑟瑟：风吹枫叶、荻花的声音。⑰管弦：管乐和弦乐，泛指音乐演奏。⑱迟：迟疑不决的样子。⑲回灯：指重新掌灯。⑳轴：琵琶上端系弦的转轴，一轴系一弦，可转动调整松紧。㉑掩抑：指琵琶声压抑低沉。㉒生平：平素，往常。不得志：志愿不能实现。㉓信手：随手。续续：连续不断。㉔拢、捻、抹、挑：指四种弹琵琶的基本指法。㉕霓裳：即《霓裳羽衣曲》。六幺：又名《绿腰》《录要》《乐世》，是当时京城流行的舞曲。㉖大弦、小弦：琵琶多为四弦，弦有粗细之分。大弦是最粗的弦，小弦是最细的弦。嘈嘈：形容声音厚重。切切：形容声音细碎。㉗间关：形容鸟鸣声。㉘幽咽（yè）：形容声音低沉艰涩，若断若续。冰下难：用泉流冰下受阻难通形容乐声由流畅变为冷涩。㉙凝：凝滞，停顿。㉚幽愁：深隐的愁苦。㉛乍破：突然破裂。㉜铁骑（jì）：铁甲骑兵。突出：突然冲到阵前。㉝拨：指弹琵琶用的拨子。当心画：指扫过几根弦，以示结束。㉞裂帛（bó）：形容丝绸撕裂的声音。㉟舫：指小船。㊱沉吟：指犹豫不决的样子。㊲敛容：指琵琶女收敛面部表情，显出庄重有礼貌的神情。㊳虾蟆陵：即下马陵，是唐代歌馆酒楼集中之地。㊴教坊：唐代官办教习音乐歌舞的机构。㊵秋娘：唐代歌舞伎的统称，泛指漂亮的歌舞伎。㊶五陵年少：泛指豪门子弟。争缠头：争着赠缠头彩。当时上层社会习俗，歌舞完毕，观赏者以贵重丝织品赠歌舞伎，叫"缠头彩"。㊷绡：薄纱。㊸钿头银篦：指两头镶嵌着金玉宝石的银篦子。击节：打拍子。㊹等闲：轻易，随便。㊺阿姨：指鸨母。㊻故：旧，引申为衰老。㊼浮梁：今属江西省，在景德镇市北，为当时重要的茶叶集散地。㊽妆泪：和着化妆胭脂的泪水。阑干：形容纵横分布的样子。㊾唧唧：指叹息声。(50)沦落：沉沦漂泊。(51)丝竹：指弦乐和管乐。(52)湓江：指湓水，流经九江，北入长江。(53)黄芦：即芦苇。苦竹：竹子的一种，其笋味苦。(54)杜鹃：鸟名，即子规，鸣声悲切，传说啼叫时嘴边流血。(55)独倾：独自倒酒喝。(56)呕哑：形容乐声杂乱。嘲哳（zhāo zhā）：形容声音繁杂而细碎。(57)翻作：本指按照曲调写作歌词，这里指将其技艺和身世写成诗。(58)良久：很久。(59)却坐：退回坐下。促弦：上紧弦，指把音调定得高一些。(60)向前：刚才。(61)掩泣：掩面哭泣。(62)青衫：黑色衣衫。唐代官员最低品级穿黑色。

韩碑①

李商隐

元和天子神武姿②，彼何人哉轩与羲③。
誓将上雪列圣耻④，坐法宫中朝四夷⑤。
淮西有贼五十载，封狼生貙貙生罴⑥。
不据山河据平地，长戈利矛日可麾⑦。
帝得圣相相曰度⑧，贼斫不死神扶持。
腰悬相印作都统⑨，阴风惨淡天王旗。
愬武古通作牙爪⑩，仪曹外郎载笔随。
行军司马智且勇⑪，十四万众犹虎貔⑫。
入蔡缚贼献太庙，功无与让恩不訾⑬。
帝曰汝度功第一，汝从事愈宜为辞⑭。
愈拜稽首蹈且舞：金石刻画臣能为。
古者世称大手笔⑮，此事不系于职司。
当仁自古有不让。言讫屡颔天子颐⑯。
公退斋戒坐小阁，濡染大笔何淋漓。

点窜《尧典》《舜典》字⑰，涂改《清庙》《生民》诗⑱。

文成破体书在纸⑲，清晨再拜铺丹墀⑳。

表曰臣愈昧死上，咏神圣功书之碑。

碑高三丈字如斗，负以灵鳌蟠以螭。

句奇语重喻者少㉑，谗以天子言其私。

长绳百尺拽碑倒，粗砂大石相磨治。

公之斯文若元气，先时已入人肝脾。

汤盘孔鼎有述作㉒，今无其器存其辞。

呜呼圣王及圣相，相与炬赫流淳熙㉓。

公之斯文不示后，曷与三五相攀追？

愿书万本诵万遍，口角流沫右手胝㉔。

传之七十有二代，以为封禅玉检明堂基㉕。

【注释】

①韩碑：指韩愈撰写的《平淮西碑》。②元和天子：指唐宪宗。"元和"是他的年号。③轩与羲：轩指轩辕氏黄帝。羲指伏羲氏。这里泛指三皇五帝。④法宫：帝王处理政事的宫殿。⑤封狼：大狼。貙（chū）、罴（pí）：皆为猛兽，用来比喻武臣的残暴又是代代相承的。⑥"淮西"句：淮西地区，从唐代宗宝应元年（762年）起，就被分裂叛乱分子盘踞，到唐宪宗元和十二年，已五十多年。⑦日可麾：用鲁阳公与韩相争以戈挥日的典故。这里用来比喻反叛作乱。麾，通"挥"。⑧度：指裴度。⑨都统：指讨伐藩镇的军事首领。⑩愬（sù）：指邓随节度使。武：指淮西都统韩弘之子韩公武。古：指鄂岳观察使李道古。通：指寿州团练使李文通。这四人都是裴度的部将。⑪行军司马：指韩愈。⑫貔（pí）：貔貅，传说中的猛兽。⑬訾（zī）：估量的意思。⑭从事：州郡长官的幕僚都称从事。宜为辞：应该写文章，指韩愈奉诏撰《平淮西碑》。⑮大手笔：指朝廷重

要的诏令文书，也可代指著名的作家。⑯屡颔天子颐：天子频频点头。⑰点窜：运用的意思。尧典、舜典：都是《尚书》中的名篇。⑱涂改：运用的意思。清庙、生民：都是《诗经》篇名。⑲破体：行书的一种。⑳丹墀（chí）：皇宫内涂红漆的台阶。㉑喻者：读懂碑文的人。㉒汤盘：传说为商汤沐浴用的盘子。孔鼎：指孔子祖先正考父的鼎。述作：指盘、鼎上都刻有文字。㉓烜（xuān）赫：形容声名显耀。淳熙：耀眼的光辉。㉔胝（zhī）：即老茧，这里用作动词，起老茧。㉕封禅：古代帝王称扬功业的祭祀仪式。玉检：封禅书的封套。明堂：古代天子接见诸侯、举行祭祀的殿堂。

燕歌行并序

高适

开元二十六年，客有从元戎出塞而还者，作《燕歌行》以示适①。感征戍之事，因而和焉。

汉家烟尘在东北②，汉将辞家破残贼。

男儿本自重横行，天子非常赐颜色。

摐金伐鼓下榆关③，旌旆逶迤碣石间。

校尉羽书飞瀚海④，单于猎火照狼山。

山川萧条极边土，胡骑凭陵杂风雨。

战士军前半死生⑤，美人帐下犹歌舞。

大漠穷秋塞草衰，孤城落日斗兵稀。

身当恩遇常轻敌，力尽关山未解围。

铁衣远戍辛勤久，玉箸应啼别离后⑥。

少妇城南欲断肠⑦，征人蓟北空回首⑧。

边风飘飘那可度，绝域苍茫更何有？

杀气三时作阵云，寒声一夜传刁斗⑨。

相看白刃血纷纷，死节从来岂顾勋？

君不见沙场争战苦，至今犹忆李将军⑩。

【注释】

①示适：给我看。古人自称往往用本名。②汉家：即汉朝，借指唐朝。烟尘，指报警的烽烟。③拟（chuāng）：通"撞"，敲击。榆关：即今山海关。④羽书：紧急军书。插鸟羽表示急速传递。猎火：打猎时点燃的火堆。古时北方游牧民族，南下寇掠之前，往往先举行大规模会猎，进行演习，然后伺机进攻。⑤半死生：半死半生，伤亡惨重。⑥玉箸：白玉做的筷子。喻妇女的眼泪。⑦城南：长安城南部。当时长安城北部为宫廷区，南部为居民区，因此"城南"指将士们的家乡。⑧蓟（jì）北：唐蓟州（治所在今天津市蓟州区）北部，泛指当时东北地区。回首：回顾家乡。⑨刁斗：古代军中夜里巡逻打更用的铜器，还可以当锅用。⑩李将军：指战国末年赵将李牧。李牧长期防守赵国北边，善待士卒，守边有方，曾大破入侵的匈奴军队，使匈奴十多年不敢接近赵国边境。也有人认为指汉代的李广。李广也是守边名将，但其谋略和战绩，远不及李牧。

古从军行①

李颀

白日登山望烽火②，黄昏饮马傍交河③。

行人刁斗风沙暗④，公主琵琶幽怨多⑤。

野营万里无城郭⑥，雨雪纷纷连大漠。

胡雁哀鸣夜夜飞⑦，胡儿眼泪双双落⑧。

闻道玉门犹被遮⑨，应将性命逐轻车⑩。

醉美唐诗·桃花依旧笑春风

年年战骨埋荒外⑪，空见蒲萄入汉家⑫。

【注释】

①从军行：乐府诗旧题。旧作多写从军征战之事，但旨趣有很大差别。②烽火：古时边境报警的信号。③交河：故城遗址在今新疆维吾尔自治区吐鲁番市西北。河水分流绕城下，因称交河。④行人：指出征将士。刁斗：古时军中巡逻打更用的铜器，也可以当锅用。⑤公主琵琶：汉武帝时，将宗室女刘细君作为公主嫁西域乌孙国王，路上使人在马上弹琵琶以慰其思乡之情。这里借指行军时所弹琵琶。幽怨：深沉的怨恨。⑥郭：外城。⑦胡雁：在边境少数民族地区飞的大雁。⑧胡儿：指与唐王朝交战的少数民族的青少年。⑨玉门：玉门关，在今甘肃省敦煌市西，为古代中原通西域要道。遮：阻拦。汉武帝时，命李广利率兵攻西域大宛国，到大宛贰师城取良马，因封李广利为贰师将军。作战多年，死伤过多。李广利上书请求罢兵回国。汉武帝大怒，派使者阻遮玉门关，宣称："军有敢入，斩之！"这个典故表明，朝廷不顾将士死活，坚持扩张战争。⑩轻车：指轻车将军，汉代将军一种名号。这里泛指军中统帅。⑪荒外：边远荒僻地区。⑫蒲萄：即葡萄。原产西域，汉武帝时由使者从大宛带回种子，种在离宫四周。

洛阳女儿行①

王维

洛阳女儿对门居，才可容颜十五余②。

良人玉勒乘骢马③，侍女金盘脍鲤鱼④。

画阁珠楼尽相望⑤，红桃绿柳垂檐向⑥。

罗帷送上七香车⑦，宝扇迎归九华帐⑧。

狂夫富贵在青春⑨，意气骄奢剧季伦⑩。

自怜碧玉亲教舞⑪，不惜珊瑚持与人⑫。

春窗曙灭九微火⑬，九微片片飞花琐⑭。

戏罢曾无理曲时⑮，妆成只是熏香坐⑯。

城中相识尽繁华⑰，日夜经过赵李家⑱。

谁怜越女颜如玉⑲，贫贱江头自浣纱⑳。

【注释】

①行：古诗一种诗歌体制的名称。②才可：恰好。③良人：古代女子对丈夫的尊称。勒：带嚼口的马笼头。骢（cōng）马：指青白色的马，即今菊花青马。④脍：切细的鱼肉。⑤相望：相对。⑥向：近。⑦罗帏：用罗纱做成的帷帐。七香车：用七种香木精制的车子。⑧宝扇：遮蔽用的珍贵羽扇。九华帐：形容极其华丽的床帐。⑨狂夫：指放纵的夫婿。⑩剧：超过。季伦：即西晋石崇，其人骄奢残忍，曾与皇亲王恺斗富。⑪怜：爱。碧玉：古乐府《碧玉歌》中的女主人公。歌词道："碧玉小家女，不敢攀贵德。"这里指"洛阳女儿"。⑫珊瑚：化用石崇、王恺的故事。王恺将皇帝给他的二尺多高的珊瑚树搬出来向石崇炫耀，石崇用铁如意将其击碎，搬出六七棵自家三四尺高的珊瑚树作为赔偿，使王恺怅然失色。人：这里指洛阳女儿的亲人。⑬曙：破晓，日出。九微：古代一种高雅精美的灯具。⑭九微片片：指灯花。花琐（suǒ）：指雕花窗格。⑮戏：嬉戏作乐。理：温习，练习。⑯熏香：把香料放在熏炉里燃烧，使之散发香气。⑰繁华：指富贵人家。⑱赵李家：指赵飞燕、李平二家的亲属。赵曾为汉成帝皇后，李曾为婕妤（宫妃称号），备受宠幸。这里借指达官贵戚之家。⑲越女：指西施。⑳江头：即江边。浣（huàn）：洗涤。

醉美唐诗·桃花依旧笑春风

老将行①

王维

少年十五二十时，步行夺得胡马骑②。

射杀山中白额虎③，肯数邺下黄须儿④？

一身转战三千里，一剑曾当百万师。

汉兵奋迅如霹雳，虏骑奔腾畏蒺藜⑤。

卫青不败由天幸⑥，李广无功缘数奇⑦。

自从弃置便衰朽⑧，世事蹉跎成白首⑨。

昔时飞箭无全目⑩，今日垂杨生左肘⑪。

路傍时卖故侯瓜⑫，门前学种先生柳⑬。

苍茫古木连穷巷，寥落寒山对虚牖⑭。

誓令疏勒出飞泉⑮，不似颍川空使酒⑯。

贺兰山下阵如云⑰，羽檄交驰日夕闻⑱。

节使三河募年少⑲，诏书五道出将军⑳。

试拂铁衣如雪色㉑，聊持宝剑动星文㉒。

愿得燕弓射大将㉓，耻令越甲鸣吾君㉔。

莫嫌旧日云中守㉕，犹堪一战立功勋㉖。

【注释】

①行：古代诗歌体制名称。②胡马：指匈奴人的马。③白额虎：传说为虎中最凶猛的一种。《晋书·周处转》中记载有周处年轻时入南山杀白额虎，为民除害。④肯数：岂让。邺下：古代地名，在今河北省临漳县西南。黄须儿：指曹操的次子曹彰，勇武善战，因胡须是黄色的，得名"黄须儿"。⑤虏骑：入侵者的骑兵。蒺藜：一种草本植物，铺地而生，果实略呈小球形，有坚刺。这里指用铁做成的形状

像蒺藜果实的一种武器，俗称"铁蒺藜"，铺在路上，使敌人难以行进。⑥卫青：西汉名将，汉武帝皇后卫子夫的弟弟，征伐匈奴有功而拜大将军。这里借指皇帝的亲信将领。天幸：暗指皇帝的偏爱和特殊照顾。⑦李广：与卫青同时的西汉名将，屡立战功，却没有得到封赏。数奇（jī）：指命运不好。⑧弃置：指抛弃不用。⑨蹉跎：指虚度岁月。⑩飞箭无全目：喻射技精强。古代传说，后羿善射，有一次与吴贺北游时，贺让他射雀之左眼，结果误中右眼，后羿很惭愧。但后羿射术确实高超。后来"无全目"便用来比喻射术精湛。⑪垂杨：即垂杨柳，古籍中有借"柳"代"瘤"的用法，故借指肉瘤。⑫傍：同"旁"。故侯瓜：化用汉初召（shào）平的故事。召平，本为秦朝封的东陵侯，秦亡后成了平民，在长安城东种瓜以自养，人称其瓜为"东陵瓜"。⑬先生柳：化用东晋陶渊明故事。陶辞官归隐后，因宅旁有五棵柳树，自号"五柳先生"。⑭虚牖（yǒu）：指敞开的、没有遮挡的窗户。⑮"誓令"句：化用东汉耿恭故事。据《后汉书》记载：耿恭伐匈奴，占据疏勒城（今新疆疏勒县）后，敌人断绝涧水，将士们得不到水喝，掘地十五丈不见水，于是耿恭虔诚祈祷，不久泉水涌出。匈奴惊以为神，引兵遁去。⑯"不似"句：化用西汉灌夫故事。灌夫是汉景帝时将军，颍川（今河南省禹州市）人，得势后经常喝酒骂人，得罪了丞相田蚡而被杀。⑰贺兰山：在今宁夏回族自治区。阵如云：指战阵密布。⑱羽檄（xí）：军用的加急文书。⑲节使：指使臣。因持节为凭，故称节使。三河：指汉代的河南、河东、河内三地。募年少：招募年轻人从军。⑳五道：即五路。出将军：指命将军出征。㉑铁衣：即盔甲。㉒聊：姑且。动星文：剑上的七星纹饰闪动。㉓燕弓：燕（古燕国）地产的弓，以坚劲著称。大将：指敌军大将。㉔"耻令"句：化用战国初年齐国雍国子狄故事。据《说苑·立节》记载：越国军队攻到齐国，大将雍国子狄认为：越军的侵犯，惊动了自己的君主，是自己的耻辱，于是自刎而死。㉕云中守：指西汉名将魏尚。魏尚是汉文帝时名将，任云中郡（治所在今内蒙古自治区托克托县）太守，抚众有方，深得军心，匈奴不敢轻易侵犯。但因有一次上报军功，多报斩杀敌军六人，就被削职为民。冯唐在汉文帝面前说明原委后，持节赦免了魏尚。㉖堪：可以，能够。

桃源行①

王维

渔舟逐水爱山春②，两岸桃花夹古津③。

坐看红树不知远④，行尽青溪忽值人⑤。

山口潜行始隈隩⑥，山开旷望旋平陆⑦。

遥看一处攒云树⑧，近入千家散花竹。

樵客初传汉姓名⑨，居人未改秦衣服。

居人共住武陵源⑩，还从物外起田园⑪。

月明松下房栊静⑫，日出云中鸡犬喧。

惊闻俗客争来集，竞引还家问都邑⑬。

平明闾巷扫花开⑭，薄暮渔樵乘水入⑮。

初因避地去人间⑯，更问神仙遂不还。

峡里谁知有人事⑰，世中遥望空云山⑱。

不疑灵境难闻见⑲，尘心未尽思乡县⑳。

出洞无论隔山水㉑，辞家终拟长游衍㉒。

自谓经过旧不迷，安知峰壑今来变㉓。

当时只记入山深，青溪几度到云林㉔。

春来遍是桃花水㉕，不辨仙源何处寻。

【注释】

①桃源：即桃花源。②渔舟：捕鱼的船。逐水：顺溪水而行。
③津：这里指溪水。④坐：因。红树：指正开花的桃花林。⑤值人：
指遇人。⑥隈隩（wēi ào）：形容曲折深暗。⑦旷望：向四处远望。
旋：忽然。⑧攒：指聚集。⑨樵客：即樵夫，古代渔、樵常并称，这里指渔人。汉姓名：指汉朝的名字。⑩武陵源：即桃花源，武陵溪水的源头。⑪物外：指人世之外。⑫房栊：指房舍。⑬都邑：指都市，城镇。⑭平明：指天刚亮。闾巷：指村中小巷。⑮薄暮：傍晚。乘水：指乘船。⑯避地：避开战乱之地。去：离开。⑰峡里：即山间，这里指桃源山村。人事：世俗之事。⑱世中：指人世间。⑲灵境：指仙境。⑳尘心：指世俗之心。乡县：即家乡。㉑无论：不管，不问。㉒拟：打算，决定。游衍：即游乐。㉓壑：指山谷。㉔云林：指桃源山中。㉕桃花水：即桃花汛，春天桃花盛开时的雨水。

蜀道难①

李白

噫吁嚱②，危乎高哉，

蜀道之难难于上青天。

蚕丛及鱼凫③，开国何茫然。

尔来四万八千岁④，不与秦塞通人烟⑤。

西当太白有鸟道⑥，可以横绝峨嵋巅⑦。

地崩山摧壮士死⑧，然后天梯石栈相钩连⑨。

上有六龙回日之高标⑩，下有冲波逆折之回川。

黄鹤之飞尚不得过⑪，猿猱欲度愁攀援⑫。

青泥何盘盘⑬，百步九折萦岩峦。

扪参历井仰胁息⑭，以手抚膺坐长叹。

问君西游何时还⑮，畏途巉岩不可攀。

但见悲鸟号古木，雄飞雌从绕林间。

又闻子规啼夜月⑯，愁空山。

蜀道之难难于上青天，使人听此凋朱颜。

连峰去天不盈尺，枯松倒挂倚绝壁。

飞湍瀑流争喧豗⑰，砯崖转石万壑雷⑱。

其险也若此，嗟尔远道之人胡为乎来哉⑲。

剑阁峥嵘而崔嵬⑳，一夫当关，万夫莫开。

所守或非亲㉑，化为狼与豺㉒。

朝避猛虎，夕避长蛇；

磨牙吮血，杀人如麻。

锦城虽云乐㉓，不如早还家。

蜀道之难难于上青天，侧身西望长咨嗟㉔。

【注释】

①蜀道难：古乐府诗旧题。这首诗是诗人在长安时为送别友人入蜀而作。②噫吁嚱：三字都是惊叹词。③蚕丛及鱼凫：蚕丛、鱼凫都是远古蜀王名。④尔来：从那时以来。⑤秦塞：指秦地。秦国自古称为四塞之国。⑥太白：山名，在今陕西眉县东南。鸟道：鸟飞的通道，指高山缺口处。⑦横绝：飞越。⑧"地崩"句：相传秦惠王将五个美女嫁给蜀王，蜀王派五个力士去迎接。回到梓潼（在今四川剑阁之南）时，见一条大蛇钻进山洞。五位力士抓住蛇尾往外拉，结果山被拉倒了，五力士和美女都被压死，山也分为五岭。摧：毁坏。壮士：指五位力士。⑨天梯：指高险的山路。石栈：在山崖上凿石架木筑成的通道。⑩六龙：传说羲和每天赶着六条龙驾的车子，载着太阳神在空中行驶。回：回转。高标：指可以做一方标志的最高峰。⑪黄鹤：即黄鹄，善飞的大鸟。⑫猱（náo）：猿的一种，四肢敏捷，善攀缘。⑬青泥：青泥岭，在今陕西略阳境内。盘盘：曲折回旋。⑭参（shēn）、井：星宿名。春秋战国时期，人们将黄道带分为十二次，各有定名，每次以二到三个星宿为星官，分别配属于各诸侯国，称为分野。秦是井宿的分野，蜀是参宿的分野。仰胁息：仰着头，屏住呼吸。⑮西游：指入蜀。⑯子规：即杜鹃，相传为蜀国古望帝魂魄所

化，啼声哀怨动人。⑰喧豗（huī）：喧闹声。这里指急流和瀑布发出的巨大响声。⑱砯（pīng）：水冲击岩石发出的声音。这里用作动词，冲击的意思。⑲胡为：为什么。⑳剑阁：指四川剑阁县北的大剑山、小剑山，群峰如剑插天，十分险要。㉑或：倘若。匪亲：不是亲信。匪，同"非"。㉒狼与豺：比喻叛乱的人。㉓锦城：即锦官城，成都的别称。㉔咨嗟：叹息。

长相思①二首

李白

其一

长相思，在长安。

络纬秋啼金井阑②，微霜凄凄簟色寒③。

孤灯不明思欲绝，卷帷望月空长叹。

美人如花隔云端。

上有青冥之长天，下有渌水之波澜④。

天长地远魂飞苦，梦魂不到关山难。

长相思，摧心肝。

【注释】

①长相思：乐府诗旧题。此题旧作，多写男女缠绵相思之情。②络纬：一种昆虫，俗称纺织娘。金井阑：精致的井边栏杆。③簟（diàn）：竹席。④渌水：清澈的水。

其二

日色欲尽花含烟，月明如素愁不眠①。

赵瑟初停凤凰柱②，蜀琴欲奏鸳鸯弦③。

此曲有意无人传，愿随春风寄燕然④。

忆君迢迢隔青天，

昔时横波目，今作流泪泉。

不信妾肠断，归来看取明镜前。

【注释】

①素：白绢。②赵瑟：相传古时赵国人善于弹瑟，故称赵瑟。凤凰柱：刻成凤凰形状的瑟柱。③蜀琴：据说蜀中桐木适宜做琴，所以古诗中常把好琴称作蜀琴。④燕然：又名杭爱山，在今蒙古国中部。这里指丈夫征戍之地。

行路难①

李白

金樽清酒斗十千②，玉盘珍馐值万钱③。

停杯投箸不能食，拔剑四顾心茫然。

欲渡黄河冰塞川，将登太行雪满山④。

闲来垂钓碧溪上⑤，忽复乘舟梦日边⑥。

行路难，行路难。多歧路，今安在？

长风破浪会有时⑦，直挂云帆济沧海⑧。

【注释】

①行路难：乐府古题。李白以此为题写了三首诗，这里选的是第一首。②樽（zūn）：古代盛酒的器具。斗十千：一斗值十千钱（即万钱），形容酒美价贵。③珍馐：珍贵的菜肴。④太行：太行山，在山西、河南、河北三省交界处。⑤垂钓碧溪上：相传姜太公未遇周文

王时，曾在渭水的磻溪边垂钓。⑥乘舟梦日边：传说伊尹遇见商汤前，曾梦见乘舟经过日月边。这两句诗写诗人对从政仍有所期待。⑦长风破浪：比喻实现政治理想。南朝宋时宗悫年少时有大志，他叔父问他的志向，他回答说："愿乘长风破万里浪。"会：当，必定。⑧济：渡。

将进酒①

李白

君不见黄河之水天上来，

奔流到海不复回。

君不见高堂明镜悲白发，

朝如青丝暮成雪②。

人生得意须尽欢，莫使金樽空对月。

天生我材必有用，千金散尽还复来。

烹羊宰牛且为乐，会须一饮三百杯③。

岑夫子，丹丘生④，将进酒，杯莫停。

与君歌一曲，请君为我倾耳听。

钟鼓馔玉何足贵⑤，但愿长醉不愿醒。

古来圣贤皆寂寞，唯有饮者留其名。

陈王昔时宴平乐⑥，斗酒十千恣欢谑。

主人何为言少钱，径须沽取对君酌⑦。

五花马，千金裘⑧，

呼儿将出换美酒⑨，与尔同销万古愁。

【注释】

①将进酒：乐府诗旧题。将（qiāng），请。②青丝：黑发。③会须：应当。④岑夫子：即岑勋，南阳人。丹丘生：指元丹丘，当时的隐士。⑤钟鼓馔（zhuàn）玉：形容富贵豪华的生活。⑥陈王：即曹植，因封于陈（今河南淮阳一带），死后谥"思"，世称陈王或陈思王。平乐，观名，汉明帝所建，在洛阳西门外。这句和下句都出自曹植《名都篇》："归来宴平乐，美酒斗十千。"⑦沽取：买来。⑧五花马：指名贵的马。一说马毛为五色花纹，一说颈上毛修剪成五瓣。⑨将：拿。

兵车行

杜甫

车辚辚，马萧萧，行人弓箭各在腰。

爷娘妻子走相送①，尘埃不见咸阳桥②。

牵衣顿足拦道哭，哭声直上干云霄。

道旁过者问行人，行人但云点行频③。

或从十五北防河④，便至四十西营田⑤。

去时里正与裹头⑥，归来头白还戍边。

边庭流血成海水，武皇开边意未已⑦。

君不见汉家山东二百州⑧，千村万落生荆杞。

纵有健妇把锄犁，禾生陇亩无东西。

况复秦兵耐苦战⑨，被驱不异犬与鸡。

长者虽有问，役夫敢申恨？

且如今年冬，未休关西卒⑩。

县官急索租⑪，租税从何出？

信知生男恶，反是生女好。

生女犹得嫁比邻，生男埋没随百草。

君不见青海头，古来白骨无人收。

新鬼烦冤旧鬼哭，天阴雨湿声啾啾。

【注释】

①爷：父亲。②咸阳桥：在咸阳西南渭水上，秦汉时称"便桥"，为西行出长安的必经之路。③点行：按户籍依次点名，强行征调。④防河：亦称防秋，即调集军队守御河西，以防吐蕃于秋季侵犯骚扰。⑤营田：边防部队，平时垦荒种地，称营田。⑥里正：一里之长。唐时地方行政编制：一百户为一里，设里正一人，掌管户籍、赋役等事。与裹头：古时人以皂罗三尺裹头做头巾。因应征者年幼，所以里正代为装束。⑦武皇：指汉武帝刘彻。此隐喻唐玄宗。⑧山东：华山以东。二百州：唐在潼关以东设有二百一十七州。⑨秦兵：关中兵，关中为古秦地。⑩关西卒：函谷关以西的士兵，即秦兵。⑪县官：指朝廷。

丽人行

杜甫

三月三日天气新①，长安水边多丽人②。

态浓意远淑且真，肌理细腻骨肉匀。

绣罗衣裳照暮春，蹙金孔雀银麒麟。

头上何所有，翠微匎叶垂鬓唇③。

背后何所见，珠压腰衱稳称身④。

就中云幕椒房亲⑤，赐名大国虢与秦⑩。

紫驼之峰出翠釜⑥，水精之盘行素鳞。

犀箸厌饫久未下⑦，鸾刀缕切空纷纶。

黄门飞鞚不动尘，御厨络绎送八珍。

箫鼓哀吟感鬼神，宾从杂遝实要津。

后来鞍马何逡巡⑧，当轩下马入锦茵。

杨花雪落覆白蘋，青鸟飞去衔红巾。

炙手可热势绝伦，慎莫近前丞相嗔。

【注释】

①三月三日：这日为上巳日，古时人们到水边祭祀，求福除灾，称"修禊"。后演变为春日郊游的一个节日。②长安水边：这里指曲江，在长安城东南，为唐时京都人们的游赏之地。③菡（è）叶：菡彩的花叶。菡彩为妇女的头饰。④腰褪（jié）：即裙带。⑤椒房：汉代皇后所居之处以椒和泥涂壁，取其温暖而有香气之用。后以椒房代称皇后。⑥紫驼之峰：即骆驼背上隆起的肉。唐时贵族中流行一道菜叫"驼峰炙"。⑦厌饫（yù）：饱食生腻。⑧后来鞍马：指下文"丞相"，即杨国忠。逡（qūn）巡：欲进不进的样子。形容杨国忠顾盼自得、大模大样的神态。

哀江头①

杜甫

少陵野老吞声哭②，春日潜行曲江曲③。

江头宫殿锁千门④，细柳新蒲为谁绿⑤。

忆昔霓旌下南苑⑥，苑中万物生颜色⑦。

昭阳殿里第一人⑧，同辇随君侍君侧⑨。

辇前才人带弓箭⑩，白马嚼啮黄金勒⑪。

翻身向天仰射云，一箭正坠双飞翼⑫。

明眸皓齿今何在⑬，血污游魂归不得⑭。

清渭东流剑阁深⑮，去住彼此无消息⑯。

人生有情泪沾臆⑰，江水江花岂终极⑱？

黄昏胡骑尘满城⑲，欲往城南望城北⑳。

【注释】

①江：指曲江，唐都长安城东南风景区。②少陵野老：诗人自称。因为他曾经在少陵附近住过，故自称"少陵野老"。③潜行：偷偷地走。曲江曲：曲江的弯曲之处。④江头宫殿：指曲江边建造的唐代行宫。⑤蒲：即香蒲，一种草本植物，多生在水边。⑥霓旌：指皇帝出行时的仪仗。南苑：即芙蓉苑，位于曲江之南。⑦生颜色：指增光彩。⑧昭阳殿：汉成帝时皇后赵飞燕住的宫殿，这里指杨贵妃生前所居。⑨辇：皇帝的车子。⑩才人：指宫中女官。⑪啮：咬。⑫双飞翼：指双飞的鸟。⑬明眸皓齿：指杨贵妃的美貌。⑭血污游魂：指杨贵妃在马嵬驿被缢死之事。⑮渭：指渭水，发源于甘肃省，流经长安入黄河。剑阁：即剑山阁道，在今四川省剑阁县北。深：幽深，指处于崇山峻岭之中。⑯去住：指去留。去者指唐玄宗，留者指杨贵妃。⑰臆：胸。⑱"江水"句：言景物依旧，江里的水照样流，江边的花照样开，没有终止的时候。⑲胡骑（jì）：指安禄山的叛军。⑳望城北：向城北望，唐宫廷在长安城北部，表示对先朝故国的恋念和悼惜。

哀王孙①

杜甫

长安城头头白乌②，夜飞延秋门上呼③。

又向人家啄大屋④，屋底达官走避胡⑤。

金鞭断折九马死⑥，骨肉不得同驰驱⑦。

腰下宝玦青珊瑚⑧，可怜王孙泣路隅⑨。

问之不肯道姓名，但道困苦乞为奴。

已经百日窜荆棘，身上无有完肌肤。

高帝子孙尽隆准⑩，龙种自与常人殊⑪。

豺狼在邑龙在野⑫，王孙善保千金躯。

不敢长语临交衢⑬，且为王孙立斯须⑭。

昨夜东风吹血腥，东来橐驼满旧都⑮。

朔方健儿好身手⑯，昔何勇锐今何愚。

窃闻天子已传位⑰，圣德北服南单于⑱。

花门劚面请雪耻⑲，慎勿出口他人狙⑳！

哀哉王孙慎勿疏㉑，五陵佳气无时无㉒！

【注释】

①王孙：皇家后代子孙，指李氏宗族。②头白乌：指白头乌鸦，古代认为是不祥之鸟。③延秋门：唐代宫廷的西门。④大屋：指达官贵人家的住宅。⑤屋底：即屋下，屋里。走：逃跑。⑥金鞭：指皇帝用的马鞭。九马：指御用的骏马。⑦骨肉：指皇帝的同宗人。驰驱：指逃亡。⑧玦：一种玉佩。青珊瑚：青色的珊瑚制成的佩饰。⑨路隅：路边的角落。⑩高帝：汉高祖刘邦，这里借指唐高祖。隆准：高鼻梁。《史记》记载：刘邦"隆准而龙颜"。⑪龙种：指帝王的后代。殊：不同。⑫豺狼：指安禄山叛军。邑：指京都。龙：指皇帝。⑬交衢（qú）：指交通要道。⑭斯须：片刻。⑮橐（tuó）驼：指骆驼。旧都：指长安。⑯朔方健儿：指哥舒翰统领的守潼关的河陇、朔方军队。⑰天子已传位：指唐玄宗传位于太子李亨。⑱"圣德"句：指肃宗即位后，与回纥族和亲，回纥表示愿意助唐讨平安禄山。⑲花门：即花门山堡，在今甘肃省张掖市东北，为回纥主要驻兵

之地。这里借指回纥。劙（lí）面：割面流血，为古代北方某些少数民族表示忠诚的方式。⑳狙：指暗中埋伏，伺机袭击。㉑疏：疏忽大意。㉒五陵佳气：指陵墓间的葱郁之气，此指皇家气息。

五言律诗

五言律诗，简称"五律"，是近体诗的一种。五律源于五言古体，借鉴吸收了骈文的声律和对偶原则，格律规整，遣词造句，音律韵脚，对偶等格律要求较高。五律是唐人应制、应试以及日常生活中普遍采用的诗歌体裁。唐代律诗名家数不胜数，以王昌龄、王维、孟浩然、李白、杜甫、刘长卿成就为大。

经鲁祭孔子而叹之①

李隆基

夫子何为者②？栖栖一代中③。

地犹鄹氏邑④，宅即鲁王宫⑤。

叹凤嗟身否⑥，伤麟怨道穷⑦。

今看两楹奠⑧，当与梦时同⑨。

【注释】

①鲁：指古鲁国的都城曲阜（今山东省曲阜市）。②夫子：这里是对孔子的专称。③栖栖：忙碌不安的样子。④鄹（zōu）氏邑：在今山东省曲阜市东南，为孔子的出生地。⑤鲁王：指西汉鲁恭王刘余，他曾把孔子的旧宅扩为自己的宫室。⑥叹凤：叹息凤凰不至。凤，即凤凰，传说中的神鸟，它的出现预示着天下太平。嗟（jiē）：感叹。否（pǐ）：穷困。⑦伤麟：据《公羊传》记载：孔子见到一只麒麟因被人捕获而死去，哭道："麟出而死，吾道穷矣。"麟，麒麟，传说中的神兽，也是太平盛世的象征。道穷：意思是政治主张不能实现。⑧两楹（yíng）：指殿堂之中。楹，厅堂前的柱子。奠（diàn）：祭祀。⑨梦时：孔子曾感慨生前不受人尊重，却梦见死后坐享"两楹奠"，预感自己将不久于人世。

望月怀远①

张九龄

海上生明月，天涯共此时②。

情人怨遥夜③，竟夕起相思④。

灭烛怜光满⑤，披衣觉露滋⑥。

不堪盈手赠⑦，还寝梦佳期⑧。

①怀远：想念在远方的亲人。②天涯：指极远的地方。③情人：有情谊的人。遥夜：漫漫长夜。④竟夕：整夜。⑤怜：爱。光满：指月亮正圆时的光辉。⑥滋：滋生。⑦不堪：不能。盈手：满满地捧在手中。⑧还寝：回去睡觉。佳期：指相聚的好日子。

送杜少府之任蜀州①

王勃

城阙辅三秦②，风烟望五津③。

与君离别意，同是宦游人④。

海内存知己⑤，天涯若比邻⑥。

无为在歧路⑦，儿女共沾巾。

【注释】

①杜少府：其人不详。少府，对县尉的尊称，主管一县的治安。之任：赴任。蜀州：今四川省崇州市。②城阙：指京城长安。阙：皇宫前面两个高大建筑物，可供瞭望。辅：拱卫、护持。三秦：在今陕西省中部一带。秦亡后，项羽将秦故地分为雍、塞、翟三国，因称"三秦"。③五津：指四川省岷江上的五个渡口，分别为白华津、万里津、江首津、涉头津和江南津。④宦游人：在外做官的人。⑤海内：四海之内，指全国。⑥比邻：指近邻。⑦歧路：指分手的岔路口。

在狱咏蝉①

骆宾王

西陆蝉声唱②，南冠客思深③。

五言律诗

不堪玄鬓影④，来对《白头吟》⑤。

露重飞难进，风多响易沉。⑥

无人信高洁⑦，谁为表予心？

【注释】

①在狱：唐高宗仪凤三年（678年），诗人任侍御史时，因上书议论政事，被诬下狱。②西陆：指二十八星宿中的昴宿，代指秋天。司马彪《续汉书》有"日行西陆谓之秋"。③南冠：楚国的帽子，这里指囚犯，是诗人自指。《左传·成公九年》载："晋侯观于军府，见钟仪，问之曰：'南冠而絷者谁也？'有司对曰：'郑人所献楚囚也。'"④不堪：忍受不了。玄鬓：指蝉。⑤白头吟：乐府曲名。⑥"露重"二句：以蝉为喻，比喻仕途艰辛，阻力重重。⑦高洁：古人认为蝉是品德高洁的昆虫。

和晋陵陆丞早春游望①

杜审言

独有宦游人②，偏惊物候新③。

云霞出海曙④，梅柳渡江春。

淑气催黄鸟⑤，晴光转绿蘋⑥。

忽闻歌古调⑦，归思欲沾巾。

【注释】

①晋陵：县名，在今江苏省常州市。陆丞：姓陆，其人不详。早春游望：陆丞原诗的题目。②宦游人：在外做官的人。③物候：指反映季节变化的景物特色。④曙：天刚亮。⑤淑气：指春天的和暖气息。黄鸟：指黄莺。⑥晴光：晴暖的阳光。绿蘋：一种多年生水草。⑦古调：指陆丞的诗。

题大庾岭北驿①

宋之问

阳月南飞雁②，传闻至此回③。

我行殊未已④，何日复归来。

江静潮初落，林昏瘴不开⑤。

明朝望乡处，应见陇头梅⑥。

【注释】

①大庾岭：在江西省和广东省交界处，因岭上多梅，又称梅岭。北驿：指大庾岭北面的驿站。②阳月：指农历十月。③"传闻"句：据说，大雁深秋南飞到大庾岭一带即止，来年春再飞回北方。④我行：指诗人被流放的行程。殊：很，远远。已：止。⑤瘴：即瘴气，指南方山林间湿热有毒的气体。⑥陇头：指岭上。

次北固山下①

王湾

客路青山下②，行舟绿水前③。

潮平两岸阔，风正一帆悬。

海日生残夜④，江春入旧年⑤。

乡书何处达⑥，归雁洛阳边⑦。

【注释】

①次：停留，住宿。北固山：在今江苏省镇江市长江南岸，三面临水。②客路：远行之路，即旅途。青山：指北固山。③绿水：指长江。④海：指宽阔的江面。残夜：将尽之夜，指黎明之前。⑤旧年：指将要结束的一年。⑥乡书：指家信。⑦归雁：春天里北归的大雁。

五言律诗

洛阳：在今河南省境内，为诗人的故乡。

题破山寺后禅院①

常建

清晨入古寺，初日照高林。

曲径通幽处，禅房花木深②。

山光悦鸟性③，潭影空人心④。

万籁此皆寂⑤，惟闻钟磬音⑥。

【注释】

①破山寺：也叫兴福寺，在今江苏省常熟市虞山北麓。后禅院：寺庙里僧人们的居住区。②禅房：指僧人住的房间。深：茂密。③山光：山色。悦：欢愉，用作使动词。④潭影：清清潭水中反映的云影。空：纯净，用作使动词。⑤万籁：指所有声响。⑥磬：寺院中用的一种铜铸乐器，状如钵。

寄左省杜拾遗①

岑参

联步趋丹陛②，分曹限紫微③。

晓随天仗入④，暮惹御香归⑤。

白发悲花落，青云羡鸟飞。

圣朝无阙事⑥，自觉谏书稀⑦。

【注释】

①左省：即门下省。②联步：即同步。趋：小步快走。丹陛(bì)：天子宫殿前的红色台阶。③曹：官署。限：隔。紫微：这里

代指宣政殿。④天仗：天子的仪仗。⑤惹：沾染。御香：宫殿御香炉中散发的香气。⑥圣朝：臣子对本朝的美称。阙：同"缺"，缺失。⑦谏书：臣下议论批评朝政的奏章。

赠孟浩然

李白

吾爱孟夫子①，风流天下闻②。

红颜弃轩冕③，白首卧松云④。

醉月频中圣⑤，迷花不事君⑥。

高山安可仰⑦，徒此揖清芬⑧。

【注释】

①孟夫子：指孟浩然。夫子，古代对男子的尊称。②风流：指潇洒的气度、作风。③红颜：指年轻时。轩冕：指高官厚禄。轩：古代供高官乘坐的车子。冕：古代官员所戴的礼帽。④卧松云：指隐居于山林白云间。⑤醉月：与月对饮。频：频繁，屡次。中（zhòng）圣：即喝醉酒。⑥迷花：留恋自然花草，指隐居。⑦高山：喻孟浩然的品格高洁。⑧揖：致敬的一种方式。清芬：比喻高洁的节操。

渡荆门送别①

李白

渡远荆门外，来从楚国游②。

山随平野尽，江入大荒流③。

月下飞天镜④，云生结海楼⑤。

仍怜故乡水⑥，万里送行舟⑦。

①荆门：即荆门山，在今湖北省宜都市西北。②楚国：长江出荆门，即属古时楚国之地，故称。③大荒：广阔的荒野。④"月下"句：江中月影，如同天空飞下的天镜。⑤海楼：即海市蜃楼。⑥怜：爱。故乡水：指从蜀中流出来的江水。⑦行舟：指诗人出游乘的船。

送友人

李白

青山横北郭①，白水绕东城。

此地一为别②，孤蓬万里征③。

浮云游子意④，落日故人情⑤。

挥手自兹去⑥，萧萧班马鸣⑦。

【注释】

①郭：指外城。②一：一旦。为别：话别，告别。③蓬：蓬草，古时中常用以比喻远行人。征：行。④浮云：因浮云四处飘荡，所以常被用来形容游子的四处漂泊。⑤故人：老朋友，此处是诗人自指。⑥自兹：自此。⑦萧萧：马鸣声。班马：指离群的马。

夜泊牛渚怀古①

李白

牛渚西江夜②，青天无片云。

登舟望秋月，空忆谢将军③。

余亦能高咏④，斯人不可闻⑤。

明朝挂帆去，枫叶落纷纷。

【注释】

①泊（bó）：停船靠岸。牛渚（zhǔ）：即牛渚山，在今安徽省当涂县。怀古：追怀古事。②西江：长江从江西到南京的一段，古时称西江，牛渚山在其间。③空忆：徒然追忆。谢将军：指东晋谢尚，字仁祖，东晋人，时为镇西将军。④高咏：吟咏出优秀的诗篇。⑤斯人：此人。指谢尚。

春望

杜甫

国破山河在①，城春草木深②。

感时花溅泪③，恨别鸟惊心④。

烽火连三月⑤，家书抵万金⑥。

白头搔更短⑦，浑欲不胜簪⑧。

【注释】

①国破：指长安沦陷。山河在：指山河依旧。②城：指长安城。草木深：草木茂密。③时：时局。花溅泪：观花流泪。④别：与家人分离。鸟惊心：闻鸟鸣而心惊。⑤烽火：借指战争。连三月：指整个春天战事不断。⑥家书：家信。⑦白头：白发。短：短缺稀少。⑧浑：简直就要。不胜簪：插不住簪子。古代男子用簪束发。

月夜

杜甫

今夜鄜州月①，闺中只独看②。

遥怜小儿女③，未解忆长安④。

香雾云鬟湿⑤，清辉玉臂寒⑥。

何时倚虚幌⑦，双照泪痕干。

【注释】

①鄜（fū）州：今陕西省富县。②闺中：此处指妻子。③怜：想。④解：懂得。长安：代指在长安的父亲。⑤云鬟：像乌云一样稠密蓬松的鬓发。⑥清辉：指月光。⑦虚幌：轻薄透明的帐幔。

月夜忆舍弟①

杜甫

戍鼓断人行②，边秋一雁声③。

露从今夜白④，月是故乡明⑤。

有弟皆分散，无家问死生⑥。

寄书长不达⑦，况乃未休兵⑧。

【注释】

①舍弟：谦称自己的弟弟。②戍鼓：戍楼上的更鼓声。断人行：指局势紧张，实行宵禁。③一雁：孤雁，比喻兄弟离散。④"露从"句：指的是二十四节气中的白露节。⑤"月是"句：是对故乡亲切感的表现。⑥无家：指兄弟分散，家园无存。⑦长：一直，老是。不达：收不到。⑧况乃：况且。未休兵：指"安史之乱"尚未平定。

天末怀李白①

杜甫

凉风起天末②，君子意如何③。

鸿雁几时到④，江湖秋水多⑤。

文章憎命达⑥，魑魅喜人过⑦。

应共冤魂语⑧，投诗赠汨罗⑨。

【注释】

①天末：天边。②凉风：指秋风。③君子：指李白。④鸿雁：指书信。⑤"江湖"句：喻道路艰险，为李白的行程表示担忧之意。⑥命达：指命运通达显贵。⑦魑魅（chī mèi）：古代传说中山泽的山神鬼怪，喻阴险小人。⑧冤魂：指屈原。⑨汨（mì）罗：指汨罗江，在今湖南湘阴县。

旅夜书怀①

杜甫

细草微风岸，危樯独夜舟②。

星垂平野阔，月涌大江流。

名岂文章著③，官应老病休。

飘飘何所似④，天地一沙鸥⑤。

【注释】

①旅夜：旅途之夜。书怀：书写情怀。②危樯（qiáng）：船上挂帆的高高的桅杆。③著：昭著。④飘飘：形容飘荡不定的样子。⑤沙鸥（ōu）：沙滩上的白鸥。

登岳阳楼①

杜甫

昔闻洞庭水②，今上岳阳楼。

吴楚东南坼③，乾坤日夜浮④。

亲朋无一字⑤，老病有孤舟。

戎马关山北⑥，凭轩涕泗流⑦。

【注释】

①岳阳楼：湖南岳阳城西门楼，下临洞庭湖。②洞庭水：即洞庭湖。③吴楚：指春秋时期的吴国、楚国。坼（chè）：分裂，裂开。④乾坤：原指天地，此指日月。⑤无一字：指音讯全无。⑥戎马：指战争。⑦轩：栏杆。涕泗：眼泪和鼻涕。

山居秋暝①

王维

空山新雨后，天气晚来秋。

明月松间照，清泉石上流。

竹喧归浣女②，莲动下渔舟。

随意春芳歇③，王孙自可留④。

【注释】

①暝：天黑。②竹喧：竹子碰撞发出的喧响。浣女：洗衣姑娘。③随意：随便，任凭。春芳：春天花草的芳香。歇：消散、逝去。④王孙：指山间隐士，这里是诗人自指。典出《楚辞·招隐士》："王孙兮归来，山中兮不可以久留。"

归嵩山作①

王维

清川带长薄②，车马去闲闲③。

流水如有意，暮禽相与还④。

荒城临古渡⑤，落日满秋山。

迢递嵩高下⑥，归来且闭关⑦。

【注释】

①嵩山："五岳"中的中岳，在今河南省登封市。②川：河流。薄：草木茂盛之处。③闲闲：悠闲从容的样子。④相与：一起，成群。⑤古渡：古老的渡口。⑥迢递（tiáo dì）：遥远的样子。嵩高：指嵩山。⑦闭关：指闭门谢客。

终南山①

王维

太乙近天都②，连山到海隅③。

白云回望合④，青霭入看无⑤。

分野中峰变⑥，阴晴众壑殊⑦。

欲投人处宿，隔水问樵夫⑧。

【注释】

①终南山：在今陕西省西安市南，秦岭主峰之一。②太乙：终南山的主峰，为终南山的别名。天都：天帝的都城。③海隅：海边。④回望：环视。⑤青霭（ǎi）：青苍的山雾。⑥分野：古人根据天上星宿位置，把地上州郡划为不同区域，称为分野。⑦殊：不同。⑧樵夫：打柴人。

过香积寺①

王维

不知香积寺，数里入云峰②。

古木无人径，深山何处钟③。

泉声咽危石④，日色冷青松。

薄暮空潭曲⑤，安禅制毒龙⑥。

【注释】

①香积寺：故址在今陕西省西安市长安区。②入云峰：指高入云端。③钟：寺庙的钟鸣声。④咽：呜咽。危石：高而险峻的山石。⑤曲：曲折隐秘的地方。⑥安禅（chán）：佛家用语，指冥思佛家妙理。毒龙：比喻人心中的各种邪念妄想。据《涅槃经》记载："毒龙宜作妄心譬喻，犹所谓心马情猴者。"

汉江临眺①

王维

楚塞三湘接②，荆门九派通③。

江流天地外，山色有无中。

郡邑浮前浦④，波澜动远空。

襄阳好风日⑤，留醉与山翁⑥。

【注释】

①此诗又题作《汉江临泛》。汉江：指汉水，发源于陕西，流经湖北，至武汉入长江。临眺：登高远望。②楚塞：指战国时楚国的边塞，在今湖北省西北。三湘：湘江及其主要支流，在今湖南省。③荆门：即荆门山，在今湖北宜昌。九派：指江西九江市附近的一段长江，因此段有九条支流而得名，后也常用来代指长江。④郡邑：指郡城。⑤襄阳：在今湖北省，处汉水中游。风日：指风光。⑥山翁：指西晋人山简，曾任征南将军，镇守襄阳，性耽饮酒，常大醉而归。

终南别业①

王维

中岁颇好道②，晚家南山陲③。

兴来每独往④，胜事空自知⑤。

行到水穷处⑥，坐看云起时。

偶然值林叟⑦，谈笑无还期⑧。

【注释】

①终南：指终南山。别业：即别墅。②中岁：中年。道：指佛理。③晚：意思是近日。家：用作动词，安家居住的意思。南山：即终南山。陲：边。④兴：指兴致。⑤胜事：指乐事，快意的事。空：徒然，只。⑥水穷处：水的尽头。⑦值：遇。林叟：住在林中的老人。⑧无还期：忘了回家的时间。

临洞庭上张丞相①

孟浩然

八月湖水平②，涵虚混太清③。

气蒸云梦泽④，波撼岳阳城⑤。

欲济无舟楫⑥，端居耻圣明⑦。

坐观垂钓者⑧，徒有羡鱼情。

【注释】

①洞庭：即洞庭湖，在今湖南省。张丞相：指张九龄。②湖水平：指八月江汛，湖水涨满。③涵虚：包含天空，指天倒映在水中。混：混同，浑一。太清：指天空。④云梦泽：古有"云""梦"二泽，分别在洞庭湖北的长江两岸。⑤岳阳城：在今湖南省岳阳市，

洞庭湖东岸。⑥济：渡水。楫（jí）：指划船的短桨。⑦端居：安居，有隐居的意思。圣明：喻圣明的时代。⑧垂钓者：喻当了官的人。

与诸子登岘山①

孟浩然

人世有代谢②，往来成古今。

江山留胜迹③，我辈复登临④。

水落鱼梁浅⑤，天寒梦泽深⑥。

羊公碑尚在⑦，读罢泪沾襟。

【注释】

①岘（xiàn）山：一名岘首山，在今湖北省襄阳市南。②代谢：指交替。③江山：这里指岘山。胜迹：优异、不平凡的古迹，这里主要指下文所说的"羊公碑"。④我辈：我们，我等。指诗人和同游的"诸子"。⑤鱼梁：即鱼梁洲，在今湖北省襄阳市。⑥梦泽：即云梦泽。⑦羊公：指羊祜（hù），字叔子，西晋大臣，镇守襄阳十年，深受当地人民爱戴，死后，襄阳百姓为他立碑岘山，见碑的人都为之落泪，故称"堕泪碑"。

宴梅道士山房①

孟浩然

林卧愁春尽②，搴帷览物华③。

忽逢青鸟使④，邀入赤松家⑤。

金灶初开火⑥，仙桃正发花⑦。

童颜若可驻⑧，何惜醉流霞⑨。

①此诗又题作《清明日宴梅道士山房》。梅道士：诗人好友，其人不详。②林卧：林间闲居，指隐居。③搴（qiān）：掀，揭开。帷：帷帐，指窗帘。物华：指美丽的风光。④青鸟使：在神话传说中，青鸟是给西王母报信的使者。这里指梅道士派来邀请诗人的道童。⑤赤松：赤松子，传说中的仙人。⑥金灶：道家炼丹的炉灶。⑦仙桃：神话传说中西王母处种的桃树，三千年结一次果实。这里指梅道士家的桃树。⑧童颜：像儿童一般的容颜。驻：留住，保持不变。⑨流霞：传说中的仙酒。

岁暮归南山①

孟浩然

北阙休上书②，南山归敝庐③。

不才明主弃④，多病故人疏⑤。

白发催年老，青阳逼岁除⑥。

永怀愁不寐⑦，松月夜窗虚。

【注释】

①南山：指岘山，在襄阳城之南，故称。诗人隐居的园庐就在附近。②北阙（què）：指朝廷。唐皇宫在长安城北，因称北阙。阙，皇宫前的望楼，指代宫廷。上书：向皇帝进献议论政事的奏章。③敝庐：指自己破落的家园。④不才：不成材。⑤故人：旧友。疏：疏远。⑥青阳：指新的一年的春天。⑦寐：睡眠。

过故人庄①

孟浩然

故人具鸡黍②，邀我至田家③。

绿树村边合④，青山郭外斜⑤。

开轩面场圃⑥，把酒话桑麻⑦。

待到重阳日⑧，还来就菊花⑨。

【注释】

①过：探访。故人：老朋友。庄：庄园。②具：置办。鸡黍：指农家丰盛的饭菜。③田家：种田人家。④合：环绕。⑤郭外：村寨之外，村郊。⑥轩：指窗。场：打谷场。圃：菜园子。⑦桑麻：泛指农事。⑧重阳日：即重阳节，农历九月九日。⑨就菊花：即赏菊，饮菊花酒，古时重阳节有这样的习俗。

早寒有怀①

孟浩然

木落雁南渡，北风江上寒。

我家襄水曲②，遥隔楚云端③。

乡泪客中尽④，孤帆天际看。

迷津欲有问⑤，平海夕漫漫⑥。

【注释】

①此诗又题作《江上思归》。怀：思念。②襄水：指汉水在襄阳市下游的一段，水流曲折，又称襄河。③楚：襄阳古属楚国。端：顶端，边际。④乡泪：思乡之泪。客中：旅途中。⑤津：渡口。⑥平海：平阔的水面。

秋日登吴公台上寺远眺①

刘长卿

古台摇落后②，秋日望乡心③。

野寺来人少，云峰隔水深④。

夕阳依旧垒⑤，寒磬满空林⑥。

惆怅南朝事⑦，长江独至今。

【注释】

①吴公台：在今江苏省扬州市江都区。本为南朝刘宋时沈庆之修筑的弩台，后来陈朝大将吴明彻又扩建，因名吴公台。②摇落：草木零落。③秋：悲的意思。典出宋玉《九辩》："悲哉秋之为气也，萧瑟兮草木摇落而变衰。"④云峰：云气缭绕的山峰。⑤旧垒：指吴公台。⑥寒磬：指清冷的磬声。磬，寺院里用的铜铸乐器。⑦惆怅：失意的样子。南朝：史称东晋后统治南方的宋、齐、梁、陈为南朝。

新年作①

刘长卿

乡心新岁切①，天畔独潸然②。

老至居人下③，春归在客先④。

岭猿同旦暮，江柳共风烟。

已似长沙傅⑤，从今又几年？

【注释】

①乡心：思乡的情怀。切：急切，迫切。②天畔（pàn）：天边。潸（shān）然：流泪的样子。③老至：年老了，诗人当时年龄50岁左右。居人下：官位在别人之下。④客：外乡人，诗人自指。⑤长

沙傅：指西汉的贾谊。贾谊在汉文帝时被贬为长沙王太傅三年。

送僧归日本①

钱起

上国随缘住②，来途若梦行③。

浮天沧海远④，去世法舟轻⑤。

水月通禅寂⑥，鱼龙听梵声⑦。

惟怜一灯影⑧，万里眼中明。

【注释】

①唐朝时，中日两国交流密切，日本曾多次派僧人来中国学习。②上国：这里指中国。随缘：佛教用语，指随其机缘。③若梦行：像在梦中远行。④浮天：大海空阔，天水相接，船好像浮在水上。⑤去世：这里指离开中国。法舟：指精通佛法的僧人乘坐的船。⑥禅寂：指佛家所说的清静心境。⑦梵声：诵经声。⑧灯：用以比喻佛法。

谷口书斋寄杨补阙①

钱起

泉壑带茅茨②，云霞生薜帷③。

竹怜新雨后④，山爱夕阳时。

闲鹭栖常早⑤，秋花落更迟。

家僮扫萝径⑥，昨与故人期⑦。

【注释】

①谷口：在今陕西省泾阳县西北。杨补阙：其人不详。补阙：谏官一种，负责向皇帝规谏过失和推荐人才。②茅茨（cí）：指草屋。

③薜帷：指成片的薜荔从房上垂下，好像帷帐。④怜：爱。⑤栖（qī）：指鸟的息止。⑥萝：爬蔓灌木。⑦故人：即老朋友，指杨补阙。期：约定。

淮上喜会梁州故人①

韦应物

江汉曾为客②，相逢每醉还。

浮云一别后，流水十年间。

欢笑情如旧，萧疏鬓已斑③。

何因不归去？淮上有秋山。

【注释】

①淮上：指淮河边，在今江苏省淮阴市一带。梁州：在今陕西省汉中。故人：老友。②江汉：即汉江。③萧疏：指头发零落、稀少。斑：花白。

酬程近秋夜即事见赠①

韩翃

长簟迎风早②，空城澹月华③。

星河秋一雁④，砧杵夜千家⑤。

节候看应晚⑥，心期卧已赊⑦。

向来吟秀句⑧，不觉已鸣鸦。

【注释】

①程近：其人不详。秋夜即事：为程近诗的题目。②簟：竹席。③月华：指月光。④星河：指银河。⑤砧（zhēn）：捣衣石。杵：捣

衣棒。⑥节候：季节物候。⑦心期：指朋友间心心相印的默契。赊：迟。⑧向来：近来，刚才。秀句：佳句，指程近的赠诗。

送李端①

卢纶

故关衰草遍②，离别正堪悲③。

路出寒云外④，人归暮雪时⑤。

少孤为客早⑥，多难识君迟⑦。

掩泣空相向⑧，风尘何所期⑨。

【注释】

①李端：字正己，赵州人，"大历十才子"之一。②故关：指故乡，这里指送别之地。③堪：该当。④出：通向。⑤人：这里是诗人自指。⑥少孤：指早年失去父亲。⑦君：指李端。⑧空：徒然。⑨风尘：指世事纷乱。期：相会。

喜见外弟又言别①

李益

十年离乱后，长大一相逢。

问姓惊初见，称名忆旧容。②

别来沧海事③，语罢暮天钟④。

明日巴陵道⑤，秋山又几重。

【注释】

①外弟：指表弟。②"问姓""称名"两句：两句互文见义。诗人与外弟阔别，初不相识，问外弟姓名；外弟自称姓名，于是非常惊

醉美唐诗·桃花依旧笑春风

104

喜，回忆起外弟幼时面容。③沧海事：比喻世事变迁。④暮天钟：黄昏报时的钟声。⑤巴陵：今湖南省岳阳市。

蜀先主庙①

刘禹锡

天地英雄气，千秋尚凛然②。

势分三足鼎③，业复五铢钱④。

得相能开国⑤，生儿不像贤⑥。

凄凉蜀故伎⑦，来舞魏宫前。

【注释】

①蜀先主：是指三国蜀汉开国君主刘备，刘备庙在蜀地不止一处，这里指夔州（今重庆市奉节县）的先主庙。②凛然：指神态仪容令人敬畏。③鼎：古代器物，有三足，这里比喻魏、蜀、吴三国对峙之势。④复：恢复。五铢钱：汉武帝时通行的钱币。这里用它来指代汉朝的统治秩序和制度。⑤相：即丞相，指诸葛亮。⑥儿：指蜀后主刘禅。像贤：效法先人的好榜样。⑦伎：歌舞艺人。

没蕃故人①

张籍

前年戍月支②，城下没全师③。

蕃汉断消息，死生长别离。

无人收废帐④，归马识残旗⑤。

欲祭疑君在，天涯哭此时⑥。

【注释】

①没：消失。蕃：古代藏族建立的政权，这里是古代对外族的统称。②戍（shù）：这里指出征。月支：古西域国名。③没：覆没。师：指军队。④废帐：指废弃的营帐。⑤归马：归营的无主战马。⑥天涯：指天边，形容远地。

赋得古原草送别①

白居易

离离原上草②，一岁一枯荣。

野火烧不尽，春风吹又生。

远芳侵古道③，晴翠接荒城④。

又送王孙去⑤，萋萋满别情⑥。

【注释】

①此诗又题作《草》。赋得：分题赋诗，题前加"赋得"二字。古原草：即诗人所分题目。②离离：形容草木繁茂的样子。③远芳：指的是远处的芳草。侵：蔓延。④晴翠：晴空下的青山。⑤王孙：这里指远游的友人。⑥萋萋：形容草茂盛连绵。

旅宿①

杜牧

旅馆无良伴，凝情自悄然②。

寒灯思旧事，断雁警愁眠③。

远梦归侵晓④，家书到隔年。

沧江好烟月⑤，门系钓鱼船⑥。

①旅宿：旅途夜宿。②凝情：凝神沉思的样子。自：独自。悄然：忧伤的样子。③断雁：失群大雁。④侵晓：指天刚亮。⑤烟月：月光照耀下烟雾朦胧的景象。⑥系：用绳子连接着。

蝉

李商隐

本以高难饱①，徒劳恨费声②。

五更疏欲断③，一树碧无情。

薄宦梗犹泛④，故园芜已平⑤。

烦君最相警⑥，我亦举家清⑦。

【注释】

①高难饱：古人认为，蝉栖息高树，餐风饮露，不食他物。②徒劳：白白辛苦。③五更：指黎明时分。疏：指蝉声稀疏。④薄宦：指官位低微。梗犹泛：尚且漂泊不定。典出《战国策·齐策》：土偶人对桃梗人说："你是桃木梗刻削成的，大水一来，你就会到处漂流，不知道要漂到什么地方。"⑤故园：指家乡田园。⑥君：指蝉。⑦举家：全家。清：贫穷却清白。

风雨①

李商隐

凄凉《宝剑篇》②，羁泊欲穷年③。

黄叶仍风雨④，青楼自管弦⑤。

新知遭薄俗⑥，旧好隔良缘⑦。

心断新丰酒⑧，消愁斗几千⑨。

五言律诗

【注释】

①风雨：比喻人生道路坎坷。②《宝剑篇》：唐朝早期将领郭震所作之诗。③羁泊：指官职卑微，经常奉命四处奔波。穷年：即终生。④仍：连续不断的意思。⑤青楼：指权贵家的楼阁。⑥新知：新交的知己朋友。薄俗：浅薄世俗。⑦旧好：旧友。⑧心断：绝望的意思。⑨消愁：指借酒消愁。几千：指买酒钱。

落花

李商隐

高阁客竟去①，小园花乱飞。

参差连曲陌②，迢递送斜晖③。

肠断未忍扫④，眼穿仍欲归⑤。

芳心向春尽⑥，所得是沾衣⑦。

【注释】

①客：指共同赏花的人。竟：终于。②参差：高低不齐的样子，形容花影迷离。曲陌：曲折的小径。③迢递（tiáo dì）：遥远的样子。斜晖：斜阳。④肠断：形容心情极度悲伤。⑤眼穿：同望眼欲穿，形容盼望殷切。⑥芳心：指花，也指惜花之心。向：朝着，随着。⑦沾衣：这里指沾湿衣襟的眼泪。

凉思①

李商隐

客去波平槛②，蝉休露满枝③。

永怀当此节④，倚立自移时⑤。

北斗兼春远⑥，南陵寓使迟⑦。

天涯占梦数⑧，疑误有新知⑨。

【注释】

①凉思：语义双关，既是自然景物之思，又是怀人思归之思。
②客：指友人。去：指离去。槛：栏杆。③休：停止鸣叫。④永怀：
长时间地思念。⑤倚立：倚靠栏杆而立。⑥北斗：即北斗星，指朝廷
所在的京城。兼：与。⑦南陵：今安徽省南陵县。使：指给友人的送
信使者。⑧天涯：天边，极远的地方。占梦：指依据梦境测算友人不
来信的原因。⑨疑误：错误地怀疑。

送人东游①

温庭筠

荒戍落黄叶②，浩然离故关③。

高风汉阳渡，初日郢门山。④

江上几人在⑤，天涯孤棹还⑥。

何当重相见⑦，樽酒慰离颜⑧。

【注释】

①东游：一作"东归"。②荒戍：废弃的营垒。③故关：旧时的
关口。④"高风"二句：此两句顺序应倒置。意思是友人东归，从郢
门山出发，东至汉阳渡口。汉阳渡：在今湖北省汉阳。郢门山：即荆
门山，在今湖北省宜都市。⑤江上：指汉阳江上。⑥孤棹：指孤舟。
还：回归故乡。⑦何当：何时能。⑧樽：即杯酒。

章台夜思①

韦庄

清瑟怨遥夜②，绕弦风雨哀。

孤灯闻楚角③，残月下章台。

芳草已云暮④，故人殊未来⑤。

乡书不可寄⑥，秋雁又南回。

【注释】

①章台：宫殿名称，故址在今陕西省西安。②遥夜：漫漫长夜。③楚角：指楚地曲调的号角声。④云：助词，无实义。暮：日落时候。这里引申为枯萎的意思。⑤故人：老朋友。殊：犹，仍然。⑥乡书：指家信。

寻陆鸿渐不遇①

皎然

移家虽带郭②，野径入桑麻③。

近种篱边菊，秋来未着花④。

扣门无犬吠⑤，欲去问西家⑥。

报道山中去⑦，归来每日斜。

【注释】

①陆鸿渐：即陆羽，字鸿渐，为当时著名隐士，对茶很有研究，著有《茶经》，后被奉为"茶神"。②带郭：连着城郭，指乡间靠近城墙的地方。③入桑麻：通向桑麻田中。④着花：即开花。⑤吠：指狗叫。⑥欲去：要离开时。⑦报道：回答道。

七言律诗

　　七言律诗，简称"七律"，是近体诗的一种。七律源于七言古体，起源于南北朝，在初唐时期渐成规模，至杜甫臻至炉火纯青。其格律与五律一样极其严密，通常压平声韵。七言律诗是中国古典诗歌最成熟的一种体裁，为唐以后文人最为倾心，可以充分表达诗人强烈的主观感受。在唐代，七律圣手有王维、杜甫、李商隐、杜牧等，风华绝代，辉映古今。

黄鹤楼①

崔颢

昔人已乘黄鹤去②，此地空余黄鹤楼。

黄鹤一去不复返，白云千载空悠悠③。

晴川历历汉阳树④，芳草萋萋鹦鹉洲⑤。

日暮乡关何处是⑥，烟波江上使人愁。

【注释】

①黄鹤楼：故址在今湖北省武汉市蛇山的黄鹤矶上。②昔人：指传说中的仙人。③悠悠：形容悠闲自在的样子。④川：河流，这里指长江。历历：形容分明的样子。汉阳：在今武昌西北。⑤萋萋：形容草木茂盛。鹦鹉洲：长江中的一个小沙洲，故址在今武汉市西南。⑥乡关：即故乡。

行经华阴①

崔颢

岧峣太华俯咸京②，天外三峰削不成③。

武帝祠前云欲散④，仙人掌上雨初晴⑤。

河山北枕秦关险⑥，驿路西连汉畤平⑦。

借问路旁名利客⑧，无如此处学长生⑨。

【注释】

①华阴：今陕西省华阴市。②岧峣（tiáo yáo）：形容山势高峻。太华：即华山。咸京：即咸阳。③三峰：指华山最著名的三座高峰，即莲花峰、明星峰、玉女峰。削不成：意谓不是人工所能削成

的。④武帝祠：指巨灵祠，为汉武帝修建，在华山仙人掌峰下。⑤仙
人掌：即仙人掌峰。⑥枕：指倚靠。秦关：指函谷关。⑦驿路：指大
路。汉畤：汉时帝王祭祀天帝的祭坛，在今陕西省凤翔县。⑧名利
客：指追逐名利的人。⑨长生：指长生不老之术。

送魏万之京①

李颀

朝闻游子唱离歌②，昨夜微霜初度河③。

鸿雁不堪愁里听，云山况是客中过④。

关城树色催寒近⑤，御苑砧声向晚多⑥。

莫见长安行乐处，空令岁月易蹉跎⑦。

【注释】

①魏万：又名魏颢，唐肃宗上元初年进士，诗人，曾隐居黄河北
王屋山，号称王屋山人。②游子：指魏万。离歌：指向诗人告别时所
唱的歌。③河：这里指黄河。④况是：更何况是。⑤关城：指潼关
城。树色：指已经开始变黄的树叶。⑥御苑：皇宫庭院，代指京城。
砧声：捣衣声，古时每于秋季捣制寒衣。向晚：近晚，傍晚。⑦蹉
跎：指虚度年华。

登金陵凤凰台①

李白

凤凰台上凤凰游，凤去台空江自流。

吴宫花草埋幽径②，晋代衣冠成古丘③。

三山半落青天外④，二水中分白鹭洲⑤。

总为浮云能蔽日⑥，长安不见使人愁⑦。

七言律诗

①金陵：今江苏省南京市。凤凰台：在今南京市凤台山。②吴宫：指三国时吴国的宫殿。③晋代：东晋曾建都金陵城。衣冠：指权贵望族。④三山：在今南京市西南长江东岸的三座山。⑤二水：秦淮河经南京西流入长江，被白鹭洲分为两道。白鹭洲：古长江边的一个沙洲，因常有白鹭栖息而得名。⑥浮云：比喻当朝的奸臣。日：喻君主。⑦长安：唐朝京城。

送李少府贬峡中王少府贬长沙①

高适

嗟君此别意何如②，驻马衔杯问谪居③。

巫峡啼猿数行泪④，衡阳归雁几封书⑤。

青枫江上秋帆远⑥，白帝城边古木疏⑦。

圣代即今多雨露⑧，暂时分手莫踌躇⑨。

【注释】

①李少府、王少府：其二人皆不详。峡中：泛指四川东部。长沙：今湖南省长沙。②嗟：感叹。君：指李、王二少府。③衔杯：喝送别酒。谪居：指贬官之地。④巫峡：在今四川巫山县。⑤衡阳：地名，今属湖南。相传大雁秋天南飞，到此而止，春天再飞回北方。⑥青枫江：一处地名，在今湖南省长沙市。⑦白帝城：在今重庆市奉节县。⑧圣代：对当代的美称。雨露：比喻皇上的恩泽。⑨踌躇：彷徨，苦闷。

和贾至舍人早朝大明宫之作①

王维

绛帻鸡人报晓筹②，尚衣方进翠云裘③。

九天阊阖开宫殿④，万国衣冠拜冕旒⑤。

日色才临仙掌动⑥，香烟欲傍衮龙浮⑦。

朝罢须裁五色诏⑧，佩声归到凤池头⑨。

【注释】

①贾至：字幼邻，玄宗天宝末年任中书舍人。大明宫：唐宫名，又名蓬莱宫，是皇帝接受群臣朝拜和举行典礼的重要场所。②绛帻（zé）：指红色包头巾。鸡人：指报晓的卫士，古代宫中禁止养鸡，鸡鸣时就由卫士头扎鸡冠状红巾，站在宫门外高声唱晓，故称作"鸡人"。筹：古代一种夜间的计时工具，多用竹签制成。③尚衣：尚衣局，专门供应皇帝的衣饰。翠云裘：有云状图案的绿色皮衣。④九天：这里指皇帝的居所。阊阖：这里指宫门。⑤衣冠：指文武百官，这里指各国使臣。冕旒：皇帝的礼冠，借指皇帝。⑥仙掌：一种长柄扇子，用作宫廷仪仗。⑦香烟：香炉里的烟气。衮龙：皇帝礼服上的祥龙图案。⑧五色诏：在五色纸上写的诏书。⑨佩声：玉佩在行走时发出的碰撞声。凤池：这里指中书省。

积雨辋川庄作①

王维

积雨空林烟火迟②，蒸藜炊黍饷东菑③。

漠漠水田飞白鹭，阴阴夏木啭黄鹂。④

山中习静观朝槿⑤，松下清斋折露葵⑥。

野老与人争席罢⑦，海鸥何事更相疑⑧？

【注释】

①积雨：指久雨。辋川庄：即诗人隐居在辋川时的别墅，在终南山脚下。②烟火：指炊烟。迟：上升迟缓。③藜：一种草本植物，嫩叶可食。黍：即黄米。饷：送食物。菑：新开一年的田地，这里泛指

农田。④"漠漠"二句：据唐李肇《国补史》：王维此联取自大历十才子之李嘉祐现成句子"水田飞白鹭，夏木啭黄鹂"。然清沈德潜《唐诗别裁集》评：不知本句之妙全在"漠漠""阴阴"，如果去掉，乃成死句。漠漠：形容广阔无际。阴阴：幽暗的样子。啭：婉转地啼叫。黄鹂：黄莺。⑤朝槿：即木槿花，因其早开午萎而得名"朝槿"。⑥清斋：指素食。葵：这里指新鲜蔬菜。⑦野老：这里是诗人自指。⑧海鸥：典出《列子·黄帝篇》：有海边好鸥者，每天与海鸥相亲近，后其父亲要他来捉海鸥，第二天海鸥就怎么也不和他亲近了。

赠郭给事①

王维

洞门高阁霭余晖②，桃李阴阴柳絮飞③。

禁里疏钟官舍晚④，省中啼鸟吏人稀⑤。

晨摇玉佩趋金殿⑥，夕奉天书拜琐闱⑦。

强欲从君无那老⑧，将因卧病解朝衣⑨。

【注释】

①郭给事：其人不详。②洞门：指重重深门。霭：形容暗淡。③阴阴：枝叶繁茂幽暗的样子。④禁里：指宫中。⑤省中：指门下省内。⑥趋：小步快走，表示恭敬。⑦奉：捧着。天书：皇帝的诏书。此指有失误经涂窜而奏还的诏书草稿。拜琐闱：指下朝。⑧强欲：很想。无那：无奈之意。⑨解朝衣：脱去上朝的礼服，指辞去官职。

蜀相①

杜甫

丞相祠堂何处寻②，锦官城外柏森森③。

映阶碧草自春色，隔叶黄鹂空好音④。

三顾频烦天下计⑤，两朝开济老臣心⑥。

出师未捷身先死⑦，长使英雄泪满襟！

【注释】

①蜀相：指蜀国丞相诸葛亮。②丞相祠堂：指成都城南的武侯祠。③锦官城：成都的别称。森森：繁密的样子。④黄鹂：即黄莺。空好音：空作好音。⑤三顾：指刘备三顾茅庐请诸葛亮。⑥两朝：指蜀国刘备、刘禅两朝。开济：指诸葛亮辅佐刘备开创基业，助刘禅继承父业。⑦"出师"句：指蜀汉建兴十二年（234年），诸葛亮再次兴师伐魏，在五丈原与魏军相持百余日，后病死军中。

客至①

杜甫

舍南舍北皆春水②，但见群鸥日日来③。

花径不曾缘客扫④，蓬门今始为君开⑤。

盘飧市远无兼味⑥，樽酒家贫只旧醅⑦。

肯与邻翁相对饮？隔篱呼取尽余杯⑧。

【注释】

①客：指崔明府，其人不详。②舍：指诗人住的草堂。③鸥：一种水鸟，多灰白色，翼尖长，善飞，能游水。④花径：花间小路。缘：因。⑤蓬门：编蓬草为门。贫家住宅的特点。⑥飧：熟食，这里指菜肴。⑦樽：指酒杯。醅：未过滤的酒。⑧呼取：呼唤来。尽：饮尽。余杯：剩余的酒。杯，指酒。

野望①

杜甫

西山白雪三城戍②，南浦清江万里桥③。

海内风尘诸弟隔④，天涯涕泪一身遥⑤。

惟将迟暮供多病⑥，未有涓埃答圣朝⑦。

跨马出郊时极目⑧，不堪人事日萧条⑨。

【注释】

①野：指成都郊野。②西山：指成都西面的雪岭。三城：指松州、维州、保州三城，均在四川境内。戍：防守。③清江：指成都城南的锦江。万里桥：锦江上的一座桥。因诸葛亮送费祎时说："千里之行，始于此桥。"而得名。④风尘：指战乱，这里指的是"安史之乱"。诸弟隔：与弟弟们分隔。杜甫有四个弟弟，只有小弟杜占随他入蜀。⑤一身：诗人自指。⑥迟暮：即暮年。⑦涓埃：细流微尘，喻极少极小的东西。这里指功劳、贡献。⑧极目：放眼远望。⑨人事：世事，指国家政局。

闻官军收河南河北①

杜甫

剑外忽传收蓟北②，初闻涕泪满衣裳。

却看妻子愁何在③？漫卷诗书喜欲狂④。

白日放歌须纵酒⑤，青春作伴好还乡⑥。

即从巴峡穿巫峡⑦，便下襄阳向洛阳⑧。

【注释】

①河南、河北：指黄河以南洛阳、开封一带及黄河以北今河北省

北部地区。②剑外：指剑门关以南今四川省一带。收：收复。蓟北：
今河北省北部地区。③却看：回头看。妻子：指妻子儿女。④漫卷：
随手卷起。⑤放歌：放声高歌。纵酒：指开怀畅饮。⑥作伴：即做
伴。⑦巴峡：指今重庆市嘉陵江的巴峡。巫峡：长江三峡之一，在今
重庆市巫山县。⑧襄阳：今湖北省襄阳市。洛阳：今河南省洛阳市。

登高①

杜甫

风急天高猿啸哀②，渚清沙白鸟飞回③。

无边落木萧萧下④，不尽长江滚滚来。

万里悲秋常作客⑤，百年多病独登台⑥。

艰难苦恨繁霜鬓⑦，潦倒新停浊酒杯⑧。

【注释】

①旧时重阳节有登高的习俗。②啸：长声啼叫。③渚：水中小片
平地。回：指回旋。④萧萧：形容风吹树叶的声音。⑤作客：指漂泊
异乡。⑥百年：指一生，这里特指晚年。⑦苦恨：甚恨，极恨。繁霜
鬓：指鬓边白发日增。⑧潦倒：衰老多病。浊酒：指混浊质劣的酒。

阁夜①

杜甫

岁暮阴阳催短景②，天涯霜雪霁寒宵③。

五更鼓角声悲壮④，三峡星河影动摇⑤。

野哭千家闻战伐⑥，夷歌数处起渔樵⑦。

卧龙跃马终黄土⑧，人事音书漫寂寥⑨。

①阁：指夔州西阁（在今重庆市奉节县）。②阴阳：指日月。短景：指冬季日短。③霁：雨雪停止，天气放晴。宵：指夜晚。④鼓角：指军中更鼓声和号角声。⑤三峡：即长江三峡：瞿塘峡、巫峡、西陵峡。星河：指银河。⑥战伐：此处指蜀中崔旰之乱。⑦夷歌：指当地少数民族唱的山歌。⑧卧龙：指诸葛亮，号称"卧龙先生"。跃马：指公孙述。这里用晋代左思《蜀都赋》"公孙跃马而称帝"意。⑨人事：指仕途生涯。音书：指亲友的音信。漫：随意，听任。寂寥：形容寥落无声的状态。

江州重别薛六柳八二员外①

刘长卿

生涯岂料承优诏②，世事空知学醉歌③。

江上月明胡雁过④，淮南木落楚山多⑤。

寄身且喜沧洲近⑥，顾影无如白发何⑦。

今日龙钟人共老⑧，愧君犹遣慎风波⑨。

【注释】

①江州：在今江西省九江市。薛六：指薛弁，曾任水部员外郎。柳八：指柳浑，曾任祠部员外郎。②生涯：指生活经历。优诏：皇上赐予恩惠的诏书。③学醉歌：指写作狂放傲世的诗篇。④胡雁：指从北方少数民族地区飞来的大雁。⑤淮南：淮水之南，指诗人要去的随州。楚山：古楚地之山。随州古属楚国。⑥沧洲：滨水的地方。⑦无如：无奈之意。⑧龙钟：身体衰老，行动不灵便。⑨犹：尚，还。遣：教。风波：比喻官场的各种矛盾纷争。

长沙过贾谊宅①

刘长卿

三年谪宦此栖迟②，万古惟留楚客悲③。

秋草独寻人去后，寒林空见日斜时④。

汉文有道恩犹薄⑤，湘水无情吊岂知⑥。

寂寂江山摇落处⑦，怜君何事到天涯⑧。

【注释】

①长沙：今湖南省长沙市。过：访。贾谊宅：故址在今长沙市中心。②三年谪宦：指贾谊被贬为长沙王太傅数年。栖迟：指居住。③楚客：指客游长沙的人，长沙古属楚国。④"寒林"句：化用贾谊《鸟赋》"庚子日斜分，集予舍"，"野鸟入室兮，主人将去"。⑤汉文：即汉文帝刘恒。有道：指治国有道。恩犹薄：指汉文帝没能重用贾谊。⑥湘水：即湘江，在今湖南省。吊：指贾谊被贬长沙，路过湘水时曾作《吊屈原赋》。⑦摇落：形容秋天树叶凋落的样子。⑧怜：惋惜。君：这里是诗人自指。

赠阙下裴舍人①

钱起

二月黄鹂飞上林②，春城紫禁晓阴阴③。

长乐钟声花外尽④，龙池柳色雨中深⑤。

阳和不散穷途恨⑥，霄汉常悬捧日心⑦。

献赋十年犹未遇⑧，羞将白发对华簪⑨。

【注释】

①阙下：指朝廷。裴舍人：其人不详。②上林：即上林苑，这里

借指唐代宫苑。③春城：指春日的京城。紫禁：比喻皇宫。④长乐：
汉宫名，这里借指唐宫。⑤龙池：在唐宫中，因其上有云龙之祥云而
得名。⑥阳和：阳春和暖的气息。⑦霄汉：指云霄。捧日心：效忠皇
帝之心。⑧献赋：向皇帝献赋，以示忠诚。未遇：未得赏识。⑨簪：
一种锥形首饰，用来把帽子固定在发髻上。

寄李儋元锡①

韦应物

去年花里逢君别②，今日花开又一年。

世事茫茫难自料③，春愁黯黯独成眠④。

身多疾病思田里⑤，邑有流亡愧俸钱⑥。

闻道欲来相问讯⑦，西楼望月几回圆。

【注释】

①李儋：武威人，曾任殿中侍御史，诗人好友。元锡：字君贶，
曾任淄王傅，诗人好友。②君：这里指李儋、元锡。③料：预料，料
想。④黯黯：形容心绪低沉郁闷。⑤田里：指家乡。⑥邑：这里指滁
州。流亡：出外逃荒的贫苦百姓。俸钱：官吏所得薪水。⑦闻道：听
说。问讯：探望，问候。

晚次鄂州①

卢纶

云开远见汉阳城②，犹是孤帆一日程。

估客昼眠知浪静③，舟人夜语觉潮生④。

三湘愁鬓逢秋色⑤，万里归心对月明。

旧业已随征战尽⑥，更堪江上鼓鼙声⑦?

①次：指留宿。鄂州：今湖北省武汉市武昌。②汉阳城：在今湖北省武汉市汉阳。③估客：商人。④舟人：船夫，撑船的人。⑤三湘：指湘江及其支流，在今湖南省。⑥旧业：原来的家产。征战：指"安史之乱"。⑦更堪：哪里还能承受。鼙（pí）：指古代军中敲的小鼓。

登柳州城楼寄漳汀封连四州刺史①

柳宗元

城上高楼接大荒②，海天愁思正茫茫③。

惊风乱飐芙蓉水④，密雨斜侵薜荔墙⑤。

岭树重遮千里目⑥，江流曲似九回肠⑦。

共来百越文身地⑧，犹自音书滞一乡⑨。

【注释】

①柳州：在今广西。漳：即漳州，在今福建省，当时刺史是韩泰。汀：汀州，在今福建省，刺史是韩晔。封：封州，在今广东省，刺史是陈谏。连：连州，在今广东省，刺史是刘禹锡。②大荒：指旷野。③海天愁思：海天一样深广的愁思。茫茫：广阔无边的样子。④惊风：指狂风。飐（zhǎn）：指吹动。芙蓉：即荷花。⑤薜荔（bì lì）：木本常绿蔓生植物，常缘壁而生。⑥千里目：指极目远望的视线。⑦江：指柳州城南的柳江。⑧百粤：古代对五岭以南各少数民族的总称。文身：在身上刺花纹图案。⑨滞（zhì）：滞留，阻隔。一乡：一个地方。

西塞山怀古①

刘禹锡

王濬楼船下益州②，金陵王气黯然收③。

千寻铁锁沉江底④，一片降幡出石头⑤。

人世几回伤往事⑥，山形依旧枕寒流⑦。

从今四海为家日⑧，故垒萧萧芦荻秋⑨。

【注释】

①西塞山：在今湖北省大冶市，三国时吴国在这里设有江防。
②王濬：字士治，西晋大将，曾任益州刺史。晋武帝谋伐吴，命王濬
造大船，训练水师。晋武帝咸宁五年（279年），王濬奉命进兵，从
长江顺流而下，直取吴都建业（今江苏省南京市），次年灭吴。下益
州：指从益州顺水而下。③金陵：今南京，当时即吴都建业。王气：
指帝王之气。黯然：暗淡不明的样子。④寻：古代长度单位，八尺为
一寻。铁锁：铁链子。吴国在长江险要处放置大铁链，以拦阻晋船。
晋军用大火炬把铁链烧化，使其断沉入江中。⑤石头：即石头城，故
址在今南京市清凉山。⑥往事：指割据政权覆灭之事。⑦枕：依傍的
意思。⑧四海为家：指建立统一全国的王朝。⑨故垒：旧时的营垒。
芦：芦苇。荻：多年生草本植物，形似芦苇。

遣悲怀①三首

元稹

其一

谢公最小偏怜女②，自嫁黔娄百事乖③。

顾我无衣搜荩箧④，泥他沽酒拔金钗⑤。

野蔬充膳甘长藿⑥，落叶添薪仰古槐。

今日俸钱过十万⑦，与君营奠复营斋⑧。

【注释】

①此题一作《三遣悲怀》。遣：排遣，抒发。②谢公：指谢安。谢安最偏爱其侄女谢道韫。元稹原配妻子叫韦丛，韦丛之父韦夏卿官至太子太保，死后赠官左仆射，位同宰相。这里以谢公比韦父。③黔娄：春秋时齐国贫士，其妻最贤。这里是诗人自比。乖：不顺利。④荩箧：用荩草编的小箱子。⑤泥（nì）：软语相求。沽：买。钗：妇女的一种首饰。⑥藿：豆叶。⑦俸钱：古时官员的薪水。⑧营：指置办。奠：祭品。斋：请僧道设会，为死者祈福禳灾。

其二

昔日戏言身后意①，今朝都到眼前来。
衣裳已施行看尽②，针线犹存未忍开③。
尚想旧情怜婢仆④，也曾因梦送钱财⑤。
诚知此恨人人有⑥，贫贱夫妻百事哀。

【注释】

①戏言：指开玩笑。身后意：有关死后的打算。②施：施舍，以财物给人。行：即将。③针线：指针线盒。开：打开。④婢仆：指以前伺候过韦丛的婢女、仆人。⑤梦：指诗人做梦，梦见妻子嘱托自己关心婢仆。送钱财：指诗人送钱财给婢仆。⑥此恨：死别之恨。

其三

闲坐悲君亦自悲，百年多是几多时①？
邓攸无子寻知命②，潘岳悼亡犹费辞③。
同穴窅冥何所望④，他生缘会更难期⑤。

惟将终夜长开眼⑥，报答平生未展眉⑦。

【注释】

①百年：指一生。②邓攸：西晋末任河东太守。战乱中，他为保全侄子而丢弃了自己的儿子，后来终身无子。这里诗人以邓攸自比，韦丛生五人，仅存一女。知命：知天命之年，即五十岁。③潘岳悼亡：潘岳，西晋诗人，其妻死后曾作《悼亡》诗三首，为后世所传诵。费辞：指浪费笔墨。④同穴：指夫妻合葬。窅（yǎo）冥：形容幽暗。⑤他生：来生，来世。缘会：即因缘会合，指结为夫妻。⑥终夜长开眼：传说鳏鱼眼睛终夜不闭。无妻之人又叫鳏夫，此句意指以后终身不娶。实际上，元稹在韦丛死后两年就纳安氏为妾，六年后又娶裴氏。⑦未展眉：指没有快乐。

望月有感①

白居易

时难年荒世业空②，弟兄羁旅各西东③。
田园寥落干戈后④，骨肉流离道路中⑤。
吊影分为千里雁⑥，辞根散作九秋蓬⑦。
共看明月应垂泪，一夜乡心五处同⑧。

【注释】

①诗名全称是《自河南经乱，关内阻饥，兄弟离散，各在一处。因望月有感，聊书所怀，寄上浮梁大兄、於潜七兄、乌江十五兄兼示符离及下邽弟妹》。②世业：指祖传家业。③羁旅：指漂泊他乡。④寥落：形容冷落荒凉。干戈：干和戈是古代两种兵器，这里指战争。⑤骨肉：这里指兄弟姐妹。流离：流落离散。⑥吊影：顾影自怜之意。千里雁：比喻与兄弟们远隔异乡。⑦辞根：指蓬草离根分散。⑧乡心：思念故乡和亲人的心情。五处：指诗人亲人分散之处，包括浮

梁、於潜、乌江、符离、下邳，当时诗人在符离。

锦瑟①

李商隐

锦瑟无端五十弦②，一弦一柱思华年③。

庄生晓梦迷蝴蝶④，望帝春心托杜鹃⑤。

沧海月明珠有泪⑥，蓝田日暖玉生烟⑦。

此情可待成追忆⑧？只是当时已惘然⑨。

【注释】

①锦瑟：指雕绘有织锦花纹的瑟。②无端：无缘无故，没由来的。五十弦：相传古瑟有五十弦。③柱：拨弦乐器架弦的码子，用来调音。华年：青年，韶华之年。④庄生：即庄周，庄子。此句典出《庄子·齐物论》："不知周之梦蝶欤，蝴蝶之梦与周欤。"传达的是一种如梦如幻，令人迷惘的心境。⑤望帝：指蜀帝杜宇。据说蜀帝死后化为杜鹃，暮春时节哀鸣至口中流血。⑥据说，南海有鲛人，水居如鱼，哭泣时眼泪成珠。⑦蓝田：今陕西省蓝田县。古代有"蓝田日暖，良玉生烟，可望而不可置于眉睫之前也"的说法。此句形容一种对年华的恍惚失落之感。⑧可待：岂待。⑨惘然：形容失意。

无题①

李商隐

昨夜星辰昨夜风②，画楼西畔桂堂东③。

身无彩凤双飞翼，心有灵犀一点通④。

隔座送钩春酒暖⑤，分曹射覆蜡灯红⑥。

嗟余听鼓应官去⑦，走马兰台类转蓬⑧。

127

①无题：这是古代诗歌一种标题的方式，多用于主旨不便明言的诗歌。②星辰：即星星。③画楼：彩饰的楼房。桂堂：香木装饰的厅堂。④灵犀一点通：犀牛角的中心有白纹如线，直通两头。⑤送钩：古代腊日宴会上一种游戏，把一种钩状玩物暗中传送，让人猜在谁手，猜不中罚酒。⑥分曹射覆：分两组互相猜覆盖物，为古时宴会上一种常见的游戏。⑦鼓：指更鼓，此指报五更的鼓声。⑧兰台：指秘书省，掌图书典籍。转蓬：即飞蓬，深秋即根断枯萎，随风飘散。

春雨

李商隐

怅卧新春白袷衣①，白门寥落意多违②。

红楼隔雨相望冷③，珠箔飘灯独自归④。

远路应悲春晼晚⑤，残宵犹得梦依稀⑥。

玉珰缄札何由达⑦，万里云罗一雁飞⑧。

【注释】

①白袷 (jiā) 衣：春秋天穿的白色夹衫。②白门：指今江苏省南京市。寥落：冷落空寂。③红楼：指女子原来的住处。④珠箔：指珠帘，这里喻雨丝。⑤远路：远方。晼晚：指日落黄昏之时。⑥残宵：残夜，拂晓。依稀：恍惚不清的样子。⑦珰：古时女子的耳饰。札：书信。何由达：从哪里送到。⑧云罗：密云如网罗。雁：喻传送书信的人。

无题①二首

李商隐

其一

凤尾香罗薄几重②，碧文圆顶夜深缝③。

扇裁月魄羞难掩④，车走雷声语未通⑤。

曾是寂寥金烬暗⑥，断无消息石榴红⑦。

斑骓只系垂杨岸⑧，何处西南待好风⑨。

【注释】

①无题：见《无题》（昨夜星辰昨夜风）注。②凤尾香罗：织有凤纹的芳香丝罗。③圆顶：指圆顶的床帐。④扇裁月魄：这里指用团扇掩面。⑤雷声：形容车轮滚动的声音。⑥金烬：指金色的烛花。⑦石榴红：指石榴花盛开的季节。⑧斑骓（zhuī）：指青花马。⑨西南待好风：即待西南好风。西南风：喻女方，典出曹植《七哀》："愿为西南风，长逝入君怀。"

其二

重帏深下莫愁堂①，卧后清宵细细长②。

神女生涯原是梦③，小姑居处本无郎④。

风波不信菱枝弱⑤，月露谁教桂叶香⑥。

直道相思了无益⑦，未妨惆怅是清狂⑧。

【注释】

①重帏：形容帷帐深幽。深下：深深垂下及地。莫愁：古乐府中的一位传说女子，此指诗中女主人公。②细细长：仔细地进行长远的

回忆。③神女生涯：指楚怀王游高唐观，与巫山神女欢会的传说。典出宋玉《神女赋》。④小姑：古乐府诗《清溪小姑曲》"小姑所居，独处无郎。"⑤菱枝：喻女主人公。菱：一年生水生草本植物，茎蔓生，叶浮水面。⑥谁教：谁肯使。⑦直道：即使之意。⑧清狂：不狂而似狂，此处指情痴。

利州南渡①

温庭筠

澹然空水带斜晖②。曲岛苍茫接翠微③。

波上马嘶看棹去④，柳边人歇待船归⑤。

数丛沙草群鸥散⑥，万顷江田一鹭飞⑦。

谁解乘舟寻范蠡⑧，五湖烟水独忘机⑨。

【注释】

①利州：在今四川省广元市。②澹然：水波起伏动荡的样子。空水：指空阔的水面。③翠微：指青翠的山坡。④波上马嘶：指渡船上马鸣叫。棹：划船工具，这里借指船。⑤人：等待渡江的人。⑥鸥：一种水鸟，羽多灰、白，能游善飞。⑦江田：指江面。鹭：即白鹭。⑧范蠡：字少伯，春秋时期越国大夫，曾辅佐越王勾践灭吴，后辞官隐居。⑨五湖：指太湖一带的湖泊。忘机：消除机心。

苏武庙①

温庭筠

苏武魂销汉使前②，古祠高树两茫然③。

云边雁断胡天月④，陇上羊归塞草烟⑤。

回日楼台非甲帐⑥，去时冠剑是丁年⑦。

茂陵不见封侯印⑧，空向秋波哭逝川⑨。

【注释】

①苏武：西汉人，字子卿。汉武帝天汉元年（公元前100年），奉命出使匈奴被扣，拒降被放逐北海（今贝加尔湖）边牧羊。十九年后，匈奴与汉和好，才得以回汉。②此句是说，苏武见到汉使时悲喜交集、无比激动。③古祠：指苏武庙。高树：指庙前大树。④雁断：形容音信不通。⑤塞草：边塞草原。烟：傍晚的烟雾。⑥非甲帐：谓苏武回来时，汉武帝已死，甲乙帐已不存在。甲帐：传说汉武帝错杂天下珍宝做甲乙两面帷帐，甲帐供神居住，乙帐自己居住。⑦丁年：青壮之年。⑧茂陵：汉武帝的陵墓，借指汉武帝。⑨秋波：秋水。哭逝川：痛哭时间如流水般逝去，自己再也见不到故主了。

贫女

秦韬玉

蓬门未识绮罗香①，拟托良媒亦自伤②。
谁爱风流高格调③，共怜时世俭梳妆④。
敢将十指夸针巧，不把双眉斗画长⑤。
苦恨年年压金线⑥，为他人作嫁衣裳。

【注释】

①蓬门：用蓬草编扎的门，代指穷人住所。绮罗香：指富贵女子的华贵衣服。②拟：打算。良媒：好的媒人。古时妇女出嫁，讲究明媒正娶。③风流：形容仪态娴雅，举止潇洒。高格调：高雅的品格和情调。④怜：爱。⑤斗：争，比。⑥苦恨：深恨。压金线：指刺绣。

五言绝句

　　五言绝句，简称"五绝"，每首四句，通首比兴，婉而多讽。因"五绝"篇幅太小，故表现手法更为凝练、概括，创作难度很大，但并不影响唐代诗人对该体裁的热爱。唐代绝句率真自然，达到了吟诵自由化的巅峰，名家有王维、孟浩然等人。

鹿柴①

王维

空山不见人，但闻人语响。

返影入深林②，复照青苔上。

【注释】

①鹿柴（zhài）：王维辋川别墅中的景点之一，用树枝围成的栅栏，因形似鹿角，故名。柴，通"砦""寨"，指木栅栏。②返影：指落日返照。

竹里馆①

王维

独坐幽篁里②，弹琴复长啸③。

深林人不知，明月来相照。

【注释】

①竹里馆：王维辋川别墅中的景点之一，房屋周围有竹林，故名。②篁（huáng）：竹林。③长啸：指撮口发出长而清越的声音，常用于发泄激荡的情绪。

送别①

王维

山中相送罢，日暮掩柴扉②。

春草年年绿，王孙归不归③？

五言绝句

133

【注释】

①这首诗令题作《山中送别》，为诗人居辋川时所作。②柴扉（fēi）：指柴门。③"春草"二句语出《楚辞·招隐士》："王孙游兮不归，春草生兮萋萋。"王孙：指送别的友人。归：指回归山中隐居。

相思①

王维

红豆生南国②，春来发几枝？

愿君多采撷③，此物最相思。

【注释】

①相思：即相思子，为相思木之果实，色泽鲜红，别名红豆。②南国：指岭南地区。③采撷（xié）：即采摘。

杂诗①

王维

君自故乡来，应知故乡事。

来日绮窗前②，寒梅着花未③？

【注释】

①此题下原有三首，此为其二。②来日：来的时候。绮窗：雕镂着花纹图案的窗子。③着（zhuó）花未：开花没有。

终南望余雪①

祖咏

终南阴岭秀②，积雪浮云端。

林表明霁色③，城中增暮寒。

【注释】

①终南：即终南山。余雪：指未融化的积雪。据说此诗是祖咏的应试之作，清代诗人王渔称之为"咏雪最佳作"。②阴岭：山岭背着阳光的一面，即山岭北面。因长安城在终南山之北，因此从长安望去只能看到山的北坡。③林表：指林外。明：映照。霁（jì）色：雪后初晴之阳光。

宿建德江①

孟浩然

移舟泊烟渚②，日暮客愁新③。

野旷天低树④，江清月近人。

【注释】

①建德江：指新安江流经建德（今浙江省建德市）的一段。②泊：停船靠岸。烟渚（zhǔ）：暮烟缭绕的水中小洲。③客愁：客居在外的思乡之愁。④天低树：天幕低垂，好像和树木连在一起。

春晓①

孟浩然

春眠不觉晓②，处处闻啼鸟③。

夜来风雨声，花落知多少。

【注释】

①春晓：春日清晨。②不觉晓：不知道天亮了。③闻啼鸟：听到小鸟的鸣叫声。

静夜思①

李白

床前明月光②，疑是地上霜③。

举头望明月，低头思故乡。

【注释】

①思：指对故乡的思念。②床前明月光：指透过窗户照射到床前地上的月光。③疑：怀疑，以为。

怨情

李白

美人卷珠帘，深坐颦蛾眉①。

但见泪痕湿，不知心恨谁。

【注释】

①深坐：长时间地坐着。颦蛾眉：即皱眉。蛾眉，指古时候女子细而长的眉毛。

八阵图①

杜甫

功盖三分国②，名成八阵图。

江流石不转③，遗恨失吞吴④。

【注释】

①八阵图：为诸葛亮推演兵法创制的一种阵势图，由天、地、风、云、龙、虎、鸟、蛇八种阵势组成。史上，诸葛亮所布八阵共四处，以夔州最为著名。②三分国：指魏、蜀、吴三国鼎立。③石不转：传说遗址由卵石堆成，共六十四堆，夏天虽经江水冲击，但仍保持原状。④失：失计，错误决策。吞吴：指刘备为了给关羽报仇，调集大军，打算吞灭吴国。

登鹳雀楼①

王之涣

白日依山尽②，黄河入海流。

欲穷千里目③，更上一层楼。

【注释】

①鹳（guàn）雀楼：唐代蒲州（今山西省永济市）西南面的一座城楼，前对中条山，下临黄河，因常有鹳雀栖息而得名。②尽：消失。③穷：尽，达到极点的意思。千里目：指眼界开阔。

弹琴

刘长卿

泠泠七弦上①，静听松风寒。

古调虽自爱②，今人多不弹。

【注释】

①泠（líng）泠：本形容水声，此处形容琴声清幽。七弦：据传

神农氏制琴为五弦，后周文王加为七弦。②古调：指古代高雅的音乐。

送上人①

刘长卿

孤云将野鹤，岂向人间住。

莫买沃洲山②，时人已知处。

【注释】

①上人：原称佛教中具备德智善行之人，后用做对僧人的尊称。此处指灵澈。②沃洲山：在今浙江省新昌县东，在道教中被看作第十二福地，相传晋代名僧支遁曾在此放鹤养马。

秋夜寄丘员外①

韦应物

怀君属秋夜②，散步咏凉天③。

空山松子落，幽人应未眠④。

【注释】

①丘员外：名丹，苏州人，曾任尚书郎，后隐居平山。员外，员外郎的简称，为当时朝廷尚书省的属官。②属（zhǔ）：适逢之意。③咏：指咏诗，作诗。④幽人：即隐士，这里指丘丹。应：想必。

新嫁娘词①

王建

三日入厨下②，洗手作羹汤③。

未谙姑食性④，先遣小姑尝⑤。

【注释】

①此题下原有三首，此为其二。娘：对妇女的泛称。②三日入厨下：古时风俗，婚后第三天，新娘要下厨房做饭。③羹（gēng）：指浓汤。④谙（ān）：熟悉，了解。姑：指婆婆。食性：指口味。⑤小姑：丈夫的妹妹。

江雪①

柳宗元

千山鸟飞绝②，万径人踪灭③。

孤舟蓑笠翁④，独钓寒江雪。

【注释】

①此诗为诗人任永州司马时所作。②绝：尽，全无。③人踪：人的踪迹。④蓑（suō）笠翁：披蓑衣戴斗笠的渔翁。蓑，一种用棕毛或草编织而成的披身雨具。

行宫①

元稹

寥落古行宫②，宫花寂寞红③。

白头宫女在，闲坐说玄宗④。

【注释】

①行宫：京城之外的皇家宫殿，为皇帝外出时所住。②寥落：寂寞冷落。③宫花：指行宫里开放的鲜花。④玄宗：唐明皇李隆基的庙号。

问刘十九①

白居易

绿蚁新醅酒②，红泥小火炉。

晚来天欲雪，能饮一杯无③？

【注释】

①刘十九：其人不详，疑为诗人在江州任职时结交的好友。②绿蚁：指未经过滤的米酒上面的绿色浮渣。③无：犹"否"。

登乐游原①

李商隐

向晚意不适②，驱车登古原。

夕阳无限好，只是近黄昏。

【注释】

①乐游原：本是汉宣帝设立的乐游庙，又名乐游苑、乐游阙，在长安城东南，地势高敞，登高可俯瞰全城。②向晚：傍晚。不适：不快，不舒畅。

寻隐者不遇①

贾岛

松下问童子②，言师采药去③。

只在此山中，云深不知处④。

【注释】

①隐者：古代指不肯为官而选择隐居山野之中的人。不遇：没有见到。②童子：小孩。这里指隐者的小徒弟。③言：回答说。④云深：形容山上烟雾缭绕。

渡汉江①

宋之问

岭外音书绝②，经冬复立春。

近乡情更怯③，不敢问来人④。

【注释】

①汉江：汉水。此诗为诗人途经汉水时所作。②岭外：指五岭以南的广东、广西一带，对中原而言为外。书：书信。③怯：害怕。④来人：从家乡来的人。

春怨①

金昌绪

打起黄莺儿②，莫教枝上啼。

啼时惊妾梦③，不得到辽西④。

【注释】

①此诗也题作《伊州歌》（原有诗两首，此为第二首）。②黄莺：即黄鹂，其叫声婉转。③妾：古代妇女自称的谦辞。④辽西：古代郡名，在今辽宁省辽河以西，古代为边境地区，常有战事。

长干行①二首

崔颢

其一

君家何处住？妾住在横塘②。

停船暂借问，或恐是同乡。

【注释】

①长干行：又作《长干曲》，为乐府诗旧题，本是江南一带的民歌。崔颢此题下原有诗四首，此选前两首。长干，地名，古建业（今江苏省南京市）有长干里，在淮河南。②妾：古代妇女自称的谦辞。横塘：地名，距离长干里很近。

其二

家临九江水①，来去九江侧②。

同是长干人，生小不相识③。

【注释】

①九江：泛指长江下游。②侧：即沿岸。③生小：自小。

玉阶怨①

李白

玉阶生白露，夜久侵罗袜②。

却下水精帘③，玲珑望秋月④。

①玉阶怨：乐府旧题诗，为李白拟作，内容以闺怨为主。②侵罗袜：指露水沾湿了丝织袜子。③却：再，继续。水精帘：即水晶所制的帘子。④玲珑：澄澈明亮的样子。

塞下曲①四首

卢纶

其一

鹫翎金仆姑②，燕尾绣蝥弧③。

独立扬新令④，千营共一呼。

【注释】

①塞下曲：原为乐府古诗。这组诗原有六首，这里选的是前四首。②鹫（jiù）：属鹰科，体型较大。翎：羽毛。金仆姑：古代一种神箭名。③蝥（máo）弧：古代一种旗名。④扬：高声宣布。

其二

林暗草惊风①，将军夜引弓②。

平明寻白羽，没在石棱中。③

【注释】

①草惊风：草突然被风吹动，好像受了惊吓似的。②引：拉。③“平明”二句：暗用了李广射虎的典故。据《史记·李将军传》记载，李广出猎，见草中大石头，误以为是老虎，于是用全力去射，结果箭全部射入石中。白羽：箭杆尾部镶嵌的白色羽毛，这里借指箭。

143

五言绝句

其三

月黑雁飞高，单于夜遁逃①。

欲将轻骑逐②，大雪满弓刀。

【注释】

①单（chán）于：匈奴君主的称号。这里泛指敌军首领。②将：率领。逐：追赶。

其四

野幕敞琼筵①，羌戎贺劳旋②。

醉和金甲舞③，雷鼓动山川④。

【注释】

①敞：摆开。琼筵：豪华的筵席。②羌：我国古代西部地区一个从事游牧的少数民族。戎：古代对少数民族的泛称。劳：慰劳。③和：指穿戴着。金甲：铠甲。④雷鼓：指如雷的鼓声。

江南曲①

李益

嫁得瞿塘贾②，朝朝误妾期③。

早知潮有信④，嫁与弄潮儿⑤。

【注释】

①江南曲：乐府诗旧题，最初是江南民歌，多描写男女恋情。②瞿塘：即瞿塘峡，长江三峡之一，在重庆市奉节县南。贾（gǔ）：商人。③期：约定团聚的日子。④潮有信：指潮水涨落有固定的时

间。⑤弄潮儿：即弄潮的人。弄潮，一种水上游戏，涨潮时乘船或游泳于潮头，随潮水进退上下。

七言绝句

　　七言绝句是绝句的一种，简称"七绝"，是唐代最有代表性的诗体之一。七绝有严格的格律要求，其章法往往是一、二句正说，三、四句转折，使得全诗婉曲回环，韵味无穷。唐人在七绝上的成就几乎达到"前不见古人，后不见来者"的地步，名家有李白、王昌龄、刘禹锡等。

回乡偶书①

贺知章

少小离家老大回②，乡音无改鬓毛衰③。

儿童相见不相识，笑问客从何处来。

【注释】

①此诗为诗人86岁辞官还乡后所作。偶书：偶尔写作的意思。②少小：指年轻时。老大：指年纪大了。③鬓毛：鬓发。衰：稀疏。

九月九日忆山东兄弟①

王维

独在异乡为异客②，每逢佳节倍思亲。

遥知兄弟登高处③，遍插茱萸少一人④。

【注释】

①九月九日：重阳节。山东：指华山以东地区，王维家在蒲州（今山西省永济市），地处华山之东。②异乡：指长安。③登高：古时过重阳节有登高的习俗。④茱萸（yú）：一种气味芳香的植物。古人过重阳节，有头插茱萸或佩茱萸囊以避邪气的习俗。少一人：指诗人自己。

芙蓉楼送辛渐①

王昌龄

寒雨连江夜入吴②，平明送客楚山孤③。

七言绝句

洛阳亲友如相问，一片冰心在玉壶④。

【注释】

①芙蓉楼：唐代润州（今江苏省镇江市）西北角城楼。辛渐：诗人的一位朋友，其人不详。②吴：指镇江一带，春秋时期属吴。③平明：清晨天刚亮。楚：指江北淮南一带，春秋战国时属楚。④冰心、玉壶：表明自己心地纯洁。语出鲍照"清如玉壶冰"。

闺怨①

王昌龄

闺中少妇不知愁，春日凝妆上翠楼②。

忽见陌头杨柳色③，悔教夫婿觅封侯④。

【注释】

①闺怨：少妇的怨情。②凝妆：盛妆。翠楼：华美的楼阁。③陌（mò）头：路边。杨柳色：古人在分别时喜欢折柳相赠，所以柳代指相思。④觅封侯：指为觅取封侯的机会而从军征战。

春宫曲①

王昌龄

昨夜风开露井桃②，未央前殿月轮高③。

平阳歌舞新承宠④，帘外春寒赐锦袍⑤。

【注释】

①此题一作《春宫怨》。②露井：没有加盖的井。③未央：汉宫殿名，在长安城西南角，此处泛指唐宫。月轮：指圆月。④"平阳"句：据《汉书·外戚传》记载，汉武帝有一次到其姐姐平阳公主家宴

饮，看中了歌女卫子夫，平阳公主就把卫子夫送入宫中，大受宠幸。
⑤锦：一种彩色大花纹丝织品。

凉州曲①

王翰

葡萄美酒夜光杯②，欲饮琵琶马上催③。

醉卧沙场君莫笑④，古来征战几人回。

【注释】

①此诗又题作《凉州词》，唐代乐府名。凉州，在今甘肃省武威市。②葡萄美酒：西域盛产葡萄，酿成的葡萄酒早在汉武帝时已经传入中原。夜光杯：传说中用白玉精制成的夜里能发光的杯子，这里形容酒杯的光洁晶莹。③琵琶：古时在马上弹奏的一种拨弦乐器。催：弹奏。④沙场：指战场。

送孟浩然之广陵①

李白

故人西辞黄鹤楼②，烟花三月下扬州③。

孤帆远影碧空尽④，惟见长江天际流。

【注释】

①孟浩然：盛唐诗人，李白的好友。之：去，往。广陵：今江苏省扬州市。②故人：旧友，老朋友，此处指孟浩然。黄鹤楼：故址在今湖北省武昌蛇山黄鹤矶上，传说三国时期的费祎在此登仙乘鹤而去，故名黄鹤楼。③烟花：形容柳絮如烟，繁花似锦的春天景象。④碧空：碧蓝的天空。

七言绝句

下江陵①

李白

朝辞白帝彩云间②，千里江陵一日还③。

两岸猿声啼不住④，轻舟已过万重山⑤。

【注释】

①此诗也作《早发白帝城》。江陵：今湖北省江陵县。②白帝：白帝城，在今重庆市奉节县东白帝山上，地势高峻，如在云中。③千里：古时据说白帝城距江陵一千二百里。还：返回。④啼不住：不停地鸣叫。⑤万重山：层层叠叠的山，形容很多。

逢入京使①

岑参

故园东望路漫漫②，双袖龙钟泪不干③。

马上相逢无纸笔，凭君传语报平安。

【注释】

①入京使：回京的使者。②故园：指诗人在京城长安的家。漫漫：形容漫长。③龙钟：形容流泪湿漉漉的样子。

江南逢李龟年①

杜甫

岐王宅里寻常见②，崔九堂前几度闻③。

正是江南好风景，落花时节又逢君④。

①江南：指长江、湘水附近。李龟年：唐代著名音乐家，玄宗时在梨园供职，"安史之乱"后流落江南。②岐王：指李范，唐睿宗第四子，玄宗之弟。③崔九：指崔涤，唐玄宗宠臣。④落花时节：代指春末。

滁州西涧①

韦应物

独怜幽草涧边生②，上有黄鹂深树鸣③。

春潮带雨晚来急④，野渡无人舟自横⑤。

【注释】

①滁州：今安徽省滁州市。西涧：滁州西郊的一条小溪，也叫上马河。②独怜：独爱。③黄鹂：指黄莺。深树：指树木茂密之处。④春潮：指春天陡涨的涧水。⑤野渡：荒野外无人管理的渡口。横：随意漂浮。

枫桥夜泊①

张继

月落乌啼霜满天，江枫渔火对愁眠②。

姑苏城外寒山寺③，夜半钟声到客船④。

【注释】

①此诗又题作《夜泊枫桥》。枫桥：在今苏州市西郊。泊：停船靠岸。②江枫：江边枫树。渔火：渔船上的灯火。对：陪伴。③姑苏：苏州的别称，因城南有姑苏山而得名。寒山寺：在枫桥边，因唐名僧寒山曾在此居住而得名。④夜半：即半夜。

七言绝句

寒食①

韩翃

春城无处不飞花，寒食东风御柳斜②。

日暮汉宫传蜡烛③，轻烟散入五侯家④。

【注释】

①寒食：指寒食节，在清明节前一天，有禁火冷食的习俗。②御柳：皇宫里的柳树，也指插在宫门上的柳枝。当时风俗，寒食节折柳枝插门，表示挽留春光。③汉宫：此处指唐宫。传蜡烛：唐朝制度，寒食节时须宫廷取新火，用蜡烛赏赐给群臣。④五侯：指豪门贵族。

月夜

刘方平

更深月色半人家①，北斗阑干南斗斜②。

今夜偏知春气暖③，虫声新透绿窗纱④。

【注释】

①更深：即夜深，三更前后。更，旧时夜间计时单位，一夜分五更，每更约两小时。月色半人家：月亮西斜，月光只照半个庭院。②北斗：北斗七星，在天空北部，排列成斗形，因称北斗。阑干：横斜的样子。南斗：南斗六星，即斗宿，同北斗相对来说，位置在南，俗称南斗。③偏：出乎意料。④新：初，始。透：穿过。

春怨①

刘方平

纱窗日落渐黄昏，金屋无人见泪痕②。

寂寞空庭春欲晚，梨花满地不开门。

【注释】

①此题下原有诗二首，此为其一。②金屋：指华美的宫殿。据《汉武帝故事》记载，汉武帝年少时很喜欢他的表妹阿娇，曾说："若得阿娇作妇，当作金屋贮之。"当了皇帝后，他便立阿娇为皇后，专宠十余年，后宠衰被弃。

乌衣巷①

刘禹锡

朱雀桥边野草花②，乌衣巷口夕阳斜。

旧时王谢堂前燕③，飞入寻常百姓家④。

【注释】

①乌衣巷：在今江苏省南京市区东南。从东晋到唐代，王、谢两个世家大族一直住在这里。②朱雀桥：秦淮河上的浮桥，为当时的交通要道。③王谢：指东晋名相王导和谢安。王谢是世家大族，贤才辈出，为六朝两大豪门。④寻常：意思是平常。

春词①

刘禹锡

新妆宜面下朱楼②，深锁春光一院愁③。

行到中庭数花朵④，蜻蜓飞上玉搔头⑤。

【注释】

①春：春情，男女相思之情。②宜面：意思是打扮得很漂亮。③锁：封锁。④中庭：庭院中。⑤玉搔头：代指玉簪。

宫词①

白居易

泪尽罗巾梦不成②，夜深前殿按歌声③。

红颜未老恩先断④，斜倚熏笼坐到明⑤。

【注释】

①宫词：描写宫廷生活的诗。②尽：湿尽，湿透。罗巾：丝织的枕巾。梦不成：做不成梦，睡不着。③按歌：依节拍唱歌。④红颜：青春容颜。恩：指皇帝的宠爱。⑤熏笼：罩在熏香炉上的竹笼，用来熏香衣被。

宫中词①

朱庆余

寂寂花时闭院门②，美人相并立琼轩③。

含情欲说宫中事，鹦鹉前头不敢言④。

【注释】

①此诗又题作《宫词》。②花时：指春暖花开的时候。③美人：指宫女。琼轩：雕饰精美的走廊。④鹦鹉：鸟名，俗称"鹦哥"，经训练，能模仿人说话。

近试上张水部①

朱庆余

洞房昨夜停红烛②，待晓堂前拜舅姑③。

妆罢低声问夫婿④，画眉深浅入时无⑤？

【注释】

①近试：临近科考。张水部：指张籍，张籍曾任水部员外郎。水部，尚书省工部四司之一。②停：置放。③舅姑：指公婆。④夫婿：丈夫。⑤画眉：妇女化妆的一项内容，用黛描画眉毛。深浅：即浓淡。入时：指合乎时尚。无：同"否"，表疑问语气。

将赴吴兴登乐游原①

杜牧

清时有味是无能②，闲爱孤云静爱僧。

欲把一麾江海去③，乐游原上望昭陵④。

【注释】

①吴兴：今浙江省吴兴。乐游原：因西汉时汉宣帝曾在长安城南建乐游苑而得名。②清时：政治清明时代。味：指闲适的情趣。③把：持。麾（huī）：指旌旗。江海：此指湖州。④昭陵：唐太宗的陵墓，在今陕西省礼泉县东北。

赤壁①

杜牧

折戟沉沙铁未销②，自将磨洗认前朝③。

东风不与周郎便④，铜雀春深锁二乔⑤。

【注释】

①赤壁：指三国时赤壁之战遗址。②戟：断戟。③将：拿起。④东风：指赤壁之战中周瑜借助东风用火攻战胜曹军。⑤铜雀：指铜雀台。建安十五年，为曹操在邺城（今河北省临漳县西）建造，高十丈，极其富丽。因楼顶有大铜雀而得名。曹操的姬妾、歌舞伎都住在

这里，为其晚年享乐的处所。二乔：指东吴美女大乔和小乔。大乔为三国东吴孙策之妻，小乔为周瑜之妻。

泊秦淮①

杜牧

烟笼寒水月笼沙，夜泊秦淮近酒家。

商女不知亡国恨②，隔江犹唱《后庭花》③。

【注释】

①秦淮：秦淮河，长江下游支流，流经金陵（今南京市）入长江。②商女：在商船上卖唱的歌女。③后庭花：指《玉树后庭花》，是南朝陈后主所作的乐府新曲，为历史上著名的亡国之音。

遣怀

杜牧

落魄江湖载酒行①，楚腰纤细掌中轻②。

十年一觉扬州梦③，赢得青楼薄幸名④。

【注释】

①落魄：形容不得志，漂泊江湖。②楚腰：指细腰美女。掌中轻：典出《飞燕外传》，西汉成帝皇后赵飞燕身轻如燕，能在手掌上舞蹈。③扬州梦：指诗人三十岁出头在淮南节度使府（在扬州）任幕僚时的放荡生活。④青楼：指酒馆歌楼。薄幸：薄情。

秋夕①

杜牧

银烛秋光冷画屏②，轻罗小扇扑流萤③。
天阶夜色凉如水④，卧看牵牛织女星⑤。

【注释】

①此诗另题作《七夕》。②银烛：精美的白蜡烛。③轻罗：轻薄
的丝织品。流萤：飞舞着的萤火虫。④天阶：皇宫里面的走廊。⑤牵
牛织女：两星宿名。据说，两星本为夫妇，遭受天罚，被隔在银河两
岸，农历七月七日方能相会。

赠别二首

杜牧

其一

娉娉袅袅十三余①，豆蔻梢头二月初②。
春风十里扬州路③，卷上珠帘总不如④。

【注释】

①娉娉（pīng）袅袅：形容女子柔美的样子。②豆蔻：即豆蔻
花，外形似芭蕉，初夏开淡黄色花。③十里扬州路：泛指扬州的街
道。④卷上珠帘：指珠帘内的女子。

其二

多情却似总无情①，唯觉尊前笑不成②。
蜡烛有心还惜别，替人垂泪到天明。

七言绝句

157

夜雨寄北①

李商隐

君问归期未有期，巴山夜雨涨秋池②。

何当共剪西窗烛③，却话巴山夜雨时④。

【注释】

①此诗又题作《夜雨寄内》。②巴山：泛指四川东部之山。③何当：何时。④却：回顾。

嫦娥①

李商隐

云母屏风烛影深②，长河渐落晓星沉③。

嫦娥应悔偷灵药，碧海青天夜夜心④。

【注释】

①嫦娥：神话里的月宫仙女，古代传说中原为后羿之妻。②云母屏风：用云母石制成的屏风。③长河：指银河。④心：用作动词，思念的意思。

贾生①

李商隐

宣室求贤访逐臣②，贾生才调更无伦③。

可怜夜半虚前席④，不问苍生问鬼神⑤。

【注释】

①贾生：指贾谊，西汉政治家、文学家。②宣室：西汉未央宫前殿正室。逐臣：贾谊曾被贬长沙，故称逐臣。③才调：才气。④可怜：可惜。夜半：半夜。前席：古人席地跪坐，在席间移动双膝向前，主动亲近对方，叫前席。⑤苍生：指百姓。

马嵬坡①

郑畋

玄宗回马杨妃死②，云雨难忘日月新③。

终是圣明天子事，景阳宫井又何人④。

【注释】

①马嵬（wéi）坡：指马嵬驿，在今陕西省兴平市。唐天宝十五载（756年），安禄山叛军攻入潼关，唐玄宗仓皇出逃。经马嵬驿时，玄宗被迫赐杨贵妃自尽。②回马：指收复长安后，唐玄宗从蜀地返回。③云雨：喻指帝王艳遇以及男女欢会。日月新：指时代更新，唐肃宗即位，形势好转。④景阳宫井：即景阳井、胭脂井，在今南京市。南朝的昏昧陈后主叔宝听说隋兵已经攻进城来，就和宠妃张丽华、孙贵嫔躲在景阳宫井中，结果还是被隋兵俘虏。

金陵图①

韦庄

江雨霏霏江草齐②，六朝如梦鸟空啼③。

无情最是台城柳④，依旧烟笼十里堤。

【注释】

①此诗又题作《台城》。②霏霏（fēi）：雨细密迷蒙的样子。③六朝：指吴、东晋、宋、齐、梁、陈六个朝代。④台城：本三国吴之后苑城，后为东晋、南朝皇宫和台省（中央政府机构）所在地，故址在今南京市玄武湖边。

渭城曲①

王维

渭城朝雨浥轻尘②，客舍青青柳色新③。

劝君更尽一杯酒，西出阳关无故人④。

【注释】

①此诗另题作《送元二使安西》。元二：其人不详。安西：指唐代设立的安西都府，治所在今新疆库车。②渭城：位于长安西北渭水北岸，秦代的咸阳县，汉时改为渭城。浥（yì）：湿润。③客舍：指旅店。④阳关：汉朝设置的边关，因在玉门关之南而得名，故址在今甘肃省敦煌市西南。

秋夜曲①

王维

桂魄初生秋露微②，轻罗已薄未更衣③。

银筝夜久殷勤弄④，心怯空房不忍归⑤。

【注释】

①秋夜曲：乐府诗旧题。②桂魄：指月亮。③轻罗：轻盈的罗衫。④银筝：银饰的筝。殷勤：勤勉不息的样子。弄：拨弄，弹奏。⑤怯：怕。空房：独处的闺房。

长信怨①

王昌龄

奉帚平明金殿开②，暂将团扇共徘徊③。

玉颜不及寒鸦色④，犹带昭阳日影来。

【注释】

①长信怨：乐府诗旧题。长信，即汉代长信宫，汉成帝的妃子班婕妤失宠后自避的冷宫。②奉帚：拿着扫帚打扫宫殿。平明：清晨天刚亮。金殿：指长信宫。③团扇：指圆形有柄的扇子。相传班婕妤曾作《团扇诗》。④玉颜：指班婕妤的美丽容颜。

出塞①

王昌龄

秦时明月汉时关②，万里长征人未还。

但使龙城飞将在③，不教胡马度阴山④。

【注释】

①出塞：乐府诗旧题，旧作多写边塞征战之事。②"秦时"一句：用的是互文见义写法，意思是：明月仍是秦汉时的明月，关塞仍是秦汉时的关塞。③龙城飞将：指西汉名将李广。李广曾为右北平郡太守，英勇善战，匈奴称他为"汉之飞将军"。这里借指优秀统帅。龙城，地名，在今河北省东北部，汉代属右北平郡。④胡马：指敌方的战马。胡，古人对西北少数民族的称呼。阴山：指阴山山脉，汉时匈奴常据此侵扰边境。

清平调①三首

李白

其一

云想衣裳花想容②，春风拂槛露华浓③。

若非群玉山头见④，会向瑶台月下逢⑤。

【注释】

①清平调：乐府曲牌名，李白所创，也作《清平调词》。②想：羡慕，思慕。③槛：栏杆。露华：带露水的鲜花。④群玉山：传说中的仙山，为西王母所居。⑤会：终应。瑶台：神话中仙人游息的高台，用玉砌成。

其二

一枝红艳露凝香，云雨巫山枉断肠①。

借问汉宫谁得似，可怜飞燕倚新妆②。

【注释】

①云雨巫山：传说中三峡巫山顶上神女与楚王欢会，接受楚王宠爱的神话。枉：空。②可怜：可爱。飞燕：赵飞燕，汉成帝皇后，貌美，身轻善舞，极受汉成帝宠爱。倚：依靠。

其三

名花倾国两相欢①，常得君王带笑看。

解释春风无限恨②，沉香亭北倚栏杆③。

【注释】

①名花：牡丹花。倾国：这里用作名词，指杨贵妃。②解释：消释。③沉香亭：在唐兴庆宫龙池东面，用沉香木建造，故名。

出塞①

王之涣

黄河远上白云间，一片孤城万仞山②。

羌笛何须怨《杨柳》③，春风不度玉门关④。

【注释】

①此诗又题作《凉州词》。②万仞（rèn）：形容极高。仞，古代长度单位，八尺为一仞。③羌笛：据说笛子出于西羌，故曰羌笛。④春风：暗喻朝廷的恩泽。玉门关：古时通西域的交通要道，在今甘肃省敦煌市西。

金缕衣①

杜秋娘

劝君莫惜金缕衣，劝君惜取少年时②。

花开堪折直须折③，莫待无花空折枝。

【注释】

①金缕衣：唐代教坊曲调名。此诗又题作《劝少年》。②惜取：珍惜把握。③堪：可，该。直须：就须。

附录

作者简介

　　白居易（772—846），字乐天，号香山居士、醉吟先生，祖籍太原（今属山西），曾祖父白温迁居下邽（今陕西渭南），遂为下邽人，生于郑州新郑（今属河南）。晚年官太子少傅，谥号"文"，世称白傅、白文公。贞元十六年（800年），白居易中进士，历任秘书省校书郎、盩厔（今陕西周至）县尉、翰林院学士、左拾遗、京兆府户曹参军等职。元和十年（815年），因上疏请求急捕刺杀宰相武元衡的凶手，被贬为江州（今江西九江）司马。元和十三年（818年），改任忠州刺史。元和十五年（820年），召还京，拜尚书司门员外郎，迁主客郎中，知制诰，进中书舍人。长庆二年（822年），请求外调，历任杭州刺史、苏州刺史。文宗大和元年（827年），拜秘书监。次年转刑部侍郎。会昌二年（842年），以刑部尚书致仕。晚年的白居易在洛阳过着饮酒、弹琴、赋诗、游山玩水和"栖心释氏"的生活。白居易早有诗名，早年与元稹并称"元白"，晚年又与刘禹锡并称"刘白"。他一生留下近三千篇诗作，有《白氏长庆集》传世，《全唐诗》编存其诗三十九卷。

　　岑参（715—770），原籍南阳（今属河南），迁居江陵

（今属湖北）。天宝三年（744年）中进士，授右内率府兵曹参军。天宝八年（749年），任安西四镇节度使高仙芝幕府掌书记。天宝十年（751年），回长安，与杜甫、高适等游，深受启迪。天宝十三年（753年），又入安西北庭节度使封常清幕府任判官。乾元二年（759年），改任起居舍人。不满一月，被贬为虢州长史。后又迁任太子中允，虞部、库部郎中，出为嘉州刺史，因此人称"岑嘉州"。罢官后，东归不成，作《招北客文》自悼。客死成都旅舍。岑参创作了很多反映边塞生活的诗歌，他与高适一起成为盛唐边塞诗的代表，世称"高岑"。有《岑嘉州诗集》七卷传世。《全唐诗》编存其诗四卷。

常建（生卒年不详），邢州人或说长安（今陕西西安）人。开元十五年（727年）进士及第。天宝中，官盱眙尉。后隐居鄂渚的西山。常建之诗在当时就极受推崇，曾有王、孟、储、常之称。其诗意境清迥，语言洗练而自然，艺术上有独特的造诣。今有《常建诗集》传世，《全唐诗》编存其诗一卷。

陈子昂（约659—700），字伯玉，梓州射洪（今属四川）人。因曾任右拾遗，后世称为陈拾遗。二十四岁时进士及第，官麟台正字，后升右拾遗，直言敢谏。垂拱二年（686年），曾随左补阙乔知之军队到达西北居延海、张掖河一带。圣历元年（698年），因父老解官回乡，不久就被洪县令陷害入狱，冤死。陈子昂是初唐时期诗歌革新的先驱，提倡"汉魏风骨"。陈子昂存诗共一百多首，有《陈伯玉文集》十卷传世，《全唐诗》编存其诗二卷。

崔颢（约704—754），字号不详，汴州（今河南开封）人。玄宗开元年间中进士。开元后期曾出使河东军幕，天宝时历任太仆寺卿、司勋员外郎等职。现存崔颢的作品，有几篇艳体诗，色泽浮艳，内容轻佻，可能是他年轻时所作。今存《崔颢诗集》一卷，收诗四十多首。《全唐诗》编其诗一卷。

杜甫（712—770），字子美，祖籍襄阳（今属湖北），生于河南巩义市。由于他在长安时曾居住在城南少陵附近，故自称少陵野老；又因在成都时被荐为节度参谋、检校工部员外郎，后世又称他为杜少陵、杜工部。青年时期曾漫游吴越。开元二十三年（735年），进士考试落第，开始漫游齐赵。天宝十年（751年），写成三篇"大礼赋"进献，得到玄宗的赞赏。天宝十五年（756年），得到右卫率府胄曹参军的职务。安史之乱爆发后，被困于长安。至德二年（757年），奔赴肃宗临时驻地凤翔，受任为左拾遗。乾元元年（758年），外调为华州司功参军。次年，因不满当时政治局面，辞官入成都，安居在成都城西浣花溪畔的草堂里。代宗宝应元年（762年），蜀地战乱，杜甫流亡到梓州、阆州。广德二年（764年），在成都尹兼剑南节度使严武的举荐下，杜甫担任了节度参谋、检校工部员外郎，故后世称之"杜工部"。严武死后，杜甫携全家漂泊于云安、夔州、江陵、公安、岳阳、长沙、衡州、耒阳一带，居无定所。大历五年（770年），病死于长沙与岳阳之间湘江上的舟中。杜甫死后，灵柩停厝在岳阳，四十三年后即宪宗元和八年（813年），才由他的孙子杜嗣业移葬于河南首阳山下。杜甫的诗被称为"诗史"，在内容和形式上大大开拓了诗歌的领域。他把诗看作是他终生的事业，认为"诗是吾家事"（《宗武生日》）。今有《杜工部集》二十卷。《全唐诗》编存其诗十九卷。

杜牧（803—852），字牧之，京兆万年（今陕西西安）人。大和二年（828年）进士及第，授弘文馆校书郎。同年十月离开长安，到江西观察使沈传师府署中担任幕僚，后转入淮南节度使牛僧孺和宣歙观察使崔郸幕中任掌书记、判官等职。开成四年（839年）回长安，历任左补阙、膳部及比部员外郎。会昌二年（842年）以后，相继出任黄州、池州、睦州刺史。大中三年（849年），回朝任司勋员外郎、史馆修撰，复出为湖州刺史，一年后又内调为考功郎中、知制诰。官终中书舍人。因晚年居长安城南樊川别墅，后世因称之"杜紫微""杜樊川"。杜牧是晚唐文学大家，诗、赋、古文样样精通。与晚唐另一位杰出的诗人李商隐齐名，并称"小李杜"。其诗风华流美而又神韵疏朗，气势豪宕而又情致婉约。有《樊川集》二十卷，《全唐诗》编收其诗八卷。

杜秋娘（生卒年不详），金陵（今江苏南京）人，原为节度使李锜之妾，善唱《金缕衣》。后入官，为唐宪宗所宠。穆宗即位后，为皇子保姆。皇子被废后，杜秋娘被赐归故里。她的《金缕衣》在《全唐诗》题为无名氏《杂诗》。

杜审言（？—708），字必简，祖籍襄阳（今湖北襄樊），实为洛州巩县（今属河南）人。高宗咸亨元年（670年）中进士。"诗圣"杜甫的祖父。曾任隰城尉、洛阳丞，因事贬为吉州司户参军，后又被武则天召见，授著作佐郎。因依附张易之、张昌宗，于中宗神龙元年（705年）被流配到峰州。不久召还，授国子监主簿。杜审言是初唐著名诗人，少时与李峤、崔融、苏味道齐名，称"文章四友"，晚年和沈佺期、宋之问相唱和。今存《杜审言诗集》一卷，共四十三首。《全唐诗》编为一卷。

高适（约700—765），字达夫，渤海（今属河北）籍，曾居住在宋中（今河南商丘一带）。早年曾游历长安，后到过蓟门、卢龙一带，寻求进身之路，但都没有成功。天宝八载（749年），应举中第，授封丘尉。天宝十一载，辞官而又一次到长安。次年入陇右、河西节度使哥舒翰幕，为掌书记。安史之乱后，历任淮南节度使、彭州刺史、蜀州刺史、剑南节度使等职，官至左散骑常侍，故世称"高常侍"。高适以边塞诗著称于时。今存《高适集》一卷，《全唐诗》编存其诗四卷。

韩翃（生卒年不详），字君平，南阳（今属河南）人。天宝十三年（754年）中进士。先后在淄青节度使、汴宋节度使等幕府从事。建中初年（780年），德宗亲自点名用他为中书舍人，因当时有两个韩翃，还特为批示指明是咏"春城无处不飞花"（《寒食》诗）的韩翃，可见其诗名之盛。韩翃是"大历十才子"之一，存诗较多。今有《韩君平集》三卷。《全唐诗》编存其诗三卷。

韩愈（768—824），字退之，河南河阳（今河南孟州市）人，祖籍昌黎、世称韩昌黎，晚年任吏部侍郎，又称韩吏部。谥号"文"，又称韩文公。贞元八年（792年）进士及第。曾先后赴汴州董晋、徐州张建封两节度使幕府任职，后回京任历任四门博士、监察御史。后因上疏指斥朝政，被贬为阳山令。宪宗即位后，获赦北还，为国子博士。后改河南令，迁职方员外郎，历官至太子右庶子。又从裴度平定淮西吴元济叛，升任刑部侍郎。元和十四年（819年），因上疏力谏迎佛骨，被贬为潮州刺史，又转袁州刺史。不久召还，历任国子祭酒、兵部侍郎、吏部侍郎、京兆尹等显职。韩愈是中唐古文运动的领袖，古文成就极高，被苏轼誉为"文起八代之衰"。韩愈以文为诗，其诗歌也有独创成就，向来被称为大家。其艺术特色，主要表现为奇特雄伟、光怪陆离。今有《昌黎先生集》四十卷传世，《全唐诗》编存其诗十卷。

贺知章（约659—约744），字季真，越州永兴（今浙江萧山）人。武后证圣初（695年）进士及第。授国子四门博士。开元中，先后任太子宾客、秘书监。天宝初，上疏请度为道士，求还乡里。回乡不久便去世。贺知章性旷达，善谈说，晚年尤放诞，经常醉后成词，文不加点，动成卷轴。又擅长草隶，人共传宝。其七言绝句清新婉曲，颇饶韵致。《全唐诗》编存其诗一卷。

贾岛（779—843），字浪仙，范阳（今北京附近）人。早年出家为僧，号无本。后还俗，屡举进士不第。文宗时，被贬为长江（今四川蓬溪）主簿。开成五年（840年），迁普州司仓参军。武宗会昌三年（843年），在普州去世。贾岛擅长五律，苦吟成癖。其诗奇僻清峭，与孟郊齐名，对晚唐、五代、宋代诗歌发展影响较大。有《长江集》十卷，《全唐诗》编存其诗四卷。

皎然（生卒年不详），诗僧，俗姓谢，字清昼，吴兴（今属浙江）人。南朝谢灵运之十世孙。活动于大历、贞元年间，有诗名，其诗在唐代诗僧中是最杰出的。他还著有诗论专著《诗式》五卷。《全唐诗》编存其诗七卷。

金昌绪（生卒年不详），余杭（今浙江杭州）人。身世无可考。《全唐诗》仅编存其诗一首，即脍炙人口的《春怨》。

李白（701—762），字太白，号青莲居士。绵州昌隆（今四川江油）人。其父李客，生平事迹不详。李白青壮年时家境富裕，轻财好施。李白约在二十五、二十六岁时出蜀东游。在此后十年内，漫游了长江、黄河中下游的许多地方。天宝元年（742年），李白被玄宗召入长安，供奉翰林，作为文学侍从之臣。李白秉性耿直，因而遭受谗言诋毁，在长安前后不满两年，即被迫辞官离京。此后十一年内，李白继续在黄河、长江的中下游地区漫游。安史之乱时，李白正在庐山一带隐居；永王李璘率师由江陵东下时，将李白召至幕中。后来，李璘谋乱兵败，李白因受牵连被流放夜郎（今贵州桐梓一带）。幸而途中遇到大赦，得以东归，当时已五十九岁。晚年流落在江南一带。宝应元年（762年）在他的从叔当涂（今属安徽）县令李阳冰的寓所病逝。李白是个天才诗人，其诗以乐府和绝句最为杰出。今有《李太白全集》传世，《全唐诗》编存其诗二十五卷。

李隆基（685—762），即唐玄宗，陇西成纪（今属甘肃）人。睿宗第三子。先天元年（712年）即位，任用姚崇、宋璟为相，革除积弊，使政局得以安定，国力强盛，史称"开元之治"。晚年重用李林甫、杨国忠、安禄山等，宠爱杨贵妃，朝政日渐腐败，以致发生了"安史之乱"。次年，太子李亨即位为肃宗，尊他为太上皇。回长安后抑郁而死。谥曰明，故亦称唐明皇。李隆基精通音律，工诗能文。《全唐诗》录存其诗一卷。

李颀（生卒年不详），祖籍赵郡（今河北赵县），长期居住颍阳（今河南登封西）。开元二十三年（735年）进士及第。曾任新乡县尉，后弃官长期隐居嵩山、少室山一带的"东川别业"，约在天宝末去世。李颀是盛唐著名诗人，其诗以五七言歌行和七言律诗见长。今存《李颀诗集》。《全唐诗》编存其诗三卷。

李商隐（约813—约858），字义山，号玉谿生，又号樊南生，原籍怀州河内（今河南沁阳），自祖父起迁居郑州荥阳（今属河南）。文宗大和三年（829年），入天平军节度使令狐楚幕府。开成二年（837年）年进士及第。令狐楚死后，入泾原节度使王茂元幕做书记官。当时牛李二党斗争激烈，狐楚父子属牛党，王茂元则接近李党。两派都排挤他，故其仕途坎坷。历任弘农尉、秘书省正字、京兆尹掾曹、节度判官、盐铁推官等。大中十二年（858

醉美唐诗·桃花依旧笑春风

年），罢职回郑州闲居。大约就在这一年年底病逝。李商隐是晚唐诗坛上的巨擘，其咏史诗、无题诗对后世影响尤其深远。今有《李义山诗集》三卷。《全唐诗》编存其诗三卷。

李益（748—829），字君虞，陇西姑臧（今甘肃武威）人。大历四年（769年）进士及第，建中四年（783年）登书判拔萃科，贞元十三年（797年）任幽州节度使刘济从事。元和后入朝，历任秘书少监、集贤学士、右散骑常侍、太子宾客、左散骑常侍，大和元年（827年）以礼部尚书致仕。李益是中唐边塞诗的代表诗人，擅长绝句，尤工七绝。今存《李益集》二卷，《全唐诗》编存其诗二卷。

刘方平（生卒年不详），河南（今河南洛阳）人。天宝年间多次考进士，皆不中。后入幕府，也不得志。故隐居颍水、汝水之滨，终身不仕。工于诗，长于绝句。今有《刘方平诗》一卷，《全唐诗》编存其诗一卷。

刘长卿（？—约791），字文房，宣城（今属安徽）人，郡望河间（今属河北）。玄宗天宝年间进士。肃宗至德年间，历任监察御史、长洲县尉，后被贬为南巴尉。上元二年（761年）从南巴返回，旅居江浙。代宗大历五年（770年）以后，历任转运使判官，知淮西、鄂岳转运留后。不久，因罪再次被贬为睦州（今浙江淳安）司马。德宗建中二年（781年），又受任随州（今属湖北）刺史，故世称"刘随州"。刘长卿诗以五七言近体为主，尤工五言，自诩为"五言长城"。有《刘长卿集》十卷，《全唐诗》编存其诗五卷。

刘禹锡（772—842），字梦得，洛阳（今属河南）人，祖籍中山（今河北定县）。他是匈奴族后裔，七世祖刘亮随魏孝文帝迁洛阳，始改汉姓。父刘绪因避安史之乱，举族东迁，寓居嘉兴（今属浙江）。刘禹锡出生在嘉兴。贞元九年（793年）进士及第，历任太子校书、杜佑幕掌书记、渭南县主簿、监察御史多职。顺宗即位后，当时任屯田员外郎、判度支盐铁案的刘禹锡积极参与王叔文等人推行的革新运动。宪宗即位后，革新失败，刘禹锡初贬为连州（今广东连州市）刺史。行至江陵时，再贬朗州（今湖南常德）司马。元和九年（815年），刘禹锡奉召返京，可不久又被外放为连州刺史，历任夔州刺史、和州刺史。大和初，刘禹锡任东都尚书省主客郎中，以后历任苏州、汝州、同州刺史。从开成元年（836年）开始，改任太子宾客、秘书监分司东都。会昌元年（841年），加检校礼部尚书衔。世称"刘宾客""刘尚书"。刘禹锡诗才卓著，生前就与白居易齐名，世称"刘白"。其诗内容丰富、取境幽美、精练含蓄、韵律自然，当时就流传极广。今有《刘梦得集》四十卷，《全唐诗》编存其诗十二卷。

柳宗元（773—819），字子厚，河东（今山西永济）人，世称柳河东。贞元九年（793年）中进士及第。贞元十四年登博学鸿词科，授集贤殿正字。一度调为蓝田县尉，不久回朝就任监察御史。贞元二十一年正月，擢升礼部员外郎。同年八月，宪宗即位。九月，柳宗元初贬邵州刺史，十一月加贬永州（今湖南零陵）司马。元和十年（815年）春，奉召至京师。三月，又外放为柳州（今属广西）刺史。元和十四年（819年）十一月病殁于任上，故世称"柳柳州"。柳宗元，与韩愈同为唐代古文运动的倡导者，世称"韩柳"。他也工于诗，其诗丰富多彩，不拘一格。《全唐诗》编存其诗四卷。

卢纶（约748—798或799），字允言，河中蒲（今山西永济）人。代宗大历初，数次应举，都未及第。后因宰相元载、王缙的推荐，历任阌乡尉、集贤学士、秘书省正字、监察御史等职。大历十一年（776年），卢纶受牵连被贬。德宗建中元年（780年），才被任为长安附近的昭应县令。贞元时，在河中节度使浑瑊的军幕中任元帅府判官，官至户部郎中。卢纶为"大历十才子"之一，其诗以五七言近体为主，多唱和赠答之作。今存《卢户部诗集》十卷，《全唐诗》编录其诗为五卷。

骆宾王（约626—684后），婺州义乌（今属浙江）人。高宗永徽年间，为道王李元庆属官。后因事被谪，从军西域，久戍边疆。仪凤三年（678年），由长安主簿入朝为侍御史。不久获罪下狱，出狱后再度投身戎幕。调露二年（680年），出任临海县丞，世称骆临海。光宅元年（684年），骆宾王跟从徐敬业讨伐武则天，著名的《代李敬业传檄天下文》，就是这时写的。十一月，徐敬业兵败，骆宾王下落不明。骆宾王诗文兼长，与卢照邻、王勃、杨炯并称"初唐四杰"。其诗长于七言歌行，五律也有不少佳作。有《骆宾王集》传世，《全唐诗》存其诗三卷。

孟浩然（689—740），襄州襄阳（今湖北襄樊）人，世称孟襄阳。曾隐居鹿门山。开元年间入长安，应试不第而归。开元二十五年（737年），入荆州长史张九龄幕府。不久，仍返故居。开元二十八年（740年），病卒。孟浩然终身为隐士，但诗名却很大。其诗多为五言短篇，不事雕饰，伫兴造思，富有超妙自得之趣。有《孟浩然诗集》三卷传世。《全唐诗》编存其诗二卷。

孟郊（751—814），字东野，湖州武康（今浙江德清）人，祖籍平昌（今山东临邑东北）。四十六岁（一说四十五岁），始登进士第。然后东归，旅游汴州（今河南开封）、越州（今浙江绍兴）。贞元十七年（801年），任溧阳尉。元和初，任河南水陆转运从事，定居洛阳。六十岁时，因母死去官。元和九年（814年）暴病去世。张籍私谥为贞曜先生。孟郊性格孤直，不肯随波逐流，一生穷困潦倒，却刻意吟诗。其诗一扫大历以来的靡弱诗风，思深意远，造语新奇。他和贾岛都以苦吟著称，又多苦语。苏轼称之"郊寒岛瘦"。今有传本《孟东野诗集》十卷，《全唐诗》编存其诗十卷。

钱起（生卒年不详），字仲文，吴兴（今属浙江）人。天宝九年（750年）进士及第，乾元年间任长安附近的蓝田县尉。大历年间，历任司勋员外郎、司封郎中，官至考功郎中，后人因称为"钱考功"。钱起是"大历十才子"之一，其诗长于五、七言近体。今存《钱考功集》十卷，《全唐诗》编录为四卷。

秦韬玉（生卒年不详），字中明，一作仲明，京兆（今陕西西安）人。少有辞藻，工歌咏，"每作人必传诵"（《唐才子传》）。举进士不第，在宦官田令孜府中当幕僚。僖宗逃往蜀中时，随驾扈从。中和二年（882年）特赐进士及第。官工部侍郎。秦韬玉存诗仅三十多首，都是七言，颇有特色。《全唐诗》编存其诗一卷。

丘为（约703—约798），嘉兴（今属浙江）人。屡次考试失败，归山苦读后于天宝二年（743年）考中进士。曾任太子右庶子、左左散骑常侍。其诗多描写山水田园风光，长于五言，与王维、刘长卿等多有唱和。《全唐诗》编存其诗十三首。

宋之问（约650至656—712至713年间），一名少连，字延清。汾州（今山西汾阳）人，一说虢州弘农（今河南灵宝）

人。上元二年（675年）进士及第。历任洛州参军、尚方监丞、左奉宸内供奉。因谄事张易之兄弟，被贬为泷州参军。后召为鸿胪主簿，又转为考功员外郎。不久，因贪贿，被贬为越州长史。睿宗即位后，再流钦州，赐死。宋之问善作五言排律，与沈佺期齐名，时称"沈宋"。有《宋之问集》二卷传世，《全唐诗》编存其诗三卷。

王勃（约649—676），字子安，绛州龙门（今山西河津）人。王勃才华早露，未成年即被赞为神童，被向朝廷表荐，授朝散郎。后被沛王李贤征为王府侍读，期间因戏作《檄英王鸡》，被高宗怒逐出府。随即出游巴蜀。咸亨三年（672年）补虢州参军，因擅杀官奴，犯死罪，后遇赦被除名。其父亦受累贬为交趾令。上元二年（675年）或三年（676年），王勃南下探亲，渡海时溺水而亡。王勃是"初唐四杰"之一，力主革除当时诗坛的浮艳之风，对唐代诗风的形成做出很大贡献。有《王子安集》十六卷，全唐诗编存其诗二卷。

王昌龄（约694—约757），字少伯，京兆长安（今陕西西安）人。开元十五年（727年）进士及第，任秘书省校书郎。开元二十二年（734年），王昌龄又应博学宏词科登第，授汜水（今河南巩义市东北）县尉。开元二十七年（739年），因事被贬谪岭南。次年，他由岭南北返长安，并于同年冬天被任命为江宁（今江苏南京）县丞，故世称"王江宁"。在江宁数年后，又因谤毁，被贬为龙标（今湖南黔阳）县尉，故也称"王龙标"。安史之乱中，被濠州刺史闾丘晓所杀。王昌龄诗在生前就负有盛名，人称"诗家夫（一作天）子王江宁"。现存王昌龄诗共一百八十多首，五七言绝句几乎占了一半。《全唐诗》今编存其诗四卷。

王翰（生卒年不详），一作王瀚，字子羽，并州晋阳（今山西太原）人。睿宗景云元年（710年）进士及第。玄宗开元前期，为张嘉贞、张说先后礼遇。曾举直言极谏、超拔群类等科，又一度为昌乐县尉。后被张说引荐至京城，历任秘书正字、通事舍人、驾部员外郎等职。张说于开元十四年罢相，王翰也先后被贬为汝州长史、仙州别驾、道州司马。王翰豪放不羁，能文善诗，长于歌行和七绝。《全唐诗》录存其诗一卷。

王建（约767—约831后），字仲初，颍川（今河南许昌）人。贞元十三年（797），辞家从戎，曾北至幽州、南至荆州等地。元和八年（813年）前后，任昭应县丞。长庆元年（821年），迁太府寺丞，转秘书郎。大和初，再迁太常寺丞。约在大和三年（829年），出为陕州司马，故世称"王司马"。大和五年，为光州（治所在今河南潢川）刺史。此后行迹不详。王建写出了大量优秀的乐府诗。他的乐府诗和张籍齐名，世称"张王乐府"。其诗题材广泛，生活气息浓厚，思想深刻，爱憎分明。因作《宫词》百首，而获称"宫词名家"。有《王建诗集》十卷，《全唐诗》编存其诗六卷。

王湾（生卒年不详），洛阳（今属河南）人。玄宗先天年间进士及第，授荥阳县主簿。开元五年（717年），由荥阳主簿受荐编书，参与《群书四部录》集部的编撰辑集，书成之后，因功授任洛阳尉。约在开元十七年（729年），他曾作诗赠当时宰相萧嵩和裴光庭，后行迹不详。王湾"词翰早著"，其最出名的是《次北固山下》。现存诗十首，均为《全唐诗》所收录。

王维（701—761），唐代诗人、画家，字摩诘，祖籍太原祁（今山西祁县），其父迁家蒲州（在今山西永济），遂为蒲人。

开元九年（721年）进士及第，为大乐丞。开元二十二年（734年），被擢为右拾遗。他官至尚书右丞，世称"王右丞"。开元二十五年（737年），被贬为荆州长史。天宝中，王维的官职逐渐升迁。安史之乱前，官至给事中。天宝十五载（756年），安史叛军攻陷长安，玄宗入蜀，王维为叛军所获。服药佯为瘖疾，仍被送洛阳，署以伪官。两京收复后，降职为太子中允，后复累迁至给事中，终尚书右丞。王维多才多艺，诗文、书画、音乐样样精通，这使其诗既富音律，又有画面感。王维诗诸体兼长，尤擅五言律诗。王维诗现存不满四百首，多为山水田园之作。《全唐诗》编存其诗四卷。

王之涣（688—742），字季陵，太原人。曾任冀州衡水主簿，因受人谤毁，去官归乡里。家居十五年，后为文安郡文安县尉，在任所去世。王之涣"慷慨有大略，倜傥有异才"，所作从军、出塞等歌诗"传乎乐章，布在人口"（靳能《王之涣墓志铭》）。王之涣诗今仅存六首，均为《全唐诗》所收录。

韦应物（737—792或793），长安（今陕西西安）人。自天宝十年（751年）至天宝末，以三卫郎为玄宗近侍。安史之乱爆发后，他流落失职，始立志读书。历任洛阳丞、京兆府功曹参军、鄠县令、比部员外郎、滁州刺史多职。贞元元年（785年）任江州刺史，故世称"韦江州"；贞元四年（788年）任左司郎中，故世称"韦左司"；贞元五年（789年）出任苏州刺史，故世称"韦苏州"。贞元七年（791年）退职，寄居苏州永定寺。韦应物郊游广泛，诗名颇著。其诗诸题皆工，以五言古诗最佳。今存《韦应物集》十卷，《全唐诗》编存其诗十卷。

韦庄（约836—910），字端己，长安杜陵（今陕西西安东南）人，诗人韦应物四世孙。乾宁元年（894年）进士及第，任校书郎。后昭宗受李茂贞逼迫出奔华州，韦庄亦随驾任职。后又在朝任左、右补阙等职。天复元年（901年），他应聘为西蜀掌书记。天祐四年（907年），协助王建称帝，任左散骑常侍、判中书门下事、吏部侍郎平章事。韦庄是晚唐诗坛最好的诗人之一。《全唐诗》编存其诗六卷。

温庭筠（约812—866），本名岐，字飞卿，太原祁（今山西祁县）人。屡试进士不第，约在48岁才获授隋县尉。其后，曾为幕府僚吏，任方城尉，至国子助教。他年轻时苦心学文，才思敏捷。晚唐考试律赋，八韵一篇。据说他叉手一吟便成一韵，八叉八吟即告完篇，人称"温八叉""温八吟"。温庭筠的诗和李商隐齐名，时称"温李"。其五、七言古诗师法李贺，近体诗反映现实面非常广泛。今有《温飞卿集》七卷，《全唐诗》编存其诗九卷。

元结（719—772），字次山，号漫叟。鲁山（今属河南）人。天宝十三年（754年）年中进士。安史之乱时，出任右金吾兵曹参军、山南东道节度参谋，组织义军抗击史思明叛军。唐代宗时，任著作郎，后两度出任道州刺史，政绩卓著。后又迁容州刺史，还担任过御史中丞。大历七年（772年）因病卒于旅舍。

元稹（779—831），字微之，别字威明，河南洛阳（今属河南）人。贞元九年（793年）以明两经擢第。贞元十五年（799年），初仕于河中府。贞元十九年（803年）登书判拔萃科，授秘书省校书郎。元和元年（806年），授左拾遗，后升为监察御史。元和五年（810年），被贬为江陵府士曹参军。元和十年（815年）曾一度回朝，可又不久外放为通州司马，转虢州长史。元和十四年（819年），再度回朝任膳部员外郎。次年擢升为祠部郎中、知制谄，迁中书舍人。长庆二年（822年），拜平章事、居相位三月。大和三年（829年），入为尚书左丞，又出为武昌军节度使。元稹的诗歌创作，与白居易齐名，并称"元白"。其诗最有特色的是艳诗和悼亡诗。《全唐诗》编存其诗二十八卷。

张籍（约767—约830），字文昌，原籍苏州（今属江苏），后迁居和州乌江（今安徽和县乌江镇）。贞元十五年（799年）进士及第，历任太常寺太祝、国子监助教、秘书郎等职。长庆元年（821年），受韩愈荐为国子博士，迁水部员外郎，又迁主客郎中。大和二年（828年），迁国子司业，世称"张水部""张司业"。张籍工诗，尤以乐府诗为人称道。其乐府诗与王建齐名，并称"张王乐府"。有《张司业集》八卷传世，《全唐诗》编存其诗五卷。

张继（生卒年不详），字懿孙，襄州（今湖北襄樊）人。天宝十二年（753年）进士及第。至德中为御史。大历年间担任检校祠部员外郎，分掌财赋于洪州。与皇甫冉、刘长卿交谊颇深，殁于洪州后，刘长卿曾作《哭张员外继》痛悼之。张继擅长五七言律诗及七言绝句，现存诗约四十首。《全唐诗》存其诗一卷。

张九龄（678—740），字子寿，韶州曲江（今广东韶关）人。武后神功年间进士及第，任秘书省校书郎。先天元年（713年），任左拾遗，后历任中书侍郎同平章事、中书令。晚年受李林甫排挤，罢政事，被贬为荆州长史。不久病卒。张九龄以刚正不阿、直言敢谏著称，被称为开元时期的贤相之一。张九龄是盛唐前期重要诗人。他的五言古诗，在唐诗发展中有很高的地位和巨大的影响；他的五言律诗，也是历来传诵的名作。著有《张曲江集》二十卷。《全唐诗》编存其诗为三卷。

郑畋（825—883），字台文，荥阳（今属河南）人。会昌二年（842年）进士及第，任藩镇幕府。咸通五年（864年）入朝，累迁为中书舍人。咸通十年（869年），迁户部侍郎。后因事被贬为梧州刺史。僖宗即位，郑畋先后内徙郴、绛二州，复入朝为右散骑常侍。乾符元年（874年），以兵部侍郎同中书门下平章事。广明元年（880年），郑畋任凤翔（今属陕西）节度使。广元二年（881年），任司空、门下侍郎、同中书门下平章事，主持军务。广元三年（882年），郑畋辞官赴其子彭州（今四川彭州市）刺史任所。不久，病逝。郑畋文学优赡，擅制诰，亦有诗名。《全唐诗》编存其诗十六首。

朱庆余（生卒年不详），名可久，越州（今浙江绍兴）人。宝历二年（826年）进士，授秘书省校书郎，迁协律郎。其诗受张籍赞赏而知名。有《朱庆余诗》一卷，《全唐诗》存其诗二卷。

祖咏（生卒年不详），洛阳（今属河南）人。开元十二年（724年）进士及第，但仕途不顺，后隐居。少有文名，擅长诗歌创作。与王维友善。其诗多为山水田园诗，辞意清新，文字洗练。《全唐诗》编存其诗一卷。